O PECADO DE PORTO NEGRO

Editor
Rodrigo de Faria e Silva

Revisão
Ana Cristina Câmara

Capa
J.R. Penteado

Projeto gráfico e Diagramação
Relógio D´água

APOIO:

REPÚBLICA PORTUGUESA
CULTURA
DIREÇÃO-GERAL DO LIVRO, DOS ARQUIVOS E DAS BIBLIOTECAS

Dados internacionais para catalogação (CIP)

M827o
Morais, Norberto
O pecado do Porto Negro / Norberto Morais, – São Paulo:
Faria e Silva Editora, 2022
424 p.

ISBN 978-65-89573-84-5

1. 869 – Literatura portuguesa

FARIA E SILVA Editora
Rua Oliveira Dias, 330 | Cj. 31 | Jardim Paulista
São Paulo | SP | CEP 01433-030
contato@fariaesilva.com.br
www.fariaesilva.com.br

Norberto Morais

O PECADO DE PORTO NEGRO

FARIA E SILVA
EDITORA

Dedico-te…

ao meu pai, cuja distância nunca o impediu de estar perto, e sem o qual dificilmente teria chegado até aqui;

à minha mulher, Ana, que durante estes cinco anos nunca me largou a mão e, de cada vez que a realidade me frustrava, dizia:

– Tu és um escritor, aceita isso.

I

À hora da morte, quando os grandes homens se lembram da frase que os eterniza, D. Luciano de Mello y Goya murmurou:

— Bem-aventurado aquele que prefere morrer com o coração varado de chumbo do que de saudade.

O criado, que o acompanhava, atribuiu-a à febre, cuja inclemência havia semana e meia o consumia, mas o velho governador nunca estivera tão lúcido, desde a hora em que subira a bordo do paquete real, como naquela manhã de Novembro 7, a meio do Atlântico, a caminho da Europa. Nos ouvidos ecoavam-lhe ainda as palavras do capitão Rodolfo Cóias, líder da milícia destacada para tomar a capital da ilha de São Cristóvão, depois de o informar do fim do Império em terras de São Miguel do Pacífico:

— Porto Negro é uma mulata da beira do cais, D. Luciano! Não nasceu para usar espartilhos, mas para andar nua por baixo da cambraia.

Por entre a névoa da última hora, a imagem era clara aos olhos de D. Luciano. Não bem uma mulata, como dissera o guerrilheiro, mas uma negra de braço estendido, que ele, por mais força que fizesse, não conseguia agarrar. Treze dias depois de ter abandonado a baía de Porto Negro sob a mira do regimento independentista, o corpo do último governador colonial era amortalhado, benzido e lançado ao mar.

Nas latitudes dos trópicos, mais do que em qualquer outro ponto da Terra, o calor bule com os corpos como pouca coisa se atreve, mas em nenhum outro lugar tanto quanto em Porto Negro. Fundada na orla de uma baía recôndita, ligada ao mar por uma estreita passagem aberta entre as rochas, Porto Negro é uma cidade quente, cuja proximidade do oceano não refresca. As montanhas altas em torno da baía impedem o vento de desabafar o ar e só de quando em quando uma aragem irrompe pela boca da barra para regalar aos corpos um alívio discreto, como um beijo de mar. Conhecida entre os marinheiros do mundo como a Cidade do Amor Vadio, Porto Negro tem a febre do desejo entranhada no ventre e dá-se a quem chega com a verdade de uma fêmea entregue ao prazer só porque o calor lhe dá. Refúgio de piratas, estaleiro naval, zona franca e, em seus tempos de glória, um dos principais empórios da costa leste do Pacífico, Porto Negro foi sempre um lugar de passagem... Mas quem chega não parte sem a promessa de voltar.

É na beira do cais que a cidade amanhece. Apagado o farol do cabo, assomam os primeiros barcos. Na praia, de mãos sobre os olhos, as mulheres dos pescadores enxotam a viuvez do coração. Vivem à espera do dia em que a manhã não lhes traga o homem que todas as noites as deixa sozinhas para ir roubar o mar. Um pouco antes das sete, a sereia do porto dá permissão aos pilotos para começarem a trazer navios para a barra e os trabalhadores da doca surgem, de todos os lados, por barbear. Compondo-se o chão do mercado de toldos e bancas, quando os sinos da catedral acabam de bater as ave-marias, já toda a praça do cais é um mar a ondular de gente. Descem a terra os primeiros marinheiros — rapazes novos, soprados dos quatro cantos do mundo — e as vendedeiras jovens apregoam mais alto, na linguagem doce do bom entender.

Atravessada a praça do cais, para lá das alfândegas e dos armazéns, abre-se a cidade velha, um emaranhado de ruas apertadas e sujas, ladeadas de edifícios cansados, aos quais o tempo, o ar salgado, o Sol e o desmazelo dos homens deixou com aspecto de mulheres decadentes. Tascas, bares, negócios vários, casas de afecto, pensões baratas, e uma mistura de linguajares e cheiros que só quem por ali vive ignora. Homens desocupados enchem as soleiras das portas, aguardentando os sentidos, fumando o tempo em cigarros baratos, que o trabalho é pouco e menos ainda a vontade de o fazer. Também as mulheres se sentam às portas, enteando conversas, catando os filhos — um de cada amor — que lhes escapam das mãos, descalços, meio nus, no encalço de uma sombra, de um gato, de uma bola de bexiga, desaparecendo da vista no virar de uma esquina para aparecerem por outra, esguedelhados e sujos, em gargalhadas feitas da inocência de ser pequeno.

À medida que o casario se afasta do mar, surgem os primeiros vestígios da cidade colonial. Mas é em redor da grande Praça dos Evangelistas — a que o povo chama dos Arcos — que se pode vislumbrar o que foram os gloriosos anos do Império, quando Porto Negro era rota obrigatória dos navios que cruzavam a linha do equador. Os edifícios públicos, gretados, falhos de tinta, desanimados, vão resistindo como podem na dignidade marmórea das damas falidas. E se a Catedral de Santa Maria compensou com almas a quebra de oblações, a Casa da Ópera, que os independentistas transformaram em estrebaria, não resistiu à partida de D. Luciano de Mello y Goya, que a sonhou e cumpriu. Apenas um edifício em Porto Negro é alheio à passagem do tempo: o sombrio palácio que encima a colina da cidade — de onde o povo, por superstição, não se aproxima —, e do qual, se calhar em caminho, talvez se fale.

Entre o meio-dia e as três, tudo abranda e amolece. É a hora mansa da sesta, a hora em que nada acontece; em que as sombras se encostam às paredes, ao fresco que resta; em que os corpos se metem em casa e o mundo desaparece. Chamam-lhe a hora dos amores encobertos! A segunda parte do dia, embora mais curta, passa mais lenta, e quem bule mais duro anseia mais forte pelo último soar da sereia e pela primeira cerveja do dia, que nem em todo o lado as leis são secas. Ao cair da tarde, quando o Sol incendeia a boca da barra e os trabalhadores do porto se espalham pelos quatro cantos da cidade, ouvem-se coros de vozes pelas ruas e, vindo dos bares, o romance das primeiras guitarras.

Desce a noite sobre a ilha de São Cristóvão e, no coração da cidade velha, acorda o Bairro Negro. Das varandas, das janelas, das portas, das esquinas, surgem mulheres pintadas, sorridentes, de carnes desenvergonhadas, atirando beijos, propostas indecorosas, promessas de céu aos primeiros visitantes: marinheiros, cáftenes, estivadores e toda a casta de pecadores cujos sonhos se apagam quando o dia amanhece. Também os maricas por ali giram. Sentados nas esplanadas ou deambulando pelas ruas — que aos homens não pertencem esquinas —, vão pescando intenções nos olhos dos passantes, trocando olhares com apreciadores de outros predicados, no código secreto dos amantes clandestinos. Concertinas e guitarras provocam, seduzem, incitando ao contacto, a beber, a dançar, e o calor — já se sabe — bule com os corpos como pouca coisa se atreve. Cheira a mar, a restos do dia, ao suor da vida dos homens e ao perfume das mulheres da vida. Aos poucos chegam dois e mais quatro, dez com mais vinte, até não haver quem falte, nem espaço para tanta gente. Enchem-se as ruas, os bares, as casas de amor alugado, e a noite faz-se festa até se embrulhar com o dia, até à hora indistinta em que nem uma coisa nem outra, até o arrastar ensonado ser comum a madrugadores e tresnoitados; até o Sol despontar no horizonte e a cidade recomeçar do zero, porque ele há coisas que não mudam nunca; porque é mais fácil inclinar o eixo da Terra do que endireitar a sombra de um pau torto.

Idas as famílias de quinze apelidos, Porto Negro despiu-se de etiquetas e, pondo um vestidinho de nada sobre a pele tisnada, correu, descalça, para a beira do cais, onde o amor é livre e o amar descomprometido. Como disse o capitão Rodolfo Cóias, por outras palavras, não basta uma coroa para fazer rainha uma mulata dos trópicos. Quiseram-na Jóia do Pacífico, mas será para sempre a Cidade do Amor Vadio, onde os navegantes do mundo chegam e partem, trazendo histórias, fazendo História, levando histórias. São muitas as que se contam entre homens do mar e donzelas da terra, e diz-se não haver uma só família, em toda a cidade, sem um *filho da maré*, que assim se foi chamando, no passar das gerações, aos frutos dos amores entre mareantes de passagem e sonhadoras de ver passar. Mães avisam filhas, como suas mães as avisaram a elas, desde muito cedo e pela vida fora, que *amor de marinheiro é fogo de palheiro*. Mas nem os avisos serviram algum dia senão para aliviar quem os dá, nem quem os ouve se lembra deles na hora do fogo à palha. Não acabam todas grávidas — que nem sempre o amor pega de estaca —, mas, porque os marinheiros são mais do que as marés — embora o dito o contradiga —, sempre amanhece o dia em que vem à luz mais um rebento da mareagem, ou do mareio, que para o caso dá no mesmo. Uma rara atracção há nos homens de mil portos, nos homens de mil histórias, nos homens de mil mulheres. Porém, de entre todas, há uma história que ainda hoje se conta na beira do cais, nas ruas escusas da cidade velha, pelos arcos da praça colonial. Chamam-lhe *O Pecado de Porto Negro*. Alguma coisa teriam de lhe chamar.

II

— Consta para aí à boca pequena que foste tu quem encheu a filha do boticário — segredou Rodrigo de San Simon na direcção de Santiago Cardamomo.

O amigo acendeu um cigarro, aspirou fundo e, como se não fosse com ele, soprou a resposta sobre a cabeça do fósforo:

— É capaz.

— É capaz?! Então e agora?

— Então, agora nada! Parece até que já tem noivo.

— Arranjado à pressa, para esconder aparências.

— Estás a ver que tudo se resolve, Simon! — sorriu Santiago Cardamomo, levando o cigarro à boca.

— Mas se o filho é teu porque não o assumes tu? — perguntou Rodrigo que, tal como Santiago, não conhecera o pai.

— Ganha juízo, Simon. Sei lá se o filho é meu.

— Parece que a rapariga é uma moça séria.

Santiago fungou um sorriso e, aproximando a cara da cara do amigo, sussurrou:

— Já fodeste alguma moça séria, tu?

Rodrigo de San Simon, que não conhecia senão o amor de aluguer, mordeu o lábio, embaraçado, e, depois de um silêncio, confessou:

— Não.

— Pois claro que não! As moças sérias ninguém as fode, Simon. Por isso é que são sérias.

Pascoal Saavedra, que completava o trio na pequena mesa do bar, e tal como os outros dois era um *filho da maré*, explodiu numa gargalhada.

— És um cabrão! — exclamou por fim, assentando uma palmada nas costas de Santiago.

— Eu não; mas o tipo que vai casar com ela...

Desta vez riram todos. O resto da clientela, homens espalhados por mesas ao longo do botequim, ergueu a cabeça na direcção dos rapazes.

— Às mulheres! — propôs Pascoal Saavedra, levantando o copo da cerveja.

— Ao amor! — sugeriu Rodrigo de San Simon, imitando-lhe o gesto.

— À liberdade! — ditou Santiago Cardamomo, colando o seu ao dos companheiros.

Aos vinte e sete anos, Santiago Cardamomo era um jovem na flor da idade, sem planos para o futuro nem preocupações de maior. De boa figura, enchia de suspiros meio mundo de mulheres — bonitas e feias —, mas, por razões que, se calhar em caminho, talvez se contem, sorria mais às segundas que às primeiras. Os amigos, que não alcançavam entre as mulheres o mesmo êxito, arreliavam-se com as suas escolhas, protestando ser o mal da fartura. Santiago sorria e, de cada vez que o porquê da preferência surgia, a resposta não variava:

— Porque são generosas no amor como a beleza não foi com elas.

Como boa parte dos rapazes da sua idade que não haviam embarcado, Santiago trabalhava no porto, carregando e descarregando barcos. Dono de uns ombros largos, de uns braços fortes, vivia de camisa aberta, arejando o peito. O resto da indumentária resumia-se a uns chinelos e a umas calças de linho cru, sob as quais não trazia senão a generosidade de Deus. Assim confirmavam os amigos que o conheciam bem e as profissionais do porto que lhe gabavam os atributos como a uma relíquia milagrosa. As demais mulheres, com quem se relacionava em segredo, se o diziam, era nas meias-palavras, no sorriso dos olhos, na dissimulação com que Deus as dotara de fazerem inveja umas às outras.

Os fins de tarde, acabado o trabalho, passava-os Santiago com Rodrigo e Pascoal, entre copos de cerveja e tacadas de bilhar, na Flor do Porto, bodega explorada por dona Santiaga Cardamomo, tia que o criara desde o berço quando a irmã, mãe solteira, lho deixara a cargo para partir de braço dado com um capitão flamengo. Era um bar pequeno, amarelo, sem janelas, de portas altas, avermelhadas, abertas aos pares para horizontes distintos: duas para a Rua dos Tamarindos, duas para uma rua de que se não há-de falar e outras duas, as centrais, para o Arco de São Mateus, uma das quatro entradas da Praça dos Evangelistas, ou dos Arcos, como é chamada e se passará a nomear.

Por ali se criou Santiago e por ali trabalhou em criança — que à escola sempre foi avesso —, mas, com o romper da puberdade, depressa a tia compreendeu ser mais a desajuda do que o préstimo. Não perdia o ensejo de se plantar à porta, com olhos de alfaiate a tirar medidas, ou desalvorar atrás do primeiro retalho de saia, deixando o bar às moscas e à vontade da freguesia. Dona Santiaga perdera a conta às vezes que viera encontrar o negócio entregue ao destino, e às sovas que lhe dera sem remédio. Santiago, cujo descaramento e a vergonha cresciam em razão inversa, beijava-lhe as mãos doridas e, com o sorriso que haveria de amadurecer com ele para desgraça de meio mundo de mulheres, dizia:

— Mil perdões, minha tia! Não volta a acontecer — deixando a solteirona derretida e furiosa por também ela se vergar diante daqueles olhos melados. Mas no sangue de Santiago corria o Diabo aos pinotes e a vez seguinte era como a vez anterior.

Acalmou uma época em que a tia caiu à cama com febres e lhe rogou por tudo para não descuidar o bar um só instante e a poupar a cuidados. Santiago assentiu, mas sem ideia do que estava a prometer. Durou sete dias o martírio de dona Santiaga, e sete vezes doze horas o de Santiago, seu sobrinho. Mordia-se atrás do balcão de cada vez que uma mulher do seu agrado passava à porta. As mais atrevidas, conhecedoras já dos seus dotes precoces, desfilavam, demoradas, atirando-lhe olhares provocadores, deixando-o desorientado e sem outro remédio senão aliviar-se ali mesmo, na distracção da clientela.

Recuperada a tia da maleita, tornou Santiago ao de costume. De modo que esta — tia, mãe e madrinha — deu uma palavrinha a um dos clientes da casa, um armador do porto, e aos treze anos Santiago assentou praça na estiva, onde o tempo passa mais depressa e os olhos não têm folga para contemplações. Até porque, por aquelas bandas, mercadoria de saias é artigo esgotado. A semanada entregava-a por inteiro em casa, mas do bilhar e das cartas tirava o bastante para distribuir pelos bares e prostíbulos do porto, onde se perdia nas sobras do tempo. Jogador destro e hábil amante, não tardou à fama do rapaz ganhar asas, e em pouco tempo não lhe faltavam mulheres e adversários. O passar dos anos fê-lo homem, mas o sorriso e o olhar mantiveram-no menino, para perdição «dessas cadelas vadias», como a tia lhes chamava na exasperação da arrelia sempre que uma moça passava à frente do negócio com ares de gata miona procurando-lhe o cheiro.

Por vezes surgia o rumor de um rebento seu. Mas nunca as moças o confirmavam e aparecia sempre alguém a assumir a paternidade da criança, em geral homens mais velhos de quem se dizia já falhar a semente. Quanto às casadas, havia um pai natural para os filhos todos que lhes brotassem do ventre. Santiago, esse, seguia pela vida, tranquilo, assobiando liberdade, porque, como dissera a Rodrigo de San Simon, *tudo se resolve*.

Ao contrário de Rodrigo e de Pascoal, que sonhavam embarcar — Rodrigo para conhecer o mundo e Pascoal as mulheres que há nele —, Santiago não se entusiasmava com as histórias trazidas pelos marinheiros e afirmava, ignorando o tamanho dessa verdade, que a vida haveria de ser igual em todo o lado onde houvesse gente. Ambicionava pouco, não lhe faltava nada, e gozava sem angústia o manso passar dos dias, porque a felicidade é uma cerveja gelada e um par de coxas enlaçando a cintura.

Depois do brinde, os três rapazes encetaram uma partida de bilhar. Era cedo ainda para descerem ao Bairro Negro. Santiago levava vantagem, como de costume, e, como de costume, ia provocando os companheiros com lentos goles de cerveja e lentas passagens de giz. Pascoal rilhava os dentes. Rodrigo fumava, descontraído. Ao contrário do amigo, nunca ia com muita esperança para o pano. As bolas, alinhadas no topo da mesa, davam a Santiago a possibilidade de arrumar o jogo em três tacadas. Passou giz pelo cabedal, levou o copo à boca, acendeu um cigarro e, piscando o olho a Pascoal, inclinou-se para o pano, feito um toureiro para a estocada final. Pascoal, inflamado, sentia as chances minguarem, quando uns cabelos negros sobre um xaile claro fizeram Santiago suspender a tacada para ir contemplar a Natureza para a porta do bar. Uma moça que nunca vira acabava de atravessar o Arco de São Mateus. Era magra, branca, de uma beleza que só ele sabia apreciar, e que a rua deserta ainda salientava mais. Encostou-se à ombreira da porta e, de cigarro nos dedos, ficou a contemplá-la, como à vida, como à mais rara das mulheres, como à única na Terra inteira, como uma mulher deve ser olhada: como se fizesse já amor com ela. A moça pareceu ganhar pressa de repente.

— Mais depressa levas para a cama uma freira do Carmelo do que essa que aí vai! — exclamou-lhe a voz de Rodrigo de San Simon sobre o ombro.

— Quem é? — perguntou Santiago, sem tirar os olhos da rua.

— É a Ducélia — disse Rodrigo. — A filha do açougueiro.

Santiago acenou com a cabeça, observando a moça que avançava, lesta, pela sombra dos tamarindeiros. Curioso! Vivia ali tão perto, do outro lado da rua, umas casas à frente, e não tinha ideia de alguma vez a haver visto por ali. Perguntou se estivera fora, em algum colégio ou convento. Rodrigo respondeu que não, que sempre ali vivera.

— Estranho! — exclamou Santiago. — Podia jurar que nunca a tinha visto — intrigava-se, fixando a porta do açougue que acabava de engolir a moça.

— Também não é nada que mereça o tempo! — exclamou Pascoal Saavedra, que nem era esquisito com mulheres.

Mas Santiago gostara do que vira. Voltaram para a mesa de bilhar para Santiago perder a mão e o jogo em seis tacadas. Pascoal estava eufórico:

— Então, vacilaste?! — ironizou na direcção do amigo a quem só ganhava nos dias santos.

— É para teres tesão logo à noite, Vedrinha! — sorriu Santiago, abrindo os braços. E arrumando o taco e o resto da cerveja, foi depositar um beijo franco na face magra da tia.

— Até mais ver, minha tia.

— Até um dia destes! — atirou-lhe a matrona com gravidade no substantivo. Não havia meio de se habituar à vida daquele desalmado que a ralava de cada vez que se lhe ausentava da vista. Santiago sorriu, tomou-lhe num beijo as mãos amarrotadas e, abraçando os dois amigos, desapareceu na tarde para as bandas do porto, onde o amor era sincero e barato.

— Como é que disseste que a moça se chamava, Simon? — perguntou na direcção do amigo.

Rodrigo abanou a cabeça e, fungando um sorriso, respondeu:

— Ducélia.

— Ducélia! — sorriu Santiago.

Pascoal olhou para Rodrigo... Uma gargalhada sonora elevou-se do grupo.

III

Tulentino Trajero, o mais concorrido açougueiro de Porto Negro, tinha na filha, Ducélia, extremado orgulho. Menina dos seus olhos, razão maior da sua vida, Ducélia era a depositária das mais altas esperanças de seu pai. Prendada, educada, obediente e — não por ser sua — a filha perfeita. Viúvo antetempo, criou-a sozinho, que mais família não tinha naquela terra e outra mulher não lhe provocou o instinto.

Aos trinta anos, por um infortúnio que, se calhar em caminho, talvez se conte, Tulentino Trajero deixou para sempre a cidade onde nasceu e, a bordo do *Alyantte*, viajou onze dias e onze noites entre Antipuara, no país continental, e Porto Negro, fazendo a rota das cinco ilhas que compõem o arquipélago de Santa Maria del Mar. Passava os dias na cabine e as noites no convés, entremeando estrelas com lágrimas, varrendo cacos de alma para os cantos de si. Ao oitavo fez a barba, vestiu-se de lavado e subiu mais cedo para admirar o oceano a engolir o astro. Encostada à amurada do barco, viu uma jovem com olhar tão distante quanto o horizonte do mar. Chamava-se Angelina Fontayara e haveria de ser sua mulher, três dias depois, ao aportarem na baía de Porto Negro.

Para quem se encanta com histórias de amor à primeira vista, lamenta-se o desapontamento por não haver sido o caso, mas a de duas almas batidas pelo destino que o acaso juntou sobre o convés do mesmo barco, ao fim do dia, ao fim dos sonhos. Foi uma união bem-aventurada — que feliz talvez seja um exagero de expressão —, de poucas palavras, parte a parte, na qual sobre o passado de cada um nunca nada se disse. Não foi uma condição, mas condisse com a vontade secreta de ambos. Faziam amor sem gemidos nem suores, no escuro do quarto apagado, depois do que, cada um para seu lado, que é assim que os bichos fazem, que é assim que a Natureza ordena, pois se assim não fosse andariam os seres da Terra abraçados e aos beijos pelos cantos do mundo. Compreendiam-se, dispensando verbos, que o silêncio, quando bem dito, não deixa nada por dizer. Nunca uma discussão, uma expressão amarga, mas tão-pouco uma declaração de afecto ou um adjectivo mais doce. Ele há mil formas de afirmar sentimentos, basta tão-só havê-los. Assim viveram cinco anos, até o coração de Angelina Fontayara falhar e bater pela última vez num cair de tarde. Nem nesse momento surgiram mais palavras, e foram duas lágrimas de mar, memória líquida de um oceano apadrinhador, a dizerem, nos olhos de Tulentino Trajero, quanto este se doía já pela sua ausência. Cinco anos?! Nem dera pelo tempo passar. Mas isso não era assunto do tempo. E naquela hora de solidão, sentindo a falta do seu silêncio — diferente do silêncio da sua falta —, teve a certeza de haver sido feliz, sem no entanto o ter notado.

Nunca do passado lhe procurou um minuto, mas, quando a boca de Angelina Fontayara se fechou sem remédio, compreendeu que «tarde» e «nunca mais» eram sinónimos de «para sempre» e que aquele corpo dormente era o caixão onde o seu passado se sepultava, a tumba de uma mulher levando consigo uma outra, ou mil outras, cuja existência não chegara a conhecer. Uma sensação de vazio encheu-lhe o peito, como quem acordasse de repente ao lado de um desconhecido. Então, quando já não era possível, quis Tulentino Trajero saber da mulher todos os pretéritos, perfeitos e imperfeitos. E porque quem ignora conjectura, tudo passou pela cabeça desnorteada do magarefe. De repente, todas as dúvidas, todos os fantasmas, os ciúmes todos numa catadupa de angústias e medos. Quantos homens? Quantos beijos? Quantos olhares prenhes de promessas? Não importava?! Pela felicidade da filha que lhe ficava nos braços, que não importava — jurava Tulentino Trajero ante a ignorância e a morte, entre a revolta e a impotência. Qualquer coisa. Qualquer coisa! Aquele buraco no peito é que não. De quem era aquele corpo que ali estava diante dos seus olhos moles? Que mulher era aquela ao lado da qual adormecera e acordara anos a fio? Quem era, enfim, Angelina Fontayara? Chegava tarde a pergunta porque a resposta morria com ela e com ela iria a sepultar para a eternidade.

Ainda considerou, na loucura do abandono, pegar na cédula da falecida, saber-lhe a origem, embarcar à procura do passado, como se tal lha trouxesse de volta, a substanciasse ou lhe pudesse dar descanso. Mas por fim resignou-se, e, no dia seguinte, depois de o corpo de Angelina Fontayara descer à terra, jurou esquecer o assunto e cumprir, por temor ou fidelidade, a promessa silenciosa de não querer dela além de o dali para diante, quando o horizonte dos dois não era senão um mar de lágrimas sem fim à vista. Pegou fogo à vontade e à cédula da esposa morta, como se fosse possível reduzir a cinzas e fumo tudo quanto fora a sua vida antes daquela tarde poente, no convés do *Alyantte*, quando se aproximou dela e perguntou:

— Está sozinha?

E ela respondeu:

— Estou.

À época da morte da esposa, Tulentino Trajero trabalhava como magarefe no matadouro municipal, que por má fortuna haveria de desaparecer poucos dias depois num incêndio que se alastrou ao coração da cidade, na mais famigerada desgraça da ilha, causando a morte a quase meia centena de pessoas, quando uma manada de vacas em chamas irrompeu pela Travessa da Salvação, esmagando a eito a procissão de Pentecostes. Nem o cardeal Cervedo Tormnes, que enjoara sete dias e sete noites, desde Antipuara até Porto Negro, por convite do senhor bispo Caulle d'Aimar, escapou da chacina de demónios ardentes, que só pararam no porto para se atirarem à água. Viúvo, sem trabalho e com uma filha para criar, Tulentino Trajero sentiu sobre os ombros a arcadura do zero e compreendeu não ter outro remédio senão arregaçar as mangas e deitar mãos ao trabalho. Alugou o resto da casa a D. Sancho Guelba e abriu negócio por conta própria, tinha Ducélia dois aninhos de andar por cá.

A partir desse dia, dedicou-se à filha e ao trabalho, e a partir desse dia foram apenas os dois. Ele mesmo se ocupou dela, como imaginava dever ocupar-se uma mãe, e, apesar de não ser um homem de afectos fáceis, devotou-lhe todo o amor e cuidado de que foi capaz.

Foram difíceis os primeiros tempos para o açougueiro da Rua dos Tamarindos, mas a pequena Ducélia, como quem cedo compreendesse a luta do pai, não dava senão o trabalho que não podia não dar. Sentada à porta do negócio, passava os dias a olhar a rua, num estar quieto e silencioso, indiferente às festas na cabeça que os clientes lhe faziam ao entrar e sair. Um dia pediu para o ajudar e o pai arranjou-lhe um banco alto, encarregando-a de entregar aos clientes os embrulhos da carne. Via-se feliz nesse tempo e nada lhe parecia dar mais satisfação do que estar aí, ao lado do pai, a receber-lhe das mãos os embrulhos e estendê-los à freguesia do outro lado do balcão. Um dia quis aprender a fazer as contas e o pai ensinou-lhe os números e as regras entre eles. Multiplicou a felicidade e durante seis anos foi o braço-direito do açougueiro, chegando a encarregar-se do negócio sempre que este tinha de se ausentar por uma hora ou duas. Mas, por motivos que, se calhar em caminho, talvez se contem, Tulentino Trajero achou não ser aquele o sítio indicado para uma menina da sua idade e contratou um ajudante para o auxiliar nas tarefas. Ducélia, então com doze anos, teve de deixar o açougue.

A súbita decisão do pai provocou nela uma tristeza intraduzível. Criada no silêncio que se manteve depois da morte da mãe, onde as coisas ditas não eram senão pequenas pausas nos intervalos dos grandes silêncios, como se os verbos fossem quês supérfluos, luxos sem os quais se passava bem, Ducélia não contestou a decisão, acatando-a, como seria de esperar da boa filha que era. Mas, porque ele há coisas que o próprio silêncio não consegue calar, depressa Tulentino Trajero notou um silêncio diferente alastrando-se a toda a casa. Achava haver tomado a decisão certa e cria que, com o passar dos dias, aquele sentimento de tristeza haveria de minguar. Mas os dias passaram e a alegria de Ducélia não dava mostras de reagir. Por várias vezes a surpreendera, espreitando pela porta de grades que dividia o açougue do alpendre da casa, como se esperasse alguma coisa. Fingiu sempre não ver, mas aquela imagem de olhos tristes moía-lhe o pensamento dia fora.

Criada sem mãe, ou outra presença feminina que a iniciasse em tarefas mais elaboradas, Ducélia limitava-se às pequenas coisas. A lida da casa era pouca, visto a roupa estar entregue às lavadeiras do porto, e as tarefas inventadas pelo pai para a manter ocupada se esgotarem depressa, deixando-lhe o resto do tempo vago sem nada com que se entreter. Até a hora da sesta se tornara desocupada, agora que a velha Dioguina Luz Maria tinha partido. Mas essa era uma história desconhecida de Tulentino Trajero e que, se calhar em caminho, talvez se conte.

Não sobrava ao açougueiro tempo para lhe ensinar coisas novas, compreendendo haver algumas alcançáveis apenas entre mulheres. Soube de uma velha modista que ensinava mocinhas num pequeno *atelier* dos Arcos, mas depressa se apercebeu, no pouco tempo da entrevista, não ser aquele o ambiente desejado para a filha. Uma sala cheia de raparigas novas, acaloradas, aos risinhos e aos cochichos, deu ao açougueiro da Rua dos Tamarindos a ideia de serem outros o corte e a costura ali praticados. Tinha uma reserva indisfarçável em relação às moças daquela cidade, fervendo-lhe o sangue sempre que alguma, mais arejada, lhe passava à porta do açougue. Pois aquilo a que uns chamavam alegria e descontracção, chamava ele falta de vergonha e deboche. Conhecia-lhes a fama e as histórias que delas se contavam. Rara aquela cuja vida não tinha um marinheiro ancorado. Mal antigo! Muitas delas filhas de amores fortuitos da beira do cais. Contavam-se pelos dedos as famílias compostas por pai, mãe e filhos, e achá-las com avós de ambas as partes era tarefa mais árdua do que desencantar um espadarte com penas. Mas da vida alheia sabe alheia gente; da sua, sabia ele. Logo, andassem lá como o Diabo quisesse, mas depois não lhe fossem pedir fiado, porque, «ah, que Deus», sozinhas no mundo com um rancho de filhos para criar.

Por isso, quando viu o ambiente do *atelier* dos Arcos, Tulentino Trajero teve a certeza de ali não haver Ducélia de pôr os pés nem para mandar fazer bainhas. Só o imaginá-la de amizade com aquele género de raparigas enchia-lhe as veias de espuma. Sabia bem como as coisas se davam: primeiro um passeio, depois uma festa, um bailarico, e daí para a desgraça um pulinho de nada. Também já fora novo e tentado. Não que Ducélia lhe não merecesse confiança absoluta! Merecia. Mas o seguro morreu de velho e a prudência rezou-lhe a missa. Assim, antes que o Diabo e as tentações da idade fizessem das suas, tratou ele mesmo de corrigir o destino.

Dias depois, a meio da manhã, uma outra ideia deixou-o entusiasmado. Solicitou uma audiência com a madre superiora do Convento das Teresinhas e, a despeito das regras rígidas da instituição, que não previam o ingresso a filhas de casais não legitimados pelo matrimónio cristão, Tulentino Trajero logrou, a título de excepção e sob o pagamento integral da anuidade e de um generoso donativo para as obras de caridade, a admissão da filha na Escolinha das Sagradas Esposas.

A Escolinha, como a designação sugere, era um centro de boas práticas, dirigido pelas freiras do Carmelo, com o propósito de preparar, desde cedo, as meninas de boas famílias para o futuro papel de esposas — um papel diferente do de ser mulher, que ele há coisas, assume-se, que as religiosas não saberiam explicar. Coisas haveria, também, que Tulentino Trajero, chegada a hora, não saberia ou não teria coragem de esclarecer à filha. Porém, não foi essa a razão a motivar-lhe a escolha, dado longe vir a hora de se preocupar com tais questões.

Além das faculdades do lar e dos lavores, na Escolinha das Sagradas Esposas eram ainda ensinadas a oração e o recato, o comedimento e a paciência, a conformação e o sacrifício, virtudes ímpares e tão profícuas à vida e ao matrimónio, em especial num tempo e num lugar onde, lamentavam as mais velhas, pareciam cada dia mais desatendidas. De tudo aprendiam as meninas e moças na Escolinha do convento. Porém, letras, nem um A do tamanho de um anho.

Para Ducélia, no entanto, aquela mudança não representou um presente. Se lhe tivesse sido dado a escolher, talvez optasse por ficar como estava. Mas, percebendo no pai o agrado por aquele ingresso, pela sua frequentação daquele espaço, disfarçou o desinteresse e engoliu o desconsolo para o fundo de si. O açougueiro, esse, estava orgulhoso da decisão certa. Não se lembrava Ducélia de alguma vez o haver visto tão entusiasmado, tão falador, como em relação àquele assunto. Para ela, essa foi a parte boa de tudo aquilo.

Começou então a frequentar a Escolinha das Sagradas Esposas duas horas de manhã e outras duas à tarde. Além das aulas, outras práticas passaram a fazer parte das suas rotinas: a missa aos domingos, a aprendizagem do catecismo aos sábados e a profissão dos seus sagrados sacramentos, a começar pelo baptismo que, também por excepção, lhe foi ministrado. Nos primeiros tempos, Tulentino Trajero esforçou-se por acompanhar a filha ao louvor de domingo

— sacrifício cumprido com um desalento de condenado —, mas, antes ainda de Ducélia cumprir treze anos, já assistia sozinha à eucaristia. Apenas nos dias de procissão e em ocasiões especiais, o açougueiro da Rua dos Tamarindos se endomingava para dar o braço à filha e passos sacrificados a caminho da catedral.

Foram-se passando os anos e Ducélia crescendo, sem relevo, na discrição das palavras poucas, alheia a tudo quanto a rodeava, executando, sem prazer nem enfado, as tarefas que tinha de executar. Nunca se lhe ouviu uma queixa, um suspiro mais fundo. Fazia a vida no silêncio das alpergatas e, se pensamentos a entretinham, talvez só Deus, a saber, os soubesse, visto nem mesmo o cónego Crespo Luís, a quem se confessava uma vez por semana, lhos conhecia.

— Uma santa, esta rapariga! — comentava com Deus no fim de cada confissão, quando a mandava de volta para casa sem qualquer penitência, deixando-lhe ao cuidado as orações que bem entendesse deitar ao Céu.

Quando aos dezasseis anos Ducélia foi crismada, Tulentino Trajero acompanhou-a pela última vez à catedral, jurando só tornar a entrar naquele matadouro de almas no dia de a entregar à mão do mais virtuoso rapaz da cidade. Em tantos anos nunca pensara em tal assunto, mas naquela manhã de Agosto, quando a viu em frente do altar toda vestida de branco, sentiu um aperto no coração e um medo frio invadir-lhe os ossos.

Por essa altura já Ducélia passara a frequentar a Escolinha apenas da parte da tarde. Apta para todas as tarefas do lar, havia agora mais trabalho em casa para fazer. Aí tudo estava por sua conta e tudo sempre dentro da pontualidade, do aprumo, do asseio. Nos tempos mortos, que sempre os havia, bordava toalhas e panos para um baú que se enchia de esperanças e sonhos, pois até a mais simples das criaturas os há-de ter. Reservada, discreta, parecia não existir: uma alma satisfeita, sem ambições ou tormentos — pensaria quem a visse. Para descanso do pai, nunca demonstrara interesse em convívios além dos mantidos na Escolinha das Sagradas Esposas. Nunca uma amiga, uma companhia, um rapaz rondando a porta; nunca o pedido para um baile, para uma festa, excepção apenas para a semana da padroeira, em que ajudava as freiras na barraquinha da quermesse. Para além do cumprimento circunstancial na rua a vizinhos e clientes conhecidos, com mais ninguém trocava conversa. Ao contrário da maioria das raparigas da sua idade, cujos corpos calorentos se escapavam pelas folgas dos panos, nunca Ducélia usou traje ou penteado passível de entortar os olhos ao pai. As bainhas dos vestidos beijavam-lhe os tornozelos, as mangas, o início das mãos, a gola, a base do pescoço e, sobre os ombros, a fina discrição de um xaile. Mudava o tecido conforme a estação, mas o corte mantinha-se fiel como as escamas de um peixe vulgar, sem cores ou padrões vistosos. O cabelo, solto pelas costas abaixo, jamais se apanhava, ardesse como ardesse o Estio, que *de nucas suadas* — ouvira ao pai — *também é feita a fantasia dos homens*.

Cumpridos dezassete anos, a pouco mais se resumia a vida de Ducélia Trajero, a menina dos olhos do mais concorrido açougueiro de Porto Negro, o homem que a criara sozinho depois da morte da esposa — mulher sem passado nem futuro, que conhecera no convés de um barco com vista para o horizonte do mar e com quem partilhara a vida por cinco suaves anos —; o homem que a procurava proteger até da própria sombra; o homem que não queria para ela senão a felicidade toda; o homem para quem não deixara ainda de ser uma menina que, um dia, haveria de levar ao altar, de olhos trementes, para a entregar à mão do mais virtuoso rapaz da cidade.

IV

Diante do espelho, Ducélia Trajero olhava para si como se pela primeira vez na vida. Conhecia o rosto de cor, mas com a superficialidade dos olhos próprios. Nunca se havia aprofundado em si mesma, procurando para lá do aparente. Quantas sardas teria no dorso do nariz esguio? Que matizes povoavam o fundo dos seus olhos vulgares? Quanta penugem lhe sombreava o lábio, a curva do maxilar? E na paz domingueira da casa vazia, ficou a mirar-se, procurando pormenores amáveis, sinais de uma qualquer beleza, algo que pudesse ter despertado em Santiago Cardamomo um olhar… se é que algum olhar.

Regressava da casa paroquial onde, depois da sesta, fora levar um bolo de gila ao cónego Crespo Luís, que lho gabava como a nenhum outro na cidade, quando o coração se lhe alvoroçou dentro da gaiola do peito: à porta da Flor do Porto, de repente, Santiago Cardamomo. Não havia dois segundos, espreitara do arco da praça para a rua deserta, para as portas vagas do bar, como era hábito sempre que por ali passava a horas incertas e… baixou a cabeça, mas os olhos, gatos curiosos, espreitaram, cúmplices, pelo cantinho de si. Pareceu-lhes que ele a olhava! Sentiu-se corar. Com a respiração desarranjada, acelerou o passo rumo a casa, rumo ao quarto, rumo ao espelho, onde agora, havia mais de meia hora, procurava em si sinais de um olhar… se é que algum olhar.

Ninguém sabia, ninguém desconfiava, ninguém sonhava sequer que a discreta filha do açougueiro Trajero fermentava amores por aquele galdério de mil saias. O seu jeito recatado pouco dava nas vistas e, portanto, pouco a falar, que o mal da língua são os olhos. Contudo, havia cinco anos que a doce Ducélia não pensava em mais nada nas vinte e quatro horas do dia.

Tinha doze anos quando Santiago Cardamomo entrou uma tarde no açougue por um recado da tia: as miudezas do costume para o petisco de domingo. Num banco alto, ao lado do pai, a jovem Ducélia sentiu a barriga tremer. O rapaz, já na época um homem, só reparou nela na hora de pagar, quando o pai, por detrás da filha, lhe entregou o cartucho do avio. Atrás do balcão, de olhos baixos para um pedaço de papel, Ducélia fez a conta e de conta que ali não estava, mas, entre o «Quanto devo?» e o «Até mais ver!», Santiago passou-lhe dois dedos pela timidez das sardas e sorriu:

— Vais ser uma mulher muito bonita, tu! — piscando-lhe o olho sem mais intenções e saindo para se esquecer dela no instante seguinte.

Ducélia ficou cereja, groselha, carmim, de olhos baixos contra a caixa dos trocos, evitando o olhar do pai, pois sentia as faces a arder de emoção e vergonha. Uma freguesa, acabada de entrar, invejosa do piropo, pôs os olhos na rapariga, provocando o açougueiro:

— Cuidado, senhor Tulentino! Olhe que aquele milhafre ainda lhe leva a pombinha!

Tulentino Trajero não respondeu, mas disse com o olhar que só por cima de si morto tal aconteceria. Não gostara da intimidade e se não protestou foi por ser coisa rápida e dona Santiaga Cardamomo, uma cliente antiga. Porém, foi o bastante para compreender que a filha já despertava olhares nos homens e tomar a decisão que a transferiu do balcão do açougue para a sala de lavores da Escolinha das Sagradas Esposas. Para Ducélia, no entanto, aquele gesto, aquele olhar, aquelas palavras simples, foram um sopro de vida nas narinas dormentes. Jamais alguém, dois dedos no rosto. Jamais alguém, «vais ser uma mulher muito bonita, tu!». Jamais alguém, um piscar de olho, um sorriso tão franco quanto aquele que Santiago Cardamomo lhe deitara. Por isso o momento teve para ela uma dimensão babilónica. Não podia queixar-se do pai. Nunca lhe batera, não tivera nunca de lhe gritar. Nunca lhe faltara com nada: excepto dois dedos na vergonha das sardas, um piscar de olho, um sorriso aberto; excepto uma palavra transmitindo-lhe confiança quanto à mulher bonita que um dia haveria de ser.

Não tornou Santiago ao açougue, que disso também se encarregou o açougueiro, passando ele mesmo a entregar pontualmente no bar de dona Santiaga todos os corações, moelas, fígados e pescoços de frango que havia vários anos lhe reservava. Mas ele há coisas que não é a frequência que aumenta, mas o tempo de latência entre a fantasia e a realidade. Algo naquele dia se moveu dentro da menina dos olhos do mais concorrido açougueiro de Porto Negro; uma semente esquecida num terreno infértil, agraciada de repente com duas gotas de chuva, dois olhos profundos, dois dedos na face. Passaram cinco anos desde aquele episódio. Santiago nunca mais se lembrou dela e ela nunca mais se esqueceu dele.

Agora, todos esses anos depois, diante do espelho, Ducélia Trajero procurava um eco, um reflexo do olhar, das palavras daquele homem. Já não era a menina de doze anos, mas tão-pouco a mulher bonita que Santiago predissera. Olhava-se com o olhar crítico de uma mulher olhando outra para lá de uma janela indiscreta, e... não, não era bonita, nem pouco mais ou menos, garantia-lhe a vulgaridade dos olhos que dois arcos de pêlo negro sombreavam. Como emendar a mão de Deus? Penteou-se, mudou o penteado, apanhou o cabelo, sobre a nuca, de lado; focou os perfis, um e outro, de...mora...damente; molhou os lábios, harmoniosos, revelou os dentes, quase perfeitos, quase brancos, e num crescente de excitação tirou a roupa e ficou nua, diante do espelho, à cata de formosura; de uma explicação para o olhar de Santiago.

Era magra, já se sabe, mas parecia só agora reparar nisso. O peito, pequeno — duas conchas de mão apenas —, valia-se de uns mamilos perfeitinhos. A barriga, lisa, o umbigo profundo, donde uma penugem macia crescia no sentido austral do corpo. Olhou-se de mais perto, curvada sobre si, colada ao espelho, surpreendendo-se com a opulência negra que lhe cobria a natureza substantiva de ser mulher. Virou-se de costas... Haviam-se esquecido de lhe fazer as nádegas, pensou; e as pernas, pouco mais que os braços, só ganhavam graça na delicadeza dos pés, os quais, a par com os mamilos e os lábios, pareciam as únicas realidades graciosas em si. E num misto de vergonha e desalento, sentiu não chegar o pouco somado para despertar em Santiago Cardamomo um olhar... se é que algum olhar.

Vestiu o vestido, sentou-se na cama, suspirou para o espelho — que encolheu os ombros — e, de mãos no colo, começou a fazer contas à vida pela cabeça dos dedos: «Olhou para mim, não olhou para mim, olhou para mim...?» Os acessos de excitação iam e vinham, mas Ducélia estava presa na intermitência angustiante do talvez sim, talvez não. O mais certo seria não passar de um desvario da sua cabeça, partida dos seus sentidos, desejo do seu coração, enfim, um olhar por olhar, como ia acreditando, pelo contar dos dedos, ter sido. Afinal, porque haveria ele de olhar para ela? Logo ele! Logo para ela. E como quem se resigna ante a última pétala de um malmequer negativo, retirou-se para a cozinha, acendeu o lume e pôs-se a tricotar o jantar, que, para quem se ocupa, o tempo passa mais depressa e a vida levanta menos dúvidas.

Não demorou muito ao pensamento voltar à porta da Flor do Porto. Ducélia abanava a cabeça, enxotando as ideias, e, para se defender, ia repetindo «não foi nada», naquele truque infantil de afirmar o contrário para que o desejo se cumpra. Mas nem o coração é órgão que se engane, nem a vontade pode mais do que a esperança. De modo que, para onde Ducélia ia, as ideias voavam-lhe atrás, quais borboletas à volta de um eixo. A cabeça dizia-lhe para tirar dele o sentido; o coração evocava-lhe o nome a cada pancada. E naquela luta, entre o arranjar de um frango, cabeça para um lado, coração para o outro, imaginou, como tantas vezes, a catedral a um domingo de manhã, no qual ela de branco, ele nervoso, num fato bege, contraído de narinas e lábios, esperando-a no altar, recebendo-a do braço do pai, nervoso igualmente. A cidade em peso: as mulheres invejosas, um barco aguardando no cais para uma viagem de amor, lá longe, no mar, e uma cebola entre dedos a nevar para a untura do tacho, a turvar-lhe os olhos, incapazes, os pobres, de ver Santiago fechando a porta do camarote nupcial e encaminhar-se para o leito onde ela o aguardava, nervosa, e onde ambos se haveriam de cumprir numa noite só deles. Não, essa parte já não viu Ducélia, que até para sonhar é preciso saber com quê, e aquilo que acontece dentro do quarto dos noivos era-lhe coisa desconhecida. Uma mãozinha de ervas, tomate aos cubinhos e o lume a puxar por tudo; pelos seus humores de jovem mulher, perfumando o ar. Entretanto os filhos, Angelina, Ducicária e Santiago-filho, para já chegavam três, e a felicidade de um viver a dois até ao render do tempo. Depois o contar à segunda descendência, com o retrato de ambos na mão, sobre o avô, que fora o mais formoso e desejado homem da cidade e a escolhera de entre todas, a ela, Ducélia Trajero, para mãe dos seus filhos, para avó dos seus netos, para companheira da sua vida de homem honrado e feliz. Sonhava-o, Ducélia, num juntar de frango e sal ao caldo pronto; sonhava-o, que é para isso que os sonhos servem. Mas porque o sonho e a fervura já iam altos, deitou-lhes água e quatro mãos de lentilhas, que era quanto faltava para rematar o jantar.

Quando ao cair das oito o pai chegou, acompanhado de *D. Dragon*, Ducélia bordava no alpendre o amor quimérico numa toalha de linho, que quem não sabe escrever borda poemas de flores em diários de pano. O cheiro do guisado perfumava o ar e o açougueiro sentiu a felicidade encher-lhe o peito. Não havia nada como chegar a casa. Pousou o galo de combate, disse boa noite à filha, lavou as mãos e sentou-se à mesa. Ducélia pousou o trabalho, devolveu as boas-noites ao pai, fez uma festa a *D. Dragon*, que a aceitou sem protestos, e, sem mais palavras, começou a servir o jantar. À luz da candeia jantaram os três sem nada que se dissesse. Apenas o bico de *D. Dragon* se ouvia, debaixo da mesa, numa insistência de telegrafista contra o esmalte da gamela. Havia cinco anos que todo o santo domingo regressava dos combates vivo, direito e sem uma única sangradura na crista; cinco anos nos quais aquele momento parecia ser o mais honroso da sua vida, a qual, se calhar em caminho, talvez se conte.

Terminado o jantar, o açougueiro recolheu o galo e, enquanto um caldeirão de água aquecia, foi à capoeira dos frangos arrancar vinte ao sono. À luz magra da candeia, pai e filha depenaram o serão no silêncio fofo de todos os dias. Ao cabo de duas horas, quando Tulentino Trajero se recolheu, levando consigo o doce perfume que aos domingos trazia da luta de galos, Ducélia foi deitar-se na rede do alpendre. A noite estava quente, o céu estrelado. Só uma concertina se ouvia, solitária, para as bandas do porto. Fora da rede um pé balançava, descalço, contra a mornidão da noite. Ducélia apanhou uma flor que crescia rente ao muro e, sob a claridade de prata, tornou a tentar:

— Olhou para mim, não olhou para mim, olhou para mim…

V

Quando Ducélia se levantou, já o pai fora ao porto comprar gelo aos holandeses, que o traziam de noite da ilha de Santtaullau, e enchido as arcas: duas grandes caixas de madeira, forradas a palha, para conservar a carne. Quando Ducélia se levantou, já o pai matara uma vitela e um porco, desmanchara ambos e pusera por partes: duas nas arcas e uma sobre o mármore do balcão. Quando Ducélia se levantou, já o pai pendurara pelas patas dez frangos no gancheiro para se lhes encherem as cristas de sangue, que frango saudável vende melhor. Quando Ducélia se levantou, já Abelharuco Gato e a mulher haviam passado na carroça a deixar coelhos e patos, amanhados e limpos, porque bichos melindrosos e chatos de depenar mais vale comprar para vender do que criá-los em casa. Quando Ducélia se levantou, já o pai deixara sobre a mesa uma cafeteira de café feito, uma caneca de café suja e um prato de espinhas, cabeças de peixe e migalhas. Quando Ducélia se levantou, já os sinos da catedral dobravam as sete e o dia começava aos poucos a ser manhã.

Lido assim, poderá tender o pensamento para a preguiça da rapariga, mas quem não aguentava muita cama no corpo era o açougueiro, que às cinco da madrugada despertava do sono, como se no travesseiro de penas, onde descansava da vida, restasse ainda o cantar dos galos que o tinham dado a encher.

Com a cara amarfanhada, o cabelo num ninho, Ducélia sentou-se à mesinha do alpendre, lenta, a tomar café. Recolhera à cama já noite alta, quando o galo branco resolveu apavorar os frangos e cantar mais cedo. Era o único a ouvir-se por ali, apesar das capoeiras cheias. *D. Dragon* não se dava a cantorias e os frangos, esses, tinham poucos motivos para acordar cedo o açougueiro. Toda a noite os olhos de Santiago a miraram da porta do bar e, de madrugada, quando o sono a venceu, não estava já certa de os haver visto ou sonhado. Mas, porque sempre os pensamentos da noite parecem risíveis à luz do dia, Ducélia achava-se agora uma tola e uma tolice a fantasia da tarde anterior, a esperança infantil no impossível. É esta a impiedade da manhã: o aclarar tudo em volta, bom e mau.

Para lá do pequeno muro que separava o alpendre do quintal, o galo branco rondava as galinhas, desinteressadas, no pica e sacode de toda a hora. Aproximou-se de uma, arrastou a asa... a galinha agachou-se. De um pulo pôs-se-lhe às costas, procurou equilíbrio, bicou--lhe o pescoço, a cabeça e, ao cabo de um balançar desajeitado, que não durou dez segundos, escorregou para o chão e cantou de satisfeito, à semelhança de quem tivesse conquistado um continente à bicada. A galinha sacudiu as penas do rabo e continuou a debicar fantasmas no acender da manhã, como se não houvesse acontecido nada. Não compreendia Ducélia a cisma do galo em pôr-se sobre as galinhas, nem o que se passava debaixo daquele revoar de penas, donde só o galo parecia sair satisfeito. Debaixo da figueira, preso por uma pata, *D. Dragon* fixava-o pelo canto do olho. Que lhe passaria pela cabeça? O galo branco, esse, alheado de qualquer pensamento, tornou a encher o peito e a cantar o fôlego todo da sua vaidade.

Nada de novo, constatou Ducélia. O cheiro húmido da terra, das ervas, do pé de baunilha; a fresquidão salgada a acusar maré vaza; o chilrear nervoso dos pássaros, há muito atarefados. Ao longe, a sereia rouca de um navio deu sinal de entrar na barra. Ducélia sorriu. Lembrava-se sempre da velha Dioguina Luz Maria, sentada à varanda do palacete, na sua cadeirinha branca de esperar D. Luciano. Onde estaria àquela hora? Seria viva, ainda? Um suspiro saudoso soltou-se dela.

De dentro do açougue, o trabucar do pai ecoava grave a uma distância considerável. Ducélia levou a chávena à boca. Terminou o café. Nos campanários da catedral bateu a meia hora das sete e à porta do açougue o novo empregado do pai. Estava na altura de também ela começar a mexer, que os sonhos pertencem à noite e às horas mortas. E lançando um último olhar em redor, levantou-se, resignada ante a constância do mundo. Nada de novo!, suspirou. Nem um sinal de mudança, sequer. Enfim, amanhecia vulgarmente.

Aprontava-se para ir ao mercado quando a voz do pai lhe veio dar os bons-dias e anunciar a saída. Coisa rápida naquele dia, meia dúzia de borregos que o turco Sedat lhe pedira o especial favor de abater. Esta parte não referiu, pois não tinha por hábito explicar-se. Desde que, finalmente, arranjara um empregado de confiança para o açougue, Tulentino Trajero dispunha de mais tempo para os seus biscates de magarefe, indo e vindo ao açougue conforme a corrente de trabalho fora de portas. Tinha clientes nos quatro cantos da cidade e nos outros quatro fora dela. Criadores chegavam a aguardar semanas pelos gumes da sua faca, a qual granjeara já tanta fama quanto o dono. Mestre Tulentino, como era conhecido e chamado, auferia do respeito supersticioso em tempos devotado aos carrascos. Não por tratar com a morte, mas pela forma distinta como a servia: sem sofrimento nem dor. Pelo menos na aparência.

— Se toda a morte fosse assim — disse uma ocasião um fazendeiro das redondezas —, nunca se teria inventado a religião.

Riram os presentes, porque o fazendeiro era rico, mas não entenderam nem fizeram perguntas, e ali se perdeu uma pérola rara para a filosofia.

Entrava sozinho para o degoladouro, onde as reses ruminavam pressentimentos e, sem que um mugido se ouvisse, saía como se nada fosse a enrolar a faca na camurça. Atrás de si um cenário tranquilo, com os figurantes pendurados num sistema de roldanas e cordas, a pingar a vida para uma fileira de baldes. No chão, nas portas, nas paredes, nem um sinal de resistência, de defesa, de luta pela sobrevivência, nenhum vestígio de a morte por ali ter passado, nenhum indício de a vida não haver sido oblatada de boa vontade. Era de uma mestria e limpeza irrepreensíveis, Tulentino Trajero, e, acima de tudo, deixava a carne com uma maciez singular.

Quando lhe perguntavam qual o segredo do seu abate, o açougueiro da Rua dos Tamarindos respondia invariavelmente:

— Adormeço-os primeiro.

E na inevitabilidade da pergunta de como era isso feito, Tulentino Trajero acrescia:

— Com muito silêncio.

A verdade não andava longe. Dava pelo nome de *andrunédia*: uma pequena planta de campânulas roxas com propriedades paralisantes. Um pouco de pó — resultante da trituração das sementes — aplicado na boca do animal bastava para, em menos de um padre-nosso, deitar um boi por terra, de olhos abertos, mas incapaz de mover um músculo. Apenas os músculos adormeciam, de modo que o animal sentia a vida a ir-se, devagar, numa impotente agonia indolor. Durante onze dias e onze noites, um punhado de tais sementes viajara-lhe no bolso, entre Antipuara e Porto Negro. Não chegara a coragem para as meter à boca. Ao oitavo dia deixaram de fazer sentido. Meses depois, deu com elas no forro de um casaco e atirou-as para um canto do quintal onde acabariam por nascer à sorte. Só tornou a lembrar-se delas anos mais tarde, quando a morte passou a fazer parte da rotina diária daquela casa, e compreendeu a dificuldade que era para um homem sozinho segurar, amarrar e matar um animal que não foi feito para se entregar ao destino sem resistir. Era este o segredo do açougueiro da Rua dos Tamarindos. Um segredo que julgava tão bem guardado quanto aquele que o fizera deixar a terra natal para se perder na lonjura daquela cidade de pecado e que, se calhar em caminho, talvez se conte.

As ruas estreitas da cidade velha, pinceladas de fresco pelo sol da manhã, produziam em Ducélia uma sensação de liberdade e de paz, alcançável apenas à hora da sesta. Todas as manhãs o mesmo percurso intricado de vielas e becos, cuja constância quotidiana nem os anos, nem os governantes, lograram alterar, e todas as manhãs uma impressão de novidade e surpresa. Em cada esquina, em cada porta, em cada janela aberta para a rua, Ducélia via o mundo pela primeira vez. Quando por fim desembarcava na praça do cais, onde o coração da cidade pulsava com maior frenesim, uma excitação miudinha tomava-a pelas pontas, como se chegasse, de repente, a um lugar desconhecido, a um porto das histórias da velha Dioguina Luz Maria, algures do outro lado do mar. Era, sem dúvida, uma das melhores horas do dia.

O mercado do porto, espalhado ao longo da praça, era um mundo em si mesmo. Ducélia avançava para ele, isenta de culpa, até se dissolver, feliz, naquela massa complexa. Perdia-se a olhar as pessoas; a andar entre elas, imaginando-lhes as vidas pelos retalhos das conversas; diante das bancas, a mirar coisas para sonhar mais tarde. Naquele dia, em particular, teve vontade de um vestido novo, salpicado por mil flores de mil cores.

— Quer experimentar, menina? — Uma vendedora sorridente, adivinhando-lhe o pensamento. — Um preço especial por ser para si.

Ducélia corou. Acenou com a cabeça, andou para diante. Um gancho para o cabelo chamou-lhe a atenção. Que bem que ficaria o conjunto! Agora eram uns sapatinhos cremes e uma sombrinha da mesma cor, com uma florzinha bordada, que ela mesmo aplicaria, discreta, a um cantinho, junto às franjas.

— Olá! — Uma catatua de poupa lilás à sua passagem. — Olá! — Num dançar sobre as patas, com o ar feliz que as aves cativas aparentam ter.

Ducélia sorriu. Aproximou um dedo do poleiro. O animal bicou-lho ao de leve, naquilo que os humanos apelidam de beijo.

— Dois mil *pudís**, menina — informou o vendedor. Um homem enorme, moreno, cabeludo. — Diz mais de mil palavras. Uma raridade! Olhe, pegue. Dê cá a mão. Não tenha medo! Não paga para mexer!

Ducélia forçou as bochechas. Estendeu a mão ao comerciante. Uma mão pequenina sobre aquele remo negro de cinco pontas.

— Está a ver? — tornou o homem pondo-lhe a catatua no pulso.

— Olá!

Ducélia soltou um risinho infantil.

— Mil e quinhentos e é sua, menina!

Ducélia escusou-se. Não tinha dinheiro nem autorização. Tinha pena. Agradeceu e, sem olhar para trás, foi direita à banca do peixe, que para isso, sim, saíra de casa. Despachada das compras, deu uma volta pela praça, afastada das bancas. Gostava de olhar os grandes barcos, os pilares do cais cobertos de pelicanos, os velhos pescadores, curtidos pelo sol, a remendar redes sobre o molhe, o cabelo dourado dos marinheiros do Norte e o seu jeito atrevido de fazer corar as raparigas da terra. Gostava daquele ritmo, daquela mistura de cores e cheiros, da musicalidade das vozes e das línguas distintas

* Unidade monetária de São Miguel do Pacífico.

que se amalgamavam sem pudores numa comunhão entre homens e mulheres de todas as idades e credos e cores e classes e origens do mundo. Enfim, gostava da vida que ali pulsava, tão distinta daquela que conhecia para as bandas da cidade onde vivia. No entanto, no meio de tudo aquilo, o que mais lhe atraía a atenção era o movimento arrojado dos estivadores da doca carregando e descarregando barcos, porque por vezes, no meio deles, surgiam uns ombros luzidios que a faziam tremer. Mas, naquela manhã, Santiago andava pelos armazéns.

À hora do almoço, um tabuleiro de peixe adocicava o ar do alpendre. Para lá do pequeno muro, a criação dormitava debaixo das árvores do quintal. Pai e filha almoçavam em silêncio. Era assim diariamente. Terminada a refeição, Ducélia levantou a mesa. Tulentino Trajero pegou na onça do tabaco e, como todos os dias antes de a filha lhe trazer o café e a aguardente, saboreou num cigarro a paz sem preço daquele momento. Poucas coisas na vida lhe davam tanto prazer quanto aquele meio tempo entre o almoço e a sesta. Tomado o café, recolheu-se ao fresco do quarto, de onde só sairia duas horas depois para a segunda parte do dia. Ducélia, terminada a cozinha, foi deitar-se na rede do alpendre. Também ela gostava de ficar uns instantes a pensar em nada, boiando no silêncio monástico que ficava na casa depois de o pai se ausentar. Fechava os olhos. Não dormia. Nunca se habituara a dormir de dia. Esperava. Os primeiros acordes ressonantes do pai não tardariam. Não tardavam nunca. Não tardaram também naquela tarde. Uma vez mais, confirmou não haver nada de novo sob o céu azul da ilha. Então levantou-se e, como todas as sestas, desde a idade dos oito anos, transpôs o muro das traseiras, que separava o quintal da quinta do palacete, e desapareceu entre a vegetação. Até ao bater da meia hora para as três, o mundo era uma coisa só dela.

Quando o pai se levantou, já Ducélia estava de volta, sentada no alpendre, passajando numa meia a hora que faltava para se pôr a caminho do convento. De cada canto, a cada instante, os olhos de Santiago espreitavam-na, forçando-a a baixar a cabeça, não fosse o pai vê-la corar. Bem tentara tirar dele o sentido, mas quê?! Quando saiu para a Escolinha das Sagradas Esposas, o coração acelerou-se à passagem pela Flor do Porto. Àquela hora nunca ele ali estava, mas não resistiu a olhar para o bar. De dentro, dona Santiaga disse--lhe adeus com a mão. Ducélia corou e, devolvendo o gesto à dona do botequim, acelerou o passo rumo ao convento, como se fosse atrasada. Era frequente cumprimentarem-se com um aceno. Cliente antiga da casa, dona Santiaga gostava da pequena, considerando-a educada como poucas por ali. Haveria de dar uma boa esposa, tinha a certeza, nem que fosse de Deus, conforme vaticinava o cónego Crespo Luís. Era frequente cumprimentarem-se, dizia-se, mas naquela tarde Ducélia sentiu-se transparente, com o coração à mostra.

No convento, como de costume, bordou duas horas, sem prazer nem enfado, e, quando as badaladas das seis soaram nos campanários da catedral, ajudou a arrumar o trabalho e rumou a casa no passo acelerado das quatro da tarde. A sereia do porto, que à despega nunca soava à hora certa, apanhou-a a meio do caminho, revolteando-lhe as tripas. Era hora do fim da jorna; a hora de Santiago subir até à Flor do Porto. Em casa, Ducélia pateava de um lado para o outro. Uma febre subia-lhe dentro. Nunca estivera tão ansiosa na vida. Respirou fundo. Olhou para a vassoura nervosa... vai, não vai... e, enchendo-se de coragem, pegou nela e saiu para a rua, decidida a varrer esperanças da porta, dúvidas do coração.

O dia caía para os lados do farol e os trabalhadores do porto, que por ali viviam ou tinham de passar, não tardariam a fazer-se ouvir. Vinham em grupos, falando alto e cantando, como se o trabalho os não moesse ou assim o quisessem dar a entender. Todos os dias o mesmo cenário, os mesmos actores, o mesmo musical de saltimbancos que conhecia de cor havia cinco anos. Dias depois de o pai a afastar do açougue, Ducélia perguntou se podia varrer a entrada do negócio. Tulentino Trajero não teve coragem de lho negar. Durante uma semana, a jovem Ducélia foi varrendo a horas diferentes do dia, mas durante uma semana não tornou a ver o moço da outra tarde. Por fim varreu à hora certa. Daí em diante, e até àquele dia, quando a meia hora das seis soava nos campanários da catedral, já ela se achava na rua, a coberto dos tamarindeiros, à espera de o ver chegar. Todos os dias os mesmos gestos, o mesmo seguimento lógico, orientado pelo crescendo de vozes que se aproximavam. Então, quando a imagem daquele homem surgia na moldura do arco, sentia o frio da clandestinidade no ventre e deixava-se ficar, escondida, atrás de uma árvore, até o jovem estivador cruzar os poucos metros que separavam o Arco de São Mateus da Flor do Porto. Todos os dias a mesma ansiedade recompensada pela mesma migalha de consolação, pelo mesmo breve instante de felicidade. Todos os dias, durante cinco anos, chovesse ou estiasse. E era de tal forma que, nas tardes em que Santiago não vinha, Ducélia recolhia a casa, vazia, como se o dia não tivesse nascido.

Naquele dia o nervosismo era maior. A cada varridela, a cada verso da canção, o corpo doía-se. No meio da onda de vozes que se avolumava rua acima, distinguiu a que lhe fazia tremer o coração e as pernas. Varreu para trás de um tamarindeiro e ali se deixou ficar, a varriscar o nada. O ar abafado do fim da tarde oprimia-lhe o peito; uma sensação de desmaio atravessou-lhe os sentidos. Sentiu o suor do corpo gelar, eriçar-se cada pêlo de que era feita, e teve vontade de se enrolar, feito um bicho-de-conta, no cantinho mais escuso do mundo, entre as folhas mortas que varria para o barranco da rua. À medida que a canção subia de tom e o seu coração de ansiedade, descia nela o arrojo para encetar um gesto. Mas, quando a imagem de Santiago cruzou o arco da praça, deu por si à mostra entre os tamarindeiros da rua. Fora a vassoura, talvez, a varrê-la para o espaço aberto entre as árvores, revelando-a de faces coradas no chão florido, como se nua, ainda, diante do espelho, reflexo vicário dos olhos daquele homem.

O grupo de homens separou-se: Santiago e os amigos para a Flor do Porto, o resto para onde o Diabo os soprou. Nenhum reparou em Ducélia. Santiago reparou. Estranho era não haver reparado antes! Pela conversa de Rodrigo, a moça sempre por ali andara. Todos os dias o mesmo caminho, o mesmo horizonte de tamarindeiros floridos, as mesmas caras de cá para lá — *Boa tarde, como está?!* —, até os cães e os gatos eram os de sempre, e nunca, por nunca ter acontecido, lhe havia posto os sentidos em cima. E agora, um dia trás outro, ali estava ela, como quem se houvesse mudado para aquela rua na tarde anterior. Mas não se perdeu em interrogações, Santiago Cardamomo, que entre a arcada da praça e a porta do bar era pouca a distância para tanta conjectura. Nesse pouco tempo, olhou-a apenas. À porta da Flor do Porto, quando Pascoal e Rodrigo já haviam entrado, esboçou então uma vénia e, abrindo um sorriso, soprou-lhe um beijo da palma da mão antes de desaparecer, ele também, na moldura amarela do bar.

Ducélia tremeu, congelou e ferveu, caiu de si, partiu-se em trezentos pedaços, e não fosse a vassoura varrê-la para casa, para cima da cama, ainda agora lá estaria, num monte, entre os tamarindeiros da rua, na felicidade parva que amolece a massa dos ossos e tudo de quanto um corpo é feito. Olhara para ela! Tinha a certeza, Ducélia. Olhara para ela. E aquele sorriso, agora, aquela mesura de cabeça, aquele beijo soprado como um pássaro de vento, dirigidos a si. Para ela, para ela, para ela, Ducélia Trajero, a menina sem graça, peixinho cinzento sem barbatanas nem cores; perninhas, bracinhos, de nádegas por fazer, duas conchinhas de peito, um chuvisco de sardas nas faces, reduzida a uns pés, a uns lábios, a uns mamilos de uma excelência acabada; a mais discreta rapariga da cidade, de toda a ilha de São Cristóvão, porventura de todo o território de São Miguel do Pacífico.

Abraçada à almofada, com o coração a pedir-lhe beijos, Ducélia não cabia em si de felicidade. Crescera de repente, inflamara. Estava excitada, apalermada, sem horizonte nem norte, e, se lhe perguntassem que dia era, diria, sem dar às pestanas, ser o mais feliz da sua vida; o dia em que os dias haviam deixado de ser iguais; o dia em que a fantasia se tornara realidade; o dia em que o sonho anunciava cumprir-se; o dia a partir do qual nada mais seria como antes. Beijou o travesseiro, estrafegando-o contra o peito, deu aos pés como um pato a levantar voo e cantou baixinho, em gritinhos mudos:

— Olhou para mim, olhou para mim, olhou para mim, olhou para mim, olhou para mim, olhou para mim, olhou para mim...

Desta vez não tinha dúvidas: Santiago olhara para ela. Sorrira-lhe, soprara-lhe um beijo, até. Por quantos anos fantasiara com aquele momento, sem coragem para um gesto que o realizasse?! E de repente, sem compreender bem como... Santiago... Santo Deus! Era o destino por ela! Quantas noites sonhara com uma réstia daquele olhar? Aquele olhar... Finalmente aquele olhar!

Pobre travesseiro, sufocado de abraços e beijos. Pela segunda vez em dois dias, o açougueiro da Rua dos Tamarindos enlouqueceria se visse a filha naquele despropósito. Felizmente andava pela Rua dos Turcos a distribuir as peles do dia. Quem poderia imaginar dentro daquela criança mortiça tamanho destempero, qual montanha calada contendo um vulcão, boneca russa parindo pequenibonecas, que de mil mulheres é feita uma mulher só e de outras mil se prenha de amor?!

Temperada a excitação, Ducélia levantou-se da cama, mirou-se ao espelho… Encolheu-se o pobre, embaçado por não lhe poder negar o reflexo, retocá-lo um pouco, responder-lhe: — Não é nada desengraçada, menina, eu é que sou baço! Mas Ducélia estava bonita. Pela primeira vez na vida estava bonita. Achou graça às sardas, até lhe disfarçavam o nariz. Os olhos eram fortes, brilhantes, os lábios carnudos, e o peito, afinal, enchendo-lhe as mãos, não era assim tão pequeno! Desta vez não se despiu. Não carecia. O que via bastava. Duas vezes olhara para ela; dois dias, um trás outro, Santiago Cardamomo. Santiago Cardamomo, Santiago Cardamomo, Santiago Cardamomo… Que bem lhe sabia aquele nome perpassando-lhe os lábios! Santiago Cardamomo… como um beijo, como um pássaro de vento voando-lhe da boca em direcção à sua imagem no espelho. Um sorriso arrepanhara-lhe o rosto. Não conseguia desfazê-lo. Nem queria. Era a mais feliz das mulheres do mundo.

VI

Todas as tardes, agora, a partir das cinco e meia, o ventre de Ducélia começava a tremer, a ganhar febre, e, mal os sinos da catedral enchiam os ares da cidade com o brônzeo dobre das seis, despedia-se das colegas, da irmã Genésia e apressava-se para casa no mais lesto e discreto dos passos. Se algum freguês ao balcão, «boa tarde», senão, direitinha ao pátio, onde a vassoura, cúmplice, a aguardava inquieta. Um copo de água, dois copos de água, inspirar fundo, dez minutos contados pela impaciência dos dedos e, soada a meia hora das seis, lá estava ela, visível, entre os tamarindeiros da rua, a varrer flores de ansiedade.

Santiago chegava, entre os amigos que o idolatravam e os versos da canção, cruzava o arco da praça, deitava um olho à porta do açougue, atravessava a rua e apagava-se na Flor do Porto. De cabeça baixa, Ducélia espreitava-o, nervosa, pelos cantinhos dos olhos. E visto que ainda tinha para varrer, ficava mais um pouco, expectante, de olhos espreitantes para o edifício amarelo do início da rua. Aonde os sentidos da moça não chegavam, Santiago beijava a tia, passava uma mão pela carapinha de Cuccécio Pipi — um pretinho sem família nem tecto que recadeava para Fulano e Beltrano e ajudava dona Santiaga aos fins da tarde por um jantar e dois refrescos — e ia sentar-se com os amigos, à espera da cervejinha que o rapazito, entretanto, lhes haveria de levar. Por fim, quando Pascoal e Rodrigo encetavam uma partida de bilhar, acendia um cigarro e ia para a porta fumar. Então Ducélia fazia-se rubra, pesava-lhe a bexiga, o coração, o estômago, e disfarçava a atrapalhação em vassouradas convictas, como se ali não estivesse senão pelo aparente de ali estar. Varria o varrido e o por varrer, aparecendo e desaparecendo entre os tamarindeiros, numa intermitência envergonhada, até Santiago terminar o cigarro, até a vassoura a enxotar para casa, para cima da cama, onde se enrolava, feliz, com qualquer coisa a doer baixinho.

Com o avançar da semana, aquele sentimento calmo e seguro que havia anos fazia parte dos seus dias, como os dias em si mesmos, tinha vindo a desaparecer. Até àquele olhar, tudo era controlado, tudo era apenas dentro de si, tudo era tão impossível que se solucionava sozinho. Mas agora havia mais qualquer coisa. Qualquer coisa que talvez fosse nada, à laia de um fantasma que não existe, mas assusta e está lá. Parecia que um sentimento novo se apossara dela de repente; um sentimento poderoso contra o qual não tinha como se defender; um sentimento a que não estava habituada e não sabia usar, à semelhança de uns sapatos de cerimónia que lhe entortassem os passos, fazendo-a tropeçar a cada instante. Na presença do pai, andava agora de olhos baixos, pois julgava poder ver-se-lhe a verdade neles. E porque quem quer disfarçar exagera nos gestos, revelava-se mais atenta, mais cuidadosa, ocultando com presteza e bondade o brilho do sentimento. Trazia a casa na sintonia dos eixos e as tarefas no bater dos ponteiros, fazendo Tulentino Trajero bendizer, a cada dia, a desgraça que o guiara até ao porto de Antipuara, ao convés do *Alyantte*, aos braços tristes de Angelina Fontayara e que, como já se disse, se calhar em caminho, talvez se conte.

Também na Escolinha das Sagradas Esposas, Ducélia procurava comedir o comedimento, não dar nas vistas. Desnecessário esforço para quem não era notada. Procurava concentrar-se, distrair-se, mas tudo a fazia pensar nele. Até a imagem daquele Cristo pregado na cruz alta da sala. Compreendia as freiras e o seu amor devotado àquele homem bonito, de braços abertos para o mundo, símbolo da coragem, da entrega e do romantismo. Talvez se o houvesse conhecido mais cedo pudesse ter-se devotado a Ele, desposá-Lo também — como acreditava piamente o cónego Crespo Luís vir a suceder um dia —, mas, antes de ingressar na Escolinha do convento, já Santiago Cardamomo lhe havia passado para toda a vida dois dedos pelas sardas do rosto. Compreendia-as e comungava dos mesmos sentimentos, dos mesmos suspirares abafados, pois amar a Cristo morto ou a Santiago vivo era um dar no mesmo, visto nem um nem outro estarem ao alcance delas, apesar de as mirarem do alto do céu ou do fundo da rua.

Até as noites haviam perdido a paz. Tinha dificuldade em adormecer: o ar abafado do quarto, um calor por dentro, uma opressão que não conhecia nem sabia onde começava ou tinha fim. O próprio corpo andava estranho. Sensações inomináveis, fervores desconhecidos que a arrancavam da cama encharcada em suores, fazendo-a andar pela casa feita uma alma penada em camisa de dormir. Os sonhos haviam deixado de ser claros, imagens lúcidas suas e de Santiago entrando na igreja, no barco, no camarote nupcial — onde para lá da porta fechada tudo era branco e por desenhar —, para serem sensações inflamadas, inexplicáveis. Só à hora da sesta, quando o mundo parava e o pai dormia, se permitia descontrair, deixar-se levar pelo devaneio, num alheamento absoluto apenas desculpado aos loucos e aos poetas. Só à hora da sesta, quando saltava o muro das traseiras e corria colina acima até ao velho palacete, o coração se lhe enchia de paz e de asas os pensamentos. Só então podia sonhar Santiago, e a si com ele, livre de todos os medos e ansiedades. Só então tudo era calmo e tranquilo; só então todas as fantasias eram verdade e possíveis; só então tudo voltava a ser como até à tarde do domingo anterior, instantes antes de os olhos daquele homem tocarem em si.

Mas passavam depressa aquelas duas horas. Mais depressa do que nunca, parecia-lhe agora. Tinha então de voltar para casa, vestir o disfarce, baixar os olhos, tentar caminhar nas andas daquele sentimento que cada dia lhe parecia mais alto, mais vertiginoso, mais difícil de equilibrar, e sair, daí a pouco, para a rua, para o mundo, para a Escolinha das Sagradas Esposas onde, a partir das cinco e meia, o ventre lhe começava a tremer, a ganhar febre.

Na sexta-feira, depois de Cuccécio Pipi trazer para a mesa as cervejas e um pratinho de milho frito, Pascoal encetou a contar a Rodrigo a história do paquete inglês que nessa tarde encalhara à entrada da baía.

— Foi um arraial! As mulheres gritavam como se fossem morrer. Mas quando viram os meninos que as iam descer para terra... Ai Jesus! Nem queiras saber o mais que berraram. Acho que preferiam ter morrido afogadas. Deviam estar à espera de marinheiros perfumados para as levarem em braços!

Rodrigo riu. Pascoal tinha um dom natural para contar histórias com graça. Santiago, que estivera presente e ouvira aquela história ao longo do dia, prendia o olhar ao outro lado da rua, umas casas à frente. Ducélia varria. Esperava vê-lo sair para fumar. Protegido pelo contraste da luz, o jovem estivador observava-lhe a agitação, os gestos inquietos, o varrer sem sentido, a cabeça denunciando-se num levantar comedido entre os tamarindeiros floridos. Achou-lhe graça e deixou-se ficar a beber tranquilamente a mais justa cerveja do dia. Pascoal contava:

— A malta apercebeu-se da esquisitice e encostava-lhes bem o sovaco ao nariz. Se já eram brancas, mais brancas ficaram. Devem ter enjoado mais naquele bocadinho do que na viagem toda da terra delas até aqui! — E ria à boca cheia. — Levaram cada apalpão! Elas bem barafustavam. Mas como um tipo não percebia nada do que diziam, bumba, vai de mãozadas nas carnes. Até chiavam! Havia uma que só fazia «Oih! Oih!» como um porquinho quando quer mamar.

Rodrigo, agarrado à barriga, não podia mais de tanto rir. Cuccécio Pipi, que, em podendo, se plantava junto daqueles três, tinha os olhos lavados em lágrimas. Atrás do balcão, dona Santiaga Cardamomo abanava a cabeça, mas com o coração cheio de felicidade por os ter ali.

Rodrigo, como os amigos, também trabalhava na estiva, mas, por ter tido a felicidade de aprender a ler, era apontador e só tinha acesso às boas histórias em segunda mão. Todo o dia ouviu versões daquela, e eram já tantas as donzelas que, se fosse a contá-las, nem dois paquetes chegavam para as transportar a todas. Mas enfim, nem as histórias teriam graça contadas de outra forma. E ouvi-la da boca de Pascoal fazia dela uma história nova. Ninguém exagerava como ele.

— O Santiago também por lá andou a dar lombo às madames! — contava Pascoal. — Carregou uma, roliçazinha… Ai, pai!… que assim que ele lhe deitou as mãos fez-se da cor dos pimentões. Tinha um peitinho! Jesus! Pareciam dois pãezinhos prontos a entrar no forno. Branquinhos, branquinhos! — E virando-se para Santiago: — Não foi?

Mas Santiago estava ao largo, do outro lado da rua. San Simon fez um gesto a Pascoal para lhe captar a atenção e apontou com o queixo para a porta do açougue. Havia dias que lhe notava a fixação na filha do açougueiro.

— Olha que o negócio por ali é de facas, Santiago! — exclamou a voz de Rodrigo, chamando o amigo à presença deles.

Santiago virou a cara, franzindo a testa em sinal de não estar a perceber.

— Se o açougueiro sonha que lhe andas a farejar as carnes à filha, corta-te a serventia ao meio! — disse Pascoal Saavedra, que estava em maré de ter graça.

— Há que ver a parte boa da coisa! — respondeu Santiago, com cara de caso.

— E qual é? — quiseram saber os outros dois.

— É que assim ficávamos todos servidos por igual!

Uma gargalhada pegou na mesa, que ele há provocações próprias das amizades sólidas. Cuccécio Pipi, que ainda não arredara pé, ria na felicidade breve dos enjeitados.

— Estás-te a rir, desgraçado?! Também nasceste bem aviado, não foi?! — picou-o Pascoal Saavedra, esfregando a carapinha ao garoto. Cuccécio riu, envergonhado. — Vai mas é buscar mais três destas e põe na conta deste poltrão — disse, assentando uma palmada no lombo de Santiago.

Pipi lá foi, limpando os olhos com as costas da mão. Os três rapazes riam. Como eram belas a vida, a amizade, as mulheres e a cerveja fresca ao fim da tarde!

Do outro lado da rua, Ducélia desanimava com a demora. Não viria naquela tarde?! Apertava-se-lhe o coração. Nos campanários da catedral batiam trindades e a filha do açougueiro não tinha mais tempo para ficar. Era hora de o empregado fechar as portas do negócio; tinha o jantar para fazer e não tardaria o pai a estar de volta. Resignava-se já, ante a crueza da evidência, quando Santiago Cardamomo surgiu à porta do bar. Um reflexo fê-la voltar a cabeça e, pela primeira vez, deixou aquele homem olhá-la profundamente nos olhos. Parada, de vassoura na mão, feita uma sentinela de guarda entre duas árvores floridas, Ducélia não dava conta do mundo nem do tempo a passar. Estava completa naquele instante e Deus poderia dar a Sua obra por acabada. Não queria mais da vida do que aquela eternidade de nada ao fim da tarde, certa de assim poder viver a vida toda, de vassoura na mão a espanejar o mundo sob o olhar daquele homem, como até ali, sonhando paraísos com ele. Santiago, porém, não era homem de sonhos, nem de se satisfazer com faz-de-contas. A ela talvez bastasse. A ele, não.

VII

No Convento das Teresinhas, em torno de uma toalha que teria de estar pronta para a quermesse de Novembro, um grupo de raparigas, sentadas em roda, bordava pássaros e flores, ramos e folhas, nuvens e sóis. O silêncio era de carmelita e só a linha a passar pela crueza do pano se ouvia na paz fresca da salinha, que por ali nem moscas havia de tão limpinho tudo ser.

A Escolinha das Sagradas Esposas funcionava numa antiga ala do convento, destinada em tempos à misericórdia, onde os indigentes se dirigiam para a caridade e que, depois da partida forçada de D. Luciano de Mello y Goya, fechou as portas à filantropia, provando que nem tudo melhorou com o fim do Império. Separada do resto do edifício por uma parede grossa, a «ala dos indigentes», como ficou conhecida, dava apenas acesso à rua e à antiga copa, donde uma exígua porta conduzia ao jardim do claustro, mas ao qual não havia acesso senão para quem era de dentro.

Sentada a um canto, de pagela no colo e dezena nas mãos, uma religiosa contemplava a imagem de um santo, num ar de donzela ansiosa a contar os dias para o regresso do noivo embarcado. Era uma freirinha jovem, bonita até, quem naquela tarde fora destinada para guardar as meninas das tentações da idade — ou o espírito sagrado daquele lugar —, de alguma conversa ou compostura menos digna, que muita moça junta, donzelas ou não, acaba sempre por fermentar pecado.

Estavam contrariadas as bordadeiras, especialmente porque naquele dia, já o tinham percebido, havia assunto gordo para contar.

Gostavam da irmã Genésia, que adormecia sempre numa profundeza de sono santo, passando a tarde a cabecear *mea culpa* contra a fartura do peito. E logo naquele dia, em que o assunto pesava e a curiosidade rebentava pelas costuras, havia de ser uma freirinha sem sono, sonhando, de olhos abertos, sabe Deus, a saber, com quê.

Mais um ponto, mais um ramo, uma flor-de-lis, uma cauda em leque, um par de asas, um arco-íris e a volta da dezena a tornar ao *padre-nosso*; mais uma pontinha de sol, um pedaço de nuvem *que estais no céu* e os olhos lassos na imagem do santo — que amar a Deus e aos Seus eleitos não é pecado, é virtude —, a garantirem não lhe haver de chegar o sono antes da hora do recolher. Diabos a levassem! Perdoai, Senhor, as nossas ofensas! Mas pouca sorte! Pouca sorte e *Ámen*. Quando enfim todas as raparigas já bufavam pelos poros todos, desejando à freirinha apaixonada uma cólica, um desmaio súbito, uma morte santa, a jovem monja ergueu-se do banco e ausentou-se no silêncio descalço das carmelitas. As raparigas em volta da toalha espreitaram, desconfiadas, para a pequena porta do aposento, e ainda demorou uns instantes até o assunto contido saltar para o centro da toalha e começar a bordar outro motivo de arte.

A portadora da notícia inclinou-se para o centro da roda. Queria criar mistério, prolongar a curiosidade das outras, enfim, florear o momento, mas por recear não ter tempo para contar tudo, e depois do serviço não havia cá grupinhos às esquinas a tricotar vida alheia, perguntou apenas:

— Sabem quem está grávida?

O grupo, à semelhança de uma planta fechando-se sobre um insecto, aproximou cabeças do centro da toalha. Eram todas ouvidos; um círculo de testas franzidas à espera da resposta. A embaixadora da novidade, não resistindo à tentação de prolongar um pouco o momento, olhou em volta, suspendeu a respiração e por fim lá disse:

— A Fabiana!

Um «oh!» sincrónico, de mão na boca, mostrou-se em torno da roda. A Fabiana?! Não podiam acreditar! Tão discreta, tão certinha… Nem a espirrar se ouvia! Uma vozinha de mel, carinha de quem não parte uma linha, e no fim… São as piores, sempre se disse! Então era por isso que nunca mais tinha aparecido! E porque era preciso dar continuidade à comadrice antes de o tempo expirar, a primeira lá contou o resto que sabia, compondo-o com mais um pontinho ou dois:

— A madre Goreti esteve uma hora reunida com o senhor boticário. Não querem escândalos, mas não vai voltar a entrar aqui — rematou a que sabia às que não; às que, se sabiam, não o tinham dito.

Pormenores! Que lhes contasse os pormenores. Bichanaram como comadres na sombra. Como acontecera? Desde quando? E a rapariga lá contou, entre rodeios, o que sabia da história. Estava já de casamento marcado: um comerciante de tecidos, viúvo e trinta anos mais velho. Um silêncio incrédulo bordou toda a bainha da toalha.

— Então e o noivo? — perguntou uma das bordadeiras.

— Deixou-a — declarou a mensageira.

— Grávida?

— Diz que o filho não é dele.

As outras, de queixos caídos, formigueiro no corpo, queriam saber tudo.

— É do velho? — perguntou uma segunda.

A que trouxera a notícia abanou a cabeça.

Uma nova onda de assombro percorreu o grupo.

— Então é de quem? — indagou-se do outro lado da roda.

— Parece que ela não sabe! — sorriu a anunciadora.

O quê?! Dera-se a mais do que um?! Desta vez o «oh!» foi mais grave. Começava a aquecer aquela história. Perguntou-se porque casaria então com um homem mais velho e respondeu-se que rapaz novo não casa com moça desonrada, ainda para mais embarrigada de outro. Uma das que não haviam ainda dito nada proferiu uma sentença por certo ouvida em casa:

— Os rapazes não querem para esposa uma rapariga que não se soube guardar.

Pelo acenar das cabeças a ideia era comum, e a bordadeira presumida aproveitou o ensejo para desabafar aquilo que lhe ia na alma:

— Agora é bem feito! Não se tivesse oferecido!

Uma vez mais as cabeças acenaram que sim. A excitação era grande. Só Ducélia parecia não revelar interesse naquela história. Estava longe, nos farrapos das nuvens, nas asas dos pássaros — que até de amor são livres —, no sol radiante daquela toalha que haveria de ser rifada como prémio maior na festa de Santa Maria. Ouvia as sentenças das colegas sobre a desgraça da pobre Fabiana como um marulhar distante, mas os sentidos perdiam-se-lhe entre a multidão que enchia a Praça dos Arcos, à procura de uns olhos morenos e profundos, cujo dono haveria de se chegar à barraquinha da quermesse para lhe comprar uma rifinha da sorte. Não se importavam as outras com ela, nem ela com a vida alheia. Não participava, mas tão-pouco era de se meter ou numerar às madres os assuntos murmurados nas costas de Deus. A líder da alcovitice, incapaz de conter por mais tempo a apoteose da notícia, declarou:

— Quem é o pai, ao certo, ninguém sabe, mas o que consta para aí é que o filho é... — Mas já não foi a tempo de acrescentar o nome daquele que, constava «para aí», tinha enchido de esperanças a filha do boticário.

A jovem freira estava de volta, fazendo as moças endireitarem-se nos seus lugares. No silêncio em que saíra, regressava agora ao cantinho da sala e ao bolear da dezena. Respirava fundo, compondo o rosto, onde um comprometimento se misturava com os restos de um êxtase, de um gozo supremo, só comparável ao da santinha de Ávila ante o toque divino, alcançado, à pressa, na casinha das aflições. As jovens bordadeiras, de novela interrompida, remoendo a frustração do quase, baixaram as cabeças contrariadas para a toalha, mas não conseguiam acalmar a excitação. Entreolhavam-se pelo topo dos olhos, contrafeitos, à espera do resto que faltava para a história estar completa. Mas a notícia teria de ficar por ali e a conversa de igual modo. Olhavam para a freirinha de través, num silencioso rogar de maldições. Logo tinha, a idiota, de entrar naquele preciso instante! Nem de propósito, diabos a levassem! Tiveram-lhe raiva. Odiaram-na e ao seu aspecto de mosquinha-morta. São as piores, não haja dúvidas.

De olhos fixos no pássaro que emplumava à linha e pensamento nas nuvens onde haveria de voar, apenas Ducélia mantinha o ar imperturbável. Não o estava. Bordava depressa, como se tal pudesse acelerar o tempo, antecipar a semana da festa, a presença de Santiago na barraquinha da quermesse. Não seria como no ano anterior, quando ao vê-lo aproximar-se, entre os amigos, espalhara o cestinho das rifas pelo chão da barraquinha para não ter de o enfrentar. Fora precisamente Fabiana quem o atendera. Lembrava-se, como se ontem, de se enciumar dela: dos seus risinhos; das suas delicadezas, de o coração se lhe fazer pequenino quando a voz de Santiago lhe dissera: — Se a mocinha me der sorte, caso consigo! Enquanto os rapazes por ali estiveram, apanhou rifa por rifa, fazendo tempo até se irem embora. Toda a noite aquela frase a fez dar voltas na cama, torturada, ouvindo a festa acontecer, concertinas, foguetes, imaginando-os à conversa, dançando, saindo de braço dado da catedral para uma charrete rumo ao porto, onde um barco os aguardava para a viagem de núpcias. Por semanas e semanas, custou-lhe olhar para ela e, quando soube estar noiva, sentiu um alívio tão grande, uma felicidade como se ela mesma estivesse para casar-se. Este ano seria diferente. Não se esconderia. Este ano haveria de ser ela a dar as rifas a Santiago: as melhores ao de cima... Ponteava depressa, Ducélia, cada pontinho uma rifa. Não via a hora de Novembro chegar.

Quando os sinos da catedral dobraram as seis, libertando as bordadeiras da empreitada, Ducélia rumou a casa, como todos os dias, sem dar nem ouvir conversa e, se mais se disse sobre Fabiana e o pai da criança que carregava no ventre, foi longe dos seus ouvidos, do seu coração, que, apesar do já dito, se apiedava da pobre e do destino que a esperava.

Santiago e os amigos chegaram pela hora do costume. Traziam nas vozes a alegria do fim de seis dias de trabalho e a promessa da noite mais longa da semana. Um grupo de raparigas cruzou-se com eles debaixo do arco e uma onda de risos soltou-se de ambos os grupos. À porta do açougue, entre os tamarindeiros floridos, Ducélia sentiu-se corar até à raiz dos cabelos. À semelhança da mocinha pobre que acordasse no meio do salão de baile do seu sonho, Ducélia viu-se de repente confrontada com a crueza da sua condição. Que julgara ela?! Com tanta rapariga bonita na terra, alegre e solta, porque haveria ele de olhar para si, senão pela curiosidade despertada pela figura da mocinha apagada que varre flores da porta? Quis correr para casa, mas as pernas, os pés, troncos, raízes de tamarindeiros, prendiam-na ao chão. Abraçado aos amigos, Santiago entrou na Flor do Porto. De olhos baixos, Ducélia lutava contra o corpo, contra as ideias. Sempre o soubera cobiçado; sempre o soubera impossível; sempre o soubera inaceitável aos olhos do pai. Era uma tola. Era tirar dele o sentido. Era varrer a outras horas. Era esquecer aquele despropósito e pronto. Perdia-se em decisões, Ducélia Trajero, quando Santiago Cardamomo cruzou a porta da Flor do Porto. Demorara-se pouco naquele dia. Um copo de cerveja rápido, ao balcão, um beijo na tia, uma festa na carapinha de Cuccécio Pipi e uma troca de galhardetes com os amigos que, tal como ele, não se haviam sentado:

— Vão lá aquecendo o pano, que eu vou só entregar o pescoço à navalha do Fariq e já volto para vos dar uma coça!

— Com essa garganta toda nem amanhã tens a barba feita! — devolveu Pascoal, provocando uma gargalhada a San Simon.

Santiago aceitou a derrota e, rindo também ele, deixou os dois a cervejar o gozo nas suas costas.

Ao vê-lo sair, Ducélia esqueceu-se de tudo, experimentando a excitação do costume. Mas, quando se apercebeu de que o jovem estivador cruzava a rua na sua direcção, sentiu o sangue fugir-lhe do corpo. Acelerou o varrer como se o quisesse enxotar. Em vão. Santiago vinha decidido, cheio da certeza que paralisa as mulheres, mesmo aquelas que ainda o não são nem sabem bem como sê-lo. Fixou os olhos no chão. Talvez assim não a visse. Debalde. A figura daquele homem era um buraco negro atraindo para si as fracas órbitas dos seus olhos. Correria para casa se ele se chegasse mais perto, prometia-se a cada passo de Santiago. Porém, como num sonho, em que o medo corre mas as pernas não, Ducélia foi ficando, ficando, até a sombra dele se sobrepor à sua, centauro negro posto em duas patas, pronto a cobrir o mundo.

VIII

Eram três da tarde e Ducélia Trajero perdia a virgindade num dos armazéns do porto. Não corria uma aragem. O mar não se mexia. A cidade inteira dormia no abandono profundo da sesta.

Todo o caminho foi tentando não ir, mas algo mais forte caminhava por ela, obrigando-a a ceder mais um passo, sempre mais um passo. Levava o corpo transpirado e a barriga gelada. Rente às casas, descascadas, as sombras iam escorregando, moles, pelas paredes abaixo. Era pouco o espaço abrigado do Sol, de modo que só os magros se encontravam pelas ruas: os gatos magros, os cães magros, os magros pelicanos. Procurou no labirinto do porto as ruas mais estreitas, as ruas mais sujas, as ruas mais sombrias, as ruas cúmplices dos amores proibidos, como se a pudessem, estas, encobrir melhor do que as outras, ignorando que quem não quer ser notado não deve procurar esconder-se. Não se via vivalma, mas em Ducélia a sensação de mil olhos a mirarem, mil olhos a verem — coisa parecida, mas diferente —, cochichantes por detrás das gelosias. Ninguém a viu — porque ninguém a via nunca —, pelo menos ninguém com lugar nesta história.

Nas varandas dos bordéis, das pensões baratas, sempre havia um cigarro aceso entre um par de dedos desenganados, olhando, vazio, para o abandono de que o mundo é feito àquela hora do dia. Uma outra realidade, uma qualquer coisa de paralelo, um viver que tange mas não toca, que as almas sonhadoras são como as miragens: aparências que não passam de desespero. De modo que quem a visse passar, da varanda, da janela, da ponta do cigarro ardente; sonhador, poeta, forasteiro de passagem, amante entediada, vê-la-ia qual mancha de tinta que se evapora pelo efeito do álcool no papiro da rua, que é isso que as pessoas são para as pessoas que as desconhecem: manchas de tinta alcoolizada que as esquinas engolem com uma sofreguidão desesperada.

Ducélia ia. Não sabia porquê, nem ao quê. Sabia apenas não devê-lo. Por dentro uma voz repetia a cada esquina: *Volta para casa!* Mas, apesar do temor crescente, seguia. Sobre os telhados das últimas casas, viu os guindastes do porto, gigantes de ferro dormindo de pé contra o Sol candente, e, quando ao fim de uma ruela desaguou na praça do cais, sentiu-se sozinha numa cidade fantasma de onde houvesse fugido toda a gente. *Volta para casa!* Ducélia arquejava, aterrada, mas não achava em si força capaz de contrariar o passo que a levava. Avançou entre os armazéns, olhando à direita e à esquerda, à cata de um sete pintado numa parede qualquer. A cabeça já não raciocinava; a voz havia muito ficara para trás. Por fim, ao virar de uma esquina as pernas fraquejaram e o coração caiu-lhe de joelhos no peito.

Não lograra varrer-lhe a sombra, correr para casa como se prometera. Bem tentara! Mas, quando a figura de Santiago lhe entrou pelos olhos baixos, todas as resoluções se esvaneceram. O jovem estivador não demorou muito a dar o recado:

— Espero por ti amanhã às três no armazém sete — e a desaparecer, duas portas à frente, na barbearia do libanês.

Então, sim, correu para casa, cheia de medo e vergonha, e pôs-se a fazer o jantar num desembaraço invulgar, tentando encobrir a agitação do momento. Não queria pensar em nada, mas o pensamento, já se sabe... Falara com ela! Santiago falara com ela! E agora marcava um encontro... para vê-la, falar-lhe de mais perto! No peito o coração pulava, destrambelhado, como se lhe houvessem queimado o rabo, e a euforia insuflara-se a ponto de não ser capaz de contrariar o sorriso que se lhe formava sozinho no rosto. Quando o portão dos currais se abriu, toda ela estremeceu. Enquanto o pai guardava as reses sentenciadas para segunda-feira, Ducélia arranjou como pôde a compostura. Depois do jantar, e visto ao sábado não haver matança naquela casa, o açougueiro foi recostar-se no alpendre a digerir o ensopado. Nada na filha o fez pensar. Ducélia, porém, estava à flor da pele. Incapaz de sossegar, pôs-se a fazer um bolo, na esperança de acalmar os nervos. Em vão. Até à hora de pegar no sono, uma frase repetia-se, a espaços, dentro da sua cabeça, do seu peito, do seu estômago, de cada um dos seus ossos. — *Espero por ti amanhã às três no armazém sete.*

Toda a noite o mesmo sonho: Santiago atravessando a rua, os vizinhos, as colegas, as irmãs do convento, o cónego Crespo Luís, a cidade toda de olhos em si; o pai ao fundo, cruzando o arco em direcção a casa, e ela, sem força nas pernas, incapaz de arredar pé. Acordou várias vezes de noite, numa angústia cansada; mas, vendo-se em casa, respirava de alívio, sentindo-se segura. De todas as vezes jurava não ir: não iria, não iria… No dia seguinte amanheceu mais calma, mas, à medida que o tempo passava, a ansiedade tornava-se insuportável. Depois de regressar da missa, de cada vez que os sinos davam horas, as badaladas ressoavam-lhe dentro do peito como se este uma campânula de bronze e o seu coração um badalo. À hora do almoço tinha o estômago feito numa moela e só a custo comeu.

Depois do almoço, Tulentino Trajero, que aos domingos não dormia a sesta, dividia-se entre o quarto e o alpendre, atarefado com a barba, com o cabelo, com as unhas, com o fato, com os sapatos, com a colónia, com cada pêlo das sobrancelhas fora do lugar. A um canto do alpendre, Ducélia fingia bordar, ponteando minutos numa angústia de condenada. Respirava fundo, procurando manter a calma e a postura. Transpirava ansiedade e repetia para si mesma não ir a lado nenhum. Por fim, o pai surgiu com *D. Dragon* envolto numa estopa vermelha e, nos modos de sempre, despediu-se e saiu. Quando a porta da rua bateu, Ducélia sentiu um arrepio no ventre, uma febre miudinha alastrar-se ao corpo todo, o coração feito um galgo. Foi ao quarto e voltou. Uma vez, vinte vezes. Vou? Não vou? Não iria, não iria, não iria… Havia-se prometido — bem como prometido outras coisas já —, mas ele há promessas feitas apenas para levar ao abismo quem as faz. Enquanto se decidia, vestiu o melhor dos três vestidos, deu um jeito ao cabelo e, badalada a meia hora entre as duas e as três, pôs uma mantilha sobre os ombros e saiu de casa para se perder.

Não saberia dizer como aconteceu. Nem sequer o que aconteceu. Alguma coisa engolira o tempo, a sua lembrança dele. A imagem de Santiago encostada à parede, de cigarro nos dedos; uns olhos invencíveis avançando na sua direcção; uma voz grave, que talvez tivesse dito alguma coisa; um portão enorme, estrondoso, reduzindo o dia a quase nada. Calor, sufoco, estremeção e um hálito quente apagando a já pouca luz do mundo. Fragmentos de cheiros, de sons abafados, farrapos de imagens, o corpo todo desgovernado. Uma mão maior do que a sua resistência, um descobrir de ombro, de peito carente, um nevar gelado no ventre, e o Diabo, em chamas, por si adentro, sem aviso, de repente. Quanto tempo terá passado? Dez minutos? A vida inteira? Quanto dura o amor urgente? Quanto mede? Quanto pesa? Quanto tempo? Quanto tempo? Quanto tempo? Estava confusa, Ducélia Trajero; satisfeito, Santiago Cardamomo. Se uma vontade aflitiva de desaparecer a dominava, a ele dominava-o uma vontade física de adormecer, ali, sobre a dureza das caixas, até a tarde arrefecer e a vontade de amar o acordar de novo. Era aquela a sua religião e Deus, o instante vazio que sucede ao gozo, a volúpia, o deleite. Morreria depois de uma erupção se o Amor, ou Deus — dê-se-Lhe o nome que se entender — o reclamasse à Sua presença. Nada mais pediria, se pedir pudesse e houvesse a quem, que o sono eterno lhe chegasse assim, após aquele instante, aquele sublime e perfeito instante em que um homem não quer do mundo senão que o deixem morrer em paz.

Não se disseram nada. Nada havia para dizer. A presença de ambos falava por eles. Santiago subiu as calças, Ducélia baixou os olhos, as saias, os ombros e, sem saber o que lhe competia a seguir, se alguma coisa havia que lhe competisse, julgou ser tempo de se afastar, de se ir embora, à sua vida, como as galinhas depois de o galo branco lhes sair de cima. As faces ardiam-lhe. Toda ela era vergonha e desconcerto. E no silêncio de que era feita, de olhos postos no chão, saiu às cegas para a luz encandeante da tarde. Sobre o altar de caixas, Santiago ficou a vê-la apequenar-se por entre a fresta do portão, de mantilha aos ombros, entre a fiada de armazéns. Uma sensação estranha despertou-o por um momento e por um momento pensou chamá-la, fazer-lhe uma festa, dar-lhe um abraço, um beijo na testa, à laia de quem agradece e se desculpa por um presente de pouco efeito, mas ficou-se pela sem-coragem de o fazer. Que lhe diria? Que julgaria a rapariga? Que quereria casar com ela? Melhor que se fosse. Evitavam-se problemas, pedidos, choros, lamentos, promessas: o costume. Talvez não fosse assim, Ducélia. Talvez lhe aceitasse a festa, o abraço, o beijo na testa, como se um par de dedos sobre as sardas do rosto, e desaparecesse por entre os armazéns do porto, como agora, de olhos baixos, porque, afinal, uma festa, um abraço, um beijo na testa significam pouco vindos de um homem acabado de nascer. Mas tal não podia saber Santiago. Vendo-a desaparecer entre os armazéns, acendeu um cigarro e, exalando o fumo, suspirou: «É melhor assim!»

De novo em Ducélia a sensação de mil olhos a mirarem, mil olhos a verem. As ruas não tinham agora mais movimento do que meia hora antes, mas havia nelas um silêncio diferente, um constrangimento difícil de disfarçar. Sentia os cães levantarem os olhos moles, críticos, à sua passagem, os gatos dando-lhe as costas, enroscando-se para o outro lado, os pelicanos ressonando ironias a seu respeito na sombra estreita das três e meia; as próprias casas perguntando umas às outras, em discretos movimentos de persianas: «Onde terá ido a filhinha do açougueiro?» E no ar dissimulado das coisas inanimadas, presumirem: «A esta hora de não ser costume só pode ter ido perder-se ao porto!» Duas lágrimas pesavam-lhe nos olhos, enturvando-lhe o olhar posto no chão dividido: luz e treva, sol e sombra, reflexo preciso do seu interior baralhado. Não conseguia pensar. Um aperto no coração era tudo. E ao invés de se sentir mulher, sentiu-se menina com miséria de colo, que uma mulher não nasce quando se perde, mas quando se dá.

Sobre as caixas do armazém sete, mercadorias do mundo — perfumes e sedas para outros amores —, Santiago Cardamomo dormia, pleno e cumprido, quando uma voz o despertou.

— Não basta fazeres disto um açougue, ainda queres tornar esta espelunca uma pensão?!

Era Gormiliano Sasse, guarda dos armazéns e amigo que o deixava usar o depósito para as suas aventuras. E antes de Santiago ter tempo de se defender, acrescentou:

— Vá, ponha-se a andar, seu abutre. Se o patrão descobre que eu te deixo vir para aqui petiscar, pendura-me um caimão nos tomates.

Santiago riu. Acendeu um cigarro, inspirou fundo, espreguiçou-se e, levantando-se sem pressa do seu ilustre leito de tábuas, assentou uma palmada no ombro gordo do outro.

— Fico-te a dever esta, Sassinho! — declarou, num piscar de olho descarado, saindo para a luz forte do dia.

— Nem duas vidas te chegariam para mas pagares todas, meu sacana! — atirou-lhe o outro de mão no ar.

Santiago sorriu, retribuiu o gesto e, com o mesmo desprendimento com que desflorara Ducélia, atirou para longe o cigarro, desaparecendo num assobio por entre os armazéns do porto.

Em casa, enrolada sobre a cama, Ducélia era a imagem do desespero. O espelho mirava-lhe os pés, o corpo até meio, num soluçar sem esperança. Pobre anjo! Ali a vira chorar pela primeira vez numa noite fria de Outono. Lembrava-se como se na véspera: uma coisinha de nada, pendurada pelos pés, engelhada e negra, que uma aparadeira da vizinhança trouxera ao mundo para sofrer. Coitadinha! Tudo se arranja!, tinha vontade de lhe dizer. Mas, porque os espelhos não tecem comentários, deixou-se calado, no seu caixilho de armário, a soluçar com ela.

Quando o pranto abrandou, Ducélia sentou-se na cama. De mãos abertas sobre o colo, perdia os olhos turvos na confusão das linhas, como se ainda pelo labirinto da cidade velha, sem saber para onde, como voltar atrás no tempo. Que coisa fora aquela? Que se passara naquele lugar? Seria aquilo o reflexo dos olhos de Santiago nos seus ao fim da tarde? De uma coisa estava certa, não fora amor. Durante anos ouvira a velha Dioguina Luz Maria contar-lhe histórias de amores passadas em remotos lugares do mundo. Em todas elas um olhar, um sorriso, um recado de fugida, um encontro furtivo, sim; mas em todas elas, também, mãos pegando em mãos, lábios atrapalhados com as palavras, porque os corações num alvoroço e um medo bom na barriga a crescer com o prenúncio do primeiro beijo. Não era assim! Não era assim, não era assim, não era assim... nenhuma dor, nenhum vazio, nenhum sentimento de perda, de abandono, de solidão, de mácula, de profanação, chorava Ducélia Trajero no rés-do-chão da miséria. Toda ela se doía, mais por dentro, no íntimo, na destruição impiedosa de todos os sonhos; aí, na inocência rasgada dos sentidos, que no corpo não mais do que um desconforto vago, uma sensação estranha, uma moinha. De repente, foi como se houvesse acordado de um longo sono, nascido de si para a realidade dos dias, aberto os olhos pela primeira vez para o mundo despido e feio que desconhecia. Onde estaria a velha Dioguina Luz Maria para lhe explicar ser natural aquela dor, porque todo o nascimento dói, e a virgindade não é senão uma pelinha de nada que se rasga; pálpebra que se abre para o mundo, após o que não mais se torna a vê-lo como antes?!

Por todos aqueles anos sonhara com a perfeição do primeiro encontro; com dois dedos na face... Não era amor. Não era amor, não era amor, não era amor. Parecia sentir, enfim, a dimensão do sucedido, sem lhe compreender, no entanto, o verdadeiro significado. E no desarranjo dos sentidos, teve a certeza de alguma coisa se haver quebrado, perdido para sempre. Uma frase acendeu-se no meio da bruma: *Agora é bem feito! Não se tivesse oferecido!* Os lábios tremeram-lhe, os olhos tremeram-lhe, e o peito, num soluço, rendeu-se de novo ao desespero. *Agora é bem feito! Não se tivesse oferecido!* Uma frase inafundável, como a imagem de um cadáver morto pelas próprias mãos. Não se oferecera! Oferecera? Estava incapaz de pensar. Uma sensação de sujidade, de repulsa por si mesma, tomou conta dela. Queria lavar-se, por dentro, se pudesse. Tirou a roupa aos repelões pelas orelhas, pelos calcanhares, e ficou nua diante do espelho vazio. No interior das coxas, uma manchinha rosada principiava a aparecer. Teve então certeza de haver cometido uma falta sem nome pois, como repetiam amiúde as freiras da Escolinha, é com sangue que Deus castiga as mulheres desde o pecado original. Um aperto no peito sufocou-a. O pensamento ensombrou-se. Estava perdida, Ducélia Trajero, a menina dos olhos do mais concorrido açougueiro de Porto Negro. Nunca como naquele instante sentira a falta da mãe, do seu ideado colo, da sua mão desconhecida nos seus cabelos tristes. Se ao menos tivesse dela um retrato, a lembrança de uns olhos capazes de a conter. Nada! Uma solidão tão grande, um vazio tão grande, um frio tão grande, uma dor tão grande, um peso enorme que a dobrava e moía. Só, em todos os sentidos de sê-lo, Ducélia caiu sobre a cama e, enrolando-se feito um bicho espancado, deixou-se chorar desamparada com o amor de Santiago a arrefecer-lhe no coração e nas coxas.

IX

A manhã surpreendeu Santiago Cardamomo numa cama barata com uma negra de cada lado. A claridade do dia inundava o quarto, agredindo-lhe os olhos, moídos pelo álcool e pelo cansaço, demorando a realizar onde estava. Os corpos rendidos das duas mulheres apresentavam tons de uma felicidade exausta. Santiago sorriu. Acordara antes delas, profissionais da carne batida. Estava em casa da velha Ninon, uma antiga prostituta e abortadeira que agora alugava quartos às meninas do porto. Da noite restavam-lhe imagens vagas, mas, pelo estado daquelas duas, podia jurar ter sido agitada. A cabeça pesava, o corpo doía. Levantou-se, nu como estava, e nu como estava foi à janela, aberta sobre os telhados, por cima dos quais nada além de uma grande pincelada de azul. Abriu os braços, a boca, encheu o peito com o ar da manhã, soltando o gemido que ajuda as partes todas do corpo a regressarem ao seu lugar natural.

Lá em baixo, o beco estava deserto, silencioso, mas ao fundo era nítido o burburinho da cidade a fervilhar de vida. Que horas seriam? Não ouvira a sereia do porto, mas pelo peso da luz já devia ser tarde. E ao pensá-lo, saltou para dentro das calças e desceu as escadas, vestindo a camisa, numa pressa de atrasado. As duas mulheres, nuas sobre a cama, nem se mexeram.

Na estreiteza do beco a luz era fraca, mas, desaguados no porto, onde a superfície metálica do mar reflectia a amplidão do Sol, os olhos de Santiago encheram-se de humidade e cegueira. Curioso como o mesmo cenário pode, em dois dias distintos, parecer tão diferente ao mesmo homem. Ainda na tarde anterior, na aridez da sesta, a baía, semeada de pelicanos e barcos, lhe parecera de uma beleza sem concorrência e já hoje diria nada haver de mais sórdido do que aquele hemiciclo de barcaças e aves flutuando como coisas mortas sobre a água. À passagem pela ermida dos pescadores, bateram as nove nos campanários da cidade.

— Foda-se!

Levava duas horas de atraso. E apertando a camisa, apressou o passo como se estivesse a um minuto de entrar.

O movimento no cais era formigante. O mercado espalhava-se por onde havia chão, numa confusão de vozes e de gente, cuja ordem talvez só os homens e as mulheres da beira do porto conhecessem, como ele conhecia a do labirinto confuso do Bairro Negro. O Sol incomodava já àquela hora e o ar salgado enchia, pesado, as narinas apressadas de Santiago Cardamomo. Na lota, ainda se vendiam restos do pescado. Velhos abriam as redes, gaiatos desembaraçavam-nas dos nós, e uma confraria de albatrozes e gatos limpava os sobrados que não serviam já outro fim. Todo aquele movimento, todas aquelas vozes, todos aqueles corpos roçando por si, enjoavam-no. Um miúdo plantou-se-lhe à frente da marcha, anunciando:

— É o *Portonegrino*! — pasquim diário, sem interesse de monta, para o qual Rodrigo de San Simon assinava todos domingos um poema de sua autoria.

Santiago afastou-o com um braço. Mas logo à frente mais proclamações, mais bocas abertas, rapazes e raparigas, de tabuleiros ao pescoço, serpenteavam por entre a gente apregoando queijadas de coco, balas de caramelo, água doce com limão, toda a sorte de tabacos e notícias da capital com uma semana de atraso.

Na curva da baía, para poente, um mar de guindastes plantados sobre o cais trabalhavam já com seu braço gigante. Atravessada a praça, Santiago meteu para a zona dos armazéns. Por fim chegou ao sétimo, onde havia mais de duas horas perguntavam por ele. Pela cara, não seria preciso interrogar o motivo do atraso. Amigos e colegas, que são coisas distintas, picaram-no com aondes e com quens. Mas Santiago alegava apenas ter adormecido. Como se estes não soubessem que jamais dona Santiaga o deixaria ficar na cama a enrolar lençóis. Santiago insistia e, à parte a omissão, a verdade estava lá.

Pegou ao serviço, mas os movimentos de polvo desossado tinham a vitalidade de um trapo e toda a manhã andou dormente de um lado para o outro. Roleão Poppes, o patrão, antigo negreiro que fizera fortuna com negócios escuros quando a escravatura tinha já mais de meio século de abolida, que andava pela alfândega velha a papelar — assim soa o tratar de papéis de utilidade aparente —, não lhe dera pelo atraso, mas, quando regressou e o viu naquele arrastar de negro açoitado, atirou-lhe num grito que parou toda a gente:

— Podes emprenhar toda a noite quem te der na real gana do caralho, agora depois não me venhas é para aqui foder o serviço, que nem eu sou uma puta nem o meu armazém um bordel! — E após uma pausa para tomar fôlego: — Fui claro? — num hábito irónico de concluir conversas que lhe ficara de outros tempos.

Conhecia-lhe a fama e, talvez por inveja, não se compadecia com noites mal dormidas ou indisposições de última hora para justificar a consumição do corpo. Santiago acenou com a cabeça e agarrou em duas sacas de cinco arrobas só para provar ao velho negreiro que o amor não lhe quebrava a força dos braços. E se não pôs mais uma em cima do avio que Deus lhe dera, foi só para não provocar ainda mais a fúria de Roleão Poppes, que no dia em que a graça foi repartida pelo mundo andava a papelar vigarices sabe Deus por onde.

Para Santiago, o resto do dia passou doloroso, feito uma trave de madeira pelas costas de um mártir, mas lá se foi arrastando, lento e pesado, como uma jibóia almoçada até à hora da despega. Quando a sereia do porto tocou à desforra, sentiu que lhe tiravam de cima o peso do mundo. Como de costume, subiu com os amigos o emaranhado da cidade velha rumo ao bar da tia. Parecia não ter acordado o dia todo. As conversas não passavam de um mastigar de vozes ao longe. Era a hora de maior movimento. Quem passava, conhecido, deitava-lhes acenos e saudações. Santiago respondia com a mão indolente. Rodrigo de San Simon e Pascoal Saavedra entrançavam conversa com o resto do grupo, até que o velho Carpan encetou uma canção. Tudo parecia algures entre o sonho e a realidade, mas entrado na Praça dos Arcos teve um pensamento inesperado: a filha do açougueiro!

Pela primeira vez, desde a tarde da véspera, pensava nela. Estranho! Talvez o cansaço, a noite, o dia, não lhe houvessem dado espaço. Teve a sensação de haver sido há muito, num outro tempo, até.

E como alguém que fica sóbrio de repente, acordou da dormência em que estivera imerso o dia todo. Pensou encontrá-la à porta do açougue à espera de o ver e sentiu-se contrariado. Não lhe apetecia confrontar-se com aquele par de olhos baixos varrendo cobranças da porta. Todavia, no não querer que queria, foi andando e, atravessado o Arco de São Mateus, não resistiu a lançar olhos à entrada do açougue. Da rapariga não viu senão o lugar onde costumava estar. Um alívio encheu-lhe o peito, mas foi breve o conforto. Rodrigo de San Simon, notando-lhe o gesto, observou:

— Parece que assustaste mesmo a rapariga! — apontando com a cabeça para a porta do açougue.

Santiago teve um instante de hesitação, mas, percebendo não ter o comentário relação com o episódio da véspera, fungou um sorriso, sem mais troco por resposta.

Dois dias antes, quando regressava da barbearia, Pascoal e Rodrigo, que, desconfiados, o haviam espreitado a dirigir-se à filha do açougueiro, quiseram saber:

— Que diabo disseste tu à rapariga, sacana? — perguntou San Simon.

— Nada! Estendi-lhe apenas uma cortesia — sorriu Santiago, com ar de cínico.

— Da maneira como correu para casa depois de entrares no Fariq, imagino o tamanho da cortesia que lhe deves ter estendido! — exclamou Pascoal Saavedra, arrancando uma gargalhada geral. Mas, porque o assunto não tinha pano para grandes teceduras, rematou-se por ali a conversa sobre a filha do açougueiro.

Também agora o assunto não passava da vontade de San Simon aproveitar o ensejo para provocar o amigo. Até porque outra curiosidade a seu respeito o comichava por dentro. Pascoal, a leste da provocação, abraçou-se aos amigos e, despedindo-se dos restantes, entrou a cantar na Flor do Porto.

Ao ver entrar o sobrinho, o coração de dona Santiaga suspirou de refolgo. Todavia, como se nada fosse, fingiu-se atarefada. Não se conseguia acostumar. Não se haveria de acostumar nunca às noites de lua daquele funga-saiotes. Não era a primeira nem a centésima vez que Santiago dormia fora sem avisar, e ela, sem pregar olho, ralada até aos nervos, passava a noite em claro a rogar-lhe pela segurança ao Santo de Compostela, do qual era devota, como todas as mulheres da sua família, desde o tempo em que a bisavó Ramonna Pueves, mãe da mãe de sua mãe, se enfeitiçara por Santiago Bondañuero Paez, devoto fervoroso daquele filho de Zebedeu, que a amou e de uma barrigada lhe fez três filhas antes de naufragar ao largo de Finisterra e ficar conhecido para sempre como o último pirata do Novo-Mundo. Vivia com o coração num aperto por aquele desalmado, razão maior da sua vida. E assim como durante anos rezou para que a irmã não voltasse a reclamar-lho, rezava agora para não acordar nunca com a notícia da sua desgraça. Só de pensá-lo, apertava-se-lhe o peito a ponto de lhe faltar o ar. Morreria se aquele estafermo lhe faltasse, aquele anjo que Deus lhe dera. Era um filho, pois o amor não está na dor do parir, mas no ardor do criar, ou não haveria tantos filhos no mundo sem mãe. De modo que, ao vê-lo entrar à porta, os olhos brilharam-lhe, e toda a preocupação se transformou de repente em ternura e numa vontade enorme de lhe dar uma sova das antigas. Mas, porque nem Santiago era já um pirralho, nem as sovas lhe serviram algum dia de emenda, pôs apenas cara de atarefada e continuou a traquinar copos e garrafas como se este dali houvesse saído de manhã cedo para trabalhar.

Santiago sorriu ante os gestos amuados daquela que a vida lhe dera por mãe. E depositando-lhe um beijo provocador na cabeça grisalha, disse, como sempre que a arreliava:

— Adoro-a, minha tia!

Dona Santiaga Cardamomo sentiu-se corar, mas não lhe deu troco, e Santiago foi à arca de madeira esgravatar no gelo as três cervejas do costume, que Cuccécio Pipi, ao que parecia, devia andar aos recados. Numa mesa junto da porta, Rodrigo e Pascoal esperavam por ele e pelas novidades que lhe queriam ouvir.

— É agora que o gavião do porto nos vai contar entre que par de pernas passou o domingo? — perguntou Rodrigo de San Simon à chegada das cervejas, inclinando-se para o centro da mesa. Pascoal, excitado, posicionou-se também. Sabiam bem ser assunto saiado. Só não sabiam a quem pertenciam as saias.

Santiago sorriu, distribuiu garrafas e copos, encheu o seu, deu-lhe dois goles e, com o mais desdenhoso dos ares, disse:

— Não foi um par… foram dois!

— Filho de um cabaz de putas! — exclamou Pascoal Saavedra, assentando a garrafa estrondosa no tampo da mesa. — Conta!

Queria saber tudo. Quem? Onde? Como? E Santiago falou-lhes das duas negras e da casa da velha Ninon. Estava explicado o sumiço de domingo! Santiago não tinha por hábito alardear as suas aventuras, mas naquela tarde, por razões que facilmente se intuem, resolveu-se a tanto.

— Toda a noite? — perguntou Rodrigo.

Santiago confirmou com a cabeça.

— Cabrão! — exclamou Pascoal, acrescentando: — Não admira que estejas de rastos! — num tom de quem conhece as profissionais do porto uma por uma.

San Simon quis saber porquê e de quem se tratava. Pascoal explicou:

— São duas gémeas de Angra la Cruz. Chegaram há pouco mais de um mês e estão instaladas em casa da velha Ninon. Trabalham sempre juntas, como se fossem siamesas, e não dão contas a malandro nenhum. Já tive ganas de as levar às duas, mas... — suspendeu. Rodrigo e Santiago esperaram pelo fim da frase. Pascoal baixou a voz: — Dizem que na primeira noite não levam nada, mas na segunda, nem a alma deixam! Parece que já não é o primeiro a dar em maluco por causa delas.

Santiago não susteve o riso. De facto não pagara. E da noite lembrava-se muito pouco. Mas pelo estado em que ambas ficaram a contrastar no lençol, diria não correr perigo de monta. Achava sempre graça aos exageros de Pascoal, para quem o amor — embora de aluguer — vivia carregado de dramatismo. E provocando o amigo, perguntou:

— Mas, se tu és um desalmado, de que é que tens medo?

— Não é medo... — protestou o outro. E enquanto procurava explicação, Rodrigo de San Simon adiantou-se em dois versos de José Casto de la Rosa, o famoso poeta portonegrino que morreu de tristeza diante do mar e cuja vida, se calhar em caminho, talvez se conte:

Não é medo, senhora, das profundezas eternas
Mas uma fraqueza de alma reflexa nas pernas!

Santiago e Rodrigo tiveram um ataque de riso. Pascoal encolheu os ombros. Mas queria saber:

— É verdade que não se paga na primeira noite?

— Eu cá não paguei nada! Mas se é regra da casa... isso não sei.

Os olhos de Pascoal brilharam à semelhança dos de uma criança diante de um doce, despertando um segundo ataque de riso. Terminadas as cervejas, foi Santiago quem desafiou os amigos para o bilhar nessa tarde. Toda a semana se havia deixado ficar para o fim.

— Vens cheio de gana, tu! — observou Rodrigo de San Simon.

— Aproveitem hoje, que estou morto, para ganharem um joguinho.

Rodrigo e Pascoal aceitaram a provocação e os três pegaram em tacos, como se em armas para se digladiarem. Quando por fim se despediram, já a noite descia sobre a ilha de São Cristóvão. Numa mesa de canto, sem vista para a noite da Rua dos Tamarindos, Santiago jantou em silêncio uma travessa de peixinhos fritos que a tia, apesar do «amuo», lhe preparara com amor de mãe. O serão por ali não duraria muito mais: o tempo de o último par de clientes pagar e sair. Santiago esperava pela tia. Acendeu um cigarro, pensou nas duas negras e teve vontade de lhes voltar às carnes. O pior era a alma!, sorriu, pensando na cara de Pascoal. Mal os últimos clientes deram boas-noites e saíram, Santiago ajudou a tia a fechar a Flor do Porto e, já na rua, estendeu-lhe o braço, que a solteirona, sem mudar de cara, aceitou num silêncio já menos zangado.

Àquela hora pouco se via e ouvia naquela parte da cidade. A luz vinda da Praça dos Arcos morria nos primeiros metros da rua e só das bandas do porto chegavam retalhos de concertinas e guitarras trazidos pela aragem. Os primeiros bichos da noite encetavam piados e cantos, que a vida não pára só porque o dia adormece. À passagem pelo açougue, Santiago sentiu um frio desconforto, como se a morte estivesse pousada no telhado daquela casa; como se ali já não vivesse ninguém.

X

A semana passou-se no de costume e, na Rua dos Tamarindos, a única novidade estava na porta do açougue, onde, fazia sete dias, Ducélia não aparecia para varrer. Aquilo que a princípio fora um alívio para Santiago transformou-se, com o passar dos dias, num sentimento de contrariedade. Não tinha na rapariga outro interesse além do demonstrado e cumprido no domingo anterior sobre as caixas do mundo, mas algo naquela súbita ausência lhe inquietava o espírito. Rodrigo de San Simon, percebendo-lhe o movimento dos olhos esquinando-se para a porta do açougue, deu-lhe um toque no braço:

— Ainda não tiraste dali o sentido?

Santiago, surpreendido na discrição tida por certa, franziu a testa, como sempre que se queria fazer desentendido.

— Que é que foi? — quis saber Pascoal Saavedra, alheado da conversa.

— É aqui o Santiago! — fungou Rodrigo, assentando uma palmada no ombro do amigo. — Não se conforma com a vassourada que levou!

Santiago sorriu. Pascoal, percebendo o motivo da chacota, ironizou:

— Se calhar a mocinha desiludiu-se com a cortesia do outro dia! — sublinhando o termo empregue por Santiago.

Rodrigo soltou uma gargalhada. Aproveitando o ensejo, Pascoal explorou a laracha:

— Sabes que a filha de um açougueiro já deve ter visto todo o tipo de peça!

Santiago não teve outro remédio senão juntar-se à risada. Qualquer coisa que dissesse cairia sobre si. E não querendo dar largas ao assunto, preferiu aceitar a derrota e deixá-los convencidos — como estavam — de lhe haver a rapariga frustrado as intenções.

Na Flor do Porto, dona Santiaga estava atarefada e feliz. Cumpria anos nesse dia. Santiago beijou-a com a ternura do costume e, sem se lembrar da relevância da data, foi sentar-se na mesa com os amigos à espera de Cuccécio Pipi. O pretinho não demorou um minuto. Pascoal, animado pelo fim da semana, repetia uma anedota que ouvira o patrão Poppes contar a um embarcadiço. Cuccécio Pipi, de pé, junto à mesa, deixou-se ficar a ouvir. Por fim riram os quatro, e Pascoal, em maré de graça, contou outra de que entretanto se lembrou.

Atrás do balcão, dona Santiaga olhava-os enternecida. Um sentimento de carinho encheu-lhe o peito apertado de mulher por amar, fazendo-a soltar um suspiro, e por momentos deixou-se a contemplar os rapazes, que eram mais do que homens feitos, experimentando aquela ternura que só às mulheres é permitido sentir pelos homens que crescem sem nunca se fazerem grandes.

De quando em quando, os olhos de Santiago cruzavam a rua. Nenhum motivo em especial… curiosidade. Pascoal desafiou os amigos para o pano, mas só Rodrigo se levantou. Santiago fez sinal a Cuccécio Pipi para lhe trazer outra cerveja. Aguardaria ali sentado a sua vez de jogar. Várias coisas lhe haviam passado já pela cabeça para justificarem a ausência da moça e todas tinham, no seu achar, correspondência com o episódio do passado domingo. Vergonha, seria o mais certo. Afinal, virgem e ingénua… E ao pensá-lo, deu-se conta de só agora realizar a dimensão do facto. Vergonha. Não podia ser outra coisa. Chegara a ponderar a hipótese de o pai lhe haver descoberto os passos e castigado por isso, mas ainda na véspera passara por ele na Rua dos Turcos e, na pouca simpatia pela qual o conhecia, deitou-lhe as cordialidades da tarde sem franzidos de testa. De modo que não cria ser esse o motivo. Podia dar-se o caso de a moça ter contado apenas meia história. Confrontada com os «onde?», «com quem?», «a fazer o quê?», poderia ter-lhe ocultado o nome. Não seria a primeira a fazê-lo. Cuccécio Pipi trouxe-lhe a cerveja. Santiago nem se mexeu. Sentiu-o distante, o pretinho, que gostava dele como de um irmão mais velho, mas não se atreveu a ficar, como era sua vontade, à espera de um olhar, de uma graça. Bateram as sete na catedral e do outro lado da rua, umas casas à frente, movimento nenhum. A tarde enchia-se de tons lilases. Ali, sentado onde estava, tinha uma visão ampla da rua. Daí a instantes, as fitas do açougue afastaram-se e o empregadito da casa saiu de vassoura na mão. Era ele quem, naquela semana, vinha varrendo a frente do negócio. Santiago atirou a ponta do cigarro para o chão, levando o copo à boca. Já perdera tempo demais a pensar naquela história sem história. Fosse lá porque fosse, não se iria prender mais com isso. Estava feito, era tudo, e nem Deus podia apagá-lo já do caderno das coisas acontecidas. Terminou a cerveja e foi-se juntar a Rodrigo e a Pascoal, que estava a três tabelas de perder o jogo.

— Vá, meninos, acabem lá com isso, que tenho aqui um petisquinho para vocês. — Era a voz de dona Santiaga Cardamomo, com duas travessas de frango guisado nas mãos. Preparara-lhes um jantarinho especial e uma torta de ananás, como se fossem eles, e não ela, quem cumpria cinquenta primaveras.

Os rapazes franziram a testa, entreolharam-se, surpresos.

— Quem é que faz anos hoje?! — perguntou Pascoal, largando o taco sobre o pano.

Dona Santiaga, com o ar materno de quem nunca foi mãe, sorriu. E pousando as travessas em cima da mesa, voltou para trás do balcão.

— Que dia é hoje? — quis saber Santiago, com um bichinho a picar-lhe a ideia.

— Dezasseis de Junho — respondeu Rodrigo de San Simon. — Porquê?

O amigo não respondeu, correndo para o balcão.

— Muitos anos de vida, minha tia! — enchendo a madura senhora de abraços e beijos. — Muitos anos de vida!

Os outros dois correram atrás dele. A clientela, espalhada pelas mesas, pôs-se de pé para ovacionar dona Santiaga, a melhor botequineira da cidade.

— Muito obrigada! Muito obrigada! Muito obrigada! — ia-se desfazendo em agradecimentos, a pobre de Deus, com a voz tremida e os olhos a acusarem comoção. Santiago desculpou-se por lhe haver passado. Não tinha mal! Anos havia em que ela mesma só se lembrava dias depois. O importante era estarem ali todos e bem.

Voltaram para a mesa os rapazes, felizes por dona Santiaga e pelo repasto, cujo cheiro se alastrava a todo o bar.

— É uma santa, dona Santiaga! — exclamou Rodrigo de San Simon, que nem se preocupou em terminar o jogo. — Uma santa! — repetiu, abrindo os braços para a receber na mesa.

— E das grandes! — acrescentou Pascoal Saavedra de olhos nas travessas.

Santiago ajudou-a com o resto das coisas que faltavam para o petisco poder começar. Dona Santiaga sorria. Naquele momento era a criatura mais realizada do mundo.

Atrás do balcão, Cuccécio Pipi sentiu o estômago pedir-lhe frango. Desde a hora do almoço que não lhe caía nada dentro.

— Bom apetite! — gritou de uma mesa um cliente.

— Bom apetite! — gritaram outros.

— Obrigado! — responderam os quatro a uma voz só.

— Servidos? — perguntou a botequineira por cortesia. E foi o primeiro cliente a falar quem respondeu:

— Se fôssemos todos, seria mais a fome que o proveito!

E por ali se ficou na conversa. Dona Santiaga, de bochechas atarefadas, olhava, enternecida, para os três rapazes, em especial Santiago, o menino do seu coração, pelo amor que lhe dedicava, apesar das arrelias, das ralações. Aquele bocadinho, descomprometido, na sua companhia, valia por um ano inteiro de anulação. Como é possível um quase nada encher de significado a vacuidade de uma vida? Como pode um tão pouco significar tanto? Um domingo de festa; os arranjos da procissão; o peditório para a Virgem Santa; um sorriso de Santiago, um jantarinho melhorado por outra volta completa em torno do Sol... enfim, insignificâncias que significam a vida, o mesmo é dizer, lhe dão significado. No dia seguinte tudo haveria de passar, porque nada há que não passe no dia seguinte. Mas naquele momento, aquele preciso momento era tudo, e não podia estar mais feliz, a pobre senhora, de frango entre os dentes que ainda lhe restavam. Não pela idade, mas porque não tinha porque cuidar-se. Mulher simples, de ambições traídas, conformada com a sorte que, bem feitas as contas, não fora boa nem má.

Conhecera apenas um homem na vida. Tinha vergonha de pensar nele em público. Fazia-o de noite, na solidão do quarto, imitando-

-lhe em recordação o peso da mão pela geografia do seu corpo. Reconhecê-la-ia ainda, tantos anos depois, de olhos fechados, como jurava nesse tempo reconhecê-la entre mil? Não cria Santiaga Cardamomo. As pregas do corpo, o peito partido, a pele mais mole, as ancas mais largas, o corpo de menina que não havia mais. Jamais o contara a alguém, nem sequer em confissão. Morreria se alguém o descobrisse. Marinheiro, a quem uma frase bastara para a fazer naufragar até à alma. Uma frase rente à parede da casa, uma frase rente à noite abafada, uma frase rente à orelha carente, uns braços grossos, tatuados de sereias e âncoras, uma mão na sua pouca cintura de então, uns lábios na fraqueza do pescoço, uma voz de onda contra a rocha aflita:

— Nunca conheci uma mulher de terra que soubesse a mar como tu! — E ela toda derretida num suspiro. A frase ainda não estava completa, mas a jovem Santiaga não precisava de ouvir mais nada. E quando o mareante lhe sussurrou roucamente: — És a única que me faria ficar longe de casa até ao fim dos dias! — Santiaga Cardamomo era já dele para toda a vida. O pescoço fraquejou das vértebras, o corpo ensopou-se de vontade e, sem razão nem sentidos, entregou-se-lhe em tempestade nos braços, deixando aquele homem do mar navegar sem norte por ela adentro.

Foi uma semana de promessas e delírios, até que uma noite não veio. Na manhã seguinte, Santiaga correu ao porto, por dormir, com o coração do tamanho de um figo. Na descida para o cais, viu um barco apequenar-se na baía e correu mais depressa para não cair de joelhos ante o desespero do pressentimento. Poderia ser outro barco! Poderia. Mas Santiaga Cardamomo era mulher e as mulheres têm pressentimentos categóricos. Correu mais depressa. Mas era tão tarde já para o alcançar, como no primeiro dia em que olhara para ele.

Numa pedra do porto, um preto tocava rabeca. A jovem Santiaga, com mil pessoas que por ali andavam, foi a ele que perguntou:

— Que barco é aquele que ali vai?

E o preto cantou-lhe:

É o barco do teu coração, morena.
É o barco do teu coração.

Um aguaceiro repentino apanhou-a a caminho de lugar nenhum. As lágrimas encobertas pela chuva cortavam-lhe os olhos e, numa casa abandonada, abrigo de ratazanas e tralhas, deixou-se cair, desamparada, e chorou por oito dias e oito noites. Haviam passado vinte e oito anos, mas para quem deixou o amor a meio é um já ali de saudade. Não passara, mas era passado e agora não era tempo de pensar no homem que lhe prometera o céu, mas lhe cortara as asas. Estava feliz, dona Santiaga, de bochechas rosadas, piripiri e vinho, gargalhadas e o calor natural da ilha a mexer com tudo. Não era agora tempo de pensar em nada. Estava feliz, Santiaga Cardamomo. Feliz.

Também os rapazes o estavam. Em especial Pascoal Saavedra, que não parara ainda de dar ao dente. Limpas as travessas e os ossos de carne, dona Santiaga levantou-se, pesada e a acusar o vinho, para ir buscar a sobremesa. Cuccécio Pipi quase desmaiou ao ver passar uma torta de meio metro toda cheiro de ananás. Os clientes, que não haviam aceitado frango, não recusaram uma fatiazinha daquela doce delicadeza. Chegava para todos, garantiu a dona da casa. Mandou o pretinho distribuir cálices e pratinhos por todas as mesas e ela mesma, num equilíbrio ameaçado, serviu a toda a gente torta e licor de lima. Tudo da sua autoria. Cuccécio Pipi, que desidratava de tanto salivar, nem queria acreditar quando dona Santiaga lhe levou uma fatia igual à de toda a gente.

Levantaram-se os copos, deram-se vivas a dona Santiaga, bebeu-se e comeu-se e, no entusiasmo crescente a que a euforia do convívio incita, Rodrigo de San Simon ergueu-se da cadeira, tirou uma folha dobrada do bolso, anunciando para a sala um poema de sua autoria, no qual havia meses vinha trabalhando — e ainda haveria de trabalhar essa noite —, com fim de o declamar na tarde seguinte durante a cerimónia dos duzentos anos sobre a morte do poeta José Casto de la Rosa, de quem era um caloroso admirador. Dedicava-o naquela noite a dona Santiaga Cardamomo. Tomou de um trago o copo que Pascoal lhe enchera, limpou a garganta e começou:

Andorinha trigueira que em meu beiral te aninhas
numa ansiedade de asas, expectantes, trementes;
não me aguardes e vai com as demais andorinhas,
pois, por mais que te queira, não sinto o que sentes.

Não fui feito para voar senão da minha maneira,
nem para encher de rebentos ninhos de lama...
sou um gavião vagabundo sem eira nem beira;
que te quer, te deseja, mas amar, não te ama.

As palmas encheram o salão, e duas lágrimas grossas os olhos pesados de dona Santiaga Cardamomo. Giancarlo di Mare, assim se chamava o gavião que lhe roubara o coração de andorinha e ainda agora a fazia suspirar, tantos anos depois. E na ebulição do momento, imaginou o poema noutra boca, noutro tempo, para si, rente à parede da casa; rente à noite abafada, rente à orelha carente, e viu-o ali, de cigarro nos lábios, encostado à ombreira da porta, com aqueles olhos negros que só de imaginá-los sentia a alma a ir-se-lhe do corpo.

— Bravo! — ouvia-se de todas as mesas. — Bravo! — para a arte de Rodrigo de San Simon.

Rodrigo agradeceu em longas vénias. Dona Santiaga, emocionada, aplaudia. Santiago também, apesar de menos efusivo. Pascoal, esse, era o mais fervoroso dos três. Estava orgulhoso do amigo como se fossem suas aquelas palavras que não entendia muito bem. Falava de mulheres, tinha a certeza, andorinhas... que mais haveria de ser?! Da garrafa de licor já pouco restava. Dona Santiaga agradeceu aos rapazes a noite e foi Rodrigo quem, tomando-lhe a mão para a beijar, disse:

— Nós é que agradecemos! E o jantar, digo-lhe, estava de fazer cair o hábito a um monge!

— A uma noviça, é o que era! — contestou Pascoal Saavedra, num lamber de beiços gulosos.

Dona Santiaga abanou a cabeça. Não tinha emenda aquele rapaz. E por uma lembrança repentina, aproximou-se do centro da mesa com ar de segredo. Os rapazes acercaram-se.

— Por falar em noviça. Sabem quem é que vai professar?

— Se não fosse cá por coisas, diria que era a velha Ninon — declarou Pascoal Saavedra, arrancando uma gargalhada aos outros dois.

— A filha do senhor Tulentino do açougue — declarou a botequineira da Rua dos Tamarindos que, se não houvesse bebido nada, jamais o teria comentado, mas o álcool...

— A Ducélia? — perguntou Rodrigo.

Dona Santiaga acenou com a cabeça. Soubera-o naquela tarde quando fora ao açougue buscar os frangos. Toda a semana não a vira passar, como era costume e, por curiosidade, perguntara ao empregado se ela estava doente. O rapaz apressou-se logo a dizer que não.

— Até me pareceu atrapalhado. Como se não quisesse falar no assunto. Foi então que lhe perguntei se estava em retiro. E ele, com cara de caso, lá acenou com a cabeça a confirmar.

Fez-se silêncio na mesa. Depois, Rodrigo e Pascoal desfizeram-se numa gargalhada. Santiago não respondeu à provocação dos amigos. No entanto, não conseguiu evitar um sentimento de indignação que não experimentaria se lhe houvessem anunciado o ingresso da rapariga na mais mal-afamada casa da cidade. Estava explicado o desaparecimento, pensou. Só não estava o porquê do porquê.

Dona Santiaga, não compreendendo a graça, afirmou não ser nada que não se previsse. E entendendo não ter aquele assunto continuação, levantou-se, pesada, começando a arrumar as coisas.

— Eu não te disse que era mais fácil levares para a cama uma freira do Carmelo do que aquela? — disse Rodrigo na direcção de Santiago.

— Pode ser que agora a leve. Se vai ser freira! — atirou Pascoal, explodindo numa nova gargalhada que arrebatou San Simon.

Santiago abanou a cabeça num sorriso fungado. Tinha vontade de lhes dizer, de lhes contar a verdade. Porém, agora seria despropositada a confissão. Haveria de parecer vaidade, e talvez desse mais motivo a gozo do que a crença. Uma moinha apoderou-se-lhe do espírito, arreliando-o consigo mesmo. Levou o copo à boca, tragou-o de gole e, para não se comprometer, não disse nada. Sem mais por onde crescer, a conversa sobre a filha do açougueiro ficou por ali.

— Como é? Vamos lá abaixo? — perguntou Pascoal Saavedra, esfregando as mãos.

Rodrigo alegou o compromisso na manhã seguinte e o poema que tinha ainda de trabalhar. Santiago, desejoso de estar só, desculpou-se com a tia. Era um dia no ano, e nunca estava com ela. Pascoal insistiu, mas acabou por descer sozinho ao Bairro Negro. Quem sabe se a noite não lhe reservava duas negras por companhia!

XI

Caía uma chuva certa, a primeira daquele Inverno que entrara quente, e Santiago Cardamomo dava voltas na cama, a contas com o sono. Um sonho antigo arrancara-o à paz da noite. Despertara angustiado e não tornara a dormir. Não se lembrava da última vez que tivera aquele sonho que o perseguira durante toda a infância: tinha cinco anos, estava no cais de embarque e, agachada diante de si, uma jovem mulher ajeitava-lhe o cabelo, prometendo-lhe, de olhos pintados, enxutos, voltarem a estar juntos em breve. Tinha gestos lentos, compondo-lhe o colarinho, e uma voz doce com a qual lhe pedia para se portar bem, para não arreliar a tia, para ser um homem, para não chorar… Depois, de pé, afastava-se, segura — aliviada, talvez —, de xaile bege aos ombros, para entrar num barco, onde um senhor louro, de chapéu branco, lhe dava a mão, o braço e o bigode. Era uma manhã de chuva, pesada, cinzenta, de chumbo, e ele à luta com as pernas que não se mexiam, com a voz que não saía, implorando pelos cantos dos olhos para que não fosse, «*por favor!*», para que não fosse. Mas o xaile bege não voltou atrás, e o barco desapareceu entre tantos, sumindo-se pelo estreito da baía para nunca mais.

Durante muitos anos, aquela visão sacudiu o pequeno Santiago da cama debulhado em lágrimas, num desespero de abandono, como quem acordasse, de repente, sozinho na imensidão do mundo. Durante muitos anos, a tia apertou-o contra o peito, garantindo-lhe não ser senão um sonho mau, pois quando a mãe partira era ele ainda uma criança de colo. Para o pequeno Santiago dava no mesmo: a sensação estava lá, assim como lá estava aquele xaile bege, diminuindo no cais, a que alguma coisa em si insistia em chamar mãe. Até porque os sonhos, no final, são tão parte da vida como a vida em si mesma. Assim, durante muitos anos, até ao dia em que, de uma noite para a outra, o sonho, como um xaile bege extinguindo-se ao longe, deixou de lhe atormentar as noites. Porém, ao contrário do xaile bege, o pesadelo estava de volta, à laia de um cadáver dado à costa, para o arrancar, torturado, à paz do sono. Tantos anos depois, o mesmo vazio, a mesma angústia, a mesma intensa sensação de nada, ali, intactas, para lhe mostrarem que o tempo, contrariando o dito, não apaga tudo.

O barulho da chuva ampliava o mundo e as emoções dentro de Santiago. No ar do quarto, a solidão agigantava-se, oprimindo-lhe o peito. Parecia não reconhecer o espaço, os contornos da pouca mobília que a negra claridade da rua delineava. Apesar da chuva, o ar estava quente. Respirar custava. Procurou pelo sono, mas não foi capaz de o retomar. Voltou-se na cama, revolteou-se cem vezes.

— Merda! — revoltou-se, por fim. E impotente ante a teimosia da insónia, que um homem não dorme nem morre senão quando o sono lhe vem, levantou-se, acendeu um cigarro, saltou a janela para o alpendre da casa, e sentou-se no chão a fumar contra o luto da noite.

Não havia uma luz acesa na Terra nem no céu. O cheiro quente do chão molhado, batido pela chuva, a brisa salgada soprada das bandas do mar, esticavam no jovem estivador cordéis de emoções antigas, memórias que não podia garantir se verdadeiras ou não. Verdade ou mentira, havia dentro dele uns olhos pintados, uma mão no cabelo, uma voz doce pedindo-lhe para não chorar, para ser um homem. Verdade ou mentira, havia dentro dele uma promessa por cumprir e o rosto de uma mulher bonita que lhe voltara as costas para nunca mais.

Ao largo, uma concertina lutava contra o depenicar esfomeado da chuva. Santiago enchia o peito de fumo, mas o vazio permanecia inalterável e a imagem daquela figura afastando-se dele planava-lhe dentro da cabeça qual bando de pássaros inespantável. Procurou distrair o pensamento com outra coisa e veio-lhe à ideia a porta do armazém e a filha do açougueiro a apequenar-se na tarde.

Também ela não olhara para trás! Também ela era um xaile bege a afastar-se dele para nunca mais! Mas isso não tinha importância.

Curiosidade, apenas; comparação. E nessa não importância, procurou lembranças daquela tarde, mas daquela tarde não encontrou senão imagens difusas, fragmentos soltos, um completo silêncio, como se o domingo passado pertencesse a um outro tempo, ao tempo de um sonho que talvez sim, talvez não. Tudo tão estranho! Em especial a rapariga. Nunca uma mulher se lhe entregara tão… tão sem protestos nem vaidades, e nunca uma mulher se desprendera dele tão depressa, como se dele não quisesse senão aquilo que dele levara. Mas no meio daquela tela mal pintada, o mais estranho elemento, aquele que envolvia tudo como um véu, uma neblina, era o silêncio. Silêncio que persistiu e persistia; silêncio quebrado apenas por uma palavra, uma palavra cuja matéria não correspondia à de tudo o resto, uma palavra desarmónica, pronunciada: freira.

— Freira?! — fungou Santiago, abanando a cabeça. Não havia uma semana que se lhe oferecera e já tinha mudado de religião?! Como são estranhas as mulheres! E ele a pensar que as conhecia bem! *Se calhar a mocinha desiludiu-se com a cortesia do outro dia!* — as palavras de Pascoal reverberaram-lhe entre os pensamentos. Não as dissera, o amigo, com a intenção com que agora as pensava, pois nada sabia, mas foram ditas e ouvidas, passando a existir, a ocupar-lhe um espaço dentro do espírito inquieto. Ter-se-ia a moça, de facto, desiludido com a experiência? Foi o pensamento seguinte. As poucas lembranças daquele farrapo de sesta não chegavam para responder à pergunta. Costumava ser solícito com as mulheres. Tinha até fama de amante apaixonado. Mas, pensando bem, não encontrava correspondência disso naquela tarde. Seria, ainda assim, motivo para tanto? Talvez não se tratasse de desilusão, mas de culpa, efectivamente; de arrependimento, e nesse caso… Mas não, não era culpa. Conhecia as mulheres — tinha a certeza — e a natureza que as talhava. Tivesse ela ficado satisfeita e haveria, não obstante toda a culpa, o arrependimento todo, de querer repeti-lo, que é isso que acontece a quem gosta de algo pela primeira vez. Assim lho haviam demonstrado as mulheres ao longo da vida. Pois não há oração ou flagelo que impeça de voltar a pecar aquele a quem a tentação ferrou unhas e dentes, por pior que seja o pecado. Talvez houvesse já decidido enclausurar-se num convento e quisesse apenas experimentar pecar para confirmar a vocação; ou pior, para ter do que se arrepender toda a vida. São estranhas, as mulheres! Estranhas!

A hipótese de ter sido imposição do pai, por lhe haver descoberto os passos, embora não toda a verdade, como chegara a supor, foi ideia que desta vez não lhe perpassou o espírito. Mudaria tudo. O mesmo é dizer, o seu sentimento de contrariedade em relação àquela história que, aos poucos, começava a inquietá-lo tanto quanto o sonho tido. Mas Santiago estava preso a uma ideia fixa, uma ideia cujas palavras de Pascoal Saavedra haviam gerado, e que agora ia e vinha dentro da sua cabeça no ondular chato das baías cerradas que não têm ondas nem deixam de as ter.

Devia ter ido com Pascoal para o porto. Não tinha memória de uma noite de sábado passada em casa. Se calhar o problema era esse, que o mal da cabeça é a folga do corpo. Atirou o cigarro para a chuva, voltou para dentro do quarto, estendeu-se em cima da cama, fechou os olhos, procurou não pensar em nada. De dentro da casa chegava-lhe o ressonar desenganado da tia, a quem havia muito a vida dissera não ser possível a felicidade no amor ou fora dele. Também ela fora uma Ducélia de outros tempos, de sonhos parelhos. Também ela ficara vazia, ou por encher, que parecendo coisas semelhantes são verdades distintas. Também ela se desencantara com esse sentimento grandioso, gerador de cantos e poetas, e que mais vezes leva os olhos à névoa que ao brilho da felicidade. Também ela compreendera não ser o amor senão um olhar, um gesto, um sorriso, uma palavra apenas e não a vida inteira, essa imensidão de tempo demasiado, que no fundo é tudo: o amor e a sua ausência; e que a felicidade não passa de uns instantes, à laia da chuva, que cai umas vezes e outras não, como por ali, paralelo zero do mundo, onde chega forte e sem aviso e sem aviso vai embora.

A chuva parecia ter montado campo, assim como a insónia de Santiago. Fazia força para dormir, para dominar o pensamento, para ouvir o silêncio além do aguaceiro... Em vão. O ar saturado do quarto, a cama suada, uma inflamação efervescente circulando-lhe nas veias impediam-no de adormecer. E porque na cabeça não há espaço em simultâneo para pensamentos e sonos, a mente fugiu-lhe para o porto e por lá se passeou entre o cais de embarque e a porta do armazém sete, impedindo-o de se abstrair, com a persistência chata de uma moinha num dente.

Sentiu uma raiva fria nos intestinos e levantou-se de um pulo. Era o que lhe faltava agora andar a gastar o tempo e os miolos com palermices sem trelho nem trambelho! Que andasse a mãe por onde quisesse, neste mundo ou noutro, tanto se lhe dava. Havia muito já que lhe deixara de sentir a falta. Se é que algum dia lha sentira realmente. Nem percebia o porquê daquele sonho, agora, tantos anos depois. Quanto à filha do açougueiro... pois que pensasse dele o que quisesse, que se arrependesse, ou culpasse, satisfeita ou não, que se encafuasse no convento das mudas ou na mais ruidosa casa de putas do Bairro Negro! Não era assunto seu. Acabou-se! E vestindo dois trapos, saltou a janela, desaparecendo na noite levado pela chuva.

XII

No Chalé l'Amour, a noite ia alta. Estava uma boa casa, atendendo à chuva. De um lado e do outro do salão, em sofás compridos ao longo das paredes, cuja pouca luz e as cortinas altas recatavam, clientes riam e conversavam com as meninas que os entretinham e desafiavam para um pouco mais. Frente ao palco, onde um quarteto de músicos animava os presentes, dois pares dançavam uma moda nova trazida pelos marinheiros. Fumo, gargalhadas, notas altas saturavam o rés-do-chão daquela que era a mais afamada casa de amor de Porto Negro. Ao fundo, divididas pelo balcão do bar, duas mulheres mais velhas conversavam.

Quando Santiago Cardamomo entrou, escorrendo água feito um alcatruz pejado, um grupo de meninas desocupadas agitou-se. No meio delas, a pequena Ágata — última aquisição da casa, e que ainda não aquecera cama por ali — sentiu uma tremedeira no ventre. Era ele! Tinha a certeza. Aquele de quem todas lhe haviam dito «Espera até conheceres Santiago!», pouco depois de ali chegar, não havia uma semana, retraída e com medo da vida. Desde esse dia que aguardava por «ele» como por um príncipe, na inocência impaciente dos dezasseis anos. Assim, quando uma das colegas lhe deu um toque no braço, sussurrando «É ele!», como se se referisse a um santo ou a um herói, a pequena Ágata nem pestanejou. Não podia ser outro.

De repente, só as vozes dos homens entre as notas da música se continuavam a ouvir. As restantes meninas, que pelos cantos do salão o viram entrar, sorriram-lhe. Não havia uma que o não gostasse.

Não havia uma que não gostasse de o gostar. Não havia uma que se importasse, naquele instante, de deixar o cliente com quem encetara garrafa e conversa para o servir, para lhe sorver cada gota do corpo, cambiar-lhe a água doce por outra mais temperada. Não havia uma, podia apostar-se.

— Isso é que é estar aflitinho, hem! — sorriu-lhe Cuménia Salles, a dona do alcouce, estendendo-lhe as mãos aneladas. Viera recebê-lo a meio do salão. Santiago devolveu o sorriso e, tomando-lhe as mãos, beijou-as.

— Cada dia mais bonita, Cuménia!

A matrona, que o conhecia desde o dia em que ali entrara pela primeira vez, não conteve o riso.

— É com essa cantiga que as levas?!

— Nem todas! — respondeu o rapaz, que havia anos lhe fazia o verso. — Mas ainda não perdi a esperança de levar a última ao Paraíso! — acrescentou, num piscar de olho.

A marafona-mor, que lhe achava graça como a poucos, e noutros tempos talvez lhe caísse nos braços e em desgraça, picou-o:

— E onde é isso?

— Têm-me dito que é nos meus braços!

— És um sacana, Santiago! — atirou a dona da casa numa franca gargalhada, antes de lhe pintar um beijo na barba de sete dias e se afastar sorridente.

O grupo de meninas livres levantou-se e, entre risinhos tolos, rodeou-o, empurrando a pequena Ágata para diante dele. Tinha de o experimentar! A moça, corada por baixo do *rouge*, fez o possível por parecer profissional. Pintada de mulher, nuns saltos altos, dentro de um vestidinho de tecido pouco, cor das rosas vulgares, lembrava mais um flamingo encabulado do que uma dama de artes fáceis.

— Olá! — sorriu num embaraço de virgem que, não sendo, lhe conferia um aspecto tentador.

— Olá — sorriu de volta Santiago.

Era loura, pequena, de olhos grandes e verdes, de uma beleza pouco vista por aquelas latitudes do globo. Tinha um corpo terminado de adolescente, que não iria crescer mais, e o espartilho dançava-lhe no peito, deixando ver a auréola rosada dos seios incapaz de esconder.

Alguns clientes olharam-no com desconfiança, invejosos. Conheciam-lhe a fama. O dinheiro deles não haveria de ser diferente — muito pelo contrário —, mas pelos vistos não chegava para comprar tanto pestanejar, tanto paparico. Com gracinhas nos gestos, as andorinhas desocupadas daquele beiral abrigado da chuva ponteavam os contornos do ninho onde desejavam deitar a pequena Ágata com «ele» naquela noite. As que estavam ocupadas, e assistiam pelos cantinhos dos olhos àquela alegre preparação, sentiram inveja das colegas, em especial da pequena Ágata, que, além dos seus dezasseis anos e da firmeza das carnes, parecia destinada a levá-lo para o quarto e ser rainha por uma noite. Todas elas o haviam já experimentado. Motivo extra para a sentida inveja. Quisesse ele, e venderiam, todas, o amor às esquinas por nota e meia, só para o terem por conta de afectos. Era ele querer e ficariam os bordéis da cidade vazios de operárias. Mas Santiago não vivia por conta, alombava na estiva e não pedia a ninguém. Por isso ainda o admiravam mais. Cliente antigo, e dos melhores em todos os sentidos, não havia michela que não tivesse para com ele atenções redobradas. Algumas, fizera-as ele, senhoras da arte que agora dominavam. Sempre as tratara com distinção; sempre trouxera à tona delas a mulher que se afogava por baixo da puta que vendiam.

Santiago fixou os olhos pintados da pequena Ágata, que apesar dos saltos tinha de olhar para cima e, passando-lhe dois dedos pelo rosto ainda pouco maculado, perguntou-lhe:

— Como é que te chamas?

— Ágata.

— Ágata! — sorriu Santiago. — E qual é o teu quarto?

A pequena corou.

— O primeiro do lado direito — respondeu.

Santiago acenou com a cabeça. Disse-lhe para esperar por ele lá em cima. Não demoraria. E abrindo ao grupo um sorriso, meteu em direcção ao bar. A excitação explodiu no meio das raparigas. A pequena Ágata subiu. Entre as notas da música, um tambor extra parecia bater, bêbado, fora do compasso.

As duas mulheres, que ao longe pareciam conversar ao balcão, eram na verdade uma só: Magénia Cútis, uma morena peituda, dos seus quarenta meados, que o estreara havia década e meia. A «outra» era Chalila Boé, um mulato adamado que se vestia de mulher e servia no bar, também presente nessa tarde de Fevereiro, quando o jovem Santiago Cardamomo, com apenas doze anos, entrara pela primeira vez no Chalé l'Amour com um bolso cheio de vontade e outro de notas magras.

— Quero ser homem — disse, colocando o dinheiro amarrotado em cima do balcão, num gesto de quem pedisse qualquer coisa para beber.

Chalila Boé, já à época uma dama, olhou-o com ar de gata gulosa e perguntou:

— E pode ser comigo?

Ao que o rapaz, muito convicto das suas necessidades, respondeu:

— Só se o dinheiro não chegar para mais nada.

Mas chegava. De modo que foi Magénia Cútis, mulher sabida já naquele tempo, quem, ouvindo-o tão novo e tão seguro a reclamar por serviço, se prestou a acompanhá-lo ao primeiro andar, onde, no calor da tarde, suou com ele os retalhos de uma adolescência que nunca chegou a nascer.

Ainda agora, por graça, Chalila dizia não lhe perdoar a desfeita. Gostava dele, jurava, como de um filho que não tinha, nem haveria de ter, pois para ter filhos seria preciso fazê-los e para fazê-los seria preciso espicaçar-lhe o instinto. Sujeito sensível, de uma infelicidade de arlequim, não poucas vezes recebera destrato por parte de homens menos dignos do substantivo e não foi uma nem duas vezes que Santiago o defendeu a soco de marinheiros em grupo, que os homens do mar são pouco valentes em terra firme. Trabalhava no bordel quase desde o primeiro dia que aportara àquela cidade atrás de um amor que o destratava. No limiar dos quarenta, continuava alto e forte, mas com a mesma fragilidade de beija-flor. Era ele quem, além do bar, cuidava dos asseios e arrumos da casa. Dormia nos fundos, num quartinho enfeitado a seu gosto, e de madrugada, depois do expediente, dava uma voltinha pelo porto, onde havia sempre um homem ou outro à sua espera. Nunca o fizera por dinheiro. Fora sempre por carência que se dera.

— O sacana do miúdo parece que nasceu para cobrir! — confessou Magénia Cútis ao descer, com ambas as mãos massajando o pescoço.

As outras ficaram curiosas. Antes de regressar a casa, bêbado e tresandando a puta, Santiago ainda haveria de honrar a arte mais seis vezes por conta da casa, ou do expediente das meninas, que Cuménia Salles não estava ali para fazer homens, mas para desfazê-los. Todas foram da mesma opinião e, nesse dia, com apenas doze anos, nasceu a fama de Santiago Cardamomo. Quem não se agradou da façanha foi a tia Santiaga, que lhe deu uma sova de chinelo e o meteu na tina de água fria, onde o dessurrou com uma escova de esfregar soalho até lhe arrancar da pele as tatuagens de batom e o último vestígio de perfume. A partir desse dia passou a frequentar o Chalé com uma assiduidade religiosa. Todo o dinheiro conseguido nas apostas era ali que ia depositar. Mesmo quando já não lhe faltavam mulheres dispostas a deitarem-se com ele por mais nada, Santiago permaneceu devoto àquela casa como um padecente a um lugar santo, para gáudio das meninas, que vida de puta não é só fretes e destratos.

— É hoje que me vais levar ao céu, gavião? — pestanejou-lhe Chalila Boé vendo-o chegar-se ao bar.

Magénia Cútis, encostada ao balcão, sorriu. Santiago beijou-lhe as faces.

— Amanhã, Chalila! — respondeu o jovem estivador.

— Sempre amanhã! — suspirou o mulato.

— É para veres que sou um homem de palavra!

— O Diabo, é o que tu és!

— Estás linda, hoje! — atirou-lhe Santiago junto com um beijo soprado da palma da mão.

— Não sei para quê! Tu não me queres! — queixou-se o mulato adamado vestido de sevilhana.

— Vens num bonito estado, tu! — sorriu Magénia Cútis, passando-lhe uma farripa de cabelo para trás da orelha.

— Não conseguia dormir… resolvi vir moer o corpo.

— Vadio! — exclamou Chalila, fingindo cara de amuo.

— E já viste alguma coisa que te agradasse? Ou vais querer um petisquinho dos antigos? — atirou-lhe a marafona num golpe de busto. Na sua idade, apesar da experiência, não era tão solicitada quanto as meninas por repuxar de dezasseis aninhos que chegavam ao Chalé, que nem para tudo se era menor naquela terra.

Santiago, que pelo caminho pensara nela, achou melhor não lho dizer e fez referência a uma pequena que lhe haviam apresentado à entrada.

— Ah, a Ágata! — acenou Magénia Cútis, com um travo de ciúme nos lábios. — Trata-a bem. Ainda é verdinha nestas andanças!

Santiago sorriu, deu-lhe um beijo, soprou outro para trás do balcão e despediu-se num até mais tarde.

— Se a meio da noite te apetecer um petisquinho dos antigos, já sabes! — atirou-lhe a michela num piscar de olho.

— Estamos às ordens! — provocou Chalila, mordendo o cantinho do lábio.

Santiago riu e, levantando a mão, deu costas aos dois, sumindo-se escada acima.

— É um sacana este vadio! — exclamou Chalila Boé com carinho.

Magénia Cútis assentiu com a cabeça.

O mulato adamado preparou dois copos e propôs:

— À de Santiago!

— À de Santiago — fungou Magénia Cútis de olhos postos nos degraus vazios.

Recostada na cama, a pequena Ágata roía as unhas de ansiedade. Muito lhe haviam as colegas falado de Santiago. Mais dos beijos que dos lábios, mais do toque que das mãos, mais do desempenho que do corpo — excepção apenas para o predicado com que Deus o regalara e sobre o qual não falavam sem um risinho de falsa vergonha. Em todas elas percebera um amor talismânico por aquele homem que apaixonava só de ouvir falar. Quando a porta do quarto se abriu, sentiu toda a solenidade da hora. Improvisou um ar profissional, mas não conseguiu disfarçar o nervosismo. Santiago sorriu. Não disse nada. A rapariga quis falar, mas as sílabas baralhavam-se-lhe no pensamento. Sentia ser a sua primeira vez — ela, que fora estreada aos oito anos pelo pai e, até cair na vida, havia conhecido mais de uma dúzia de homens: só irmãos foram sete. No entanto, era de uma inexperiência quase virginal. Levantou-se, desequilibrou-se nos saltos. Riu, envergonhada. Santiago achou-lhe graça. Riu com ela. Ainda havia brilho naqueles olhos verdes. Tratá-la-ia bem, sim. Tratá-la-ia como todas as mulheres deveriam ser tratadas pelo menos uma vez na vida. Não haveria nunca de se esquecer daquela noite. Era o melhor amante do mundo. Ninguém o duvidasse. Nem ele mesmo.

A luz das velas encurtava a distância entre ambos, ampliando o cheiro da intimidade. Santiago levou os dedos aos botões da camisa. A pequena Ágata sentiu a garganta secar. Fixava o peito daquele homem que ia surgindo aos poucos entre os gestos que o despiam sem pressa. Achou dever despir-se, também ela, e, de lábio entre os dentes, começou a desfazer-se do pouco que a cobria. A reduzida luz do quarto realçava-lhe a magreza, os seios jovens, coroados de excitação, a penugem loura das pernas, do ventre liso, que tremulava descoordenado, a púbis insubmissa de sol nascente.

— Estás nervosa? — perguntou Santiago, aproximando-se, descalço, coberto apenas por umas calças de linho cru.

A rapariga acenou que não com a cabeça, mas foi recuando até ao contacto com a cama. Toda ela tremia de desejo e ansiedade. Santiago sorriu, pegou-lhe no queixo... Ágata pensou que morria naquele instante.

Ao cabo de duas horas, Santiago Cardamomo descia a escada com a cara fechada. Ao balcão, como se o eixo da Terra houvesse encravado, Magénia Cútis e Chalila Boé conversavam e bebiam na mesma posição. Mulato e marafona olharam para ele.

— Dá-me um copo, Chalila — disse Santiago chegando-se a eles.

O mulato pegou na garrafa do costume e serviu-o.

— Então?! A moça não deu conta do recado? — perguntou Magénia Cútis desejosa de ouvir um não.

Santiago fungou um sorriso. Acenou com a cabeça, dizendo que sim, que havia dado, e, tomando de um gole o copo servido, estendeu-o na direcção de Chalila para que lho enchesse de novo. Magénia Cútis olhou para o mulato de sevilhana. Este encolheu os ombros. Parecia mais animado antes de subir. No quarto, sobre os lençóis enrolados, a pequena Ágata dormia o seu primeiro sono de mulher.

A música, mais lenta agora, parecia soar das paredes. Um par dançava frente ao palco: um rapaz de cabelos louros com uma «actriz» de cabelos negros. A rapariga rodava devagar, na alegria aparente das bailarinas de caixa. A cada volta olhava para Santiago, que olhava para os músicos, que não olhavam para lado nenhum. Pelas mesas, meia dúzia de clientes bebiam, que aquilo que a idade lhes permitia fazer nos quartos podiam fazê-lo ali mesmo. De perna traçada, num sofá, junto à escada, duas das raparigas que haviam levado a pequena Ágata à sua presença segredavam, olhando para ele. Cuménia Salles, a dona da casa, conversava com um cavalheiro distinto. Daqueles que por ali aparecem de quando em vez para se fazerem ver, mas nunca sobem, porque são homens sérios.

Magénia Cútis olhava para Santiago. Reconhecia nele sinais de inquietação. Conhecia-o desde cedo e aos homens em geral. Aprende-se muito a ser puta! Sabia que tudo na vida se resumia ao amor e à falta dele, e os homens, mais coisa, menos coisa, eram todos iguais. Havia-os de dois tipos, dizia: os que vinham carentes e queriam ser amados, e os que vinham carentes e queriam fazer-se amar. Os primeiros enchiam-lhe os seios de beijos por um desespero infantil de abandono, e os segundos enchiam-lhe os flancos de marcas, por uma necessidade de exibir o homem que receavam não ser. Santiago era uma mistura dos dois, e por isso um terceiro tipo, raro entre os homens, mas homem, ainda assim. Não saberia dizer aquilo que lhe atormentava o espírito naquela noite, mas tinha uma certeza: por mais amor que a pequena lhe tivesse devotado, não lograra acalmar-lhe os demónios que trazia dentro. Não era mulher de fazer perguntas, que as palavras mentem muito e as respostas vêm por si entre olhares e gestos. Por isso esperou, imperturbável. Por fim, Santiago perguntou:

— Ainda se servem petisquinhos dos antigos a esta hora?

Magénia Cútis abriu-lhe um sorriso infindo e, inspirando fundo, fez estalar o corpete. Santiago riu. De facto poucas mulheres o satisfaziam tanto quanto ela. Era como se na generosidade das suas carnes houvesse mais do que uma mulher, como se por baixo daquele perfume intenso houvesse ainda o cheiro da primeira vez. Chalila, apagado de repente do cenário, olhava, solitário, para os dois. O jovem estivador estendeu o braço à madura marafona, que lho tomou sem tecer considerações. Ensinara-lhe o tempo que a vida se vive melhor sem procurar respostas. Duas mesuras de cabeça despediram-se do mulato adamado, atravessando o salão entre as notas da madrugada. Atrás do balcão, Chalila Boé deixou cair um suspiro. Agarrada a Santiago, Magénia Cútis subia a escadaria do paraíso. Afinal, ainda havia noites de glória para uma mulher como ela.

As duas raparigas que bichanavam no sofá correram para o balcão:

— Então, Chalila? Como foi?

A sevilhana encolheu os ombros e, levando à boca o copo por onde Santiago bebera, beijou-o sem ninguém saber.

XIII

Sentado num degrau da Flor do Porto, Santiago Cardamomo aguardava que a tia viesse abrir a porta do negócio. A rua era um deserto. Àquela hora, quem não andava pela primeira missa estava metido em casa. Domingo, sete e cinquenta da manhã: reflexo admirável da pasmaceira do Paraíso. Acendeu um cigarro, olhou displicente para o outro lado da rua. Nem um só movimento: a vastidão do nada entre a alameda de tamarindeiros. Um cão sem destino acercou-se dele. Farejou-lhe os pés, as mãos, numa aproximação servil. Um cheiro qualquer pareceu intrigá-lo. Não era comida, mas continuou a cheirar. Santiago passou-lhe uma mão pela cabeça. Parecia não ver entre eles grande diferença. O que é isto da vida, afinal, senão um andar por cá?! O cão desistiu do farejo e fez-se ao caminho, desaparecendo magro por baixo do grande arco.

Fora longa a noite, mas Santiago tinha a sensação de não dormir havia uma semana. Tudo era vago, flutuante, nem o corpo lhe parecia seu. Um peso na cabeça, na alma; uma dormência alastrante. Os olhos, moídos, resistiam a custo à impiedosa agressão da manhã. Tudo à sua volta possuía uma aparência de papel amarrotado. Até a boca lhe sabia a folhas mortas. Só queria que a tia viesse depressa para tomar uma cerveja gelada antes de ir para casa atirar-se para cima da cama e dormir de seguida até à alvorada do dia seguinte. Um velho entrou na rua, deitou-lhe os bons-dias. Santiago devolveu com a cabeça. Teve pelo menos a sensação de o fazer. Começava a ser fraca a sombra dos tamarindeiros para o sol da manhã. Ninguém diria a carga de água que o céu largara de noite. O sino da pequena

Capela de São Tiago, onde a tia assistia à liturgia, anunciou o fim do ritual. Santiago acendeu outro cigarro, encostou-se à porta e deixou-se esperar. Daí a nada, um grupo de mulheres cruzou o Arco de São Mateus. No meio delas, dona Santiaga Cardamomo.

— Aquele não é o seu sobrinho? — perguntou uma das devotas sem aparente malícia.

Dona Santiaga não respondeu. O coração apertou-se-lhe de pena e vergonha. Que estaria aquele desalmado a fazer ali àquela hora? Parecia um cão sem rumo! Não o ouvira sair de noite, mas de manhã vira-lhe o quarto vazio pela janela aberta e deduzira o óbvio. Despediu-se do grupo, atravessou a rua, vasculhou no bolso da saia o molho de chaves, foi direita às portas centrais do bar, abriu-as de par e entrou como se o não houvesse visto. Santiago levantou-se, atirou o cigarro para o meio da rua, entrando atrás dela no escuro fresco do bar. A tia descia cadeiras de cima das mesas. Daí a hora e meia teria a casa cheia. Depois do ofício das nove era muita a clientela, que o vinho da eucaristia, apesar de sagrado, não servia senão para fazer negaças aos fiéis de Cristo. Santiago deu-lhe os bons-dias e foi direito à arca das cervejas. Estavam moles. Ora merda! Esquecera-se de que ao domingo o gelo só chegava mais tarde. Tanta espera para nada! Frustrado, voltou para o degrau de pedra. Puta que pariu! Parecia estar embruxado! Com o estômago às voltas, dona Santiaga teve vontade de lhe ferrar duas unhas numa orelha e enxotá-lo para casa, mas, porque o coração de mãe não lhe queria mal por muito tempo, chegou-se à porta:

— Já comeste?

Santiago abanou a cabeça. E também não tinha fome. Esperava apenas por aquele impulso que anima os corpos nos derradeiros instantes para se levantar e pôr a caminho de casa. Fora longa a noite, já se disse, e o jovem estivador, amante aplicado, entregara-se-lhe com quanto tinha e sabia fazer. Até Magénia Cútis, mulher com quem se batia de igual para igual, lhe confessara não ter memória de uma noite como aquela. Contudo, apesar do aferro com que enchera de felicidade duas mulheres na mesma noite, não fora capaz de mitigar a sensação de vazio e de contrariedade que o havia feito meter-se à chuva e procurar abrigo para a inquietação. Dona Santiaga, que o olhava ainda, também abanou a cabeça, mas por motivos diferentes. E deixando-o quieto, voltou, preocupada, para os quefazeres de todos os dias.

— Não fosse por estares tão mal vestido, e diria que tinham trazido a estátua do poeta aqui para a porta do bar! — Era Rodrigo de San Simon. Referia-se à estátua do poeta José Casto de la Rosa, que centrava o jardim traseiro da Câmara, de olhar fixo no infinito do mar, representando a espera pelo regresso de Mercedes Olvider de Zaganduero, a amada que lhe fora arrancada dos braços e mandada no primeiro barco para Manila, quando o pai descobrira que a filha alimentava amores por um sentimental.

— Só por cima dos meus ossos é que uma filha minha se casaria com um maricas! — foram as palavras terminantes de D. Raimundo, o segundo e mais odiado governador de Porto Negro.

Santiago nem se mexeu.

Lavado, penteado, com dois cheirinhos de colónia no colarinho da camisa, Rodrigo de San Simon chegou junto do amigo dentro da sua fatiota de festa, engomada e única, num passinho engraxado de quem até sabe andar direito. Ia a caminho do Café Poeta, onde se preparava a primeira parte de um dia de homenagem ao maior vate da cidade.

— Que fazes tu aqui a uma hora destas?! — perguntou Rodrigo com ar de espanto.

— Estou a ganhar coragem para me ir deitar.

— Então, mas não dormiste?

Santiago sacudiu a cabeça.

— Então, mas não foste para casa cedo?

— Não conseguia dormir… fui até ao Chalé!

— Hum! — exclamou San Simon, em jeito de «estou a ver». E por notar estranheza no porte do amigo, perguntou: — Está tudo bem?

— Está tudo, Simon. Tudo.

Rodrigo percebeu não ser boa ideia insistir. E dando-lhe «até já», entrou no bar para tomar um licor.

— Estás todo bonito! Onde é a festa? — perguntou dona Santiaga ao vê-lo entrar.

Rodrigo deu uma volta sobre si mesmo, abriu os braços, ficando à espera do aplauso. Dona Santiaga bateu os dedos. Em resposta, Rodrigo disse:

— É no Café Poeta, de manhã, e depois do almoço, na Câmara Municipal.

— E que há lá? — quis saber a dona do bar.

— Ora! Então não lhe disse ontem? É a homenagem ao poeta. Fez esta semana duzentos anos que morreu.

— Hum! — tornou a botequineira sem mais interesse.

Rodrigo sorriu e, aproximando-se dela, perguntou:

— Que diabo tem o seu sobrinho, dona Santiaga?

A matrona encolheu os ombros.

— Se vocês não sabem, como o hei-de saber eu?

De facto, se os amigos, para os quais julgava não ter segredos, lhe desconheciam os porquês, o que haveria de dizer ela, pobre tia, ralada por nunca saber migalha da sua vida? Rodrigo franziu a testa. Não tinha resposta. Pediu um licor de anis. Estava fino, naquele dia. Sem se encostar ao balcão, ficou a bebericar pontos de interrogação, vendo o amigo, longe, igual ao poeta, de olhar fixo no horizonte, à espera que o mundo acontecesse, à espera que o mar a trouxesse. E na inspiração que trazia, proferiu a última quadra do poeta, gravada pelo próprio no banco onde morrera a olhar a boca da baía e se podia ler no pedestal da estátua, onde haveria de permanecer para sempre, à espera, pois só as pedras alcançam a eternidade:

Morro de lonjura, amada minha, peito meu;
de lonjura, de febre, de sofrimento e ira!
Porque me mantendes aqui, Senhor, se não sou eu;
se aqui somente meu cadáver que respira?

Desta vez a botequineira não aplaudiu. Estava preocupada com o sobrinho. Agora mais ainda, depois da pergunta de Rodrigo. Alguma coisa se passava com ele. Estava certa como dois e dois serem quatro. Rodrigo sentiu-lhe a preocupação, mas disfarçou entre golinhos de licor. Também o achou estranho, mas… Não haveria de ser nada. E procurando sossegar dona Santiaga, disse para esta se não preocupar, que era por certo reflexo de um copito a mais e uma noite por dormir. A botequineira acenou com a cabeça, como quem quisesse, ela também, acreditar ser só isso.

Dos três amigos, Rodrigo era o mais sensível e, talvez por isso, o menos bem-sucedido com as mulheres. Não que Pascoal lograsse melhores feitos, mas tinha o dom de não ser esquisito, vantagem clara para quem não é de muitos atributos. Ao contrário deste, que não se prendia a delicadezas ou canduras e para quem qualquer mulher servia, em especial se não tivesse de lhe pagar os préstimos, ou de Santiago, o qual podia dar-se ao luxo de escolher e desperdiçar, Rodrigo tinha o desejo de encontrar uma donzela que admirasse a arte dos seus versos. Mas as moças da terra pareciam não estar para sonetos nem redondilhas. Desse modo, enquanto a sua musa não chegava, ia-se contentando com o amor romantizado nas abafadas alcovas do Bairro Negro. Havia quem dissesse ter nascido para ser poeta, como o grande José Casto de la Rosa. Mas a poesia só enche barriga a quem já nasce com ela atestada. E em Rodrigo era mais a vontade que o talento, cujo alcance não ia além da habilidade para decompor os poemas do vate, intercambiar-lhes as palavras e recompor com elas poemas de uma autoria duvidosa. Tinha pelo poeta uma admiração consagrada. Fora-lhe dado a conhecer por um tio, juntamente com as vinte e seis letras necessárias para se escreverem todos os poemas do mundo. Um tio orgulhoso de um tetravô que conhecera o grande poeta de la Rosa, sentado no banco onde haveria de morrer aos vinte e seis anos, um por cada letra do alfabeto, louco e febril, de frente para o mar.

Os sinos da catedral principiaram a chamar para a mais concorrida das missas. Não pela fé — nunca foi ela a encher os grandes templos —, mas porque a massa atrai massa, e ele há leis no Universo maiores do que Deus. No degrau da entrada, Santiago continuava de olhar preso no vago. Parecia esperar, sem saber o quê, que alguma coisa acontecesse. Dentro do bar, Rodrigo pousou o cálice sobre o balcão, duas moedas para o pagar, despedindo-se de dona Santiaga. Àquela hora já haveria, na certa, concentração à porta do Café Poeta. Estava nervoso, como se fosse ele e não o saudoso poeta quem iria ser homenageado. Avançava já para a rua, no seu andar de cerimónia, quando a botequineira o chamou. Ao mesmo tempo, no outro lado da rua, Tulentino Trajero saía disparado do açougue.

— Dá-lhe uma palavrinha, filho — rogou dona Santiaga em jeito de mãe preocupada.

Santiago sentiu um peso no estômago. O açougueiro avançava, transtornado, cego, na sua direcção.

Rodrigo prometeu com a cabeça. Estava mesmo a pensar nisso.

— Mas fique descansada — disse. — Não é nada.

Dona Santiaga agradeceu com as mãos sobre o peito. Se ele soubesse a angústia que ali ia!

— Não se preocupe — insistiu San Simon com confiança.

Exceptuando a porta da Flor do Porto, a rua permanecia tão deserta quanto os olhos do açougueiro que a atravessava. A noite em claro, o cansaço do corpo, o calor da manhã, a prostração do espírito tolhiam em Santiago qualquer pensamento, a menor reacção.

Rodrigo de San Simon tornou a despedir-se de dona Santiaga.

— Vai com Deus, filho! — suspirou a botequineira.

O aspirante a poeta sorriu. Os sinos da catedral repicavam alto nos ares da cidade. A Rua dos Tamarindos não tardaria a encher-se de gente.

XIV

Deitada na rede do alpendre, Ducélia Trajero olhava o vazio de que o mundo é composto nas horas tristes. À porta da cozinha, o pai acendia cigarro, apagava cigarro, numa mortificação impotente, vendo-a exânime, definhar, presa a nada. Havia uma semana que a encontrara como morta no regresso do seu compromisso domingueiro. Estranhara o silêncio mal entrara à porta. Um silêncio diferente do costumeiro, ampliado, talvez, pela escuridão da casa. Nem uma só candeia acesa. Apenas o luar oblíquo atravessando o pátio lhe permitia divisar contornos. Chamou por ela, uma, duas, várias vezes. Soltou *D. Dragon* para o chão, correu a acender o pequeno candeeiro do alpendre, entrando em casa de coração alarmado.

— Ducélia!

Mas Ducélia não respondia. Ouvira a porta da rua e assustara-se. Desesperada como estava quisera recompor-se, fingir estar tudo bem. Levantou-se à pressa, vestiu-se à pressa e à pressa saiu do quarto para cair desmaiada a caminho da cozinha. À luz do candeeiro parecia pálida feita uma estátua de gesso. Não reagia à chama nem ao chamado do pai. Um mau pressentimento gelou o açougueiro. Carregou-a para a rede do alpendre, chamou por ela, esfregou-lhe o rosto com a aspereza das mãos; buscou água, lavou-lhe a cara… Por fim Ducélia lá abriu olhos até meio, descerrando os lábios para se desculpar de não haver ainda feito o jantar.

— Não tenho nada — repetia a cada pergunta do pai, mas a fraqueza da voz contradizia-lhe as palavras. — Não tenho nada — insistia, num timbre desvalido que lhe vinha do vazio deixado por

Santiago dentro de si. — Não tenho nada — já quase num sussurro. — Não tenho nada — e a verdade não podia ser mais cruel.

O açougueiro correu a chamar o médico para lhe salvar a filha que estava a morrer. Daria tudo, e quanto mais pedisse o cientista. Bateu à porta do doutor Múrcia, explicou-lhe por alto... que o acompanhasse, que o descansasse. Por favor, que o descansasse! O esculápio, de colete mal abotoado pela urgência do chamado, lá o seguiu. Tomou o pulso à jovem, observou-lhe os olhos, a língua com atenção, auscultou-lhe o peito magro, as costas ossudas e, por fim, afivelando a mala, fez sinal ao açougueiro para uma palavrinha que lhe queria dar. Ileso de arranhões e depenadelas, *D. Dragon* dava voltas pela cozinha à cata de por varreres. E ao som telegráfico do seu bico no chão, o médico disse para o açougueiro, no tom grave das más notícias:

— A sua filha tem um coração muito fraco. Receio bem poder vir a falhar-lhe de uma hora para a outra.

Tulentino Trajero sentiu um coice no estômago, perdeu as forças e, como se o seu próprio lhe acabasse de falhar, caiu sobre um banco com a cara da cor da Lua cheia. Não estava à espera. Uma notícia assim, à queima-roupa. Como é que um homem se defende? Um desespero húmido surgiu-lhe nos olhos, como se Ducélia estivesse já morta. Questionou o médico quanto ao que fazer, mas este garantiu-lhe não estar a ciência, infelizmente, avançada o suficiente para obrar milagres e que, nestes casos, podia mais uma reza, uma mezinha, um golpe de fé, do que toda a ciência do mundo. Desconfiava ser um problema de nascença, «uma fraqueza congénita», nas palavras doutas do doutor. Perguntou se alguém na família tinha problemas de coração. Tulentino Trajero acenou com a cabeça, lembrando-se de Angelina Fontayara. Morrera do mesmo mal... ou mal parecido.

— Quando há casos na família é muito comum — declarou o médico, quase orgulhoso pela excelência do diagnóstico.

Que havia a fazer? De momento nada.

— Se é um homem de fé, reze. Se não é, mande rezar — foi a receita do físico.

À parte isso, era mantê-la sob vigilância. Quando lhe dessem os ataques de tosse e a falta de ar, que por certo haveriam de aparecer, desse-lhe a cheirar essência de cânfora.

— Não é coisa de ciência, mas alivia a aflição — disse o médico, em tom clandestino, estendendo-lhe um frasquinho tirado da mala.

De resto, seria esperar e ter fé, repetiu o douto cientista já à porta, que, pelos vistos, acreditava mais em Deus do que em Hipócrates. Tulentino Trajero pediu ao esculápio para não fazer conversa sobre o assunto e, à concordância do outro, estendeu a mão e agradeceu. Regressou ao alpendre, alquebrado, com a mão sobre o peito, onde um peso medonho lhe impedia o ar de entrar. Não tinha coragem de se aproximar da filha. Dali, donde estava, fixou os olhos na rede, afundada pelo peso de Ducélia, e veio-lhe à memória o corpo de Angelina Fontayara, envolto numa mortalha a abandonar a casa. A falta que dela sentiu naquele momento!

Apenas o debicar atarefado de *D. Dragon* rompia o sepulcral silêncio da casa. As mãos de Tulentino Trajero apertavam-se uma na outra. Não podia ficar ali parado o resto da vida a olhar para aquele casulo suspenso entre dois pilares na esperança de ver uma borboleta eclodir dele. Foi buscar uma manta, tapou a filha — Ducélia parecia dormir — e, pela primeira vez em muitos anos, depositou um beijo naquela cabeça de anjo, como se se despedisse já dela, como se fosse a última oportunidade de o fazer. Nunca fora chegado a mesuras, o açougueiro da Rua dos Tamarindos, que às vezes é preciso mais coragem para beijar um filho do que para sangrar um animal até à morte. *Se é um homem de fé, reze. Se não é, mande rezar.* Repetiam-se-lhe na cabeça as palavras do médico. Não o era. Havia muito perdera a fé e, por motivos que, se calhar em caminho, talvez se contem, havia muito também voltara as costas a Deus. Puxou uma cadeira para ao pé da rede e dormiu sentado aos pés da filha, como se a sua presença amedrontasse a morte.

Ducélia amanheceu desrealizada. Parecia não saber onde estava, o que se havia passado. Na cozinha, a dez passos dali, o pai preparava café. Aos poucos as imagens foram-se acendendo umas nas outras e sentiu o peso do vazio esmagar-lhe o peito. Angústia e medo. Saberia o pai de alguma coisa? Desconfiaria? Parecia-lhe que não. Não se recordava de o médico ter estado lá em casa e não soube explicar, sem mentir, o que sentia. Um quebranto, um cansaço enorme. Ainda procurou levantar-se, mas o pai disse-lhe para se deixar estar, procurando descansá-la, mostrando-se descansado, apesar da sombra no olhar que Ducélia tantas vezes vira nos olhos assustados dos animais na véspera da morte. À parte isso, tudo nele lhe parecia benevolente e brando. Uma fraqueza, dissera o doutor. Nada de cuidado. Repouso e canja de galinha. O resto deixasse por sua conta. Ducélia não contestou e, fechando os olhos, voltou a enrolar-se no casulo da rede. Tulentino Trajero mandou o empregado cancelar-lhe os compromissos, depois, sentando-se à mesa da cozinha, escreveu por mão própria um recado às irmãs do convento, informando, sem justificações, a ausência da filha nos dias seguintes.

Toda a semana Ducélia viveu alheada do mundo, como se já não fizesse parte dele. Tinha gestos lentos, pesados, e os olhos arrastavam-se pela paisagem, doridos de chorar e conter. Não tinha força, nem fome, nem vontade de ter. Passava o tempo na rede, fixando o nada, preenchida pelo vazio crescente da desilusão, de coisa nenhuma, de nenhum sentido. Nos raros momentos em que o pai não estava por perto, deixava as lágrimas rolarem livres, mas era à noite, depois de este a deixar na cama com um cordel à cabeceira — que atava ao pulso — para o acordar à menor precisão, que se enrolava sobre si mesma e chorava sem reservas todo o desgosto da vida.

Durante cinco anos sonhara Santiago de dia e de noite e durante cinco anos fora verdade e possível. Soubera-o sempre fora do seu alcance — que, mesmo querendo-a ele, não haveria o pai de o aceitar — e, talvez por isso, o imaginara à sua vontade, à sua medida, contra tudo quanto dele se dizia. Durante cinco anos ajustara-o ao seu modesto conhecimento da vida, às histórias da velha Dioguina Luz Maria, ao seu desejo imoderado de um milagre, em suma, à sua inocente fantasia. Durante cinco anos fora seu... seu como jamais tornaria a ser, porque tudo uma mentira; porque ele não era ele; porque não há linha capaz de remendar um sonho roto.

Toda a semana procurara respostas sem sucesso. Na sua cabeça misturavam-se as palavras críticas do pai em relação às moças da terra; as advertências das freiras acerca do tesouro das donzelas; os conselhos vagos do cónego Crespo Luís sobre a cobiça dos rapazes; as vozes ácidas das colegas da Escolinha sobre a vida alheia: um rol de frases soltas sobre o pudor e o recato, a vergonha e a decência; ambiguidades que nem agora lhe pareciam fazer sentido e, no meio de tudo, uma voz: *É bem feito! Não se oferecesse! Os rapazes não querem para esposa uma rapariga que não se soube guardar.* Oferecer o quê, Deus do céu, que nada tinha de seu para revelar ou esconder?! E se não se guardara ela para ele a vida toda, que guardar era esse, então, pai dos pecadores? Ducélia não percebia nem tinha a quem perguntar. Fosse o que fosse, de uma coisa estava certa: Santiago não a amava. Tudo o mais lhe era indiferente.

Assim se foi arrastando, dolorosa e lenta, a semana. Porém, porque uma alma não se desabitua de um dia para o outro, quando ao cair da tarde a sereia do porto soava nos ares da cidade, sentia o corpo dar-lhe sinais para se levantar. O coração, enrolado no seu canto, nem se mexia. E ela, fechando os olhos sobre as lágrimas, murmurava:

— Acabou, acabou, acabou...

Também para Tulentino Trajero aquela semana foi longa e dolorosa. Em especial as noites, sobressaltadas ao menor sinal da filha. Todas as sestas, o doutor Múrcia passava a vê-la. Pedira-lhe o açougueiro o especial favor de ser àquela hora, por causa dos falatórios. Todos os dias o médico lhe dizia a mesma coisa: nem melhor nem pior — apesar de a sentir cada vez mais fraca. A receita de sempre: rezar, ou mandar fazê-lo. Não era de fés, o açougueiro, já se disse, mas porque diante da morte não há homens incrédulos, temia cada mau pressentimento, passando a ver em tudo sinais de mau agouro. Se uma coruja piava a desoras, se um cão uivava de noite, se um gato preto lhe atravessava o caminho, logo o nó do estômago se apertava. Não suportava a ideia de perder a menina dos seus olhos, a razão maior da sua vida. Resistiu quanto pôde à ideia de rezar, mas ao cabo de cinco dias a agonia foi mais forte e a força do desespero vergou-lhe o orgulho e os joelhos sobre as lajes do quarto. Contra todas as vísceras, baixou a cabeça para o peito e, entrelaçando os dedos com submissão e raiva, rendeu-se, por fim, a Deus, ou ao medo da morte, que no fundo é um dar no mesmo. Foi uma conversa longa e antiga, na qual, entre perdões e porquês, prometeu, sem contemplações, tudo quanto a aflição lhe ditou.

Dois dias depois de ter reatado relações com o Céu, e uma exacta semana após havê-la encontrado como morta, Tulentino Trajero não via em Ducélia réstia de melhoras. Parecia até definhar de dia para dia. Não reagia a nada. O olhar desabitado dava a sensação de já não viver ninguém lá dentro. Talvez Deus o não houvesse escutado, ou querido escutar. Talvez lhe houvesse esquecido a voz, ou o castigasse onde mais lhe doía. Os sinos da catedral principiavam a chamar para a cerimónia das nove. Quereria Ele uma missa rezada como fiança da sua boa-fé? Talvez na catedral, que por alguma razão tinham os grandes pecadores feito templos tão grandes! Os ataques de tosse anunciados pelo doutor Múrcia ainda não haviam começado, mas pela fraqueza que lhe notava, temia não ser aquele peito capaz de suportar tamanho esforço. Acendia cigarro, apagava cigarro, Tulentino Trajero, numa aflição impotente, vendo-a exânime, definhar, presa a nada. Um pressentimento feroz encheu-lhe o coração da espuma ácida do medo e, sem pensar nos vizinhos, nas perguntas, nos olhares, no que se dissesse ou pensasse, saiu de casa em cabelo, em plena manhã, desnorteado, à procura de quem lhe valesse.

Ducélia não dera pela ausência do pai. Deitada na rede, olhava ainda a composição vaga do mundo, quando a figura de Santiago Cardamomo lhe apareceu aos pés da rede. Nem um músculo se lhe alterou. Sabia não ser senão o querer dos seus olhos, a saudade do seu coração, à laia de um sonho carenciado na procura de existência. Vira-o tantas vezes naquela semana: aproximando-se dela, pegando-lhe na mão, dizendo-lhe que a queria, que a amava, que a vinha buscar, e de todas as vezes fora mentira, por mentira ser toda aquela história, delírio todos os seus sonhos com ele. Também Santiago não estava bem certo da realidade. Quando o açougueiro, que julgava levá-lo na ponta da mira, passou por ele sem o ver, desaparecendo por baixo do Arco de São Mateus, sentiu o corpo levantar-se por impulso e por impulso cruzar a rua direito ao açougue. Nem Rodrigo nem dona Santiaga lhe deram pelo ir, que, apesar das muitas portas do bar, sobejavam os ângulos mortos. A porta do açougue estava no trinco, normal quando há gente em casa ou intenção de demorar pouco. Não bateu, o jovem estivador, e, sem pensar nas consequências, entrou pela casa adentro. Não sabia porque o fazia. Por desvario, por cansaço, por uma exigência qualquer maior do que ele a agir por si. Não tinha nada para dizer à rapariga. Não preparara discurso. E porque quando as palavras não vêm os gestos são tudo, pegou-lhe na mão como se bastasse para entenderem, ele e ela, o porquê de ali estar. Ao contacto das mãos, o coração de Ducélia disparou e um susto soltou-se-lhe dos lábios num esboço de grito, que, a tê-lo ouvido o pai, haveria de morrer de preocupação onde quer que estivesse.

— É você?! Que faz aqui?! Como é que entrou?! O meu pai?! — perguntava sem parar, a rapariga, de olhos assustados.

— Queria ver-te. Não tens aparecido — retorquiu Santiago, que só naquele instante percebera havê-lo ela reconhecido.

Não podia estar ali. O pai... O jovem estivador garantiu-lhe tê-lo visto sair, mas a notícia não a sossegou. Não demoraria. Tinha a certeza de que não demoraria. Que se fosse embora! Pelo amor de Deus, que se fosse embora depressa!

— Vá-se daqui! Vá-se daqui, depressa! Por amor de Deus, vá-se daqui! — repetia Ducélia sem conseguir pensar.

Santiago insistia em falar-lhe, mas a rapariga parecia não ouvir.

— Vá-se daqui! Vá-se daqui!

Santiago negou-se, dizendo-lhe ir apenas se ela prometesse encontrar-se com ele em algum lugar. Ducélia começou por dizer que não, que não podia.

— Não posso!

Mas ante a irredutível insistência do rapaz lá acabou por concordar com o encontro.

— Está bem, eu vou.

Mas que se fosse embora.

— Mas agora vá-se embora!

— Então às três na Meia-Praia — marcou o jovem estivador.

— Está bem, está bem... — prometia a rapariga sem pensar na promessa. Que sim, que sim, que sabia onde era.

— Sim, sei onde é.

Mas agora que fosse.

— Mas agora vá!

E neste vai, não vai, a porta da rua fechou-se. Os lábios de Santiago arrancaram um beijo aos lábios que o enxotavam e, quando a porta de grades se abriu, Ducélia deu um pulo da rede, borboleta cuspida do casulo, com a metamorfose completa desenhada no rosto.

XV

Santiago descia o labirinto do porto quando, a uma esquina, viu Pascoal Saavedra a regatear com uma profissional da rua.

— Se queres foder de graça, casa-te, ou vai pedir buraco à tua mãe! — atirou-lhe a marafona, irritada com o destrato.

Aos domingos, à hora de maior calor, era fácil encontrá-lo pelo Bairro Negro, onde, ao contrário do resto da cidade, havia sempre uma alma ou outra encostada a uma parede. Excitava-o o queimor da hora, a deserção do mundo, a sensação de liberdade e libertinagem, mas a razão maior de por ali andar era o amor ser mais barato entre o meio-dia e as cinco. Vivia nas lonas. Todo o dinheiro que ganhava era justamente dividido entre mulheres e cerveja, pois eram as duas únicas coisas que não conseguia fiadas. E uma vez que a cerveja não se regateia, regateava apenas o amor urgente. Por ali as prostitutas chamavam-lhe o Pinga-Trocos, mas Pascoal não se importava com o trato, assim conseguisse amar mais barato. E quase sempre conseguia.

— Deves ter uma rola de ouro, tu! — atirou Pascoal para o cabide de trapos pintado que, encostado à pouca sombra da tarde, lhe negava amor por menos de quatro mil *pudís*. — Se tivesse quatro mil *pudís* casava-me com a sobrinha do cónego! — resmungou Pascoal, levantando a mão num gesto contrariado.

Santiago pensou meter-se pela primeira viela, mas ainda o pensamento ia a meio e já a prostituta, reconhecendo-o, abria um sorriso denunciador na sua direcção.

— Santiago! — gritou Pascoal, guiado pelo sorriso rasgado da profissional. — Ó Santiago!

Não tinha outro remédio senão falar-lhe. Pascoal avançou para ele, deixando para trás a profissional, equilibrada numa perna só, em jeito de flamingo a fumar.

— Então, Vedrinha?! Está cara a chicha? — sorriu Santiago, colocando-lhe uma mão sobre o ombro.

— Mais ou menos como no açougue! — atirou Pascoal em jeito de provocação.

Santiago abanou a cabeça. Não perdia uma oportunidade!

— Queria quatro mil *pudís* por meia hora, a cabrona! — esclareceu Pascoal. — A mim bastavam-me dez minutos. Até lhe disse que estava disposto a pagar um quarto de hora. Sabes o que é que a puta me respondeu? Que por mil *pudís* preferia ganhar teias de aranha nos joelhos.

Santiago riu. Era impossível ficar contrariado ao pé dele por muito tempo. Pascoal, que tinha espírito de bom perdedor, riu também.

— O mundo está perdido — disse o negociador frustrado. — Toda a vida houve fidalgas a darem em putas, mas quando as putas viram fidalgas... — concluiu num abrir de braços.

Desta vez Santiago fungou apenas um sorriso. Qualquer coisa que dissesse seria adiantar conversa. Naquele momento só pensava em desembaraçar-se do amigo. Mas Pascoal não lhe deu corda ao silêncio:

— Então e tu, o que é que andas aqui a cheirar a esta hora?

Santiago, sem outra resposta além da verdade que não lhe queria dizer, proferiu a primeira coisa que lhe veio à cabeça:

— Dar uma volta.

— Hum! — sorriu Pascoal, piscando-lhe o olho. Sabia bem a «volta» que o amigo ia dar. Excitava-o aquela vida de aventura, como se fosse ele mesmo a vivê-la. E sendo curioso feito um gato magro, perguntou, de olhos brilhantes: — E aonde é essa volta?

As três da tarde soaram no ar surdo da sesta e Santiago sentiu a impaciência ferver-lhe o sangue. Dissera à rapariga para estar na Meia-Praia a essa hora e ele ali, ainda, empatando-se por nada. Deixara-se dormir além da conta, e agora Pascoal obsidiando-o com as suas usuais indiscrições. Com tanta rua naquela cidade, com tanta alternativa naquele labirinto, tinha logo o Diabo de o fazer cruzar-se com ele naquela hora! Estava com pressa, agora. Atrasado, já. Contaria mais tarde, prometia. Mas, quando encetou o gesto para se despedir, Pascoal protestou:

— Espera aí!

— Que é?

Não queria ser ríspido com o amigo, mas começava a impacientar-se.

— Vais para que bandas?

— Para a doca seca — mentiu Santiago, percebendo-lhe a intenção; pensando não haver este de querer acompanhá-lo para tais bandas. Saiu-lhe caro o engano.

— Então eu desço contigo. Assim tens tempo de me contar tudo.

Santiago não queria acreditar. Irritou-se com a prostituta por se haver recusado a ir com Pascoal por um preço mais do que justo para aquela hora do dia, e com a mania do amigo regatear até ao centavo cada *pudí* que lhe pediam. Mas, porque o tempo passava e a volta ainda seria grande, meteu em passo de marcha rumo ao lado da cidade oposto àquele para onde pretendia ir. Ao seu lado, com a calma de um passeante, Pascoal ia-lhe puxando pelo romance:

— Deve ser bom o petisco!

— Quê?

— Estou a dizer que o petisco deve ser bom. Com a pressa que levas!

Santiago não respondeu. Pensava na rapariga. Haveria já chegado? Esperaria ela se o não visse por lá? Lembrou-a na primeira semana, agarrada à vassoura, aguardando pela sua saída do bar. Sossegou um pouco.

— Conta lá quem é a fidalga.

— Depois, Vedrinha! Depois!

— É feia, ao menos?

Santiago não conseguiu evitar o riso. Pascoal ainda tentou meia dúzia de investidas, mas o amigo não parecia disposto a despir o mistério. Um nada antes de chegarem à doca seca, Santiago parou.

— Bem, daqui para a frente, se não te importas, vou sozinho. Não quero ser visto com más companhias!

— Olha o cabrão!

Santiago riu. E assentando uma palmada no ombro do amigo, meteu direito à primeira esquina.

— Espera aí! — gritou Pascoal. — Santiago!

Mas Santiago nem se voltou. Levantando a mão, atirou-lhe um:

— Depois, Vedrinha! Depois!

Pascoal encolheu os ombros, aborrecido. Não tanto por o amigo lhe não haver contado nada, ou virado as costas de repente, mas porque iria ser uma tarde chata. Santiago tinha programa, Rodrigo estava lá para a festa do poeta. Só ele parecia condenado a não arranjar com que entreter a tarde. Encolheu os ombros, enrolou um cigarro, puxou-lhe o fogo e, no passo desapressado de quem anda sozinho pelo mundo, internou-se de volta no Bairro Negro, certo de encontrar a esquina certa, que ele há amor mais barato. De certeza que há.

Santiago levava pressa no passo, mas não queria acelerá-lo demais. Depois das últimas construções, para poente, onde a cidade dava lugar ao coqueiral, o jovem estivador alcançou, por fim, as primeiras dunas. A praia, que naquele tempo era apenas lugar de pescadores, estava deserta até perder de vista: nem um pelicano em toda a cortina do horizonte. Lá em baixo, à sua frente, uma mal contada dúzia de barracas, circundadas por caniços, salpicavam o areal. Ao fundo, no último quartel da baía, para o lado do farol, os restos de um grande barco — que apenas quem conhecia poderia afirmar sê-lo — eram tudo quanto uma vista apurada podia alcançar. Entre uma coisa e outra ficava a Meia-Praia: zona sem nada a defini-la além da distância entre a cidade e o fim da baía para poente. Apesar de ser um espaço aberto, tinha, a favor da discrição, precisamente o estar distante de qualquer ponto o suficiente para não revelar a identidade de quem ali se encontrasse quando olhado de longe. Era o que Santiago tentava fazer. Sombreando os olhos com a mão, procurava vislumbrar um vulto na imensidão do areal. Parecia-lhe não ver nada. Avançou sobre as dunas, confirmando a cada passo essa tida impressão. Ou não viera, ou fartara-se de esperar e fora embora; o que para o caso redundava no mesmo. Uma badalada solitária anunciou nas suas costas a meia hora das três. Santiago injuriou de contrariedade. Maldisse Pascoal por havê-lo atrasado, que era um maldizer-se a si mesmo por não se haver desembaraçado dele a tempo.

Com a claridade a vergar-lhe os olhos, desceu em direcção ao mar, seguindo pela orla vazia da praia até ao ponto onde, mais passo, menos passo, podia ser o lugar exacto daquele encontro. Olhou de novo em redor. Nem uma sombra crescia na sua direcção. Parecia enguiçado aquele caso, pensou para consigo, ele que não acreditava em enguiços. Sentou-se. Suspirou, resignado. O mar mal respirava. Queimava o Sol sem piedade. Ao largo a cidade era um monstro adormecido.

Fora por muito pouco que nessa manhã o pai não a apanhara nos lábios de Santiago Cardamomo.

— Fuja! — foi quando teve tempo de dizer ao ouvir a porta da rua fechar.

Como um gato lambareiro, o estivador desapareceu a tempo por sobre o muro das traseiras, deixando-lhe o peito num alvoroço de galinheiro à passagem de uma raposa. Quando o pai entrou em casa e a viu de pé junto à rede, branca e com ar de quem houvesse visto a morte, teve o pressentimento de estar na presença de um espírito que o aguardasse apenas para se despedir. Entreolhando-se atrapalhadamente, nenhum dos dois abriu a boca. Acabava de regressar da catedral, onde fora pedir ao cónego Crespo Luís para interceder pela filha junto do Altíssimo. O sacerdote, que a estimava e tinha na conta das mais castas, assegurou-lhe fazê-lo com toda a fé e humildade, garantindo-lhe poder ir descansado, pois um anjo daquela natureza estaria, por certo, sob a mão protectora de Deus e afinal...

— Estás bem? — perguntou por fim o açougueiro sem saber o que dizer.

Ducélia acenou com a cabeça. Mas, ante o ar desconfiado do pai, que ela temia ter outro motivo, traduziu por palavras o gesto:

— Estou.

E num repente de embaraço foi direita à cozinha, à procura de disfarce, de alguma coisa para fazer. Como se a rotina não se houvesse alterado dia nenhum daquela semana, acendeu o lume, encheu duas panelas de água, pôs uma toalha lavada sobre a mesa. O açougueiro estava atordoado. Disse-lhe que se deitasse, que ele faria o que fosse preciso. Ducélia insistiu: estava cansada de estar deitada. Tulentino Trajero não a quis contrariar. No quarto, Ducélia preparava o banho que uma semana de cama exigia. Cheia a tina, despiu-se e mergulhou o corpo na água morna. Nem queria acreditar! Santiago viera à sua procura! Entrara-lhe pela casa adentro como sonhara toda a semana. Teria voltado a sonhar?! Por momentos foi tomada pelo desânimo. Não, não tinha! Beijara-a. Sentia-lhe ainda o arranhar da barba no contorno dos lábios. Que loucura, Deus do Céu! Gostava dela! Ou porque teria arriscado tanto em ir ali? Que tola fora! — pensava agora por razões contrárias. De quando em quando, a voz do pai quebrava-lhe os pensamentos:

— Estás bem?

Ducélia descansava-o. Nunca se sentira tão bem na vida. Mas o açougueiro, que toda a semana a vira como morta, não parecia convencer-se. Seriam já o resultado das preces do cónego Crespo Luís? Afinal era um homem de Deus! E ao pensá-lo, sentiu uma bicada no estômago, como se de repente noutra vida, algures noutro mundo. Espantou os pensamentos quais pássaros negros. Não havia ainda recuperado a fé de outrora. E porque cuidados dobrados nunca foram demasiados, foi à rua, chamou um garotito e mandou-o correr a casa do doutor Múrcia. Dentro do quarto, Ducélia ensaboava o ensaboado, pensando em tudo, sem dar conta do tempo, de coisa nenhuma à sua volta. Estava leve. Nunca um banho lhe soubera tão bem. O açougueiro, cuja preocupação não abrandava, ia perguntando amiúde para dentro do aposento:

— Estás bem?

— Sim, pai. Muito bem.

Quando o médico chegou, o açougueiro relatou-lhe as estranhas melhoras da filha; depois gritou para dentro da casa:

— Está aqui o doutor Múrcia para te ver.

Ducélia estremeceu. Seria que o doutor perceberia? Poderia ele descobrir-lhe o sentimento por um bater distinto do coração? Receosa, deu o banho por findo e, numa atrapalhação apressada, meteu o vestido pela cabeça sem mais nada por baixo além da alvorada do corpo.

Sentada num banco, Ducélia procurava serenar a ansiedade, mas o coração, as faces, a respiração, pareciam ir traí-la ao primeiro instante. Dobrado sobre ela, o doutor Múrcia auscultava-a, via-lhe os olhos, a língua, tal qual a primeira vez. O ar sério do esculápio preocupava ainda mais Tulentino Trajero. Tinha gestos cirúrgicos, não proferia um som, e pareceu demorar-se agora como não se demorara nas visitas anteriores. Com um ar de maestro, desconfiado por cima das lunetas, escutava o metronomar daquele coração, à procura de uma nota falsa. Batia forte feito o de uma potra saudável, de tal modo que o doutor Múrcia pensou ser então que a rapariga se ia. Ou eram as melhoras da morte ou um milagre de Deus. Preferiu acreditar no Altíssimo e, arrumando as bugigangas do ofício, exclamou:

— Em trinta anos que levo disto, nunca vi coisa igual!

O açougueiro, assustado com as palavras do médico, quis saber o que queria ele dizer com aquilo.

— Um milagre, senhor Tulentino! É só o que lhe posso dizer. Um milagre!

Tulentino Trajero parecia não compreender. Um milagre? Como assim? Só um milagre a salvaria? Que desembuchasse de uma vez! Estava a deixá-lo aflito.

— Está de perfeita saúde! Lábios rosados, olhos brilhantes, o coração possante como um estivador da doca...

Ducélia sentiu o rubor subir-lhe às faces.

— Enfim... parece haver-lhe o Criador soprado narinas adentro! — sentenciou o experiente doutor, rematando que, se mais explicações houvesse para o fenómeno, não seria a ciência, mas a Providência, quem lhas podia dar. O açougueiro fixava o médico com uma expressão idiota no rosto. Aguardava que este lhe dissesse mais alguma coisa. Mas este não tinha mais nada para dizer.

— Da minha parte é tudo. Como vê, não fui de grande socorro — declarou o médico, sorrindo para Ducélia.

Tulentino Trajero não concordou e tratou de lhe pagar. Por aquela vez e pelas outras todas em que, com a aflição, deixara passar, desculpou-se. O médico aceitou de bom grado. Eram mais os pacientes pobres do que os aforrados.

— Alguma recomendação, doutor? — quis saber o açougueiro.

— Um bom bife de vitela e ar fresco na cara! — declarou o doutor, forrando o bolso do casaco. E despedindo-se da família, disse, com ar de criança feliz: — Qualquer coisa, não hesite em chamar-me!

Tulentino Trajero tornou a agradecer. Ao gesto de o acompanhar à porta, o médico escusou-se:

— Deixe-se estar. Já conheço o caminho. — E erguendo a mão, saudou e saiu.

O açougueiro pôs os olhos na filha. Não estava seguro das palavras do físico.

— Estás bem?

Ducélia sorriu.

— Sim, pai.

Depois do almoço, enquanto a filha inventava quefazeres na cozinha para disfarçar a nervosia, Tulentino Trajero deixara-se ficar a fumar no alpendre, procurando serenar a preocupação. Resistia em crer no milagre, apesar dos pedidos e promessas lançados aos céus. No entanto, se o próprio doutor Múrcia não tinha outra explicação além dessa, a que outra coisa poderia ele ater-se, se além da fé e da ciência não havia mais nada? Havia o amor, era certo! Mas tal curandeiro nem por «milagre» lhe passaria pela confusão das ideias. Bateram as duas na torre da catedral e uma pancada mais no peito de Ducélia Trajero. De repente, como o verso de uma canção surgido na memória, a frase *... às três na Meia-Praia*, fê-la acordar para a realidade. Prometera ir apenas para que Santiago se fosse, mas tudo nela desejava agora cumprir a promessa. Nem por uma vez o pensamento se deteve no sofrimento daquela semana, como se tudo não houvesse passado de um pesadelo; de uma febre; de um sono prolongado do qual se acorda esgotado e refeito. No pensamento apenas a voz de Santiago: *... às três na Meia-Praia*. A memória daquele beijo enchia-lhe o respirar de ansiedade. Deu duas voltas na cozinha, ensaiando a coragem, antes de se dirigir ao alpendre para perguntar se o pai não sairia naquela tarde para a luta de galos. Deitado sobre os braços, Tulentino Trajero tinha adormecido. Ducélia suspirou. Pensou acordá-lo. Não se atreveu a tanto. Debaixo da figueira, *D. Dragon* cabeceava de olhos moles contra a modorra da tarde. Um segundo suspiro, mais profundo, soltou-se dela. O pai não se mexeu sobre os braços. Ducélia tossiu.

— Estás bem? — perguntou o açougueiro, levantando a cabeça.

A rapariga acenou com a sua, improvisando um sorriso como garantia. Não teve coragem de avançar o discurso. Tulentino Trajero alcançou a onça do tabaco, enrolou um cigarro com toda a calma. Não tinha intenção de sair de casa naquele dia. Queria estar por perto, não fosse o Diabo tecê-las. De volta à cozinha, Ducélia sentia o coração galopar, como se procurasse acertar o passo, recuperar as batidas de uma semana de atraso. O ar custava-lhe a entrar no peito. E visto a impaciência ser muita, desatravancou a mesa e pôs-se a fazer um bolo. O tempo passava na inclemência dos ponteiros. A meia hora das duas soou seca no ar da tarde. Ducélia não aguentou mais e deixou escapar o impulso:

— *D. Dragon* não combate hoje, pai? — perguntou da porta da cozinha.

— Não — foi toda a resposta.

Estava tudo dito. Voltou para dentro. A cabeça, incapaz de pensar, o corpo todo em sofrimento. Apoiada na mesa da cozinha, arquejando de frustração e ansiedade, Ducélia Trajero não era senão uma vontade violenta de chorar. Não podia fazer nada. Nem chorar podia. Num gesto desistente de quem vê a felicidade passar-lhe ao lado sem lhe tocar, sentou-se, resignada. Depois, por um movimento autónomo do corpo, como se este lhe não pertencesse, levou a mão ao cesto dos ovos e começou a fazer outro bolo. Quando nos sinos da catedral soou a hora combinada, o coração sentou-se-lhe no peito de braços cruzados. Para toda a cidade era o dobrar das três. Para Ducélia era o dobre a finados. Morria a esperança naquele encontro, naquele amor que alguma força maior do que ela parecia determinada a impedir.

XVI

Deitado na areia, com a brisa a passar-lhe sobre o peito descoberto, Santiago Cardamomo adormecera ao sol da meia tarde. As ondas, moles, mal se ouviam. Havia uma calma quente envolvendo tudo. De súbito, uma sombra encobriu-lhe o sol do rosto fazendo o jovem estivador abrir os olhos. Era Ducélia Trajero, ou uma miragem com a sua forma. Santiago levantou-se. Era agora a sombra dele que cobria o rosto dela.

— Pensava que não vinhas! — foram as palavras da surpresa.

Ducélia não respondeu. Arquejava de nervosismo e cansaço. Correra cidade abaixo, na crença torturada de o não ir encontrar. Mas lá estava, à sua espera. Assim parecia. Assim o quis entender. Santiago olhava para ela pela primeira vez. Era simples como não imaginava ser possível, e bonita, até, no fundo dos traços vulgares. Mas foi algo no seu olhar aquilo que prendeu os sentidos do jovem estivador durante uma ausência de tempo. Por fim a necessidade de dizer alguma coisa aconselhou:

— Não costuma haver movimento por aqui a esta hora, mas é melhor seguirmos separados.

Ducélia não lhe conhecia os planos, mas concordou com a cabeça.

— Deixa-me afastar um bocado e quando eu for lá à frente segue-me — disse o jovem estivador com a voz grave que a fazia tremer.

A rapariga voltou a concordar em silêncio. Depois sentou-se, e ficou a vê-lo afastar-se pelo rendilhado da espuma. O coração não tinha ainda acalmado, mas dentro dela floriu uma paz tão grande como se entre eles houvesse uma cumplicidade antiga; uma longa história de intimidade. Inspirou fundo o perfume do mar e fechou os olhos por breves instantes. Por breves instantes experimentou a graça plena da felicidade.

Desenformado o segundo bolo, Ducélia explodiu de alegria por uma ideia súbita. Correu ao alpendre para dizer ao pai estar a pensar levá-los, um, ao cónego Crespo Luís, o outro, às madres do convento. Achava, disse, dever-lhes as orações pelas suas melhoras, alegando certeza de o haverem feito. O pai não a contradisse, embora apenas o segundo houvesse tido conhecimento do seu estado. Nesse tempo correria à Meia-Praia para se encontrar com Santiago por dez minutos. Porém, a meio do discurso, que a adrenalina alcança proezas impensáveis, ousou pedir ao pai para não deixar de ir à luta de galos por sua causa. Isso, sim, fá-la-ia sentir mal. O pai, que ainda não recuperara daquela semana de agonia, disse não ter isso qualquer importância. Mas Ducélia, embalada por uma força superlativa, insistiu sentir-se bem:

— Juro! — Que nunca se sentira tão bem. — Além do mais — alegou — estarei bem acompanhada — procurando apaziguar-lhe a apreensão. — O doutor até disse que me faria bem um pouco de ar.

Tulentino Trajero, desconfiado ainda das graças do Céu, achava, mesmo assim, não ser prudente.

— Faça-me a vontade, pai! — disse em Ducélia alguma coisa por ela.

O açougueiro, cuja semana lhe pesara meses, considerou os bons momentos da única folga a que se permitia. Seria a primeira tarde de domingo em cinco anos passada em casa. A filha estaria em boas mãos, era certo. E por uma vontade que também tinha, aliada ao receio de a contrariar, acabou por ceder, garantindo, no entanto, vir para casa mais cedo. Ducélia apressou-se a beijar-lhe a face num impulso que, noutra situação, haveria de o deixar desconfiado, mas naquele momento de excepção lhe deixou o coração pleno de um sentimento diamantino. Mal o pai e *D. Dragon* saíram, correu ao muro das traseiras e, tal como estava, atravessou a colina da cidade, metendo numa corrida destravada em direcção ao coqueiral, às dunas altas, à Meia-Praia. Em cima da mesa os bolos. Nunca mais se lembrou.

Santiago já ia longe quando Ducélia se levantou. Seguiu-lhe o rasto, o vulto ao longe. De alpergatas na mão, olhos na areia pisada, ia metendo os pés delicados nas pegadas grossas à sua frente. Sentiu-se segura dentro daquelas covas fundas, que só alargando o passo alcançava, e que o mar, cúmplice, não tardaria a apagar. No distrair da ansiedade, na fantasia sonhadora de ser mulher, imaginou serem só um, duas almas avançando pela praia, deixando atrás de si o rasto de um único corpo, ou que Santiago a carregava nos braços para o camarote do barco nupcial.

No último quarto da baía, para os lados do mato, onde as dunas se enchiam de vegetação e lixo, e um barranco fazia fronteira entre a praia e o coqueiral, Ducélia estacou. À sua frente, qual baleia dada à costa, um barco encalhado de lado punha fim à última pegada de Santiago. Julgou sonhar. Uma escada salpicada de areia molhada convidava-a a subir. Ducélia subiu. Lá em cima, no convés oblíquo da embarcação, um alçapão — espiráculo aberto no dorso daquele cetáceo de tábuas — convocava-lhe os passos para uma descida ao porão. Ducélia desceu.

Tratava-se da casa do Sardento, um pescador amigo de Santiago que àquela hora consolava a viúva de um camarada levado pelo mar ia para mais de um ano. A casa, se assim se podia chamar, não ia além de um velho barco de pesca abandonado no areal havia muitos anos, no qual uma rede de dormir, duas cadeiras e uma mesa eram a mobília toda. Cheirava, como todas as barracas da praia, a peixe, a mar, a óleo queimado, a madeira, como se o mar, ele mesmo, com todos os seus peixes e barcos, houvesse entrado por ali adentro, deixando-a a tresandar mais a mar do que as entranhas de um peixe e mais a peixe do que as entranhas de um barco. Do lado de fora, uma pestilência de pescado podre misturava-se com o fedor a urina de gato. Todos os dias uma centena de bichanos aparecia para almoçar numa sinfonia de miados em renhanhau maior audível por toda a praia. Vinham de todo o lado ao engodo das tripas e guelras que o Sardento lhes atirava da amurada da casa para cima de um letreiro, de onde estes, fazia muito, haviam lambido o aviso para ter «cuidado com o cão»: um velho mastim, de nome *Espadarte*, cuja vida não valia o esforço de se chatear com a vizinhança.

O sol fervia sobre as tábuas do convés e o «casebre», no qual fora transformado o porão, era uma estufa onde o ar faltava de tão pesado. Estava escuro. A luz entrava em cones imperfeitos pelas falhas da madeira, incendiando o pó, iluminando o cenário aqui, acolá, atingindo Ducélia e Santiago em partes sim, partes não. Plantada junto à escada, a filha do açougueiro era uma estátua de ansiedade. Ouvia o próprio coração bater. Nunca imaginara ser tão forte. Que diria o doutor Múrcia se a auscultasse agora?! Tinha as fontes húmidas, um orvalho salgado na gaivota do lábio... Esperava. Esperara toda a vida. A madeira estalou debaixo dos pés de Santiago. Um cone de luz acendeu-lhe o rosto. Parecia calmo. Ducélia respirava com dificuldade. O ar mais raro, o calor mais forte, o barco reduzido ao mínimo, ao quase nada que os separava já. Santiago sentiu-lhe o hálito, de uma doçura que o perturbou sem saber porquê. Teve urgência e vontade de a ter sem pressa. Estava decidido, naquele dia, a não descuidar um só pormenor. Assim, com a calma de quem tem a vida toda para amar, aproximou-se o que faltava e, tomando-lhe nas mãos a cintura, demorou-lhe nos lábios o beijo com que ela sonhara a vida inteira.

Lá fora, a calma da hora enchia o mundo. O ar quieto, o céu sem nuvens, o mar uma barriga de gato num sobe-e-desce descontraído e, à sombra oblíqua do casco, o velho *Espadarte*, em sonhos vazios de quem não tem nem sabe com que os encher.

Ao contrário da primeira vez, em que quase não sentira nada, Ducélia respondia agora a cada toque, a cada beijo de Santiago. Uma mão abriu-lhe o vestido até à cintura e dois dedos descolaram-lho dos ombros, fazendo-o cair, silencioso, no fundo do barco, arrepiando-a do estômago às coxas, da nuca suada aos dedos dos pés perfeitos. Um arrepio bom, vindo de dentro, do meio de si, devinha num delírio crescente à medida que os lábios de Santiago lhe desciam pela constelação do corpo abaixo. Tinha febre nos lábios, na nuca, na curva do pescoço, rente ao ombro; tinha febre ao correr das vértebras, em cada dobra do corpo plano. Tinha febre nos mamilos, nas axilas orvalhadas; tinha febre nas mãos, entre os dedos dos pés, na curva dos joelhos, nas nádegas frias. Tinha febre na pele, na penugem que a cobria, no ventre baixo, e mais abaixo, mais abaixo, no interior tremente das coxas. Tinha febre Ducélia Trajero. Tinha febre, febre, febre... Tinha febre.

Na amurada do barco, dois pelicanos acharam pouso alto a fim de receberem a brisa que se levantara para refrescar o mundo. Não havia paz igual à dos confins da praia ao arredondar da tarde. Só no interior do «casebre» não reinavam tréguas, nem aragem era coisa que corresse. Um calor abafado dilatava os corpos e a respiração esgotada não achava mais barco por onde crescer. Ducélia tremia, suava... estava por completo à mercê da compaixão dos instintos. Não sabia já onde começava, onde tinha fim, que lugar era aquele, ela quem era, que horas marcava o grande relógio do mundo. Também Santiago Cardamomo, varão de mil saias, iniciado na arte pelas contrabandistas do afecto, experimentava a vertigem do abismo. O cheiro nascido dela desarranjava-lhe os sentidos. Cabrona da rapariga tinha um não sei quê de terra sedenta, de manhã de chuva, de beira de cais! Num crescente destempero desfez-se da roupa, da calma contida, das ideias que trazia e, nu até à penúria, encostou-a às tábuas do «casebre», arrancando-lhe da alma um soluço que a garganta não pôde conter. Ducélia sentiu o amor daquele homem crescer contra si e apagarem-se-lhe dos olhos todos os cones de luz. As forças falharam, os sentidos falharam... Entre pernas e braços e mãos e cabelos e barba e suspiros e beijos e dedos ferrados na carne que implora, um gemido mais alto inundou o barco, a praia, o mundo. Para os confins da baía, a menina dos olhos do mais concorrido açougueiro de Porto Negro tinha deixado de tremer e começado a cumprir-se mulher.

Quando os corpos sossegaram, Ducélia pegou no vestido, pondo-se de pé.

— Já te vais embora?! — perguntou Santiago, levantando o tronco do fundo do barco.

Com a roupa murcha à frente da nudez, Ducélia acenou que sim. Não sabia como se ficava depois do amor cumprido. Desviando-se dos cones de luz, meteu o vestido pela cabeça e, sem dizer uma palavra, pegou nas alpergatas, desaparecendo escada acima, rumo à luz fraca do dia. O ar da rua parecia fresco. Inspirou fundo. Uma sensação de plenitude encheu-lhe o peito como se respirasse a vida pela primeira vez. O mar tinha tons de um azul imenso; o céu tão alto, sem um farrapo de nuvem! Ao fundo, na entrada da baía, o Sol brilhava perpendicular sobre a cabeça do farol, guiando-lhe os pés descalços, felizes, pela orla da praia. A seu modo cumprira-se o sonho, ou naquilo a que a realidade equivale, que *os sonhos, quando se cumprem* — dizia a velha Dioguina Luz Maria —, *são sempre mais coisa, menos coisa*. Nem barco faltara, nem o suave embalo do mar. Faltaram, talvez, dois dedos nas sardas do rosto!, sorriu Ducélia, sem lhes sentir, na verdade, a falta.

Dentro do barco, Santiago não sabia o que pensar. Era estranha a rapariga! Tão entregue, tão dada, tão pronta a ser mulher, e, no fim, desaparecia sem uma palavra, sem um gesto, feito um sonho ao alvorar do dia. Por momentos sentiu um vazio semelhante ao deixado pelo pesadelo recorrente da sua infância, como se a vida o houvesse parido ali e ali deixado naquela canastra de peixe à sorte da maré. Não descurara nenhum detalhe. Não se lembrava, sequer, de alguma vez haver sido tão afeiçoado quanto naquela tarde. Porém, à parte da sensação de leveza que o corpo experimenta depois do êxtase, tudo lhe parecia ter ficado mais ou menos como estava antes de ali ter entrado. Não lhe chegara a perguntar pela intenção de se tornar freira. Teria ainda essa ideia? Fosse como fosse, sentia haver cumprido a sua parte e não queria mais pensar no assunto. Puxou as calças para junto de si, acendeu um cigarro e, abanando a cabeça, fungou:

— Para quem está a pensar devotar-se a Deus, até que nem se dá mal com o Diabo!

Sobre as dunas, Ducélia seguia feliz de alpergatas na mão. A cabeça vazia, o corpo pleno de uma sensação desconhecida, intermédia entre a dormência e a sublimidade. Uma brisa leve refrescava-lhe o cabelo suado. Por todo o lado de si, Santiago. Lá longe, na cidade, os sinos da catedral repicavam horas que ela não se deu a contar. Ia esquecida do mundo, da angustiante semana que passara, das palavras do pai declarando regressar mais cedo nessa tarde... dos dois bolos coroando a mesa da cozinha.

XVII

Colhendo *andrunédias* no quintal, Tulentino Trajero viu a filha entrar em casa com o ar mais saudável do mundo. Parecia até mais viva do que antes de cair à cama. Desde a tarde de domingo — quando por pouco a não apanhara entrando em casa, afogueada, para esconder à pressa dois bolos debaixo da cama —, que a observava à distância, receoso de algum sinal de cansaço, de algum resto de mal. Apesar de estar feliz com as «milagrosas» melhoras, Tulentino Trajero era um homem preocupado. Tinha reservas quanto àquele súbito recobro e temia que tanta e tão repentina saúde não passasse das melhoras da morte. Fizera promessa em nome da sua recuperação, era certo, mas não estava convencido de haver relação entre uma coisa e outra. O doutor Múrcia, que continuava a passar uma vez por dia, a seu pedido, garantia-lhe, de todas as vezes, haver-se tratado de um «autêntico milagre», mas o açougueiro da Rua dos Tamarindos resistia em acreditar na intervenção divina. Contudo, por via das dúvidas, melhor seria cumprir o prometido do que arrepender-se mais tarde, coincidências à parte, pela falta de cumprimento — que quem não tem fé tem, pelo menos, superstição.

Nada em Ducélia acusava doença, ou havê-la tido algum dia, mas no coração do açougueiro, para quem o susto não passara ainda, a esperança dançava nos braços do cuidado. E se fosse uma doença para a vida; daquelas que fazem uma visita breve na juventude e regressam mais tarde para ficar? Várias questões se levantaram na cabeça inquieta de Tulentino Trajero; algumas tão antagónicas com a sua maneira de ser, por exemplo a de perguntar-se o que seria dela se ele de repente lhe faltasse? Pela primeira vez na vida, deu por si a pensar no futuro e no marido que um dia lhe haveria de arranjar. Apesar da educação religiosa, nunca pusera a possibilidade de a filha professar religião. Tão pouco havia posto com seriedade a hipótese de a ver casada, mas, naquele dia, considerando a ordem natural das coisas, pensou que mais dia, menos dia, chegaria a hora de lhe entregar a mão a um rapaz sério e trabalhador, sob a promessa de por ali viverem, ambos, sob o seu tecto, até ao último dos seus suspiros. Não importava se abastado. Talvez melhor fosse nem sê-lo, pois os afortunados de contas são quase sempre miseráveis de escrúpulos. Que a sua riqueza fosse o carácter e a sua fortuna o espírito de família. O problema seria encontrar todas essas características num rapaz só. E olhando Ducélia de um lado para o outro, numa leveza sadia arrumando as compras, decidiu guardar o assunto para mais tarde, e para a segunda-feira próxima o início do pagamento da promessa feita.

Quem também estava feliz com a recuperação de Ducélia era Rolindo Face, o empregado do açougue, o aprendiz de açougueiro. Não chegara a saber ao certo que maleita a tomara, pois em pormenores não se adiantara o patrão. Apenas dissera:

— A minha filha está doente. Quero que estejas atento quando eu andar fora. Ao menor sinal mandas chamar-me e ao doutor Múrcia sem a menor demora. Entendido?

Atordoado pela rajada da notícia, não alcançou senão um acenar de cabeça. Não se atreveu a perguntas, mas pelo semblante torturado do patrão estava certo de ser coisa séria. Em especial quando lhe disse:

— Outra coisa. Não quero conversas sobre o assunto. Se alguém souber, é contigo que venho acertar contas. Entendido também?

Um novo aceno de cabeça foi a resposta alcançada.

Não fora preciso chamar ninguém toda a semana, e a quem lhe perguntara pela pequena respondera tão vago quanto pudera. Felizmente passara! Felizmente tudo parecia haver voltado à harmonia particular daquela casa.

Magrinho, de cara bexigosa, olhar baço, dentes encavalitados, pobre de lábios, disfarçados por um bigodinho ralo e mal amanhado, que lhe conferia feições de ratazana doente, Rolindo Face era um rapaz discreto, apagado. Não tinha amigos; tão-pouco se lhe conhecia namorada. Poupado, sem vícios, só gastava em limonadas, brilhantina e nas matinés de cinema mudo. Tudo o mais, não sendo muito, entregava em casa, a dona Reverenciana Pio Face, mulher que o trouxera ao mundo e com quem vivia num casebre para os confins da cidade, onde nascera, à traição, sabe Deus como, e que, se calhar em caminho, talvez se conte.

Ia para três meses que trabalhava no açougue. De início custara-lhe a habituar-se ao sangue, à morte todos os dias, mas não tornara a desmaiar, como no primeiro dia, ao ver uma fiada de frangos pendurados pelas patas a estrebucharem de cabeça perdida, enquanto mestre Tulentino lhe explicava os meandros do serviço, avançando ao correr do gancheiro de faca na mão a vindimar cabeças. Fez-se branco e caiu redondo, em jeito de donzela à imagem de um golpezinho no dedo.

— Está aqui uma bela merda, isto! — exclamou o açougueiro ao vê-lo um trapo no chão. E depois de duas lambadas na cara, que uma não bastou para o acordar, disse-lhe não servir para o lugar. O rapaz implorou, que tinha a mãe doente, presa a uma cama, dependente de si e da caridade de Deus, que precisava do trabalho, que beberia cinco litros de água todas as manhãs para ganhar estômago, que isto e que aquilo, e, por ser bom de contas e de escrita limpinha, Tulentino Trajero lá o deixou ficar à experiência, avisando-o logo:

— Da próxima vez que amaricares, desmancho uma vaca e coso-te lá dentro.

Rolindo Face não amaricou mais. Foi engolindo em seco, contendo o estômago, contraindo as ventas, até o cheiro a sangue passar a fazer parte do seu respirar fungoso como qualquer outro. As primeiras noites arrancavam-no da cama em suores de pânico, fazendo-o deambular pela cozinha com um púcaro de água na mão. Mas porque tudo passa e a tudo um homem se habitua, por mais fraco que seja, Rolindo Face habituou-se, que era do seu interesse habituar-se. Ao fim de um mês, revelava-se de uma irrepreensibilidade a toda a prova. Mas toda essa determinação tinha um outro porquê: chamava-se Ducélia Trajero, a menina dos olhos do patrão.

Trabalhava na retrosaria do cego Curdisconte, quando um dia a viu entrar à porta. Primeiro tomou-se de uma tal fraqueza que não alcançou mexer-se, depois, durante mais de dez minutos, subiu escada e desceu escada, destapando caixa atrás de caixa, numa cegueira só comparável à do patrão que, na outra ponta do balcão, media fita a metro. Quando a porta da rua bateu, o velho Curdisconte, sentindo-lhe a ansiedade, perguntou:

— Era bonita, Rolindo?

O rapaz acenou com a cabeça. Pelo silêncio o velho deduziu que fosse.

Toda a noite subiu e desceu a escada com caixinhas de botões e linhas e todo o dia seguinte plantou os olhos na janela da retrosaria procurando por ela em cada vulto que passava por baixo das arcadas da praça. Ducélia, que entrara apenas por um recado das nonas, e se aviava de «retrosices» no mercado do cais, não tornaria a entrar na Retrosaria dos Arcos. Decorreria mais de um mês até Rolindo Face a tornar a ver, passando por baixo das arcadas a caminho de casa. Largou quanto tinha nas mãos, correndo para a rua, onde se deixou a vê-la cruzar o arco que se abria para a Rua dos Tamarindos.

Desse dia em diante, àquela hora, vinha até à porta do negócio à espera de a ver passar. Todos os dias a mesma vontade de lhe falar e o mesmo tolher de gestos deixavam-no num balanço camaleónico de vai, não vai. Cortou nas limonadas e nas matinés de domingo, e com o dinheiro pagou a um rapazito de recados para lhe seguir os passos e lhe falar dela. No mês seguinte, sob a desculpa de acompanhar o patrão à missa, passou a sair de casa, endomingado dentro do seu fatinho castanho — oferta por medida do cego Curdisconte — para se ir sentar na esplanada do Café Poeta, atrás do jornal, limonando os minutos à espera de a ver passar sob a mantilha a caminho da catedral e, uma hora depois, de volta a casa. Nunca fez para se deixar ver. Nunca foi visto. Assim, religiosamente, domingo trás domingo, durante dois rigorosos anos, Rolindo Face plantou-se atrás de um jornal, para a contemplar um minuto para cada lado, num prazer que lhe preenchia a semana toda. Quando, dois anos depois, o açougueiro da Rua dos Tamarindos careceu de um novo ajudante, Rolindo Face não pestanejou: despediu-se do retroseiro e apresentou-se ao magarefe, deixando o pobre Curdisconte agarrado à estopa. Aumentava-lhe o ordenado, o cego: cinquenta mil *pudís* por mês, quinze mil por semana; chegando à loucura impagável de oitenta mil *pudís* por trinta dias. Mas também Rolindo Face estava cego, e não ir seria voltar as costas ao destino. Em casa contou outra história, que a verdade de tamanha loucura não poderia dona Reverenciana Pio Face saber, sob pena de lhe fazer cair o céu em cima à conta de injúrias e pragas.

No açougue aprendeu rápido e, tirando o episódio do primeiro dia, jamais teve Tulentino Trajero um agastamento com ele. Com o patrão era a exemplaridade, a irrepreensibilidade em pessoa. Nunca uma reprimenda, uma chamada de atenção. Nada. Um dia, ao regressar do porto, Tulentino Trajero tinha à sua espera o cego Curdisconte para uma palavrinha que lhe queria dar. Vinha por necessidade. Tivera ao seu serviço o moço Rolindo durante mais de quinze anos — tirara-o da rua quando este engraxava sapatos e botas debaixo dos arcos da praça —, ensinara-lhe os números e as letras, quando os olhos ainda lho permitiam, e estava-lhe de tal modo acostumado que não lograva encontrar quem o substituísse. Comprometeu-se com Tulentino Trajero arranjar-lhe um sucedâneo a menor preço e ainda dar-lhe algum pelo rapaz. Mas o açougueiro, acostumado a negociar gado, não se entusiasmou com o negócio. No entanto, por um sentimento que se confunde com estima ou benevolência, mas não passa de um medo supersticioso que faz os homens sãos compadecerem-se da deficiência alheia, deu a sua palavra ao retroseiro de que, estando o rapaz disposto a voltar-lhe às fazendas, não haveria de ser ele a opor-se. Mas mais não faria. O cego agradeceu-lhe com tal exaltação que Tulentino Trajero pareceu ver-lhe um brilho vivo no fundo dos olhos mortos.

— Agradeço muito a amabilidade, senhor Curdisconte. E acredite ser muita a estima que lhe tenho. Mas nunca me senti tão feliz num trabalho como aqui no açougue do senhor Tulentino. E para mim o dinheiro não é tudo — foi a declinação do rapaz à oferta do ex-patrão.

Estava aberta a primeira galeria no coração do açougueiro; roído o primeiro pilar que o suportava. Se dúvidas tinha quanto ao carácter íntegro do moço que o servia com a precisão de um mocho e a fidelidade de um cão, acabavam de se apagar todas naquele instante. De tal modo que nem lhe ocorreu a impostura do rapaz na hora de lhe esmolar pelo emprego — que pelos vistos tinha — quando lhe disse não servir ele para o cargo; nem a razão de este se haver despedido das sedas e caxemiras para se ir para ali encardir de sangue e sebo. Estava satisfeito o açougueiro; satisfeito Rolindo Face. Não teve alternativa o velho Curdisconte senão resignar-se. E, no escuro da incompreensão, regressou à loja entre as trevas do meio-dia. Rolindo Face, esse, ficou no açougue, resplandecendo por dentro como nunca na vida.

Apesar da proximidade, Rolindo Face continuava sem se dirigir a Ducélia. E se as circunstâncias os cruzavam, *bom dia, boa tarde... menina*, sempre de olhos baixos, que o recado dado pelo patrão no primeiro dia, concluídas as explicações, não podia ter sido mais claro:

— Só mais uma coisa: se eu te sonho de olhos na minha filha, corto-te os guizos rente! — apresentando-lhe a faca de dois gumes diante dos olhos.

Mas a Rolindo Face parecia bastar-lhe aquele «quase nada» de estar presente: vê-la sair de manhã para o mercado, à tarde para o convento e, principalmente, vê-la regressar, cruzar a porta do negócio — que felizmente não havia outra — para se internar em casa, naquele espaço cujo mesmo telhado cobria ambos. Era paciente — toda a sua vida fora uma longa espera — e, num tempo em que os pais ainda decidiam o futuro das filhas, entendeu ser ao açougueiro a quem teria de fazer a corte. Estudava-lhe os gestos, os humores, e parecia adivinhar-lhe as intenções, antecipando-se habilmente à sua vontade. Aos poucos foi-se apercebendo dos agrados e desagrados do patrão, das coisas que o aquietavam e daquelas que o deixavam de estômago aziado. Um dia, pouco antes de Ducélia cair à cama, quando este lhe veio abrir a porta, Rolindo Face notou nele o olhar de desprezo lançado a uma moça de carnes arejadas que passava do outro lado da rua e atreveu-se:

— Desculpam-se com o calor para andarem de carnes ao léu e depois é um chorar pelos cantos, prenhas deste e daquele.

Tulentino Trajero, longe de associar a tirada à figura do rapaz, estacou por instantes. Mas tão de pronto resmungou:

— Sei muito bem onde lhes arde o Estio!

Foi a deixa certa para Rolindo Face criticar a juventude da terra e se dar, nas entrelinhas, por exemplo de moço sério e modelar, dedicado a uma mãe, acamada e doente, à qual não deixava faltar nada.

Defendeu a família e os valores e, não fosse uma freguesa entrar e interromper-lhe o discurso, ainda agora lá estaria a vender-se para genro ao patrão. Não tornou a surgir a oportunidade de puxar o assunto nos dias seguintes, e no virar da semana Ducélia caiu à cama e o mundo cambiou de figura. Chegou a temer que não recuperasse e nessa altura rogou todas as pragas à vida que o traía, agora que chegara tão perto. Não prometeu a Deus coisa nenhuma, visto ainda O estimar menos do que o patrão, mas entrou numa espiral de pensamentos mágicos como esperança para o seu recobro. Se o cliente seguinte fosse um homem, era um sinal; se chegasse a casa antes da badalada média do meio-dia, era outro; se ao baixar os frangos do gancheiro metade se aguentasse de pé, mais um; se isto acontecesse ou acontecesse aquilo, outro e outro. Viveu angustiado toda a semana, espreitando-a a espaços soltos pelo intervalo das grades, imóvel, dentro da rede do alpendre. De dia e de noite fazia contas: «Se isto... então...» Andavam meio por meio as contas feitas quando, na segunda-feira, sem qualquer aviso, Ducélia passou por ele como por um fantasma de vento, de cesto na mão a caminho do mercado.

— A menina já está boa, patrão? — perguntou o rapaz mal este regressou ao açougue.

— Ainda me custa a acreditar! — respondeu Tulentino Trajero abanando a cabeça.

Rolindo quis dizer «ainda bem» e sorrir, mas não foi capaz de nada. Estava feliz e não se sabia exprimir. Por dentro, era um púcaro a levantar fervura; por fora, a figura de sempre. Daí a um bocado, quando a viu regressar do mercado, com as faces rosadas pelo calor da manhã, teve vontade de a agarrar, de lhe dizer que a adorava, mas, à passagem de Ducélia, balbuciou apenas um discreto «Bom dia, menina». E deixou-se, tolhido, atrás do balcão, como da primeira vez que a viu cruzar a porta da retrosaria.

XVIII

Ducélia subia o emaranhado de ruas do porto quando uma mão a puxou para um beco.

— Saudades minhas, franguinha? — era a voz de Santiago tomando-a pela cintura.

Acabara de descarregar café no bazar dos turcos quando a viu passar, na volta do mercado. Seguiu-a de longe, entre a gente, e, cortando caminho, esperou-a num beco aberto entre as ruínas de dois prédios.

— Esse cheiro, franguinha! — suspirou Santiago procurando-a pelo pescoço, onde o cheiro é mais sincero.

Ducélia sorriu. Arrepiou-se toda. Não disse nada. Uma mão de Santiago pôs-lhe o cesto no chão; a outra procurou por ela debaixo dos panos. Ducélia permitiu-lhe um pouco de atrevimento: uma bochechinha de peito, um arredondar de coxa, uma promessa de pêlos na pontinha dos dedos, até que:

— Aqui não!

— Oh! Não me faças isso, franguinha!

— Você é que me faz a mim! — devolveu-lhe a rapariga, que não se habituara ainda a tratá-lo por tu.

— Deixa-te estar, ninguém vê!

— E se vê?

— Se vê, viu. Deixa, anda...

E Ducélia deixou mais um bocadinho, só mais um bocadinho, inclinando a cabeça para trás, descobrindo o pescoço, levantando os braços, numa atitude de entrega, colando-se à parede feita um cartaz de cinema anunciando o regresso da diva. A manhã crescia quente e uma transpiração suave soltava-se dela. Santiago desnorteava. Cabrona da rapariga mexia-lhe com os instintos! Mais agora que sabia não haver nunca querido professar religião. Os sentidos de Ducélia cediam. Entre dois suspirares mais fundos, soltou-se-lhe dos braços e, pegando no cesto, esgueirou-se entre as ruínas.

— Domingo! — atirou-lhe à saída do beco.

— Mas ainda falta tanto, franguinha! — lamentou-se Santiago.

Ducélia sorriu e, encolhendo os ombros, desapareceu pelo labirinto da cidade acima, feliz, como a mais feliz das criaturas felizes. Santiago, criança a quem houvessem roubado um doce dos lábios, lá foi, de intenções frustradas, pelo labirinto da cidade abaixo.

Não era amor, nem paixão sequer, aquele sentimento que o desassossegava. Era outra coisa: desejo, talvez; talvez vontade, se alguma diferença há entre os substantivos. Não podia amar, Santiago Cardamomo. Como poderia ele se não acreditava no amor; se era tão falso quanto Deus, que é o Diabo de igual modo? Não podia amar, que o amor é uma dor que aperta, que pisa, que trilha, que fere, que morde e depois se vai embora de olhos pintados e xaile aos ombros para nunca mais. Por isso, Santiago não amava. Um desejo, uma vontade, ou sinónimo valente.

— Domingo! — fungava o jovem estivador a caminho do porto, da doca, da estiva, do armazém sete, do resto do dia, pesado e longo, com o cheiro a «manhã de chuva» entranhado nas ventas e uma voz na cabeça prometendo «Domingo!», como se fosse já ali, ao virar da esquina do sono. E por uma graça repentina que lhe achou, abanou a cabeça, fungando um sorriso: — Cabrona da rapariga!

Havia três domingos já que os dois se encontravam no barco do Sardento. No domingo seguinte ao primeiro encontro — que a tarde do armazém não conta para a história —, Santiago não dormiu a sesta e foi até à praia. Toda a semana não lhe pusera a vista em cima. Era o empregadito da casa quem agora varria a frente do açougue ao fim da tarde. Decidiu não se ralar com o assunto. Desta vez estava certo de havê-la tratado como a poucas na vida e seguro de a ter compensado pela desatenção do primeiro encontro. Mas se depois de conhecer o Paraíso na Terra ainda quisesse dar em freira, não podia ele fazer nada. Fosse como fosse, da sua parte, seria aquela a última vez, ia-se dizendo, pelo caminho, Santiago Cardamomo, que não era homem de hábitos nem se queria habituar. Se aparecesse, aparecia; se não aparecesse, ficava o caso arrumado. Fumava à sombra do barco, ante a indiferença do velho *Espadarte*, quando ao largo, sobre as dunas altas, surgiu a figura magra de Ducélia Trajero. Estranha, a rapariga!, sorriu para si o jovem estivador, mas agradado pela imagem que avançava na sua direcção.

Também Ducélia não sabia se o encontraria por lá. Alguma coisa nela a fez arriscar: uma força vasta, demasiado antiga; um sentimento próprio de se ser mulher. O empregado do açougue oferecera-se diante do pai para seguir varrendo a porta do negócio por ela, como fizera toda a semana em que estivera de cama. Ducélia quis opor-se, declarar poder bem continuar a fazê-lo, mas, sentindo-se corar por baixo das sardas, não insistiu. Teve receio de se dar a saber, de levantar suspeitas, de deixar escapar o sentimento pelo cantinho dos olhos. A despeito de toda a contrariedade, convenceu-se ser o melhor a fazer. Todas as tardes, regressada da Escolinha das Sagradas Esposas, sentava-se num canto do alpendre a torcer os dedos no colo à medida que a cantiga dos estivadores se aproximava da praça. Quando o repicar das sete soava nos ares da casa, e o empregado saía para varrer a rua, Ducélia sentia uma angústia pesada: a sensação de se haver traído. Passou lenta aquela semana. Passou dorida. Mas, assim que no domingo seguinte o pai se ausentou para a luta de galos, não hesitou um instante e correu até à praia.

Uma vez mais não se disseram nada. Uma vez mais o calor e a vontade falaram por eles. Uma vez mais Ducélia abandonou o cenário depois de o amor cumprido, deixando Santiago confuso e nu no fundo do barco. Era estranha a rapariga! Ia e vinha sem perguntas, exigências; uma palavra sobre o passado ou o futuro. Não que ele lhe quisesse outros modos, perguntas, inseguranças, ontens ou amanhãs, mas aquela aparente indiferença inquietava-o, como se não desejasse tê-lo senão no momento de o ter, como se fosse ela a amante fortuita, e não ele, Santiago Cardamomo, o rei do amor vadio. Era estranha, a rapariga! Estranha!

Na semana após esse segundo encontro, Santiago deu por si a ter vontade dela a horas diferentes do dia. Cabrona da rapariga, começava a bulir-lhe com os nervos! Na noite de sábado desceu ao Bairro Negro com Rodrigo e Pascoal a fim de distrair o corpo e o espírito, acabando por aceitar os afectos da pequena do outro dia, da qual já não se lembrava do nome. No dia seguinte, porém, contrariando o que se havia dito sobre «a última vez», voltou à praia; à barraca do Sardento, ao corpo de Ducélia Trajero, que começava aos poucos a fazer-se mulher. Que durasse, pois, o tempo que tivesse de durar!, pensou, por fim, Santiago, rendido à vontade que cada semana ganhava mais força.

— Tens horas para estar em casa? — perguntou-lhe o jovem estivador naquela tarde, quando a rapariga se levantou para se vestir e ir embora, como todas as vezes, sem verbos nem protestos.

— Antes das sete — respondeu Ducélia.

— Então fica mais um bocado.

Ducélia, que não aprendera ainda a ficar depois de o amor cumprido, deixou-se de pé, tímida, com o vestido a florir diante do corpo nu. Santiago estendeu-lhe a mão e, puxando-a para si, deitou-a a seu lado. Pela primeira vez, falaram e esclareceram-se e riram e beijaram-se sem ânsias nem suores.

Santiago começou a aparecer mais tarde, aos domingos, na Flor do Porto. Os amigos, que o conheciam, desconfiavam haver caso novo no ar. Desde a sesta em que se haviam encontrado no Bairro Negro, que Pascoal insistia para este lhes soletrar o nome do passarinho que lhe andava a adoçar o bico, mas Santiago, conforme fazia sempre que as saias não pertenciam a mulher alugada, começou por dizer não haver nada de novo. Porém, porque a insistência crescia de semana para semana, lá acabou por inventar uma mulher que se queria vingar do marido às horas a que este se encontrava com a amante, mas que, por ser conhecida, não lhes podia dizer o nome. A história ficou por ali. A curiosidade dos outros dois é que não. Assim que se apanharam sem ele, Pascoal perguntou:

— Acreditaste na história do Santiago?

Rodrigo abanou a cabeça.

— Quem é que tu achas que é?

— Não faço ideia.

— Não fosse cá por coisas, apostaria na filha do açougueiro — declarou Pascoal Saavedra, cheio de confiança.

— E eu um mês de ordenado em como não — tornou Rodrigo, não menos confiante.

Apesar de não haverem dito mais nada, ficou entre eles a desconfiança e a promessa de o descobrir.

Por sua vez, em Ducélia, parecia ninguém notar a leveza, a efervescência que se levantava dentro de si. Disfarçava como podia o sentimento que lhe adornava os olhos e, apesar do alheamento em que andava, procurava, por todos os meios, não deixar vestígios de emoção à vista, migalhas de amor espalhadas por qualquer lado. O pai, que havia duas semanas se ausentava logo após o almoço, parecia mais ocupado em disfarçar a sua nova rotina do que em procurar para as novas cores da filha outro porquê além daquilo a que o doutor Múrcia insistia em chamar «milagre». Também na Escolinha das Sagradas Esposas não surgiram comentários ou reparos à nova aura da «mosquinha-morta». Não era reparada antes e continuou a não sê-lo. Parecia até mais recatada. Mas a mulher que, de semana para semana, crescia, discreta, dentro de si, olhava da borda da toalha para as meninas de laçarotes e folhos, de tranças e franjas, com o sentimento crescente de não pertença àquele lugar, àquele mundo que nunca fora o seu. Várias vezes teve vontade de espetar a agulha no pano, levantar-se da cadeirinha e sair porta fora para nunca mais voltar. Não podia fazê-lo. Se queria proteger aquele amor, não podia atrever-se. Era ali; na missa de domingo; na constância dentro e fora de portas, que fundia a égide do seu segredo. Assim, e para que o tempo lhe custasse menos, imaginava Santiago atrás de si, os seus braços envolvendo-lhe a cintura, o queixo picando-lhe o pescoço; o seu hálito quente sussurrando-lhe ao ouvido «foge comigo, franguinha». Então sentia um arrepio percorrer-lhe o corpo, um calor empurpurar-lhe as faces, obrigando-a a baixar os olhos para o golfinhar da agulha. No canto da sala, a irmã Genésia dormia ou fingia dormir num sonho parelho. Também ela era distante, também ela parecia não pertencer ali. Sob a austeridade do hábito, num corpo de alguma idade, salientavam-se as carnes que o tempo não se atrevera a quebrar. Talvez fosse a única capaz de lhe perceber a mudança, pois ninguém conhece uma mulher melhor do que outra mulher.

*

Ducélia entrou em casa com ar afogueado e feliz. Pousou as compras sobre a mesa da cozinha e foi deitar-se, dois minutos, na rede do alpendre a sonhar domingos. No quintal o galo branco chamava as galinhas, no cacarejo melado que punha quando as queria a depenicar junto de si. Era um animal solitário. Tão solitário, talvez, quanto *D. Dragon*. Mais solitário, até, porque rodeado. Não o sabia explicar, Ducélia, mas entendia-o com o sentimento. Na semana que passara na rede, descobrira haver entre as galinhas uma que reunia as suas preferências, a qual, enquanto não chegasse, não parava de chamar; a mesma cuja companhia procurava para se agachar e toscanejar a sesta; aquela que cortejava com mais demora, parecendo abordar com outros modos, com outros afectos; a única que, depois de lhe sair de cima, não cantava aos quatro ventos a sua vaidade. Foi percebendo haver naquele simples animal mais emoção do que a princípio poderia imaginar e ela, que até nem gostava dele, passou a considerá-lo com outros olhos, entendendo que a soberba exibida, à laia de um domínio sobre o quintal, não era senão aparência, o disfarçar da solidão sobrada de cada vez que uma galinha se afastava dele, em especial uma tal magra e esgargalada que o desassossegava mais do que todas as outras juntas. Sentiu-se próxima, cúmplice, de alguma maneira, daqueles bichos simples, como se compreendesse, na sua singeleza, um amor primitivo há muito esquecido dos homens. E lembrando-se do encontro daquela manhã, não conteve o sorriso, pensando que, de entre tantos nomes, logo Santiago lhe haveria de chamar *franguinha*.

Rolindo Face sentira-a entrar. Estava no corredor contíguo ao açougue a baixar os frangos do gancheiro para se lhes não arroxear a crista. O patrão estava fora, o açougue vazio. Num repente de coragem, deixou os frangos a desatordoar no chão — que de tão tolas terem as ideias não iriam longe — e foi até à porta de grades. Desde que Ducélia recuperara que alguma coisa o atraía ainda mais para ela. Não sabia explicá-lo. Uma força superior ao medo tentava-o. De tal modo que, nos últimos dias, mal o patrão se ausentava e não havia clientela no negócio, atrevia-se a ir contemplá-la por entre as grades, desejando-a, qual prisioneiro à liberdade.

As sandálias, no chão, ao lado da rede, provocaram nele uma excitação como se diante de um presságio de nudez. A rede balançava, um pé aparecia e desaparecia entre as grades da porta. Teve desejos, Rolindo Face. Teve medo. Se o patrão chegasse de repente... — ... *se eu te sonho de olhos na minha filha, corto-te os guizos rente!* Mas o desejo de Rolindo resistia. E os olhos... quem é que manda nos olhos, patrão? Uma perna, nua até ao joelho, balançava agora entre as grades, e Rolindo Face, reduzido ao peito, ao estômago, aos joelhos, às tripas revoltas, tremia de tanta vontade. Não podia continuar ali mais tempo, mas aquela força, maior do que todos os medos, aguentava-o, à espera, sabe Deus de mais o quê! O corpo de Ducélia dava forma à rede e Rolindo ia-a imaginando pelo contorno da perna acima, como todas as noites, no canto escuro da cozinha onde dormia, longe do mundo e dos sonhos do açougueiro. Agarrado às grades que separavam o açougue do alpendre, e a ele da sua desgraça, experimentou de súbito uma felicidade no estômago. Que mais havia a esperar?, perguntou-se o aprendiz de magarefe no espanto de quem percebe haver esperado demais. Era chegada a hora. Não podia aguardar eternamente pela boa ventura, que as oportunidades criam-se e Deus não lança dois raios sobre o mesmo homem. Assim o patrão chegasse, e de pronto lhe falaria sobre a mão da menina e o futuro. Que melhor genro poderia ele encontrar por aquela terra de maus diabos? Impulsionado pelo arrojo, correu para a porta. Não vinha ninguém. Lembrou-se dos frangos. Lá andavam aos tombos. Rependurou-os no gancheiro e foi-se encostar ao balcão, inventando o que fazer. Pouco faltava para o meio-dia quando Tulentino Trajero entrou no açougue. Rolindo Face sentiu o sangue gelar-lhe no corpo. Por uma coragem que por vezes dá até nos seres mais fracos, largou o que tinha entre mãos e, sem saber como, dirigiu-se ao patrão. Tinha um assunto importante que gostava de lhe falar.

XIX

No alpendre, o açougueiro e a filha almoçavam no ambiente silencioso de todos os dias. A harmonia de muitos anos voltara àquela casa, mas havia, de parte a parte, um comprometimento que adensava o silêncio. O pensamento de Tulentino Trajero prendia-se na promessa que tinha para cumprir mal o almoço terminasse e o de Ducélia num beco esquivo do porto para onde uma mão a puxara essa manhã a fim de lhe roubar um beijo e o mais que pudesse. Não pensava noutra coisa desde essa hora senão em estar com Santiago. Demorava-se o tempo. Em especial agora que o vira. Domingo! Também a ela parecia um som ao longe, um murmúrio colado ao horizonte do mar. Não faltavam muitos dias. Dois, apenas. Mas, para quem tem urgência em todas as células, é um sem-fim de tempo.

Desde que o pai se começara a ausentar depois do almoço que os dias se haviam tornado mais longos. Sem saber a que horas voltava, nem coragem para lhe perguntar, Ducélia suspirava cada minuto da sesta passado naquele alpendre, impedida de ir até ao palacete, ouvir música e sonhar. Mas naquele dia em particular pesava-lhe ainda mais a ideia de passar ali aquele tempo, feita uma cativa olhando o vago, vendo os minutos esgotando as horas em que podia estar com ele se o pai ficasse em casa a dormir a sesta. Esse mesmo pensamento provocou nela uma exaltação de ânimo; uma excitação ante uma possibilidade iminente. Um impulso de perguntar ao pai aonde ia agora todos os dias àquela hora subiu-lhe à garganta, mas, no instante de se fazer ouvir, a prudência, mais do que a descoragem, tolheu-lhe os verbos. Receou denunciar-se. Nunca fora de fazer perguntas.

Por certo o pai haveria de estranhar. E na angústia de se conter, sentiu pesarem-lhe na alma aquelas horas, como um pecado; um desperdício de tempo jogado ao chão sem proveito.

Tulentino Trajero almoçava, ausente. Ducélia observava-o pelo topo dos olhos. Parecia-lhe mais ensimesmado do que nunca. Desde o início daquela nova rotina que lho vinha notando mas, naquele dia em particular, tal impressão foi maior. Talvez não fosse senão a sua ansiedade reflectida nele. Talvez fosse mesmo qualquer coisa mais séria a ocupar-lhe a cabeça naquele dia. O silêncio crescia. Pai e filha puxavam por ele.

Todos os dias, findo o almoço, o açougueiro da Rua dos Tamarindos arreava o cavalo e saía, sem mais explicações, para cumprir, em segredo, a promessa feita em nome da saúde da filha e que, se calhar em caminho, talvez se conte. Descrente nos mistérios da fé, parecia, no entanto, ver Ducélia recuperar na proporção da promessa paga. Não se queria prender a coincidências, mas encarava a tarefa com tal rigor que, apenas a meia hora do meio-dia soava nos ares da cidade, já ele se achava sobre a montada a caminho sabe Deus de onde. Às três estava de volta e em momento algum do dia tocava no assunto.

Espreitando o pai, Ducélia hesitava. Pergunto, não pergunto? Com o coração num aperto, procurava coragem para lhe dirigir a palavra. E porque a necessidade pode mais do que o medo, e ele há horas que custam anos a passar, Ducélia, sem aviso nem preparo, atreveu-se:

— O pai desculpe, mas há uns dias que sinto um aperto no peito.

Não podia ter escolhido melhores palavras. A colher da sopa paralisou-se diante dos lábios entreabertos de Tulentino Trajero. Às palavras da filha, o açougueiro sentiu um vazio medonho, como se o coração lhe houvesse caído ao chão sem amparo. Um aperto no peito? Ducélia percebeu-lhe a inquietação e, havendo surtido efeito, continuou:

— Não é por mim, meu pai. É pelo senhor — suspendendo de novo o dizer. — Não são da minha conta os seus afazeres, eu sei, mas... sinto-o assim como que abatido, cansado. Ando preocupada. Acordo de noite com sonhos estranhos: sai a cavalo e nunca mais volta, e... tenho medo de que me falte — rematou com os olhos postos no prato do caldo e as faces em brasa.

Surpreendido ante a tirada da filha, Tulentino Trajero não sabia o que dizer. Não se lembrava de alguma vez lhe ter ouvido tantas frases de enfiada, mas a preocupação, mais do que qualquer comprometimento, fê-lo descurar o pormenor. E antes mesmo de poder perguntar se estava tudo bem com ela, se voltara a sentir algum sintoma, alguma quebra, alguma fraqueza, foi Ducélia, descoberto o filão, quem insistiu sem levantar a cabeça:

— O meu coração não fica descansado de cada vez que o pai se ausenta depois do almoço. Não me diga aonde vai. Mas descanse-me. Peço-lhe.

Não podia ouvir «coração» na boca da filha. Estava bem viva a imagem daquele casulo amortalhando-lhe o corpo diante da impotência dos seus olhos. Era essa, afinal, a razão das suas ausências. Não lhe queria causar desassossego, mas tão-pouco falar-lhe dos porquês. Talvez por vergonha; por superstição. A primeira coisa a vir-lhe à cabeça — ele que não era homem de justificações nem de desculpas — foi uma quinta para os lados de Papoblanco, cujo proprietário fechara negócio com os açougues de Martinita, e para onde era agora preciso embarcar, mortas e limpas, à ordem de vinte cabeças de gado por dia.

Também Ducélia não se lembrava de alguma vez haver ouvido o pai falar tanto de uma tirada só. Desconfiou da história, mas tal não lhe importava. Aquilo que queria saber era outra coisa. Depois de um breve silêncio, achou por fim a pergunta certa:

— E vai ser todos os dias à hora da sua sesta? — sublinhando sesta.

— Menos ao domingo — respondeu Tulentino Trajero, confirmando tudo quanto a filha queria ouvir. E por sentir-se comprometido, acrescentou: — Como faz questão de ser eu a executar o trabalho, e não tenho outro tempo livre além deste... — pondo fim à frase com um gesto de ombros, num completar de mentira sem consequência.

Ducélia fez cara de quem compreende e não disse mais nada. Teve a certeza de ser mentira, ou não se haveria ele explicado tanto. Cheirou-lhe a mulher, agora que o era também, e essa ideia convenceu-a mais do que a história dos açougues de Martinita. Ao contrário do que seria de esperar, não ficou preocupada por o pai lhe mentir, impossibilitando-a assim de fazer contas exactas, mas mais descansada ainda, pois, a estar certa a sua intuição, haveria este de se demorar por onde andasse até mais não poder esticar o tempo.

Terminada a conversa, descansados pai e filha, Tulentino Trajero levantou-se, arreou o cavalo e saiu. Era um anjo aquela menina!, pensou para si o açougueiro da Rua dos Tamarindos. Um anjo valendo tudo: cada sesta de promessa, cada dia de trabalho, cada sacrifício feito para o bem do seu futuro. Veio-lhe à memória a imagem de Angelina Fontayara na amurada do barco. Fungou um quase sorriso e, com essa imagem no pensamento, desapareceu na estrada deserta sob o áspero calor da tarde.

Assim se achou sozinha, Ducélia sentiu um calafrio. Primeiro medo, depois toda a liberdade do mundo borbulhando-lhe no ventre. «Menos ao domingo», riu de felicidade e nervosismo. «Menos ao domingo», quando havia luta de galos. «Menos ao domingo», exultava Ducélia Trajero, a menina dos olhos do mais concorrido açougueiro de Porto Negro.

Santiago!, pensou, levantando-se de um pulo. Segura, dentro de casa, qui-lo sem limites naquele instante. Podia estar com ele, e até tinha onde. O que não tinha era como avisá-lo agora. Onde encontrá-lo? Estaria pelo porto? Pelos armazéns? Caminhava, nervosa, de um lado para o outro. Teria de esperar até domingo? Até à manhã seguinte se a sorte o fizesse procurá-la de novo a caminho de casa?! Logo agora! Tentou acalmar-se. Domingo, domingo, domingo... Afinal já esperara tanto. Mas a desculpa não funcionou e sentou-se no muro do alpendre, sapateando no chão, num recital de suspiros sem alívio nem remédio. A imagem daquela manhã, daqueles olhos, daquelas mãos, daquela voz grave num lamentar de menino, *Mas ainda falta tanto, franguinha!*, fê-la levantar-se, andar pelo alpendre, pela cozinha. Iria ao porto. Estava decidida. Passaria pelos armazéns sem parar. Se ele a visse talvez fosse atrás dela. E se houvesse mais quem a visse? Se algum rumor chegasse aos ouvidos do pai? Tornou a sentar-se. A impaciência agigantava-se. Houvesse tido coragem de interpelar o pai na véspera e poderia estar com Santiago naquele momento. Arreliou-se consigo mesma. Levantou-se. Quem é que a haveria de ver? Àquela hora nem as moscas se descolavam da sombra. Mas daria com ele? E se desse, poderia ele encontrar-se com ela àquela hora? Suspirava. Sentou-se. Cada indecisão era um pouco menos de Santiago. Então, afastando as ideias que lhe boicotavam o desejo, deixou o coração decidir e, sem pensar em mais nada, nem que o facto de o pai lhe haver mentido poderia fazê-la cruzar-se algures com ele, levantou-se num repente e saiu para o quintal em direcção ao muro das traseiras.

XX

No dia em que Dioguina Luz Maria foi oferecida a D. Luciano de Mello y Goya, já o governador era viúvo havia mais de uma década. Foi na festa dos seus sessenta e cinco anos, quando, entre amigos e convidados, discutia o estado do Império, que Caio Nero, um comerciante de poucos escrúpulos e negreiro das sete costas, se fez anunciar para, no meio da comemoração, lhe vir oferecer a mais bela negra que alguma vez lhe passara pelas mãos. Amarrada por uma corda, nua como viera ao mundo, a escrava ficou exposta no meio do grupo de homens que fumava e bebia a um canto do jardim.

— Não trazia selo de virgindade — disse Caio Nero —, mas pareceu-me estar como nova. — E com o sorriso cínico de quem compreende o alcance da provocação, passou a certidão de matrícula para as mãos de D. Luciano, como prova de que tudo estava dentro do estrito cumprimento da lei.

Num tempo em que o tráfico negreiro ainda não havia sido abolido em terras de São Miguel do Pacífico, D. Luciano, que desde a juventude era um abolicionista convicto, conseguira, por portas e travessas, boicotar alguns negócios dos grandes traficantes, de entre os quais Caio Nero. Conquanto fosse a autoridade maior na cidade e em toda a ilha de São Cristóvão, D. Luciano devia contas e fidelidade à Coroa e, com excepção para a Metrópole, onde as circunstâncias eram outras, em mais parte alguma do Império o abolicionismo estava na ordem do dia. De modo que aquele acto, aquela intromissão, se revestia de um carácter provocador carregado de simbolismo. Rodeado pelas mais altas figuras de relevo da esfera pública — burguesa, aristocrática, religiosa —, detentoras, todas elas, de várias cabeças de escravos, D. Luciano, diplomata nato, não pôde senão agradecer a oferta e, diplomaticamente, indicar a Caio Nero estar na hora de se retirar:

— Tome qualquer coisa, antes de ir.

O negreiro, porém, que já tinha cumprido a sua missão por ali, declinou a oferta e despediu-se, dizendo haver ido apenas por fazer questão de oferendar pessoalmente o querido governador com o melhor dos seus raros produtos. Sob o olhar de duas dúzias de homens, a jovem escrava esperava o seu destino. Muitos já a investigavam, comentando ser um belo exemplar. Apalpavam-lhe as carnes, separavam-lhe os lábios.

— Tem aqui um belo espécime, D. Luciano!

— Não fosse uma oferenda e agora mesmo lhe regateava o preço.

— Olhe que isto não aparece senão uma vez na vida, D. Luciano! — iam comentando, à vez, os homens, enquanto davam voltas em torno do presente.

D. Luciano fez sinal a um criado para levar a moça para a cavalariça e, procurando desviar o assunto, exclamou:

— Então e o que me dizem os senhores ao início da grande obra?! — referindo-se à Casa da Ópera, a menina dos seus olhos.

— Qual delas, D. Luciano? — provocou o cardeal Fenício Sénio, aludindo, claramente, ao Palácio dos Governadores.

Os mais próximos de D. Luciano não se coibiram de soltar uma gargalhada. O governador suspirou fundo. Havia muitos anos já que a sua obstinação em deitar por terra a superstição do povo relativamente ao palacete da colina não alcançava senão mais superstição e motivo de troça. Erigido sobre a única colina da cidade, fora mandado construir, originalmente, por Rambau Boccanegra, chefe dos piratas que fundaram a cidade, muito antes de os colonizadores a haverem tomado para si. Rezava a lenda que o mandara fazer para albergar nele uma fidalga andaluza por quem caíra de amores e pretendia roubar, naquele que haveria de ser, jurava, o último assalto da sua vida. E foi-o. Não por haver perecido nele, ou não ter alcançado o intento, mas por Dona Beatriz de Corbon y Moncloa haver preferido morrer de fome a ser sua mulher por um dia. Gritava dia e noite por Granada até que caiu de fraqueza e exaustão. Boccanegra nunca mais saiu do palácio, nem deixou que mais ninguém o visitasse. Assim até à sua morte, sete anos depois. Quando, um século mais tarde, D. Fernando Biscal Nono Mayor aportou na ilha para exercer o cargo de primeiro governador-geral, tomou o palácio para sua residência e de sua família. Mas em menos de um mês perdeu as sete filhas por febres que nenhum físico soube explicar. Dona Inácia de Loys deu em louca com a morte das suas meninas e o governador não teve outro remédio senão regressar à Metrópole, menos de um ano depois de haver aportado na baía de Porto Negro para perder tudo de seu. Se os habitantes da cidade já tinham reservas quanto àquele lugar, dessa data em diante a superstição ganhou dimensão de mito. Treze meses depois, D. Raimundo Olvider de Zaganduero fundeava na baía de Porto Negro para assumir o cargo deixado vazio por D. Fernando. E antes mesmo de descer a terra, deu ordem para abater a golpes de canhão o antigo palácio do pirata. Depois, sobre os mesmos alicerces, ordenou a construção do mais sumptuoso palácio que algum dia Porto Negro conhecera. Por fim, mandou cercar a propriedade com um muro de dois metros, plantar árvores de fruto e desenhar jardins.

— Qualquer espírito que aqui houvesse foi para o fundo do mar junto com o entulho! — disse no dia em que abriu as portas da casa à mais alta sociedade do arquipélago de Santa Maria del Mar.

Viúvo, D. Raimundo vivia sozinho com a filha Mercedes na imensidão daquele palácio. E porquanto uma família grande deve começar a construir-se cedo, arquitectou o casamento de Mercedes com um conde catalão, que havia menos de um ano se estabelecera na ilha com o propósito alcançado de enriquecer. Mercedes, porém, morria de amor pelo poeta José Casto de la Rosa e o resto da história já se conhece. Sozinho, na imensidão daquele palácio, o governador foi-se fechando em casa e dentro de si, fazendo lembrar ao povo a história de Rambau Boccanegra e um futuro pouco promissor. Na noite da consoada, quando os sinos da catedral, que ele próprio mandara construir para casar a filha, bateram a última badalada, um tiro grandioso ecoou por toda a cidade. O medo entre a população agigantou-se de tal forma que nem os mendigos nem as crianças, que invadem tudo, se tornaram a aproximar da colina. Durante muitos anos, até a única estrada que dava acesso à famigerada quinta ser conquistada pelo mato, não havia quem não se benzesse ao passar-lhe à boca.

Nenhum outro governador tornou a querer ouvir falar do palácio da colina e este, devotado ao abandono, foi sendo engolido pela vegetação e apagado aos poucos da paisagem, até não ser visto senão ao longe, pelos pescadores e marinheiros do mundo. Só muitos anos depois, quando o *Gavião do Norte-Golfo* entrou na baía de Porto Negro, trazendo D. Luciano, é que o velho palácio ganhou de novo importância. Conhecera-lhe a reputação, lá longe, na Metrópole, mas, por ser de um romantismo a toda a prova, enamorou-se dele mal cruzou o estreito e o viu, pela luneta, solitário, entre as palmeiras altas, com a sua varanda de mísulas venezianas e a sua platibanda rendilhada, qual tiara a coroar a cidade. Ainda tentou convencer a mulher a habitarem o palácio, que as superstições eram coisas do povo, mas D. Mécia de Finanterra, temente a Deus e ao Diabo, disse-lhe que nem morta haveria de pôr os pés naquele lugar. De modo que o sonho de D. Luciano foi sendo adiado, ano após ano, até uma febre súbita fulminar D. Mécia a meia légua de distância da colina da cidade. Revoltado com a ironia, D. Luciano jurou recuperar o palácio e acabar com a superstição do povo e com o enguiço do lugar. Contratou trabalhadores para a tarefa, mas não demorou muito aos homens começarem a ouvir vozes, a ver vultos dentro da casa. O governador ainda lhes aumentou a semanada, mas apenas dois aceitaram ficar, habituados que estavam aos fantasmas da aguardente. Dias depois, morreriam num fogo que reduziu o palácio às alvenarias e só por milagre não se espalhou à cidade toda. D. Luciano sentiu que o destino o desafiava e resolveu aceitar a provocação. Ele mesmo se deslocou a Antipuara para contratar um arquitecto, um engenheiro e uma equipa de obreiros. Cinco semanas depois entrava na baía de Porto Negro um navio carregado de homens e bestas e carroças e tudo quanto era necessário para recuperar, mobilar e restituir ao palácio a dignidade que durante todos aqueles anos sonhara merecer. Por sete dias, homens e animais fizeram o caminho entre o porto e o alto da colina. Mas, quando chegou a hora de o trabalho começar, a cidade levantou-se em peso contra a loucura obstinada daquele homem, jurando deitar por terra tudo quanto ali se fizesse. D. Luciano não teve outro remédio senão cruzar os braços sobre a quebra do ânimo. Por isso, quando, no dia do seu aniversário, o cardeal Fenício Sénio o provocou, o bom do governador não se atreveu a mais do que suspirar fundo e aceitar a provocação. A conversa sobre a Casa da Ópera prosseguiu entre os convidados. Quando o assunto mudou, D. Luciano pediu licença, por umas ordens que tinha de dar, e foi à cavalariça ver o «presente» que Caio Nero lhe levara naquela tarde. Presa a uma argola de amarrar as montadas, a negra encolhia-se sobre si mesma. Tinha uns olhos enormes, apesar de assustados.

— Não tenhas medo. Sou um amigo — disse-lhe o velho governador. Mas a rapariga não se desencolheu. — Falas esta língua? — perguntou D. Luciano, abrindo as vogais.

— Sim, senhor.

D. Luciano sorriu.

— Tens fome?

A negra baixou os olhos. O sensível homem compreendeu a resposta.

— Vou mandar que te tragam comida e água. Aqui estás segura. Assim que a festa terminar venho buscar-te. Vou mandar também que te tirem as grilhetas. Mas peço-te que não fujas. Se fugires, alguém acabará por te apanhar. Infelizmente só os pássaros podem sair desta ilha sem ser de barco. — E sorrindo, rematou: — Eu vou ajudar-te.

Mal o criado mandado por D. Luciano a soltou das grilhetas, o primeiro impulso da negra foi fugir dali. Mas alguma coisa nela, mais do que as palavras do governador, sentiu poder confiar naquele homem. Sentou-se, comeu e esperou. Finda a festa, como prometido, D. Luciano veio à cavalariça. Numa mão trazia uma lamparina e na outra uma camisa de noite e uns chinelos que haviam pertencido à falecida. A negra levantou-se, revelando à luz da candeia a perfeição da nudez. D. Luciano, homem de coração sensível, mas cujo sangue ainda trotava pelas veias todas do corpo, ficou parado, diante dela, feito um adolescente diante do primeiro milagre do amor. Parecia havê-la Deus esculpido num tronco de pau-preto. Só quando a moça baixou a cabeça, cruzando as mãos sobre a vergonha, é que o pobre governador acordou da dormência.

— Desculpa! — disse, estendendo-lhe a camisa e os chinelos, de rosto voltado para o lado.

A negra vestiu-se e, com os chinelos na mão, seguiu o governador iluminado.

Havia já um quarto preparado para si, com uma tina de água quente no meio. Em cima da cama, sabão, toalha e uma muda de roupa. Sobre uma mesa, junto à janela, um castiçal de cinco velas, um jarro de sumo, outro de água, dois copos, uma travessa de bolos e fruta.

— Hoje ficas aqui. Lava-te, veste-te e come, que eu passo mais tarde para conversarmos — disse D. Luciano, fechando a porta com ar benevolente.

A moça, receosa, baixou os olhos e não respondeu. Quantas vezes lhe haviam dito «eu passo mais tarde para conversarmos»?! E naquele momento arrependeu-se de não ter fugido logo. É tão inocente aquele que não tem nada!, pensou para si a negra que sabia pensar. Lavou-se, vestiu-se, comeu e sentou-se num canto do quarto à espera da sua sorte. No escritório, D. Luciano andava de um lado para o outro com uma folha na mão. Redigira e autenticara uma carta de alforria. A imagem da cavalariça não lhe saía da ideia e começou a justificar porquês para não lha dar de imediato. Que faria ela numa terra de esclavagistas? Para onde iria? Quem lhe daria trabalho? E pensando nisso, pousou a carta em cima da secretária, abandonando o escritório.

Duas criadas retiravam a tina de água do aposento da jovem escrava, quando D. Luciano entrou em robe de casa. A um canto, vestida com um vestido simples de linho branco, a cabeça cheia de rolinhos compridos, a rapariga pareceu, aos olhos do pobre governador, mais bela do que antes. Era perfeito o contraste! D. Luciano, cujo coração havia anos deixara de tremer, sentiu um soluço agradável no peito. Depois de conversar com ela e de lhe explicar as suas intenções, voltou para o escritório, acendeu o cachimbo e pôs-se a fumar. Em cima da secretária a carta de alforria esperava um destino. Abriu uma gaveta e com todo o cuidado pô-la lá dentro. Depois pegou noutra folha e escreveu:

Se algo me acontecer que impeça entregar em vida esta Carta de Alforria a Dioguina Luz Maria, faço saber ser essa a minha última vontade.

D. Luciano Rafael Andrade de Mello y Goya

Anexou-a ao documento e fechou a gaveta do até mais tarde.

No dia seguinte levantou-se cedo. Toda a noite uma ideia lhe pateara pelos miolos. No terreno onde as fundações da Casa da Ópera se enchiam, D. Luciano pediu a Sangaz Martinel, engenheiro e director-geral da obra, que lhe apresentasse os trabalhadores. A todos cumprimentou o governador, e a todos perguntou se estavam contentes com o trabalho; depois o nome de cada um, a proveniência e quanto mais lhe interessava saber. Por fim despediu-se e, chamando Sangaz Martinel à parte, solicitou-lhe que lhe dispensasse um tal Óscar Gongóla, para uns trabalhos que pretendia fazer em casa. Ao meio-dia, como combinado, o operário apresentou-se em casa do governador. D. Luciano, que o aguardava com impaciência, não perdeu tempo e pediu-lhe que o acompanhasse a um lugar. Pelo caminho foi-lhe explicando por alto as suas pretensões e, para evitar ponderações e perdas de tempo, dispôs-se de imediato a pagar cinco vezes aquilo que este ganhava na já bem paga obra da ópera. Apenas duas condições: todo o sigilo e toda a discrição. Óscar Gongóla, incrédulo, acenava com a cabeça. Nunca, como naquele momento, D. Luciano estivera tão empenhado na sua epopeia.

Quando chegaram à quinta do palacete, o governador resumiu o projecto. Todo o material necessário, bem como as mobílias, encontrava-se nas cavalariças desde a última tentativa gorada de reconstruir o palácio. Óscar Gongóla deu uma vista de olhos pelo que restava do antigo edifício. As heras haviam-no conquistado por dentro e por fora. E pensando na mulher e nos filhos, declarou ser capaz de dar conta do recado. Os dois homens apertaram as mãos e, desse dia em diante, Óscar Gongóla trabalhou sem descanso naquela que haveria de recordar para sempre como a obra-prima da sua vida. Nesse dia, D. Luciano almoçou com o apetite dos seus vinte anos. Parecia rejuvenescido. Toda a gente lho dissera. Era como se aos sessenta e cinco anos a vida houvesse começado a contar para trás. Comunicou a Dioguina Luz Maria que passaria a ajudar na casa, prometendo-lhe arranjar em breve um lugar melhor para viver. Depois da sesta, foi até ao grémio, que funcionava no primeiro andar da concelhia. Bebeu, fumou e riu como havia muito tempo não fazia.

Ainda as primeiras colunatas da Casa da Ópera não estavam postas e já o primeiro andar do palácio de D. Raimundo, que haveria de ser sempre do pirata, estava pronto para receber a nova hóspede e as há muito sonhadas sestas de D. Luciano. Num dia ameno, à hora a que a criadagem descansava no alpendre das traseiras, o governador e a sua escrava saíam pela porta principal da casa. Ao abrigo de uma sombrinha chinesa, caminharam, lado a lado, pelas desertas ruas da cidade. Toda a vegetação que cobria a colina e empecilhava o acesso à quinta do palacete fora mantida para não despertar atenções, mas, para lá dos muros, abria-se um caminho ajardinado até à nova entrada da casa. À primeira vista tudo parecia igual, com excepção da escadaria que rumava ao primeiro e único piso do edifício. Fechado todo o rés-do-chão e mantidas as paredes exteriores cobertas de heras, só por dentro eram visíveis as diferenças, já que a platibanda, coberta pela vegetação, não permitia ver o telhado novo, pormenor que, a par com a janela da varanda, poderia levantar suspeitas. Porém, até isso teve Óscar Gongóla em conta, fazendo-a recuada, de modo a que quem a visse do meio da baía, único ponto de onde o pouco palácio era visível, não visse senão, como até aí, o espaço aberto entre a folhagem. Não tinha já a sumptuosidade do tempo de D. Raimundo, nem aquela com que D. Luciano sonhara a princípio; podia mesmo dizer-se não ser já um palácio, mas um solar romântico improvisado pela criatividade de Óscar Gongóla e pela urgência de D. Luciano.

— Um milagre! — disse o governador, no dia em que o obreiro, orgulhoso, lhe apresentou a obra pronta. — Um verdadeiro milagre!

E foi de tal forma a satisfação que, acrescido ao pagamento, ainda deu ao milagreiro cem coroas de ouro.

— Tudo na vida tem um preço! — disse, orgulhoso. — Os milagres, especialmente!

Com um sistema de roldanas e contrapesos, Óscar Gongóla conseguiu o que parecia impossível. Até mesmo para si, no dia em que aceitou a empreitada, sem certeza de algum dia ser capaz de a cumprir. Durante cinco ininterruptos meses, não abandonou a colina e, durante cinco ininterruptos meses, todos os dias, à hora da sesta, D. Luciano, em pessoa, lhe levava um farnel para o almoço e jantar e algo mais que precisasse. Nunca se sentira tão jovem, tão excitado, o velho governador, como naquele tempo em que, à hora de a cidade dormir, despia a casaca de aristocrata para arregaçar as mangas de moço de fretes. Ali passava uma hora a ver a engenharia improvisada daquele homem obstinado em deixar obra ao mundo e à família os frutos do milagre do trabalho e da determinação. Nasceu entre ambos uma amizade para a vida toda, apesar de nunca mais se haverem tornado a ver ou a falar depois da partida de Óscar Gongóla. Não se esqueceu, no entanto, o governador daquele homem, como devem os homens de Estado aos cidadãos da mais alta bravura e lealdade, homenageando-o naquela que foi a última inauguração da sua vida: uma rua modesta, nas traseiras da ópera, onde foi descerrada uma placa com a inscrição «Engenheiro Óscar Gongóla», que toda a gente perguntou quem era, pois no breve discurso D. Luciano apenas disse:

— A um grande amigo; a um grande homem; uma homenagem à engenharia civil!

Num entusiasmo de recém-casado apresentando à jovem esposa o ninho que lhe edificara, D. Luciano mostrava a Dioguina os renovados encantos da quinta do palacete. Depois, estendendo-lhe o braço, subiu com ela ao andar de cima e levou-a pela nave central daquele templo secreto até ao salão nobre que havia ao fundo, até ao altar em forma de varanda aberta sobre o milagre do mar.

— De hoje em diante és a dona desta casa! — exclamou com ar feliz o velho governador.

Queria dela apenas que cuidasse do palacete para ele e fizesse como se fosse seu. Ele só lá iria uma vez por dia, à hora da sesta, para tratar da papelada na paz deserta do lugar. Todo o resto do tempo a casa seria dela. Tinha por ali muito com que se entreter: o jardim, o pomar, a casa. Até lhe arranjaria criação se ela assim o desejasse. Que gerisse o tempo como bem entendesse. Pedia-lhe apenas para não se ausentar da quinta às horas de movimento e sempre com o maior cuidado. E também que não descesse a colina para o lado do Bairro Negro, mas por um trilho que Óscar Gongóla abrira em direcção ao coqueiral. Dioguina sorriu. Não tinha aonde ir nem vontade de se ausentar daquilo que lhe parecia ser o Paraíso. E pegando nas mãos de D. Luciano, beijou-as muitas vezes, arrancando ao pobre homem um riso envergonhado, uma corzinha das faces. Estar-lhe-ia eternamente grata. Nunca ninguém a tratara tão bem. Nunca ninguém fora tão bom para ela. Nunca ninguém fora tão gentil, tão respeitador como D. Luciano. O governador esquivou-se aos elogios e, dando-lhe o braço, mostrou-lhe o resto da casa, do quarto à cozinha, dos asseios à despensa recheada. Desceram depois ao jardim, onde D. Luciano lhe mostrou o resto da quinta: o caramanchão, a fonte romana, o pomar, onde apanhou uma braçada de limões.

— A senhorita teria a amabilidade de preparar uma limonada para dois? — perguntou, de volta ao palacete. Dioguina sorriu, fez uma vénia, segurando as pontas do vestido, como já vira fazer. O governador puxou duas cadeiras para a varanda e, quando a mais bela negra que vira na vida apareceu com a limonada, disse-lhe que tomasse lugar a seu lado. Até ao bater das três ficaram calados, governador e escrava, de coração apaziguado, bebericando limonada de olhos postos na lonjura do mar.

Como dissera, D. Luciano passou a vir todas as tardes ao palacete depois do almoço. Trazia uns papéis para disfarçar, e ficava a observar Dioguina por cima das lentes, no sofá, sem nada para fazer. Percebendo-lhe o aborrecimento, o governador perguntou-lhe, certa tarde, se sabia coser. A negra disse que sim. Na tarde seguinte, depois de falar com as freiras do Carmelo, apareceu no palacete com dois sacos de roupa, agulhas e linhas para Dioguina arranjar. A moça pareceu encantada. Assim, na calma daquela hora, entretinham-se: ela a consertar roupa para os pobres e a cantarolar baixinho e ele, por detrás dos papéis, encantado a olhar para ela.

Foram passando os meses e, todas as sestas, à mesma hora, os degraus de pedra anunciavam a chegada de D. Luciano. Um dia apareceu mais cedo, com um grande peixe e um cesto de legumes.

— Hoje almoço contigo! — sorriu ao entrar em casa.

A negra devolveu-lhe o sorriso e, felicíssima, começou a cozinhar o almoço. No dia seguinte almoçaram de novo, e de novo no seguinte. A regra só foi interrompida quando a cozinheira do governador lhe perguntou se haveria de continuar a fazer almoço, visto não haver ninguém para almoçar naquela casa.

— Queres aprender a ler? — perguntou-lhe um dia, ao cabo de seis meses de convívio diário.

Dioguina assentiu. Então as sestas passaram a ser lições de leitura, interrompidas apenas pelas pausas irreflectidas de D. Luciano, inebriado com o cheiro que lhe emanava da pele: um odor quente, de terra antiga e distante, que o fazia ter sonhos de rapaz novo a altas horas da madrugada. Dioguina aprendeu depressa e ao fim de três meses já sabia juntar as letras todas e perceber as palavras. Gostava de andar descalça pela casa, só com os vestidinhos de linho que D. Luciano lhe trazia. E sendo nova, e as carnes terem a força da terra por lavrar, o vestido podia pouco contra as saliências do corpo. D. Luciano suava, tinha impulsos de adolescente. Certa tarde, quando Dioguina lhe soletrava uma das mil e uma noites, o pobre governador não se conteve e silenciou-lhe o silabar com um beijo atrasado. Levantou-se num repente, desfez-se em desculpas, que fora sem pensar, que não tornaria a acontecer, que o perdoasse, por favor, que era um velho tolo e sem juízo... E foi ela quem, pegando-lhe no rosto rubicundo, ornado por uma barba branca de aristocrata, lhe respirou um beijo demorado e quente que por pouco o não matou ali mesmo. Quando recuperou o fôlego e os sentidos, D. Luciano não sabia das palavras. Mas foi quando o vestido de Dioguina Luz Maria lhe caiu aos pés que o coração do velho governador teve a prova de fogo da sua vida. Nessa tarde, aos sessenta e seis anos, D. Luciano de Mello y Goya amou como não se lembrava e repetiu o amor como só um jovem se atreve. Era suave e morna e doce e húmida feita uma manga madura apanhada a meio da tarde. E se Deus não a houvesse feito para mais nada, fizera-a pelo menos para ser mulher.

Nessa noite o coração de D. Luciano não dormiu. E na manhã seguinte, qual adolescente enamorado ante um amor proibido, saiu de casa nos bicos dos pés. Durante dois dias e duas noites ninguém soube dele, deixando a cidade em alvoroço. Passou a dormir no palacete, saindo de casa pela calada da noite, só tornando pela calada da madrugada. O criado que lhe abria a porta sorria ao vê-lo chegar, com o ar cúmplice de quem se agrada de ver que a vida não acaba no limiar da idade.

Dioguina andava feliz. Gostava do seu governador como se gosta de quem muito se gosta. Era meigo e calmo e delicado e tinha uns olhos infantis cheios de luz e bondade, e para com ela todos os cuidados do mundo, como se não houvesse nascido para escrava, mas para rainha de um mundo que ele mesmo mandara fazer para ela. Um dia apareceu com uma geringonça esquisita que lhe haviam trazido de Macau, e depois de a desencaixotar e montar como as instruções indicavam, deu-lhe à manivela e uma valsa vienense brotou-lhe da alma. Então, puxou Dioguina por uma mão, abrindo o baile naquele salão nobre onde não importava mais nada. Todas as sestas, antes de D. Luciano chegar, Dioguina dava corda à geringonça e ia debruçar-se na varanda a olhar o mar, à espera de que um par de braços a viesse tomar pela cintura e arrepiá-la dos caracóis aos dedos dos pés descalços. A meio da colina, já D. Luciano ouvia as notas do seu romance encherem-lhe o coração de sangue. Acelerava o passo e chegava, então, com toda a pressa e toda a calma, pousava a bengala de enfeitar os passos e o mais que trouxesse, tirava o chapéu, o casaco, e enlaçava-a pelo cós do mundo, beijando-lhe os ombros, os braços, o corpo de chocolate.

Nunca aparecia de mãos a abanar. Um dia trazia-lhe um vestido, no outro um colar muito simples. Uma vez chegou com uma luneta, que montou sobre um tripé num canto reservado da varanda e permitia ver a cara dos marinheiros a bordo dos navios que entravam na baía. Dioguina delirou com aquele tubo mágico que encurtava o mundo. D. Luciano, feliz como um jovem enamorado, prometeu levá-la, um dia, pelo mar afora, num camarote nupcial, a conhecer as vastas terras dos seus antepassados. Certa tarde apareceu com ar preocupado e, colocando em cima da mesa um pequeno baú, disse, revelando o interior de dez mil coroas em moedas de prata:

— Se um dia me acontecer alguma coisa, está aqui a chave da tua liberdade.

Dioguina sorriu, como se este lhe houvesse oferecido uma caixa de caramelos, ou de botões coloridos, indo guardá-lo numa reentrância da chaminé, para se esquecer dele no instante seguinte. No fundo do baú, acomodava-se a carta de alforria que D. Luciano não teve coragem de mencionar, não por medo de a perder, mas de a fazer sentir-se propriedade sua.

Ao fim de dois anos, a Casa da Ópera estava finalmente pronta. Encomendara-se orquestra e cantoras líricas para inaugurar a jóia da ilha. A excitação entre as principais figuras da sociedade era notória e não se falava noutra coisa. Em especial as mulheres, para cujas *toilettes* não havia modistas de gabarito em toda a ilha. Até o povo andava excitado. Prometera D. Luciano abrir por uma semana as portas, de graça, a toda a cidade. De todos, só o velho governador parecia não estar entusiasmado com a «menina dos seus olhos». Pensava em Dioguina e em como poder levá-la à estreia. Poderia ir no dia seguinte com o povo todo. Não queria. Podia levá-la a seu lado, como escrava de companhia. Não queria. Queria levá-la como não podia, ou não devia: queria levá-la como sua mulher. Era a autoridade máxima da terra, que diabo, podia fazer o que lhe desse na real gana, disse para si, com revolta. Mas sabia haver coisas que o poder de um homem não alcança, por mais que a autoridade lho permita. Durante todo aquele tempo falara-lhe da grande obra com um entusiasmo de inventor. Levara-lhe os desenhos, descrevera-lhe cada pormenor, despertara nela a curiosidade, enchera-a de sonhos, sem pensar nas consequências, porque vinha longe ainda esse dia. Quando enfim se apercebeu não poder levá-la pelo braço, encheu-se de amargura e não sabia como lho dizer. A tal ponto que teve ganas de pagar a quem deitasse fogo à grande obra.

Na véspera do grande dia, D. Luciano dormiu em casa por uma cobardia que não conseguiu contrariar. Desculpou-se com o discurso que precisava de preparar e prometeu vir à hora da sesta. Na manhã seguinte, Dioguina acordou com tiros de canhão. Levantou-se, excitada, correu à varanda e viu pela luneta um navio aportado a meio da baía a disparar sobre a cidade. Começava em grande o dia, pensou. Os tiros continuaram manhã fora. Dioguina contava as horas para a chegada do seu governador. Mas à hora da sesta D. Luciano não veio. As horas passavam e dele nenhum sinal. Era um dia complicado e ele a autoridade máxima da terra. Dioguina compreendia. Sentindo-se sozinha, deu corda à geringonça da música, indo sentar-se à varanda a esperá-lo.

O Sol brilhava a poente quando Dioguina Luz Maria viu dois barcos carregados de gente vogarem em direcção ao grande navio que disparara toda a manhã. De pé, nos extremos dos barcos, iam soldados armados. A primeira ideia foi de que fazia parte da festa. Mas, por uma razão qualquer que não saberia explicar, o coração apertou-se-lhe por um pressentimento ruim. Alcançado o grande navio, começaram a içar o grupo de pessoas. Depois alguns baús. Era grande a confusão. Dioguina não distinguia um rosto conhecido. Por fim o barco disparou três tiros e pôs-se em marcha. Na popa, de olhos postos na varanda longínqua do palacete, como da primeira vez que atravessou o estreito que separa a baía do oceano, D. Luciano prendia um lençol branco onde conseguira escrever uma frase. E parecendo divisar um vulto à janela, acenou com o braço mole e o coração em farrapos. Da varanda, por detrás do olho mágico, Dioguina Luz Maria sentiu o seu fazer-se pequenino e os olhos embaciaram-se como se uma neblina houvesse caído de repente sobre a baía. Estendeu o braço. Estava ali, à distância de um esticar de dedos, mas não lhe podia chegar. Nesse instante percebeu não ir haver festa naquela noite. Quando os olhos tornaram a focar, já o barco era um ponto final entre o estreito que ligava a baía de Porto Negro ao resto do mundo. A noite caíra quente sobre a cidade e ao longe vozes de mil homens falavam alto e riam como se a festa não houvesse sido interrompida. De vez em quando, um tiro fazia-lhe tremer o coração. Sobre a baía, a Lua erguia-se numa afirmação de ovo primitivo. E na brancura tremeluzente que estendia na água, Dioguina Luz Maria viu de novo o lençol de D. Luciano e a frase que dizia: *Eu volto para te buscar!*

XXI

Já havia batido a meia hora da uma quando Santiago Cardamomo alcançou os portões da quinta do palacete.

— Está uma pessoa à sua espera na quinta do palacete. — Foi o recado do garoto mandado ao porto para lho dar.

Ducélia saíra determinada a dar com ele, mas a meio caminho encheu-se de receio e vergonha e voltou para casa. Já desanimava quando lhe vieram à ideia os garotos da praça que por duas moedas faziam recados à hora que lhos pagassem. Foi à bolsinha onde guardava o dinheiro para a semana, tirou três moedas e dirigiu-se à Praça dos Arcos. Como era de prever, a rua deserta. À entrada do Arco de São Mateus fez sinal a um rapazito solitário. Quase todos dormiam, que o sono acalma a fome. Não devia ter mais de seis anos.

— Toma — disse a rapariga passando-lhe o dinheiro para a mão. — Corre aos armazéns do porto, procura pelo senhor Santiago Cardamomo e diz-lhe que está uma pessoa à espera dele na quinta do palacete.

Dito isto, desapareceu cada um por seu arco: Ducélia pelo de São Mateus; o rapazito pelo de São Lucas. Estava nervosa, a rapariga, deserta a rua, e as sombras dos tamarindeiros encolhidas debaixo das copas. O calor da hora e a clandestinidade da emoção puxavam-lhe pelos humores. Olhou para a Flor do Porto, com as suas portas fechadas, e, sentindo um arrepio quente no ventre, avançou rente aos tamarindeiros em direcção a casa.

— Quem foi que te mandou aqui? — perguntou Santiago ao rapazito.

— Uma senhora — respondeu o garoto.

— Uma senhora?! E como era essa senhora? — quis saber Santiago, que não embarcava em esparrelas.

— Era bonita — devolveu o rapazito na simplicidade dos pobres, para quem um vestido e uns pés calçados eram sinais de beleza e abastança.

— Então, se era bonita, diz-lhe que o Santiago não a quer! — atirou Pascoal Saavedra, enrolando um cigarro.

Rodrigo de San Simon e outros dois companheiros que não haviam ainda pegado na sorna soltaram uma gargalhada.

— Chiu, porra! Quero dormir! — cuspiu de um canto o velho Carpan.

— Bonita, como? — insistiu Santiago.

O garoto encolheu os ombros. E depois, como quem se lembrasse de alguma coisa importante, levou o dedo ao nariz:

— Tinha pintinhas na cara.

Santiago estendeu uma moeda ao rapazito que, não tendo mais recados para dar, desapareceu numa corrida descalça por entre os armazéns do mundo.

— Mas tu vais? — perguntou Rodrigo, vendo-o pôr-se de pé.

— Fiquei curioso.

— Olha que a curiosidade é o mal dos gatos! — atirou Pascoal, acendendo o cigarro.

Mas Santiago, com um pressentimento na calha do instinto, deu um «até mais» aos amigos e foi atrás do recado.

— Esse cabrão é que a leva direita! — exclamou um companheiro de trabalho com ar de inveja.

Um outro concordou com a cabeça num gesto carregado de pena. Pascoal olhou Rodrigo e, sem trocarem um verbo, perceberam um no outro a preocupação que era de ambos em partes iguais.

Era um lugar sinistro, aquele. Só por ali andara uma vez — julgava Santiago —, em criança ainda. Mas não cruzara os portões. Uma música arranhada ecoando de dentro do palacete fê-lo, junto com o resto dos companheiros de aventura, debandar rumo à praia numa corrida de um fôlego só. Nessa noite pediu à tia que lhe falasse daquele lugar. Dona Santiaga benzeu-se três vezes e, pondo um ar sério que nunca lhe havia visto, exclamou:

— Escuta bem o que eu te vou dizer, Santiago. Se eu te sonho para aquelas bandas, pego em ti e embarco-te para um orfanato em Antipuara!

O rapaz, que nunca tivera medo das ameaças da tia, percebeu, por um instinto qualquer, o determinismo categórico daquelas palavras. E sem abrir a boca, jurou, com um aceno de cabeça, não tornar a aproximar-se daquele lugar. Já mais velho ouvira várias versões sobre a história e as lendas do palacete, mas nessa altura já a curiosidade lhe havia passado.

Agora, vinte anos depois, encontrava-se de novo diante do portão da quinta e, tal como em criança, a música arranhada saía de dentro do casarão. Era agora um homem, pouco crente em assombrações, mas ele há coisas que um dia gravadas no medo dificilmente se alcançam vencer. Encheu o peito, transpôs o rendilhado de ferrugem que se separava do muro pelo efeito do tempo, e avançou como para uma batalha entre a vegetação que o cobria até à cabeça. Não fora fácil abrir um carreiro para alcançar o topo daquela colina conquistada pelo mato e não estava a sê-lo achar, por onde ia, o caminho para o encoberto palácio. À esquina da casa, onde a vegetação parecia mais baixa, a figura de Ducélia acenava-lhe com a mão. Estava confirmada a intuição.

A rapariga avançou em direcção a uma escada de pedra, única fracção de casa livre de vegetação. Santiago seguiu-a, intrigado, apreensivo, porém resolvido a confiar nela. Também ela confiara nele. Quando alcançou o topo da escadaria já a moça havia desaparecido dentro da casa. Entrou. Um corredor comprido estendia-se direito à claridade e à música crescentes. Avançou. Ao fundo, duas portas altas abriam-se à luz e um salão imenso revelou-se-lhe diante dos olhos, qual cenário de teatro entre as cortinas do palco. Tapetes no chão; quadros nas paredes; um grande espelho a duplicar o espaço; uma longa mesa, ao centro, coroada por um jarro de flores, rodeada de cadeiras altas. No tecto, um lustre de velas, ao lado de uma geringonça esquisita e difícil de nomear. Entre duas janelas, um armário antigo, encimado por um relógio dourado, talvez para representar a preciosidade do tempo, e, na parede oposta, outro armário, lembrando um aparador cheio de tubos, uma invenção deixada a meio, qualquer coisa do avesso, onde um cilindro de metal girava, feito a mó de um moinho a triturar notas de música. Então era ali que actuava a orquestra assombrada do episódio da sua infância?! Para terminar, um longo sofá, voltado, majestoso, para as altas janelas abertas para a varanda, para o poente do mar. O jovem estivador não sabia o que dizer.

— Que casa é esta, franguinha?

— É o palacete da colina! — respondeu a rapariga com um humor desconhecido.

Não fora isso que ele lhe perguntara. A pergunta era: — Como é que tu tens a chave desta casa; que fazes tu nela; porque é que me mandaste vir aqui? Mas também a resposta era outra: — É o único lugar da cidade onde ninguém há-de dar connosco. Mas nem ele fez a pergunta que queria nem ela respondeu como tinha na vontade.

— Quem é que mora aqui? — perguntou Santiago.

Ducélia sorriu. Depois abanou a cabeça indicando que ninguém. O jovem estivador olhava em redor. Estava incrédulo como não se lembrava de alguma vez ter estado. A sobriedade com que tudo se apresentava dava-lhe a ideia de sempre haver morado gente naquela casa. Aproximou-se da varanda que corria toda a esquina arredondada da sala e, por cima da copa das árvores, não viu senão a baía aberta, lá longe, até à boca do mar. Nem uma casa, um telhado, nem a praia sequer: só o mar e as rochas que o limitavam todo em volta até à estreita passagem junto ao farol. Dentro do salão a rapariga servia dois copos de limonada. Santiago entrou. Olharam-se por breves instantes. Ducélia sorriu, estendendo-lhe um copo. O rapaz aceitou, devolveu o sorriso, sentou-se e ficou à espera. Nessa tarde não fariam amor. Nessa tarde Ducélia contar-lhe-ia uma história: a história de uma menina que vivia sozinha com o pai; uma menina que não dormia a sesta; uma menina cuja curiosidade era maior do que o muro que dividia as traseiras de sua casa do resto do mundo; de uma menina que...

— Todas as tardes, à mesma hora, ouvia esta música — sorriu Ducélia passando a mão sobre o armário de tubos. — Chegava-me a casa, vinda daqui, por cima das árvores...

... cujas copas eram quanto os seus olhos de criança alcançavam do quintal de casa. Tinha oito anos no dia em que...

— ... subi pelo cajueiro que crescia rente ao muro...

... e desceu por outra árvore, que do outro lado crescia para cima deste.

Nesse instante Santiago compreendeu tratar-se do mesmo muro por onde se escapara no dia em que lhe entrara pela casa adentro. Só não subira a colina onde se achava o palacete, seguindo, entre ervas e ramos, rente ao muro, até ao limite com o coqueiral.

— A vegetação tapava-me a cabeça — sorriu Ducélia, prosseguindo a história. — Sentia-me um gatinho entre as ervas.

Para a pequena Ducélia, cujo mundo não passava do quintal da casa, da porta da rua, aquela floresta de incertezas era um por desbravar de emoções.

— E apesar do medo enorme...

... foi-se internando na brenha, cedendo à curiosidade, ao convite da melodia, cujo volume aumentava com o subir da paisagem.

— Era uma música triste — comentou, em jeito de desabafo. E ante o silêncio incrédulo de Santiago, prosseguiu pela colina da cidade acima, até dar com um corredor de colunas e arcos, tomados por trepadeiras e flores, onde uma nuvem de borboletas amarelas--azuis se misturava numa dança hipnotizante.

— Tantas! — sorriu Ducélia com um olhar infantil, como se as visse ali diante seu nariz pintalgado. — Parecia um sonho!

Santiago, que nunca a vira tão leve, tão solta de gestos e verbos, tão cheia de felicidade nos olhos, julgava-se, também ele, a sonhar. Talvez o arranhar daquela música fosse o assobiar dos companheiros ressonando a sesta, e o estar ali, o reflexo de um desejo dentro do sono. Ducélia continuava, feliz, entre as borboletas dançantes. Todos os dias, agora, à hora de o pai dormir a sesta, saltava o muro de casa, para vir desenhar cabriolas no meio daqueles papelinhos coloridos que o sol acendia e lhe beijavam com as asas as faces sorridentes. Todos os dias, até à tarde em que a música a chamou do topo da colina, e a pequena Ducélia descobriu com espanto aquele edifício fantasma coberto de vegetação até ao telhado.

— A música vinha daqui de dentro. Eu estava cheia de medo, mas não era capaz de controlar os passos, de voltar para trás.

Santiago ouvia, como uma criança embevecida, os passos da pequena Ducélia subindo as escadas, a sua mãozita empurrando a porta rangente, as tábuas do corredor queixando-se debaixo dos seus pés perfeitinhos que, não obstante todo o medo, seguiam, hipnotizados pela luz e música crescentes.

— La lalalala la... La la lalalala la — cantarolou a rapariga, enchendo os copos de limonada e, sem parar de trautear, foi sentar-se no chão, aos pés de Santiago, que a ouvia enfeitiçado. Não sabia se a história era verdadeira ou invenção da cabeça dela, mas não lhe importava já. Ducélia continuou receosa pelo corredor fora.

— Quando cheguei ali — disse, apontando para a porta da sala — espreitei cá para dentro, e ali — apontando agora para a varanda aberta para a baía — estava uma pessoa sentada naquela cadeira. Fiquei tão assustada que não me consegui mexer.

— *Podes entrar!* — disse a voz da varanda.

A pequena Ducélia estava paralisada.

— *Não tenhas medo!* — tornou a voz com uma doçura maternal.

Era Dioguina Luz Maria, a amante negra de D. Luciano de Mello y Goya.

— Havia dias que me observava daqui de cima a dançar com as borboletas no caramanchão.

Santiago não fazia um gesto. Ducélia tão-pouco, aterrada estava a olhar para a figura da velha negra que agora se levantava da cadeira e avançava na sua direcção.

— Quis fugir, correr daqui para fora, mas as pernas não obedeciam. O coração batia tanto que pensava morrer.

Então a mulher, chegando-se junto dela, perguntou:

— *Como é que te chamas?*

— *Ducélia* — respondeu a menina.

— *Gostas de amoras?*

A pequena Ducélia acenou com a cabeça.

— *E de cajus?*

Ducélia voltou a acenar que sim.

A velha negra sorriu e, fazendo-lhe uma festa destrambelhada na cabeça de forma a espantar-lhe o medo, estendeu-lhe uma tigelinha com amoras e cajus e uma mão que a levou até à varanda.

— Foi a primeira vez que vi o mar — disse Ducélia com embargo na voz, porque não se vê duas vezes o mar pela primeira vez.

Quando chegou a hora de a pequena se ir embora, a velha Dioguina Luz Maria estendeu-lhe a mão e disse ter tido muito gosto em conhecê-la...

— ... e que eu podia voltar sempre que quisesse.

A meia hora das duas soou das bandas da catedral. Santiago e Ducélia não deram por nada. A rapariga levantou-se, puxou um cordel suspenso por cima da mesa, accionando um leque de pêndulo que, como as asas enormes de um pássaro extinto, começou a afastar o ar quente da sala.

— Passei então a vir todos os dias. A Dona Dioguina punha uma cadeira ao lado da sua...

... e ali ficavam as duas, a intervalar amoras com cajus, de olhos postos no mar, à espera do grande barco, onde D. Luciano haveria de vir para a levar pelo mundo.

— Esperava havia mais de sessenta anos por esse dia. E estava certa de que esse dia haveria de chegar — declarou Ducélia com um brilho nos olhos. — Durante todo esse tempo nunca saiu desta casa e nunca ninguém a visitou. Alimentava-se do que a terra e as árvores davam e parecia não ter outra necessidade além de ver chegar o barco...

... que a velha negra descrevia por dentro e por fora, como se toda a vida houvesse vivido nele e que a pequena Ducélia não tardou a sonhar conhecer, e partir nele também. Durante quatro anos, todos os dias à mesma hora, Ducélia visitou Dioguina Luz Maria, sentou-se a seu lado na varanda do palacete, e ouviu dela histórias de lugares remotos que ficavam do outro lado do mar. Histórias de reinos longínquos, de príncipes e princesas, de jardins encantados, de animais inacreditáveis, de tapetes voadores, de palavras mágicas que abriam passagens secretas, de toda a sorte de fantasias que a faziam sonhar. Porém, nada sobre a carne e a dor; palavra nenhuma sobre o para lá das cortinas de seda ou das portas de damasco, um silêncio absoluto sobre como e de quê eram feitos os filhos com que os homens e mulheres enchiam o mundo e que ainda agora Ducélia parecia desconhecer. Santiago abanava a cabeça. Era inacreditável aquela história. A ser verdade, era do outro mundo; a não ser, era de uma imaginação prodigiosa, a rapariga.

— Um dia, por altura da Páscoa, cheguei e a casa estava vazia. Chamei, abri as portas todas, cheia de medo do que pudesse encontrar. Mas nenhum sinal dela. Fui ao quintal, percorri tudo. Nada. Esperei na varanda, voltei no dia seguinte, e no seguinte... D. Luciano tinha vindo, finalmente, para a buscar — disse Ducélia com alegria e peso na voz.

Sentira-se triste, nesse tempo. Pela partida de Dioguina, pela companhia que deixara de ter, pelas histórias, ouvidas tantas vezes sem cansaço, mas, acima de tudo, por não haver visto o tão sonhado barco de D. Luciano. Ducélia continuou a vir todas as sestas. Chegava, abria as janelas, dava corda à caixa de música e ia sentar-se à varanda a olhar o mar. Se algum navio surgia na boca da baía, pegava logo na luneta. Não esperava nenhum barco, nenhum amor que a resgatasse, mas um hábito de tantos anos não se perde de uma sesta para a outra. E quando as sestas naquela casa pareciam começar a perder o significado, a sua existência virou-se do avesso: Santiago entrou na sua vida pela porta do açougue; o pai retirou-a do açougue pela porta do convento; e ela retirou-se da sensaboria dos dias novos pela porta da fantasia. Compreendeu, como até aí não havia, o amor e a resiliência de Dioguina Luz Maria, cada uma das suas histórias; e acreditou, como a velha negra lhe dizia, que quem espera alcançará um dia o sonho, o mar, o mundo, a felicidade a bordo de um barco encantado.

A toda aquela história fora Santiago dando o desconto. Mas, ao relato do desaparecimento da velha Dioguina, o jovem estivador lembrou-se de uma velha negra encontrada morta na praia mais ou menos pela altura que Ducélia descrevera. Vestia de uma forma esquisita, tinha uma trouxa à cintura com bugigangas sem monta, mas nenhum documento. Nunca a haviam visto por ali. Perguntaram a meio mundo de quem se tratava, mas ninguém soube dar resposta e foi sepultada numa campa rasa, sem nome nem outra data além do dia da morte. Talvez não fosse disparatado tudo quanto a rapariga lhe contara naquela tarde, o que o fazia impressionar-se ainda mais com ela. Haveria de ficar para sempre assim a história de Dioguina e D. Luciano. Não tinha ele o direito de a estragar, pondo-lhe um fim que talvez não passasse de coincidência. Olhou para Ducélia, como que pela primeira vez, e, tomado por um sentimento desconhecido, abriu-lhe um sorriso, passando-lhe dois dedos pelas sardas do rosto.

XXII

Todos os dias, agora, mal a sereia do porto dava ordem de despega, Santiago largava o trabalho, dava duas garfadas no almoço e subia o labirinto da cidade velha rumo à quinta do palacete.

— Ainda tens de contar à gente que petisquinho é esse que até te faz perder a fome! — atirou-lhe Rodrigo de San Simon, ao fim de uns dias de o ver dar metade do almoço a Cabrim Neto, um preto tocador de guitarra que todos os dias por ali passava à cata das sobras dos estivadores.

Santiago sorriu.

— É uma franguinha! — respondeu, piscando o olho e levantando a mão por cima da cabeça para dizer adeus.

Pascoal, que se encontrava ao lado de Rodrigo, declarou:

— Tenho a certeza de que é a filha do açougueiro! — San Simon soltou uma gargalhada. — Não acreditas?

— Não ouviste a dona Santiaga dizer que a rapariga vai para freira?

— E isso que tem? Já foi? — defendeu-se Pascoal Saavedra, que na sua lógica não dissera nenhum disparate.

— Aquela há-de ficar-lhe atravessada na goela! — exclamou Rodrigo. — Pascoal teve um gesto indistinto de cabeça. — Cá para mim este petisco das sestas até é para esquecer isso! — sentenciou Rodrigo de San Simon.

O amigo meneou a cabeça, mas sem parecer convencido.

Assim, de uma tarde para a outra, passou a ser domingo todos os dias da semana. Ducélia andava feliz e Santiago não podia estar mais satisfeito. Começava a gostar daquelas sestas. Andava moído, que o corpo não se desabitua do descanso de uma tarde para a outra, mas a paz que a rapariga lhe proporcionava era um bálsamo a meio da jorna, um tónico para o resto do dia. Aos poucos ia-se deixando cativar pela singeleza da moça, cujos gestos, desafectados e ternos, não carregavam pedidos nem trivialidades. Apreciava-lhe os beijos; a respiração nervosa, indicadora de não haver ainda perdido a inocência toda; a rouquidão suave, própria de quem não tem por hábito falar muito; o corpo de mulher nascente, que se lhe entregava sem reservas, por inteiro, num amar descomplicado e bom, sem palavras supérfluas, gestos escusados, como se Deus a não houvesse feito senão para o amor. Havia nela uma paz morna, uma brandura de silêncio que não conhecera em mais mulher nenhuma, e se ainda procurava as profissionais do porto era, talvez, para os amigos o não estranharem ou não se estranhar ele a si mesmo. Porém, nada nela o desnorteava tanto quanto o cheiro que lhe emanava da pele: um aroma a lembrar-lhe não sabia o quê de muito bom e que, mesmo depois do trabalho, do banho, ou de uma incursão pelo Bairro Negro, lhe permanecia entre os dedos pela noite dentro até à manhã do dia seguinte.

No Chalé l'Amour, só Magénia Cútis lhe notava a estranheza. A pequena Ágata, que vivia os dias e as noites à sua espera, essa, não notava nada. Nem sequer no dia em que Santiago, vendo nela outros contornos, lhe chamou franguinha. Pelo contrário, sentiu-se feliz, pois não sendo o nome de outra mulher, era de certeza um diminutivo inventado à sua medida. Santiago, esse, apesar do empenho da pequena, a qual escolhia invariavelmente, por razões que talvez nem ele soubesse, regressava a casa pensando em Ducélia. Contudo, de cada vez que o pensamento o puxava para uma conversa mais séria sobre a filha do açougueiro, espantava-o como a um insecto inconveniente. Não havia mais sentimentos do que antes. Gostava de estar com ela. Talvez mais do que com qualquer outra. Apenas isso.

Ducélia, por seu lado, também não queria pensar em nada. Andava feliz como nunca, completa como não julgara ser possível. Em casa, no convento, todo o cuidado, toda a discrição. Como toda a mulher que vive uma ligação proibida, aprendera depressa a arte do disfarce. Certa de jamais o pai vir a aprovar aquela relação, não se perdia em sonhos de futuro, dispondo-se a viver assim o resto da vida, duas horas por dia, naquele esconderijo longe dos pesadelos do pai e dos olhos do mundo. Quando o pensamento a puxava para uma conversa mais séria sobre amanhãs, também ela o espantava para longe, como se a esperança no milagre de um dia Santiago lhe pedir a mão e o pai aceitar o pedido o agourasse. Assim, se esse dia chegasse, que a apanhasse a ela tão de surpresa quanto a toda a cidade de Porto Negro. Para já era feliz naquele «um dia de cada vez», porque, afinal, *os sonhos, quando se cumprem, já se sabe, são sempre mais coisa, menos coisa*. Só à noite, quando o silêncio ocupava a casa e o sono não chegava, é que a falta de Santiago a dominava. Imaginava-se então nos seus braços e, abraçada à almofada, saboreava-lhe os beijos, agora que sabia ao que sabiam e haveriam de ser seus ao virar a esquina da sesta.

Apesar de haver já duas semanas que todas as tardes se encontravam, Ducélia não conseguia aliviar a culpa, o peso da consciência, quando na presença do pai. Em especial às refeições, vendo-o absorto, olhos no prato, em pensamentos só seus, preocupado talvez com a vida, com o trabalho; quiçá com o futuro dela. Mas, apenas a porta da rua batia nas suas costas, a excitação suplantava toda a culpa, todo o peso da consciência, e, correndo para o palacete, esquecia-se daquele rosto carregado, do desgosto que lhe causaria a notícia do seu envolvimento com Santiago.

Como noutros tempos Dioguina Luz Maria, Ducélia aguardava, debruçada na varanda, a chegada do amor clandestino. Mal as tábuas do corredor lhe anunciavam a presença, por entre as notas baixas da música, sentia o coração later em todas as veias do corpo. Santiago chegava, tomava-a pela cintura, respirava-lhe o cheiro que o entontecia e, dominado pela embriaguez, descobria-lhe os ombros, os braços, o tronco arrepiado e feliz, até a deixar, como viera ao mundo, antes de a beijar toda e a fazer sua, ali, a céu aberto sobre a cumplicidade plácida do mar.

No fim do amor, deitados sobre os tapetes persas de D. Luciano — que nunca lhes dera para procurar um quarto —, Ducélia fechava os olhos no peito de Santiago, envolvendo-o com os braços, até adormecer, descansada, ela que nunca dormira sestas. Tal agradava ao jovem estivador. Vê-la derrotada, entregue nos seus braços. Uma ternura invulgar apoderava-se dele, tendo para com ela gestos desconhecidos, internando-lhe os dedos nos cabelos revoltos, deixando-se, desarmado, apenas a sentir. Gostava daquele instante. Apreciava-o quase tanto quanto ao amor em si. Ficava a admirá-la, a descobrir nela pormenores, amáveis imperfeições. A luz que invadia o salão incendiava-lhe a penugem do corpo, cada contorno, cada prega, cada pedacinho de nudez entregue, onde Santiago percebia belezas apenas ao alcance dos poetas. Fora feita para ser nua — concluía Santiago Cardamomo, o varão de mil saias que perdera a conta às mulheres despidas. Por fim, quando a música parava e o pêndulo da geringonça do tecto perdia o embalo, o silêncio sabia-lhe a princípio do mundo e deixava-se, também ele, render a uns regalos de paz. Badalada a meia hora das duas, Ducélia levantava-se, lânguida, vestia-se, lânguida, e entre dois sorrisos, que o desarmavam de qualquer reserva, desaparecia na quentura da tarde. Santiago ficava ainda o tempo de um cigarro, nu, sobre os persas do governador, sob as asas de seda daquele pássaro enorme que planava feito um fantasma sobre a sala.

— Cabrona! — desabafava todas as vezes, de si para consigo.

Havia na rapariga uma entrega e um desprendimento que não sabia ainda digerir. Onde aprendera ela a dar-se e ir-se com a mesma verdade, e com a mesma verdade voltar no dia seguinte para se dar outra vez? Não era paixão nem vício; não era ignorância nem lascívia. Era qualquer coisa de bicho da terra com asas de beija-flor. De onde quer que lhe viesse a natureza, era a natureza dada e desprendida dela que o mantinha a ele tão fiel e preso quanto poderia ser. Era estranha a rapariga. Mas parecia começar a gostar dela.

Duas horas depois de correr para os braços de Santiago, Ducélia regressava a casa com o coração apertado, ensaiando desculpas e rezando para não ter de as dar. Seria tão mais seguro se o pai dormisse ainda as sestas com a religiosidade pontual de toda a vida. Porém, mal entrava em casa e se achava só, experimentava o alívio da clandestinidade recompensada, estirando-se na rede, na qual o pai a vinha encontrar todos os dias, realizada e feliz, de olhos postos no quintal, onde uma galinha magra e esgargalada a olhava na obliquidade cúmplice das aves curiosas.

Seis décadas e meia depois da partida de D. Luciano de Mello y Goya, sob a mira do exército independentista, a obra-prima de Óscar Gongóla voltava a servir de palco às elevações do amor clandestino.

XXIII

Atrás do balcão do açougue, Rolindo Face aguardava, ansioso, a chegada do patrão. Havia duas semanas que uma angústia lhe roubava o sono e a paz dos dias: Ducélia estava diferente. Não o sabia explicar. Uma sensação apenas, uma dor nos ossos anunciando a mudança do tempo. Não podia dizer haver algo mudado na rotina dos dias: o bom-dia, boa-tarde, que lhe dirigia; o trato com o pai; o cumprimento de circunstância à freguesia; as saídas; as entradas; os horários; as companhias; o penteado; o trajar... tudo permanecia conforme. Era pelos intervalos das grades que Rolindo Face a estranhava: mais descontraída, mais direita, dona de gestos mais concretos, como se alguma coisa dentro dela houvesse principiado a ser mulher. E era essa mulher nascente, essa larva prenunciando asas ao menor instante, que o assustava, acendendo nele um sentimento antigo de inferioridade; um medo de que aquele desabrochar despertasse paixão noutros rapazes. De tal modo que não demorou a ver um pretendente em cada homem que se dirigia ao açougueiro, em cada rapaz que cruzava a porta do açougue. Chegou mesmo a desconfiar do cónego Crespo Luís ao vê-lo, certo dia, abordá-la na rua. Era ainda um homem novo, e os homens novos que usam saias são como raposas que se cobrem de penas para entrar num galinheiro. Procurava a todo o custo afogar aquelas ideias, convencer-se não ser nada, coisas da sua cabeça; e, apesar de nada sustentar a sua inquietação, a verdade é que os ossos lhe doíam.

Impressões suas ou não, estava determinado a não adiar por mais tempo a conversa que havia duas semanas procurava ter com o patrão. Já por várias vezes tentara chegar-lhe a falas sobre a mão da menina e o futuro, mas, de cada uma delas, parecia haver sempre alguma coisa interpondo-se-lhe entre a coragem e os verbos. De noite, em casa, enchia-se de valentia para o dia seguinte, mas no dia seguinte, apenas a porta do negócio se abria e a figura de Tulentino Trajero surgia, grave, de trás dela, o discurso ensaiado enrodilhava-se para um canto, não lhe saindo senão o cumprimento circunstancial da manhã. Da única vez que teve arrojo bastante para lhe dirigir a palavra, recebeu deste um gesto de mão e a indicação para que o abordasse mais tarde. Nessa altura, ao invés de frustração pelo gorar do intento, sentiu, na amplitude daquele gesto, um alívio comparável ao de um condenado ante um indulto, e bendisse o atarefar apressado em que o açougueiro andava desde o restabelecimento da filha. Mas agora, consumido dia trás dia por aquela inquietação, estava decidido a não deixar passar mais tempo, pois não sabia o que faria da vida se uma daquelas tardes chegasse ao açougue e encontrasse um rapaz a pedir a mão dela no seu lugar. Foi com esse mau pressentimento a apertar-lhe o estômago que jurou e repetiu toda a manhã — num cultivar de coragem que temia não ter — não adiar nem mais um dia a conversa com o patrão. Porém, à medida que a hora de o açougueiro regressar se aproximava, a ansiedade aumentava de intensidade. E se viesse falar-lhe no domingo, com calma? Não era uma conversa para ter assim. Não! Daquele dia não passaria. Dizia-o para si, quando as fitas da porta se afastaram para deixar entrar Tulentino Trajero. Rolindo, que toda a manhã o esperara, parecia não esperá-lo naquele instante. Mas não teve tempo para mais pensamentos, que logo a voz do patrão lhe ordenou:

— Vai levar estas penas aos turcos do curtume — pousando-lhe um enorme volume aos pés. — E já não precisas de vir aqui. Podes ir logo almoçar — rematou o açougueiro, sem lhe dar tempo para silabares.

Rolindo acenou com a cabeça e sem dizer palavra lá foi, de penas às costas, pelas ruas da cidade abaixo. Já passava do meio-dia quando despachou o recado. O movimento parecia ter abrandado de um momento para o outro. De súbito, sentiu-se um estrangeiro no meio de uma cidade onde houvesse caído de repente. Não conhecia uma cara, não reconhecia uma voz; até a língua lhe parecia outra. Sentiu a azia da contrariedade queimá-lo por dentro; uma raiva miudinha que não sabia se do patrão, se de si. Assim, contrariado, enterrou as mãos nos bolsos e, com o fígado a cozer, subiu o labirinto do Bairro Negro aos pontapés às pedras. Foi andando à sorte, com as ideias num torvelinho, até se achar perdido num largo que não conhecia. De repente a cidade ficara deserta, como se uma epidemia grassasse pelas ruas. Nenhum negócio já de portas abertas, ninguém por ali a quem perguntar. À esquina de uma casa, um velho pianava carícias nas costelas de um cão.

— Desculpe! Para que lado fica a Rua dos Tamarindos? — perguntou o ajudante de carniceiro.

O velho, que fazia parte daquela esquina como a pedra onde se sentava, disse-lhe não conhecer rua nenhuma com esse nome. Diabos o levassem!, rosnou para si o empregado do açougue. Nem uma brisa parecia soprar a seu favor. Cortou à direita e à esquerda, meteu por ruas e travessas, até que ao cruzar um largo viu surgir Santiago Cardamomo no seu passo seguro. Reconheceu-o de pronto. Não gostava dele, mas ficou contente de o ver. Estava farto de andar às voltas. E para não dar a entender que o seguia, deixou-o afastar-se um pouco.

Santiago levava pressa e as ruas curtas e sinuosas depressa o apagavam da vista de Rolindo Face. O empregado do açougue tinha dificuldade em acompanhar-lhe o rasto sem dar nas vistas. Mal encontrasse uma rua conhecida seguiria o seu caminho. A ruelas tantas, teve o pressentimento de este se dirigir para um lado da cidade oposto àquele para onde queria ir e, ao invés de se contrariar, sentiu uma excitação miudinha. Algum encontro clandestino?! Conhecia-lhe a fama e o nada que gostava dele misturava-se com uma espécie de fascínio. Sabia-o cobiçado pelas mulheres, bem-sucedido, era feliz e risonho, tinha amigos e todos os homens pareciam respeitá-lo de algum modo. Agora, mais do que antes, não lhe poderia perder o rasto.

Onde iria ele? Levava a pressa dos amantes e Rolindo teve a certeza de ir visitar alguma desavergonhada cujo marido almoçava fora, ou uma donzela de cabeça oca caída na cantiga mansa do vígaro. Aquela ideia fê-lo sentir-se poderoso, um gato entre as ervas. As ruas desertas, o ar quente da tarde, provocavam-lhe nos intestinos uma febre agradável. Ao virar de uma esquina, entre duas casas arruinadas, viu Santiago desaparecer por um caniçal que punha termo a uma espécie de beco abandonado. Moraria ele por aqueles lados? Seria aquilo um atalho para sua casa? Talvez fosse apenas almoçar e toda aquela perseguição não passasse de um delírio da sua cabeça? Pensou voltar para trás, bater a uma porta qualquer, perguntar como chegar à Praça dos Arcos. Essa toda a gente haveria de saber onde ficava. Nunca se entendera ele com aquele labirinto de ruas! Rolindo hesitava. Por fim, lá se decidiu e cruzou também ele o caniçal, seguindo-lhe o rasto de ervas pisadas pela colina da cidade acima.

Um muro alto aparecia e desaparecia entre silvas e mato, flanqueando o caminho e, ao cabo de uns minutos a subir, achou-se, espantado, diante de um enorme portão de ferro. Talvez fosse mesmo melhor voltar para trás, esquecer aquele episódio. Um sentimento vago alertava-o para a eventualidade de um sarilho, mas Rolindo Face, excitado, magnetizado pela figura de Santiago, pela ideia da possibilidade de ver com os próprios olhos aquilo que apenas se atrevia a imaginar, não conseguiu contrariar a vontade e seguiu o rasto, internando-se na quinta do palacete. Seguia, a passos medidos, pelo carreiro aberto entre a vegetação. Ao fundo viu o que parecia ser uma casa, ou tê-lo-ia sido um dia. Quem moraria por ali? Ninguém, com toda a certeza! Era sem dúvida um bom esconderijo para um encontro amoroso. Quem haveria de ir ali procurar pelos amantes? É esperto, o biltre!, comentou consigo. E sentiu-se especial por lhe haver descoberto a toca; por estar prestes a tornar-se dono de um segredo. O coração batia rápido. Para os confins da cidade, dona Reverenciana Pio Face esperava para almoçar.

De Santiago não restava senão o carreiro no chão. Avançou à cautela. Estava nervoso, tinha bolhas nas tripas. Não se via ninguém. Uma melodia chegou-lhe aos ouvidos. A fêmea já haveria de estar à espera dele! E se ainda estivesse por vir? Por um reflexo do medo meteu-se para baixo de uma árvore e deixou-se ficar, quieto e silente. Se o apanhassem a bisbilhotar-lhes a vida, com certeza teria problemas. Pensou sair dali a correr. Mas se desse de caras com ela? Se gritasse ao vê-lo? Resolveu deixar-se estar, acocorado, sapo entre as ervas que se misturavam com as folhas das árvores. E se não fosse mulher nenhuma? Se fosse alguma coisa mais séria? Contrabando?!

Tinha ideia de que homens como Santiago eram perigosos e escondiam muito. Começava a complicar-se a situação. Mas por que diabo havia ele de se ter metido naquilo?! Tinha de esperar, agora. Se não aparecesse ninguém dentro de um quarto de hora, sairia dali como entrara. A música subia e descia. Passou o tempo e Rolindo Face, com o medo ainda a chocalhar-lhe no estômago, saiu de baixo da árvore, mas não resistiu à tentação e avançou para a casa coberta de verde. Alguma coisa lhe dizia ser melhor não ir, mas a voz da sensatez é de pouca firmeza diante da sedutora curiosidade. Parecia não ter janelas nem portas; um manto verde de trepadeiras do rés-do-chão ao telhado. Contornou-a pelo carreiro pisado, dando, por fim, com as escadas.

O coração era um frango pendurado pelas patas à procura de chão. Rolindo, esse, meteu-se no vão da escada a tomar coragem e fôlego. Um fio de suor corria-lhe de cada lado do rosto. Dominava-o um pressentimento de infelicidade. Mas, incapaz de compreender os sinais do corpo e do espírito, encheu o peito de ar quente e meteu pelas escadas acima no passo resoluto dos noivos traídos. A música, mais clara agora, chegava-lhe pela porta entreaberta. Sem lhe tocar, o rapaz passou pela estreiteza possível, mas ao primeiro passo dentro do corredor o soalho gemeu-lhe debaixo dos pés, acusando-lhe a presença. Rolindo estacou. O respirar alterado lembrava o fole de um ferreiro em hora de ateio. Inspirou profundamente e, procurando as notas altas para assentar os pés no chão, avançou casa adentro no pisar manso dos timoratos.

Também por dentro a casa parecia abandonada, morta havia muitos anos. Sentiu-se numa película de matiné: um silêncio medonho, apesar da música envolvente; um cinzentismo estranho, degradado pela luz dimanada do fundo do corredor. Que lugar seria aquele? A sensação assustadora de a casa se ir fechar sobre si como uma dioneia sobre um mosquito incauto arrepiou-o até às extremidades. Se alguém surgisse naquele instante, faria tudo nas calças. Avançou, agarrado à parede, pisando nas notas altas, até que um som abafado, humano, crescente, começou a definir-se, aos poucos, nos vaus da música. A meio do corredor cessaram as dúvidas. Eram gemidos. Uns mais claros, de mulher; de homem, outros, mais abafados. E a ideia de os amantes se encontrarem já envolvidos deu-lhe um pouco de serenidade.

À medida que o corredor terminava e a ópera do deboche crescia de intensidade, um salão luxuoso ia-se ampliando aos olhos incrédulos de Rolindo Face. Baixou-se junto às portas abertas e deixou-se ficar uns segundos, tentando acalmar o tremor. Espreitou para o interior, na direcção dos gemidos, procurando ângulo, mas não divisou ninguém. Era como se a sala gemesse por si, restos de algum amor deixado para ali a eternizar-se sozinho. Olhava em volta. Nada além daquela música, daqueles gemidos escondidos. A vontade de entrar misturava-se com a vontade de desaparecer dali para fora de uma vez por todas. Teria Santiago realmente entrado ali? Seriam da música aqueles suspiros? E de onde saía esta, afinal? Rolindo Face suava entre as perguntas feitas sem dono e a estranheza do cenário quando o tronco de Santiago Cardamomo surgiu, arquejado, sobre as costas do sofá. Um misto de surpresa e alegria encheram-no de alívio. Respirou fundo. Teve a certeza de que não dariam com ele. O corpo tremia-lhe, agora, de excitação.

Uns braços de mulher emergiram do sofá agarrando-se ao pescoço do estivador, puxando-o para si. Uma vez mais, só o «sofrer» dos amantes lhes acusava a presença. Nem dera, Rolindo, pelo parar da música, pelo bater da uma nos sinos da catedral. Nada parecia capaz de lhe desviar os sentidos daquele palco onde os actores acabavam de desaparecer de cena. Mudou de posição, procurou outro ângulo. Não via nada de onde estava. Impacientou-se. Não demorou, porém, o mergulho, e na emersão Santiago trouxe à tona o corpo de uma mulher colado a si. A respiração de Rolindo Face encheu-se de gaguez. Os cabelos revoltos da amante impediam-no de lhe ver o rosto. Nunca vira uma mulher nua, nem um pouco de mulher sequer. Tivera muitas vezes vontade de procurar as profissionais do porto, mas um medo, uma vergonha, fizeram-no sempre desviar-se do caminho. Era um corpo jovem, constatou, o que o excitava ainda mais. De quem seriam aqueles braços, aqueles cabelos desalinhados, o flanco daquele tronco que se espalmava contra o peito de Santiago e não deixava ver-se mais? Fervia-lhe o sangue. O corpo dava-lhe sinais de vida. Aquela imagem, o secretismo da sua presença, o calor da hora puxavam-lhe pelos humores. Tinha a boca seca, as têmporas molhadas e nos nervos uma vontade, uma febre, uma aflição primitiva. O tronco da rapariga descolou-se do de Santiago, e Rolindo Face viu, pela primeira vez na vida, os seios de uma mulher acesos pelo prazer e pela luz da tarde. O coração disparou-lhe num galope: uma sensação de desnorte e desmaio. Venderia a alma de pronto para poder tocá-la, sentir-lhe o cheiro, levar-lhe os lábios aos seios, como Santiago fazia naquele instante. À carícia do amante, a rapariga levantou os braços, completando o arco, e, deixando a cabeça cair para trás, revelou o rosto, cego, contorcido de prazer e abandono.

O som de um coração a partir-se ouviu-se à porta do salão. Não era verdade! Não podia ser! Os olhos de Rolindo Face inundaram-se de repente, enevoando o mundo à frente deles. Não era verdade! Não podia ser! Ali, nos braços daquele galdério, a mulher que havia anos sonhava para si. Uma faca invisível, cravada nas costas, impedia-o de tomar fôlego. Ar! Queria ar! Um peso no peito; um fogo ácido queimando-o por dentro qual veneno nas veias. Não era verdade! Não podia ser! Um tremor nascido nos lábios alastrou-se-lhe ao corpo todo, e um frio por dentro, igual ao de quando se morre, paralisava-o, impedindo-o de arredar pé, de desviar o olhar, sequer, como se Deus lhe houvesse tolhido o corpo, arrancado as pálpebras, fixado a cabeça na direcção daquele canto torturante do mundo. Ar! Queria ar! Sufocava, Rolindo Face. O coração falhava, o salão ondeando diante dos seus olhos turvos, e ele a morrer, sem resistência, incapaz de um gesto, obrigado, feito um condenado ao suplício, a ver Santiago cumprir em Ducélia toda a mulher que havia nela. Não era verdade! Não era verdade, não era verdade… Não podia ser verdade!

XXIV

A praça estava à pinha. Não havia lugar para mais uma cabeça. Das varandas, das janelas, de onde era possível haver gente, havia-a. Uma arena de tochas formava o palco e, balançando sobre ela, uma gaiola suspensa com um pássaro assustado dentro. A excitação era grande. Uma música soava de todas as direcções: tambores abafados, como se alguém os ribombasse debaixo do chão, clarins estridentes, soprados do alto dos telhados, onde a Lua, no limite dos contornos, conferia ao cenário uma atmosfera sem exemplo.

A multidão batia palmas, dançando entre uma chuva de papelinhos coloridos a voar por todos os lados. Um cheiro doce de flores impregnava o ar e o mundo inteiro estava ali, debaixo das arcadas que rodeavam a praça. Vestes garridas; nem um só rosto por mascarar: narizes enormes, penachos furta-cores, sorrisos satíricos. Um grupo de anões irrompeu pelo meio das pernas dos homens, levantando as saias às mulheres:

— Ulálá, ulálá! — arrancando gargalhadas e gritos. Tinham pernas de chibo, o tronco nu e, na cabeça, enormes máscaras de galo. Corriam aos pinotes, riam alto, puxavam para a arena de archotes raparigas novas, escolhidas pela pele das mãos, pela forma dos corpos, encetando com elas danças provocadoras.

O calor da noite, o calor das tochas, o calor dos corpos, saturava o ar, e os humores não tardaram a dar de si. Aumentaram os rufos dos tambores. O chão parecia querer levantar-se debaixo dos pés, como se o coração da Terra ameaçasse saltar-lhe do peito. Os clarins no limite, a dança num afogo. Não havia em todo o cenário um corpo quedo. De súbito, a música parou. Os anões largaram as moças, olharam em volta, fugiram para o meio do público, internando-se-lhes entre as pernas. O silêncio foi dez segundos: um, dois, três... dez e, pum, pum, pum, do miolo da Terra, pum, pum, pum, numa cadência metronómica marcando o compasso, pum, pum, pum, num crescer de intensidade. Um clarim rasgou o ar, seguido de um coro metálico, feito uma chuva de flechas, uma nuvem de pássaros argênteos voando sobre a praça. De um canto a multidão afastou-se e quatro negros enormes, nus, com cabeça de touro, entraram na praça, carregando aos ombros uma cama envolta em cortinas. As tochas da arena permitiam reconhecer os contornos de uma jovem mulher através do tule. Depositaram-na no chão e saíram cada um por seu lado. Pararam as trombetas, dobraram os tambores: pum, pum-pum, pum; pum, pum-pum, pum... A terra tremia, a multidão em silêncio. Cabeças de galos espreitando por entre pernas. Eram agora às centenas. Cínicas, medonhas. Dentro da gaiola, o pássaro debatia-se, aflito, contra as grades de ferro.

Os cascos de um animal aproximavam-se da praça. A multidão encolheu-se para o deixar passar. Era um monstro em duas patas: metade boi, metade homem, com uma máscara dourada, coroada de longas penas azuis. Por detrás dos véus, a donzela parecia não se mexer. Também tinha uma máscara: um rosto de gesso sem expressão. O animal aproximou-se do centro da praça, deu a volta ao dossel. Parecia cheirar qualquer coisa. Uma nuvem de vapor emanava-lhe do corpo. Trazia o pénis erecto, aguçado, medonho, preparado para cobrir este mundo e o outro. Com uma mão enorme afastou as cortinas, olhou para a moça, bufou e subiu para o leito.

Os tambores tocavam agora baixinho, pum... pum-pum... pum... e um clarim, muito ao longe, mal se ouvia. A donzela, que talvez o não fosse, parecia esperar por ele. E quando o hálito quente daquele ser de outro mundo lhe alcançou o pescoço, inclinou para trás a cabeça, abandonando-se, lânguida, sobre o leito, revelando estar pronta para receber-lhe a força e o desejo. O coração da terra ribombou mais forte, mais forte. De um rasgo, o monstro desfê-la da seda que a cobria e, tomando-a pela cintura, possuiu-a sem contemplações, entre urros e gemidos, ali, diante do olhar excitado de toda a gente.

A loucura cresceu. Os tambores, debaixo do chão, pulsavam mais rápido, e um clarim seguiu outro clarim que seguira outro clarim... Roupas despiam-se dos corpos, os corpos de preconceitos. A praça feita num bule, e as gentes, folhas de chá coladas umas às outras. A música elevava-se, o chão parecia ir rasgar-se a qualquer instante. Toda a ilha era um vulcão desperto pela volúpia da praça, cratera na iminência de uma erupção.

A máscara da donzela caiu e o rosto de Ducélia surgiu suado por baixo dela. Sobre ela, os músculos todos daquele monstro contraindo-se ao ritmo alucinante dos tambores. Ducélia era um par de braços levantados, um seio descoberto, uns olhos fechados, uma boca aberta em gritos medonhos. De súbito, o monstro arrancou a própria máscara, passando a ser Santiago Cardamomo quem, no meio da praça, diante do mundo, a cobria com toda a verdade do seu corpo possante. Por cima da arena, o pássaro enclausurado era uma aflição de gente.

Crescia a música a cada compasso; a praça rodopiava; caras, bocas, gargalhadas, imagens rápidas, fragmentadas, roupas e máscaras espalhadas pelo chão; corpos nus num frenesim: costas e nádegas, braços e pernas, cabelos e lábios, pénis erectos, mamilos indiscretos, olhos fechados, bocas escancaradas. Na gaiola, o pássaro dava voltas com a praça, mais tonto, mais tonto, cada vez mais tonto. A um canto, entre a multidão, Tulentino Trajero e o cego Curdisconte dividiam o corpo farto de dona Reverenciana Pio Face, que gargalhava alto de olhos brilhantes. Também os olhos de Ducélia brilharam para os de Santiago, as mãos agarraram-se-lhe aos braços, soltando-se-lhe um urro do ventre, como se uma última contracção para parir o mundo, antes de se deixar cair no abismo do leito, descrente na vida e na morte. A praça num rodopiar frenético; a música atropelando os limites, o chão rasgando-se por baixo dos pés, a lava a subir nas veias da terra, dos homens, das mulheres, dos bichos, até que um estouro rasgou o mundo, atirando o pássaro para fora da gaiola e Rolindo Face para fora da enxerga num grito de náufrago vindo à tona. Estava encharcado, parecia acabado de sair do mar. Na divisão ao lado, único quarto da casa, formado por cortinas de estopa, os roncos de dona Reverenciana Pio Face não se alteraram. Nunca os pesadelos do filho lhe haviam roubado o sono.

Tremia, Rolindo Face, como se uma rajada de vento nos ossos. Abandono e desespero. Nunca se sentira tão só na vida. Pela primeira vez em vinte e quatro anos, sentiu medo do escuro. Pela primeira vez em vinte e quatro anos, pareceu não reconhecer aquele canto encardido da cozinha onde, desde que se tinha por gente, dormia feito um animal enjeitado. Pela primeira vez em vinte e quatro anos, tudo à sua volta era estranho, como se acabasse de nascer sozinho em casa, consciente de si e do mundo. Realidade e sonho misturavam-se numa imagem só, que se repetia, em vertigem, dentro da sua cabeça até ao estalar das têmporas. Toda a gente se ria dele: a cidade toda naquela praça à pinha, revelando os dentes, os olhos cheios de gozo. Toda a gente sabia de tudo. Toda a gente: o patrão, o velho Curdisconte, a própria mãe. Sentia-se traído, como se realmente estivesse, que a frustração da perda dói por vezes mais do que a perda em si. E se não chorou, foi porque até para chorar é preciso ter força. Queria morrer, queria matar, queria nunca ter nascido; ter-se fingido de morto no dia em que veio à luz e arrefecer, arrefecer até gelar por completo, e apodrecer, como agora, naquela febre húmida e regélida que o queimava e desfazia, de tão pantanosa e tão fria. Houvesse-se já contado a sua história e seria mais fácil compreender o lido. Não cabe aqui, mas se calhar em caminho talvez se conte.

Abandonara a quinta do palacete sabe Deus com que forças. Pés arrastados; um peso morto sob o calor inclemente da tarde. O corpo era uma dor e nada na paisagem parecia real. Os sons distorcidos, o chão vacilante: o mundo inteiro a rodar-lhe diante dos olhos turvos. Quando Tulentino Trajero regressou do seu compromisso com a consciência, deu com aquela miséria sentada à porta do negócio, com o olhar vazio de quem houvesse levado o corpo assaltado.

— Que diabo tens tu, rapaz? — perguntou o açougueiro.

Rolindo olhou o patrão na palidez muda das estátuas de gesso.

— Que se passa, homem? — insistiu Tulentino Trajero, apeando-se do cavalo.

E na voz apagada dos moribundos, o rapaz lá descerrou os lábios para murmurar:

— O estômago — baixando de novo os olhos qual condenado à forca.

— Vai para casa. Com essa cara de bicho sangrado és bom é para afastar a clientela — disse-lhe o patrão naquilo que era, ao seu jeito, uma preocupação afectuosa.

Rolindo lá foi, pusilânime, com a ruína às costas, num arrastar de lesma pela rua de terra rumo à linha do horizonte. Andou por onde os pés o levaram, como um animal desistente, até à hora tardia em que alcançou, sem lembranças, a porta de casa. Exausto, encostou-se à parede do casebre e, sem querer nem vontade, deixou-se escorregar por ela abaixo feito uma sombra ao poente. O dia caía, mudavam-se as cores; Rolindo doía-se desamparadamente.

— Que diabo tens tu, rapaz? — perguntou dona Reverenciana Pio Face, que nunca o tratava por filho, ao vê-lo entrar em casa parecendo um fantasma.

Rolindo gemeu:

— O estômago.

Nem dessa, nem da primeira vez, foi mentira esse não dizer que disse. Sem outro acrescento, virou costas à mãe, direito ao canto escuro da cozinha, para se enrolar sobre a enxerga velha como um bicho batido a gemer baixinho.

De cima da cama alta, enterrada no colchão de palha onde passava as noites e as horas do dia em que o filho estava, dona Reverenciana Pio Face sentiu um aperto no peito. E se o rapaz lhe faltasse?! Que seria da sua vida se o rapaz lhe faltasse?! Mulher ociosa, dada à gula, havia anos que a gordura a entrevava. Levantava-se apenas para as urgências do corpo, feitas ali mesmo, numa lata, que «o rapaz» logo haveria de despejar, e para se esparramar ao sol, entremeando ladrilhos de marmelada com goles de vinho, renovados todas as segundas-feiras pelo caixeiro ambulante de Guarnapiara. Ao filho dizia ser o dinheiro para as mezinhas do curandeiro, apenas quem, garantia, era capaz de a aliviar das cólicas e dos gases que a consumiam. Por isso, naquele dia, quando o viu entrar em casa sem pinga de sangue no rosto, teve o amargo pressentimento de que a vida se preparava para lhe pregar uma partida. Do canto da cozinha chegava-lhe um gemido dorido, e a vontade de lhe dar dois berros, um por a haver deixado sem almoço, outro por lhe haver agora virado as costas, desfolhou-se num sopro dentro de si. Fez-se silêncio. A noite apagou o mundo. Dentro do casebre, mãe e filho roíam angústias, cada qual para seu lado, feitos dois bichos desconhecidos dentro mesmo barrote. A um canto, um gemido discreto; no outro, um apreensivo ladrilhar de marmelada.

Agora, às voltas na enxerga, batia-lhe a raiva em ondas revoltas contra o penhasco do peito. Tinha vontade de espernear, de gritar, de berrar, de guinchar, de se rasgar e sair de dentro de si. Sufocava. A imagem daquele sonho, daquela tarde, corroía-lhe as entranhas com a violência de um ácido. Odiava-os! Odiava-os tanto! Em especial a ela. Tão recatadinha, tão acanhada, tão púdica... Estava confirmada a saúde, o brilho, a concretude dos gestos. Odiava-a! Odiava-a, odiava-a, odiava-a... Vadia! Fingida! Puta! Mais puta que a puta mestra de um vespeiro de putas! Ah, maldito fosse pela eternidade o Criador das mulheres! Tinha dores, Rolindo Face. Tinha dores. Sofria como um cão desdentado sobre uma montanha de ossos. Queria morrer, queria matar, queria nunca ter nascido; ter-se fingido de morto no dia em que veio à luz e arrefecer, arrefecer até gelar por completo, e apodrecer, como agora, naquela febre húmida e regélida que o queimava e desfazia de tão pantanosa e tão fria. Estragara tudo. Burra! Burra, burra, burra, rangia os dentes Rolindo Face. Odiava-a tanto! Tanto, tanto, tanto... Odiava-a tanto! E ali, no canto escuro da cozinha — único canto permitido do mundo —, ali, onde a coragem se agigantava agora, que debaixo da estopa qualquer rato pelado é um colosso destemido; ali, onde não haveria de pregar olho até o Sol nascer, jurou a si mesmo que os haveria de matar.

XXV

O dia alvorara quente, mas Rolindo Face ia gelado. A cada passo em direcção ao açougue sentia o coração fincar pé nas ripas do peito. Experimentava a angústia de uma rês caminhando para o degoladouro. Tudo estava calmo, igual ao igual de sempre: as ruas, as gentes, o céu sem nuvens, tudo conforme. A sensação de o mundo ter caído parecia não ir além de si.

— Estás melhor? — perguntou o patrão ao abrir-lhe a porta.

Rolindo respondeu com a cabeça. Teve dúvidas, o açougueiro, mas afastou-se para o deixar entrar. Também por ali nada parecia haver mudado: o ar silencioso de todos os dias, tresandando a morte. Só em Rolindo Face a estranheza de quem deixa de um dia para o outro de se sentir parte de um lugar. Pegou ao serviço. Havia frangos para matar. No corredor contíguo ao açougue, onde as mortes se davam, Rolindo preparava-se para degolar o primeiro polho da encomenda quando a voz de Ducélia o gelou até aos ossos. Tudo nele estalou. Espreitou por entre as fitas da porta. O patrão transmitia-lhe um recado qualquer. Aquela imagem ficou suspensa no ar do açougue por uma eternidade insuportável. Nove frangos assistiam, de olhos turvos, à miséria do primeiro camarada colhido do gancheiro. Rolindo Face, segurando-o pelo pescoço, apertou-o com toda a raiva até o pobre deixar de se debater.

Nenhum gesto denunciava nela um desconforto, uma inquietação, um comprometimento. Irrepreensível, como se nada fosse, como se tudo não houvesse acontecido senão dentro da sua cabeça. Teriam sido, porventura, os seus miolos a gemerem, a suspirarem, a rangerem, a debaterem-se contra as paredes do crânio? Dissimulada! Fingida! Como conseguia enganar toda a gente? Como é que o pai não via? Logo ele, tão cuidadoso com ela; tão atento às filhas dos outros! Estava condenado a servir homens cegos!, protestou Rolindo Face com ódio. E pela raiva que lhe teve, quis entrar pelo açougue e contar-lhe tudo, como castigo pela sua incúria; deixá-lo de mão no peito, aflito, sufocado, com a vida a passar-lhe diante dos olhos; torturá-lo, como torturado estava desde a véspera até àquele instante. Não se atreveu a tanto. Ducélia saiu. Rolindo voltou-se para os frangos, que alguém teria de conter-lhe a raiva do sangue.

As imagens do dia anterior, os *flashes* do sonho, os olhos de Ducélia abandonados nos de Santiago, dizendo-lhe, despidos de verbos, ser feliz e completa debaixo dele, eram ratazanas dementes devorando-se umas às outras dentro da sua cabeça. O patrão não sairia enquanto ele não acabasse de arranjar os frangos da encomenda. Rolindo apressou-se. Queria estar sozinho no açougue quando Ducélia regressasse. Escaldou, depenou, esventrou os frangos mortos com uma rapidez inédita e, em menos de uma hora, havia dez frangos sobre a pedra, um mar de penas ensacado, os desperdícios varridos para uma lata, o chão do corredor lavado para o ralo e mais dez desafortunados pendurados pelas patas, que frango por arranjar sai mais em terra de pouca abastança.

Terminado o serviço, o patrão lá saiu a caminho dos afazeres do dia. Não demorou muito a Ducélia estar de volta. Deu os bons-dias à freguesia e meteu para casa. Rolindo, que separava costeletas a cutelo, por pouco não passou a contar os dias pelos dedos de uma só mão. Mal a última freguesa saiu, correu à porta de grades. Ducélia estava na cozinha. Não a podia ver, mas ouvia-lhe os gestos seguros, concretos. Pareceu ouvi-la cantar qualquer coisa. A raiva nas veias aumentou de intensidade. Teve vontade de a chamar, de lhe cuspir na cara tudo quanto sabia a seu respeito. Mas deixou-se a morder os dentes. Controlou-se. Não era hora de perder a cabeça. Ducélia saiu para o alpendre, inspirou fundo de olhos fechados, levantou os braços, espreguiçando o corpo e, no mesmo gesto, apanhou o cabelo, descobrindo a nuca, inclinando a cabeça num movimento claro de quem está pleno, feliz. O estômago de Rolindo Face era um saco de pimenta. Apertou as grades da porta como se o pescoço de um frango; o pescoço de Ducélia nas suas mãos cegas. Num gesto brusco, largou os ferros e voltou para o balcão.

Tão logo saísse para o almoço, correria ao local do crime; ao lugar onde ela e o putanheiro o haviam morto a frio. Haveria de lá ir todas as sestas, até os apanhar, jurava-se o ajudante de magarefe, dando fio à faca. Estava certo de não ter sido o primeiro nem o último encontro. Para ali se ter ido encontrar com o sobrinho da taberneira fora porque o pai se ausentara de casa àquela hora. Rolindo juntava peças do cenário. E para isso teria o pai de lhe haver anunciado a ausência e estar segura de este não voltar a casa antes dela, concluiu. Teria sido um recado semelhante, aquele que o patrão lhe transmitira antes de ela sair nessa manhã? Fosse ou não, estava decidido a ir esperá-los. A vida inteira se preciso fosse. E no dia em que tornassem a aparecer haveria de os deixar estendidos numa poça de sangue, a apodrecerem até alguém dar com eles. A última pessoa de quem desconfiariam seria dele. Alguma mulher despeitada que seguira os passos daquele galdério, ou um marido traído que aguardara pela altura certa de se vingar. A ideia excitou-o de tal forma que só desejava ir encontrá-los nos braços um do outro.

Longe daqueles pensamentos, Ducélia olhava a criação do quintal, esquecida do mundo. Era frequente, agora, parar a contemplar aquela existência simples, feliz na sua rotina sem inquietações. Talvez *D. Dragon* as tivesse, galo triste, desengraçado, amarrado por uma pata à árvore do enforcado. Olhava as galinhas com o desejo dos castrados e o galo branco com o rancor dos traídos. E por não ser nem uma coisa nem outra, talvez ainda o sangue se lhe envenenasse mais. Parecia dar-lhe raiva vê-las pisadas, arranhadas, debicadas, depenadas por aquele rufião, que mal saía de cima de uma se punha logo a arrastar a asa à seguinte. Pudesse um dia lançar-lhe os esporões ao pescoço e não haveria de sobrar dele com que fazer uma canja, tais os olhares que lhe lançava. O galo branco, esse, ignorava-o das unhas à crista, seguindo, de peito feito, por entre as galinhas que se lhe agachavam diante, ou o corpo por elas, a facilitar o amor, a deixar-se pisar, arranhar, debicar, depenar, tomar até ao imo dos ossos, que a natureza não dói; dói, sim, o não cumprir-se. De igual modo, as galinhas, satisfeitas, lhe passavam ao largo, debicando entreténs sem lhe lançarem o olho. Tudo nele fora aparado, desde as plumas do rabo às pontas das asas, tornando-o ridículo se as tentasse arrastar. Pouco nele se assemelhava a um galo, e menos ainda ao galo branco. Também de entre as galinhas parecia alimentar raiva especial pela magra e esgargalada que, não sendo atraente, poderia ser sua — que os miseráveis de aparência tendem a intercompensar-se —, mas nem essa lhe passava próximo, nem se mostrava incomodada com os modos grosseiros daquele rufião, nem que este a galasse entre mil. Estas pareciam ser as inquietações de *D. Dragon*, no seu passar de dias agachado, à espera, como que chocando, lentamente, uma vingança. Ducélia, que em tempos se apiedara dele, tão-pouco se perdia agora a olhá-lo, que a pena é um sentimento a prazo, em especial nos corações prenhes de felicidade. Contemplava a vida, a plenitude inocente do existir, longe da imagem do galo triste e dos pensamentos do aprendiz de magarefe.

Ao badalar do meio-dia, pai e filha sentaram-se à mesa. Desde que começara o serviço para o tal «fazendeiro» de Papoblanco que o almoço não atrasava um minuto. Tulentino Trajero fazia questão e Ducélia ainda mais. Rolindo, quem agora estava encarregue de encerrar o negócio, preparava-se para se ir embora. Também ele queria pontualidade naquele dia. Ia já a caminho da porta quando uma vozinha sumida soou entre as fitas:

— Ora muito bom dia! — Era dona Maricata.

Com mil diabos! Seria mais fácil espantar um enxame de varejeiras de cima do balcão, do que afastar aquele nico de gente do açougue. E logo agora, que tinha pressa. Se havia hora inoportuna, a essa haveria ela de aparecer por ali. Rolindo cerrou os dentes e, não podendo pô-la na rua, fechou a porta com força, em jeito de a fazer entender o recado, na esperança de um milagre. Já conhecia a lengalenga de cor: Então como está tudo por cá hoje? E o patrão e a menina e o bicho-da-seda e o caruncho dos tacos e a torcida da vela e o raio que a partisse e mandasse para o inferno num piscar de olhos! Merda para a velha que não se engasgava com os verbos e se esticava ao comprido, quieta e muda! Mas quê?! Ainda faltava a carne, peça por peça: «Isto é frango ou galinha?», as dores e o tempo, o sol que a afligia e a velha sombrinha de seda chinesa oferendada por D. Luciano de Mello y Goya, em pessoa, havia mais de sessenta anos, e desde então andava sempre consigo. As duas filhas, os onze netos e bisnetos que viviam no continente, e o seu falecido Feliciano, coitadinho, que havia vinte anos já lá estava; o presidente da Câmara que não lhe alisava a rua, o sacristão da catedral que nunca batia as horas às horas certas, e todo um rol de desesperos que lhe ocupavam a vida e a de quantos a apanhassem pela frente:

— Isto é frango ou galinha?

Mas naquele dia Rolindo Face não estava para a aguentar e saiu-se rápido:

— Que é que a dona Maricata vai querer?

— Quê? — perguntou a velha com a mão em concha na orelha.

— O que é que vai querer?

— Ai, filho! Ainda não sei... Queria uma carninha magra. Ando outra vez aflita dos meus intestinos! O doutor Múrcia já me disse para só comer peixe, mas eu cá não tenho alma de gato. Gosto de galinha, que é que eu hei-de fazer?! E quanto mais gordinha melhor! — declarou num riso miudinho de dentes pequeninos. — Tudo faz mal quando se é doente. Essa é que é essa! Ainda no outro dia morreu a sobrinha a uma conhecida minha com uma doença no sangue e só comia carne em dia de festa, a pobrezinha. — Rolindo Face bufava. O cutelo na mão tiritava sobre o mármore do balcão. Quem é que daria pela falta da velha? Quem mata dois, mata três. — Por isso, olha, enquanto cá andar que ande a meu gosto e regalada!

— Então quer galinha, é isso?

A velha fez silêncio, passeou os olhos pequeninos sobre o balcão, hesitou:

— Mas por outro lado já há muito tempo que não como umas costeletinhas de borrego... São de hoje?

Rolindo suava.

— São de hoje, sim. Costeletas, então?

— Sei lá! Que é que achas, filho?

— Galinha, dona Maricata.

— Quê?

— Galinha! — gritou Rolindo Face, perdendo as estribeiras.

— Ando mesmo a ficar surda, sabes? No outro dia tirei uma torcida de cera do ouvido que não era mais pequena que isto — disse a velha mostrando a ponta do mindinho.

Rolindo não aguentou mais. Apertou o cutelo e em dois golpes esquartejou uma galinha com tal violência que a velha sentiu os talhos entrarem-lhe no corpo. E sem olhar para a freguesa, cujos olhos pequenos estavam no dobro, embrulhou tudo num cartucho e passou-lho para as mãos.

— Não se preocupe, dona Maricata, paga depois. E dando a volta ao balcão, pôs uma mão nas costas da velha, encaminhando-a para a porta. — A continuação de um bom dia!

A velhota nem respondeu. De cartucho apertado contra o peito, acelerou o passo miudinho rumo ao horizonte da rua, sem abrir a famosa sombrinha, sem sequer olhar para trás. Rolindo entalou uma faca no cós das calças, deitou pelo intervalo das grades um «até logo» ao patrão, fechou a porta do negócio e saiu para matar.

Tinha de se despachar. Maldita da velha, ocupara-lhe tempo precioso. Acelerou o passo. Queria chegar antes dos amantes. Não podia correr o risco de dar de caras com eles. Rezava para que fossem naquela tarde. O seu maior desejo era encontrá-los nos braços um do outro. Prenhe dessa esperança, acelerou ainda mais o passo andado. Não se lembrava do caminho feito no dia anterior, mas qualquer um na direcção da colina haveria de lhe servir. Deu voltas e voltas por onde achava ser o rumo, mas as esquinas frustravam-no sucessivamente. Por fim, quando já quase não havia gente na rua, lá deu com as casas arruinadas que guardavam o beco ao qual o caniçal punha termo. Dentro da quinta, avançou à cautela em direcção à casa, escondendo-se debaixo de uma árvore, entre as ervas altas, de frente para a escada. Um pressentimento dizia-lhe não irem eles naquele dia. Não podia fazer senão esperar. Esperou.

Se o calor, o cansaço, o pouco sono da noite o envolviam num torpor anestésico, o frenesim da última meia hora produzia nele uma impressão de irrealidade tal que se lhe aplacava o medo. Nenhuma sensação era concreta; nenhum objecto era claro; nenhuma ideia parecia segura dentro da sua cabeça dormente, como se todo ele ainda dentro do sonho. Nem a música faltava. Tal constatação levantou-lhe uma felicidade gasosa nas tripas. Já lá estavam! Um, pelo menos! O estivador! Tinha a certeza! Ducélia almoçava ainda quando saiu do açougue. Esperou. A dormência dominava-o tanto quanto a raiva e a sensação de adormecer era constante. Ducélia demorava-

-se. Talvez não pudesse vir naquela tarde. Talvez tivesse entrado por outro lado! Um calor no sangue fê-lo pôr-se de pé, e, sem pensar nas consequências, que a revolta anula as fraquezas do corpo, subiu ao palacete.

A porta estava encostada. Com o cuidado de quem procura virar alguém que dorme para lhe roubar o dinheiro de debaixo do colchão, Rolindo Face forçou-a com a ponta dos dedos. A porta queixou-se: mais dos anos que do intruso. Estava feita com eles, a maldita! Insistiu, confiante no efeito da música. Sem acordar, a porta foi resmungando, baixinho, até permitir à magreza do rapaz internar-se na casa. No corredor, cuja armadilha do chão a música abafava, o aprendiz de magarefe avançava mais lesto do que na véspera. Não estava seguro, mas a dormência fazia-o sentir a realidade à semelhança de um sonho em início de sono. Era fraca a lucidez ante a força invisível que o arrastava tal qual a um criminoso para o local do crime. Tudo confuso: um medo que não era medo, uma raiva que não era raiva, uma determinação que não era sua, mas que o encaminhava em direcção à luz reveladora e cegante. Não ouvia os gemidos do dia anterior. E se só estivesse um dentro da casa? Receou por um instante. Mas o estado em que se encontrava toldava-lhe os sentidos, à laia de uma embriaguez que encoraja, fazendo o perigo parecer uma miragem. Avançou Rolindo Face, com uma pedra no peito e uma faca no cós das calças.

Por entre as notas um riso de mulher fê-lo estacar o passo. Era Ducélia. Não que lhe conhecesse o riso — nunca ele a ouvira rir —, mas não teve dúvidas ser ela. Se ria era porque estavam os dois! Uma onda de excitação subiu-lhe peito acima. Agora, sim, estava nervoso. Noutra altura ter-se-ia perguntado por onde entrara, ou quando. Naquele momento, estava incapaz de pensar. Agachado junto à porta do salão, viu Santiago sentado no braço do sofá com Ducélia de pé entre os seus joelhos. Que se despissem! Que caíssem nos braços um do outro! Os dedos de Santiago arrancaram um risinho miúdo a Ducélia, fazendo-a cair sobre ele e ambos sobre o sofá. Só os pés se viam, descalços agora. Rolindo levou a mão ao cós das calças, apertou dentes contra dentes e, respirando fundo, contou até dez antes de entrar para matar.

XXVI

À medida que se aproximava de casa, Rolindo Face sentia uma liberdade cada vez maior, um prazer, até. Sem saber porquê, teve vontade de correr, correr, correr... Libertara-se do peso da morte e achava-se mais leve agora. A imagem de Santiago e Ducélia mortos numa poça de sangue não lhe saía da ideia, mas um gozo superior tomava-lhe o corpo por inteiro. O frio gelado do poder dava-lhe volta à barriga e entrou em casa, feliz, como se houvesse matado o mundo inteiro. Algo lhe iluminara o pensamento na hora macabra de matar e, ao contrário de se achar cobarde, experimentou a plenitude, a vaidade de espírito próprias de quem se julga o mais arguto dos seres. Recuou no intento, desculpando a tibieza com a perspectiva de uma vingança maior, um castigo que lhes haveria de ficar para a vida toda, sem para isso precisar de sujar as mãos. A ideia haveria de lhe surgir. Não ficaria por cumprir a vindicta. De uma coisa tinha a certeza: não lhes duraria a felicidade por muito tempo.

Em casa desculpou-se pelo atraso e avisou a mãe de que nos próximos dias não viria para o almoço: trabalho extra no açougue; não se podia esquivar. Deixaria tudo pronto de véspera, não se preocupasse ela com nada. Dona Reverenciana Pio Face resmungou impropérios, mas não teve outro remédio senão conformar-se. Ao cabo de dia e meio sem comer, Rolindo almoçou com apetite e em paz. Depois do almoço foi sentar-se nas traseiras da casa com a faca do açougue a cortar destinos no chão: E se o pai a apanhasse em pleno deboche com aquele sirigaiteiro? Seria a perfeição! Mas como o faria ir até lá? Um segundo pensamento atropelou aquele. Que estaria o patrão a fazer àquelas horas para permitir à filha dar-se à desvergonha? Apanhá-lo-ia ela a dormir, saindo de casa durante a sesta?! No dia seguinte esperaria, escondido, para ver. Fixado nessa hipótese, porque a julgava agora capaz de tudo, sentiu uma excitação excelsa, conforme quem de repente é assaltado por mil ideias brilhantes ao mesmo tempo. Era isso! Mal ela saísse, mandaria um garoto da praça bater à porta do açougueiro com um bilhete a informá-lo achar-se a filha no local assim-assim com o maior debochado de Porto Negro. Acrescentaria no recado que toda a cidade já sabia daquela pouca-vergonha. Depois era esperar e ver o destino cumprir-se por si. Podia duvidar, o açougueiro, pois mensagens anónimas instigando à intriga eram frequentes, mas não achando a filha em casa, estava certo, haveria de ir atrás do recado. Era isso!, exultava Rolindo Face com a argúcia que tinha. E tudo sem ter de se implicar, de sujar as mãos. Era grande, naquela hora; era do tamanho da sua mágoa; do tamanho da sua vaidade. O relógio de bolso, oferta do velho Curdisconte, marcava duas e meia. Estava na hora. Era isso! Era isso, era isso, era isso!

A caminho do trabalho, Rolindo Face foi aprumando os pormenores do plano. Sentia-se capaz de conquistar o mundo, mas, entrado no açougue, sentiu desfazer-se-lhe o sorriso por dentro. Quando Ducélia saiu para a Escolinha das Sagradas Esposas, um ódio de morte escoicinhou-lhe no peito:

— Não perdes pela demora! — sussurrou entre dentes.

A raiva cresceu e a cabeça pensou que não, que não servia o plano alinhavado. Santiago poderia fugir, não tornar a aparecer, e sabê-la fechada para sempre numa cela de convento não lhe bastava para consolo. E se o pai lhe fizesse um arranjinho com um viúvo velho? Ou pior: se obrigasse o estivador a casar com ela? Não! Horrorizava-o qualquer dos cenários! Que castigo seria esse? Casarem um com o outro ou serem amantes nas costas de um marido arranjado para remendo?! Não! Não podia ser. Desejava uma vingança duradoura, padecente, libertadora de toda a agonia em que o haviam afogado. O ideal seria o patrão castigar o biltre, sovar a filha e proibi-la, até ao resto dos seus dias, de pôr os pés fora de casa. Mas tal não era coisa que pudesse ele determinar. De repente parecia que nenhuma solução servia a sua sede de vingança. Tinha de arranjar outro plano. As ideias sucediam-se, mas nenhuma lhe agradava verdadeiramente. E se a chantageasse? Ou ela se deitava com ele ou ele poria na boca do mundo tudo quanto sabia a seu respeito! A ideia agradou-lhe. Melhor: arranjaria forma de Santiago a apanhar na cama com ele, pagando-se assim na mesma moeda. Nunca mais o outro a haveria de querer ver. As ideias enganchavam-se umas nas outras. Os receios também. E se ela reagisse mal? Se não cedesse à chantagem? Ou pior, se contasse ao estivador, ou ao pai?

À noite, no canto escuro da cozinha, onde se sentia protegido até da própria mãe, rendeu-se à única solução possível: dar tempo. Entretanto ir-lhes-ia estudando os passos, silencioso, paciente, aranha à espera do descuido. Estava certo de que se iriam descuidar. Descuidam-se sempre os amantes, os dois ou um só, pouco importa, que nisto de cair do céu tanto dá a asa que fraqueja primeiro. Quanto maior fosse a confiança, mais perto estariam da perdição. E nesse dia... nesse dia lá estaria ele para esticar os fios à teia. Até lá, teria de engolir cinco litros de água todas as manhãs, como quando assentou praça no açougue, para ter estômago para tanto enxovalho. Aquela certeza, aquela sensação de controlo, produziam nele um prazer físico em todos os sentidos químicos do organismo. E assim, tomado por um sentimento de poder e despeito, delírio que ao longo da história gerou loucos e tiranos, adormeceu Rolindo, com um sorriso na face.

No dia seguinte, fechado o negócio para o almoço, foi esconder-se entre as obras de uma casa por cumprir que havia do outro lado da rua. Estava decidido a conhecer cada movimento do seu comportamento leviano, da vida feita nas costas do pai. Não passara meia hora quando a porta do corredor contíguo ao açougue, que ligava o quintal à rua, se abriu. Então era por ali que ela saía! Mas o «ela» surgiu na forma do patrão trazendo o cavalo pela arreata. Rolindo Face arregalou os olhos. De repente tudo lhe pareceu mais confuso ainda. Julgara mais lógico aproveitar a rapariga o sono do açougueiro para se escapar do que uma ausência fortuita deste. Donde concluiu que já não sairia naquele dia. Não seria louca para arriscar a volta do pai a qualquer instante. E se tal fosse uma rotina? Nesse caso tudo mudaria de figura; tudo se tornaria claro. Nesse caso, não tardaria a sabê-lo, pois haveria ela de sair também.

Bateu a meia hora das doze, a uma, a meia hora para as duas, mas nem o patrão regressava, nem Ducélia surgia na moldura da porta. A impaciência consumia-o de tal maneira que nem sentia o estômago roncar de fome. De uma coisa estava certo: não era rotina. Rente às três, pouco antes do bater do sino, viu o patrão surgir ao fundo, pela sombra dos tamarindeiros. Quando a porta do açougue se abriu, Rolindo cruzou a rua e pegou ao trabalho com o ar mais pasmado da vida.

Mal o patrão lhe virou costas, correu à porta de grades. Ducélia lavava no tanque, com ar satisfeito. Voltou a não perceber nada. Julgou ir encontrá-la contrariada e afinal... Uma bicada no estômago chamou-o à realidade. Estava moído de fome. Tal era o destrambelho em que andava que nem cuidara de embrulhar uma côdea com uma lasca de carne. E por não poder agora comer nada, veio-lhe de uma vez toda a fome do mundo. Passou depressa, quando daí a pouco viu Ducélia sair com a alegria espelhada no rosto de quem houvesse almoçado felicidade. Nem olá, nem boa tarde, como se ele não fosse mais que o prolongamento do cutelo, uma extensão encardida do balcão contra o qual se apertava de tanta raiva.

No segundo dia, plantou-se de novo entre as ruínas da obra. Algum dia haveria ela de sair. Não esquecera desta vez o almoço, mas a ansiedade não lhe dava apetite. Meia hora depois, surgiu o patrão com o cavalo pela arreata. A boca de Rolindo escancarou-se de espanto. Então era rotina?! Aonde iria ele àquela hora de coisa nenhuma?! E porque não saía a filha, então? Quanto mais via, menos entendia daquela história. Contou dez minutos pelo relógio de bolso e, não saindo da casa uma sombra, levantou-se e meteu pés ao caminho à procura de saber não sabia o quê.

Mal entrou no palacete, ouviu gemidos ao fundo do corredor. Uma raiva gasosa revolveu-lhe as entranhas. Como é que ela ali estava? Como chegara ali? Sentiu que o gozavam e as faces em brasa diante de tamanha humilhação. Estivesse ele armado como no segundo dia e haveria de os passar à faca. A necessidade de um grito, de partir o mundo aos bocados, de espezinhá-lo, fê-lo correr escada abaixo, contrariando a força mórbida que o aspirava para a galeria daquele teatro cujo drama não queria e queria ver. Dorido como um bicho enxotado e batido, aninhou-se debaixo de uma árvore, a tremer de raiva e desespero. Lutava contra os fantasmas da memória, mas a imagem de Ducélia nos braços de Santiago sobrepunha-se a qualquer pensamento. Parecia ouvir-lhes os gemidos. Longe do palco, imaginava a cena à sua maneira, o mais dolorosa que podia suportar. Naqueles instantes, a dor do abandono sobrepunha-se à da raiva que se sobrepunha à do abandono, num crescendo de miséria até ao limite dos olhos. Mordeu os gritos no braço e as lágrimas na garganta, até a tormenta devir em bonança e conseguir de novo pensar.

Quando Ducélia desceu, Rolindo viu-a tomar outro caminho. Confirmou que Santiago não vinha e seguiu-a pela colina abaixo. Tinham tudo bem pensado, os desgraçados: cada qual por seu lado, para não levantarem suspeitas! Mal sabiam eles o que os esperava. Um carreiro de ervas pisadas conduziu-o a um muro alto que punha termo à colina daquele lado. Por onde se havia metido ela? Olhou em volta; nenhuma passagem. Procurou outro carreiro calcado no chão. Não havia mais nada. Era ali o fim do caminho, entre o muro e uma árvore torta que parecia querer passar para o outro lado. Desconfiado, apoiou-se no tronco para espreitar. Para fim do seu espanto, deu com o quintal da casa do patrão e com a figura de Ducélia a desaparecer radiosa na sombra do alpendre. Passada a atonia, as peças do enigma começaram a encaixar-se sem esforço. Faltava só saber aonde ia o patrão todas as sestas. Também isso haveria ele de descobrir.

Ao terceiro dia, Rolindo Face escondeu-se para esperar o patrão. À mesma hora dos dias anteriores, viu-o surgir, montar a cavalo e rumar a trote para poente. A coberto dos tamarindeiros, seguiu-o, cada vez de mais longe. Também o patrão tinha segredos! Alegrava-se o aprendiz de magarefe de tamarindeiro em tamarindeiro. A montada desapareceu-lhe da vista, mas as pegadas no chão faziam o mesmo efeito. Ao fundo da rua metiam para o coqueiral e, ao cabo de uns vinte minutos, deu com o cavalo amarrado à sombra das últimas árvores. Escondeu-se. Onde estaria o patrão? Nada havia por ali além da praia ao fundo e a parede rochosa que limitava a baía até ao farol. Tudo calmo. Nenhum sinal de vida. O próprio cavalo, de cabeça baixa, parecia dormir de pé. Avançou até à primeira duna; agachou-se atrás dela; espreitou-lhe por cima, mas não viu senão umas pegadas desaparecendo na direcção das rochas. Onde diabo se teria metido? Que mistério haveria por detrás daquela história? Estaria metido no contrabando? Uma vez mais aquela hipótese assustou-o. Ouvira várias histórias de contrabandistas e nenhuma acabava bem. Em especial para aqueles que se lhes interpunham no caminho. Teve medo, mas a curiosidade excitou-lhe o espírito. Toda a gente tem alguma coisa a esconder!, fungou para si Rolindo Face, com um desprezo de quem se julga imune. Em menos de nada estaria dono dos segredos de toda a família. E num golpe de pensamento, pareceu sentir estalar o ovo onde a sua vingança se gerava dentro.

Teria de ter cuidado. Não poderia usar a informação de forma negligente. O tempo demorava. A curiosidade e o calor coziam-no no próprio suor. Não podia ir-se embora agora. Era aguentar onde estava, lagarto entre a vegetação rasa da duna à mercê da inclemência do Sol. Ao cabo de umas duas horas, que não tinha a certeza de haver ou não dormido, viu, como se uma miragem, o açougueiro sair de dentro da rocha. Agachou-se o mais que pôde. Tulentino Trajero montou e partiu. Já era tarde!, pensou. Só a correr chegaria a horas ao trabalho. Mas a curiosidade — sempre a curiosidade — fê-lo galgar as dunas sem pensar nas consequências e correr em direcção ao buraco de onde o patrão saíra. Era uma caverna pequena aberta na rocha sem nada dentro. Intrigado, procurou uma passagem para algum lado, uma pedra a servir de porta. Nada. Saiu. Esquadrinhou por ali perto outra abertura na parede, uma passagem para o outro lado do mar. Nada. Que diabo faria o patrão ali? Iria ali todas as tardes? Um encontro com alguma mulher? Não vira mais ninguém. Talvez não houvesse podido vir. Cada vez mais se inclinava para o contrabando. Que outra coisa poderia ser àquela hora, naquele lugar? Não podia deter-se por ali mais tempo. De qualquer das formas, não iria descobri-lo nesse dia. E metendo pés ao caminho, correu para o açougue, certo de desencantar o plano perfeito para deixar aquele lar em ruínas.

XXVII

Longe da perfídia de Rolindo Face, Ducélia Trajero andava nas nuvens. Parecia só agora a vida começar a ter sabor. Tudo era vago quando longe de Santiago: as pessoas da rua; os clientes da casa; a Escolinha das Sagradas Esposas; as colegas à volta da toalha; a irmã Genésia no seu cantinho, dormente; Jesus Cristo de braços abertos na parede da sala; o cónego Crespo Luís; até o próprio pai que a criara sozinho, sabia Deus com que dificuldades. Só aquele homem, o seu amor por ele, aquele palacete abandonado, resumiam as coisas reais da sua vida. Valera a pena esperar tanto tempo! Boa razão tinha a velha Dioguina Luz Maria quando dizia que o amor verdadeiro vem sempre, assim demore cem anos.

Era pequeno o mundo onde vivia, e sem interesse quando comparado com o de Santiago. Durante anos, bastara-lhe a própria fantasia para se esquecer da vacuidade dos dias, mas agora, que sabia ao que sabia o amor, Ducélia queria mais. Delirava com as histórias que este lhe contava sobre os homens e as mulheres do porto, seres de carne e osso, de saliva e suor; histórias nas quais reconhecia não ter ainda nascido, apesar de estar viva. Tudo quanto ouvia da sua boca lhe parecia mais real, mais vivo do que a própria vida, ao ponto de ser agora frequente perder-se em pensamento pelas ruas apertadas do Bairro Negro, às horas que o desconhecia, às horas que jamais o imaginara, entre plumas e ligas; concertinas e guitarras. Numa dessas tardes, depois do amor tranquilo, quando Santiago, acendendo um cigarro, lhe deitou a cabeça no peito, declarou:

— Queria conhecer esse mundo.

— Que mundo, franguinha?

— O mundo do porto, à noite.

— O porto não é um lugar para ti. Menos ainda à noite.

— Porquê?

E Santiago, que sempre lhe falara do Bairro Negro como de um lugar sagrado, não sabia agora como contradizer-se. Apresentara-lho na meia verdade boa de que era feito: falara-lhe das ruas cheias de gente, das festas, dos homens e das mulheres, da música que os envolve, do álcool que os encoraja, da média-luz que os aproxima, dos cheiros que os apresentam, do desejo que os encosta, das pensões que os aguardam, dos lençóis que os convocam, da urgência que os despe, dos humores que por fim os colam, misturam e fundem até à rendição ao cansaço. Porém, nada lhe dissera sobre a madrugada que os separa, sobre a solidão que lhes sobra, sobre as cabeças que lhes estalam, sobre os estômagos que os enjoam, sobre os corações que os torturam, sobre as pernas que os arrastam depois da música, das luzes, do álcool e do desejo assentarem no fundo da ilusão frustrada que é o amanhecer vazio de quem é só. Assim, porque não tinha melhor resposta para lhe dar e sabia que a fantasia de uma mulher não se apaga senão com a crueza da desilusão, não procurou desculpas para a dissuadir, argumentos para não a levar até lá. Por isso, na noite combinada, esperou por ela no palacete.

Mal o ressonar do pai se canalizou por toda a casa, Ducélia mudou de vestido, pegou nos sapatos e, na leveza dos clandestinos, saltou a janela do quarto para a escuridão do quintal.

— Trouxe-te umas coisinhas — disse-lhe Santiago vendo-a entrar no salão.

Passara pelo Chalé l'Amour a pedir uma roupinha «para uma amiga que queria levar a um baile».

— Uma amiga?! — troçou Chalila, que ouvia a conversa.

Toda a gente sorriu. E foi a pequena Ágata, a que melhor correspondia à descrição da «amiga», quem subiu ao quarto para lhe trazer o pretendido. Santiago agradeceu-lhe com um beijo e prometeu que nessa mesma noite voltaria para lhe devolver as coisas. A rapariga sorriu, radiante. Havia semanas que suspirava por aquele homem a diferentes horas do dia.

— Olha que o coração do Santiago é como um colchão de puta! — disse-lhe Magénia Cútis, que aos poucos se havia afeiçoado a ela. E com um sorriso terno, rematou: — Pode manter-se quente por umas horas, mas arrefece da noite para o dia.

A pequena Ágata, batida de corpo, mas casta de sentimentos, respirou fundo, mas foi como se não houvesse ouvido nada.

Santiago já se ia embora quando Chalila Boé lhe atirou por baixo da fantasia de Maria Antonieta:

— Vê se apareces uma noite destas. Aqui também há amigas!

O rapaz não conteve o riso e, acenando-lhe com a mão, despediu-se com beijos soprados para os quatro cantos do salão.

À luz do candelabro, Ducélia inspeccionou as «coisinhas» que Santiago lhe trouxera e, ante o sorriso do estivador, ficou nua e descalça para calçar e vestir a fantasia. Trocada a indumentária, a filha do açougueiro mostrou pela primeira vez as pernas até aos joelhos, os braços até aos ombros e o peito até à nascente dos seios que, apesar de modestos, lhe pareciam agora maiores. Sentiu-se nua. Aproximou-se do espelho. Era bonito, o vestido, todo azul. Teve vergonha. Perguntou:

— Tenho mesmo de ir assim?

— Tens a certeza de que queres ir? — respondeu Santiago, revelando um sorriso.

A moça acenou com a cabeça. Não disse mais nada. Santiago pediu-lhe para apanhar o cabelo bem alto e, tirando de um saquinho dois pequenos objectos, passou-lhe um pozinho nas faces e um pouco de batom nos lábios.

— E isto é para quê? — perguntou Ducélia, que nunca havia visto tal coisa.

— É para não olharem para ti.

— E porque haveriam de olhar para mim?

— Porque não é todas as noites que uma franguinha sai para o meio das raposas — sorriu Santiago.

Estava disfarçada a menina dos olhos do mais concorrido açougueiro de Porto Negro. Só faltavam os brincos. Até disso se lembrara o jovem estivador. Mas Ducélia não tinha as orelhas furadas, e estes tiveram de voltar para o bolso, frustrados por não poderem brilhar naquela noite.

Santiago estendeu-lhe o braço; Ducélia confiou-se a ele. Como um casal saído de casa pela primeira vez depois das núpcias, desceram com cuidado a escadaria do palacete. O pouco salto dos sapatos amiudava-lhe o passo e era o braço dele que lhe valia. A noite estava quente, Ducélia arrepiada. Ao seu lado, no silêncio cúmplice daquele instante, Santiago acendeu um cigarro. A nuvem doce do primeiro sopro ficou para trás, e com ela o resto do mundo. O lamento de uma concertina, algures no porto, parecia tocar para eles, chamá-los. Ducélia fechou os olhos, inspirou fundo o ar da noite e, encostando a cabeça ao braço de Santiago, não pensou em mais nada, deixando-se levar.

Entrados na cidade velha, a menina dos olhos do mais concorrido açougueiro de Porto Negro experimentou uma excitação grandiosa. Estava dentro de um sonho. Como era possível um lugar mudar tanto do dia para a noite?! A música multiplicava-se à medida que se internavam no labirinto do porto. As primeiras gargalhadas, os primeiros gritos, as primeiras vozes cantadas. Janelas abertas, varandas compostas, casas prenhes de luz e de vida. Cada rua cruzada, nova onda de gente, num afluxo crescente rumo ao coração da cidade. Quando dobraram a esquina para a Rua das Damas, os olhos de Ducélia não quiseram acreditar. Nem no mercado do cais vira algum dia tanta gente junta.

— E hoje é dia de semana! — disse Santiago, percebendo-lhe a surpresa.

Pelas esquinas, abraços e beijos, luzes e cores, homens e mulheres a rir, a dançar. Grupos de marinheiros, bem vestidos, bebiam, fumavam, trocavam olhares com quem os mirava. Também almas solitárias se viam, encostadas às paredes, à espera de amparo. Nessas, porém, não reparava Ducélia. De ambos os lados da rua havia casas de portas abertas — todo o tipo de negócios nocturnos —, e de todos os lados nasciam melodias diferentes. Empoleirado numa janela, um homem de bigode fino e calças claras acariciava o corpo a uma guitarra. Um grupo de gente olhava para cima, admirando o artista.

— Toca «Meu amor cigano», Pláio! — gritou uma mulher cá de baixo. O grupo apertou-se, bateu palmas ao pedido, e o da janela, prendendo o cigarro no canto da boca, correu as cordas do instrumento e cantou:

Na noite em que te foste
meu coração chorou sete dias sem parar

Cheirava a carne assada. Negros vendiam espetadas e doces, copos de rum e tabaco. Raro alguém passar por Santiago sem lhe fazer um aceno. Só as mulheres reparavam em Ducélia. Quem seria? Era rara a semana em que não aparecia carne nova no mercado. Por norma vinham do interior da ilha: moças inocentes, caídas no engodo de um emprego decente. Fosse quem fosse, nenhuma pensou ser Ducélia outra coisa que não mulher de préstimos pagos. Não que Santiago precisasse de pagar afectos, mas porque não lhe conheciam, nem concebiam, amigas especiais.

Santiago só esperava não encontrar Rodrigo e Pascoal. Por hábito não saíam de semana, mas o Diabo quando quer... Se vissem Ducélia talvez a não reconhecessem e, se reconhecessem, talvez não acreditassem, mas, pelo sim pelo não, melhor seria levá-la a um bar onde nenhum dos dois tivesse por hábito entrar. Pararam diante de uma casa entre tantas. O homem que estava à porta fez-lhe uma festa e um aceno de cabeça a Ducélia. Um e outro devolveram o cumprimento. Entraram. Lá estava tudo quanto Santiago lhe falara. Ducélia estava encantada e desconfortável. Tinha medo no corpo e uma excitação na alma. Sentia-se nua e por várias vezes teve vontade de pedir a Santiago para a levar de volta. Não devia estar ali àquela hora. Lembrou-se do pai, do silêncio da sua casa, da sua vida simples, pensou nas colegas da Escolinha, nas irmãs do convento, no cónego Crespo Luís e no que diriam se a soubessem ali. Teve vontade de fugir, mas não queria desiludir Santiago. Afinal, fora ela quem insistira para ele a levar. Pensava nisso, quando este lhe deu um copo para a mão.

— Que é isto? — perguntou, falando alto.

— É o remédio para todos os males! — sussurrou-lhe o estivador ao ouvido.

— Arde! — disse a rapariga, molhando os lábios.

— Nunca ouviste dizer que o que arde cura? — sorriu Santiago, enlaçando-lhe a cintura.

— Cura o quê? — perguntou a moça.

— Tudo, franguinha! Cura tudo!

Ducélia bebeu. Ao fim do terceiro copo, o mundo parecia mais consonante com as sensações da pele. Santiago puxou-a para dançar. Ducélia, que nunca havia pisado uma nota, aprendeu depressa a seguir-lhe os passos. Era dele, estava liberta e entregue. Música a música, copo a copo, foi aperfeiçoando os passos, os gestos do corpo, e esquecendo-se do tempo e do mundo; de quem era, da vida que tinha e do pai que, àquela hora, ressonava descansado para lá da colina da cidade.

— É isto que fazes todas as noites? — perguntou a Santiago, que já o tratava por tu.

— Não todas — respondeu o jovem estivador num sorriso pleno de consciência.

— E que mais fazes tu? — quis saber Ducélia, com provocação na voz.

— Nem queiras saber, franguinha! — respondeu Santiago à letra.

— E se quiser? — desafiou a rapariga, toda feita mulher.

Santiago sorriu. Trouxe mais uma bebida para cada um. Beberam e dançaram. Passava da uma da manhã quando Ducélia declarou:

— Quero deitar-me contigo.

Santiago, que não lhe esperava a audácia, sentiu o sangue a pulsar-lhe nas veias.

— Vamos! — suspirou a rapariga.

Nunca a colina do palacete parecera tão longe. De pernas à mostra, torcidas pelos saltos, Ducélia furava o emaranhado de gente. Todo o corpo lhe tremia, todo o corpo ansiava por aquele homem que a conduzia pelo braço. Nas ruas escuras do Bairro Negro, onde a música era um ser ao fundo, Ducélia descalçou os sapatos, acelerando o passo pela colina da cidade acima. Quando entraram no palacete já a roupa se despia deles apressadamente. Jamais o amor fora celebrado tão alto naquele templo erigido pela vaidade dos homens em sua honra; jamais a eternidade tão tentada e tão provocadas as leis do Universo, como naquela noite em que uma filha de açougueiro e um estivador da doca encarnaram num corpo só todas as forças da *Natura Mater*. Por fim, quando os corpos pararam, Ducélia sentiu que o mundo continuava a rodar, a rodar, numa valsa de entontecer, e só teve tempo de virar o rosto para deitar pela boca toda a fantasia da noite. Santiago levou-a à varanda, ajudou-a livrar-

-se da demasia. Ducélia gemia. Queria deitar-se, dormir. Santiago insistia em mantê-la acordada, de pé, andando de um lado para o outro do salão. Buscou água, lavou-lhe a cara, disse:

— É normal, franguinha. Não tenhas medo. Agora tens é de andar.

Ducélia não respondia. Desgadelhada, com lábios esborratados pelos beijos, as faces manchadas pelas lágrimas do esforço de vomitar as entranhas vazias conferiam-lhe o ar decadente das últimas mulheres do porto, desenhando-lhe no rosto a falsa alegria de que era composta a efémera noite do Bairro Negro. Naquele instante podia ser qualquer uma. Ducélia dava voltas à casa. A cada dez passos parava para espremer o estômago. Por fim Santiago lá cedeu ao pedido e deitou-se com ela no tapete do salão. A madrugada ia alta, a noite estava quente, e os amantes, exaustos, adormeceram sob o luar que entrava varanda adentro.

A claridade da manhã acordou Santiago. Que horas seriam? Tinha de levá-la para casa. Acordou Ducélia, que não queria acordar. Palmadinhas na cara. Um sofrimento gemido.

— Tens de acordar, franguinha! É de manhã! Tens de ir para casa!

Ducélia abriu os olhos. As forças falhavam, mas alguma coisa nela insistia em acordar. Sentiu o pavor do atraso.

— Anda, levanta-te — disse-lhe Santiago, puxando-a para cima, ajudando-a a vestir a realidade.

— O meu pai! — gritou a rapariga, experimentando o amargor da tragédia na boca.

Dois segundos depois, a sereia do porto chegava aos ouvidos de Santiago. Também ele tinha de correr para o trabalho. Apenas o tempo de passar no L'Amour, como prometido, para entregar os adereços.

— Sete da manhã?! — exclamou, aflita. Estava perdida! E agora? Que lhe faria o pai ao vê-la entrar em casa àquela hora? Quis fugir, nunca mais sair do palacete... A cabeça, um rochedo; o corpo sem réstia de forças. Santiago tentou acalmá-la e, pegando-lhe ao colo, levou-a em braços até ao muro das traseiras de sua casa. A manhã clareava. O jovem estivador espreitou sobre o muro. Não viu nada. Um estendal de lençóis ocultava quase a casa toda. Mas àquela hora já o açougueiro andava atarefado. Ajudou-a a subir à árvore e, sem se despedirem, Ducélia esgueirou-se para as traseiras da casa, com o coração a querer saltar-lhe pela boca. As pernas tremiam-lhe, tudo no corpo lhe pesava, prendendo-lhe os passos. A janela do quarto, por onde havia saltado, deixou-a entrar sem ruído. Aterrada de medo, com a agonia no estômago e um badalar de bronze nas têmporas, Ducélia meteu-se na cama, rezando a Deus para não ser nada, prometendo que «nunca mais». A embriaguez parecia ter passado, mas, ou pelos restos do excesso, ou pelas voltas dos nervos, tornou aos arranques, já sem nada por dentro, como se o corpo lhe quisesse vomitar a alma, ou a alma os pecados da noite. As forças eram poucas. Mal conseguia manter os olhos abertos. Pensou que morria. Não controlava os arranques. Sentiu passos no corredor e, dentro de si, uma rajada de Inverno.

XXVIII

O doutor Múrcia, levantado de madrugada para acorrer ao chamado do açougueiro da Rua dos Tamarindos, terminava o diagnóstico, olhando Ducélia por sobre as lunetas mal despertas. O hálito de Ducélia dizia tudo. Só o pai, atormentado com a ideia da morte — outra coisa lhe não ocorreria —, não se apercebera de nada. Nem sequer o estar deitada vestida. Felizmente Santiago passara-lhe a cara por água, o que disfarçara o cheiro e apagara a pintura. Mas o médico, acordadinho de fresco e sem interferências nos sentidos, depressa se apercebeu do mal. Foi rápida a consulta e, no final, para ter um segundo a sós com a paciente, pediu ao açougueiro uma colher de sopa, a mais funda que tivesse em casa, dando-lhe tempo para procurar.

— Desta vez, senhorita, escapa. Mas, da próxima, conto ao seu paizinho o motivo desta doença.

Ducélia fez-se rubra por baixo das sardas. Não foi capaz de dizer nada. Quando o pai voltou com a colher, o médico encheu-a com óleo de fígado de foca, dando-a a beber a Ducélia, que por pouco não voltou a deitar o estômago pela boca.

— Sabe mal mas faz bem. Ao contrário de outras coisas que sabem bem e fazem mal — declarou o esculápio, rematando com ironia: — Antes este amargo de boca do que outro pior. — E arrumando as tralhas na mala, disse para o dono da casa, de olhos postos na rapariga: — Não se preocupe, senhor Tulentino. O coração está óptimo. Deve ter sido alguma coisa que lhe caiu mal.

— Tem a certeza, doutor? — perguntou o açougueiro, que morria de preocupação com a saúde da filha.

— Absoluta, senhor Tulentino! Absoluta!

Uma vez mais, fora por pouco que o pai a não apanhara. Estava na cozinha quando, de dentro da casa, um barulho estranho lhe chamou a atenção. Aproximou-se do corredor e ouviu qualquer coisa de humano a dar de si. O coração pensou logo no pior. Bateu à porta da filha. Não obteve resposta. Bateu mais forte. Ducélia não queria, mas teve de responder. O escuro do quarto protegeu-a um pouco, mas por fim lá disse não se estar a sentir muito bem. O açougueiro não quis ouvir mais nada e, com a pressa com que entrara, saiu de casa para acordar do sono o pobre do doutor Múrcia. Agradeceria a Deus, Ducélia, o alarme do pai e a bondade do médico. Não tornaria a ser irresponsável daquela forma. Pisara, sem dúvida, os limites. Pela primeira vez em muitas semanas, pensou na relação com Santiago e teve medo de tudo quanto nela havia de impossível e real. Lembrava-se da noite aos bocados. Não tinha memórias completas, apenas retalhos, sensações. Fora bom, tinha a certeza. Enrolou-se na cama e procurou não pensar em nada. Tinha um gosto esquisito na boca, fruto do remédio que o doutor lhe dera. O estômago pesava, como se um sapo lhe saltasse dentro. Com a cabeça estalejando, o corpo quebrado, fechou os olhos e acabou por adormecer.

À porta do açougue, Rolindo Face cruzou-se com o médico que se despedia do açougueiro, garantindo-lhe, uma vez mais, não ser nada de preocupante.

— Algum problema com a menina, patrão? — perguntou Rolindo, depois de o médico sair.

— Comeu qualquer coisa que lhe caiu mal — foi a resposta do açougueiro.

Rolindo fez um gesto desconfiado com a cabeça. Não disse nada. De hora a hora, Tulentino Trajero entreabria a porta do quarto da filha para ver como estava. Dormia. Parecia estar bem, mas a sua preocupação nem por isso acalmava. Nesse dia não sairia para pagar a promessa. Pagá-la-ia ali mesmo, na solidão do seu quarto. Deus — até lhe custava pensá-Lo — haveria por certo de o compreender. Toda a manhã andou para trás e para a frente, inventando quefazeres. Rente ao meio-dia, mandou Rolindo preparar-lhe uma galinha e ele mesmo se pôs a fazer uma canja. O empregado via-o inquieto.

Seria mais grave do que o médico dissera? Uma recaída? Que teria ela afinal? À hora do almoço correu ao palacete.

Já passava da uma e meia quando Ducélia acordou. Procurou pôr-se de pé, mas o estômago, a cabeça, eram duas âncoras agarradas à cama. Com todo o esforço alcançou a cozinha. Quando o pai a viu, a preocupação aumentou. Estava branca. Puxou um banco, serviu-lhe um copo com água, perguntou-lhe como se sentia.

— Tonta. Enjoada.

O pai serviu-lhe o caldo, mas só o cheiro lhe dava vontade de vomitar.

— Que horas são?

— Vinte para as duas — declarou o pai.

O coração de Ducélia deu um pulo. Santiago esperava-a no palacete. Pôs-se de pé, pediu desculpa ao pai por havê-lo mantido em casa por causa dela, disse-lhe que fosse à sua vida, tinha coisas mais importantes para fazer, garantiu-lhe estar bem, nada que não passasse até à noite. Mas Tulentino Trajero mostrou-se irredutível. Que comesse e descansasse. Nem o Diabo o arrancaria de casa naquele dia. Resignada, Ducélia foi deitar-se na rede do alpendre. Só de pensar em comer vinha-lhe o estômago à boca.

No palacete, como Rolindo previra, Santiago esperava por ela. Estava sentado nas escadas havia mais de uma hora. Debaixo da árvore do costume, a coberto das ervas altas, o aprendiz de magarefe entremeava o almoço com o prazer de o ver à espera. Havia uma semana que lhes seguia os passos, numa rotina mórbida: uns dias ao pai, outros à filha e ao estivador. Naquele dia, a avaliar pelo ambiente em casa do patrão, diria não vir ela ao encontro. Vira-o chegar e logo depois descer as escadas, onde se sentava agora de cigarro nos dedos. Que se teria passado? «... Qualquer coisa que lhe caiu mal.» Podia adivinhar que coisa indigesta fora essa! Talvez houvesse descoberto que género de homem era esse tal Santiago! E por um rasgo de luz que às vezes rompe de onde menos se espera, uma ideia aguda começou a pontear dentro da sua cabeça.

Santiago impacientava-se. Tê-la-ia o pai apanhado? Estava preocupado com ela. E porque ali não resolveria nada, levantou-se, desaparecendo entre a vegetação. Rolindo viu-o tomar a direcção das traseiras da casa do patrão. Aonde iria ele? Por cima do muro, Santiago espreitava o quintal do açougueiro. Nada. As árvores quietas, a criação dormente, os currais serenos; o estendal de lençóis à frente da casa, ocultando o alpendre — onde Ducélia, ao lado do pai, se achava pensando nele —, e um silêncio estranho, como um véu de morte, envolvendo tudo. Debaixo da árvore, Rolindo inquietava-se. Aonde teria ele ido? A meia hora das duas batia ao longe quando o estivador subiu a colina, passou por ele, contornou o palacete e desapareceu na tarde. No seu esconderijo, o ajudante de magarefe regozijava-se. Parecia finalmente estarem os astros por si. Na cabeça a ideia perfeita ganhava volume e forma. Contou cinco minutos, depois, numa excitação de adolescente, saiu, também ele, em direcção ao trabalho.

Toda a tarde não viu Ducélia. Por várias vezes espreitou pela porta de grades. Nada. Também não saiu para a Escolinha do convento. Cada vez mais se convencia estar certo o seu palpite. Batiam as seis e meia na catedral e os pés de Santiago Cardamomo nas lajes do açougue. As entranhas de Rolindo deram uma volta. Viria falar com ele? Descobrira alguma coisa? Viria falar com ela? Com o patrão? Sentiu a boca secar e um orvalho salgado na raiz dos cabelos. À frente do balcão, uma freguesa parecia demorada. O rapaz fez o possível para a demorar ainda mais. Olhava-o pelos cantos dos olhos. Percebia-lhe a inquietação, o procurar por sobre a cabeça da cliente algum movimento no para lá da porta de grades. Tulentino Trajero atravessou o alpendre a caminho do quintal. Santiago despertou. Estava em casa o açougueiro. Talvez estivesse a arriscar demasiado. Mesmo assim, resolveu esperar. Rolindo prolongava a conversa com a freguesa. Nunca se mostrara tão simpático na vida. Passada a hora do rebate, era já pouco o de escolher em cima do mármore e a conversa do empregado fez a freguesa levar quase tudo quanto ainda restava. Por fim, a cliente pagou e saiu. Chegara a vez de Santiago, mas os sentidos do estivador, presos às grades da porta, não ouviam a voz nervosa do ajudante de carniceiro que, não querendo perguntar, perguntava de trás do balcão:

— Pois não?

Santiago parecia perdido, à semelhança de quem acorda de um sono longo e não sabe para que lado gira o mundo. Passou os olhos pelo mármore da bancada, delapidado de opções.

— Dá-me um frango — disse após um momento de indecisão.

— Frangos, só vivos. Nem coxas, nem peitos, nem asas — informou o empregado numa cadência telegráfica, certo agora de sua presença ali não passar de um pretexto para a ver.

— Então há o quê?

— O que está à vista.

O jovem estivador tornou a passar os olhos pela superfície polida do mármore, como se ali a pudesse encontrar. Estava esgotada. Esgotada como quase tudo naquele dia. Com um pouco mais de atenção, perguntou:

— De frango não há nada?

— Só carcaças. Ou vivos!

— Carcaças, então! — resmungou Santiago.

— Quantas?

— Dá-me quatro.

— Cortadas?

Um aceno de cabeça indicou-lhe que sim.

Rolindo pegou nas carcaças, pô-las sobre a tábua, e em golpes firmes, como se no corpo de Santiago, separou-as por partes.

— É tudo? — perguntou o empregado do açougue entregando-lhe a divisão do todo num embrulho de papel.

O jovem estivador fez novo aceno de cabeça, pouco convicto, mas... era de facto tudo. Pagou e saiu aos pontapés à contrariedade e às pedras. Um cão rodeou-o, num farejo de miséria, e levou pela medida dos calhaus.

— Andor, foda-se!

Mas o perro nem se queixou. O recheio do embrulho valia bem um pontapé ou dois, que para quem tem fome a porrada é o que menos magoa. E num misto de raiva e arrependimento, Santiago abriu o embrulho e atirou o avio ao bicho que, espantado com a fartura, lhe olhou de lado para os pés, antecipando novo chuto nos ossos. Santiago seguiu para a Flor do Porto. O cão ficou a babar o petisco.

— Então, deu-te o fogo no cu, hoje? — perguntou Rodrigo de San Simon ao vê-lo entrar no bar.

Santiago, que mal a sereia do porto soara para a despega, desaparecera da vista dos amigos, desculpou-se:

— Queria ver se ainda apanhava um franguinho no açougue para um petisco, mas...

— Não seria uma franguinha? — provocou Pascoal Saavedra, cotovelando o amigo.

Rodrigo riu. Santiago levantou o dedo do meio e, dando-lhes costas, foi cumprimentar a tia. Todo o dia andara esquisito, irritadiço. Não lhe podiam perguntar nada.

— Eu não te digo que há história com a filha do açougueiro?! — exclamou Pascoal na direcção do amigo.

— Bah! — contestou Rodrigo de San Simon com um gesto de mão.

— Não, dizes tu?! Se ficou com ela atravessada, ainda não lhe perdeu o engodo.

— Pode até não ter perdido, mas dali não leva nem o cheiro.

— Pois eu digo que ainda a leva!

Rodrigo sorriu com orgulho.

— Ainda apostas um ordenado? — perguntou Pascoal, cheio de fé.

— Inteiro! — devolveu Rodrigo, estendendo-lhe a mão, mais por teima que por convicção.

E fitando o amigo dirigir-se para a porta com um copo de cerveja nos dedos, apertaram as mãos num selar de teimosia. Daí a nada saiu Rolindo Face para a rua de vassoura na mão. Santiago lembrou-se daquela primeira semana em que todas as tardes Ducélia ali se punha a varrer para ele. Onde ia já esse tempo?! Parecia noutra vida. Acendeu um cigarro, inspirou fundo. Pela primeira vez sentiu dela uma falta, um vazio, como não sentira na vida senão pela mãe, ou pela imagem que julgava ter dela. Do outro lado da rua, Rolindo Face varria-lhe as esperanças da porta. Parecia que sofria, de algum modo, aquele sacana! Não compreendia, o empregado do açougue. Mas sentiu um prazer enorme e varreu, devagar, cheio de um orgulho soberbo. A ideia tida cada vez lhe parecia mais perfeita. Questionara-a o dia todo. Nenhuma falha. Estava perto a sua hora. Nunca se sentira tão grande na vida. Batiam as sete nos sinos da catedral. E de olhos postos em Santiago, murmurou, como uma sentença:

— Estás guardado, cabrão!

XXIX

Na manhã seguinte, Ducélia acordou mais cedo, revelando boa-disposição. Começou de pronto a ocupar-se da casa, procurando mostrar ao pai estar de plena saúde, reforçando a ideia de tudo não haver realmente passado de uma indisposição passageira. Tulentino Trajero, acreditando haver ampliado o caso, por conta do medo que lhe ficara daquela semana de angústia, constatava que, de facto, parecia animosa e sadia. Desde que acordara, Ducélia contava os minutos para ir ao mercado. Talvez Santiago a procurasse pelas ruas a fim de saber dela. Não pudera sequer enviar-lhe um recado. Bem quisera ir à Escolinha das Sagradas Esposas, de forma a poder mandar-lhe dizer o sucedido por um garoto da praça, mas o pai fora peremptório ao afirmar não a deixar pôr os pés na rua naquele dia. Por isso, nessa manhã, mal este saiu, correu para o cesto das compras. Preparava-se já para sair quando uma voz, de algures, lhe chegou aos ouvidos:

— Menina!

Ducélia virou a cabeça. À porta de grades, a figura do empregado do pai, especada, olhava para ela. Estava nervoso, excitado, Rolindo Face. Mal conseguira dormir. Toda a noite pensara no plano, preparara o discurso. Era perfeito. Pensara-o mil vezes. Não lhe achara uma falha. Brilhante! Precisava apenas de um momento a sós com ela. Tinha-o agora, ali. Ducélia pousou o cesto, ajeitou o vestido e foi ver o que o rapaz queria. Até se esquecia da sua existência. À medida que a rapariga avançava para ele, as tripas enchiam-se-lhe de vento. Não podia recuar agora. O discurso, o discurso… Um pano branco embrumava-lhe o cérebro. E aquele longo instante entre o chamado e a chegada cobriu-lhe a testa de suor e o coração de tremuras.

— Sim? — disse Ducélia rente à porta de grades.

Rolindo Face, esfregando as mãos húmidas no encardido do avental, procurava ordenar as palavras sobre a língua seca. Mil coisas, como faíscas, passavam-lhe pela cabeça, mas o discurso... como começava o discurso?

— Sim? — repetiu a moça.

Rolindo acenou com a cabeça a confirmar o chamado. Sentia-lhe o hálito. Uma emoção primitiva quebrou-lhe o rancor. Queria agarrá-la, beijar-lhe a boca, passar o resto da vida ali, suspenso, no ar cozido do açougue, de olhos derretidos na penugem daqueles lábios que nunca vira de tão perto. Quantas vezes, não obstante toda a raiva que lhe tinha, se julgava capaz de a perdoar? Perdoava-a, às vezes, por breves instantes, no canto escuro da cozinha onde dormia e sonhava, apertando-a nos braços, de tão sua que era, para a odiar no instante seguinte, apertando-lhe o pescoço entre os dedos trementes de raiva. Quantas vezes, vendo-a regressar da Escolinha do convento, os sentimentos lhe mudavam de direcção, como folhas tocadas a vento, e o coração, lutando contra as tripas, procurava desculpas para a desculpar, nobreza para lhe dizer quanto a desejava, e que o passado, passado estava? Mas eram sentimentos breves. Logo as entranhas se lhe revoltavam, apelando para a memória daquelas sestas, e todo ele a odiava de novo; todo ele a queria debulhada em lágrimas a seus pés. Assim, uma vez mais, naquela manhã, tais sentimentos se convulsionaram dentro do aprendiz de magarefe. Nunca a odiara e quisera tanto; nunca uma vontade tão grande de a matar e cair-lhe aos pés, de lhe de chamar de tudo e implorar que o amasse; nojo e desejo em simultâneo. E porque as tripas podem mais que o coração, embora os poetas o contradigam, Rolindo Face rendeu-se ao ódio: estava estreada, estragada, encardida! Assim, saltando a introdução, que a preparava para um «assunto delicado», atirou-lhe de chofre, como uma bofetada:

— Sei da menina e do Santiago.

Um silêncio constrangedor gerou-se entre as grades. Os olhos de Ducélia abriram-se de espanto. Era agora o coração dela que tremia.

— Quê?! — exclamou, por fim.

— É como lhe digo.

Estática, incrédula, incapaz de uma palavra, Ducélia demorou a repetir:

— O quê?!

Não podia acreditar no que estava a ouvir. Rolindo repetiu. Mas era uma voz, apenas, algures dentro de um sonho, acordando-a para a realidade. A ansiedade crescia dos dois lados das grades, embora Rolindo parecesse mais calmo, dominado. Continuou:

— Não precisa dizer nada, menina. Sei de tudo. — E como se os olhos da rapariga lhe perguntassem «como?», o rapaz adiantou-se: — Ouvi-o da boca de dois homens que conversavam sobre o assunto. — E antes que Ducélia lhe pudesse dizer ser mentira, atalhou: — Pensei ser calúnia, mas o que contava ao outro jurava havê-lo ouvido da boca do próprio Santiago, numa taberna do porto. — Ducélia não reagia. — E não fui só eu quem o ouviu — continuou Rolindo. — É já coisa sabida. Ando há dias para lho dizer. Mas tem-me faltado a coragem. Se calhar até notou em mim alguma estranheza. — Não notara nada, Ducélia. Não notara nunca nada nele. Nunca o notara, sequer. Continuava sem reagir. Parecia não estar a acreditar. Rolindo prosseguiu: — Mas tinha de lho contar, antes que o caso chegasse aos ouvidos do seu paizinho. Imagine o que seria!

Àquelas palavras, as pernas da rapariga quiseram ceder. Segurou-se às grades da porta, fez-se branca. Uma sensação de desmaio turvou-lhe o olhar. De novo o silêncio. Uma eternidade. Por fim foi ela quem falou:

— E que disse ele?

— Santiago?

A rapariga conteve um soluço ao ouvir o nome, depois acenou com a cabeça.

— Coisas horríveis, menina. Não sou capaz de replicar — respondeu o empregado com o mais encabulado dos ares.

— Diz-me! — insistiu Ducélia.

— Menina!

— Diz-me!

E Rolindo disse:

— Disse andar a comer a melhor carninha do açougue da Rua dos Tamarindos.

Duas lágrimas tremeram nos olhos de Ducélia. Os lábios apertaram-se um no outro. O rosto transformou-se numa expressão ferida e o coração encolheu-se até à dor. Rolindo representava sem exemplo o papel ensaiado. Mais calmo agora, estava orgulhoso de si. Uma quase felicidade agigantava-se-lhe dentro. Começava a sentir-se vingado.

— E que mais? — quis saber Ducélia.

— Menina! — exclamou o empregado, com todo o cinismo, como se a quisesse poupar a um sofrimento escusado.

Ducélia implorou:

— Por favor!

No coração de Rolindo o prazer da humilhação misturava-se com o prazer da pena.

— Contou que se encontravam todos os dias, à hora da sesta, quando o paizinho da menina se ausentava, num casarão abandonado para os lados da colina — declamou com todo o dramatismo o simples empregado de açougue.

O palacete da colina era sobejamente conhecido. E quem quer que o nomeasse nomeá-lo-ia assim, jamais «um casarão abandonado para os lados da colina», em especial se este alguém fosse Santiago. Mas Ducélia estava longe de reparar em pormenores e, num tremor crescente, deixou-se a ouvir o que Rolindo ainda tinha para dizer. O empregado da casa descreveu o palacete, o salão onde se encontravam, a música, o aparelho esquisito como um pássaro a voar sobre a sala. Até o caminho utilizado por ela, Rolindo descreveu ter ouvido.

Ducélia rendia-se à evidência da traição. Se ele o não houvesse contado, ninguém poderia sabê-lo. O rapaz descrevera-lhe pormenores que nem o Diabo, que está em todo o lado, poderia enunciar. Traíra-a, Santiago Cardamomo. Traíra-a e ainda fazia glória disso. Estava de rastos, Ducélia. Tinha desalento nos joelhos, vergonha nos ombros e não foi capaz, nem tentou, suster por mais tempo as lágrimas que a cegavam. O empregado da casa não tinha muito mais a acrescentar, mas, por uma maldade que lhe crescia do prazer de se vingar, rematou, dizendo:

— E ainda teve o descaramento de dizer que já não seria por muito tempo. Que já estava na altura de a desmamar. Que sabia já mais do que muita mulher do porto e a deixava pronta para a vida e para o marido que o pai lhe quisesse arranjar.

Ducélia entrou em desespero. Agarrada às grades, soluçava, incapaz de se conter. Rolindo assustou-se. Lembrou-se de que o patrão podia chegar a qualquer momento, ou um cliente. Pediu-lhe que se contivesse. Se o pai a visse naquele estado, iria querer saber o motivo. E que lhe haveria ela de dizer? Ducélia concordou com a cabeça, soluçante. Rolindo pediu-lhe então para o receber à hora da sesta, quando o pai saísse, para lhe contar o seu plano, a solução que entretanto pensara para a ajudar. Ducélia, tremendo, acenava com a cabeça, sem saber ao que respondia. Dando por terminada a conversa, Rolindo voltou para os seus afazeres. Ducélia, essa, foi sentar-se na cozinha, com o coração em fanicos, apertando-se sobre si mesma para não morrer nem chorar. Nunca mais se lembrara do mercado e das compras. Não tinha coragem de sair à rua; forças para se mexer; um pensamento, sequer. Também a volta do mercado já não tinha sentido. Santiago acabara e o ontem dispensava justificações.

No açougue, Rolindo Face estava excitado. Pleno de si. Arquitectara o plano perfeito. Meter-se-ia lá em casa mal o patrão saísse. Ainda agora aquele sofrimento tinha começado. Não seria implicado em nada. Mesmo que alguma coisa corresse mal, mesmo que ela se rebelasse, confrontasse Santiago com tal verdade, estaria sempre protegido. Ouvira-o contar num café da cidade. Dois homens que conversavam. Não os conhecia. Ouvira a história e deixara-se ficar. Talvez se os voltasse a ver os reconhecesse, mas... não podia garanti-lo. Quanto ao pai, não seria ela tola de lhe ir fazer queixas agora. Afinal, não a acusara, não se insinuara, não tentara senão protegê-la daquela maledicência. Regozijava-se Rolindo Face. Era o maior dos homens grandes do mundo.

XXX

Entre as obras da casa abandonada, Rolindo Face viu o patrão montar e sair. Pareceu-lhe uma eternidade aquela meia hora. Chegou a recear não sair ele nessa tarde. A rua deserta, a fantasia do instante próximo provocavam nele uma excitação febril que crescia com o afastar da montada. Os olhos plantaram-se na porta do negócio. A badalada do meio-dia e meia soou no ar solitário da cidade. Continuava fechada a porta do açougue. Seria que ela não lha viria abrir? Haveria ido ter com Santiago para lhe pedir satisfações? O sangue agitou-se-lhe. Esperaria mais cinco minutos. Se não aparecesse, bater-lhe-ia à porta. Passaram dez e Rolindo Face permanecia entre as velhas paredes por estrear.

Debruçada sobre as migalhas do almoço, Ducélia chorava em soluços fundos a dor que a aniquilava. Não sabia como conseguira controlar-se na presença do pai, o qual, nesse dia, dado o episódio da véspera, lhe estava sobejamente atento. Mostrara-se atarefada com os afazeres da casa, que a ligeireza disfarça as imperfeições, almoçando, como de costume, de olhos no prato, obrigando o estômago, procurando não pensar. Tinha de parecer recuperada sob pena de o pai voltar a não sair naquela tarde. Quando este lhe perguntou como se achava, esboçou o sorriso mais doloroso da sua vida, garantindo estar bem, que de facto não tinha sido nada. E encarnando com rigor o papel, procurou forças onde não imaginava havê-las. Até o pai se ausentar, não houve nela nenhuma quebra, nenhum sinal de fraqueza. Porém, tão-pouco nenhuma ideia, nenhuma imagem, uma dor apenas. Mas, mal a porta da rua bateu, não se conteve por mais tempo, caindo, desamparada, sobre os braços. Quando os soluços abrandaram e os pensamentos tomaram lugar, levantou-se e, no passo arrastado dos condenados, encaminhou-se para o açougue a fim de abrir a porta ao empregado do pai.

Rolindo Face, que já desesperava, certificando-se não haver vivalma à vista, cruzou a alameda de tamarindeiros. Já dentro do açougue, inspirou fundo a fresquidão solitária daquele lugar. Era pequeno o peito para tamanha necessidade. Uma fervura miudinha nas tripas arrepiou-o. Soube-lhe bem. Então, insuflando coragem, dirigiu-se à destrancada porta de grades. No alpendre, Ducélia esperava a chegada do verdugo. Rolindo chegou; devagar, medindo o espaço em redor. Os olhos treparam o muro das traseiras e a garganta secou-se-lhe de repente. Pediu um copo de água. Ducélia foi à cozinha e ele atrás dela. Desejava evitar o telheiro. Embora não acreditasse na ousadia do estivador para saltar o muro, receava ser visto caso este se decidisse vir espreitar a casa, como desconfiava ter feito na véspera. Ducélia estendeu-lhe o copo de água. Rolindo agradeceu; perguntou se podia sentar-se. A moça anuiu com a cabeça. O ajudante de magarefe lançou um olhar à sua volta. Havia harmonia, uma mornidão aconchegante naquela casa. A cor das paredes, os objectos... Uma mistura de cheiros, onde sobressaíam o do almoço, o do café, fizeram Rolindo devanear: chegava a casa, Ducélia cozinhava, servia-o, como agora, trazendo-lhe o copo até quase à beira dos lábios. Fechou os olhos, inspirou fundo. Por instantes, esqueceu o propósito de ali estar para ali estar simplesmente. Por instantes, toda a raiva se esvaneceu e nada além daquele momento fazia sentido. Por instantes, foi verdade: os dois, ali, debaixo do mesmo tecto, numa intimidade sonhada vezes sem conta. Desejou que aquele momento não tivesse fim. Resolveu prolongá-lo. Bebeu sem pressa. Havia tempo. Antes das duas e meia o patrão não estaria de volta e só agora batiam os sinos a uma. E a tal pensamento acordou.

— Já agora, menina, aonde é que o patrão vai todos os dias a esta hora? — quis Rolindo matar a curiosidade que os seus olhos não haviam conseguido.

— Matar gado a uma quinta para os lados de Papoblanco — respondeu a rapariga quase sem voz.

— Hum! — fez o empregado da casa, contente pela mentira; pelo mistério que haveria de descobrir. Tê-los-ia a todos na mão, pensou. Apenas uma questão de tempo! E cheio de soberba, teve a sensação da glória antecipada que deitou tantos homens a perder.

— Quem mais sabe disto? — perguntou Ducélia, rompendo-lhe a bolha da fantasia. Uma raiva súbita subiu-lhe às têmporas, vendo nela a culpada da sua dor, da humilhação dos seus sentimentos, de tudo ser como era e não poder já ser diferente. Terminou o copo de água, conteve o ácido no estômago e, sentando-se para se acalmar, respondeu:

— Dentro em pouco, a cidade toda.

A moça deixou-se cair sobre um banco. Estava perdida. Só podia ser um pesadelo. Porque lhe fizera aquilo Santiago? Que mal lhe havia ela feito?, perguntava-se a menina ingénua do nariz pintalgado, como se a vaidade dos homens não fosse o motivo maior da sua desgraça. *... a cidade toda.* Se o pai ainda não sabia era pelo motivo do costume: o constrangimento da notícia. Mas há sempre quem não se constranja, quem alimente o vazio próprio com a desgraça alheia.

Nas escadas do palacete, Santiago partia pauzitos para um monte de interrogações. Pela segunda vez em dois dias, Ducélia parecia não vir. Procurara-a no mercado, de manhã, pelas ruas onde a achara da outra vez, mas nada. Mais do que qualquer outra coisa, estava preocupado com ela. Não tinha dúvidas, já. O pai vira-a chegar, ou dera-lhe pelo estado entretanto. Não cria na coincidência de se lhe haver terminado a empreitada precisamente no dia seguinte à filha ter chegado a casa de madrugada e bebida. Nem um recado lhe pudera mandar. Que poderia fazer senão esperar? Naquele dia não parecia animado a levantar-se de onde estava senão para se ir embora. Esperou. Não podia de facto fazer mais nada.

Não muito longe dali, Ducélia e Rolindo pensaram nele. Cada um por seu motivo. Ela, pelo que já se disse; ele, esperando não ter o outro tamanha ousadia.

— E agora? — perguntou a filha do açougueiro de ombros partidos.

Rolindo arrastou o silêncio. Depois, inspirando fundo, expôs-lhe o plano que tinha em mente.

— A menina talvez não saiba, mas nutro por si um sentimento forte faz tempo. Confesso ter sido por isso que troquei a retrosaria do senhor Curdisconte pelo açougue do seu pai. — Ducélia ouvia o rapaz sem o ouvir. Rolindo, por sua vez, embebido de afoiteza, dava vela ao fôlego. — Nunca tive coragem de me aproximar. Via-a de longe, sonhava consigo. E quando soube desta história quase morri. Pensei despedir-me. Não tornar a passar a esta porta. Mas quê! O amor é assim; capaz de suportar qualquer coisa. A menina não sabia. Não tem culpa do meu sentimento magoado. E como prova daquilo que sinto, e da sinceridade do meu afecto por si, pensei, que... se a menina quisesse... aceitaria casar-me consigo para abafar o caso.

Àquelas palavras, Ducélia levantou a cabeça, arregalando os olhos.

— O quê?

— Digo-lhe que aceito casar-me consigo.

Ducélia não queria acreditar.

— Casar consigo?! — exclamou a rapariga, tratando-o por você, como por um reflexo a procurar distância.

Rolindo não gostou do desdém gravado naquela entoação e, emergido do namoro onde havia voltado a mergulhar, fez um esforço para se controlar e disse, da forma mais polida que foi capaz:

— Que pensa a menina? Que acha que irá acontecer quando o seu paizinho souber desta história? Na melhor das hipóteses, tranca-a num convento e àquele estivador num caixão. — Ducélia estremeceu. Mas não teve tempo para maiores considerações, visto a voz de Rolindo Face não haver abrandado o discurso. — Que julga? Eu bem o ouço a falar das filhas dos outros! Quantas vezes o ouvi a exclamar alto, referindo-se a casos menos graves, que se fosse filha sua a preferia ver morta. Sabe bem a raiva que tem a galdérios de má fama como esse tal Santiago, e o que aconteceria àquele que o desonrasse e à menina, como foi o caso. — Ducélia estava diante do terror. Quando pensava nada poder ser pior do que Santiago a ter traído, parecia ainda estarem por começar os verdadeiros tormentos. — Estou eu disposto a casar-me consigo, sabendo que ama outro homem, e nunca irá ser minha, só pelo bem-querer que lhe tenho, e a menina ainda me olha com desdém!

— Não foi minha intenção...

— Pois! Mas para mim já basta o pesadelo de sabê-la de outro.

— Desculpa! — pediu a rapariga, baixando a barreira do trato.

Rolindo sentia o poder crescer-lhe no peito. À sua frente, a menina insegura e submissa que conhecera ou sonhara. Ducélia fragilizava a cada palavra. Rolindo podia abusar um pouco mais.

— Como é que acha que me senti a ouvir aquela história, a ver aqueles homens a rir? Como é que acha que me sinto sabendo que meio mundo se há-de rir ainda ao saber que o pacóvio do empregado se casou com a filha do patrão para esconder as aparências; o estrago que outro fez? Como, menina? Diga-me! E isto tudo por amor. Que ridículo, este sentimento! Que ridículo, eu todo, que aqui me exponho à humilhação, pelo tanto bem que lhe quero! — dramatizava Rolindo Face feito um primo actor. Ducélia parecia agora querer acalmá-lo. Mas o aprendiz de açougueiro, o desperdiçado artista, estava em maré de inspiração e, com os olhos marejados de lágrimas falsas, continuou: — Estou disposto a viver como seu amigo dentro da mesma casa; ser seu marido apenas da porta da rua para fora; dormir em quartos separados, e a menina ainda me olha como se lhe houvesse eu pedido o maior dos favores? Pois fique sabendo que, se eu sair àquela porta, é para não mais voltar, e depois não me venha pedir ajuda, que quero estar bem longe quando toda esta desgraça rebentar. — Ducélia não sabia o que dizer. A informação caía-lhe em catadupa na vulnerabilidade do colo. Queria chorar, queria fugir, queria desaparecer, queria acordar... queria acalmar aquele homem que a sufocava naquele instante, queria que o mundo todo se calasse de uma vez por todas, queria silêncio, silêncio, silêncio. Só queria silêncio. — Além do mais, é a melhor lição que pode dar àquele cobarde. Pois outro nome não tem um homem que se deita com uma mulher e sai para a rua a alardear aos quatro ventos o belo feito que foi desflorar uma inocente. Que me diz?

— Agora?

— Acha que tem muito tempo, menina? — Ducélia caiu num pranto sobre a mesa. Rolindo deixou-a chorar. Dava-lhe prazer ver a fragilidade, a miséria daquela alma, ali, diante de si, como se lhe jurasse já arrependimento, como se lhe pedisse já perdão, como se lhe implorasse, já, por misericórdia, que a aceitasse. Um poder enorme tomou conta dele e, do alto de uma magnanimidade que só os seres mais pequenos julgam possuir, prosseguiu: — Ouça, menina. Nesta altura não tem muitas alternativas. Infelizmente, ainda gosta daquele desgraçado. Nestas coisas do coração, percebi-o eu, o sentimento é uma nódoa de amora. Mas nem que seja para lhe poupar a vida. Pois se o seu paizinho souber que ele a desonrou, não duvide, aquela lâmina de dois palmos vai fazer história na cidade.

O estômago de Ducélia doeu-se.

Nos degraus do palacete, Santiago impacientava-se. Entre os pés aumentava o monte de pauzitos partidos pela inquietação dos dedos. A meia hora da uma soava nos sinos da catedral e de Ducélia, nem sombra. Alguma coisa lhe dizia não aparecer também naquela tarde. Pensou ir-se embora, mas nestas coisas da esperança há sempre um bichinho a roer mais fundo. E levantando-se de chofre, desceu à fronteira do possível. Tal como na véspera, não viu grande coisa. Além do alpendre a descoberto, tudo o mais estava igual. Todas as janelas fechadas. Fixou-se naquela por onde a vira entrar na madrugada do outro dia. Seria decerto o seu quarto. Tê-la-ia o pai trancado em casa? Teve vontade de saltar o muro, bater-lhe às portadas, mas estava convencido de só ir piorar as coisas. Salvá-la-ia, pelo contrário! Mas tal não podia ele adivinhar. Também não adivinhava a ausência do açougueiro, a presença do empregado, ou o desejo de Ducélia para que lhe aparecesse ele, naquele instante, jurando ser mentira tudo quanto o empregado do pai lhe havia dito e tinha ainda para dizer. Roía-se de angústia, Santiago Cardamomo. Sem melhor ideia, deixou-se ficar. Alguma coisa haveria de acontecer.

— O que lhe digo — continuava Rolindo Face — é que estou disposto a consertar-lhe a honra. Apenas pelo amor que lhe tenho. Prometo ser sempre seu amigo e estar sempre do seu lado. A única coisa que quero em troca é o seu respeito, o jamais me enxovalhar fora de portas, já bastará aquilo que sobre mim se há-de falar, e que cuide de mim como de alguém que lhe quer bem. — Ducélia ouvia. — Poderá fazer a sua vida como até aqui. Apenas uma ressalva: não tornar a dirigir o olhar a esse tal Santiago. Nunca em mais dia nenhum da sua vida. Eis todas as condições que lhe imponho. Se acha muito… — suspendeu a frase. E depois de um silêncio: — Não há tempo a perder. Não se esqueça de que há pessoas más. Entende o que quero dizer? Esta notícia espalha-se que nem uma chispa em rastilho de pólvora. — Ducélia não conseguia conter as lágrimas. Toda a segurança, toda a mulher de que fora feita nas últimas semanas, se desfazia ali, como uma parede de lama, às palavras torrenciais do empregado do pai. — Eu mesmo pedirei a mão da menina ao seu paizinho. A menina só terá de aceitar. Creio que de bom grado aceitará o nosso casamento.

De cada vez que Rolindo pronunciava «casamento», o peito de Ducélia lançava-se em soluços. Fez-se silêncio e dentro do silêncio o badalar das duas. Ducélia não sabia o que dizer.

— E se o meu pai entretanto souber da verdade? — disse por fim.

— Eu assumirei a responsabilidade. Direi que era eu, e não outro, o homem com quem a menina se encontra para namorar às escondidas — declarou o empregado do açougue, enchendo o peito de uma coragem falsa, seguro de que ninguém sabia daquela história e dificilmente o patrão haveria de a saber. — Se tudo for rápido, pode ser que o seu pai só venha a descobrir alguma coisa depois de sermos casados, e aí já o problema será de menor monta. Dou-lhe até ao fim do dia para pensar. Está nas suas mãos, menina! Não posso fazer mais.

Ducélia não achou o que dizer. Um novo silêncio sobrou entre os dois. Rolindo verificou as horas no relógio de bolso. Ainda faltava para as duas e meia. Pediu outro copo de água. Queria esticar o tempo até ao limite, não fosse dar-lhe o impulso de procurar ela o estivador. Uma vez mais bebeu sem pressa. Percorreu a cozinha com um olhar demorado. A claridade da hora levava as cores ao limite: o vermelho do barro das paredes; o azul pesado das janelas e portas; a trança de malaguetas ao lado da chaminé; cada peça de fruta sobre um armário caiado, e lá fora, para lá do alpendre inclinado, um céu prenhe do mais azul oceano. Voltava a sonhar, Rolindo Face: aquela casa, eles os dois... Mas depressa a imagem desamparada da rapariga lhe esborratou a fantasia, acordando-o para a realidade de ali estar. Sentiu uma picada no estômago. Controlou-se. Voltou a consultar o relógio.

— Bem, menina, tenho de ir — disse. E mais grave, pondo-se de pé: — Pense bem na minha oferta! — Após novo silêncio despediu-se e saiu.

Não podia ter-se saído melhor. Era perfeito o plano. Quanto ao estivador... haveria de pensar em algo mais tarde. Do outro lado do muro, oculto pela ramagem, Santiago teve a sensação de alguém haver passado no alpendre. O coração viu Ducélia, mas os olhos apostavam na figura do pai. Estava em casa o açougueiro!, foi a conclusão do estivador. Desconhecia-lhe apenas o motivo. A meia hora das duas soou no abandono da cidade. Estava de resto a sesta. Pelo segundo dia Ducélia tornara a não aparecer; a dar-se a ver, sequer. E pelo segundo dia Santiago não sabia como lhe chegar à fala. O que Santiago também não sabia era que nunca mais ela tornaria a saltar o muro para ir ao seu encontro.

XXXI

Quando o pai entrou em casa, Ducélia sentiu o terror do medo. Sentada à mesa, como o empregado da casa a deixara, não fora ainda dona de um gesto; para chorar, sequer. Mas não havia o pai alcançado a cozinha e já ela se empoleirava num banco, inventando quefazeres, que numa casa, por mais pequena, há sempre trabalho incumprido. Vinha calmo o açougueiro, apesar de também ele carregar o ar comprometido dos culpados. Numa aparente distracção, Ducélia esvaziava de louça o armário. Tulentino Trajero foi directo à vasilha da água e daí para a casinha das necessidades, como fazia agora sempre na volta da sesta. Não se disseram nada. Assim escondiam, um do outro, seus segredos, pai e filha.

Não sabia de nada, confirmou Ducélia. Mas até quando? *Que acha que irá acontecer quando o seu paizinho souber desta história?* A voz do empregado da casa reverberava dentro da sua cabeça. *Na melhor das hipóteses tranca-a num convento e àquele estivador num caixão*. À lembrança daquelas palavras, toda ela voltou a estremecer. Apesar de não ter amigos e ser um homem reservado, era conhecido na cidade. Seria uma questão de tempo até a maldade lhe chegar aos ouvidos. Não sabia o que fazer. Não conseguia pensar direito. Estava perdida. Eis o único pensamento. Uma vontade de chorar subiu-lhe à garganta. Não podia. Mas como é que se sustenta o dique da alma quando cheio de lágrimas até à borda?

Largada a louça, Ducélia pegou na vassoura, pondo-se a varrer o alpendre. No açougue, o pai abria a porta ao empregado. À voz do rapaz, o coração disparou-lhe. Mas foi quando o canto do galo branco encheu os ares do quintal, anunciando aos galos do mundo o seu vigor, que Ducélia não aguentou mais e correu para o quarto. No corredor, a voz do pai anunciou-lhe a saída. Ducélia engoliu o choro e atirou-lhe um «até logo», deixando-se cair num pranto sobre a cama.

Saiu mais cedo para a Escolinha das Sagradas Esposas. À passagem pelo açougue, murmurou «boa tarde» sem levantar os olhos do chão. O movimento da rua era o normal àquela hora, mas Ducélia via mais gente. Pressentia todos os olhos em si, reprovação, censura, desprezo. Seria que as coleguinhas já sabiam dela, como tinham sabido de Fabiana e de todas as demais que haviam dado que falar? De certeza que sim. Já toda a gente sabia. Entrou na Rua do Convento. Abrandou o passo. E as freiras? Sabê-lo-iam, também? Não. Soubessem elas e seriam as primeiras a apresentar o caso ao pai, que havia um nome (e donativos) a preservar. Ainda assim, não tinha coragem para as enfrentar. Só de pensar em transpor a porta da Escolinha... Veio-lhe à ideia a figura austera da madre Goreti. Seria por ela, estava certa, que o pai haveria de tomar conhecimento do seu delito. Estava perdida. Não lhe restavam alternativas. Tinha razão o moço Rolindo.

A meio da rua, meteu por uma travessa desconhecida e seguiu, sem destino, certa apenas de não tornar a entrar na Escolinha das Sagradas Esposas. Apesar de nunca se haver sentido parte daquele espaço, experimentava, agora, um vazio, uma sombra de nostalgia, que, embora não correspondesse à sua afeição pelo lugar, lhe doía, por reflexo: reflexo de quanto na vida lhe acabava de ser arrancado à força e sem aviso. Houvesse ela abandonado a Escolinha para se casar com Santiago e nenhum sentimento lhe haveria de aflorar à alma, mas assim... Foi andando, ao deus-dará, até dar por si sentada sobre as dunas do coqueiral.

Estou disposto a viver como seu amigo dentro da mesma casa, ser seu marido apenas da porta da rua para fora, dormir em quartos separados... A voz miudinha do empregado do pai nos ouvidos da memória. Que seria a sua vida desse dia em diante? *Dou-lhe até ao fim do dia para pensar.* Para pensar o quê?! Que tinha ela para pensar? *Nesta altura não tem muitas alternativas.* Ducélia parecia convencida. Tinha-se acabado o sonho; a vida era uma miséria sem sentido. *Infelizmente, ainda gosta daquele desgraçado.* Amava-o! Como se pode amar alguém que não se conhece; alguém que trai e mata?! Mas, sim, amava-o, que o amor não passa de uma hora para a outra. *Mas nem que seja para lhe poupar a vida. Pois se o seu paizinho souber que ele a desonrou, não duvide, aquela lâmina de dois palmos vai fazer história na cidade.* Uma vez mais o estômago de Ducélia reagiu com dor àquela sentença. Temia por Santiago, mais do que por si mesma. Que podia ela fazer? Não tinha outro remédio. Pela honra do pai, pela vida de Santiago. E se ela mesma decidisse internar-se num convento? Tal hipótese não equacionara Rolindo Face. Imaginou então o pai sozinho naquela casa, sentindo-lhe a falta, perdendo o sentido de viver. Não tinha mais ninguém além dela. Que seria que o magoaria mais: saber a verdade ou vê-la abandoná-lo; interná-la ele num convento, ou vê-la fazer a mala e ir por sua vontade? Tudo em Ducélia se desordenava. Por certo que o menor desgosto seria vê-la casada com o empregado e viverem os três sob o mesmo tecto! *Além do mais, é a melhor lição que pode dar àquele cobarde.* Mas Ducélia não queria dar lições; queria que tudo fosse mentira. Mas não era. Não era e tinha até ao fim do dia para decidir o futuro da sua vida. Não podia abandonar o pai, nem dizer-lhe a verdade. Seria matá-lo, matar Santiago. De repente o mundo em peso nas suas mãos. Se tivesse de matar alguém, que fosse a si mesma. Seria menor a vergonha e, sobre o seu cadáver, talvez ninguém ousasse contar ao pai a sua desonra. Seria deixá-lo, de igual modo, mas... Também esta hipótese não tivera Rolindo Face em conta. Se parecesse um acidente talvez fosse diferente. De todas as ideias, aquela parecia ser a menos custosa para toda a gente. Sem dar por nada, duas lágrimas pingaram-lhe nas mãos. Era como se se despedisse já de si.

Lá em baixo, perfeita no arredondar da tarde, a baía era uma tela pincelada de embarcações. Começavam a preparar-se os pescadores para a faina. Ducélia levantou-se. Com as alpergatas na mão foi andando pelo dorso das dunas em direcção ao poente. Ao longe, no abandono da praia, a carcaça tombada de um barco renovou-lhe a vontade de chorar. Pareceu-lhe ter sido noutra vida. Tão longe já, aquela tarde em que nas pegadas de Santiago alcançara o paraíso daquele lugar, tremente de medo e de desejo! Uma saudade dorida dominou-lhe o peito. Deitado na sombra, o velho *Espadarte* abriu os olhos sem levantar a cabeça. Tê-la-ia reconhecido? Sem outro gesto tornou a fechar os olhos, que cão de pescador pobre não tem muito para guardar. Ducélia quis entrar. Estaria alguém em casa? Era hora de os homens do mar se fazerem à morte, mas... Ducélia desconhecia-lhes os hábitos. Deu a volta ao barco, espreitou pelas feridas abertas no casco. Estava como ela por dentro. Subiu as escadas, abriu o alçapão. Um cheiro quente, a monstro do mar, embrulhou-lhe o estômago, escancarando nela todas as janelas da memória.

Já lá dentro, fechou os olhos por um instante, e por um instante foi outra vida; por um instante sentiu umas mãos na sua cintura, uns lábios na sua boca, uma voz no seu ouvido a sussurrar *franguinha*. Mas, porque um instante passa depressa e num instante a vida toda, Ducélia não pôde mais e caiu de joelhos, como um coração destroçado a soluçar desenganos entre as costelas daquele peito enorme em forma de barco triste. Porque lhe fizera ele aquilo? Porque a não deixara se a não queria? Nunca ela lhe pedira para ficar, para voltar, sequer. Nada. Amava-o e dava-se, como quem ao vento que chega e vai. Porquê, então? Porquê? Porquê?, perguntava-se Ducélia, sozinha, num desespero de abandono, de ruína, de luto pela vida que lhe fora dada a provar e negada de seguida. Porquê? Porquê? Porquê?, convulsava, encolhida, a menina dos olhos do mais concorrido açougueiro de Porto Negro, uma tempestade de emoções, uma dor que a matava aos poucos.

Para lá da Meia-Praia, os pescadores rompiam as primeiras vagas de espuma. Os albatrozes, acordados pela agitação das águas, esvoaçavam atrás dos barcos. Ao longe, o porto lembrava um aranhiço pachorrento a tecer com os seus guindastes a tela da cidade. Nenhum som, nenhum olhar, nenhuma atenção alcançava os confins da baía, onde os restos de um barco, guardado por um cão alheio do mundo, eram a imagem do desalento, do fim dos sonhos, da morte na praia, de tudo quanto um dia poderia ter sido e não foi. Também o choro desesperado que saía daquele ataúde em frangalhos era engolido pela imensidão da praia, da baía, como um eco por uma caverna profunda, e talvez só Deus, que ouve tudo, vê tudo, sabe tudo e tudo determina, percebesse, àquela hora, uma voz perguntar-Lhe aos soluços: «Porquê? Porquê? Porquê, Deus? Porquê?»

Passada quase uma hora, Ducélia levantou-se. Olhou o barco em redor e, levando uma mão à boca, correu escada acima. Na rua, despediu-se do *Espadarte* com uma festa longa sobre o dorso, como se se despedisse do passado. De vez em quando as lágrimas caíam sem aviso. Foi até à beira do mar, abrindo regos na areia quente. A boca da baía, ao fundo, bocejando sobre o vasto oceano, provocava nela uma vertigem semelhante à de um abismo. Sentiu a cabeça marear, ameaçar desmaiá-la e, ao mesmo tempo, uma liberdade enorme, como se a sua vida, o seu destino, não estivesse senão nas suas mãos. Não havia ninguém por perto. Ao longe, as embarcações dos pescadores eram impressões a caminho da indeterminação. A meio da baía, um grande navio deslizava rumo ao porto. Ducélia avançou até à água. Que tinha a perder? Pensou no pai. Talvez a perdoasse. Santiago… enfim. Levantou os olhos para o farol. Estava apagado como tudo nela. Um doce prazer de espuma lambeu-lhe acolhedoramente os pés.

Batiam as seis nos sinos da catedral quando a menina dos olhos do mais concorrido açougueiro de Porto Negro se rendeu à desventura. Sem força, nem esperança, nem porquês de algum género, entrou no açougue e, aproximando-se do balcão, onde só o empregado do pai se encontrava, disse:

— Aceito — correndo para casa com os olhos a acusar lentura.

XXXII

À porta da pequena Igreja de São Cristóvão, o mais antigo santuário da cidade, uma dúzia de convidados aguardava a saída dos noivos. Num passo de atrasado, Santiago Cardamomo subia o labirinto da cidade velha. Era tal a pressa que nem reparou na pequena aglomeração de gente à porta da igreja, nem no despropósito de um casamento a meio da semana, a hora tão discreta do dia. Tivesse reparado e pensaria o óbvio: um casamento apressado para esconder aparências ou vergonhas. Quantos naquela terra?! Entre as pessoas, encontrava-se um homem pequenino a quem todos apertavam a mão. Davam-lhe congratulações que mais pareciam condolências. A noiva, triste, acabava de sair de braço dado com um homem que podia ser seu pai. Não se lhe notava fermento no ventre, mas tudo parecia resultar do triste fenómeno. Santiago, que levava pressa, passou sem reparar. Noutros tempos talvez se houvesse dito ser cegonha de um filho seu, mas não era nem foi o caso.

No seu abrigo de ervas e folhas, Rolindo Face almoçava tranquilo quando Santiago chegou. Ducélia aceitara a sua proposta, mas enquanto não se oficializasse o pedido, enquanto não se consumasse o enlace, enquanto não fosse sua mulher, não se sentiria descansado, que fraquezas e azares dão-se à hora do descuido. Além disso, dava-lhe um prazer soberbo olhar para Santiago torturado à espera dela. Não era a vingança que desejava para ele, mas, não lhe vindo outra melhor ao espírito, ia-se contentando em vê-lo ali, naquela espécie de sofrimento que o surpreendia. E à ideia de aquele galdério nutrir por Ducélia uma necessidade maior do que a necessidade em si, uma emoção para além da vaidade ferida, cuja ausência dela pudesse provocar, o aprendiz de magarefe fungou um sorriso de espanto e gozo.

Santiago subiu e desceu ao palacete. Desta vez não se sentou nos degraus. Encostou-se à escada, acendeu um cigarro. Era o terceiro dia que ali ia, e ela nada. Cada vez mais tinha a certeza de o pai a haver castigado. Torturado entre os pensamentos e a impotência, o jovem estivador impacientava-se. O tempo passava, os cigarros fumavam-se, e de Ducélia nem o contorno de uma sombra. Debaixo da árvore, Rolindo Face regozijava-se ante tamanha inquietação. Nem queria acreditar na reviravolta que a vida dera. Toda a noite pensara no assunto. Faltava-lhe apenas falar com o patrão. Queria fazer tudo bem feito e não achava dever fazê-lo a horas de expediente, de avental ensanguentado e cheirando a carne morta. Viria no domingo de manhã, lavado, bigodinho aparado, brilhantina no cabelo, bem vestido, sapatinho envernizado, duas gotinhas de colónia que haveria de comprar… E ao ver-se bonito, tal qual se imaginava, bem como ao espanto agradado do patrão, sentiu os lábios sorrirem por si e uma felicidade ganhar espaço no peito. No meio dos pensamentos, uma raiva fininha inflamou-lhe o estômago. Houvesse ele tido coragem de o fazer mais cedo e nada daquilo teria acontecido. Teve raiva de si mesmo, de Ducélia novamente, e uma vontade de apedrejar Santiago até à morte. Pagar-lhas-iam bem caras! Dentro de pouco tempo haveria ela de ser sua mulher e, nessa altura, começaria o inferno. Nunca mais poria um pé na rua sem sua licença. Viveria para a casa e para ele. E todas as noites lhe haveria de lembrar a desavergonhada que era, antes de se servir dela, no silêncio íntimo do quarto, que a parte de dormirem separados era ideia que não tinha, nem o bom sogro haveria de o entender. Fá-la-ia pagar com medo e vergonha tudo quanto o fizera e fazia passar. E no dia em que o patrão morresse, nesse dia haveria de lhe dar uma sova de morte, cuspir-lhe em cima e pô-la na rua, que é na rua o lugar das mulheres da sua laia. Rolindo excitava-se ante tais pensamentos. Teria de ter calma. Uma coisa de cada vez. Mas de algo estava certo, nunca mais haveria ela de conhecer um dia de paz na vida.

Em casa, sobre a cama, Ducélia fixava o olhar vago na parede branca do quarto. Tudo tão insípido, tão sem sentido… uma tristeza, desprovida de lágrimas, que toda a noite chorara até à rendição ao cansaço. Achava-se no adormecimento protector dos sentidos. Não sentia ponta de si. Estava vazia e frágil como um ovo ao qual houvessem tomado o interior por inteiro. E naquela anestesia de viúva, que se resigna sem remédio à sua inapelável condição, olhava para a parede do quarto, reflexo exacto do seu futuro descolorido. Toda a manhã não saíra de casa. Não se atrevera a pôr os pés na rua, a cruzar os poucos metros de açougue, a aproximar-se do rapaz que estava disposto a dividir com ela a vida pelo resto dos seus dias. Tinha vontade de se fechar no quarto para sempre, de nunca mais se levantar da cama, mas nem essa liberdade, esse refúgio, lhe era permitido. Pensava na preocupação do pai, no doutor Múrcia a voltar lá a casa. Talvez soubesse já. Talvez não se houvesse sequer surpreendido com a notícia. Estavam ainda frescas na sua memória as palavras que lhe dissera na última visita: *Desta vez, senhorita, escapa. Mas, da próxima, conto ao seu paizinho o motivo desta doença.* Teria de se aguentar, de resistir, de inventar afazeres, de modo a parecer genica e saúde cada ocupação forçada. Naquele dia, mal o almoço terminou, pôs-se a varrer o corredor, a limpar o quarto, na fuga possível aos sentidos do pai. Porém, apenas este saiu, deixou-se cair sobre a cama, numa espécie de alívio sem vontade.

Tulentino Trajero, embora não tecesse reparos, reparava haver a filha perdido o brilho de semanas com melhores cores. Afiançara-lhe o doutor Múrcia não ser nada, mas a verdade é que, depois da última indisposição, algo nela regredira. De certo modo voltara a ser a menina de outrora. Talvez houvesse apenas normalizado. Talvez fosse o seu receio a distorcer a realidade. Talvez se houvesse feito mulher de repente! Talvez houvesse, enfim, chegado a hora na qual havia anos se recusava a pensar. De qualquer dos modos, e por via das dúvidas, seguia pagando a promessa feita, cada dia com mais afinco.

A badalada da uma soou ao largo. Sobre a cama, Ducélia pensou em Santiago, no palacete. Teria ele ido lá naqueles dias? Estaria lá àquela hora? Ou haveria já desistido dela, como era sua intenção? Afinal não estava já *na altura de a desmamar*?! E na estreiteza do peito dorido sentiu uma ferroada que não era raiva, mas desilusão. Queria encher-se de orgulho, espantar o amor do coração, mas nem era orgulhosa, nem o amor é um hóspede que se espante. Levantou-se nela uma tentação de saltar o muro e ir ter com ele. Não lhe faltavam desculpas. Perguntar-lhe porquê. Que lhe dissesse nos olhos porquê. Não iria. Mas alguma coisa em si fazia figas para que lhe entrasse ele pela casa adentro, sem avisar nem pedir, como daquela vez em que a veio arrancar à morbidez profunda da tristeza, e lhe jurasse, entre beijos, ser tudo mentira; lhe jurasse, entre abraços, ser tudo invenção das más-línguas do mundo; lhe jurasse, entre suspiros, não passar tudo de um mal-entendido do empregado do pai; enfim, que viesse acordá-la daquele pesadelo impossível de suportar, ou viesse simplesmente, entre mentiras e traições, enlaçá-la pela cintura e fazer dela sua mulher pela última vez. Mas Santiago não vinha. Haviam chegado ao fim os dias de felicidade e de sonho que, mal ou bem, resumiam a sua vida toda. Dali para a frente, só uma fria parede em branco. Dali para a frente seria esperar a morte, sem remédio nem esperança. Dali para a frente, como dois bons amigos, ao lado de um homem que não conhecia nem queria conhecer. Duas lágrimas bruscas encheram-lhe os olhos e num tremer do corpo caíram pelo rosto abaixo.

Encostado à escada, Santiago tinha agora as feições fechadas de quem matuta em alguma coisa. Rolindo Face, saboreando a doçura do prazer a que só a vingança sabe, não deu importância. Mas quando o jovem estivador se descolou da pedra e desapareceu entre o mato, o coração disparou-lhe como se por um presságio de morte. Já da última vez o vira descer a colina. Não demorara então, mas alguma coisa lhe soara diferente agora. Não podia senão esperar. E se ele saltasse o muro? E se lhe fosse pedir justificações? Se ela lhe contasse, ele desmentiria. Ela não haveria de acreditar nele. Conhecia-lhe a fama. Mandá-lo-ia embora, por certo. Não. A cabeça de Rolindo dava voltas de pião. Ele mesmo espalharia pela cidade toda aquela história se esta o recebesse; se esta lhe dirigisse palavra ou ouvidos. Teria ele coragem de saltar o muro? E se tivesse? Porque o não fizera já, então? Se a visse e a chamasse, apenas? Não aguentou mais Rolindo Face e, abrindo caminho entre o mato, desceu a colina por outro lado.

Rente ao muro, o ajudante de magarefe espreitava, à cautela, para o quintal do patrão. Ninguém. Nem o mais pequeno sinal de gente. A vegetação alta não lhe permitia saber se Santiago estava ainda do lado de cá. Sentiu o medo abalar-lhe as pernas. Quis agachar-se, esconder-se, desistir de tudo. Já se preparava para fugir quando o cacarejo da criação o chamou à vida. Tinha saltado, o cabrão! Espreitou de novo sobre o muro. Nada. Esperou que Ducélia o expulsasse de casa, um grito, que chamasse por alguém. Nem um único som de vozes. Empoleirado no muro, Rolindo Face era um busto à vista. De um momento para o outro esquecera o medo, reagindo apenas ao latejo do estômago, sem já a menor sombra de razão.

Os segundos pesavam. Talvez ela o enxotasse pela porta da frente! Não sabia o que fazer. Nenhum movimento, nenhuma voz, coisa nenhuma de gente. Os pêlos arrepiaram-se-lhe num pressentimento frio. Então, como um frango depenado vivo, Rolindo Face saltou o muro na nudez do desconhecido e correu até à parede traseira da casa, na insensatez desesperada de quem não sabe já o que faz. Uma janela aberta provocou-lhe a curiosidade. Vai-te embora! Uma voz, surda, avisava-o por dentro. Contudo, dominado por forças superiores à razão, Rolindo Face não fazia caso do aviso, avançando, colado à parede, à magra sombra da hora. E se a rapariga expulsasse o estivador e ali desse com ele? Sempre os mesmos receios. E se.... Mas não foi a tempo de circunstanciar mais nada. Por um cantinho da janela, sem vergonha nem roupa, sem lágrimas nem desesperos, como no maldito sonho da praça, viu despir-se às mãos daquele estivador dos infernos a mulher que não havia vinte e quatro horas lhe dissera aceitar ser sua.

Rolindo cegou. Saltou o muro de volta, correu à Praça dos Arcos, acordou um dos garotos de recados, explicou-lhe onde haveria de encontrar quem e dizer o quê e, pondo uma nota de cinquenta *pudís* sobre a pedra onde este dormia, ordenou:

— Agora corre, que é um caso de vida ou de morte!

O rapazito, atordoado, amarrotou o dinheiro no bolso dos calções. Já se preparava para partir quando o empregado do açougue o segurou por um braço, avisando-o com as sobras do fôlego:

— Nem uma palavra sobre quem te mandou o recado! Ouviste?

O garoto assentiu com a cabeça, lançando-se a correr. Exausto, Rolindo sentou-se na laje deixada livre. Ali, no meio da garotada que dormia, enterrou a cabeça desesperada nas mãos. Tanto cuidado, tanta ponderação, tanta espera para nada. Via todos os seus planos deitados a perder por um impulso do momento. Mas que outra coisa lhe restava fazer? Estava baralhado. Havia nele uma raiva e uma dor mordendo-o à vez. A praça estava deserta, as arcadas silenciosas de garotos dormindo. Não se ouvia uma mosca. A meia hora da uma ecoou surda pelas arcadas e, de repente, o palco do sonho ergueu-se-lhe diante dos olhos e o coração bateu mais forte, feito um tambor no seio da terra. À sua volta não eram já garotos enjeitados que dormiam, mas anões com pés de chibo e máscaras de galo prontos a despertar. Não tardariam a montar o circo; não tardariam a enjaulá-lo numa gaiola por cima da praça. Àquele pensamento, um medo maior que a agonia avolumou-se-lhe dentro. Tinha de fugir. Sair da cidade, rumar ao extremo oposto da ilha, apanhar o primeiro barco para onde fosse, e nunca, por nunca mais, tornar àquela terra maldita onde nascera por azar e desventura.

XXXIII

A janela continuava aberta, mas de dentro da casa não saía uma imagem, um som; qualquer coisa de humano. Rolindo Face não resistira. De volta à quinta do palacete, esperava, agora, sobre uma figueira, a chegada do patrão. Escolhera a melhor árvore para se instalar e tinha, por entre a ramagem, uma visão privilegiada do quintal. Se alguma coisa acontecesse, se uma sombra perpassasse aquela janela, haveria de dar fé. E se o patrão não viesse? Se o garoto não houvesse dado com ele? Pior: se o patrão o houvesse agarrado e obrigado a dizer quem lhe mandara o recado? Era uma imprudência não se ter já posto a caminho de muito longe. Mas naquela fase dos acontecimentos... Assistiria de camarote ao último acto daquela obra reescrita à pressa e logo correria a casa para desenterrar o seu pequeno pecúlio e desaparecer no mundo sem deixar rasto. Sobre a árvore dos traidores, protegido pela folhagem, Rolindo Face experimentava a vertigem da liberdade a vogar-lhe no sangue.

De dentro da casa nenhum sinal. E se o estivador já lá não estivesse? Tinha de estar! Tinha de estar!, rezava, de dedos cruzados sobre a opressão do peito. Suavam-lhe as mãos, as têmporas. Oculto entre os ramos, Rolindo Face era um fruto de ansiedade. Porque não passava o tempo? Respirar fundo e esperar. Enquanto nada acontecia, pensou nas voltas que aquele trocar de voltas provocaria. Eram imprevisíveis. Não lhe importavam. Se o pai a sovasse; se matasse o estivador; se acabasse ela os dias num convento, ou num prostíbulo, dava-lhe igual, ia dizendo para si o empregado do açougue. Estaria longe. Muito longe. Lamentava apenas não estar à porta na hora de o pai a pôr na rua; vê-la passar de cabeça baixa; sorrir-lhe à passagem com todo o desdém, com todo o cinismo, com toda a nitidez quanto à autoria da vingança. Talvez escrevesse uma carta para o *Portonegrino* a contar aquela história, a incluir nela as suspeitas sobre o segredo do patrão. Não o conhecia, era certo, mas não o estimava de grande transparência. Também ele lhas haveria de pagar. Parecia até já estar a ver o título da notícia: *Enquanto o pai contrabandeava para as bandas da praia, a filha entregava-se ao deleite com o maior galdério da cidade*. Faltava apenas o estivador. Pensava no seu castigo, quando um grito lhe encheu o estômago de terror e felicidade. Era a voz da rapariga. Tinha começado a tragédia.

Não deram os amantes pela chegada do açougueiro e, quando Ducélia abriu os olhos, já as mãos do pai levavam o caminho de Santiago: uma para lhe agarrar os cabelos, a outra para lhe ceifar a vida. Não teve tempo de se defender, o jovem estivador, da faca do magarefe. De repente, tudo branco e um frio medonho entrando-lhe pelo corpo adentro. Tomava fôlego à dor do primeiro golpe e já a lâmina lhe rasgava de novo a carne e tudo quanto apanhava pela frente. Ducélia gritava, desesperada, incapaz de travar a mão do pai. De boca aberta, Santiago procurava por ar, por socorro, pela vida que lhe fugia, mas os gritos morriam-lhe nos intervalos curtos dos golpes e todo o corpo se lhe contorcia como um animal ao qual houvessem cortado a cabeça. Não tinha tempo para pensamentos — frio e asfixia — e de novo a lâmina a entrar-lhe no ventre sem piedade nem atalhos. Um golpe bastaria a Tulentino Trajero para adormecer um homem, que por maior tamanho não alcança jamais a meia parte de um boi, mas estava toldado pela ira e a turvação da vista não lhe dizia onde espetava. Em pouco tempo encheu-se a cama de sangue e o quarto de súplicas de misericórdia.

— Por favor, paizinho! Paizinho! Ai! Pare, paizinho! — gritava Ducélia, atirando-se para a frente da faca, para cima do corpo de Santiago. Mas Tulentino Trajero estava cego e surdo e a Santiago, apesar de vivo, não havia já quem o salvasse.

Em cima da figueira, o empregado do açougue angustiava de ansiedade. Os gritos da rapariga metiam-se-lhe nos ossos. Não via o que se passava. Uma escuridão completa para lá da janela. E porque o escuro agiganta o medo, Rolindo Face sentia em cada grito um fantasma ao seu redor. Sentimentos de desforra e de apreensão habitavam agora o mesmo espaço. Eram de tal ordem os gritos que chegou a pensar não sair, nenhum dos três, vivo daquela casa. Pela primeira vez sentiu a situação descontrolada. Dentro do quarto, agarrada ao que restava de Santiago, Ducélia gritava num desespero de tortura:

— Não! Não! Não! Ai, Santiago! Santiago! Não! Santiago!

Mas Santiago já não a podia ouvir. O pai não lhe tivera clemência e, atirando o cadáver para o intervalo entre a cama e a parede, arrancou o cinto das calças e cobriu o corpo da filha de pancada até se lhe acabarem os gritos, até se lhe acabarem a ele as forças e a ebulição da fúria. Os urros de Ducélia faziam doer: eram o berrar de um animal torturado, incapaz de distinguir onde as dores lhe doíam. Tulentino Trajero ia matá-la à porrada. Havia-a feito e desfá-la-ia. Era incompreensível a loucura com que o açougueiro batia na filha. Como pode alguém ficar tão obcecado, tão louco, tão longe da razão?! Em quem bate um pai que bate como Tulentino Trajero batia na coisa mais preciosa que tinha? A quem castiga? Contra quem é toda a fúria de um braço cego pela «traição»? E quem trai o quê em quem se sente assim traído? Como pode a realidade ser mais frágil? Como pode entre a vida e a morte haver um espaço tão estreito, tão próximo do nada? Qual a barreira entre o amor e o ódio; entre o prazer e a frustração? E o que são uma coisa e outra? Como pode num raio tão estreito de mundo coabitar tanto sentimento junto: o amor de Ducélia, a voluptuosidade de Santiago, a inveja de Rolindo Face e a ira de Tulentino Trajero? Que realidade é essa onde cabe tanto? Que fracção de quê separa os paralelos da existência? Ele há coisas que não se explicam. Ele há coisas que por ora se não compreendem, mas que, se calhar em caminho, talvez se contem.

Em cima da figueira, de mãos diante da boca, em jeito de louva-a-deus, Rolindo Face viu o patrão atravessar o alpendre da casa arrastando a filha pelos cabelos. Ia nua, com o corpo ensanguentado. Pelo menos assim lhe parecia. De repente o silêncio engoliu a tarde e por um longo instante o mundo pareceu suspenso. Ia pô-la na rua como viera ao mundo!, pensou. E o estivador? Tê-lo-ia matado? Teria conseguido escapar? Não o vira, não o ouvira. Ouvira-a apenas chamar por ele, gritar-lhe o nome. Estava às escuras, Rolindo

Face. O coração batia-lhe ao ritmo do remorso que começava a apontar-lhe o dedo. À medida que arrefecia, parecia ir-se apercebendo da dimensão do seu acto, das proporções trágicas que poderia alcançar. Assustou-se. Acusá-lo não podia ninguém. Não fizera nada. Mas a culpa que começava a germinar dentro de si não lhe assegurava tal impunidade. Estava ali, colada a ele, pronta a beijá-lo no primeiro instante; a apresentá-lo à multidão — *Ecce Homo* — o verdadeiro culpado. Temeu pela vida e, carregado do sentimento cobarde que os maus pressentimentos provocam, desceu, hesitante, da árvore dos trinta remorsos.

Os gritos de Ducélia haviam atraído à porta do açougue a vizinhança mais próxima, mas quando a imagem daquele homem arrastando a filha pelos cabelos surgiu, toda a gente recuou, como se à passagem de um Cristo em chagas; como se à passagem da morte em carne viva. As mulheres levaram as mãos à boca, os homens nem tanto, mas nenhum se chegou à frente para aliviar da Paixão aquela pobre de Deus; para deter aquele homem que desaparecia por baixo do arco com a filha numa mão e uma faca pingando sangue na outra. Não se preocupou, desta vez, o açougueiro com os falatórios da vizinhança. Não via nada: apenas um bando de corvos debicando-lhe o fígado.

Uma vez mais, Rolindo Face não fora capaz de resistir. Uma mão embrulhava-lhe o estômago à medida que se aproximava da casa do patrão. Vai-te embora!, a voz da razão, pela segunda vez naquela tarde. A janela aberta atemorizava-o. Tinha medo do que pudesse encontrar. Agachou-se-lhe debaixo, deixou-se à escuta. Só o próprio coração se ouvia. Inventando coragem, levantou a cabeça e viu um mar de sangue em cima da cama e um pé a acusar a presença de um corpo. Todo o sangue lhe gelou de repente. Como num pesadelo em que as pernas não obedecem ao instinto de fuga, Rolindo Face lutou contra a corrente para alcançar a esquina da casa. Era o estivador. Não podia ser outro. Arquejava, tremia, como se houvesse sido ele a matar aquele homem. Achava não conseguir sair daquela esquina, alcançar o muro, fugir dali. Não soube quanto tempo demorou até um vozeado de gente o despertar. Vinha da rua. Avançou até ao alpendre. Nenhum sinal do patrão. A passo miúdo alcançou o açougue. Por entre as fitas da porta viu um grupo de almas a benzer-se, a clamar. Aonde teria o açougueiro levado a filha? A resposta surgiu-lhe óbvia em forma de convento.

Era hora de desaparecer dali. Mas, porque a morte atrai os homens, em especial os mais cobardes, Rolindo Face não resistiu à curiosidade e meteu pés casa adentro, comandado pela mesma força que pelo Universo atrai e consome a matéria. À porta do quarto, deu de caras com o irreparável engenho da morte. Entre a cama e a parede, o corpo de Santiago Cardamomo jazia, ensanguentado e nu, e aquilo que não havia um minuto o deixaria sem fôlego enchia-o agora de um prazer miudinho. Aproximou-se do cadáver. Estaria vivo? A imagem dos golpes dizia-lhe não poder estar. Temeu-lhe um último estertor, um derradeiro movimento, próprio dos seres que a vida recusa perder. Vira-o acontecer aos porcos muitas vezes. Mexeu-lhe com o pé. Depois com mais força. Nada. Se naquele momento abrisse os olhos borraria a alma pelas pernas abaixo. Mas Santiago estava defunto. Rolindo agachou-se junto do corpo. Fixou-lhe o sexo — instinto natural nos homens de atributos modestos. Por um impulso irreflectido, pegou nele, hesitante, a princípio com a ponta dos dedos, depois com a mão toda. E numa admiração de relíquia, esqueceu-se de tudo. Era pesado, estava quente, parecia vivo ainda. Tomado de um sentimento de desejo, acariciou-o como se à coisa mais bela, como se seu por instantes. Apertou-o. Com força, primeiro, depois com raiva, e, num descontrolo frustrado de criança preterida, puxou-o furiosamente, como se o quisesse ver sem ele. De repente a chama do ódio reacendeu-se. Nem assim parecia sentir-se vingado. A sensação de que, mesmo morto, Santiago continuava a ser mais homem do que ele. Todo o poder que aquela situação lhe podia transmitir anulava-se ante a imagem daquele órgão estendido, capaz, na morte, ainda de o humilhar. Levantou-se de um pulo, cheio de nojo e vergonha, cheio de inveja e de raiva, e com toda a pequenez, com toda a frustração de homem diminuto — como se aquele corpo inerte que ali estava fosse o culpado por toda a decepção de que era feito —, pontapeou-o até à espuma na boca, até à vertigem dos sentidos, até sentir que aquele *cabrão* lhas pagava todas, até acordar de cansado e desaparecer casa afora, rumo à quinta do palacete; rumo sabe o Diabo onde.

À porta do açougue, avolumara-se o grupo, que uma desgraça reúne mais povo que uma acção de graças. Não terminara ainda a sesta, mas quem testemunhara o horror do espectáculo chamara à rua quem por ali vivia e depressa a frente da casa se compôs de bocas abertas e credos. Que poderia aquela infeliz ter feito de tão grave, Deus do Céu, Santíssimo Sacramento, para o pai a deixar naquele estado?! Ele que a criara com todo o amor e desvelo; ele que, apesar das poucas falas, acusava um brilho nos olhos ao referir-se a ela; ele a quem nunca se ouviu um grito, uma repreensão à filha. Abismavam-se as pessoas ao saberem do sucedido e diziam umas às outras que, a escapar com vida, tivesse ela cometido os sete pecados maiores de uma só vez e incumprido de enfiada os mandamentos todos, ainda assim só poderia ser uma santa, pois só um ser de Deus pode com tamanho martírio. Houvesse o açougueiro virado costas à imagem que o cegara no quarto da filha e vindo para a porta do açougue chorar a vergonha, e seria Ducélia a maior cróia que o mundo já vira. Houvesse Tulentino Trajero cravado os dois gumes entre as próprias costelas, e teria a cidade em peso a apedrejar-lhe a filha até à boca da barra. Mas, assim, não havia vergonha que lhe valesse, desonra que o honrasse. Que teria ela feito? O quê, Senhor dos homens, Pai dos pecadores?!

Com a filha pelos cabelos, Tulentino Trajero seguia, cego, pela via dolorosa do porto abaixo. Os olhos um nevoeiro denso sobre o mar da sua ira. Quem o saberia? Havia quanto tempo? A sua honra aos quatro ventos? O seu nome pelos quatro cantos da cidade? E vinham-lhe à memória imagens antigas, recordações lancinantes que o tinham lançado para o convés do *Alyantte*, vinte anos atrás, numa viagem em marcha-a-ré entre Porto Negro e San Roman de la Plata, cidade natal que abandonara por motivos que, se calhar em caminho, talvez se contem.

Ninguém se atrevera a seguir-lhe os passos. Nem sequer os garotos da praça. E por só agora soar a meia hora das duas, as ruas da cidade velha continuavam desertas, que por ali não haviam chegado os gritos. De vez em quando, uma excepção cruzava-se com o martírio, mas a incredulidade era tanta que a reacção era nula. Foi o caso de Benzelias Aquiles, companheiro de estiva de Santiago. Vinha de casa. Regressava mais cedo à doca, como de costume, para uma aguardente com os companheiros antes de pegar ao serviço, quando, ao cruzar o Largo do Calvário para a Rua dos Turcos, deu de olhos com o que não podia ser. Reconheceu o açougueiro da Rua dos Tamarindos e, apesar do arrepio, a primeira ideia foi ver naquele corpo um animal esfolado vivo. Foi curto o encontro, mas o suficiente para o estivador perceber o engano. Tulentino Trajero não deu por ele, nem por ninguém. Parecia levar o destino nos olhos vagos. Benzelias benzeu-se por um reflexo da alma e, com a estrangulação na garganta de quem vê o que não quer nem deve, e a cobardia impotente de se não atrever a um gesto, meteu em corrida a caminho da estiva.

— Nem queiram saber o que acabei de ver! — disse sem fôlego ao chegar ao armazém, onde os companheiros que não iam almoçar a casa ainda dormitavam a sesta. Rodrigo, a voltas com um poema que tinha de estar pronto nessa noite, era dos poucos acordados.

— Que foi, homem?! — perguntou o apontador.

As vozes acordaram mais homens e a cara de Benzelias despertou--os do sono.

— Conta, homem! — insistiu San Simon. E Benzelias Aquiles lá disse:

— Acabei de ver o senhor Trajero do açougue a arrastar pelos cabelos uma mulher nua. Não lhe consegui ver a cara, mas levava o corpo vergastado dos pés à cabeça. — E depois de um breve silêncio, supôs: — Cá para mim era a filha!

No peito de Rodrigo o coice do pressentimento fê-lo pôr-se de pé. E sem dizer uma palavra, lançou-se numa corrida por entre os armazéns do porto.

— Rodrigo! — chamou Pascoal, que não estava a perceber nada. — Rodrigo! — Mas Rodrigo de San Simon nem sequer olhou para trás. Pascoal levantou-se e correu atrás dele.

À porta do açougue subia a maré de gente. Mas, porque não se entra em casa alheia sem convite ou licença, apesar da porta aberta, ninguém se dispôs a entrar. Até porque, apesar das evidências, não passou por nenhuma cabeça haver um cadáver lá dentro. A notícia de que o açougueiro espancara a filha até à morte e a arrastara sabe Deus para onde correu feito um rastilho aceso. Não tardou a aparecer gente jurando havê-lo visto nos mais singulares cantos da cidade. Os primeiros a darem fé dos gritos sentiam-se os donos da notícia e, para que quem chegasse depois lhes não filasse a primazia, começaram a se-calhar, com ares de certeza, que estava grávida, que queria fugir com um marinheiro, que se amantizara com um homem casado. Era o que constava, diziam os que não sabiam àqueles que chegavam a perguntar. Afinal, a verdade não podia andar longe.

Rodrigo e Pascoal chegaram numa corrida e, afastando quem estava, irromperam pelo açougue no desespero de quem chega tarde.

— Santiago! — gritaram. — Santiago! — Mas a resposta não veio.

Na rua, os narradores da história sentiram como um desaforo a intromissão dos dois rapazes.

— Afinal a história é mais cabeluda do que parece? — comentou uma mulher para outra nas costas do grupo.

— Também me cheira! — respondeu a segunda com excitação nos lábios.

A multidão começava a angustiar. Alguém alvitrou que se entrasse na casa. Mas uma voz, prudente, sugeriu chamarem-se antes as autoridades. Um grupo de garotos correu ao posto para avisar a Guarda.

Rodrigo e Pascoal procuravam pelas divisões:

— Santiago! — no reflexo próprio do desespero. — Santiago!

Mas Santiago não os podia descansar. Quando, por fim, lhe deram com o corpo, o mundo onde corriam firmou-se e partiu-se. Pascoal Saavedra dobrou-se sobre si próprio. Veio-lhe o vómito à boca e o desmaio à cabeça. Rodrigo, de mão no peito, tremia como ante a imagem do inferno. O maior dos seus receios ali, esquartejado e nu, feito um animal abandonado no chão, sem uma pinga de sangue. Ainda não havia três horas saíra de ao pé deles — meio cismado, era certo, mas vivo —, e agora, ali, despido de vida, de sangue, de roupa, de toda a dignidade, morto como só os mortos alcançam estar. Ainda não havia três horas saíra de ao pé deles — de cara fechada, era certo, mas acordado — e agora, ali, com uma expressão vazia, esvaída, ausente, de nada, gravada no rosto. Ainda não havia três horas, e agora... ali, Santiago Cardamomo, o amigo que nunca mais tornaria a rir, a brincar, a aparecer junto deles. Bem dizia Pascoal! Nunca lhe dera ouvidos. Sempre achara impossível aquela ideia e, afinal... Num desespero irracional, Rodrigo gritou pelo amigo:

— Santiago! — abanando-o. — Santiago! — batendo-lhe no rosto. — Santiago! — como se a culpa fosse sua; como se o houvesse podido evitar, ou voltar agora atrás no tempo. — Santiago! — Mas Santiago estava longe... não lhe podia responder.

Rodrigo tentou arrastá-lo para cima da cama. Pascoal, aterrado, tremia sem saber o que fazer. San Simon pediu-lhe ajuda. Eram fundos os golpes: negros, feios, abrindo-se a cada movimento do corpo. Pascoal não resistiu e o estômago despejou-se-lhe pela boca. Rodrigo tapou o cadáver e, com o resto das forças, abraçou Pascoal, levando-o, como pôde, para fora do quarto.

À porta do açougue era muito o alarido. Havia mais história para além do contado e visto, mas o cheiro a desgraça suplantava a curiosidade e, além de Rodrigo e Pascoal, ninguém mais se atreveu a entrar na casa. Escoltados pelo grupo de miúdos, o tenente Bullivéria e dois soldados chegaram ao local. Ainda não tinham feito perguntas quando Rodrigo de San Simon e Pascoal Saavedra saíram da casa do açougueiro. Entre a multidão, dona Santiaga Cardamomo, que ali parara antes de ir abrir o negócio, fixou os olhos nos dois rapazes. Um aperto no peito quase a deitou ao chão. E com as forças trémulas, rompeu entre a gente até chegar diante deles, com os olhos aflitos, de mãe que era, à espera de ouvir das suas bocas ser mentira. Pela misericórdia de Deus que fosse mentira tudo quanto o coração lhe pronunciava. Por instantes pareceu que toda a gente adivinhara o sucedido; por instantes toda a respiração se suspendeu. Quem lhe haveria agora de confirmar a notícia? Quem lhe haveria agora de depositar sobre o balcão o sobrinho morto? Quem lhe haveria agora de conter os gritos, as lágrimas, o desespero?

— Santiago?! — perguntou a pobre mulher de lábios trementes, num implorar para que não.

Os dois rapazes baixaram a cabeça. Batiam as três da tarde nos campanários da catedral.

XXXIV

— Cuménia! — gritou a fôlego solto Tulentino Trajero, batendo na porta do Chalé l'Amour. — Cuménia! — numa rouquidão de trazer gente às varandas, às janelas. — Cuménia! — numa insistência de quem não arredará pé até ser atendido.

Dentro da casa era ainda manhã cedo e haveriam de passar horas antes de aquelas portas se abrirem aos apetites da cidade. O açougueiro não se detinha em considerações e batia com a fúria de quem deitaria a porta abaixo se lha não viessem abrir.

— Já vai, já vai! — exclamou uma voz demorada dentro da casa, dando voltas à chave.

A porta descolou-se e, do escuro, a figura despenteada de uma mulata mal vestida. Era Chalila Boé, acabado de arrancar ao sono. Tulentino Trajero afastou-o com o braço armado e, arrastando a filha pelos cabelos, entrou no alcouce aos gritos pela dona da casa. Cuménia Salles, reconhecendo a voz, assomou ao salão. Apareceu num passo calmo: roupão de seda azul, gola emplumada, chinelinho de salto. Mulher habituada a dissimular emoções, Cuménia Salles não se mostrou perturbada ao olhar para o horror daquele espectáculo e, bafejando uma nuvem de fumo sobre o marfim da boquilha, perguntou:

— Que queres tu nesses modos, homem?

— Venho trazer-te esta desgraçada. Quero que a ponhas a trabalhar para ti. Já que deu em puta, que coma disso!

Falava com espuma nos cantos da boca e humidade nas arestas dos olhos. A rapariga, de corpo flagelado, cabelos desgrenhados, arquejava, silenciosa, que nem um animal às portas da morte. Depressa o salão se encheu de bocas em credos e virgens santas. Chalila Boé, de mão sobre os lábios, benzia-se como se na presença do Diabo. Cuménia Salles não deu resposta. Fumava sem desviar o olhar do olhar do açougueiro. Sabia não ter ainda dito tudo.

— Eu que sonhe que a poupas, ou que ela se escapa destas quatro paredes. Eu que sonhe que ela põe um cabelo fora daquela porta, venho cá e deito fogo a esta merda toda! Tu conheces-me, Cuménia! Tu conheces-me! — gritou Tulentino Trajero, largando os cabelos da filha num gesto de desprezo e nojo.

Assim era, de facto. Conhecera-o havia cinco anos. Uma Sexta-Feira Santa. Lembrava-se perfeitamente, Cuménia Salles, que, apesar da sagrada data mandar abdicar da carne, o Chalé nunca parecera tão cheio. Fora a primeira vez que o vira. Podia garanti-lo, pois tinha aqueles olhos de abismo profundo que desequilibram uma mulher a cair-lhes dentro. Mesmo uma mulher que tivesse já visto todos os olhos do mundo. Entrou, olhou em volta, procurou um canto discreto, sentou-se e mandou vir para a mesa uma garrafa de aguardente. Cuménia Salles, habituada a conhecer os homens pelos gestos e a ignorá-los pelas palavras, depressa reconheceu nele a mistura precisa de melancolia e dor que, fermentada pelo álcool, pode levar um homem ao inferno e um negócio à ruína. E antes que o azar fizesse das suas, foi ela mesma perguntar:

— O cavalheiro quer que reserve uma menina para lhe fazer companhia?

Tulentino Trajero levantou a cabeça e, depois do que à mestra cortesã pareceu uma eternidade, declarou apenas:

— A sua basta-me.

Quando a voz cava daquele homem lhe caiu pesada no colo, Cuménia Salles sentiu o passado às voltas nos ossos e a certeza de haver caído numa armadilha da vida. Ainda tentou convencer-se não estar disponível, dizendo:

— Sou a dona da casa… Não lhe posso fazer companhia por muito tempo. — Como se dizê-lo alto a protegesse de algum modo. Como se dizê-lo alto a pudesse já impedir de passar com ele aquela noite. No entanto, alguma parte da mulher em si teve o pressentimento de não poder e de que seria apenas a primeira vez.

Tulentino Trajero não contestou. Acendeu um cigarro, lançando os olhos vagos pela vacuidade da sala à pinha. Cuménia Salles compreendeu estar na presença de um homem temperado no ferro. Tinha visto muitos homens na vida. Deus do céu! Se tinha! Assim houvessem dias bons na sua memória. Mas, como aquele, lembrava-se apenas de um. E ao som da banda, envolta na neblina de mil cigarros, deixou-se ficar, porque não tinha já forma de sair dali. Fez sinal para lhe trazerem um copo de *xandiega** e esperou ser ele a tomar a palavra. Tulentino Trajero, porém, não disse nada. No salão, pelas mesas, dançava-se e ria-se, mas naquele canto reinava um silêncio capaz de abafar a cidade inteira. E foi nesse silêncio que se gerou, não um amor de alguma espécie, mas a firmeza de que só cada um deles podia acalmar a dor de alma do outro sem lhe cobrar um pêlo, sem lhe ficar a dever um gesto: um magnetismo, uma correspondência particular, no sentido mais estrito do termo, como se se conhecessem de uma vida passada; como se alguma coisa entre eles houvesse sido interrompida algures entre um renascer e outro.

Cuménia Salles terminava a *xandiega*. Também a garrafa do açougueiro ia levada, mas o álcool parecia não lhe entrar no sangue, tão espesso o tinha. Em tantos anos de viúvo, nunca o açougueiro da Rua dos Tamarindos voltara a estar com uma mulher. Nessa noite, porém — muitas depois da morte de Angelina Fontayara —, havendo-se a solidão e os fantasmas tornado maiores que o pudor e o recato, deixou a filha a dormir e saiu de casa, decidido a encontrar um par de braços, mais do que um par de pernas, capazes de lhe acalmarem o aguaceiro que o afogava por dentro. Pressentindo não ir ouvir dele nem mais uma palavra, a dona da casa encetou o gesto de se levantar. Foi só então que a voz daquele homem, grávido de silêncio, nasceu para lhe dizer:

— Dou-lhe cem mil *pudís* para se deitar comigo esta noite.

E disse-o com tal gravidade que Cuménia Salles não duvidou por um instante de que falasse a sério. Ainda lhe disse — por dizer — já estar retirada das lides, mas Tulentino Trajero não considerou essa parte e, porquanto tudo tem um preço, avigorou:

* Bebida preparada à base de gelo moído, aguardente de coco, gema de ovo, açúcar, hortelã e limão.

— Dou-lhe quinhentos mil *pudís*.

A mestra cortesã abriu os olhos. Não pela oferta, que não pretendia aceitar, mas porque nunca um homem lhe falara num tom tão definitivo. Percebia-se não ser rico nem caprichoso e estar disposto, ainda assim, a deixar-lhe ali, naquela noite, tudo quanto tinha de seu, por um desígnio celular. Carregava a morte no peito. Pressentia-o. E talvez pela incapacidade de contrariar o destino, talvez por um fascínio inexplicável que sempre atraiu as mulheres para homens arriscados, Cuménia Salles disse-lhe para sair, para dar a volta ao Chalé pela Travessa de Damasco e encontrar-se com ela daí a dez minutos nas traseiras da casa. O açougueiro encetou um gesto de querer pagar o bebido, mas a dona da casa interrompeu-lho:

— Está paga a garrafa. — E levantando-se, dirigiu-se para o bar.

Quando Tulentino Trajero saiu, Cuménia Salles sentiu o coração estremecer e o ventre dar de si como se estivessem ainda vivos. Ia para mais de quinze anos que não se deitava com um homem. Talvez por todos lhe parecerem iguais a todos os que conhecera na vida da vida. A desculpa de ser a dona do estabelecimento servia-lhe de escusa ideal para não se dar a servir e, com o passar dos anos, fora coisa na qual não tornara a pensar. Mas naquele dia, diante daquele homem com o olhar sem fundo das máscaras, reflexo de um interior ausente, parecia incapaz de resistir. Havia nele alguma coisa do homem que a estreara, tinha então treze anos, morto numa briga de facas com os três irmãos dela, os quais, depois de o matarem, o abriram como a um porco e crucificaram em duas traves, obrigando-a a vê-lo ser comido pelos abutres, antes de a expulsarem de casa, batida e com a roupa do corpo. Dorida por dentro e por fora, andou trinta léguas até chegar ao mar, onde se atirou às ondas, mais morta que viva, para acordar alguns dias depois, agrilhoada por um pé na barraca de um pescador que fez dela sua mulher durante mil e noventa noites, tantas quantos golpes marcara no chão de tábuas debaixo da cama com a pontinha de um prego, tantas quantos golpes lhe haveria de dar com um arpão ferrugento que o descuido um dia deixara ao alcance das suas mãos. A raiva fê-la querer viver. Sete dias depois chegava a Porto Negro, disposta a tudo, até a ser uma mulher honrada. Deu em puta e jurou não mais se entregar a ninguém. Bonita, perfeita de corpo, morena e roliça, depressa atraiu sobre si a atenção dos homens. Na cama dava-lhes o insonhável, enlouquecendo-os até à miséria, fazendo-os arrastarem-se por si sem dar mão a nenhum. Durante uma década foi a mulher mais cobiçada do porto, a cortesã mais cara do seu tempo. Poupou quanto pôde e, mal a oportunidade chegou, comprou a velha pensão L'Amour — a única construção colonialista do porto —, remodelou-a, enchendo-a de gáudio e luxúria. Manteve-lhe o apelido, mudou-lhe apenas o nome. No dia em que as portas se abriram, Cuménia Salles fechou as pernas ao público. Assim, até àquela noite, quinze anos depois, diante de Tulentino Trajero, o homem com alguma coisa do homem que a fizera mulher num campo de milho, por vontades iguais; o homem que daí por diante, e durante cinco anos, não faltou uma tarde de domingo à sua cama; o homem que chegava reservado, dentro de um fato cinzento, escudado por um galo triste, que amarrava à perna da mesa antes de a fazer mulher; o homem que lhe devolveu, não o amor, que em morrendo não torna a nascer, mas o conforto silencioso de um par de braços; o homem que agora lhe acabava de deixar aos pés o corpo da filha, e que ela, Cuménia Salles, tinha a certeza, não tornaria a ver.

XXXV

Dona Reverenciana Pio Face marmelava à porta do casebre quando a figura do filho surgiu ao fundo da estrada. Surpresa, apressou-se conforme pode para dentro de casa, escondeu o pecado debaixo da almofada e deitou-se, sossegada, com ares de não haver saído daquele colchão nos últimos quinze anos. Sem dar por nada, Rolindo entrou e sentou-se à mesa, mudo e branco como as nádegas de uma noviça. Saíra da quinta do palacete no mais lesto dos passos, mas à passagem pela Praça dos Arcos não conteve a curiosidade, deitando um olho à Rua dos Tamarindos. Era muita a gente à porta do açougue. Não teve coragem de se aproximar, de fingir que chegava para o trabalho. Era o melhor que poderia ter feito. Não era culpado de nada, ia dizendo para se convencer. Não convencia. Uma fuga seria meia confissão de culpa e qualquer telegrama da Guarda chegaria antes dele à outra ponta da ilha. De que poderiam acusá-lo? De haver mandado o recado ao patrão? Isso só se o garoto o denunciasse! E ante o pensamento, sentiu um arrepio percorrer-lhe a espinha. Olhou em volta. Estava deserta a praça. Mas a visão de uma gaiola suspensa no meio dela aterrorizou-o de tal maneira que só parou já fora da cidade, quando o fôlego e as dores no flanco lhe não permitiram correr mais. Ansioso, assustado, não sabia agora o que fazer, o que se passava. Torcia os dedos de impaciência e medo, mas não lhe restava alternativa senão aguardar pelos acontecimentos. Uma vez mais ia ter de esperar.

— Ó rapaz! — gritou-lhe a voz de dona Reverenciana Pio Face.

Rolindo levantou a cabeça. O chamado repetiu-se e o rapaz lá foi até à divisória de estopa que separava a cama da mãe do resto da casa.

— Sim?

— Então isto agora é assim? Entra-se em casa e nem ai nem ui?

Rolindo desculpou-se. Declarou não estar muito bem-disposto. E quando dona Reverenciana Pio Face lhe disse, sem mais intenções, parecer haver visto um morto, Rolindo — cria única que a horas tardias a vida lhe dera, a quem não amava nem desamava — passou de branco a esverdeado e por pouco não se estatelou ao comprido no chão térreo da barraca. Ao contar, por fim, o sucedido, não a verdade — que um segredo só existe na solidão do silêncio —, dona Reverenciana Pio Face sentiu a aflição da miséria apanhar-lhe o peito. Ouviu-o como ao piar de uma ave agourenta pressagiando tragédia. Não lhe interessavam os pormenores da desgraça, que não era mulher de fazer conversas nem tinha com quem, mas tão-só o futuro dos dias. Como agora e dali para a frente? E sem mais delongas, que quem não se pode valer do corpo tem de puxar pela cabeça, dardejou de chofre na direcção do filho:

— Tens de procurar outro trabalho! — certa de o açougueiro não se livrar de uns bons anos de cadeia.

Rolindo não respondeu. O rosto ganhava feições que dona Reverenciana Pio Face nunca lhe havia visto. Parecia ir desmanchar-se num pranto a qualquer momento. Que não chorasse, aquele desgraçado, que ela, mulher de pouca sensibilidade, não saberia o que lhe fazer. Não se lembrava de algum dia o ter visto chorar. Ou porque não chorara mesmo, ou porque o fazia no silêncio das almas resignadas. E foi recuando na memória do tempo, até ao dia em que o deu à luz contra tudo e contra todos.

Dona Reverenciana Pio Face aparecera por aquelas bandas havia mais de trinta anos, mulher feita e madura. Chegara sozinha e instalara-se no pequeno casebre, onde ainda habitava, nas cercanias da cidade. Pela mesma altura, chegara a Porto Negro o vigário Esconxavo Puyamante, padre destacado pelo cabido de Santa Eulália del Comandero para prestar culto na pequena freguesia de Guarnapiara. A distância a que o casebre ficava de ambas as povoações, a par com a ausência de vizinhança, levantava poucas suspeitas, e só a mula do padre, amarrada à porta da casa, podia dar a quem passasse algum presságio da mancebia.

Mantida a bom trato de carne e vinho, e doces, Reverenciana Pio Face, já de si uma mulher farta, via-se engordar à passagem dos dias. Gostava o sacerdote daquelas gorduras todas: também ele um lambarão de quilate e tanto. Fez-lhe uma mão cheia de filhos, mas a todos conseguiu, a fecunda mulher, com a ajuda de uma freira do Carmelo, parir antes dos três meses. Rolindo Face, porém, por ser tardio, numa época em que Reverenciana Pio Face já pouco se mexia, não lhe dera pelo crescimento. Notou faltarem-lhe as regras, mas a idade era propensa a estas lhe findarem de uma lua para a outra. Quando uma tarde as pernas se lhe encharcaram e uma dor se lhe ferrou nas entranhas feita uma garra de abutre, arrastou-se para fora de casa, até à barraquinha das necessidades, e, na força do que julgou uma cólica, arrependendo-se de cada migalha de gula, jurou a Santa Teresa D'Ávila fazer qualquer coisa, mas que a não deixasse morrer.

Agarrada à porta da barraquinha, Reverenciana Pio Face suava, tinha arrepios. Sentada no trono do esterco, sauna fétida orquestrada de moscas, uma dor maior apertou-a, arrancando-lhe um grito. Por fim, como se qualquer coisa de muito sólido saísse de dentro do corpo, pariu Rolindo para o monte das fezes. Um alívio frio palmilhou-lhe a enormidade do corpo. Agradeceu à Santa. Mil graças, Santinha! E levantou-se, encharcada, agarrada às paredes débeis do casebre. Nem dois passos dados, sentiu-se presa. Levantou a aba da saia... Estava solta. Olhando tudo em volta, por baixo de si, com dificuldade, viu uma tripa pendurada no meio das pernas. Um berro de horror espalhou-se pelas cercanias. Tinha expelido os intestinos à força de tanto espremer! Ia morrer! Ai! Ia morrer! Santa Teresinha, por Deus, pela salvação dos homens, que lhe valesse agora, multipecadora: gula e luxúria, vaidade e inveja, ganância e preguiça... Confesso, confesso, confesso! Só da ira se escapava. Não pecaria mais, nunca mais, santinha imaculada de Ávila. Por todos os santos, pelos mártires todos, de Jerusalém a Roma, de Compostela a Constantinopla. Seria o exemplo da temperança, da moderação, da sobriedade... Da renúncia, Santinha! Da renúncia, da abdicação e da pureza. Suava pavores, Reverenciana Pio Face, que só se lembrava dos santos em horas de aperto maior.

Levou uma mão à tripa que saía de si e, com medo e cuidado, puxou-a devagar. As mãos tremiam, falhas de força. Parecia de chumbo, sem ser pela cor, e quando no fim da corda viva viu uma massa negra sair do buraco, perninhas e braços, deu-lhe um fanico dos grandes e caiu redonda, em todos os sentidos de ser. O baque de Reverenciana Pio Face no chão seco — tremor de terra epicentral — acordou Rolindo para a vida, para um gemido piegas, quase sem força, apenas o necessário para dar fôlego aos pulmões, no temor natural de estar vivo. Nasceu pequenino e enfezado, como se não houvesse querido ocupar muito espaço dentro dela, como se não houvesse querido ser notado, como se lhe não quisesse causar dor ao nascer, incomodá-la de algum modo, manifestar-se, ser desagradável, à semelhança do choro que parecia conter. E assim foi crescendo, dissimulado, alicerces já da personalidade cobarde que um dia haveria de ter, pois até a nascer fora traiçoeiro, sombrio, camuflado à laia de uma cólica entre as entranhas moles da progenitora.

Quando acordou, vinte minutos depois, o pequeno estava calado e quieto feito morto. Reverenciana Pio Face sacudiu-o com o pé, olhando-o de lado, envolto em trampa. O pequeno abriu os olhos e, sem um miado, olhou para ela de lado também. Reverenciana Pio Face não queria acreditar. Como poderia aquilo ser possível?! Que diria o prior de Guarnapiara, *sonsenhor* Esconxavo Puyamante? Pensou mandá-lo para a latrina. Ninguém daria por nada e dentro de uns minutos estaria morto. A tampa de madeira e a fundura do buraco abafar-lhe-iam o choro, que coragem não tinha para lhe roubar o ar, e, no final, ninguém haveria de dar pela diferença de pestilência quando daí a um dia ou dois começasse a desfazer-se. Tinha de separá-lo de si. Depressa. Tinha de separá-lo de si. Uma sensação de nojo, de repulsa, como se aquela tripa negra, aquele elo mole e gorduroso, a unisse a um cadáver já. Nunca parira um filho vivo, nunca tivera ela de o fazer sozinha. Pegou-o com dois dedos por um braço e, agarrada a ele, andou conforme pôde até casa. Procurou uma faca limpa entre o monte de louça por lavar e voltou à capelinha dos dejectos, determinada a separar-se daquilo para sempre. Pô-lo no chão e, de um golpe, cortou a relação entre ambos. Rolindo Face não abriu a boca. Quando finalmente o ia despachar para o país dos anjinhos, feito um impiedoso Abraão, viu o rosto de Santa Teresa D'Ávila no meio dos dejectos. Lembrou-se então da promessa feita não havia meia hora. Não era devota da santa, daquela ou de outra qualquer, mas, como todo o ser mesquinho, era supersticiosa e temente à morte, mais do que a Deus, ao qual, apesar da intimidade com um servo seu, também não honrava muito nem pouco. Assim, por medo, mais do que por piedade daquele ser traiçoeiro surgido na sua vida de uma hora para a outra, impossibilitando-a de se desfazer dele a tempo e horas, sem dor nem remorso, lá acabou por lhe pegar e levá-lo pendurado para dentro de casa. Encheu um balde de água e esfregou-o tal qual a uma bota acabada de pisar bosta. A água estava gelada, mas Rolindo Pio Face, como dentro de um mês se haveria de chamar por completo, baptizado sem nome de pai, mas em nome do Filho e do Espírito Santo, fez menos barulho que um miadinho de gato. Secou-o depois com uma estopa áspera e deitou-o em cima da mesa, onde ficou a olhá-lo sem acreditar no que via; sem qualquer ideia do que fazer a seguir.

O padre Esconxavo Puyamante, sem dia certo para a visita, só apareceria dois dias depois. Durante esse tempo, o pequeno ficou onde estava, coberto por um trapo, sem abrir a boca para incomodar. Não chorara uma única vez e durante dois dias Reverenciana Pio Face não haveria de descobrir o peito para lhe dar de mamar. Dois dias viveu do ar, chuchando a língua, no silêncio assustado de bicho escondido. Quando por fim o reverendo de Guarnapiara apareceu para lhe desfrutar as carnes, quase morreu do coração diante daquela imagem de presépio, daquele nico de gente que o olhava, analítico, de cima da mesa. Não havia que enganar: tinha os olhos iguais aos de sua senhoria, claros e falsos como os de uma cabra manhosa. Recebeu a notícia qual tiro no estômago. Enfureceu-se. Fizera de propósito, a gorda de merda! Velhaca! De propósito para lhe estragar a vida. Que queria ela? Não tinha do bom e do melhor de mão beijada? Quantas não dariam os entrefolhos da alma por um dia da sua vida? E ainda por cima de bem com a Santa Madre Igreja, por influência de um homem da Casa! Descarregou um rosário de impropérios, o *santo* homem e, quando estava próximo do colapso, lá se sentou e bebeu a água que Reverenciana Pio Face lhe serviu num pucarinho de barro. E o pior de tudo, mais calmo agora, era que tinha a tarde estragada. E os tempos próximos! Maldito fedelho! Maldita mulher! Malditas todas as horas que se pusera em cima dela para lhe purgar os pecados.

Tinha agora de dar-se cobro ao problema. Disse a Reverenciana Pio Face que o afogasse. Até ao fim da primeira semana, comparando com o tempo que Deus levara a formar o mundo, ainda não era bem um vivente. Mas a mulher, temendo a ira do Além, não se deixou convencer, alegando sempre a promessa feita à santa, a benevolência desta, a condescendência daquela dádiva, ou castigo menor em vez de um tumor nas entranhas, uma garra de abutre. Não quisesse o senhor padre imaginar! Uma dor que só Deus! Pois não haveria de notar a gravidez?! Notara-o sempre. Fora milagre, senhor! Milagre! Esconxavo Puyamante abanava a cabeça. Qual milagre, qual caralho! Mas tal coisa não lha podia gritar. Enterrou a cabeça nas mãos, respirou fundo, procurando uma luz de Deus, do Diabo, do farol do porto, a que chegasse primeiro, tanto se lhe dava. Mas não viu senão trevas. Garantiu-lhe que milagres daqueles não existiam. Uma vez apenas na história do mundo; que não se preocupasse com Santa Teresa, que lhe era chegado em orações, que intercederia por ela. Era boa a santa. De tudo tentou o sacerdote, mas Reverenciana Pio Face, lembrando-se da cólica, do medo da morte, dos suores e tremores que quase a tinham levado, mostrou-se irredutível. Que não, que não, que não podia ser. Teve ganas o padre de afogar os dois na latrina dos restos e deitar a barraca a baixo. Acabar por ali aquela história. Mas também ele era supersticioso. Acabaram por acertar que o fedelho ficava, mas jamais poria os pés fora daquela porta. A ela ninguém a conhecia, a ninguém importava, mas a ele, prestes a tornar-se membro oficial do cabido, cónego Puyamante, não podia de modo algum dar-se a escândalos, a «dizem para aí que». Reverenciana Pio Face beijou-lhe as mãos, o anel sacerdotal, chamou-lhe santo, sentindo um alívio, uma luz recheá-la por inteiro. Não pelo filho, de quem parecia nem se lembrar, mas por o bom homem a livrar das contas com a santa de Castela. Nesse mesmo dia, depois de Esconxavo Puyamante lhe perguntar se lhe havia já dado de comer, Reverenciana Pio Face descobriu o enorme seio e Rolindo mamou pela primeira vez na vida.

Assim se foi criando Rolindo Face, entre a frigidez do peito da progenitora e o canto escuro da cozinha, onde uma estopa e uma manta eram todos os seus teres. Quando começou a andar — passava já dos três anos e ainda sem uma única palavra na voz —, foi amarrado por um tornozelo à mesa da cozinha, que o haveria de deixar marcado para toda a vida, e só veria a cor da rua quatro anos mais tarde, quando o padre Esconxavo Puyamante morreu de uma sulipampa, sem nunca se haver tornado cónego. Não pelo pecado, claro está, que jamais foi isso problema para o Clero, mas porque era de menor importância; de influência diminuta nos corredores dos conciliábulos.

Com a morte de Esconxavo Puyamante, Reverenciana Pio Face ficou desamparada e, com sete anos apenas, Rolindo Face teve de começar a ganhar para a casa, que ela, doente e gorda, mais não podia fazer por ele do que já tinha feito. Conseguiu-lhe uma caixa de graxas e escovas, ensinou-o a engraxar em pedaços de madeira, disse-lhe quanto pedir por frete e mandou-o para a cidade procurar fregueses. Não tinha nada que enganar: sempre em frente até chegar a uma praça cheia de arcos. E quando o dia começasse a escurecer, era fazer o caminho inverso. Rolindo lá foi, descalço, com uma côdea no bolso. Para Reverenciana Pio Face foi o dia mais longo da sua vida. Não pela preocupação com o rapaz, senão por temer-lhe o extravio ou não ser ele capaz de dar conta do recado. Mas Rolindo voltou e com o suficiente para o dia seguinte. Pequeno, enfezado, com ar doente, depressa despertou a pena dos passantes. Bendisse Reverenciana Pio Face a hora em que uma mão sagrada a impedira de o mandar para o buraco dos dejectos; a hora em que insistira com o senhor padre para lhe poupar a vida. Parecia a santinha estar já a adivinhar-lhe a desgraça dos dias. Pois doente como era, se não fosse o rapaz e aquele casebre — únicos bens que o senhor padre lhe deixara —, o que seria da sua vida?!

Durante três ininterruptos anos, Rolindo engraxou sapatos na Praça dos Arcos de segunda a domingo. Até ao dia em que Amarílio Curdisconte, já quase cego, se apiedou do miúdo e o tomou por ajudante na retrosaria. Ensinou-o a ler, a fazer contas, a falar, a vestir-se, a andar direito, a comer com talheres, e aos doze anos já ninguém dizia ser aquele rapazito a criança miserável que um dia engraxara sapatos debaixo dos arcos da praça. O ensimesmamento manteve-se o mesmo e as falas nunca foram muitas. Pontual e certo, correcto e limpo, depressa o cego pensou fazer dele herdeiro do seu negócio. Nunca lho disse. Não achou precisar. Foi pai e mãe de Rolindo Face até ao dia em que este lhe anunciou haver encontrado o emprego da sua vida e que iria deixá-lo. Emprego que acabava agora de perder, pois, como a mãe vaticinara, não se livraria o açougueiro de uns bons anos de cárcere.

— Tens de procurar outro trabalho! Ouviste? — repetiu a velha tirana, tirando as dúvidas que pudesse haver.

Rolindo lá acenou com a cabeça, e com a cara de quem chora, não chora, retirou-se para o seu canto solitário do mundo, mas onde a solidão era mais leve do que na presença da mãe. Dona Reverenciana Pio Face, angustiada, tirou uma caixinha de lata de baixo da almofada. E porque nada mais havia que a acalmasse, pôs-se a marmelar o infortúnio que se lhe abatera sobre a casa. No canto da cozinha, Rolindo remoía agora, a frio, um sentimento de culpa que o queimava feito um veneno. De certa forma era como se ele mesmo houvesse, com as suas próprias mãos, matado Santiago Cardamomo, que nem sempre o verdugo é aquele que executa. De cada vez que fechava os olhos, lá estava aquele corpo coberto de sangue, como uma imagem colada debaixo das pálpebras. Só o garoto dos arcos o podia denunciar. Pagara-lhe bem pelo silêncio, mas... Se o apanhassem, se apertassem com ele... Tinha de o encontrar, saber se o senhor a quem dera o recado lhe perguntara quem lho mandara dar e, em caso negativo, atraí-lo até aos confins da praia e dar-lhe sumiço, antes que fosse tarde demais. Tinha a certeza haverem as autoridades, ou o patrão, de querer sabê-lo. Se o não sabiam já! A tal ideia, todo o corpo lhe tremeu.

XXXVI

À porta do açougue a multidão agigantara-se. A cidade ganhava o movimento da segunda metade do dia e quem passava detinha-se a saber a razão de tamanho ajuntamento. Na Flor do Porto, Rodrigo e Pascoal tentavam reanimar dona Santiaga, enquanto na rua os ânimos se exaltavam, agora que se sabia Santiago morto. As autoridades procuravam acalmar a populaça, que jurava fazer justiça por mãos próprias. Ferviam as emoções quando a figura do açougueiro surgiu, medonha, sob o Arco de São Mateus. Um sopro de silêncio varreu a Rua dos Tamarindos e a multidão, que não havia um minuto jurava linchá-lo, abria-se agora ao meio, qual mar diante de um ceptro, para o deixar passar. Caminhava lento, Tulentino Trajero, de faca em punho, olhos vidrados, numa cegueira sem horizonte. Tinha sangue nas mãos, nas calças, na camisa, nos sapatos. Ele que nunca se sujava a matar. Era a vida de Santiago exposta aos olhos de toda a gente. Um burburinho nas franjas do ajuntamento era tudo quanto se ouvia.

Por ordem do tenente Bullivéria, os dois soldados da Guarda avançaram, prudentes, na sua direcção.

— Largue o machete — ordenou um dos guardas de arma em punho.

Tulentino Trajero olhou-o de frente, parando o tempo, e, vendo o terror espelhado nos rostos dos soldados, atirou para o chão o assassino de dois gumes. Não o fez por medo, mas porque não havia sentido carregá-lo mais. E de olhos no nada de que os soldados eram feitos, deixou-se parado à espera do quê. O outro soldado avançou para ele. Confiando na mira do colega, agrilhetou-lhe as mãos atrás das costas.

— O senhor está preso — disse-lhe, como se não fosse óbvio o gesto.

Não era sua intenção entregar-se ou fugir. Do mesmo modo que não era sua intenção coisa alguma; continuar vivo sequer. Chegara ao fim da vida. Dali para diante seria com quem tivesse de ser. O tenente Bullivéria aproximou-se do detido, agora que era seguro, e do alto da sua autoridade decretou:

— O senhor está preso! — como se as palavras do soldado não possuíssem validade.

Levantaram-se então as primeiras vozes:

— Era matá-lo!

— Selvagem!

— Assassino!

— Cortá-lo às postas é que era!

— Pendurá-lo pelo pescoço na praça!

— Dá-lo ao povo é que devia ser!

Mas, porque em tudo há duas faces, logo outras vozes se levantaram:

— Fez muito bem! Haja alguém com tomates para pôr fim ao deboche!

— Houvesse mais homens assim e não era esta cidade a pouca-vergonha que é!

E a gritaria cerrou punhos e a troca de insultos deu arraial de porrada, obrigando o tenente Bullivéria a mandar chamar a cavalaria para refrear os ânimos, que aproveitavam a ocasião para acertar contendas antigas. Flanqueado pelos dois soldados, Tulentino Trajero foi conduzido ao posto, onde o próprio tenente Bullivéria se dispôs a interrogá-lo. Sem sucesso. Não abriu a boca o açougueiro. Nada tinha para dizer. O oficial alertou-o ser melhor falar, mas o magarefe, certo de não haver nada capaz de lhe melhorar a vida, de lha trazer de volta, ignorou o conselho do tenente. Após uma hora de insistência, foi conduzido a uma cela.

Lembrou-se de Angelina Fontayara; do seu rosto jovem, triste já, na amurada do barco; do dia em que pisaram o chão daquela maldita terra, para viverem como marido e mulher; da noite em que, atarantado, correu a chamar uma curiosa porque o filho nascia. Lembrou-se da expressão da esposa, suada, num raro sorriso, pegando no filho que era uma menina; dos dois anos que ainda viveram, felizes, podia dizê-lo, até à desditosa tarde da sua partida. E porque até o mais duro dos homens tem um dia em que quebra e chora, o açougueiro da Rua dos Tamarindos não suportou mais, e, vergado de ombros, deixou-se soluçar perdões à falecida por não haver sido capaz de cuidar da filha, por a não ter sabido proteger, por se haver esta perdido e havê-la perdido ele para sempre.

Não havia luz na cela, mas Tulentino Trajero fechou os olhos. Não iria dormir naquela noite. Estava certo disso. Talvez nem na próxima. Talvez mais noite alguma da sua vida. Imagens rápidas sucediam-se-lhe dentro da cabeça: calor e loucura, uma violência no sangue, uma pressão insuportável nas fontes... Como se dera tudo? A que velocidade?

— *Corra a casa, senhor! A sua filha está na cama com um homem!* — uma voz de ardina à entrada da gruta. — *Corra a casa, corra a casa!*

Ainda tentara agarrar o rapazito, mas este, habituado a dar recados e as espaldas às consequências, desapareceu sobre as dunas feito um escaravelho no deserto. Nenhum registo entre o recado do garoto e a porta de casa: apenas uma angústia antiga a acordar de repente; um cavalo de vento pela casa adentro; na mão, a faca de matar o tempo; um gemer de deleite explodindo ao centro, e o veneno, gelado, no sangue fervendo. Um minuto! Foi quanto bastou ao Diabo para arruinar até aos caboucos a esperança tardia de uma vida, como a uma fortaleza de areia à primeira acometida do mar. Não fora bafejado pelo destino, Tulentino Trajero. Não nascera para ser ditoso. Arrefecia. As mãos esfregavam-se uma na outra. Apertavam-se. O sangue acalmara e a cabeça realizava, aos poucos, a dimensão daquela tragédia. Um minuto! O tempo bastante para matar um homem e desfazer a filha à vergastada. Um minuto! Um nada de tempo no contar do Universo e o bastante, porém, para destruir o mundo. E no escuro, onde o tempo demora, vieram-lhe à memória retalhos de outro lugar, de outra vida: o relógio da torre marcando as quatro, a porta do quarto soando nos nós da criada, um envelope trazido por um rapazito onde dentro um bilhete e no bilhete uma frase:

Vem ter comigo à cocheira velha. Urgente. Matilde

Meteu pés ao caminho rumo à casa da noiva, Ângela Matilde de Alcantil y Buenaventura, em direcção à cocheira velha. Que lhe quereria ela com tanta urgência àquela hora? Mas o bilhete não fora Matilde quem o escrevera, ficou claro mal entrou na cocheira e a viu, nua, debaixo de um negro que a servia mais do que ele podia imaginar. Os olhos turvaram-se e o sangue abandonou-lhe o coração. Pegou na forquilha de apanhar bostas e foi direito à carroça onde se achavam os dois. O negro conseguiu fugir, Matilde Buenaventura é que já não saiu dali. Ao fim do dia apanharam o assassino. De nada lhe valeu rogar, gritar estar inocente. Era negro e deixara a camisa no local do crime. Na manhã seguinte, depois de espancado, lá confessou. *Imaginem...*, comentava-se pelos cantos da cidade, ... *ainda teve o desplante de acusar o filho do regedor Tancredo; de conspurcar a pureza da menina Matilde, que fora ela quem o provocara, que estava com ele de livre vontade! Imaginem! Depois lá misturou confissões e testemunhos confusos. Que se calhar não fora o filho do senhor regedor; que fora tudo muito rápido... Uma escumalha, é o que é! Uma escumalha!* Queriam-no cortado aos bocados e atirado aos porcos, mas a lei não o permitia. Por isso foi enforcado no pelourinho da Câmara depois da concorrida missa das nove.

Da janela do seu quarto, Tulentino Trajero viu agonizar o negro durante uma eternidade, que um homem injustiçado leva mais tempo a morrer, mas não se sentiu vingado. Queria tê-lo morto ele, com as próprias mãos. E apesar de a carroça municipal o levar, estirado e morto, lençol sujo de pés descalços, o filho do regedor de San Roman de la Plata sentiu que aquela morte ficara por cumprir. Amargava-lhe na boca a frustração de não poder arrancá-lo da vala para onde o levaram e ressuscitá-lo à pancada para à pancada o matar de novo. Deixou-se ficar por dentro da janela, até a praça despedir toda a gente. Quando a noite caiu e a criada lhe veio anunciar o jantar, não respondeu; nem abriu a porta aos rogos da mãe. Não voltou a abrir a boca, a falar com ninguém por meses e meses. Nem frei Bórgia, seu eterno confessor, arrancou dele uma amostra de verbo. O doutor Ruvindo Lasse, acabado de chegar da Europa, visitou-o a pedido do velho amigo Tancredo, revelando à família tratar-se de um trauma que só o tempo poderia sarar. Mas o tempo não parecia disposto a dar-lhe a mão. Aos poucos, toda a gente aceitou o seu silêncio, a sua distância, a sua desistência, e, aos poucos, foram-se esquecendo dele, amigos e família, fechado no quarto dia e noite. Só o irmão Matteu conseguiu aproximar-se, falar-lhe, alertá-lo de que surgira o rumor de o haverem visto sair da quinta dos Buenaventura pouco depois da tragédia e que um rapazito contara haver-lhe entregado em mãos um bilhete de Matilde. Só Matteu conseguiu arrancar dele uma palavra, a confissão, e só Matteu o acompanhou ao porto de Antipuara, naquilo que parecia uma viagem de apagar boatos, mas quer um, quer outro, sabiam ser para toda a vida.

César Tancredo estava a meses de fazer votos eternos, quando veio pela última vez passar as férias à casa paterna. Ingressara no seminário de Margaritera aos doze anos, mas estava prometido a Deus desde o dia em que dera o primeiro sinal de vida dentro do ventre de Dona Ignáccia Iguain. Corria o mês quente de Fevereiro e em San Roman de la Plata as festividades em honra do santo padroeiro. Talvez por serem os seus últimos dias seculares, talvez por uma vocação pouco consolidada, talvez por génio do destino, César Tancredo vivia-os descontraidamente. Na tarde de vinte e oito, o dia forte da festa, o jovem seminarista passeava pela praça, quando sentiu o Diabo sorrir-lhe do fundo de uns olhos verdes. Nessa noite não pregou olho e, até à véspera de regressar ao mosteiro, andou alheado do mundo. De noite tinha sonhos incontroláveis e de manhã ajoelhava-se nas tábuas implorando perdão a Deus. Mas aqueles olhos sorridentes interpunham-se-lhe entre pensamentos e orações. Era o último teste à sua fé, pensava o jovem Tancredo. Mas na verdade era o princípio da sua desgraça. Um instante de nada, o tempo suficiente para gerar um Universo ou condenar um homem às catacumbas do inferno: um olhar no meio da multidão, a mudar o rumo da sua vida, a rota dos planetas que desde muito cedo estavam alinhados por Deus e por Dona Ignáccia Iguain. Um instante, um olhar, a mais pequena porção de tempo, chega para perverter uma religião inteira, e que César Tancredo compreendeu de imediato, ou os planetas dentro dele, conter toda a tragédia, toda a força da gravidade, todo o veneno que haveria de o matar, porque naqueles olhos estava já a sua morte escrita, a sentença de que não valeria a pena fugir; a visão profunda do Abismo; a gargalhada do Diabo, que sabe mais da fraqueza dos homens do que Deus, porque só quem se deixa tentar conhece a verdade toda.

Na véspera de voltar ao mosteiro, César Tancredo bebeu da coragem e anunciou a sua renúncia ao sacerdócio. Dona Ignáccia Iguain abriu os olhos, depois riu, depois fez-se branca, depois caiu e, quando ao fim de dois dias de cama voltou a sair do quarto, fez um teatro naquela casa como não havia memória na família. D. Lúcio Tancredo, ao contrário da mulher, andava felicíssimo. Enchia o filho de elogios e palmadas nos ombros, que um homem que usa saias não é um santo, mas um maricas. Na presença da mulher era mais ponderado, mas afiançava ao filho que aquilo lhe haveria de passar, que o tempo só não cura a morte.

Sempre que o acaso ou o propósito o faziam cruzar com Matilde Buenaventura, a filha do juiz fazia questão de lhe oferecer o olhar. Chegara-lhe já aos ouvidos haver o jovem seminarista abandonado o sacerdócio por sua causa. Criada sem restrições, quis medir forças com o Criador, provocá-Lo, provar ter mais poder sobre aquele homem do que Ele, arrancando-Lho das mãos e casando-se com ele dentro de um templo Seu, sob a bênção de um Seu servo. Assim, quando meses depois o jovem Tancredo foi pedir a D. Gustavo Lope y Buenaventura permissão para namorar a menina, o juiz desembargador sentiu-se honrado com o pedido. Filho mais velho do regedor Tancredo, não havia na cidade melhor partido. Aceitou, e Matilde, que não pretendia deixar de se servir do preto da casa, e teria de casar com alguém, aceitou de igual modo. Durante os três anos que o noivado durou, Dona Ignáccia Iguain viveu infeliz. Perdia de dia para dia a esperança de ver o filho de volta ao mosteiro. Julgou até que Deus a castigava, lhe voltara as costas, não ouvia já as preces que Lhe lançava sete vezes por dia. E só tornou a sorrir no dia da desgraça, por um reflexo da alma beata, quando viu a mão de Deus a reclamar para Si aquilo que Lhe pertencia, renovando nela a esperança de ver o filho batinado. Mas César Tancredo não tornaria a aceitar Deus, chegando mesmo a renegá-lo sobre todas as coisas, pois um Deus que se vinga e pune não pode ser grandioso. Durou a resistência muitos anos, até ao dia em que Este, que não perdoa nem esquece, lhe tornou a aparecer na voz do doutor Múrcia, obrigando-o a vergar, a ajoelhar-se, a juntar as mãos e a rogar-Lhe por misericórdia, pela vida da filha. César Tancredo, ou Tulentino Trajero, não teve outro remédio senão render-se, que os homens só vencem Deus pela loucura ou pelo esquecimento. Contra todas as suas vísceras, prometeu devotar-Lhe orações, perdões e *mea-culpa* até ao fim dos seus dias, como fazia, naquela gruta, quando a voz do garoto lhe gritou o mais famigerado dos recados.

Era a vingança de Deus. Tinha a certeza. Como pode Este brincar assim com a vida dos homens sem que castigo algum Lhe venha? Por que provação mais teria de passar e até quando? Que mais queria Deus dele, se já lhe tinha levado tudo? Agora, mais de vinte anos depois, parecia condenado a pagar a pena de outro tempo, como se um homem não pudesse pôr-se a caminho da eternidade com contas pendentes. Não fugira desta vez. Não valeria a pena fugir do destino. Estava tudo acabado. Agora, mais de vinte anos depois, a mesma peça levada à cena. Um recado, uma cilada... E ao pensá-lo, recordou o maldito recado para encontrar a noiva nos braços do negro, como agora a filha nos braços do estivador. E também como agora, lembrou-se, nunca chegara a saber quem lhe enviara o bilhete. À época não fizera perguntas. Seria condenar-se. Mas agora, uma vida depois, perguntava-se e queria sabê-lo, como se ainda possível fosse. Quem teria sido? Um pretendente preterido? Alguém que lhe conhecia demasiado bem os passos. Talvez alguém intencionado em livrar-se dele. E num suceder de imagens, aclaradas pela distância dos anos, um nome acendeu-se-lhe entre todos dentro do espírito traído: Matteu! Porque nunca pensara nele? Desde criança que o invejara; desde criança que procurava acusá-lo diante dos pais; desde criança que nunca foram próximos, até ao dia em que lhe bateu à porta do quarto para lhe contar dos rumores. Ambicioso, invejoso, mesquinho, quem mais teria interesse em vê-lo padre, morto, ou exilado para sempre? Quem mais teria a ganhar com a sua saída de cena? Sentira-o feliz uma única vez, ao vê-lo entrar para a irmandade e tão inconformado quanto a mãe quando anunciara o abandono do hábito. De repente, a imagem do irmão no porto de Antipuara, passando-lhe para a mão uma cédula pessoal com uma vida em branco e um saquinho de pano com sementes de *andrunédia* para lhe pôr fim quando quisesse, tornou-se tão clara como se o dia lhe nascesse dentro da alma. *Tens aqui estas sementes, se por acaso o desespero for mais forte do que o resto. Não provocam dores nem angústia. Apenas sono.* Amarrado de pés e mãos, distante de tudo e de todos, Tulentino Trajero sentiu um raio queimar-lhe as entranhas até aos ossos. E apertando a cabeça nas mãos, soltou um berro medonho que ecoou por toda a cidade.

— Que foi isto? — perguntou Rolindo Face, que naquele instante prestava declarações diante do tenente Bullivéria.

— Creio que foi o seu patrão — respondeu-lhe o oficial sem revelar o próprio susto.

Rolindo apertava os dedos debaixo da mesa. Estava cheio de medo. Fora surpreendido em casa por dois soldados destacados para o levarem ao posto. Tremera todo o caminho, repetindo a cada passo não saber de nada. Outra coisa não esperava o tenente Bullivéria. Ninguém o implicava no crime. Não restavam dúvidas quanto ao actor do delito. Perguntas de rotina, apenas. Era empregado, poderia ter informações relevantes para o caso: alguma ideia sobre a ligação entre a filha do patrão e Santiago; hábitos da casa; se algum sentimento negativo do açougueiro em relação ao falecido estivador. Mas de nada tinha ideia o apavorado empregado do açougue. Estava em choque, era notório. Pobre rapaz, apanhado no meio daquela tragédia. Que não se preocupasse. Alguma coisa mais, entrariam em contacto. Seria chamado a depor no dia do julgamento. Para já era só.

Sentado no catre, Tulentino Trajero arquejava de frustração, impotência e raiva. Estava louco, como se a vida lhe espalhasse fantasmas pelas esquinas, como se de novo aquela tarde longínqua diante dos olhos e Santiago o negro que toda a vida fora matando nas reses que abatia sem que o desejo de vingança se acalmasse, pois não é o mesmo matar um animal e um homem. De repente a vida inteira num minuto. De novo aquela fracção de nada baralhando tudo! Só agora o tempo não passava. Não iria dormir naquela noite. Estava certo disso. Talvez nem na próxima. Talvez mais noite alguma da sua vida. Não agora que sabia haver um homem ainda por matar. Esse, sim, o culpado de todas as mortes que carregava às costas. Haveria de sair dali. Cumpriria a sua pena. O tempo que os homens quisessem. Haveria de aguentar. Era ainda um homem novo. Não tinha motivo para viver, mas todas as razões para estar vivo. E no dia em que dali saísse, rumaria a Antipuara, a San Roman de la Plata, a casa do irmão, ao passado em aberto para fechar o ciclo, que os assuntos pendentes são aquilo que impede um homem de morrer em paz.

XXXVII

Depois de Tulentino Trajero abandonar o salão, Cuménia Salles inspirou fundo as emoções disfarçadas e, sem se desmanchar, deu ordem a Chalila Boé para levar aquela pobre de Deus para dentro. O mulato adamado, de mãos na boca, ajoelhou-se junto do corpo a tiritar de morte, mas não sabia como lhe pegar. Plantadas em roda, as meninas, que queriam ajudar, não se mexiam e foi Magénia Cútis, a mais velha das activas, quem mandou buscar lençóis. Por fim, como se fosse possível um corpo naquele estado sentir mais dor, rolaram-no com todo o cuidado para cima da maca improvisada.

O doutor Abel Santori, médico da casa que havia muitos anos tratava da saúde das meninas, chegou mal pôde: pelas traseiras, como sempre, pois um médico num alcouce afasta mais clientes do que uma epidemia de chatos.

— Santo Cristo! — foi o espanto ao entrar no quarto de Chalila, onde o corpo tremente de Ducélia jazia morto sobre a cama. — Santo Cristo! — terrificado por aquele estado, como se não acreditasse no ver dos seus olhos. — Santo Cristo! — pela terceira vez, olhando para aquela desgraça do alto do seu enorme nariz.

Estava todo pisado. Parecia não haver um pedaço de pele por arrancar ao longo daquele ser. Tiritava. Não significava estar viva. Como quem sente a impotência ante uma situação demasiado complexa para as suas limitadas capacidades e meios, o doutor Abel Santori disse que a única coisa a fazer seria levá-la para o Hospital da Misericórdia, embora temesse não vir a rapariga a aguentar a viagem.

— Faça o que puder, doutor — foram as palavras de Cuménia Salles. — Mas a moça não pode sair daqui.

O médico respirou fundo, desculpando-se de antemão por um eventual desaire, arregaçou as mangas e, sentando-se na borda da cama, procurou auscultá-la com o maior dos cuidados. O corpo de Ducélia contraía a cada toque do estetoscópio. Nua, dentro da maca de lençóis, como uma queimada viva, doía só de ver. Quando pediu a Chalila Boé para o ajudar a virá-la, as dores pareceram mais nas mãos dos dois homens que no corpo da jovem. Ducélia não se manifestou mais do que até aí: um gemer arrastado de animal esfolado vivo, num lamento inconsciente, num suplicar esmolado pela vida ou pela morte; a que chegasse primeiro.

A pedido do médico, Chalila Boé ferveu água e rasgou em tiras lençóis lavados. Era preciso limpar o sangue, a terra e a sujidade entranhados na carne. O ar do quarto pesava nos pulmões. O doutor Santori escorria tensão das fontes. Todos os gestos eram lentos, cuidadosos, uma precisão de ourives. Um silêncio de tumba. Havia golpes profundos. Chalila Boé ferveu mais água, rasgou mais lençóis e, entre o dentro e fora, dava conta do «estado da moça».

Na rua a notícia tinha-se espalhado. Os gritos do açougueiro haviam atraído a vizinhança às janelas, mas, apesar da curiosidade, ninguém saiu para se inteirar do caso, pois assunto de putas era sarilho na certa. Uma velha que morava num rés-do-chão vizinho contava haver visto um homem entrar no *Chalé da francesa* com uma mulher pelos cabelos. A conclusão foi óbvia: um marido traído à hora do bom descanso. E enquanto outra história não chegou do alto da cidade, foi aquela que por ali se contou. Dentro do Chalé l'Amour, porém, ninguém sabia o porquê de tudo aquilo. No salão, as meninas, proibidas de sair naquela tarde, intrigavam-se quanto ao pecado que aquela pobre teria cometido. No quarto, Chalila Boé e o doutor Abel Santori minuciavam o milagre.

A noite caiu e, pelas oito e meia, quando os músicos da casa chegaram, chegaram também a explicação e a terrível notícia da morte de Santiago. Magénia Cútis, mulher que o estreara aos doze anos, levou as mãos ao coração. A pequena Ágata entrou em choque como se lhe houvessem anunciado a morte do noivo. As meninas, sem excepção, agarraram-se em lágrimas e aos soluços. Cuménia Salles sentiu o chão abrir-se-lhe debaixo dos pés. Não podia acreditar no que aquele homem fizera. Demorou muito até que algo se dissesse. Foi uma das meninas quem por fim perguntou:

— Quem é que vai dar a notícia ao pobre do Chalila?

Todas se entreolharam. Sabiam como era ligado a Santiago, o quanto era sensível, e temiam que não resistisse à notícia. Ignorante, o enfermeiro de serviço desdobrava-se em valências, ao jeito de um polvo atarantado de um lado para o outro. Ainda tinha de dar uma arrumadela no bar e em si mesmo antes de a casa abrir portas à freguesia. Também o doutor Abel Santori se desdobrava em quantos podia. A camisa e o colete repassados eram os higrómetros naturais da atmosfera que ali se vivia.

Os músicos perguntaram se deviam retirar-se. Cuménia Salles abanou a cabeça, pedindo-lhes para ocuparem os seus lugares. Naquela noite não haveria casa — acabava de decidir —, mas que tocassem em memória de Santiago. As primeiras notas soaram no salão, deixando Chalila nervoso. Não tardaria a começar a noite e ele ainda com tanto para fazer: lavar, perfumar, escolher a roupa, os sapatos, os adornos, a peruca, e depois ainda vestir, adereçar, maquilhar, pentear... Meu Deus! Um ror de coisas e o tempo tão curto. O ar do quarto no limite do respirável e a janela que não se podia abrir. Ao fim da segunda música, o doutor Abel Santori levantou-se do leito e deu por terminado o trabalho ao fim de cinco horas de arranjo:

— Daqui para a frente, é com Deus! — exclamou, exausto, enquanto arrumava os utensílios da vocação na maleta do ofício. E num suspiro de alívio, acrescentou em jeito de desabafo: — Só um milagre explica isto! — Referindo-se ao facto de ainda estar viva.

Chalila Boé não estava menos exausto; menos aliviado. Limpava o rosto com os restos de lençol sobrados, enquanto o médico desarregaçava as mangas da camisa.

— Amanhã de manhã passarei para ver como está. Procure dar-lhe água de meia em meia hora.

O mulato adamado assentiu com a cabeça e, num suspiro, perguntou:

— O que é que o doutor acha? — O médico abanou a cabeça em sinal de pouca fé. — Isso quer dizer o quê, doutor?

— Quer dizer que não podemos fazer mais nada. — Chalila Boé fez um gesto de compreensão. E olhando para a moça em cima da cama, não conteve uma lágrima. — Qualquer coisa, mandem-me chamar — disse o médico, despedindo-se.

O mulato adamado acompanhou-o à porta das traseiras e, limpando o pescoço, regressou ao quarto para se passar por água e colónia, pôr a melhor cara, a melhor peruca, o melhor vestido, as melhores sandálias, ornar-se das pestanas aos colares, dar uma corzinha no rosto, antes de sair para o salão feito rainha negra do Sabá. A música soava baixo. Quase fúnebre. As meninas, ainda por vestir, choravam inconsoláveis. No meio delas, a pequena Ágata soluçava como uma criança acabada de se perder da mãe. A um canto, Cuménia Salles e Magénia Cútis bebiam em silêncio de olhos postos na mesa. Chalila estava perplexo. Ele era sensível, mas tanto... Não compreendia tanta tristeza, como se houvesse a moça morrido, como se fosse uma delas. O caso era dramático, horrível, mesmo, mas seria motivo para tanto?! Talvez por a ter estado a acompanhar de perto; talvez para contrariar as palavras pouco esperançadas do doutor Abel Santori; talvez para se defender; talvez apenas para não atrair a morte, procurava desdramatizar a situação. Os músicos tocavam numa realidade paralela. O ar do salão pesava chumbo, mas Chalila Boé, glamorosa soberana, avançou direito pelo tabuado fora até à mesa da patroa.

— O doutor já foi. A moça está calma. — As duas mulheres olharam para ele. Não disseram nada. E foi aquela fantasia de mulher quem tornou à palavra: — Então?! É uma situação aborrecida, mas não podemos ficar assim! Vá, vá! Levantar a cabeça, abrir as portas, mandar entrar a cidade — disse num crescente de entusiasmo, procurando animar os ânimos. Mas os semblantes não se aliviaram e o mulato adamado, pressentindo haver história na história, perguntou, receoso: — Que é que se passa?

O silêncio das mulheres abafou a música e foi Magénia Cútis quem disse:

— Mataram o Santiago. — Os olhos de Chalila Boé não se moveram. As pestanas longas, coladas com todo o cuidado, estavam estáticas, à espera de que a amiga dissesse não ter dito aquilo; de que a patroa a desmentisse. Mas Cuménia Salles não a contradisse e, inventando forças, acresceu: — Foi o pai da rapariga — recusando proferir-lhe o nome.

Um pequeno tremor ameaçou os olhos do mulato. Os lábios apertaram-se-lhe num reflexo, escondendo o batom. Disse que não com a cabeça. Magénia Cútis confirmou com a sua. O rosto de Chalila contorceu-se, e por baixo daquela rainha, da realeza daquele disfarce, partiu-se em lágrimas um pobre mulato de Deus.

— Não! Não! — pediu Chalila Boé, antes de se abandonar aos gritos e aos prantos.

As meninas, chorosas já, contraíram aquela dor também, e em menos de nada estava o salão feito num velório de corpo ausente. Os músicos fingiam não estar ali. Também eles conheciam o falecido. Não era das suas relações, mas não tinham dele má opinião. E ainda que a tivessem, nada como a morte de um homem para sanar diferenças. De pé, Chalila Boé desfazia-se em dores. Magénia Cútis, mulher a quem a vida não batera menos que a um cão de rua, tomou-lhe nos braços a cabeça coroada, deixando-lhe as lágrimas rolarem-lhe pelo peito triste, que quem contém também chora. Fora ela, talvez, quem mais perdera naquela noite, um filho e um homem ao mesmo tempo, pois fora quem o parira para o amor e quem por amor o recolhera no ventre de todas as vezes que este se lhe entregara em solidão e desespero. Mas o sofrimento não se mede à lágrima. De modo que o chorava para dentro para não se atirar para o chão como a pequena Ágata, que não conhecia da vida os espinhos todos, e a quem a idade permitia, sem ridicularias, todo o dramatismo do mundo. Também Cuménia Salles não chorava. Parecia até imperturbável. Não o estava, no entanto. Por dentro as lágrimas caíam-lhe aos pares: de pesar por Santiago, e de raiva por aquele homem que lhe pusera, de repente, o interior em pantanas. Sem dizer uma palavra, levantou-se e, sem dizer uma palavra, retirou-se para os seus aposentos, anexos à casa.

Na rua surgiam as primeiras gargalhadas, as primeiras vozes da noite, que a vida não pára só porque um homem falece; especialmente a daqueles cujos caminhos nunca se cruzaram com os deste. Quem vinha destinado ao Chalé não se detinha muito diante da porta fechada, que em certas casas entra-se depressa e sai-se lesto. Os que vinham recomendados olhavam em volta e seguiam em frente, que o que não faltava naquela cidade eram casas de bom entreter. Só os costumeiros se sentiram contrariados, pois julgaram ser particular a festa naquela noite. Afinal havia luzes acesas e música no ar.

No salão, ao som plangente da banda, Chalila e as meninas velavam em lágrimas a memória de Santiago. Não longe dali, sobre a cama onde durante cinco anos se entregara em segredo ao homem com alguma coisa do homem que a fizera mulher e só, Cuménia Salles, que havia mais de meia vida não sofria por amor, fazia, por fim, a vontade aos olhos e ao coração. Só uma alma não chorava dentro daquela casa: no quarto dos fundos, alumiada por uma vela, Ducélia Trajero era um corpo desamparado a tiritar na solidão do mundo.

XXXVIII

Desde que os sinos começaram a dobrar a finados que não parara ainda de chegar gente à pequena Capela de São Tiago na Rua dos Amores-Perfeitos. A princípio, propusera-se levar o corpo para casa de dona Santiaga, visto as mesas da Flor do Porto, para onde primeiro as autoridades o carregaram, não ser um lugar apropriado para o velório, mas as opiniões divergiam, e, porque dona Santiaga não tinha alento, nem outra vontade além de que a morte a levasse junto com o seu menino, foi um grupo de mulheres, companheiras de caridade da condoída botequineira, que se decidiu pela capela do santo da sua devoção.

— Ai, Santiago! Ai, meu rico filho! — chorava a pobre mulher num desespero de mãe.

— Calma, santinha! — pediam-lhe as companheiras, inutilmente. — Está com Deus, filha!

Mas dona Santiaga Cardamomo não ouvia razões. Estava a morrer de tristeza. Que a deixassem só; que a deixassem, já que lhe não podiam trazer o seu menino de volta.

— Ai, Santiago! Ai, meu rico filho!

Estava cheia a pequena capela, na sua maioria de mulheres, que os homens, mais fracos, preferiam a rua e a companhia uns dos outros. Fumavam e concluíam sobre o assunto. Em momento algum gostaram tanto do defunto e fora este tão bom e tão estimado quanto naquela hora. De minuto a minuto chegava gente para dar condolências e condoer-se (que há diferenças na parecença), para matar a curiosidade ou velar o corpo. À esquina do santuário, Pascoal Saavedra e

Rodrigo de San Simon fumavam, em silêncio, na companhia de amigos e colegas.

— Morreu como sempre disse que queria morrer! — exclamou um do grupo, procurando aliviar o ambiente.

Os outros concordaram com a cabeça. E de entre os outros, um outro atreveu-se:

— Pelo menos foi de barriga cheia!

Mas para com esse comentário ninguém manifestou agrado, e o que o fizera compreendeu o silêncio, baixando os olhos inconvenientes. Acenderam-se cigarros, rasparam-se solas no chão, procuraram-se coisas que dizer e por fim a conversa lá pegou de novo: que nem todos juntos haviam tido tantas mulheres quantas aquele malandro. Que era assim, mas bom rapaz. Ninguém o duvidasse. E um a um foram contando histórias como aquela em que, *não sei se se lembram… estávamos todos no botequim do Farrajola, quando entrou um grupo de quatro estrangeiras. O barco onde vinham só podia ser carregado no dia seguinte e tiveram de passar o domingo na cidade. Procuravam um lugar para ficar. Lembram-se? O Santiago disse que lhes arranjaria uma pensão limpinha e em conta…* — todos riram — *… e só apareceu na manhã seguinte, tarde ao trabalho. Dormiu com todas!* Claro que se recordavam. E quem não estivera presente ouvira a história. Ou aquela outra em que *a neta de um embaixador qualquer, que esteve cá uma vez a fazer não sei o quê, resolveu dar uma volta pelo Bairro Negro e se perdeu*. De novo risos. *E foi ele mesmo quem acabou por levar a rapariga a casa, e ainda lhe agradeceram por isso*. De repente parecia que Santiago ali estava, no meio deles, contando histórias, fumando e rindo da vida.

Subiu de tom a conversa e mais homens se juntaram àquele grupo, o qual não só parecia o mais interessante, mas também o mais próximo do morto, que nestas circunstâncias há sempre quem aprecie a posição. Mas nisto surgiu a revolta; o porquê de ali estarem e ele não; que o açougueiro o haveria de pagar bem caro; que a vontade era invadir o posto, arrastá-lo dos calabouços para a rua e linchá-lo na praça. *Concordo! Concordo!* Subiram os ânimos, as vozes entre eles. Só Pascoal Saavedra e Rodrigo de San Simon não abriam a boca senão para fumar e cuspir, e agradecer condolências de quem achava devido dar-lhas. *Que culpa tem um homem?*, insurgiu-se um no ampliar da emoção. *Obrigou alguma, algum dia, a escarranchar-lhe as pernas diante das ventas?* De novo a concordância e a indignação nas frontes. Não valiam nada, as mulheres! *Já elas o dizem umas das outras.* E a revolta cresceu, agora para com elas, o diabo as levasse.

Um grupo de mulheres, cobertas de véus negros, acabava de entrar na rua com velas na mão e um andar solene. As vozes revoltadas dos homens baixaram de tom até ao silêncio, que ele há revoltas que se aplacam com uma simples silhueta. Eram os olhos quem falava agora por eles. Só os de Rodrigo e Pascoal permaneciam mudos. Eram prostitutas. Entraram direitas na capela e, uma por uma, deram as condolências a dona Santiaga que, de olhos empapados, não as distinguiu das demais. Também, uma por uma, beijaram a fronte exangue de Santiago e, uma por uma, soltaram, uma por uma, lágrimas sentidas. Um bichanar de mulheres levantou-se nas costas das prostitutas quando estas rodearam o caixão. Fossem elas ligar às vozes nas suas costas! Estava bonito, Santiago. Só a palidez do rosto não parecia dele. A palidez e a camisa fechada até ao colarinho. Uma mistura de menino e homem, que doma e pede; o ar distante e dado que vicia as mulheres. Apertaram as mãos e em voz baixa começaram a debulhar os terços, que o ser puta não afasta uma mulher da fé — ateste-se no Livro quem de tal duvida. Ainda não haviam terminado a dezena, quando outro grupo transpôs a porta do templo. Seguiu-se outro e mais dois, e em menos de uma hora tinha a capela do apóstolo mais mulheres de duvidosa profissão que mulheres de profissão consagrada. O ar pesava. Velas e flores, o desapiedado calor da noite, e agora o perfume pesado daquelas damas todas asfixiando o ambiente.

À medida que a notícia se espalhava, assim vinham chegando grupos de mulheres enlutadas. Depressa faltou capela para tanta gente, que só para putas seria precisa capela e meia, de modo que as senhoras de respeito, ou ao respeito se esforçavam por dar, alegaram calores, afrontamentos, faltas de ar, taquicardias, emoções fortes, o diabo a sete, para se porem dali para fora, ou dali para fora os maridos; motivados, pareciam, em aguentar a vigília até ao raiar da aurora. À passagem pelas meretrizes, benziam-se a toda força e comentavam entre si, longe dos ouvidos de dona Santiaga, coitadinha, que aquilo era:

— Uma vergonha!

— Uma afronta!

Que alguém deveria:

— ... pô-las daqui para fora.

Que não tinham:

— ... respeito por ninguém!

— Quem quisesse acabar com elas era vir aqui, que estão cá todas! — disse uma magrinha e feia com ar de por estrear.

Os homens, menos afrontados com aquele entra-e-sai perfumado, trocavam olhares coniventes, que os pensamentos simples dispensam palavras. Mas aqueles que tinham senhora não tiveram como negar-lhes o braço e andar, contrariados, para casa. Só as viúvas e as por casar, mais próximas de dona Santiaga, resistiram à companhia e se deixaram ficar, que o sofrimento recompensa a alma e todas as ocasiões são boas para praticar o bem e dar-se a ver. O grupo onde se encontravam Pascoal e Rodrigo crescera, e, à parte os dois, todos os demais pareciam entretidos a discutir os amores e a fama de Santiago. Uns elogiavam-no muito, outros elogiavam-no mais. E entre o muito mais que dele se disse e inventou, uma coisa parecia comum a todos: *Era um tipo formidável!*

O padre Severino Casqueiro Júnior chegou, por fim, pouco passava das dez. Cumprimentou quem estava, abençoou quem pediu e foi direito a dona Santiaga Cardamomo, que numa miséria mariana lhe caiu à sotaina como se à túnica de Cristo.

— Foi a vontade de Deus, minha filha! — disse o sacerdote, que outra coisa não lhe era permitido dizer.

Estava ali, àquela hora tardia, para libertar a alma de Santiago para o Pai. Baptizara-o e fora ele quem, à força de caroladas e puxões de orelhas, lhe ministrara a primeira comunhão e o ensinara a escrever o nome com uma letra bonita, coisa de pouca utilidade para quem não sabe escrever mais nada, mas que para o padre Severino Casqueiro Júnior teve um gosto especial, visto haver conseguido aquilo que o professor Malaquésse Fontes, seu rival de retórica, não lograra. Era um «cabeça no ar», quem o não sabia, mas «uma jóia de moço». Dono de uma luz inigualável, em todos os cantos da cidade tinha amigos. Falava agora quase só para as senhoras da noite. As mulheres eram a sua perdição, mas isso seriam contas a prestar ao Altíssimo, até porque o pecado está do lado delas desde o princípio do mundo. Um homem não é de pedra, é de barro mole, mal cozinhado, que o dissesse ele, se pudesse, Severino Casqueiro Júnior, servo da sagrada Casa de Pedro havia mais de quarenta anos, as vezes, já, que o Diabo o tentara. Ainda agora, naquela idade, sob a forma de uma mulher, mais nova vinte anos, hálito doce, carnes meigas, metida em sua casa para lhe tratar das batinas, das sopas e dos asseios. Mas fossem os pecados da carne impedimento de alcançar o Paraíso, e estaria desprovido de sacerdotes o Reino dos Céus. Assim, por uma inspiração mundana, prosseguiu em devaneios feito um poeta romântico proferindo um elogio fúnebre, revelando, nas meias-palavras, ou no tom de as proferir, uma certa admiração por Santiago. E não fosse a inveja um pecado mortal, invejá-lo-ia em certa medida. Não na medida em que a maioria dos homens o invejava, que nesse aspecto também o Pai fora generoso com ele, mas por estar certo de mais facilmente alcançar Santiago as planícies do Éden do que ele próprio, conhecedor, em toda a vida, de um par de mulheres apenas. Rezou um padre-nosso, fez o sinal da cruz sobre o rosto ausente daquele menino, como lhe chamou, e nem meia hora depois saía conforme entrara, descomprometido e vergado pelo peso dos anos e pelo hábito que desde novo o fazia caminhar pelo mundo de olhos postos no chão.

Passava da meia-noite quando todo o Chalé l'Amour chegou. Só Cuménia Salles não compareceu. Desculpara-se com a pequena; que ficaria a velar por ela. Magénia Cútis, de braço dado com Chalila — vestido de homem, discreto —, liderava o grupo. Quem as reconheceu depressa teve vontade de saber mais sobre a outra metade daquela tragédia, mas nem o local nem a hora eram propícios à curiosidade. Àquela hora já só as mulheres do porto e Chalila Boé enchiam a pequena Capela de São Tiago. As poucas senhoras que haviam sobrado da primeira leva de desistentes aguentaram o mais que puderam, mas acabaram por se retirar, levando consigo dona Santiaga, pobrezinha, que o ambiente estava saturado e ela precisava de descansar, pois a manhã não a pouparia a maior dose de sofrimento.

— Está como sempre quis. No meio da putaria! — exclamou Roleão Poppes, chegado entretanto para marcar presença.

O interlocutor, um sujeito com ar de estrangeiro que o acompanhava e não conhecia Santiago, franziu a testa, mas não disse nada. Chalila Boé, agarrado à mão de Santiago, chorava que nem Madalena aos pés da cruz. Do outro lado do esquife, a pequena Ágata, amparada pelo peito matronal de Magénia Cútis, era a imagem alquebrada de uma jovem viúva. À volta do caixão, de mãos nos terços, o resto das meninas, mais as que já lá estavam, rezavam-lhe, chorosas, pela alma a uma só voz. Era sincero, agora, todo o recheio da capela. Não havia ali quem não o amasse, quem não lhe houvesse querido bem. Não havia ali quem não desse de boa vontade anos de vida para o ter de volta. Mas a vida é mesmo assim e os anos delas eram moeda de pouca monta.

Ali estava agora, tranquilo, o menino que tinha medo do amor e das mulheres bonitas que, como o amor, são voláteis e desaparecem entre barcos, numa manhã de chuva, de olhos pintados e xaile aos ombros para nunca mais. Ali estava agora, tranquilo, o menino rodeado de mulheres, muitas, para que nunca lhe faltasse uma, pois de amor só sofre quem não tem de reserva. Ali estava agora, tranquilo, o menino que se dava ao amor e às amantes com toda a intensidade, com toda a verdade do seu amor carente, fazendo cada uma sentir-se única, a última, para nunca se esquecerem dele, para nunca se quererem ir embora, que dar é receber de quem recebe e receber é dar a quem dá. Ali estava agora, tranquilo, o menino que abandonava primeiro para não ser abandonado, que um abandono temporão gera defesas para uma vida inteira. Ali estava, agora, tranquilo, o menino do olhar distante que correra o mundo à procura de casa, desse amor incondicional, encontrado, por fim, sem pedidos, sem promessas, sem sair do lugar, pois a Terra é redonda, como contam os marinheiros, e os barcos, assim não naufraguem, mais cedo ou mais tarde, retornam ao cais.

Os primeiros laivos de manhã anunciavam o último dia de Santiago sobre a terra. Passara depressa a noite. Passara depressa a vida toda. Dentro da capela os suspiros e as lágrimas calmas tomavam o lugar dos grandes choros. Na rua a conversa dos homens reduzira-se a quase nada. Às oito da manhã estavam de volta as mulheres descansadas e, trazida por elas, dona Santiaga Cardamomo, amolentada pelas pílulas que o senhor Diogo de Lyndaguara lhe receitara, mas sem haver pregado olho toda a noite. Pelas nove, depois de umas palavras breves do padre Severino Casqueiro Júnior, o corpo de Santiago foi carregado para a carreta de Samuel-o-Novo e dado início ao cortejo.

À passagem do préstito pelas ruas, gente juntava-se à gente junta e, quando este entrou no cemitério, ainda a Rua dos Amores-Perfeitos não se tinha despejado toda. Amparada por Pascoal e Rodrigo, dona Santiaga Cardamomo arrastava-se, quebrada, com o peito cheio de pedras. Por três vezes desfaleceu; por três vezes parou o cortejo para assistir a pobre senhora que, no vaticinar de alguns, já não sairia do cemitério naquele dia. Nas varandas e janelas havia outro tanto de mundo a assistir. De quando em quando chovia uma flor, um lenço perfumado, atirados do alto por mãos desconhecidas.

Nunca se soube quem se encarregou das exéquias, mas tanto pormenor, em tão pouco tempo, não podia ser obra de uma pessoa só. Falou-se de um grupo de mulheres, mas o mais certo terá sido uma soma de acções independentes. Fosse lá como houvesse sido, o resultado foi um funeral de Estado, uma cerimónia digna de um imperador, que nem banda faltou em terra, nem salvas de canhão lançadas no mar. Ninguém se responsabilizou. Ninguém se deu a saber. Ninguém respondeu por quanto ali se passou. Mas em tudo, no dito já e no que há a dizer, se acreditou haver dedos de mulheres, que só um ser determinado consegue tanto em tão pouco tempo.

Em virtude dos conflitos do dia anterior, o tenente Bullivéria dera ordem à Guarda montada para montar guarda ao cortejo: oito elementos da cavalaria encabeçavam o préstito e outros oito rematavam-lhe a retaguarda. Nunca em Porto Negro se vira um funeral assim. Tê-lo-ia tido, talvez, D. Luciano, se não houvesse morrido ao largo e sido atirado aos peixes. E para cúmulo da indignação das mais respeitadas figuras da cidade, soaram os sinos da catedral à passagem do cortejo. O próprio padre Severino Casqueiro Júnior, homem de fé e temor, levou as mãos ao peito num gesto de incredulidade. Se não era a mão de Deus a puxar pelas cordas, era a cornadura do Diabo a bater forte no bronze. Sabia não dobrarem aqueles chocalhos senão por figura proeminente, de modo que só alguém de influência bastante os poderia ter feito soar. De novo se pensou em mão de mulher. Pediram contas, mais tarde, os indignados ao cónego Crespo Luís. Mas o sacerdote escusou-se de responsabilidades, jurando haver ficado tão perplexo quanto aqueles que o interpelaram sobre o incidente.

Quem chegasse a Porto Negro àquela hora julgaria haver morrido a mais alta figura da cidade. Quarenta minutos depois, os primeiros torrões de chão caíam sobre o esquife de Santiago de Jesus Cardamomo — complete-se-lhe o nome —, arrancando «ais» desfalecidos ao peito de dona Santiaga, sua tia, madrinha e mãe, que jurava aos berros não aguentar, não aguentar... Também pelo rosto dos amigos rolaram lágrimas cheias. Pascoal, abraçado a Rodrigo, rendia-se, cansado de tanto conter. E porque o planger e o rir contagiam de igual modo, depressa se podiam contar pelos dedos os olhos resistentes. A seguir a dona Santiaga, a pequena Ágata era quem mais impressionava: chorava-o como a um noivo levado pelo mar. Contudo, era o pranto sentido de Chalila Boé, que o amava aos montes, aos montes, aquele que escandalizava as mulheres. Também Magénia Cútis, mulher que o estreara e contivera, não se conseguiu por mais tempo conter. Até as gémeas negras da velha Ninon, que não lhe haviam conseguido a alma, choravam por ele lágrimas de eterna saudade. E à porta do cemitério, sozinho entre a multidão, soluçava Cuccécio Pipi, sem ninguém que o consolasse.

Nessa noite bordéis fechariam portas, mulheres de favores vestiriam luto, e, durante três dias e três noites, pouco amor se haveria de alugar naquela cidade de afectos vadios. Marinheiros do mundo que por ali aportassem pela primeira vez naquele tempo de nojo não encontrariam reflexo nas histórias de outros que por ali se haviam perdido antes. Garante, quem viu, nunca na história daquela cidade ter havido tanta mulher a chorar um homem como naquele dia; fossem mulheres de mil homens ou de um homem só. A campa de Santiago era uma montanha de flores da altura de um homem. O cemitério não suportava mais gente. Mulheres, cujos maridos acompanhavam, limpavam os olhos com discrição. Era chegado o fim; era hora de voltar para casa.

No meio da multidão retornante, dois homens que caminhavam lado a lado entabularam conversa:

— Havia mais coroas de flores do que pessoas! — atirou o primeiro. — E olhe que não via tanta gente junta desde os cinquenta anos da independência!

— E quase todas de mulheres — retrucou o segundo.

— Como é que o amigo sabe?

— «Com eterna saudade!» Que lhe parece?!

O outro assentiu com a cabeça. E depois de um breve silêncio retornou:

— Cheira-me haver aqui mais chavelhos que numa manada de bois! — rodando a aliança com o polegar.

O segundo, que era viúvo e sabido, respondeu:

— Mais do que o amigo pensa!

XXXIX

— Júlio Saragoça; Donato Lara Pundego; Santareno Pais del Toro; Pôncio Cardunho; Macário Magno; Praxedes de Santa Maria; Lúcio António Severo; Rito Panomilho; Miguel Angel Panadero; Sidóno Silédio San Juan; Tito Ulinésio; Tancredo Bosco de Tela.

Os doze homens deram um passo em frente à chamada do secretário e entraram para uma sala contígua à de audiências. Eram os jurados nomeados pelo tribunal para a apreciação do caso. Faziam parte do grupo de sessenta «honrados cidadãos» que compunham a idónea consciência da cidade, eleita por cinco anos para tomar parte nos julgamentos. Homens apenas, que as mulheres, dadas as emoções e sentimentalidades, não eram ajuizadoras isentas, especialmente em casos daquela natureza. Numa outra sala, as testemunhas de ambas as partes aguardavam, impacientes.

No átrio de entrada, onde o público permitido para a sessão aguardava a hora de subir, era grande o burburinho, e por mais de uma vez teve o secretário de vir ao topo da escadaria mandar calar os presentes. Na rua, contidos pela presença da cavalaria, os populares que não tinham lugar queixavam-se por ficarem de fora. Estava atrasada a audiência. Uma hora bem contada. Quando por fim foram abertas as portas do auditório e mandado subir o público, o ruído aumentou de tom. O júri já se encontrava sentado quando a assistência tomou lugar. Não podia mais a sala de audiências. Acomodada toda a gente, entraram os advogados de ambas as partes: um jovem promotor público e o doutor Abelardo Sapo, o mais prestigiado advogado do país, mandado vir da capital a peso de ouro para defender Tulentino Trajero. O secretário accionou uma campainha, dando sinal a um guarda para trazer o réu. Por fim, chegou o meritíssimo. Todo o auditório se levantou. Estava composta a sala. O juiz tomou o seu lugar. Cadeiras e corpos ajeitaram-se no espaço e, com excepção para os dois guardas de plantão, toda a sala estava sentada. O secretário abriu o livro de actas, passou uma folha ao juiz, e uma martelada esmagou o murmurar da sala: estava aberta a audiência.

Com ar dócil, o magistrado leu alto o relatório apresentado pelo tenente Bullivéria, ali presente, bem como a confissão que Tulentino Trajero havia decidido narrar e assinar, com excepção apenas para o recado do garoto. Lidos ambos os documentos, o juiz perguntou ao réu se confirmava tudo quanto acabava de ser lido.

Tulentino Trajero olhou para o doutor Abelardo Sapo, que lhe devolveu um aceno de cabeça.

— Confirmo.

Fora instruído pelo advogado no sentido de não falar muito. Como se ele fosse um homem de muitos verbos ou muito houvesse a dizer... Depois daquela malograda noite, em que o sorriso do irmão o visitou na cela, jurara a si mesmo não se medir a esforços para alcançar uma absolvição. Sem olhar a meios, mandou contratar o melhor advogado de São Miguel do Pacífico. A resposta ao telegrama veio no mesmo dia. O advogado chegou duas semanas depois. Abelardo Sapo era um homem de causas ganhas e havia quem dissesse que na capital até os juízes se acobardavam na sua presença. Amante de processos impossíveis, prestigiado e temido, Abelardo Sapo entusiasmou-se com o caso. No telegrama que lhe mandara enviar, Tulentino Trajero referia «não discuto custos». O ilustre doutor não se mediu a despesas. Chegou a pensar-se haver gente endinheirada por detrás daquela contratação, especialmente depois das demonstrações de apreço e admiração de alguns homens de honra beliscada que se reviam no crime e tantas dores de cabeça deram ao tenente Bullivéria. Mas a verdade foi que Tulentino Trajero não pediu um *pudí* a quem fosse para pagar os honorários do «falcão», como era conhecido entre os seus pares o jurisperito. No único encontro tido, Abelardo Sapo pediu a Tulentino Trajero para lhe contar exactamente como se lembrava dos factos. No fim da entrevista, quando se preparava já para deixar a cela, perguntou:

— Foi essa a versão que contou ao delegado?

— É a primeira vez que estou a falar nisto — respondeu Tulentino Trajero.

Abelardo Sapo fez um ar satisfeito, acenando com a cabeça.

— Então não altere uma vírgula àquilo que me contou — disse. — Só uma coisa: esqueça o recado. Ninguém lho deu.

O recado alteraria por completo a questão, explicou o doutor da capital. Acrescentaria premeditação ao acto, espoliando-o de todo o impulso.

— Vou pedir ao oficial que lhe mande recolher a confissão. Já sabe: nem uma vírgula... — E estendendo-lhe a mão, terminou, com ar vitorioso: — O resto deixe por minha conta — saindo sem mais quês.

O jovem promotor, como lhe competia, mas de acordo com a lei, apresentou ao juiz e aos jurados o crime da forma mais hedionda possível, pedindo para o réu a pena máxima e sem atenuantes. O doutor Abelardo Sapo, tomando a palavra, deixou a sala em silêncio. A sua figura eclipsava por completo o velho magistrado e o jovem promotor.

— Meritíssimo, excelentíssimos senhores jurados, o caso é muito simples: um homem honrado, trabalhador e pai de família, entra em casa e dá com um violador da sua propriedade, da sua honra, na desonra da sua filha e reage como qualquer homem digno desse nome reagiria. Tudo o mais são malabarismos de retórica do meu caro e jovem colega. Assim, meritíssimo, excelentíssimos senhores jurados, peço a absolvição absoluta e inequívoca do meu constituinte, de forma a minimizar-lhe os incomensuráveis danos causados por este ignóbil acontecimento, para o qual foi arrastado, restituindo-lhe, naquilo que é possível a um homem aviltado, a maior limpeza da honra e do bom nome, cujos maus juízos procuram, levianamente, contundir, pois o contrário atenta contra a lei, no tocante a todos os artigos zeladores da propriedade, do direito privado e da moral.

Finda a alegação, de um fôlego só, toda a sala respirou. Quem estava por Santiago percebeu estar o doutor da capital a manipular o julgamento a favor do açougueiro, mas não chegou a ter tempo para o protesto, pois logo o jovem promotor, procurando não perder terreno, se insurgiu contra o digníssimo colega, bombardeando o réu com uma lista de perguntas. A tudo respondeu o açougueiro que não: que a vítima não era das suas relações; que a não conhecia senão do «olá, como está?»; que não tinha dela opinião boa ou má; que nunca a filha tivera com ela contacto e que nunca lhe chegara aos ouvidos qualquer envolvimento entre os dois. Porém, quando o jovem promotor lhe perguntou onde estava na hora em que a vítima teria entrado em sua casa, Tulentino Trajero hesitou. Não por ter alguma coisa a esconder, mas por vergonha da sua privacidade com Deus. Olhou para o doutor Abelardo Sapo. Este acenou-lhe com a cabeça. Tulentino Trajero, baixando os olhos, respondeu:

— Numa gruta da praia a pagar uma promessa.

Um burburinho correu a sala.

— Uma promessa?! — perguntou com ar irónico o jovem promotor.

Tulentino Trajero, que tinha contas a acertar com o passado e não podia permitir-se a perder mais tempo, engoliu o orgulho e contou a promessa feita em nome da saúde da filha. Os olhos do doutor Abelardo Sapo encontraram os do juiz e um arrepio de felicidade percorreu-lhe a espinha. Começava a ganhar-se aquele julgamento. Fora mais fácil do que pensara. Por fim, o jovem promotor perguntou:

— Quando entrou em casa pensou que a vítima estava a violar a sua filha?

— Não pensei em nada.

— Pois claro que não pensou em nada! — exclamou o jovem promotor e, voltando-se para os jurados, acrescentou: — Que pai brutaliza uma filha acabada de violar? Quero aqui lembrar aos presentes que o réu sovou brutalmente a filha no local do crime, arrastando-a pelas ruas da cidade, desnuda, aos olhos de quem quisesse ver, depositando-a depois numa das mais mal-afamadas casas da cidade, onde, segundo consta, se encontra às portas da morte. Ora, se não assumisse, naquela hora, haver a filha tido parte naquele encontro e fazendo por livre e espontânea vontade parte dele, porque haveria de a espancar e levá-la de rastos para uma casa de má fama? Que estava o réu a considerar a filha com tal atitude? Estuprada?! Parece ficar evidente a não-culpa da vítima em todo este caso, como, aliás, está claro desde o início.

O juiz olhou para o doutor Abelardo Sapo dando-lhe a palavra para o contraditório. O advogado da capital levantou-se e respondeu:

— Se estamos em matéria de lembrar os presentes, faço-o então de acordo com a lei, e não com suposições, conforme o meu caro colega acabou de fazer. Como é do conhecimento geral, dentro da propriedade privada, o proprietário é dono e senhor de todos os seus bens, inclua-se filhos menores, e, por tal, pleno de legitimidade para agir por seus próprios meios e consciência em consonância com as circunstâncias. Circunstâncias essas já referidas pelo meritíssimo na leitura do relatório, e que traduzem a entrada indevida por parte do senhor Santiago Cardamomo em propriedade do senhor Tulentino Trajero, violando, só por isso, um artigo basilar da Constituição. Dentro da propriedade do senhor Tulentino Trajero, encontrava-se outra propriedade do senhor Tulentino Trajero: a sua filha menor, à qual, faltando quatro anos para a maioridade legal, não tinha, nem tem, perante a lei, poder decisório sobre qualquer propriedade do pai, nem sequer sobre si mesma. Desta feita, meritíssimo, excelentíssimos senhores jurados, o que o meu jovem colega acaba de sugerir é que um cavalo que se deixa montar e levar por um bandoleiro anula neste o delito de o roubar.

— Protesto, meritíssimo! — gritou o jovem promotor público. — Uma pessoa não pode ser comparada a um cavalo!

E sem que o juiz tivesse tempo de abrir a boca, já a voz do doutor Abelardo Sapo anulava toda a sala:

— Só que para efeitos legais é nessa exacta qualidade que um menor é tido ante a lei. À luz do código, o primado é o mesmo. E o que está aqui em causa, caro colega, é o estrito cumprimento da lei e a sua aplicabilidade. E quanto a isso, estamos todos de acordo. Ou não será? — pausou Abelardo Sapo, percorrendo o auditório com o olhar. E retomando a palavra, rematou: — É menor e tem pai. Fim de citação. Guardemos, portanto, os juízos de valor para a praça pública. Se fossem esses os preceitos pelos quais a justiça se pautasse, não seriam precisos os tribunais. Uma multidão de gente em fúria armada de paus e pedras e poupava-se ao erário público tamanhas despesas. Agora, se o jovem colega prefere reger-se pelos impulsos do julgamento popular, ao invés de pelo sagrado código das leis... Nesse caso não estaremos aqui a fazer nada.

Uma onda de indignação levantou-se em parte da sala.

— Silêncio! — martelou o juiz.

O jovem promotor, sentindo a situação escapar-lhe ao controlo, levantou-se:

— Protesto! — A audiência sobrepunha-se à sua voz. — Protesto, meritíssimo!

— Silêncio! — voltou a martelar o juiz. E mandando esperar o promotor, deu a palavra ao doutor Abelardo Sapo, para terminar a sua exposição.

— O meu cliente agiu em defesa da propriedade e da honra da família, consagradas, ambas, na lei. Reforço, meus senhores, que é a Constituição que estabelece que dentro das suas portas a lei é o dono da casa. E para terminar — disse Abelardo Sapo, virando-se para o jovem promotor —, quanto à punição deste pai à filha, que é sua, não é aquilo que está aqui a ser julgado. Por essa razão, peço: cinjamo-nos estritamente ao fulcro da questão. Mas para que não fique sem resposta o digníssimo colega, e quem mais haja confundido os objectos, informo: qualquer que tenha sido o comportamento *a posteriori* do meu cliente em relação à filha, não invalida a entrada indevida do senhor Santiago Cardamomo em propriedade alheia e tudo quanto dessa violação decorreu. Assim, é na qualidade de violador da propriedade alheia (de duas propriedades) que o senhor Santiago de Jesus Cardamomo tem de ser considerado.

— Protesto! — disse o jovem promotor quase por obrigação.

— Contra a lei, digníssimo colega, não há protestos, há assunções! — sentenciou o doutor da capital encarando o jovem promotor.

Toda a sala ficou muda. O próprio juiz, espreitando por cima dos óculos, parecia tomado de assombro. Estava explicado o porquê da sua estrondosa notoriedade. O jovem promotor ainda tentou ter a palavra, mas o juiz, embevecido com o discurso do *falcão*, mandou entrar a primeira testemunha.

Na sala de testemunhas a tensão era grande. O burburinho da sala e o martelar do juiz ouviam-se claramente. No entanto, nada havia que se percebesse. Sentado num banco corrido, Rolindo Face era o mais nervoso. O coração parecia ir rebentar. Toda a noite não pregara olho e não sabia como ali chegara. Havia mais de duas semanas que não tinha paz e uma que voltara à retrosaria do cego Curdisconte. Também por isso se sentia em falta para com o patrão. Ou ex-patrão. Felizmente não eram permitidas visitas aos detidos antes do julgamento, pois não teria coragem para o enfrentar e explicar-lhe não poder viver do ar. A culpa estava presente a toda a hora. De noite, pesadelos horríveis; de dia, falta de apetite e espuma nas tripas, como agora, como desde que saíra de casa. Conforme um condenado a aguardar a hora, o ex-ajudante de magarefe era o rosto frio do medo. Sentia em todos o olhar da desconfiança sobre si; que nos murmúrios trocados havia o seu nome; que no fundo falavam dele um pouco por toda a cidade. Não tivera coragem de procurar o rapazito a quem dera o recado. Temia denunciar-se. Desde que voltara à retrosaria que todo o dia perscrutava a praça por detrás das janelas, mas nenhuma feição lhe era clara. Seria algum daqueles? Teria desaparecido? Tê-lo-iam apanhado? Contara alguma coisa? Não sabia o que se sabia; o que lhe iriam perguntar. Uma vez mais, a vontade de fugir tremia ante a realidade de o não poder, e o estômago, sempre o estômago, essa pobre moela de trapo que se lhe encheu de ácido quando a voz do secretário surgiu à porta:

— O senhor Rolindo Pio Face.

Ninguém lhe prestara atenção até à pronunciação do seu nome, mas Rolindo, como já se disse, sentia em si os olhos críticos da sala, de toda a gente, aliás, desde que chegara ao tribunal — antes até, quando a caminho da cidade — olhos neutros, talvez, mas que a sua culpa acusava. Rodrigo de San Simon e Pascoal Saavedra, encostados à parede, fumavam cigarro atrás de cigarro. Não haviam ainda trocado uma palavra. Outros dois rapazes, colegas destes e de Santiago, comentavam à janela as moças que se achavam na praça. Roleão Poppes, também chamado a testemunhar, bufava de um lado para o outro, impaciente, a contas com a gravata. As testemunhas da outra parte, excepto Rolindo Face, conversavam num grupo afastado. Ao todo, cinco de cada lado. Mas nenhuma tão prejudicada quanto Roleão Poppes que, além de si, tinha ali quatro empregados sem trabalhar. Por isso também bufava. Rolindo não se conseguiu mexer, e o secretário do tribunal voltou a chamar, passando os olhos pela sala:

— O senhor Rolindo Pio Face!

Por fim levantou-se. As pernas bambeavam. Era um trapo molhado tocado a vento. Acompanhou o secretário, entrou na sala — como se ele o condenado —, subiu ao sobrado das testemunhas, como a um cadafalso, jurou dizer a verdade e mentiu. Tomando lugar, fez breve gesto de cabeça ao patrão, mas Tulentino Trajero só o reconheceu quando este começou a falar. Bem penteado, dentro do seu único fato, quase parecia uma pessoa importante. Na audiência houve quem o não reconhecesse antes de o juiz se referir a Tulentino Trajero como «seu patrão». Também na sala de espera ninguém o reconhecera, tal como na rua, ao contrário de todas as suas cismas. Não fora implicado em nada. O crime estava confessado e outros nomes não vieram a lume. Nem sequer uma cumplicidade com o patrão fora questão levantada. As perguntas dos advogados afiguram-se simples; nada além do já perguntado pelo tenente Bullivéria na tarde do crime. Rolindo Face, porém, suava como se ao sol. Questionado sobre a conduta do patrão e da filha, o ex-empregado do açougue defendeu ambos que nem a santos. Depois disso, pareceu mais calmo. Porém, quando interpelado acerca de Santiago, respondeu haver este ido ao açougue na antevéspera do fatídico dia. Lembrava-se perfeitamente porque nunca o vira por lá e pareceu-lhe estranho, olhando para tudo como se procurasse alguma coisa, ou tirasse as medidas à casa. Por fim, levou umas carcaças de frango que, apenas chegou à rua, lançou a um cão, confirmando não haver entrado no negócio com intenção de comprar nada.

— Na altura achei esquisito, mas nunca me passou pela cabeça que... Por isso nem comentei com o senhor Tulentino. Agora arrependo-me. Talvez nada disto tivesse acontecido! — desabafou o ex-ajudante de magarefe, seguro e convicto.

E quando o jovem promotor o questionou acerca da possível premeditação do acto, Rolindo afirmou não acreditar, pois nem o patrão era pessoa para deixar uma questão daquelas para mais tarde, nem havia no comportamento da menina algo que denotasse qualquer comprometimento ou alteração. Estivera presente todos os dias, havia vários meses, naquela casa e nunca havia dado por coisa alguma.

De volta à sala das testemunhas, Rolindo Face era outro. Nem uma menção ao recado, o pai de todas as suas angústias! De súbito levantou-se-lhe um peso dos ombros, como se chegado o fim de tudo aquilo. Seguiram-se as restantes testemunhas, uma a uma, intercaladas, jurando e respondendo às questões de ambas as partes.

A favor de Tulentino Trajero, foram chamados a depor, além do ex--empregado, quatro fazendeiros da região. Todos testemunharam o intocável carácter e a reconhecida integridade do açougueiro da Rua dos Tamarindos. Nada havia a apontar àquele homem senão o bom exemplo, o trabalho e a honestidade. Viúvo cedo, montara negócio com as próprias mãos, e com as próprias mãos criara a filha sem mais ajudas. Filha que, frequentadora da Escolinha das Sagradas Esposas, nunca, até ao aparecimento daquele bandido, dera uma sílaba que falar. E não foi um nem dois que alegaram sentir em si parte daquela acusação, pois houvesse o mesmo passado em suas casas, no seio das suas famílias, e seria outro, ali, no seu lugar.

Havia uma diferença notória entre as testemunhas de um lado e doutro, e os seus argumentos. Do lado de Santiago, a figura de maior peso era, em todos os sentidos, Roleão Poppes, porém, dado o passado negro, e o não menos claro presente, estava longe de abonar a favor da vítima. Os amigos, salvo Rodrigo de San Simon, mais familiarizado com as palavras, pouco mais souberam dizer do falecido além de ser bom moço, folgazão, é certo, mas honesto, que nunca havia forçado uma mulher a afastar os joelhos, como referiu Pascoal Saavedra, o último do grupo a testemunhar, levando à indignação os jurados e muitos homens do público. O doutor Abelardo Sapo aproveitou a linguagem para desacreditar mais um pouco o falecido, e as testemunhas que estavam por ele. Tulentino Trajero nem se mexeu. Pensava no depois de tudo aquilo, no regresso a San Roman de la Plata, nas contas que tinha pendentes. As vozes levantaram-se de ambos os lados, o martelo batia mudo sobre o disco de madeira, e só a voz do juiz

— Silêncio!

lograva, com grande esforço, fazer ouvir-se na sala.

Acalmados os ânimos, ouvidas todas as testemunhas, o jovem promotor tomou a palavra para as alegações finais. Apesar da admiração pela fama do doutor Abelardo Sapo e da vaidade por poder estar ali, diante do mais consagrado advogado da nação, havia nele uma motivação extra: a garantia do seu futuro, a sua consagração se conseguisse levar a melhor sobre o douto dos doutos. E a verdade é que tinha tudo a seu favor. Assim, disse:

— Meritíssimo, excelentíssimos senhores jurados, gostaria de lembrar-vos estar nas vossas mãos a espada da justiça. Tendes diante de vós um homem que matou um jovem na flor da idade e deixou a própria filha à beira da morte, por havê-los encontrado juntos. Não é a relação não autorizada destes dois jovens o que está aqui a ser julgado, nem tão-pouco a legitimidade de uma moça menor abrir a porta de casa ao rapaz de quem gosta, mas o homicídio frio por parte deste homem, para o qual peço uma pena exemplar. E com isto termino, excelentíssimos senhores jurados, meritíssimo: por mais que o meu oponente insista em comparar uma filha a uma rês de matadouro, vós, que sois homens e pais, sabeis bem a diferença entre uma jovem e uma vitela.

Foi a vez do doutor Abelardo Sapo.

— Enquanto este honrado pai se ajoelhava em promessa pelas melhoras da filha que estivera às portas da morte, um sedutor entrava-lhe em casa para usar e abusar daquilo que era seu. Quantas vezes não teria já acontecido? Em quantas casas mais? Quem não cegaria? O meu caro colega alega a conivência da filha, mas a verdade é que isso não altera os factos. Porque, repita-se, a jovem em causa é menor. E visto não haver muito mais a dizer, apelo à vossa consciência de honrados cidadãos, zelosos pais de família, e à soberana consciência do isento meritíssimo, para que vos ponhais na pele deste pai, chegados a casa e encontrando a vossa filha sob o domínio de um doloso conquistador. Menina inocente, criada sem mãe, educada nos mais sagrados preceitos da moral, foi seduzida e violada. Sim, porque não tendo idade para ter vontade, tal acto sobre a sua pessoa é uma violação. — E voltando-se para a sala, concluiu antes de se sentar: — Meritíssimo, excelentíssimos senhores jurados, queria, para terminar, recordar que nenhuma das testemunhas, de parte a parte, apresentou a este tribunal um só episódio no qual o meu cliente não haja sido um exemplar cidadão, um homem honrado, ao contrário do senhor Santiago Cardamomo, cuja fama de prevaricador da honra de meninas de família é do conhecimento público. De modo que não se fará justiça nesta casa se não houver aqui, hoje, repito, a absolvição absoluta e inequívoca do meu constituinte. Tenho dito.

Às palavras de Abelardo Sapo, o burburinho tornou a levantar-se e o martelo do juiz contra ele. Parecia enfeitiçado com a brilhante defesa do doutor da capital. Tulentino Trajero ouvia, distraído, todo aquele entrançar de argumentos: um vozeado ao largo, sumido, como um bichanar de comadres à esquina do mundo. Proferidas as alegações finais, o juiz suspendeu a audiência para as deliberações do júri, retirando-se, também ele, para reflectir sobre o veredicto.

Na sala de espera, a impaciência era grande. Não sabiam nada do que se passava. Nem compreendiam porque não puderam ficar presentes depois de testemunhar. Roleão Poppes, aliviado da gravata, não via a hora de ir embora. Os quatro empregados que ali tinha não lhe dirigiam a palavra e ele tão-pouco era de conversas com eles. Rodrigo e Pascoal mal abriam a boca, fumando de um lado para o outro. Tal como o patrão Poppes, também eles queriam ver aquela tortura terminada. Que se fizesse justiça e depressa, já que Santiago não podia ser trazido de volta. Os fazendeiros pareciam os menos impacientes. Conversavam entre si sobre política e negócios. A um canto, quase invisível, apesar da indumentária, Rolindo Face também não via a hora de sair dali. O alívio sentido à saída da sala de audiências fora de pouca dura.

Regressado o colectivo do júri e o juiz à sala de audiências, coube a Macário Magno dar voz à deliberação.

— Reunidos os jurados — começou — e na posse dos factos e testemunhos, decidiram, por unanimidade de consciência, pedir a absolvição do réu, Tulentino Simonedo de Quantamar Trajero.

Na sala, as vozes por Santiago levantaram-se. O juiz ameaçou mandar evacuar a câmara, antes mesmo de proferir a sentença, caso o público não se comportasse. Era a ele, autoridade máxima naquele tribunal, que cabia a última palavra e, não obstante a presença ensombrante do doutor Abelardo Sapo, apenas a si cumpria determinar a magna decisão. As vozes amenizaram-se e o magistrado, cujo veredicto havia reflectido e ponderado, proferiu:

— De acordo com a deliberação do júri, em consciência própria, e respeitando os artigos 45.°, 209.°, alínea a) e b) e 211.° do código penal, dou por absolvido o réu, Tulentino Simonedo de Quantamar Trajero, cinquenta anos, açougueiro de profissão, viúvo, morador de aluguer na Rua dos Tamarindos, pai e tutor de uma filha menor, da culpa de homicídio qualificado, ficando provado, neste tribunal, ter o réu agido em legítima defesa dos seus bens materiais e de sua honra sobre Santiago de Jesus Cardamomo, vinte e sete anos, estivador de profissão, solteiro, morador na Rua das Virtudes, violador de propriedade alheia, da moral e dos bons costumes. — E batendo com o martelo, rematou: — Está terminada a audiência — levantando-se e abandonando a sala.

Uma onda de protestos elevou-se em parte do auditório. *Uma infâmia! Um segundo crime!* — gritaram vozes. Mas o juiz não voltou à sala e nada havia a fazer. Estava martelada a decisão. Para uns a certa, para outros o maior dos atropelos. Nunca decide bem quem decide. É esta a ingratidão da justiça. Quando a notícia chegou à sala das testemunhas, em conjunto com a liberação das mesmas, as reacções foram diferentes. Os fazendeiros entreolharam-se, trocando apertos de mão e sorrisos; os amigos de Santiago olharam para Pascoal e Rodrigo que, olhando um para o outro, não disseram nada; Rolindo Face, que, apesar de haver testemunhado pelo patrão, esperava vê-lo sentenciado a uma pena qualquer que o livrasse de ter de o enfrentar, sentiu reacender-se o medo no estômago. Porém, não se mexeu, recebendo a notícia como se ali não estivesse. Roleão Poppes foi o único a abrir a boca:

— Tanta merda para isto! Perde um homem meio dia para coisa nenhuma! Ora se fossem todos para o caralho é que iam bem! — E bufando por todos os lados, saiu, empurrando o secretário que trouxera a notícia e os dois guardas de plantão.

Na praça os populares aguardavam pelo veredicto. De um lado, os apoiantes da honra e do bom-nome da família, do outro, os amigos de Santiago, ao meio, a força da cavalaria. Mas, ao contrário dos receios do tenente Bullivéria, não se deram incidentes além dos protestos, que sempre foi mais a vontade de protestar do que de agir, especialmente depois de não haver remédio. Rodrigo e Pascoal saíram calados, não abrindo a boca sequer para responder a quem os interpelava. A vida tinha-se tornado difícil. Pensavam no amigo e em dona Santiaga, a quem tinham de dar a notícia. Com eles seguiram alguns amigos, inconformados com a decisão.

À sombra do telheiro, vestida de negro, dona Santiaga Cardamomo olhava o vazio do quintal. Tinha os olhos moles, as pestanas húmidas. Os dois rapazes deram a volta à casa, beijaram-lhe as faces e foi Rodrigo quem, pegando-lhe nas mãos, disse:

— O assassino foi absolvido.

Dona Santiaga fitou ambos por um instante e, sem proferir um som, voltou o olhar para o vazio do quintal, deixando-se ficar tal qual lhe não houvessem dito nada. Que lhe importava a ela tudo quanto não fosse ter o seu menino de volta?! Pascoal e Rodrigo ficaram mais um pouco. Não sabiam o que dizer, o que fazer. Perguntaram se precisava de alguma coisa. Disseram-lhe que tinha de reagir, voltar a abrir a Flor do Porto. Seria essa, de certeza, a vontade de Santiago. Fizesse-o ao menos por ele. A clientela já perguntava pela abertura do bar. Pascoal disse mesmo que se despediria da estiva para a ajudar a levar o negócio para a frente. A nada respondeu a pobre senhora. Era inútil insistir.

Na outra ponta da cidade, Rolindo Face aproximava-se de casa. Não tivera coragem para enfrentar o patrão. Ninguém o implicara em nada, ninguém lhe fizera perguntas indiscretas, porém, a culpa permanecia. Ainda faltava meia hora para o fecho da retrosaria, mas o velho Curdisconte dispensara-o toda a manhã. Da parte da tarde, antes de pegar ao serviço, passaria no açougue para se justificar ao ex-patrão por estar de novo por conta do velho retroseiro. Não tivera escolha. Tinha uma mãe ao seu cuidado. Para já, não queria pensar nisso. Quando quase não restava gente na praça, e mais de três horas e meia após haver entrado, algemado, na Casa da Justiça, Tulentino Trajero abandonava o edifício na companhia do doutor Abelardo Sapo, livre ante a lei. Mas, porque não é a lei que liberta um homem, o açougueiro continuava preso, por dentro. Havia dez minutos que os sinos da catedral tinham anunciado as doze e a cidade ia-se, aos poucos, vazando de gente, que o almoço é sagrado e sagrada a sesta que lhe sucede. A Guarda montada continuava à disposição, mas o oficial mandou apenas dois soldados escoltarem o açougueiro, não fosse o Diabo tecê-las. Tulentino Trajero pôs-se a caminho de casa. Os poucos olhos que o viram passar não lhe disseram nada. À porta da Hospedaria dos Arcos, apertou a mão ao doutor Abelardo Sapo, agradecendo. Já lhe mandaria, pelos guardas, os honorários devidos. Seguido pelos dois magalas, desapareceu por baixo do Arco de São Mateus.

Parecia morta, a rua. Parecia que toda a gente abandonara a cidade. Tão estranha! Não a reconhecia. De repente, o primeiro dia que ali chegara fugido de um pesadelo parelho. A meio da rua, duas pessoas, em direcções opostas, era todo o movimento daquela alameda de tamarindeiros. Na sua sombra, os dois guardas seguiam-lhe a lentidão dos passos. Estava cansado, o açougueiro. Envelhecera vinte anos desde a hora em que a fúria lhe assentara nas veias. À porta de casa, vasculhou no bolso a chave que o tenente Bullivéria lhe devolvera à saída do tribunal. Pediu aos dois magalas para esperarem um pouco. Entrou em casa. Havia um cheiro a morte por todo o lado. Não estava já habituado a ele, que em poucos dias se desabitua o olfacto, mas era um cheiro diferente; um cheiro de morte passada. A carne do açougue apodrecera e o cheiro empestava o ar. Dirigiu-se ao quintal, onde a morte não fora mais branda. Debaixo da figueira, *D. Dragon* era pouco mais que uma carcaça amarrada por um osso. Morrera de sede, provavelmente, que os galináceos desencantam sempre o que comer. Olhou em volta o açougueiro. Nem um bico de criação vivo para amostra. Mas, mais do que tudo, foi a imagem daquele galo, morto até aos ossos, que o comoveu. Debaixo da árvore, ao lado dos restos de *D. Dragon*, o galo de combate que nunca pisara uma arena, Tulentino Trajero escavou um buraco, tirou uma tampa e puxou uma guita, atrás da qual um tubo comprido saiu do interior da terra. Era ali, longe de todas as suspeitas, que o açougueiro da Rua dos Tamarindos guardava o pecúlio de vinte anos de trabalho, a segurança da sua velhice e o dote da filha: dinheiro cuja finalidade deixara de existir. De dentro do tubo tirou uma camurça enrolada, e de dentro da camurça vários rolos de dinheiro. Guardou um no bolso, embrulhou os restantes na pele, e foi à porta de casa entregá-la aos guardas que já sabiam a quem a levar.

De volta ao alpendre, encheu um púcaro de água e foi sentar-se num banco de olhos postos na quietude vazia da rede. Pareceu ver Ducélia ali, pequena ainda, num tempo em que a desgraça vinha longe. Humedeceram-se-lhe os olhos. Teve saudades dela. Qui-la ali, umas semanas antes, quando tudo era ainda mentira. Levantou-se. Entrado em casa, foi ao quarto da filha, como se procurasse vê-la lá, criança, nas suas tranças sobre a cama a olhar o dia pela janela, mas não viu senão o mapa sangrento da sua desgraça desenhado no chão, nos lençóis revoltos, nas paredes do quarto. Ao lado da cama, um vestido às flores jazia murcho no chão. O açougueiro pegou-lhe, levou-o ao nariz. Guardava ainda o cheiro dela. Era quanto restava da filha. Era Ducélia sem Ducélia dentro. E porque o coração de um pai não é uma pedra, e um homem não contém senão o quanto o coração lhe permite, Tulentino Trajero caiu de joelhos e desfez-se em lágrimas agarrado àquele pano vazio de gente. O coração pedia-lhe para a ir buscar, para lhe pedir perdão, para a perdoar, para recomeçar de novo. Mas a vergonha e o orgulho pesavam mais do que o amor e o desespero. Os sentimentos misturavam-se. Era a raiva agora a acender-se-lhe dentro. Uma vontade de a espancar de novo, de matar de novo aquele cabrão. E como se algo maior do que os homens abençoasse algo por ali, atirou o vestido para cima do sangue seco, fechando a janela e saindo do quarto, seguro de nunca mais lhe tornar dentro. No dia seguinte, bem cedo, tomaria o primeiro barco para Antipuara. A vida tinha acabado, faltava apenas assinar o óbito. Matteu: um nome e um rosto despedindo-se dele, no porto, não lhe saíam da cabeça. E com aquela raiva a fermentar-lhe nas veias, foi deitar-se na sua cama, seguro de não conseguir adormecer.

XL

Foi só na manhã do dia seguinte que Rolindo Face se atreveu até à porta do açougue. A absolvição do patrão — ex-patrão, agora — e o seu comprometimento obrigavam-no a apresentar-se. Não sabia o que dizer. Defendera-o em tribunal, era certo, mas... e se este estivesse cismado? E se quisesse saber dele algo mais? Far-lhe-ia perguntas. Certo como chamar-se Rolindo Pio Face. Tinha medo e medo de o medo o denunciar. Pensava no que diria, manteria o discurso, um discurso mastigado dias a fio, mas, à medida que se aproximava da porta do açougue, as frases fragmentavam-se e as palavras surgiam, soltas, feito peças de uma geringonça na sua cabeça:

— *Sabe? Patrão, senhor Tulentino, a minha mãe, quer dizer, nós lá em casa, este tempo todo... as pessoas na rua, a dizer que o senhor, enfim... se calhar muito tempo, e há duas semanas que... o dinheiro não estica e... não podia visitá-lo no posto para dizer que eu... que o senhor Curdisconte. Não que eu quisesse, mas... é que a minha mãe, como o patrão sabe, o senhor Tulentino sabe, acamada e eu, sozinho e... o senhor Curdisconte com trabalho... de modo que... o patrão compreende, o senhor Tulentino compreende... é que as pessoas na rua, todas a dizerem que as coisas não voltariam a ser como antes, que o negócio... que o senhor, se calhar, muito tempo... Compreende? E eu, sem notícias nenhumas, não podia falar consigo para saber alguma coisa, se o negócio ia ou não, se as coisas voltariam a ser como antes, porque as pessoas na rua, a freguesia a dizer que nunca mais, que isto e que aquilo. Sabe como as coisas são! E nisto, um dia, dois dias, e a minha mãe «Então rapaz...», a precisar daquele dinheirinho certo ao fim da semana, e o senhor Curdisconte, com trabalho, a dizer que sim... por uns tempos, patrão, senhor Tulentino, por uns tempos, se o senhor Tulentino quiser, eu... enfim... volto...*

O açougue estava fechado. Nenhum letreiro na porta, nenhum som para além desta. Silêncio e só. Sentiu alívio. Voltaria mais tarde. Pediria ao senhor Curdisconte para sair mais cedo. E porquanto o peso na consciência pode às vezes mais do que o medo do castigo, Rolindo Face não teve mão na mão e bateu à porta, de mansinho, na esperança de não ser ouvido. Nada. A culpa insistiu e a mão, toc, toc, a bater de novo. Só mais uma vez. Um pouco mais forte, agora. Nada. O pressentimento de o patrão não aparecer descontraiu-o um tanto e bateu com mais força, chamando-o pelo nome, uma, outra e outra vez. Agora, sim, podia ir-se dali descansado. A estar em casa, tê-lo-ia ouvido de certeza, e, não aparecendo, não teria depois de o recriminar. Fez sinal a uma vizinha, que lhe virou a cara. Olhou em volta. Não vislumbrou mais ninguém conhecido que lhe testemunhasse a presença. E enterrando as mãos nos bolsos avançou para a Praça dos Arcos. À passagem pela Flor do Porto sentiu uma bicada nas tripas. A cruz à porta trouxe-lhe a imagem de Santiago esvaído em sangue e todo o peso da culpa. Acelerou o passo. Não podia dizer ao açougueiro que voltaria. De maneira nenhuma! Era falar com ele e nunca mais tornar àquela rua; nunca mais cruzar aquele arco; esquecer para sempre aquela parte da cidade.

A retrosaria só abria às nove, e a meia hora das oito acabava de bater nos sinos da catedral. Tinha tempo, Rolindo, para se angustiar de um lado para o outro. Deu uma volta pela Praça dos Arcos, mas também ali havia pontas soltas da sua culpa. Debaixo das arcadas, os garotos de recados dormiam o resto da hora antes do abrir das lojas. Um deles conhecia-lhe o segredo. Rolindo passou por eles. Continuava sem conseguir reconhecê-lo. Pareciam-lhe todos iguais. Se calhar também o garoto não o reconheceria. Decerto que sim. São finos como o pó, os fedelhos da rua! Ainda para mais um caso daqueles, com pano ainda para tanta manga. Alguma coisa lhe dizia poder aquele assunto levantar-se, qual fantasma, de uma hora para a outra. Pois o não lhe ter sido perguntado não significava não haver sido referido, ou não querer o patrão, mal pudesse, averiguar-lhe a origem. Seria fácil. Era procurar os garotos, apertar com dois ou três. Por certo partilhavam entre si os segredos alheios. Quiçá não saberiam já todos! Um sentimento de paranóia amarinhou-lhe pela espinha acima. Teve vontade de os matar a todos, um a um. Não era novo o sentimento.

Nunca gostara dos garotos dos arcos. Já em miúdo os odiava, e admirava, contudo: recadeando de fulano para beltrano, soltos, em gargalhadas felizes, tão andrajosos quanto ele, mas mais livres. Infinitamente mais livres. E vieram-lhe à memória aqueles dias, passados no alto da sua caixa de graxa; pequeno trono de abrilhantar os pés aos senhores, e das vozes em seu redor, gritando «*Esfrega-patas! Esfrega-patas!*» — em gargalhadas de vidro. Quando entrou para a retrosaria do velho Curdisconte, parecia haverem-no esquecido. Talvez o tivessem deixado de reconhecer. Eram outros, agora, os garotos da praça, mas o seu sentimento por eles não podia ser mais igual. Também estes o alcunharam, desta vez nas suas costas: um nome que, se calhar em caminho, talvez se conte. Porém, não eram as coisas ditas nas suas costas, mas as por si imaginadas, aquelas que o não deixavam, apesar da aparente calma, viver em paz. Aos poucos os lojistas dos arcos começaram a chegar, entre eles o cego Curdisconte.

À hora do almoço, Rolindo pediu ao velho retroseiro para sair mais cedo e tornou ao açougue. Uma vez mais não obteve senão silêncio. Com certeza não tinha agora coragem o açougueiro de dar a cara à rua, pensou o ex-empregado da casa. Ao fim do dia tornou a tentar. De novo nada. Se por um lado lhe prolongava o sofrimento, por outro aquele silêncio aliviava-o. A caminho de casa, fantasiou que o ex-patrão deixara a cidade de noite, por vergonha, e por vergonha nunca mais voltaria a aparecer.

No dia seguinte estava de volta, e no seguinte, e no seguinte ao seguinte, até que no domingo, no intervalo das missas, ao fim de cinco dias, quando já não acreditava estar o patrão na cidade, viu um hemiciclo de gente à porta do açougue, e no meio dele, a autoridade a arrombá-la à marretada. A vizinhança queixara-se da pestilência. Ele próprio a notara já. Era uma das coisas que lhe diziam haver o patrão ido embora de vez. A carne morta com três semanas fervia de moscas sobre o balcão.

Aberta a porta, um soldado recebeu ordens para não deixar entrar ninguém. Rolindo Face chegou-se à frente, apresentando-se, e o tenente Bullivéria abriu excepção. Como antigo empregado da casa poderia ser de boa serventia, que ao exército não compete sujar as mãos com carne morta. Parecia uma casa desabitada, abandonada havia muito, onde a única coisa viva era o eléctrico zumbir das moscas. O cheiro era podre, agoniante. Havia peças espalhadas sobre a pedra do balcão e, na luz mortiça que as portas permitiam, pontos azuis varejeiravam oitos de um lado para o outro. A atmosfera era sinistra. Uma sensação de estranheza revestia tudo. Rolindo Face avançou até à porta de grades. Pelos intervalos dos ferros divisou um corpo pendurado no alpendre. Era Tulentino Trajero; reconheceu-o pelas botas. O tenente Bullivéria deu ordem para entrar. Cruzada a fronteira gradeada, que não impedia o ar de passar, pareceu o cheiro tornar-se mais forte, mais repugnante ainda.

No alpendre, o corpo do açougueiro era um fruto medonho apodrecendo no ramo. Tinha as órbitas dos olhos vazadas e uma nuvem de moscas cirandando-lhe em torno, como uma aura negra, recusando desprender-se do corpo. A carne cedia, estalara-lhe a pele, o sol oblíquo e a estufa do telheiro coziam-no lentamente. Enchera-se de larvas, desfigurando-lhe o rosto que, apesar de imóvel, dava a sensação de se mexer, como se a pele houvesse ganho vida própria. Rolindo Face não conteve o nojo e vomitou o estômago nas botas do tenente.

— Caralho! Foda-se! — trovejou o oficial de lenço na boca.

Aquele corpo, ali pendurado, despojado de honra, de orgulho e vaidade, não era o patrão. Era um animal, qualquer coisa próxima de um homem, mas não um homem. Menos ainda Tulentino Trajero. É cruel a forma como a morte ridiculariza tudo quanto se foi. Talvez por isso se começaram a enterrar os mortos, que é outra forma de os esconder dos sentidos; outra forma de encobrir a morte; outra forma de ocultar o medo.

O tenente Bullivéria, sacudindo as botas, gritou ordem de arriar o cadáver, e os soldados, que não tinham a quem mandar por eles, lá tiveram de a cumprir. O mais novo pôs-se sobre o banco que ali estava tombado para cortar a corda. Tremiam-lhe as pernas, procurou-a de viés, evitando fitar o morto. As moscas, incomodadas no banquete, zumbiam em protesto. Teve uma vertigem. Segurou-se à corda. O diafragma inerte. E com um gesto nojento cortou-a de golpe como se à cabeça de uma víbora medonha. Os companheiros, que deveriam amparar o cadáver, repugnaram-se, encolheram-se, e Tulentino Trajero, ou a carcaça onde estivera dentro, caiu desamparado no chão, feito um figo gigante, esborrachando-se de tão podre.

— Cuidado, caralho! — berrou irritado o tenente Bullivéria.

A nuvem de moscas desintegrou-se. Rolindo Face caiu redondo ao lado do cadáver.

— Estou fodido com esta merda, eu! — barafustou o oficial, a quem o domingo começara cedo a correr mal. Estava farto daquela história. Já lhe tinha dado mais trabalho o cabrão daquele açougueiro do que seis meses de secretaria. E pelos vistos, mesmo morto, estava ali para lhe dar conta do juízo. Cona da mãe! E o que fedia! Irra! Nem trinta cus a papa de banana e água morna haveriam de cheirar tão mal. E no embalo da irritação, completou o protesto:

— Caralho! Só me saem é maricas! Foda-se!

Mas não era amaricar, tenente. Não era igual à primeira vez que ali entrara. Era medo. Medo da própria morte, como se esta andasse por ali a planar sobre as cabeças. Quando voltou a si, já estava na rua, encostado à parede da casa. O corpo do açougueiro veio atrás, numa maca improvisada. Desta vez não foi preciso a faca para afastar a populaça.

— Matou-se!

— Enforcou-se!

Bichanou-se à porta do açougue. O que mais poderia um homem desonrado fazer, ainda para mais com porta aberta para toda a freguesia da cidade? Só muito a custo suportaria tamanho vexame, que não basta um juiz dizer «absolvo» para a vergonha desaparecer. Perdera tudo. E a honra, alegada pelo doutor da capital, como defesa maior para o seu acto, essa, se a mantinha, de pouco lhe haveria de servir. Pois de que serve a honra a um homem se nada lhe resta para honrar? Afinal uma coisa é honra, outra distinta é a vexação. E o sangue de um homem não limpa a honra de outro. Talvez a vingue, mas isso é coisa diferente. Parecia não ter fim aquela macabra tragédia. E ainda faltava a filha que, ao que corria à boca desbragada, aguardava a morte numa alcova de putas. Realmente a desgraça cai onde menos se espera. Quem haveria de dizer, aquela casa?! As opiniões divergiam, as conversas sobrepunham-se e, se uns eram pelo pobre do carniceiro, outros eram pela morte que o levara. Rolindo Face, levantado do chão por duas mulheres, parecia morto de tão branco.

— Coitadito do rapaz! Já de si é fraco e metido neste assado!

Mal ganhou alento nas pernas, *o fraco do rapaz* pôs-se dali para fora. Foi dar à praia, para o poente da baía, onde só os albatrozes, por vezes, paravam. O sol na cabeça, a luz violenta, tornavam-no zonzo. Sentou-se na areia e durante um bocado ausentou-se do corpo, da consciência e do mundo. Sol na cabeça, luz violenta, zonzo. Imóvel, como as dunas antigas, tornou aos poucos a si. Inspirou fundo. Estava lá ainda o cheiro a podre. O estômago sentiu-se. Levantou-se, tirou a roupa, lavou-a na borda do mar. Não havia ninguém. Não iria haver. Não era lugar de passagem. Albatrozes, por vezes. E assim, despido, com o sol a acariciar-lhe o corpo, sentiu uma liberdade desconhecida, uma excitação imensa inflamar-lhe o sangue. Entrou no mar até aos joelhos. Esfregou o corpo — areia e água —, sentindo em cada onda dissipar-se o peso da culpa, do remorso, do medo; o cheiro a sangue, a morte, a podre, arrastados sem retorno para as lonjuras do oceano. E à semelhança de um profeta que se baptizasse a si mesmo, sentiu-se limpo e puro ao sair das águas, como se toda a gravidade que compõe o mundo se lhe houvesse de uma vez desencavalitado dos ombros.

Deixou-se cair de costas na areia quente. Fechou os olhos. A paz primordial do início dos tempos. Fitou a lonjura, o horizonte, o farol: falo de pedra mastreado ao céu. O calor na nudez: um abraço desconhecido; um prazer gigantesco. Ali, no fim da baía, onde o mar era manso e os albatrozes ausentes; ali, no fim da baía, com o farol ao fundo até ao céu sem limite; ali, no fim da baía, com o calor a aumentar-lhe a excitação, a ousadia, Rolindo Face levou a mão à vontade do corpo e purgou-se. Depois fechou os olhos e dormiu.

Não passou uma hora, mas teve a sensação de ter hibernado cem anos. A praia continuava deserta. Nem um albatroz para amostra. O Sol ia alto, o silêncio era grande. Custou-lhe a realizar o mundo. Parecia ter sido tudo havia muito tempo, já. Noutra vida. Coisa vaga, irrealizável. A roupa secara. Vestiu-se. Sacudiu a areia. Inspirou fundo e regressou à cidade, com o peito cheio, pleno de satisfação e paz. Sentia tudo já tão longe, indistinto, vago como num sonho, como a intermitência de uma certeza, uma paisagem deixada para trás na orla do mar, com um farol ao largo, desfocando-se passo a passo. Caminhava leve, aliviado, próximo do renascer. Acabara tudo! Ainda lhe custava a acreditar. Nada mais o ligava àquela casa, àquela história, àquela intriga. Um prazer silencioso barrou-lhe as entranhas de mel. Estava morto o patrão; morto Santiago, e Ducélia... e Ducélia sozinha no mundo, atirada para um pardieiro de putas. Como estaria? A sofrer, como bem merecia! Era agora carne de outro talho, a filha do açougueiro. E ao pensá-lo, um riso formou-se no interior de si. Sentiu uma alegria inaudita, um prazer impronunciável. Como era curiosa a vida! Ainda de manhã saíra de casa encasacado de medo e já agora lhe regressava em mangas de coragem arregaçadas. Não tinha mais, sequer, de se preocupar com o garoto da praça! E numa explosão maníaca de delírio, feito um actor que se prepara para a catástase, encheu o peito de ar e entrou na cidade, com um formigueiro no corpo. Tinha fome. Era o dia mais feliz da sua vida.

XLI

Pesava a noite quando Rodrigo de San Simon e Pascoal Saavedra saltaram o muro das traseiras da casa de Tulentino Trajero. Só as asas de um grilo picotavam o silêncio em jeito de *requiem*. A casa era um mausoléu e o cheiro a morte ainda estava vivo. Apesar do ar abafado, não se via uma janela aberta. Suavam. Calor e medo, que quem vai para matar também teme. E se o açougueiro estivesse num canto escuro a pensar na vida e na morte? E se fosse ele a surpreendê-los? De novo dois intrusos em sua casa, novamente a lei do proprietário, mais uma vez a ilibação do magarefe!

Saltaram o pequeno muro que dividia o quintal do alpendre da casa e, percorrendo os mesmos passos da noite anterior, com os mesmos gestos ensaiados na véspera, quando por tentativa e erro alcançaram as traseiras da casa do matador, passaram uma corda por cima de um barrote do telheiro com um nó de correr numa ponta. Enquanto Rodrigo se ajeitava de um dos lados da porta, Pascoal tirou de dentro de um saco um gato de patas e focinho amarrados e foi pendurá-lo pelo rabo na árvore mais próxima da casa. Depois desamarrou-lhe o focinho e deixou-o berrar. Um de cada lado da porta, segurando cada um numa ponta da corda, Rodrigo de San Simon e Pascoal Saavedra esperaram para vingar Santiago.

A noite não podia estar mais escura. A Lua nova parecia estar do lado dos justos. O berreiro do gato havia acordado cães a meia légua, mas do açougueiro nem sinal. Estaria a dormir? Não deveria estar. Ninguém mata um homem e dorme como se nada fosse, nem mesmo um magarefe. Não estava. Desde aquele famigerado dia que não adormecia. Deitado sobre a cama, de olhos abertos contra o escuro, Tulentino Trajero pensava em Ducélia, em Matteu, em Matilde. Havia amor e ódio nos seus pensamentos e um apertar de dentes nos dentes, próprio da frustração impotente. Queria voltar atrás no tempo, mudar o feito e fazê-lo de novo. Mas nem uma nem outra eram coisas ao seu alcance.

Pascoal e Rodrigo suavam. Desde o dia em que tinham visto Santiago morto naquela casa que esperavam aquele momento. Não podia ter sido melhor a decisão do tribunal. Os berros do gato eram garras a rasgar a noite e o medo crescia com os miados. Por fim um barulho de dentro da casa. Os dois rapazes olharam na direcção escura um do outro. Quando Tulentino Trajero transpôs a porta para enxotar o escarcéu era já um homem morto. Um nó correu-lhe no pescoço, arrastando-o para o meio do alpendre, e em menos de nada esperneava no ar a sete palmos do chão, a sete minutos do outro mundo. De calcanhares ferrados no chão, Pascoal e Rodrigo içavam o corpo do açougueiro como se a um molho de sacas guindadas para o porão de um barco.

Levantou-se um vento frio, que não era vento, mas a morte às voltas; milhafre à espera do instante de picar o voo. Ia e vinha, gelado, feito um pássaro de neve, de cada vez que Pascoal e Rodrigo davam folga ou puxavam a corda. Os dois amigos, no silêncio do juramento, subiam-no e desciam-no a espaços, prolongando-lhe a agonia, dando-lhe tempo para se lembrar da vida, que ficaria ali, naquela noite; dando-lhe tempo para a ver passar diante dos olhos, como se diz acontecer à hora de azular a língua, vingando-se não apenas pelo amigo, mas pela perda própria, que a morte de quem se quer bem é um pedaço de vida a menos, um pouco de nós que nos morre também.

A aflição tomava conta de Tulentino Trajero. O instinto levou-lhe as mãos ao pescoço. Para ele talvez fosse igual morrer ou estar vivo, mas para a vida de que era feito sobreviver era tudo. Procurava ar, um pouco de chão, mas nem uma coisa nem outra. A corda folgava e lá estava o ar, o chão, a esperança, a morte a bater asas para as bandas do quintal.

Arrepender-se-ia de tudo naquele instante, Tulentino Trajero? De cada bezerro, de cada porco, de cada simples galo que sangrara na vida? Comeria ervas e algas até ao fim dos seus dias se Deus o poupasse? Pastaria que nem um cordeiro manso no quintal lá de casa, onde a morte aguardava pelo último esticar de corda, que nenhum homem é valente na hora do estertor? Arrepender-se-ia da noiva que matara, do negro que deixara morrer em seu lugar e que agora parecia vingar-se dele, algures do alto, da terra dos injustiçados, pendurando-se-lhe nos pés, puxando-o para a cova? Arrepender-se-ia por Santiago Cardamomo, esse *cabrão* por quem desgraçara a vida? De ter batido na filha como num saco de feijões para debulho porque a encontrara feliz debaixo do homem a quem o desejo lhe ditara: «Entrega-te!»? A quantidade de coisas que se julga ter um homem vontade de reparar à hora da irreparabilidade! Arrepender-se-ia naquele instante Tulentino Trajero? Eis a pergunta que morreria sem resposta não tardaria muito. Mas bem possível seria não se arrepender ele de nada naquele instante. Não por ser um homem de fibra, um homem morto havia muitos anos, mas porque um homem à briga com a morte não tem cabeça nem tempo para considerações.

No quintal, não longe dali, o gato não parecia menos aflito, menos urgente de chão. Só não lhe faltava ar, nem fôlego. Rodrigo e Pascoal baixaram o açougueiro por completo. Tulentino Trajero caiu de joelhos. Procurou respirar. Deixaram-no tentar, mas mal levou as mãos à corda, os dois rapazes içaram-no de novo, como a nova carga a caminho do mar. Um som oco soou de dentro do açougueiro da Rua dos Tamarindos. A vida por um fio; luz nenhuma já no esgazear dos olhos. Quem o mataria? Também tal coisa lhe não passaria pela cabeça. Ar, ar, ar… apenas isso. Um fio de urina escorria-lhe pelas botas. Um derradeiro esperneio; um derradeiro desespero, um derradeiro sacão com todas as forças de que a aflição é feita à hora terminal. Pascoal e Rodrigo aguentavam a corda, esticada no esticar dos braços, dos tendões todos dos três corpos que ali estavam no limite de si, até as pernas e os braços do açougueiro deixarem de se debater, que num enforcado, assim lhas deixem soltas, são a última coisa que morre.

O vento frio voltou; um bater de asas, forte, veloz, rasando o barrote. E entre miados rasgados de uma aflição paralela, o pássaro de neve desapareceu entre as trevas com a alma de Tulentino Trajero nas patas.

Cães e gato num *requiem* desafinado. Havia muito que o grilo deixara de se fazer ouvir. San Simon subiu acima de um banco e, com Pascoal a aliviar o peso do morto pelas pernas, atou a ponta da corda ao barrote. Depois tombou o banco para baixo do cadáver e fez sinal ao amigo para que se fossem. Pascoal pegou no saco e seguiu-o. Antes de partirem, soltaram o gato e um silêncio repentino ampliou o mundo. Atrás deles ficava um cadáver a balançar numa corda e um ladrar de cães que haveria de se ouvir ainda por muito tempo.

Nunca tocaram naquele assunto. Não o haviam feito antes, não havia porque fazê-lo agora ou algum dia, e este morreu ali, pendurado naquela corda com o açougueiro da Rua dos Tamarindos. De manhã, no navio em que Tulentino Trajero planeara partir, Rodrigo de San Simon e Pascoal Saavedra embarcaram prontos a fazerem-se ao mundo, que por ali não haveria mais nada a fazer nem quem os prendesse. Por companhia tiveram o doutor Abelardo Sapo, que, ouviu-se o rumor, parece nunca ter chegado a desembarcar em Antipuara.

XLII

Quando a notícia da morte de Tulentino Trajero chegou ao Chalé l'Amour, Cuménia Salles, que não gemia a dor do luto havia mais de trinta anos, chamou Chalila Boé, deu ordem para não ser incomodada por nada nem por ninguém, fechou-se no quarto, vestiu-se de negro e mordeu lágrimas de dor e de raiva no silêncio do travesseiro. Não se enlutava por aquele homem, mas por si mesma; por toda a esperança que morria com ele. Tulentino Trajero iria a enterrar ainda nessa tarde, que pelos vistos já devia dias à terra: tempo só de lhe martelarem um esquife e abrirem metro e meio de cova no canto dos indigentes.

Aos poucos o ambiente no Chalé l'Amour tinha voltado à normalidade. Havia quase três semanas que os três dias de luto estabelecidos por Cuménia Salles pela morte de Santiago tinham terminado e, à excepção da pequena Ágata, mais custosa de se recompor, as restantes meninas estavam de volta ao serviço. Todas se haviam conformado já, visto o conformarem-se ser condição natural de suas vidas, as quais não estavam para lamentos. Muitas preferiam-no ao ócio, que só dá para pensar e sofrer, sabendo, por experiência, que vida entretida custa menos a passar. Nas horas mortas ainda falavam da tragédia, mas, no passar dos dias, novos assuntos e histórias novas iam tomando o seu lugar e, aos poucos, Santiago foi sendo esquecido no fundo da terra e Ducélia no quarto dos fundos, que aquilo que não se vê não se sente tanto. Feridas na alma tinham todas e, se no corpo não se viam, não era pela falta das batidas. Gostavam daquele homem, lamentavam-lhe a perda, mas tal não as fazia ter pela filha do açougueiro uma comiseração especial. Talvez até pelo contrário. Afinal era mulher, havia-o tido até ao último suspiro e, culpada ou não, fora a causadora da sua morte. No entanto, sempre que o assunto vinha à baila, lá diziam: «Coitada! Coitado! Enfim!»

Só Chalila Boé parecia não desviar um minuto a atenção da pobre rapariga. Tomara-a a seu cuidado, como um dever para com a Natureza. Apiedara-se dela no preciso instante em que fora largada no chão daquela casa para morrer, de uma maneira ou de outra, e mais ainda depois da morte de Santiago, como se quisesse salvar dele alguma coisa ainda, como se lhe quisesse agradecer o bom que sempre fora para si. De tal forma andava envolvido naquela luta que se pôs a si próprio de lado e às madrugadas de amor no porto, onde por desespero se entregava a marinheiros de olhos ternos que o quisessem ter em troca de um raro afecto. Cuidava-a com uma dedicação e um amor invulgares, num desvelo apenas conseguido pelas mulheres e pelos homens sensíveis. Improvisara uma cama no chão do quarto, onde dormia agora qual enfermeira dedicada e, às horas do expediente, nos pequenos intervalos da noite, andava de cá para lá entre o bar do prostíbulo e o quarto dos fundos.

Também no peito do mulato o luto por Santiago se foi aliviando, como se aquela função o fizesse pensar menos na vida e na morte, mas, de cada vez que a recordação lhe trazia aqueles olhos, aquele sorriso terno à memória, as lágrimas caíam-lhe fáceis pelo rosto abaixo. Custava-lhe aceitar tal realidade. Talvez por isso se houvesse agarrado tanto à pequena, paliativo dormente para a dor que o mordia. Limpava-lhe o corpo do suor e das feridas, atento a toda a higiene, e, numa perseverança de madre, fazia-a tomar o preparado que o doutor Abel Santori lhe receitara para não morrer de desidratação e que o reflexo da sede ou o instinto da vida bebia por ela. Olhava para aquele corpo, ali, deitado de cueiro à volta da cintura, aquele Cristo no feminino, e compreendia não haver entre ambos grande diferença, nem sequer no padecimento por amor. E por achar que ela o ouvia, contava-lhe histórias. Nos momentos mais tristes, encetava uma *fandiga**, porque já a sua avó dizia que a cantiga espanta os pássaros negros da alma.

* Canção chorosa entoada pelas mulheres da praia, que fala de amor, de saudade e dos homens do mar.

De tudo fazia Chalila Boé. Porém, Ducélia não respondia a nada: não esboçava um gesto, não abria uma pálpebra, não emitia um som para além do gemido constante e piano. Ao cabo de quase três semanas, a temperatura continuava a não ceder. Dava mostras de vida; diferente de dar mostras de querer viver. Todos os dias o doutor Abel Santori passava a vê-la, a rever-lhe os pensos, a mudar os de mudar, a desinfectar as feridas purulentas, e todos os dias abandonava o Chalé l'Amour menos esperançado do que ao entrar: contava as horas para a divina misericórdia a recolher à eternidade da paz. Só Chalila Boé parecia empenhado em teimar contra a morte. «A pele está a cicatrizar bem! Hoje bebeu mais solução do que de costume!», dizia num entusiasmo de crente diante dos encolheres de ombros do doutor Abel Santori. Se uma pessoa fosse só corpo — pensava para si o esforçado médico — onde é que a ciência já estaria! De facto o corpo reagia bem aos cuidados do enfermeiro; para as feridas da alma é que não se prefigurava desvelo capaz de as sarar.

Havia dias em que parecia mais calma, menos febril. Nesses instantes o mulato adamado enchia-se de esperança e regozijo. Não era, todavia, o caso naquela tarde em que o anúncio da morte do pai chegara ao Chalé l'Amour. Não seria reflexo da notícia, que ninguém a comentara na sua presença, mas uma qualquer coincidência da vida, que é onde esses fenómenos se dão. Amanhecera plácida, mas havia meia hora estava agitada, ardia em febre, delirava. Por entre a astenia dos lábios perpassavam sussurros semelhantes a uma reza de agonia. Nem uma palavra; uma sílaba: murmúrios gemidos e espasmos, reflexos de uma dor inacabável, como se um vento dentro dela a querer sair, um fôlego a ir-se, aos poucos, embora. Assustado, Chalila correu à rua das traseiras a procurar um rapazito de recados que lhe fosse procurar o doutor Abel Santori e o achasse depressa. Não era fácil. Dentro e fora, o mulato adamado agastava-se no rodar dos ponteiros. Quando ao cabo de quase uma hora viu Abel Santori cruzar o beco, pôs-se aos pulinhos de impaciência:

— Apresse-se, doutor! Apresse-se! — O médico percebeu a aflição do mulato que o aguardava em robe de gola emplumada e chinelos de salto à porta da casa. — Apresse-se, doutor! Apresse-se!

Abel Santori entrou puxado pela mão e foi conduzido ao quarto pela aflição de Chalila. Aproximou-se do leito. Fez-se silêncio no aposento. Só os dentes do mulato a contas com as unhas nervosas se ouviam. Ao fim de uns minutos, o doutor Abel Santori levantou-se e, como quem desse os pêsames a um familiar chegado, exclamou:

— Não quer viver!

— Como assim, doutor? — perguntou Chalila, abrindo os olhos.

— Não quer! Não quer! Não a posso obrigar! — exaltou-se o médico, ante a sua malograda impotência.

Chalila baixou a cabeça, deixando cair os ombros, derreados por aqueles dias de luta inglória. À porta do quarto, os dois homens — que o eram ambos — permaneceram calados por uma eternidade. Então o mulato adamado lembrou-se da morte do açougueiro. Não haveria agora a madame de recear ameaças.

— E se a levássemos para a Misericórdia? — perguntou.

O doutor Abel abanou a cabeça. Nenhum hospital lhe valeria naquele estado. Tão-pouco cria aguentar ela a viagem.

— Não há mesmo mais nada a fazer, doutor?

— Tem algum santo da sua devoção? — tornou o médico andando para o corredor.

— A Virgem Mãe.

— Então deite-lhe quantas orações conhecer — disse o esculápio, no que parecia ser o derradeiro remédio dos médicos daquela cidade.

Chalila fixou-o com olhar pedinte. O doutor Abel Santori abriu os braços:

— Da minha parte está tudo feito. O corpo está a sarar bem. A si o deve. Agora a alma... isso já não é connosco! — disse, olhando para cima, apontando para o alto. — Talvez um padre ajudasse, mas... — interrompeu, saindo para a rua. — ... tenho cá para comigo que não vai ser fácil arrastar um até aqui — rematou, levando o chapéu à cabeça. — Lamento, meu caro! Creia que lamento! — suspirou, requebrando o tom. E com um gesto breve despediu-se do mulato, desaparecendo na esquina, que aquela não era a única alma padecente da cidade.

Chalila voltou para o quarto. Sobre a cama, Ducélia suava de febre. Tomou lugar na borda do leito, pegou-lhe na mão inerte, e com toda a esperança rezou à Virgem Mãe como o doutor Abel sugerira fazer.

À mesma hora, a coberto de uma sombrinha negra, e de negro vestida, Cuménia Salles assistia, de longe, entre jazigos abandonados, ao funeral de Tulentino Trajero. Vira chegar a carreta da mortuária, sem cortejo, sem uma única alma a acompanhar — uma daquelas que dias antes o defendiam como o mais honrado homem da cidade — e o corpo descer à terra, sozinho, conforme pertence, num caixão municipal, para ser enterrado feito um cão que empesta a rua, pois quem se mata, dizem os embaixadores do Além, não é digno do Pai, nem merece sacramento, uma palavra, a bainha coçada de um sacerdote.

Mal as pás dos empregados municipais principiaram a encher a cova, Cuménia Salles, que o não havia visto cadáver, sentiu no coração o peso da eternidade, como se uma parte dela fosse a enterrar também. E ali, naquele momento de absoluta solidão, deixou cair à terra aquelas que haveriam de ser as últimas lágrimas da sua vida. Quando os empregados municipais e o judeu da mortuária abandonaram o local, Cuménia Salles, mulher apelidada de desonrada, saiu de entre os jazigos e foi depositar a única flor que aquela campa haveria de ver até ao dia de lhe levantarem os ossos, para os misturarem numa vala maior com outros de importância parelha, até o tempo os fazer em pó e apagar da Terra como da memória.

De volta ao Chalé l'Amour, Cuménia Salles mudou de roupa, meteu o vestido negro num saco — bem como tudo quanto de imediato lhe fazia lembrar Tulentino Trajero —, desfez-se da trouxa como de um leproso moribundo, foi bater ao quarto de Chalila, onde a pequena parecia por fim mais calma, e, sem olhar lá para dentro, ou perguntar por ela, ordenou:

— Vai procurar-me um mestre-de-obras. Vou mandar reformar a casa.

XLIII

Ao vigésimo quarto dia, Ducélia Trajero abriu os olhos pela primeira vez. Não sabia onde estava e depressa se achou dentro de um pesadelo do qual não conseguia acordar. Nenhuma força no corpo, nem um músculo obediente. Deitada numa cama, coberta apenas por um lençol, a filha do falecido açougueiro despertava de um sono longo, de uma espécie de dormência que não fora vida nem morte. Os olhos, habituando-se aos poucos à luz da pequena lamparina de óleo — que Chalila deixava sempre acesa —, começavam a investigar o espaço em redor: um museu de plumas e leques, de folhos e xailes; de frascos, frasquinhos, frasquecos; um papagaio embalsamado sobre um leme de navio; retratos de jovens marinheiros espalhados ao longo das paredes; uma mesa com velas coloridas, pauzinhos de incenso e uma bola de adivinhar ilusões. Sobre uma janela, uma cortina alaranjada, com lantejoulas de prata, adereçava meia parede, onde, de um lado, um estendal de perucas e fitas, e do outro, um armário ostentando vestidos de todas as formas e cores. Num nicho de parede, uma Nossa Senhora acolitada por dois cotos de velas e, sobre o tampo de um baú, um baralho de cartas espalhadas, mapa da sorte ou desdita de alguém. À cabeceira, uma gaiola chinesa encarcerava a única luz do quarto e, ao lado da cama, sobre um tapete de pêlo branco, um preto, vestido de cigana colorida, a dormir, enrolado, feito um génio dentro de uma lamparina mágica.

Ducélia fazia força para abrir os olhos abertos. Queria acordar daquele pesadelo e de quantos mais tivera, qual deles o pior. A manhã já ia alta, mas dentro do quarto só a luz mortiça da lamparina contrariava a noite, conferindo ao cenário toda a garantia de irrealidade. Procurou de novo mexer-se, mas o corpo, dorido e fraco, mal a atendeu. No chão, ausente da amargura dos dias, Chalila Boé dormia o sono dos justos. Andava exausto. Deitara-se tal estava, com a fantasia da noite. Fora a última antes das grandes obras anunciadas por Cuménia Salles. Sonhava com um marinheiro lindo, cabelos de sol e olhos de mar, que passara a noite ao balcão, bebendo e sorrindo, num silêncio cúmplice que exprime sentimentos na linguagem comum dos olhares. Não tivesse ele cuidados para com Ducélia e haveria de descer com ele ao porto, amanhecer com ele para os confins da praia, longe da cidade e do mundo. Enfim! Toda a noite lhe admirara as mãos, as linhas do destino, veios brancos na palma clara, como se procurasse nelas o seu lugar, um cantinho só no qual derramar o seu oceano de solidão. Mas porque o desejo e o sonho juntos podem mais que a realidade toda, Chalila despia-se diante do marinheiro jovem, que se despia à sua frente, e, numa ânsia de adolescente ante o primeiro amor, abraçava-lhe a cintura beijando-lhe o peito, os braços tatuados, os lábios finos de uma barba de suave picar.

Ducélia forçava o corpo dormente, tentando, em desespero, acordar. Sonhava, tinha a certeza. Num dos desesperados esforços, soltou um gesto breve, um gemido mais fundo, insuficientes, todavia, para acordar o gato aciganado, cujos sonos se haviam tornado leves e de sonhos sumários. Não era o caso naquela manhã. Envolto, pernas e braços, com o marinheiro do Norte, num contraste de baunilha e chocolate sobre as dunas da praia, Chalila Boé ainda teria de ouvir Ducélia gemer mais vezes, confundir-lhe os gemidos com outros, as palavras sumidas da moça com sussurros doces, até acordar, num crescente de gozo, assarapantado, com a cara esborratada pelo sono e pelos beijos.

A dormência, a média luz, a surpresa de outros olhos na sua direcção deixaram-no desnorteado. Olhou em volta, procurou o marinheiro, uma camisola de riscas, um chapéu, uma âncora caída do braço, o rabo de uma sereia à procura de mar... Nada! Uma breve angústia tomou-lhe o coração de suspiros. Mas interiorizando, por fim, o quarto onde dormia, o rosto desconhecido de olhos em si — que um rosto só se apresenta quando os olhos se abrem —, escancarou a boca de espanto, exclamando de mãos aneladas ao peito:

— Ai, Virgem Santinha!

Ducélia estava assustada. Não compreendia o que estava a acontecer. Tinha dores no corpo e um cansaço enorme impedia-a de falar. Ao fim de um esforço lá conquistou a pergunta:

— Onde é que eu estou?

Um brilho de água encheu os olhos do mulato aciganado. Não podia acreditar! Prenhe de uma felicidade repentina, abriu o sorriso mais branco que o mundo já vira e, num gesto amplo de braços — feito quem apresentasse o palco de um grande teatro —, respondeu com genuína naturalidade:

— Ora! No Chalé l'Amour!

O medo cresceu em Ducélia. Os seus olhos lentos procuraram em volta um ponto, uma referência, uma centelha de realidade. No canto do tecto, onde o olhar se deteve, uma osga aguardava pelo almoço.

— Não te assustes, minha querida. É a *Alzirinha*. É da casa! — apresentou o mulato, procurando aliviar o ambiente de ansiedade. — É ela quem trata da bicharada — rematou, como se falasse de uma mulher-a-dias.

Ducélia não reagiu. Estava zonza, fraca, incapaz de interiorizar a figura daquele homem vestido de mulher e o quanto lhe dizia. Encontrava-se dentro de uma das histórias da velha Dioguina Luz Maria! Só podia estar a sonhar. No entanto tinha a sensação de estar acordada, viva, embora não estivesse certa de uma coisa ou outra. Seria aquilo o Purgatório? Um quarto a lembrar uma carroça de circo com um guardião apalhaçado a conduzir? Que ser estranho seria aquele que ali se encontrava? E onde era ali: o «Chalé l'Amour»?! Alguma coisa naquele nome lhe era familiar. Os olhos de Chalila Boé transbordavam de uma alegria sincera. Tinha vontade de correr pela casa a anunciar a boa-nova; mandar chamar o doutor Abel, mas, porque a excitação era tanta, não fez coisa nenhuma. Com as suas mãos enormes, herdadas de algum antepassado das galés, pegou nas pequenas mãos de Ducélia, deixando-se a olhá-la sem saber o que dizer.

— Que lugar é este? — perguntou a moça, muito a custo.

— É a casa da Madame Cuménia! — repetiu por outras palavras o bom do mulato. E, como Ducélia não houvesse entendido, procurou explicar-se:

— É um espaço de diversão. Bebe-se, dança-se, conversa-se... enfim, é uma alegria!

Na cabeça de Ducélia começavam aos poucos a acender-se imagens, mas vinha longe a compreensão. Então, diante do sorriso opalino do mulato, um aperto no peito perguntou por ela:

— E Santiago?

Chalila Boé não esperava a pergunta mais óbvia. Não esperava sequer, apesar da esperança, vê-la acordada, assim, da noite para o dia. E como se não houvesse ouvido, levantou-se de pulo, fazendo cara de atarefado.

— Bem, vou preparar alguma coisa para comeres. Deves estar cheia de fome! Queres algo em especial? Desculpa o quarto. Está uma bagunça. Estes últimos dias... nem te conto! Têm sido uma loucura. Ainda para mais agora, com as obras que para aí vêm. Mas logo, logo, tudo volta ao lugar — foi dizendo Chalila, colando umas frases nas outras, tirando a roupa, arrumando vestidos, abrindo a janela. — As meninas vão ficar contentes de saber que já acordaste.

Ducélia não o interrompeu. Mas, mal o mulato parou o solilóquio, sentando-se, meio despido, na borda da cama, voltou a perguntar:

— E Santiago?

Chalila apertou os lábios grossos entre os dentes e, tomando os dedos de Ducélia num apertar nervoso, baixou os olhos sentidos. Não tinha alternativa. As lágrimas traíram-no. Por fim a voz saiu-lhe:

— Partiu, minha querida!

Ducélia virou a cabeça para a parede. Nenhum soluço, nenhum gemido, nem uma simples contracção... Duas lágrimas, apenas, boiando-lhe nos olhos mortos. Chalila não aguentou aquela imagem, rendendo-se ao sentimento, como se fosse ele, e não ela, quem houvesse recebido a notícia, assim, a seco. Mas o que lhe haveria ele de responder? Não estava preparado. Apanhara-o desprevenido a meio do sono, a meio do amor feliz. Que não lhe perguntasse pelo pai, Virgem Santinha! Que não lhe perguntasse pelo pai! Ducélia não perguntou. Só pensava em Santiago. Procurava recuperar imagens, a última onde ele estivesse presente... mas nada era claro. Fora tudo tão rápido. Aos poucos começaram a destapar-se as memórias daquela tarde, entrecortadas, todas elas: braços no ar; sangue e aço; a cara transfigurada do pai; a agonia de Santiago; o seu próprio desespero; lençóis revoltos; o mundo num desvario; bocas abertas, olhos terríficos, terrificados; tudo ensanguentado... Tinha a cabeça cheia de gritos; vozes em cima de vozes e uma, mais alta entre todas, a estalar:

— Eu mato-te, desgraçada! Eu mato-te!

Luz e trevas, zunido no ar, um metal gelado flagelando-lhe a carne, e apagões, apagões, apagões... o pó da rua, o corpo rasgado, vozes aos credos, pó e sombras, a consciência a falhar, a falhar, a falhar.

Chalila Boé procurou conter-se. Assoou a tristeza a um lencinho rendado. A sua mão enorme passou no rosto delgado de Ducélia num gesto que procurava consolar o próprio desespero. A rapariga não se mexeu: olhos abertos, vazios como os de uma máscara que fixasse a parede oposta àquela onde estava pendurada.

— Tens de ter coragem, filha! — disse o mulato adamado, que não soube dizer mais nada. Depois de um pesado silêncio, acrescentou: — Agora tens é de te pôr boa. — Mas Ducélia havia muito não estava ali.

Chalila tentou como pôde fazê-la reagir: estava presente para o que ela precisasse; tinha nele um amigo para a vida toda... Ducélia não respondia a nada. Sem achar melhor deixa para aliviar o desconforto, disse que lhe iria preparar um chá calmante, uma receita antiga da sua avó. Ducélia, essa, manteve-se tal qual estava. Chalila precisava contar a novidade a alguém: à madame, às meninas, ao doutor; qualquer coisa que o ajudasse, que os ajudasse aos dois.

À boca do salão, viu a patroa a falar com um sujeito pequenino. Sentiu-se contrariado. Quem seria àquela hora? Esperou, esperando ser coisa breve, mas não tardou a reconhecer o mestre-de-obras.

— As paredes; as escadas, as cadeiras; as mesas... — ia apontando, Cuménia Salles, feita uma rainha a um escrivão.

Ao seu lado, o homenzinho parecia um anão atrapalhado a assentar ordens num bloco.

— O balcão; uma janela aberta naquele canto ali; o palco... — prosseguia pelo salão Cuménia Salles dentro do seu roupão azul de seda, apontando dedos.

Queria tudo novo, desde a cor das paredes à mobília, a começar pelo seu quarto. Pudesse o obreiro obrar-lhe obras no interior e mandaria de si tudo à rua, para se rebocar, pintar, mobilar de novo. Mas a tanto não chegara ainda o engenho humano. Talvez um dia! O mestre-de-obras seguia Cuménia Salles pela casa, tomando notas.

— *A casa vai fechar por um mês* — assim anunciara dois dias antes a mestra cortesã. — *Quem não quiser ficar parada tanto tempo, pode começar a procurar trabalho noutro lado.* Nunca a vira tão determinada, tão distante, tão fria, lembrava o mulato. Parecia até querer mudar de pessoal, ter esperança de que se fossem todas embora de livre vontade. Desde que a pequena ali fora deixada pelo pai que andava diferente. Arrefecera o negócio, era certo, mas seria caso para tanto?! Entre as meninas levantou-se a suspeita de que aquele coincidir não era coincidência e algum segredo havia entre a patroa e o pai da rapariga. Mas Magénia Cútis, a mais velha das profissionais, colega de Cuménia Salles desde os tempos da rua, desvalorizava o acaso, não deixando os burburinhos avançarem. Nas suas costas, porém, as suspeitas tricotavam-se: talvez a moça fosse fruto de um relacionamento entre ambos, pois a forma como aquele homem se lhe havia dirigido era demasiado familiar, e estranha a reacção da madame, pois, não sendo mulher de tolerar destratos, não só lhe ouvira o despropósito até ao fim, como nem sequer o contestara, aceitando ficar-lhe com a filha. Magénia Cútis podia alegar isto ou aquilo, mas que alguma coisa mais havia naquela história, lá isso ninguém lhes tirava da cabeça. Não era a opinião dele, Chalila Maytar Boé, empregado daquela casa desde os primeiros tempos. Nunca conhecera à patroa uma relação mais chegada, uma preferência entre os clientes, coisa que, aliás, o falecido açougueiro nem era. Acrescido ainda o facto de, durante todo aquele tempo, não se haver a patroa aproximado do quarto, nem perguntado pelas melhoras da rapariga. A ser sua, por pouco que lhe quisesse, algum sentimento haveria de lhe restar. Talvez se conhecessem de outras paragens, de outros tempos, mas não mais do que isso e, a haver mais história naquela história, talvez mesmo só Magénia Cútis soubesse. O mesmo seria dizer que nunca se haveria de saber.

Patroa e mestre-de-obras aproximavam-se agora das escadas. Ao vê-lo, especado, à entrada do salão, Cuménia Salles chegou-se, perguntando se lhe queria alguma coisa. Chalila baixou a voz para anunciar o despertar da mocinha. A mestra das toleradas fez um gesto de cabeça, acusando a recepção da notícia, voltando-se depois para o mestre-de-obras, apontando o dedo ao primeiro andar, que havia ainda muita coisa para acrescentar ao rol. Chalila, esse, rumou solitário ao interior da casa.

As meninas haviam começado a acordar aos poucos para o primeiro dia de folga daquele mês que se adivinhava longo. Tal como a patroa, também elas estavam entusiasmadas. Na salinha das refeições faziam planos, torradas, café. Umas visitariam a família, outras aproveitariam para viajar até Antipuara, para comprar umas roupinhas da moda — algumas na esperança secreta de achar por lá um partido abastado que engraçasse com elas —, outras ainda gozariam não fazer nada durante o dia e darem uma voltinha pela cidade, à noite, que o dinheiro nunca é demais e puta velha não alcança sustento. Magénia Cútis e a pequena Ágata, que desde a morte de Santiago não se separavam, pareciam as únicas desinteressadas daquelas aventuras.

— E tu, Chalila, para onde vais? — perguntou uma das meninas à entrada do mulato.

Chalila encolheu os ombros. Ficara desconsolado com a frieza da madame. Ainda pensou não dizer nada, mas aproveitou a deixa para anunciar o despertar da pequena. Interjeições breves e breves gestos de cabeça exprimiram tudo quanto a notícia causou, e, visto haver coisas mais importantes, depressa a conversa voltou para as ruas, para as montras da capital, para onde muitas planeavam partir na manhã seguinte. Chalila pôs um púcaro de água ao lume, deixando-se, de parte, a constatar o entusiasmo que, não fosse aquela situação, estaria também a tomar conta dele naquele instante. Quantas vezes não sonhara com uma viagem?! Para a Europa, principalmente, de onde lhe chegavam as revistas atrasadas da moda, os postais coloridos… Enfim! Não chegaria um mês só para a viagem! E essa desculpa serviu para tirar daí o sentido. Como era curioso o mundo! — pensou. A poucos passos dali, uma pobre criatura de Deus acordava para a ruína dos dias, e ali mesmo se planeava o futuro, se sonhava com o paraíso breve. Ninguém se mostrava interessado no estado da pobre rapariga, como se a notícia se referisse a um indigente das ruas; a um animal sem nome nem dono. Esperara tanto por aquele dia, pela hora em que anunciaria a ressurreição da pequena, a confirmação do milagre que ele mesmo ajudara a obrar, e no entanto… Numa casa tão grande, tão cheia de gente, não parecia haver uma alma disponível para o ouvir, para dividir com ele a alegria e a preocupação daquela novidade. Enfim!

Pronto o chá, saiu, sem que um único elemento daquele universo se houvesse alterado com isso. No quarto Ducélia respirava… e parecia ser tudo. Os olhos, vazios, ausentes, continham a lonjura vaga dos horizontes distantes. Não tinha gestos nem reflexos; tudo lhe era profundamente indiferente. As dores do corpo eram sensações exteriores a si, um vento salgado sobre a pele escaldada. Não dera sequer importância à nudez por baixo do lençol que a cobria. Pertenciam a outra pessoa o corpo, a nudez, as dores: a um passado morto como a pele de uma cobra deixada pelo caminho. Nada naquele sofrimento era concreto; uma profunda desarrumação dos sentidos.

— Aqui está o chazinho! — anunciou Chalila ao entrar.

Ducélia virou os olhos na sua direcção. O mulato sentiu esperança, uma alegria vaga naquele gesto. Porém a voz da rapariga depressa o congelou:

— E o meu pai?

Chalila fez-se branco por baixo da pele mulata. Ao cabo de uma longa hesitação, lá acabou por lhe contar a história, tão bem como a conhecia. Desta vez Ducélia não virou a cara. Nenhuma emoção poderia suplantar a de ver morrer-lhe nos braços o homem mais bonito do mundo. Chalila Boé estava de rastos. Teria morrido se fosse com ele. Procurou forma de afastar o desconforto, falando-lhe da casa, das meninas, do bom ambiente que ali se vivia, do quão feliz Santiago havia sido dentro daquelas paredes, que todos eram seus amigos, e agora dela. Contou-lhe o dia em que o conhecera, quando ali entrara pela primeira vez, ainda um fedelho. À medida que lhe falava de Santiago, Ducélia parecia ir descongelando, deixando-se ir, silenciosa, pelos cantos dos olhos. Percebia agora que casa era aquela e que futuro lhe havia o pai destinado ao arrastá-la para aquele lugar. Tinham-se acabado todos os propósitos. A vida morrera-lhe com Santiago.

Tudo em Ducélia era agora uma ruína a inspirar, a expirar, expirar… Estava viva, mas não queria mais. Não havia um sentido, um porquê. Acordara, finalmente, e a vida vislumbrava-se-lhe muito mais feia do que a morte. Não tinha nada, não sentia nada, não queria nada senão juntar-se a ele e para sempre. Mas até para morrer são precisas forças e o corpo não lhe respondia à vontade. Sentia-se presa dentro de si, como uma condenada. Sobre a mesinha-de-cabeceira, os olhos de Ducélia bateram na caneca esquecida e veio-lhe à ideia uma erva que o pai cultivava nas traseiras dos currais. O pensamento encheu-a daquilo que, atendendo às circunstâncias, se poderia traduzir por uma espécie de alegria, que até na antecâmara da morte a há. Entre o porto e o Chalé, Chalila desfolhava passado e o futuro quando a rapariga lhe perguntou se este lhe podia fazer um favor. Os olhos do mulato encheram-se de júbilo. Feliz pela abordagem e por poder ser útil, nem questionou o pedido, respondendo por impulso que sim, que sim:

— Tudo o que tu quiseres, filha! Tudo o que tu quiseres!

XLIV

Foi pela hora de maior calor que Chalila Boé transpôs o muro que dividia a quinta do palacete da antiga casa do açougueiro. Como prometera a Ducélia, haveria de lhe trazer a *planta milagrosa; o melhor remédio para as dores*, que ela lhe pedira. Não fora fácil chegar ali, apesar das repetidas explicações; menos ainda transpor o muro. Apesar de saber a casa fechada desde a morte do açougueiro, não conseguia evitar os arrepios que a intervalos curtos lhe eriçavam os pêlos. Afinal, era um lugar carregado de morte, pior do que um cemitério, que mal ou bem tem a sua sacralidade. Ali fora o seu querido Santiago assassinado. Não podia pensar nisso... As ervas, as ervas, os currais, as traseiras: *uma pequena planta, de campânulas roxas*.

Um dia, em criança, vendo o pai tratar do canteiro das *andrunédias*, Ducélia perguntara-lhe se podia apanhar uma daquelas florzinhas. A prontidão deste em responder-lhe *não* assustou-a. Disse-lhe então serem flores venenosas e que não lhes tocasse. A inocência fê-la perguntar porque não as arrancava então. O pai, que não era de se justificar, justificou-se com os turcos, que lhas compravam para fazer remédios. E para evitar repeti-lo, acrescentou não a querer a brincar por aquelas bandas do quintal. O episódio passou e Ducélia obedeceu, como era seu costume, não tornando a andar por ali. Porém, toda a vida vira o cuidado que o pai devotava àquele que parecia ser um secreto negócio. Nunca, até àquele dia, voltara a pensar naquelas plantas; nunca, até àquela tarde, necessitara ela tão desesperadamente daquele remédio; nunca, até àquela hora, o pensamento a havia voltado a conduzir às traseiras dos currais, ao canteiro proibido das *andrunédias*.

Em menos de meia hora, Chalila estava de volta ao Chalé l'Amour com um braçado de flores nos braços.

— É isto, minha querida?

Ducélia teve um gesto de cabeça. Chalila sorriu. Estavam ambos satisfeitos por motivos diferentes. O mulato adamado saiu para ferver água e infundir, tal qual Ducélia lhe indicara, as flores da milagrosa planta. Dez minutos depois estava de volta ao quarto com o engano a fumegar dentro de uma caneca. Ducélia forçou os lábios, como se lhe quisesse com isso agradecer o bem que, sem saber, lhe fazia. Chalila sentiu uma lágrima picar-lhe o olho. Ajudou-a a sentar-se na cama, ajeitou-lhe o lençol no peito, passou-lhe a caneca para as mãos, dizendo:

— Cuidado! Está quente. — E andando para a porta, exclamou: — Qualquer coisa é só chamares! — com o seu sorriso de alabastro.

Ducélia acenou com a cabeça, certa de não ir precisar de mais nada. O barulho das obras havia recomeçado. Acabara-se o abençoado sossego das tardes. Se era para durar um mês aquele martelar, aquela falazada, melhor seria alugar um quarto numa pensão do porto e mudar-se. Mas quem tomaria conta da pequena? A maioria das meninas estava de abalada. Mesmo ficando, não lha confiaria. A Magénia Cútis, talvez, mas a amiga já tinha amadrinhado a pequena Ágata. Não foi, no entanto, pensamento que Chalila tivesse. Desabafado o desagrado, esqueceu a ideia tida, resolvido a ignorar o barulho. No corredor ouviu uma voz conhecida entre as marteladas dos pedreiros: era o doutor Abel Santori. A dois passos dali, no pequeno salão das refeições, observava a pequena Ágata. Fora Magénia Cútis quem o mandara chamar para dar uma olhadela na pequena que, desde a morte de Santiago, parecia cada dia mais quebrada de ânimo. Auscultava-a, palpava-lhe o pescoço, a barriga, via-lhe a língua, os olhos e concluía:

— Tristeza. Só isso. — Como se tristeza, só isso. — Uma colher três vezes por dia e muito ar fresco — disse o médico na direcção da marafona maior, que guardava no decote a receita do tónico prescrita pelo doutor. — O resto é com o tempo — concluiu Abel Santori, com um sorriso benevolente para a pequena Ágata.

Não compreendia o médico como um homem só conseguira, em tão pouco tempo, causar transtornos em tanta mulher pela cidade. Acabava de vir de casa de uma paciente, casada e mãe de dois filhos, que desde a mesma data andava quebrada e com os mesmos sintomas. Não lhe fizera qualquer confidência, assim como nenhuma outra paciente, mas tanto caso, à laia de uma epidemia, não podia ser coincidência, cismava para consigo o douto físico. Estava bem vivo, ainda, esse tal de Santiago Cardamomo. Mais, se calhar, do que ele, Abel Prado Santori, cinquenta e um anos e já cansado por setenta, que de manhã à noite não parava um minuto, nem uma sesta se permitia.

Chalila espreitou para dentro do aposento. Só Magénia Cútis o viu. O mulato perguntou com um aceno de cabeça o que se passava. A marafona respondeu com o suspiro fundo. Também o peito de Chalila se encheu de ar e tristeza por aquele menino levado assim sem dó nem piedade. Esperou o doutor terminar. Quando este saiu:

— Então, doutor?

Os ombros de Abel Santori responderam por ele. Todavia, porque há coisas que só as palavras permitem, perguntou:

— E a nossa paciente, como está?

Chalila experimentou um segundo de contrariedade. Não havia mandado dizer nada ao doutor, e agora, apanhado de repente, sentia haver-lhe traído a confiança. Mas desembaraçou-se depressa:

— Acordou hoje. Ia mandar chamá-lo agora.

O médico não equacionou desconsiderações. Não tinha tempo para minudências. E ajeitando as lunetas no vinco do nariz, perguntou:

— E que tal?

— Agora está um pouco mais calma. Acabei de lhe fazer um chá.

— E comer?

— Ainda nada.

— Isso é que não pode ser! Não se vive de tónicos a vida toda. Vou lá dar-lhe uma olhadela.

Sentada ao lado da pequena Ágata, Magénia Cútis afagava-lhe a fronte.

— É para te pores boa, hem! — sorriu Chalila da porta.

A pequena devolveu a simpatia. O mulato piscou o olho a Magénia Cútis e foi-se nas passadas do doutor.

— Ora pode-se entrar?

Ducélia não respondeu. Quem era aquele senhor? Chalila apressou-se a apresentá-los, a enfatizar as qualidades do doutor:

— Uma simpatia, uma atenção sem preço! Tem-te acompanhado este tempo todo. Foi ele quem te salvou.

Ducélia não reagiu.

— Então, como está a nossa paciente?

Recostada na cama, Ducélia terminava de beber o chá.

— Como é que te sentes?

— Bem — foi a resposta pronta da rapariga.

Médico e mulato partilharam um sorriso fraterno.

— Está na hora de comer qualquer coisinha. Um caldo de galinha — foi dizendo Abel Santori, tomando-lhe o pulso da mão livre.

Ducélia apresentava um aspecto surpreendente. Parecia haver renascido, ganho uma alma nova. Havia, de facto, mas por motivos avessos à vida. E olhando para aqueles dois homens, impotentes ante o destino, sentiu uma espécie de repulsa, como um vivo diante dos mortos. O médico abriu a mala do ofício e começou a procurar a tralha do costume para a observação. Ducélia sentiu-se invadida. Queria mandá-los embora, morrer em paz. Não disse nada.

— Está óptima! — exclamou o físico, arrumando as ferramentas. — Agora é uma questão de tempo até ficar em forma. Tempo e bons caldos! — rematou, acenando com a cabeça.

Chalila Boé bateu as palmas de contente. Estava feliz como havia muito não se lembrava. No fim de tudo observado, de todas as recomendações feitas, Abel Santori sugeriu:

— Bem, deixemo-la descansar. — Pondo-se de pé, despediu-se, desejando-lhe as melhoras.

Quando os dois homens saíram, Ducélia voltou-se na cama e, enrolando-se sobre si mesma, preparou-se para morrer. Os pensamentos vogaram-lhe, revoltados, pela injustiça da vida. Como pode Deus ser tão cruel com os filhos que pare para o mundo?! Tão pouco quisera ela. Quase nada! Uma manhã de domingo a entrar de branco na catedral; uma viagem pelas lonjuras do mar no camarote de núpcias; uma casa simples com Santiago; os filhos que o amor lhes desse; vê-lo chegar do trabalho, cheirando a mar e a saudade; as crianças pela casa, correndo para a bênção do pai, e ela, de avental ovalado, olhando-os, feliz, do poial da cozinha, onde um tacho perfumado os aguardaria para a hora da comunhão. Quisera muito? Fora soberba nos desejos? Ela, que não quisera senão os braços daquele homem na sua cintura, os olhos daquele homem nos seus; os dedos daquele homem nas suas sardas claras; o respirar daquele homem na curva do seu pescoço. Fora soberba, porventura, nos seus desejos?! Quisera muito, Senhor?! Menos ainda estava disposta a aceitar, quando a realidade lhe mostrou serem demasiados os sonhos da sua puerícia solitária: duas horas de amor por dia; uma fuga por outra para dançar e ser feliz, e a possibilidade de ver-se com ele, numa varanda aberta para o mar; algures, um dia, sentados de mãos dadas a contemplar o pôr-do-sol até ao fim da vida. Quisera muito? Quisera muito, Deus cruel dos pecadores?! Não, não quisera! Duas lágrimas levaram-lhe o mar à boca e o pensamento aos confins da baía, onde um barco desfocado ganhava contornos de realidade. Na proa, de braço levantado, Santiago Cardamomo fazia-lhe sinal. Os lábios de Ducélia apertaram-se sobre as lágrimas e, livrando-se das sandálias, correu desalmadamente em direcção à felicidade. Afinal o Paraíso existia, Deus bom dos pecadores! Nos braços de Santiago, Ducélia via a boca da baía abrir-se sobre o mar imenso à medida que o barco se afastava da cidade, do pesadelo, do mundo.

À porta, Chalila Boé, despedia-se do médico, cheio de júbilo.

— Acha que vai ficar boa, doutor? — perguntou, cheio de mãozinhas e dedos.

— Pelo menos a morte já se foi — exclamou Abel Santori, que a não vira passar.

XLV

À porta do Chalé l'Amour, a carreta do judeu aguardava o cadáver da jovem que nesse dia havia posto termo à vida. Envolta num lençol, apenas os pés e os cabelos se viam. Cuménia Salles pedira para que tudo se fizesse pela porta das traseiras. Quanto menos atenções se atraíssem, tanto melhor para o negócio. Dera ordem às raparigas para se manterem dentro de casa enquanto despachava com as autoridades chamadas ao local para atestarem o óbito e se encarregarem do corpo. Prestava as poucas declarações conhecidas. Tudo indicava haver-se envenenado. O doutor Abel Santori, chamado de urgência, confirmava. Pelos corredores, as meninas lamentavam a pouca sorte da moça, mas, porque não lhe eram chegadas, não se deram a plangores. Tratadas as formalidades, entregue o caso às autoridades e ao judeu da funerária, Cuménia Salles despediu-se do doutor Abel Santori e recolheu a casa decidida a não se vergar diante de nova contrariedade.

Suicídio não supunha sacerdote ou sacramento e, nesse caso, a não ser que aparecesse família a pretender velar o corpo, seria sepultada no próprio dia, assim houvesse luz para o fazer. Havia luz, e nenhuma família surgiu para reclamar o cadáver. À hora de este descer à terra, apenas se achavam presentes um soldado da Guarda, o judeu da funerária e os dois funcionários da municipalidade que rematavam as exéquias à pazada. Ninguém do Chalé l'Amour guardou o enterro, que mais peremptória não podia Cuménia Salles ter sido ao avisar não querer ninguém daquela casa presente no funeral:

— Já chega de alimentar desgraças e o linguajar da vizinhança! — E antes que alguém se levantasse para indagar porquês, declarou de forma a não ter de repetir: — Mas, se alguém quiser ir, é melhor levar logo a trouxa aviada, que isto aqui não é um lar de carpideiras, e o que não falta nesta terra são putas!

Nenhuma das meninas contestou. Não faziam questão de estarem presentes no funeral, mas as palavras da patroa não deixaram de causar surpresa. Nunca fora mulher de afabilidades fáceis ou enunciações macias, mas havia dois meses àquela parte que parecia ter um limão a later no peito. Apesar de todos os cuidados de Cuménia Salles, e de as traseiras do Chalé serem de pouco movimento, não faltou quem comentasse a desdita da pobre moça, nem tardou a correr pela cidade a notícia de que a filha do finado açougueiro se havia morto na casa de má fama para onde o pai a arrastara. Não seria assunto para muitos dias, que de pouco relevo era a falecida e desditas não faltavam na cidade, mas era-o no momento, e contra isso se levantava a firmeza de Cuménia Salles. Ao recado acrescentou mais recado e, recados dados, recolheu ao quarto, que tinha ainda um problema para resolver. Entre as meninas brotou o burburinho. Comentavam a atitude da madame — umas compreendiam, outras não — e todas se viravam para Magénia Cútis, na esperança de esta lhes dizer que diabo mordera a patroa. A mais velha das marafonas encolhia os ombros. Talvez não soubesse. E se soubesse, não diria. Porém, não lhes matava o bichinho da desconfiança sobre o pai da rapariga. Enfim! Haveriam de o descobrir! Uma de entre elas sugeriu uma oração pela alma da falecida. Não lhes era chegada, mas era-lhes semelhante. E nas coisas da morte, nada como espantar a própria ou a ideia dela. Compreendiam-na e compadeciam-se de alguma maneira. Também elas, a dada altura, haviam conhecido o beco sem saída das suas vidas. Quem, naquela casa, não era filha do drama e da má ventura? Todas elas tinham histórias de miséria por detrás dos sorrisos pintados, dores pulsáteis no abismo dos decotes, que nem tudo o que parece é. Dizem que a tudo uma alma se habitua, mas não é verdade. Baixaram os olhos; rezaram então.

Sentado na cama, Chalila Boé debulhava um terço em constrição. Parecia não ter ainda caído em si. A cabeça dava voltas, atormentada com pensamentos, e, apesar de uma angustiante necessidade de dizer qualquer coisa, não havia palavra que lhe surgisse. Por detrás da vidraça, ausente, a figura de Ducélia observava o movimento da rua voltar ao normal, que a parada da morte é apenas para quem parte e a vida não se lhe prostra diante por muito tempo. Pensava na moça. Tinha inveja daqueles pés pálidos, daqueles cabelos escorrendo ruivo do lençol. Mas não era fácil acabar com a própria vida, bem podia dizê-lo, principalmente quando já se falhara uma vez.

Fazia um mês e uma semana que tentara pôr fim ao pesadelo de estar viva, mas não alcançara senão o torpor por algumas horas, que era esse e não outro o efeito das flores de *andrunédia*. Nas sementes, sim, estava a morte certa. Não porque matassem mesmo, mas por ser mais rápido o efeito do veneno, podendo prolongar-se por dias, abrandando os órgãos a ponto de a vítima ser tomada por morta e enterrada viva sem qualquer desconfiança de o não estar. Mas isso só o falecido pai sabia; o falecido pai e um tio de quem nunca ouvira falar. Fora a pior noite da sua vida: presa dentro do corpo, sem saber ao certo se viva, se morta; incapaz de um movimento, de um grito de socorro que a resgatasse àquele limbo, que alertasse o mulato que toda a noite a vigiara, que toda a noite ouvira dentro e fora, que toda a noite lhe medira a febre, que toda a noite rezara à mãezinha de Cristo pelas suas melhoras, que toda a noite lhe afagara o rosto e as mãos, que toda a noite cantarolara baixinho, julgando-a dormida, até adormecer, ele mesmo, no chão, onde havia quase um mês dormia numa cama improvisada. No dia seguinte, ao conseguir mexer-se pela primeira vez, era o espelho fiel do medo. E era-o de tal modo que, quando Chalila lhe trouxe nova caneca de chá de *andrunédias*, e umas bolachinhas para o desjejum, lhe pediu para o deitar fora e tudo quanto sobrara daquelas malditas flores. A agitação no pedido intrigou Chalila, e Ducélia não teve outro remédio senão contar-lhe a verdade, deixando o mulato à beira do desmaio, branco como as palmas das mãos que levou ao peito.

— Virgem Santinha, que eu quase te matava!

Ducélia desculpou-se por havê-lo usado, por ter posto em risco alguém mais que as pudesse tomar... Mas Chalila não se contentou com as desculpas, fazendo-a prometer, com a mão sobre a imagem da Virgem, não tornar a atentar contra a própria vida. Ducélia, que não queria senão que a deixassem sozinha com a frustração do malogro, prometeu tudo quanto o mulato lhe ditou. Os cuidados de Chalila redobraram-se para com ela, assim como as suas preocupações. Ducélia, por seu lado, falha de coragem — embora não houvesse deixado de pensar na morte um só instante —, foi aceitando os bons tratos daquele irmão de caridade, comendo a horas o recomendado, parecendo até disposta a cumprir o prometido.

Os dias foram-se sucedendo cheios de angústia e as noites de pesadelos. Acordava encharcada em suores, de cada vez que o pai lhe entrava pelo quarto adentro de faca alçada. Depois, vendo-se sem Santiago, agarrava-se ao travesseiro e deixava-se ir, em soluços, pedindo a Deus que a levasse ou lhe desse coragem e engenho para pôr termo à vida. Inglórios os esforços de Chalila para lhe tornar menos penosos os dias. Estéreis as horas de companhia, as histórias que lhe contava; estéril o insistir para que saíssem os dois, apanhar um pouco de ar, como o doutor Abel recomendara. Ducélia não tinha vontade, não reagia a nada, parecendo só se sentir bem à janela, onde agora, desde que se levantava até à hora de deitar, ficava, de pé, numa esperança irracional de o ver passar por aquela nesga de rua. Por vezes o coração acelerava de repente, porque um vulto, uma sombra, lhe atraiçoavam os sentidos. Mas era sempre esperança de pouco efeito. Quando ao fim da tarde a sereia do porto tocava para a despega, alguma coisa nela corria para trás da porta à procura da vassoura cúmplice dos seus secretos sonhos, e por um instante de nada era outro tempo, outra vida. Depressa a impiedade dos dias a despertava para a realidade feia do presente sem horizonte. A luz do céu não era a mesma, as cores do mundo não eram as mesmas e o azul amoroso da ilha reverberava agora num cinzentismo monótono, como se as lágrimas lhe houvessem desbotado os olhos. Indiferente ao seu sofrimento, a cidade acontecia. Com ela, sem ela, com Santiago ou sem ele, com ou sem a rapariga que àquela hora estaria já coberta das primeiras pazadas de esquecimento... Nada parecia sentir-lhes a falta, como se há muito tempo já, numa outra vida: Um tal estivador da doca, não era? Com a filha de um açougueiro... Histórias! Tudo passa. A vida não pára. Abranda, às vezes, como o movimento das ruas a certas horas do dia, bombadas mais lentas de sangue pelas artérias da cidade.

As obras da casa tinham terminado e havia uma semana que o renovado Chalé l'Amour reabrira ao público. O ambiente na casa mudara de repente e Chalila, que durante quase um mês se dedicara a Ducélia vinte e quatro horas por dia, achava-se agora muito mais ocupado. Para ela, no entanto, à excepção da música e do espampanante trajar do mulato, tudo permanecia igual: os pensamentos vagos, a imagem de Santiago morrendo-lhe nos braços a todo o instante, o desejo de morte, o sofrimento ante o receio de permanecer indefinidamente naquele limbo, e a revolta contra a vida que os olhos lhe gritavam em descoragem pelo rosto abaixo. O falecimento da moça nessa tarde fora a única coisa a mexer com ela em todo aquele tempo. Não por pena, mas por esperança.

As contas do rosário rodavam entre os dedos do mulato, mas nem uma palavra, uma oração, um rogo, lhe rompia a muralha dos lábios. Também com ele mexera o sucedido. Não tanto pela pobre rapariga, que havia pouco mais de uma semana assentara arraiais no Chalé, mas pelo choque apanhado ao julgar tratar-se de Ducélia quando, na volta do mercado, Magénia Cútis lhe anunciou haver-se morto «a rapariguita». E fora tal a emoção que, ainda agora, vendo Ducélia viva com os próprios olhos, o coração se lhe apertava ao pensá-lo. Tinha bem presente a história do chá e temia poder aquela tragédia potenciar nela ideias infelizes. Afeiçoara-se-lhe de tal forma que, entre as meninas, corria o chiste de haver Chalila descoberto entre as mulheres o amor da sua vida. O mulato sacudia os ombros, mas que lhe tinha amor, lá isso tinha. Não sabia porque tanto se agarrara a ela, se pelo quanto se lhe dedicara, se por Santiago, se pelo romantismo que lhe estruturava as vísceras todas do corpo, se por si mesmo, por uma carência desmedida, pois desesperos não faltam às almas náufragas para se agarrarem à primeira palha que apareça. Estava-lhe apegado e determinado a protegê-la até de si mesma, das más ideias que pudesse ter. Assim, e ao cabo de uma meia hora de silêncio, Chalila Boé lá acabou por descerrar os lábios:

— Deve ter sofrido horrores, a pobrezinha! Segundo o doutor Abel, ficou toda queimada por dentro. — Ducélia não tirava os olhos da janela. Ouvia as palavras de Chalila, ao longe, mas não tinha nada a acrescentar. O mulato, querendo pintar o cenário o mais negro possível, continuou: — Diz-se que muitas vezes quem se envenena ainda acorda debaixo da terra! O corpo entra em choque, parece que está morto e, quando se dá por ela, já não há socorro.

A tais palavras, Ducélia sentiu uma mão embrulhar-lhe o estômago. De novo a angústia daquela noite horrível ao imaginar-se viva debaixo do chão. Pensara já nas mortes todas, e em nenhuma voltara o veneno a estar presente. O método não seria o problema, mas sim a coragem para pôr fim aos dias, que em caso de vida ou de morte é tudo. Um dia haveria de voltar, estava certa, e nesse dia correria até à praia, que o mar, ao contrário de certos venenos, possui um efeito mais absoluto.

Não longe dali, na solidão crescente do seu quarto, Cuménia Salles tinha pensamentos símiles. Ajuda uma pessoa esta gente e depois é a paga que recebe! Queria matar-se, fosse fazê-lo noutro lado. Agora ali, sobre a cama que lhe davam! Se não estava preparada para ser puta, não lhe houvesse batido à porta! Felizmente deram cedo com o corpo. O que seria se houvessem descoberto o cadáver rente à hora de abrir portas?! Gastara uma fortuna a remodelar a casa para disfarçar a lembrança dos últimos cinco anos; enganar os sentidos, a própria dor; para afastar a cabra da má sorte e, mal passados oito dias sobre a reabertura das portas, já nova desdita se lhe abatera em cima da cabeça. Parecia andar ave de agouro a planar-lhe, invisível, sobre o telhado. Arre, diabo! Mas não haveria de se vergar. Fora clara no recado:

— Hoje, às nove em ponto, quero portas, janelas e sorrisos abertos. Quero plumas e rendas e decotes como esta cidade nunca viu. E aquela que eu vir com cara de enterro, é ala, rua, andor!

Erguera-se uma vez do atoleiro do inferno, haveria de se erguer quantas a vida ousasse derrubá-la, que para puta, puta e meia. Não chegara até ali por acaso nem para se deixar bater a golpes baixos. Haveria de ter a sua velhice sossegada, com uma criada de servir, um gato e um alpendre aberto sobre a planura do mar. Não aquele, preso, como ela, dentro da baía, mas o outro, o verdadeiro, o que não tem princípio nem fim, para lá da cordilheira que definia e enclausurava aquela maldita cidade. E determinada pelo sonho que se acastelava sozinho, e por um sentimento de liberdade, decidiu-se, por fim, a tomar a decisão.

Chalila, achando não ter sido ainda fatídico o suficiente, floreava o sofrimento da falecida com mais uns apliques fúnebres, a fim de dissuadir Ducélia o mais que pudesse, quando a porta do quarto soou.

— Queria falar com a mocinha — disse Cuménia Salles da entrada. E para evitar mais conversa, rematou: — A sós.

O mulato olhou para Ducélia, depois para a dona da casa, e com um pressentimento frio no ventre deixou-as entregues uma à outra.

XLVI

No salão, Chalila Boé dava voltas de leão enjaulado. Que teria a madame para falar com a rapariga? E logo naquele dia?! A desconfiança de a conversa assentar no futuro da pequena era quase uma certeza. Ele próprio pensara no assunto muitas vezes ao longo daquele último mês. Mas, ou por não lhe vislumbrar horizonte, ou por lhe parecer ainda virem longe esses dias, ia adiando a preocupação para o amanhã de algures. Mais dia, menos dia, aquele dia haveria de chegar... Só não percebia o porquê da urgência. Foi nesse estado de inquietação que Magénia Cútis o veio encontrar.

— Vê se pões boa cara, que a madame está de tempero apurado! — atirou-lhe a amiga, mais para o provocar do que por aviso.

— Estou aqui mortinho de curiosidade!

Magénia Cútis quis saber o motivo e Chalila lá lhe contou, com todos os folhos e rendas, estar a madame no seu quarto com a pequena e todas as coisas que já lhe haviam passado pela cabeça.

— Se calhar foi-lhe propor começar a trabalhar. Substituir a falecida. — Chalila arregalou os olhos. — Não foi para isso que o pai a deixou cá?

Fora, de facto, mas as circunstâncias tinham mudado. E melhor do que ele, sabia Cuménia Salles não ter a rapariga quaisquer atributos para o ofício, que até para ser mulher de favores alugados é preciso talento. E disse-o:

— O pai já não manda nada! Além do mais, não nasceu para esta vida! — como se fosse sua a filha que defendia.

— E alguém nasceu? — perguntou a marafona, que em tempos também tivera sonhos.

Chalila suspirou fundo. E pensando no chá que quase a matara, exclamou:

— Se ela pegar ao serviço, não tardará a haver outra desgraça nesta casa!

— Às vezes, as que parecem mais frágeis são as que aguentam melhor —retorquiu Magénia Cútis. — Além disso, a morte é coisa que passa pela cabeça de todas pelo menos uma vez por mês. Quando as regras aparecem, há tempo de sobra para pensar na miséria.

— Também pensas nessas coisas? — perguntou o mulato adamado, que não imaginava a amiga com tais ideias.

— Ó filho, na minha idade só faço folgas para desanuviar o coco, que as regras já se me foram todas.

Chalila riu. O ambiente fúnebre da casa aliviou-se por instantes. O relógio do salão marcava as cinco. Nos ares da cidade soou a primeira badalada da hora.

Era a primeira vez, desde que a moça ali entrara, que Cuménia Salles se lhe dirigia. Na verdade, ainda não se conheciam. As obras da casa e a azáfama da última semana serviram-lhe de desculpa à medida da descoragem para enfrentar o olhar da filha do homem que durante cinco anos a visitara em segredo. No íntimo de si residia o receio de dar de caras com Tulentino Trajero, com os seus olhos, com o seu nariz, com a sua boca, com alguma expressão sua; ou, mais profundo ainda, o embaraço de, por alguma subtileza de ser mulher, a rapariga reconhecer nela a amante do pai, que ele há mais vergonha numa mulher que se amiga do que numa mulher que se vende.

Desde a entrada da dona da casa que Ducélia sentia o coração tremer. Não por supor o teor da conversa, mas pelo perfume que a acompanhava e provocava nela uma agonia desprovida de imagens ou razões. No meio de todas aquelas mudanças, Cuménia Salles não havia alterado a colónia francesa de tantos anos. Não reconhecendo no rosto da rapariga nenhum traço do falecido amante, respirou fundo, esboçando um sorriso, aliviada. Também Ducélia não reconhecia o que procurava: apenas uma sensação angustiante e a memória enjoada, às voltas. Um silêncio constrangedor ampliava o aposento.

Apesar de não ser mulher de cerimónias, Cuménia Salles foi introduzindo a conversa com a leveza de uma tisana. Apresentou-se, como se precisasse, perguntou-lhe sobre o seu estado, como se precisasse e, como se precisasse, disse estar ali para uma conversa que queria ter com ela. Ducélia não retorquiu.

— Como tu sabes, o teu pai deixou-te cá para trabalhares para mim — começou a mestra cortesã, medindo as palavras. — Mas agora que... Agora nada te obriga a ficar. Portanto, se te quiseres ir embora, não me oponho. — E em jeito de tratado irrecusável acrescentou, por reflexo, uma frase que, no seu íntimo, talvez pudesse pôr termo imediato à conversa: — Não me ficas a dever nada.

Ducélia acenou com a cabeça num gesto que não queria dizer coisa nenhuma. E voltando os olhos para a vidraça, fixou de novo a rua deserta.

Havia tempo já que as preocupações de Cuménia Salles em relação à filha do falecido amante eram grandes. Não por misericórdia, pela boa memória de Santiago ou restos de sentimento pelo açougueiro, mas porque a presença da rapariga debaixo do seu tecto a desconfortava, em especial desde a conclusão das obras, pois, apesar de todas as mudanças, e de não se haver nunca cruzado com ela, era como se uma parte de Tulentino Trajero continuasse presente, assombrando-lhe os dias e as noites. Desde a sua morte que esperava o restabelecimento da pequena para a ver voltar a casa, à vida possível de outrora, pois nunca considerara tê-la ao seu serviço, como o pai exigira. Soubera, porém, que a casa onde viviam fora retomada pelo senhorio, que a mandara fechar a toque de tábuas e pregos, assenhorando-se do recheio, como paga, dissera, de um prejuízo perpétuo, pois nem um bêbado desabrigado haveria de querer morar ali. Estavam dissolvidas as suas primeiras esperanças. Sabendo não ter a pequena mais família na cidade, Cuménia Salles tratou de não perder tempo, procurando quanta alternativa encontrou à sua casa. A ideia inicial fora embarcá-la no primeiro barco que zarpasse para o continente, para outro país, para quanto mais longe daquela ilha melhor. Afinal, o destino que a esperava ali esperá-la-ia em qualquer outro lugar. Mas sem idade, nem autorização de um tutor, não a embarcariam nem no bote mais desgraçado que rumasse ao fim do mundo. Um comerciante maltês propôs-se ficar com ela, que em Barcelona lhe haveria de dar bom rumo e, quanto à papelada, não se preocupasse ela com isso, mas Cuménia Salles, imaginando os bairros sujos de uma cidade desconhecida, lembrou-se da sua primeira noite em Porto Negro e voltou o leme às intenções. Haveria de achar outra solução! Porém, no dia em que o Chalé l'Amour reabriu as portas aos desejos da cidade, não tinha ainda senão ideias vagas para o problema que a atormentava. Possuísse ela uma parenta longe para onde a pudesse enviar! Não tinha. E a história de terem as mulheres de vida fácil influências que o mundo desconhece era um mito tão grande quanto a facilidade da vida que levavam. A quem recomendá-la? A clientela do Chalé compunha-se, grosso modo, de marinheiros de passagem e criadores de gado, os quais não pareciam dispostos a pôr em casa uma menor cuja curta história de vida se escrevia com o sangue de dois homens. Talvez eles até se arriscassem, mas as esposas, esse empecilho espinhoso à caridade dos homens de boas intenções, não o haveriam, por certo, de permitir. Nem sequer aqueles cujas mulheres não tinham opinião nem mando e que, a terem a bondade de lhe darem uma mão, seria para lhe colherem as sobras do corpo e fazer dela uma amásia — que é outro nome dado às criadas de dentro em casa de homens bondosos — se mostraram receptivos à proposta de Cuménia Salles. Tentara até junto das madres carmelitas. Não ela em pessoa, que na casa de Deus não era bem-vinda, e as prostitutas só são aceites na compilação dos Evangelhos, mas alguém por ela, que tinha, julgava, boa representação junto da madre superiora. Apuraram-se as possibilidades e, apesar do rogo à caridade das irmãs da santa de Ávila, não se obrou o milagre. Não que as freiras não a aceitassem, afinal são feitas de bondade e misericórdia, mas os pais das moças que frequentavam a Escolinha das Sagradas Esposas — no fundo, o sustento daquela irmandade de pinguins — não estariam dispostos a aceitar a situação, abstendo-se rapidamente de dádivas ou retirando de lá as filhas, o que, parcelas somadas, resultaria no mesmo. Já assim sabia Deus o que por aí se dizia! Quando aquela que, a acabar os dias numa cela em reclusão não espantaria uma alma, causara tamanha desgraça, como haveriam pais e mães de descansar ânimos e fazer fé nos bons ensinamentos das religiosas, deixando-lhes aos cuidados as filhas tardes inteiras a bordar pecados no sudário de Cristo?! Dito isto, como poderiam elas aceitá-la, digam lá, por maior misericórdia que lhes despertasse tão desgraçada alma? Ter-se-ia de sacrificar uma em favor das restantes: que isso, sim, era o espírito máximo da cristandade. Ainda se informou junto do cónego Crespo Luís sobre outra congregação de monjas em São Cristóvão, mas era aquela a única em toda a ilha, e o santo homem, que se quisesse ajudar talvez pudesse, não se adiantou senão para dizer não estar na mão dos homens corrigir a mão de Deus. Reduzidas as alternativas a zero, Cuménia Salles parecia condenada a ter nas mãos a filha do homem que havia cinco anos entrara naquela casa para lhe desarranjar a vida por dentro e por fora. Foi adiando quanto pôde e, não fosse a morte da rapariga, talvez a sua espera, ou esperança, se houvesse arrastado por mais uma semana ou duas. Afinal, nada como o inesperado para precipitar soluções.

Cuménia Salles expôs então a situação e todas as diligências tentadas. Ducélia, no entanto, não revelava a menor emoção, apesar do incómodo que aquele perfume lhe causava. Vendo que a rapariga não se dispunha a dizer palavra, a dona da casa perguntou:

— Tens pensado no teu futuro? No que pretendes fazer? — Ducélia abanou a cabeça. Por descargo de consciência, ou réstia de esperança, Cuménia Salles ainda tentou: — E tens família noutro lado, ou algum lugar para onde ir? — Repetiram-se a resposta e o incómodo sobrar de silêncio. Confirmava-se o sabido. Cuménia Salles era o espelho da contrariedade. Se por um lado não queria a rapariga debaixo do seu tecto, por outro não desejava expulsá-la por sua própria voz. Assim, e certa de que esta preferiria qualquer alternativa à vida naquela casa, subtraiu-se aos rodeios. Numa mistura de desculpa e descartar de responsabilidades, justificou, enfim, o verdadeiro motivo da sua visita: — Fiz tudo o que estava ao meu alcance. Mas não te posso ter aqui mais tempo sem que exerças uma função igual às outras meninas. Esta casa é um negócio e apesar de se chamar Chalé não há cá fidalgas. — Ducélia acenou com a cabeça. Não era uma concordância ou sinal de compreensão. Apenas vontade de ver a conversa terminada, antes que aquele eflúvio a matasse de tanta agonia. Sem ser mulher de pretextos, Cuménia Salles prosseguiu a justificação, antecipando conversas de corredor, dadas como certas mais dia, menos dia sobre a diferença de trato, pois a solidariedade tem validade curta, em especial entre mulheres de amores amargados. Ao cabo de uma meia hora de exposição, escusas e intenções, a mestra cortesã rematou: — Infelizmente não posso fazer mais nada. Espero que compreendas. — Ducélia tornou a acenar com a cabeça. De novo sem significado nenhum. Já saía Cuménia Salles quando a consciência a fez dar um passo atrás. — Sei que não tens recursos. Infelizmente as obras do Chalé obrigaram a endividar-me. Mas não te vou deixar ir daqui de mãos a abanar. Há-de arranjar-se o suficiente para te aguentares os primeiros tempos. — Dito isto, saiu aliviada. Não podia, de facto, fazer mais nada.

Mal a dona do alcouce abandonou o quarto, correu a rapariga a abrir a janela. Não foi a tempo, porém, de se livrar da agonia, pois já na extensão do gesto se lhe escancarava diante dos olhos a cozinha de sua casa; uma candeia luzindo sobre a mesa; uma caçarola de barro ao lume e a figura do pai transpondo a porta com *D. Dragon* debaixo do braço. De repente, como uma súbita aparição, Ducélia reconheceu o cheiro que todos os domingos trazia da luta de galos e compreendeu então o porquê de estar naquela casa, e não noutra qualquer, e o motivo de cada retoque do pai diante do espelho antes de sair de casa acompanhado por um galo de enfeite. Como foi que nunca desconfiara de nada; ela, que depressa lhe presumira um caso quando, sem quaisquer evidências de aprumo, este passou a ausentar-se à hora da sesta, e que em má hora a deitou a perder?! A tal pensamento, o sentimento de culpa, que a castigava desde o maldito despertar naquela casa, ferrou-lhe os dentes no coração. Porque não expulsara ela Santiago naquela tarde?! Abriu a janela o mais que pôde, desejosa de que o cheiro saísse, que a memória saísse, que o pai, *D. Dragon*, o passado todo, voassem janela fora e pudesse entrar a morte que naquela manhã levara a rapariga e por certo não andaria longe.

No salão, Chalila e Magénia Cútis falavam agora de assuntos vagos. Quando Cuménia Salles entrou, o mulato não conteve a curiosidade, mas não foi a tempo de perguntar nada, que já a porta da rua trepidava por um bater insistente.

— O que é que tu queres? — perguntou Chalila para um rapazito que no degrau de entrada esperava ser atendido.

— Vinha saber da menina Ducélia. Ouvi dizer que morreu. É verdade? — respondeu e perguntou o rapaz com olhar de pedinte.

Chalila disse-lhe estar viva e de saúde, mas o rapaz não se dispunha a ir embora, insistindo, nesse caso, em dar-lhe uma palavrinha. Cuménia Salles, que naquele dia em particular não queria falatórios à porta, disse a Chalila para o deixar entrar e para a chamar a si daí a uma hora. Ia descansar um bocado. O mulato adamado olhou para Magénia Cútis, que lhe encolheu os ombros, e assim fez.

— Espera aqui — disse Chalila fechando a porta, dirigindo-se depois para os fundos da casa.

Sentada junto à porta, Magénia Cútis admirava a figura do rapazito que se perdia a olhar o cenário. Cuccécio Pipi estava fascinado com o lugar. Nunca entrara numa casa de passe, que os recados dão-se pelas portas das traseiras. A diferença de luz fazia-o descobrir devagar os pormenores. Fixou as escadas, as cortinas, o tecto, o balcão, o palco, as mesas, os sofás corridos, as cores adormecidas pela pouca luz que as gelosias fechadas permitiam. Nem em sonhos imaginara um lugar assim. Que seria se o visse aceso e sonoro?! A mistura de cheiros fê-lo esquecer-se por momentos de quem era e sonhar com um mundo do qual ouvira tanta vez falar a Santiago, a Rodrigo, a Pascoal.

— A tua primeira vez há-de ser no L'Amour. E por minha conta! — prometera-lhe Santiago.

Tinha tantas saudades dele! Dos três, em verdade. Nunca mais a vida fora a mesma. Os olhos tremeram-lhe; o cenário começou aos poucos a tornar-se turvo.

No quarto dos fundos, Chalila não se aguentara. Esteve a pontos de não perguntar nada, temendo a resposta, a confirmação das suas intuições, mas o ar de Ducélia indicava-lhe haver sido pesada a conversa. Perguntou. A rapariga resumiu-lhe as palavras da dona da casa, mas nada disse sobre o verdadeiro motivo do seu transtorno. Chalila quis dizer alguma coisa que a aliviasse, ou a ele, mas não teve coragem de se aproximar, de proferir o que fosse. E adiando as palavras de consolo que não encontrava para lhe deitar, lá acabou por anunciar a visita do garoto. Ao sair ainda tentou:

— Tudo se há-de arranjar pelo melhor — como se tal significasse alguma coisa.

No salão, Cuccécio Pipi limpava as lágrimas de raiva contra a injustiça da vida, quando a voz de Chalila anunciou:

— Podes entrar.

O pretinho seguiu-o salão afora.

— Está aqui o rapazito — anunciou Chalila à porta do quarto.

Ducélia reconheceu-o, admirada. Fez-lhe sinal, indicando-lhe poder falar. O pretinho, porém, olhando para Chalila, não parecia disposto a fazê-lo na presença de terceiros. O mulato compreendeu e, torcendo o nariz, deixou-os a sós. Cuccécio Pipi declarou então ter ido por causa da notícia que corria pela cidade de haver a menina morrido. Queria confirmar não ser verdade! Felizmente não era! Um vinco que cruzava o rosto de Ducélia desde a curva do maxilar até meio do pescoço fê-lo sentir no sangue a raiva própria das crianças injustiçadas. Lembrou-se novamente de Santiago. Adorava-o tal qual um irmão e a dona Santiaga como a uma mãe. Não era justo haver morrido ele e estar ela entregue à Irmandade das Desvalidas, sem reconhecer ninguém, sem dizer coisa com coisa. Tão-pouco era justo estar a menina ali, naquela casa — achava ele, que nem casa tinha. Não era justo, não era justo, ia repetindo Cuccécio Pipi numa inflamação crescente de rasar os olhos de água. E levando a mão ao bolso, retirou um retalho de pano, estendendo-o a Ducélia. Era um farrapo da camisa de Santiago que dona Santiaga rasgara de tanto apertar e puxar quando as autoridades lhe foram entregar as roupas do sobrinho que jazia morto sobre as mesas do bar. Quando Ducélia pegou no pedaço da camisa usada por Santiago na tarde funesta, sentiu as forças faltarem-lhe.

No salão, Chalila Boé inteirava Magénia Cútis da sua angústia:

— A madame disse à pequena não a poder ter cá por mais tempo.

— Nem lhe propôs trabalhar? — perguntou a marafona.

— É a mesma coisa! Sabe bem que a pequena não tem condições para isso. — Magénia Cútis meneou a cabeça. — Para onde é que a pobrezinha há-de ir?! — suspirou o mulato para o ar do salão.

Um arquear de sobrancelhas respondeu por Magénia Cútis. Pudesse ele fazer alguma coisa por ela! Infelizmente era tão pobre quanto no dia em que ali entrara pela primeira vez. Mais, até, atendendo às dívidas contraídas. Gastava quanto tinha e quanto pedia em perucas e vestidos, em adornos e perfumes e, além das meninas da casa e de Cuménia Salles — que lhe adiantara já quase um ano de ordenado —, não tinha parentes, família ou amigos a quem recorrer numa hora como aquela.

— Achas que podíamos falar com alguém? — tentou Chalila.

— A Cuménia já falou com quem podia. Até me veio perguntar se conhecia gente capaz de interceder pela rapariga.

— E tu?

— Dei-lhe dois ou três nomes com quem não havia falado ainda.

— E? — encheu-se de esperança Chalila.

— Nada! Parece não haver ninguém disposto a ajudar a pobre desgraçada. Nem as freiras, vê tu bem!

— E nós é que somos filhas do Diabo! — exclamou o mulato apertando os dedos anelados.

Magénia Cútis teve um resignado gesto de cabeça.

Cuccécio Pipi não parara ainda de falar. Ducélia é que parecia já não escutar coisa nenhuma. Vendo-lhe o rosto condoído, o pretinho quis consolá-la: que poderia contar com ele para sempre, que seria seu amigo como fora de Santiago, que faria e aconteceria, ia jurando o garoto dos recados, filho da rua e do deus-dará. Agarrada ao retalho da camisa, Ducélia havia muito não estava ali. Até o pretinho sair, nem um membro se lhe mexeu.

A angústia trazida pela dona da casa havia-se dissipado com o seu perfume e era outra dor aquela que agora lhe operava tristezas na alma. De olhos perdidos na janela, na embocadura do beco, viu um rapaz encostar uma rapariga à parede. Sorriu a moça; resistindo, insinuando esquivar-se, fintando-lhe os gestos, os beijos; cedendo, por fim, como era de sua vontade. A sereia do porto soou triste entre as nuvens e os telhados. O par desapareceu num rincão do beco até onde nenhum olhar, até onde nada os pudesse alcançar, ignorantes de que há olhos em todo o lado: aves de rapina num planar silencioso, aranhas à espera de um movimento em falso dos apaixonados — borboletas deslumbradas, incautas, em piruetas cegas. A cidade mudara. Os sons do fim da tarde eram outros. Uma mão apertou o peito a Ducélia e Ducélia na mão o farrapo contra o peito. A rapariga escapou-se do rincão, ajeitando o vestido. Encostado à parede, o rapaz ficou a vê-la desaparecer sorridente pela embocadura no beco. Santiago, Santiago, Santiago… Nunca mais aqueles olhos, aquele sorriso, aqueles braços ao redor da sua cintura; nunca mais aqueles lábios, o calor daquele corpo, a voz grave dizendo-lhe ao ouvido *franguinha!*; nunca mais a sua cabeça contra o seu peito largo, onde um coração lhe garantia, longe dos ouvidos dele, ser dela; nunca mais uma tarde de amor, a fantasia de «quem sabe um dia, para toda a vida»; nunca mais Santiago... Nunca mais! Nunca mais! Nunca mais! Naquele desespero crescente, diante da janela aberta sobre o para sempre, Ducélia levou o retalho da camisa aos lábios e, sem um único pensamento para as palavras de Cuménia Salles, ou para o seu futuro, deixou-se escorrer em lágrimas pela parede abaixo, feita uma sombra plangente ao morrer da tarde.

Foi nesse estado que Chalila a veio encontrar. Não pensando sequer na visita do rapazito, associou o estado da pequena à conversa com a patroa. Uma vez mais não sabia o que dizer. Por fim, tomou-a nos braços, repetindo que tudo se haveria de arranjar pelo melhor.

— Tem calma, filha! Alguma coisa se há-de arranjar — ia dizendo o mulato, pouco seguro.

Ducélia soluçava. Mas, de tudo, isso era quanto menos lhe importava.

XLVII

Num dos recantos do salão, Cuménia Salles conversava com o capitão Silva Pato, um mercador português que por ali passava a temporada do Estio, porque no seu país, dizia, o Inverno metia-se-lhe no rendilhado dos ossos e depois, para o tirar, era uma carga de trabalhos. Carequinha, barrigudinho, bigodinho e perinha republicanos, o capitão lusitano era a meiguice em pessoa. A dona da casa explicou-lhe os pormenores que achou convenientes acerca da rapariga, realçando-lhe a timidez, a inexperiência e as imperfeições do corpo. O português mostrou-se compreensivo em toda a extensão e, para provar não ser esquisito em matéria de mulheres, exclamou num fôlego poético:

— Luz apagada, mulher alindada!

E quando Cuménia Salles lhe pediu a especial atenção de ser o mais atencioso possível, o capitão dos sete mares respondeu sem hesitações:

— Pode ficar descansada: farei como se fosse minha filha!

Cuménia Salles acompanhou-o ao andar de cima onde a moça aguardava quem viesse, trajada apenas com um robe de cetim branco. Uma vela ardia sobre a mesinha ao lado da cama, que duas talvez fosse demasiado. O capitão entrou, deu-lhe as boas-noites, sorriu, soprou a vela, despiu-se, e às apalpadelas pôs-se em cima da pequena. No silêncio do quarto só a respiração carinhosa de Silva Pato se ouvia. Fez o que pôde e, em menos de uma cantiga, um restolhar de trapos e fivelas substituía a respiração do negociante luso. Uma fresta de luz entrou pela porta para o deixar sair e, atrás de si, a educação de que era feito:

— Boa noite, menina. Tive muito gosto.

Tentara, Chalila, que a madame deixasse Ducélia ficar mais uns tempos: não sairia do seu quarto; ele mesmo cuidaria dela até melhor solução se arranjar; ele mesmo pagaria as suas poucas despesas... Mas Cuménia Salles, avessa a prolongar por mais tempo aquela presença debaixo do seu tecto, retorquiu não ser a sua casa uma pensão, nem ela uma irmã de caridade, que mesmo essas, já se sabe. Seria um mau exemplo para as outras e péssimo para o negócio que ainda mal reabrira as portas. Ainda argumentou o mulato não ter a pequena qualquer alternativa. Respondeu Cuménia Salles também ela não a ter. Dera-lhe tecto, cuidados e sustento durante dois meses. Estava disposta até a dar-lhe algum para os primeiros tempos, mas mais não podia fazer. E embora não tivesse intenções de ter a rapariga ao seu serviço, ainda disse:

— À parte isso, a única coisa que posso fazer por ela é o que faço pelas outras. E neste caso, sabe Deus, com mais prejuízo do que lucro.

Lembrou-se o mulato de poder ficar a pequena como empregada. Pagaria as despesas com trabalho, aliviando-o de alguns afazeres que, por não ser mulher e não ter períodos de inaptidão, não via folgas desde o dia em que ali entrara. Cuménia Salles, a quem o tom do empregado soara a crítica, respondeu:

— Se sem teres folgas já me deves onze meses adiantados, o que faria se as tivesses! — E porquanto aquele assunto principiava a agastá-la para além da conta, acendeu um cigarro, para rematar grave e fria: — Mas, se não estás contente, a porta da rua é a mesma onde bateste desamparado no dia em que aqui chegaste!

Sentido e sem argumentos, Chalila resignou-se. Que podia ele fazer? Ir-se dali com a rapariga para a beira do cais governar a vida de mão estendida?! Toda a noite a frustração lhe roeu as entranhas. No entanto, quando no dia seguinte informou Ducélia da conversa tida, já a rapariga se havia decidido quanto ao seu destino.

Mais do que nas palavras de Cuménia Salles, Ducélia havia pensado no futuro que desejava breve. A visita de Cuccécio Pipi tivera no seu espírito um efeito dúplice. Se, por um lado, desejava a morte com mais veemência ainda, por outro, aquele pedacinho de pano prendia-a à vida como um rolo de esteira em alto mar. Sem amparo nem rumo, o fim era bom de adivinhar: ou se venderia naquela casa, ou na mais sombria esquina do porto. E porque adiar um martírio é martirização prolongada, disse a Chalila desejar falar com a madame.

Surpreendida com a decisão, Cuménia Salles achou não haver a rapariga entendido bem a conversa da véspera. Para ficar, repetiu, teria de trabalhar igual às outras. Ducélia entendera na perfeição. Estava disposta ao sacrifício. A mestra das toleradas insistiu no mal-entendido, explicando-lhe a consistência do serviço, certa de alguma coisa, algures, ter ficado menos clara. Ducélia reiterou a intenção, afirmando conhecer o «serviço». A dona do Chalé ainda tentou dissuadi-la, dizendo-lhe não ser um trabalho fácil, que nem todas aguentavam aquela vida, era ver o caso da rapariga morta na véspera — como se soubesse ela, ou alguém, porque se havia esta matado. Ducélia, contudo, influenciada também pelo notado episódio, e certa de já não existir na vida nada capaz de a atemorizar, declarou aguentar o mesmo que qualquer outra. Cuménia Salles, havendo-lhe dito não poder ficar naquela casa senão na condição das demais, não tinha agora argumentos para lhe declinar a decisão. Reiterou a oferta para os primeiros tempos, que não sairia daquela casa sem uma ajuda na mala que ainda lhe faria. Mas Ducélia disse não aceitar senão o trabalho, acrescendo que, terminada a ajuda, não lhe restaria senão ser pelas ruas o mesmo que ali. Cuménia Salles não sabia o que dizer. Ouvia-a pela primeira vez e surpreendia-se com a mornidão de uma voz que não lhe imaginava. Também a determinação da rapariga estava para além da sua imaginação. Não a queria debaixo do seu tecto, era certo, mas ao mesmo tempo toldava-se-lhe a coragem de a pôr na rua sem mais porquês. Afinal, fora ela mesma quem lhe dera essa opção. Revia-se desgraçadamente na sua história. Também ela vira morrer diante dos olhos o homem que a fizera mulher; também ela fora batida e expulsa de casa; também ela se achara sozinha no mundo sem amparo nem escolha; também ela carregava duas mortes às costas; também ela estivera sem remédio nas mãos da primeira criatura que a fatalidade lhe apresentara como ironia de salvação. Até no tentar a morte como reduto de paz para a agonia dos dias Ducélia se lhe assemelhava e, embora o desconhecesse, foi o súbito equacionar de tal pressentimento, a par com a lembrança da véspera, que a fez dizer-lhe não querer outra desgraça naquela casa. Ducélia acenou com a cabeça. Não era uma promessa. Mas se fosse preciso prometê-lo diante de quantas imagens de santos lhe apresentasse, conforme fizera com Chalila para a deixar em paz, prometê-lo-ia.

As palavras de Chalila intrometeram-se nos pensamentos da dona do alcouce. Ficar a moça por mais uns tempos — no seu quarto, como até aí — até que algo se resolvesse, ou como empregada, de um lado para o outro da casa. Não queria uma coisa nem outra. Queria que se fosse embora por vontade própria. No entanto, e segundo lhe tinham dito, havendo-lha o pai deixado ao cuidado, e aceitando-a ela — ou pelo menos não dando indicação às autoridades de a não aceitar —, não podia agora pô-la na rua, passado tanto tempo. Sendo menor, e não tendo família ou quem a recolhesse, estava, ante a lei, responsável por ela. Diferente seria se a rapariga fosse empregada, mesmo menor, que nem para tudo a lei era a mesma.

Não se preparara para aquela abordagem Cuménia Salles; para aquela solução que o não era. Sentia estar diante de um acontecimento que, não sendo do agrado de nenhuma das duas, nada parecia capaz de solver, como se o destino o houvesse determinado e escrito havia muito tempo. A cabeça dava-lhe voltas inglórias em torno de opção nenhuma. À sua frente, a rapariga aguardava uma designação. Talvez fosse melhor aceitá-la ao serviço de uma vez e pronto. Quem sabe se, desiludindo-se, resolvesse ir-se de uma vez e para sempre. Na pior das hipóteses faria como a da véspera. Se assim fosse, acabava-se e enterrava-se passado e martírio no mesmo buraco.

Não lhe parecia ter a rapariga predicados para a meretrícia, mas ainda assim pediu-lhe que se despisse, mais para ganhar tempo do que para se decidir. Quando Ducélia lhe ficou nua diante dos olhos, a marafona-mor, que já havia visto de tudo na vida, sentiu o passado às voltas no estômago. Tinha um corpo bonito, mas os vergões deixados pela cegueira do pai desenhavam nela o mapa de um território difícil de desejar. Não eram, no entanto, as marcas no corpo o empecilho àquela profissão. Não seria a primeira mulher marcada a ter a seus pés um enxame de homens sedentos de exotismo, que até na desgraça o há. Lembrava-se bem de uma negra chamada Crimeia, cujo corpo era a bíblia sagrada da escravatura e que, por via disso mesmo, alcançara fama como poucas. Fez sinal a Ducélia para se vestir e, talvez para se convencer, talvez para se desculpar pelo passo à beira do precipício, pareceu-lhe reconhecer nos olhos da rapariga a mirada determinada dos filhos da Mãe Desgraça cuja raiva impele a viver. Vira-a pela primeira vez aos dezasseis anos, no espelho de uma pensão reles, depois de o seu primeiro cliente lhe pagar e sair de cima. Porém, não cria estar naquele casulo raiado uma madame de asas tolhidas. Então, e sem dar o assunto por encerrado, que só o tempo remata capítulos, resolveu aceitá-la à experiência, certa de não haver de aquecer cama naquela casa. Ela mesma lhe arranjaria os clientes. Pois além de não achar a sua presença atractiva pelo salão, preferia continuar a não se cruzar com ela. A Ducélia, bem sabido, tanto lhe dava. Explicou-lhe as condições, o funcionamento da casa e a excepção que iria ser. Tudo o mais explicar-lhe-ia Chalila, a quem mandaria preparar-lhe o quarto deixado pela falecida, o único vago na casa.

— Espero que não te faça impressão — desejou Cuménia Salles.

Ducélia acenou com a cabeça. Quem sabe não seria um bom augúrio!

Silva Pato vinha a meio da escada, apertando o colete satisfeito, quando Chalila Boé deixou o bar a Magénia Cútis e se aligeirou ao primeiro andar. Parecera-lhe uma eternidade a curta visita do português. Desde que o vira subir, na companhia da madame, que o coração lhe doía. Não se conformara ainda com a «decisão» da pequena, mas tão-pouco sabia de outra para lhe valer. Se a madame a não convencera com a oferta que lhe fizera, que dizer ele, que nada tinha de melhor para lhe apresentar?! Receava tanto uma desgraça que mal conseguia pensar noutra coisa. Bem se esforçara por lhe expor aquele mundo de outro modo, suavizar os contornos daquela vida, dar-lhe um pouco de brilho, de cor, mas as palavras saíram-lhe sempre murchas e as entoações sem sinceridade. Quantas meninas pusera ele mesmo ao serviço, quantas virgens fizera sorrir, aceitar ser aquele trabalho como qualquer outro — porque na verdade era como qualquer outro?! Naquele caso, porém, sentia não ter capacidade sequer para se convencer a si mesmo. E ele que lhe vendera aquele lugar como o mais alegre de toda a cidade! Nervoso, na sua fantasia de princesa berbere, bateu, enfim, à porta do quarto. Nenhuma resposta. Entreabriu-a com a ponta dos dedos. A escuridão do aposento arrepiou-o da nuca aos artelhos. Prenhe de um pressentimento ruim, pegou numa lamparina do corredor, penetrando na alcova. Nua, sobre a cama, Ducélia estava tal qual o português a deixara. De olhos fixos na parede, era como se ali não estivesse. Na verdade não estava. O mulato sentou-se na beira da cama, cobriu-lhe o corpo raiado com o robe e, pegando-lhe na mão, perguntou por reflexo:

— Então?

Ducélia encolheu os ombros. Que haveria ela de responder? Não sentira nada. Se fora meigo? A meiguice do português ou um cavalo aos pulos sobre o ventre dar-lhe-ia no mesmo. E porquanto nada havia a dizer, deixaram-se em silêncio, de olhos postos na parede, onde duas sombras se desenhavam impotentes. Não teria mais clientes nessa noite, Ducélia Trajero. Mas noites não faltavam até ao fim da vida.

XLVIII

No decorrer dos dias, como estabelecido, Cuménia Salles tratou de arranjar a Ducélia os clientes mais recomendados, ou aqueles que achava poderem agradar-se mais da última novidade da casa: tímida, de poucas falas, características tentadoras dos apreciadores de jovens humildes e ingénuas. Ao contrário do esperado, a novidade despertou interesses, em especial entre os homens mais velhos, e não tardou a surgirem pedidos no sentido «daquela mocinha», como se lhe referiam os agradados amantes do inconfessável, para quem a indiferença da rapariga dava uma sensação próxima de tomada de virgindade, de violação consentida, que para a fantasia dava no mesmo e não importunava a consciência. O seu silêncio, o seu olhar alheado, que nunca os confrontava, despertava-lhes a segurança que os anos vinham depenando dia a dia. Cuménia Salles, que a princípio não tivera para com a rapariga senão reticências, não tardou a perceber nela um filão que, enquanto corresse debaixo do seu tecto, haveria de saber explorar. Era esse o seu negócio! Embora não fossem muitos os invulgares clientes, cobrava-lhes cara a excentricidade, afirmando ser grande a lista de senhores distintos aguardando uma oportunidade. Afinal, a propaganda sempre foi meio produto.

Assim, na lugubridade do quarto, Ducélia foi pagando a estadia e o sustento vendendo o corpo, como todo o vivente, que outra coisa não fazem as mulheres pelas ruas com cestos à cabeça, os homens carregando e descarregando barcos, ou as bestas de carga, senão vender o corpo por um prato de pasto. Um cliente, dois por noite, raramente um terceiro, que a maioria dos homens procura regalos diferentes. Aprendeu a despir-se e a deitar-se com a mesma displicência com que um carrasco corta cabeças a quem lhe mandam para o cepo, e a limpar-se depois com a solução anti-séptica de prevenir doenças e prejuízos à casa. Noite trás noite, foram passando as semanas e Ducélia cumprindo o *serviço* sem gemidos nem queixumes, votada ao alheamento, conforme uma vaca resignada a quem apertam as tetas para extorquir o leite, aguardando, como se no Purgatório, o dia da redenção.

Chalila, a quem a passagem do tempo não gerava habituação, sentia um aperto no coração de cada vez que um cliente subia na companhia da madame. E visto não lhe poder valer de outra forma, passou a ter para com ela ainda mais cuidados nos cuidados tidos. Perfumava-lhe o banho, oleava-lhe o corpo, demorava-se nas massagens, alardeadas pelas meninas como obrando milagres... A tudo respondia Ducélia com a mesma indiferença com que recebia os amassos da clientela. Nada parecia capaz de lhe conquistar um esgar de contentamento: um doce que lhe trouxesse, uma pequenicoisa comprada pelo porto... Quando Chalila a informou haver a madame determinado poder ficar com todos os pertences da falecida — visto não haver quem os herdasse —, não quis senão um par de chinelos, uma túnica para de dia e o robe já conhecido. Nem vestidos, nem sandálias, nem adereços, nem perfumes; nem um único creme; uma simples peça de bijutaria. Só um objecto lhe mereceu atenção: um objecto descoberto dentro da almofada; um objecto que guardou, secretamente, como uma relíquia e que, se calhar em caminho, talvez se conte.

Por mais que Chalila insistisse num passeiozinho ao fim da tarde — *uma voltinha para apanhar ar* —, Ducélia respondia sempre não querer. Nunca saía do quarto senão para atender às necessidades mais íntimas do corpo, procurando sempre as horas silenciosas da casa. Debaixo da cama, o bacio das urgências cumpria o restante. Para as meninas era como se não existisse e, além de Chalila e do doutor Abel Santori, que passava uma vez por semana a dar uma olhadela geral, com mais ninguém se relacionava. Cuménia Salles não tornara a procurá-la. Não sentia falta de companhia, Ducélia, nem lhe custava mais a passar o tempo agora do que antes. Tal como quando no quarto do mulato, também ali se deixava ficar por dentro da janela a ver passar o mundo, com a mão fechada sobre o farrapo de camisa que Cuccécio Pipi lhe dera. Era maior o movimento das ruas para onde esta se abria, mas, apesar disso, também por ela não passava Santiago. As ruas iam-se transformando ao longo do dia, à semelhança das estações do ano, porém, só quando batiam as trindades se principiava a grande metamorfose. Então abriam-se os primeiros bares, ornavam-se de mulheres as primeiras esquinas, acendiam-se as primeiras luzes, ouviam-se os primeiros acordes, e a noite descia ao Bairro Negro, envolvendo tudo, como se a vida um espectáculo e o mundo um lugar feliz. Ducélia não achava correspondência com a noite em que Santiago a trouxera pelo braço até «por ali». Chegara mesmo a invejar aquelas mulheres. Como é fácil a vida dos outros, tão tentadora quando vista de fora: a alegria descomprometida, a liberdade sem culpas nem limites! Tudo aparente, como aparentes os sorrisos, as gargalhadas, escudos possíveis contra o desespero da miséria, e que só agora compreendia. Talvez fosse a companhia dele a conferir beleza ao retrato. Talvez a sua ausência esborratasse agora o mundo. Talvez apenas porque agora via tudo do alto, e a vida, vista de cima, possui contornos distintos, pois, se assim não fosse, não haveria Deus de se ralar como rala com o sofrimento dos homens. À mesma hora, dentro do Chalé, começavam a bater-se saltos pelos corredores, acompanhados de segredinhos e risotas. Mas também por ali a alegria era fingida e vaga, contrariando quanto Chalila se esforçava por lhe fazer crer. Era à hora do corrupio, quando o mulato lhe entrava e saía do quarto cem vezes, a fim de a preparar e conferir não faltar nada, que Ducélia tomava maior contacto com a casa. Via então, pela porta entreaberta, a azáfama das meninas, arranjando-se e enfeitando-se umas às outras, entre as primeiras taças de espírito e doces nuvens de fumo. Não raras vezes lhe chegavam aos ouvidos fragmentos de conversas — migalhas de pouca esperança —, rematadas por suspiros de resignação, antes de descerem ao salão com os lábios pintados de alegria e liberdade, mascarando a murchidão, a derrota, insinuando beijos que esperavam não dar; e as faces embonecadas de *rouge* a conferir-lhes, na pouca luz de que são feitos os covis do amor, uma beleza de porcelana, cuja claridade da manhã revelava em ruínas como as paredes das casas castigadas pelo Sol e pela maresia dos trópicos. Salvavam-nas o álcool, a música, as luzes baixas, o fumo dos cigarros, e mais álcool, remédio santo que Santiago lhe dissera ser para todos os males.

Compreendia Ducélia a vacuidade da vida e não ser a única a sofrer-lhe dentro. Ouvia através das paredes de tabique os gemidos fingidos daquelas mulheres, que ela, que o era também, e o fora tantas vezes nos braços de Santiago, sabia bem a diferença entre gemer e chorar. Assim, até de madrugada, à hora pantanosa em que o mundo arrefece, e o corpo, a latejar dos amassos, não deseja senão que o sono se apresse, pois o melhor naquela vida é não parar para pensar. Umas há que adormecem de queda, resignadas à vida ser o que é e mais nada; outras ficam às voltas sobre a palha moída, onde o cheiro de três homens, cinco homens, dez homens, se mistura com o eco dos seus arquejos, num cavalgar aflito a caminho do nada. Assim, até ao acordar lento, indolente, sem humor nem vontade à hora da canícula; o boiar pela casa, em silêncio, chinelos e robe, cabelo num ninho, rostos por rebocar, olhos cavados de sono, pesadas expressões, num mutismo geral, quebrado nunca antes das três, do café com torradas, doce pincelada a aguarelar a vida aos poucochinhos. Depois uma volta pela cidade, pelas montras de pouca coisa, um sorriso, uma graça, um colar de fancaria, um perfume modesto, um lencinho colorido, um qualquer pormenor que distraia a alma, até a sereia do porto encher os ares da cidade e as trazer de volta à roda impiedosa que desconta os dias.

Não, não havia alegria. Solidão e miséria e a repetição da véspera no dia seguinte, num sonhar minguante, frustrado a cada noite, até não restar nada além de um envelhecer triste e só, amparado por uma esquina, na esperança, sempre na esperança, de um qualquer provir, que ninguém se deita com quem lhe paga se não acreditar poder o amanhã suplantar o hoje. Dissera-lhe a dona da casa não ser um trabalho fácil, que nem todas aguentavam aquela vida, como se fosse ela a mais frágil das mulheres, e não a que melhor suportaria qualquer destino, pois, ao contrário de todas as outras, não havia em si uma réstia de esperança. Quisera Chalila dar-lhe de beber qualquer coisa que a atordoasse. Nunca aceitara. Sabia não haver álcool capaz de a salvar, pois nem todas as dores se embebedam. Aguentaria a frio a sucessão indiferente dos dias, cujo contar havia muito perdera. Apenas uma coisa a animava: cada dia passado era menos um para passar e mais próximo estaria aquele que jurara a si mesma haveria de ser o último da sua vida. Assim se lhe passavam os dias e pela cabeça as ideias feitas, longe de imaginar as voltas que a vida teria ainda para ela dar.

XLIX

Uma daquelas noites apareceu no Chalé l'Amour um homem diferente. Assim o classificou quem o viu entrar, sem saber, no entanto, explicar porquê. Barbeado, bem vestido, de uma elegância rara por aquelas bandas, dava a sensação de se haver enganado na porta. Era estrangeiro e tinha, em toda a extensão, um ar distinto. Dirão, os que mais distintos se julgam, que «os homens distintos não vão às putas», mas com homens que muito distintos se dizem tenha-se devido cuidado e um pé atrás. Sentou-se, solitário, a uma mesa, pediu uma garrafa de vinho com dois copos e, quando uma das meninas se foi sentar, sorridente, ao seu lado, disse, numa pronúncia atabalhoada, o real propósito da sua visita:

— Eu só vim para conversar um bocadinho.

— E que mais há para fazer aqui nesta casa senão conversar, não é?! — sorriu-lhe a moça, concertando o decote.

O homem levou o copo à boca, como que para descolar a garganta. Era a primeira vez que entrava num lugar daqueles, foi dizendo à rapariga. E ela, espevitada como lhe obrigava a vida, lá atirou uma frase feita, que a sua profissão não era pensar frases:

— Há sempre uma primeira vez para tudo! — num golpe de pestanas falsas.

O homem sorriu, embaraçado. Mas a rapariga, sem lhe dar tempo para se recompor, passou a unha pintada pela fundura do decote, lambendo-lhe uma pergunta ao ouvido:

— E não quer ir conversar lá para cima? É que aqui em baixo está muito barulho e não o ouço bem.

O estrangeiro insistiu não estar ali pelo motivo aparente da sua presença e que, se ela não estava interessada em conversar, não perdesse o seu tempo com ele. A rapariga não perdeu. Custava-lhe menos pôr-se de quatro a miar de gata do que ficar de paleio com um homem que, não tendo ainda dito nada, já lhe dava bocejos na alma. Conhecia o género: viúvos recentes, ou corneados de fresco. Iria contar-lhe a vida, falar-lhe da fugida, da falecida, do Diabo que o atormentava, mamar a garrafa de vinho aos golinhos e, ao cabo de lhe estragar a noite toda com conversa fiada — que o que ganhava na bebida não lhe dava para os vernizes —, boa noite, menina, foi um prazer. Não, senhor! Conversa com ela era na palha, que se ela fosse de verbos não estaria ali. De modo que se levantou e foi dizer à patroa que o cavalheiro do cantinho queria conversa.

Quando Cuménia Salles se aproximou na sua imponência de *putain française* jubilada, o homem levantou-se, para lhe dar prioridade a sentar. Não era mulher de mesuras, a marafona-mor, mas aceitou o gesto, tomando posição, de perna traçada e boquilha no batom. Se havia algo que as mulheres da sua classe dispensavam era cavalheiros e cavalheirismos. Não que gostassem de malcriados, mas preferiam homens que ali fossem para se divertir, e não para as fazer sentir aquilo que não eram. Pois não há pior esperança para uma mulher da vida do que um brilho de afecto nos olhos de um cliente educado. É a perdição dentro da perdição. Quantas não vira ela, já, saírem dali para a primeira esquina da rua, levadas pelo impulso de uma ilusão, de um «amor desesperado», de uma «última oportunidade para ser feliz», que, depois de cansado o cavalheiro, chuto no cu e ala daqui para fora, que lugar de puta é na rua, visto mais cedo ou mais tarde acabarem sempre por lhes esfregar na cara todos os homens que se esfregaram nelas, apesar de estas não lhes recordarem uma só sílaba do nome? Quantas não acabavam exploradas pelo primeiro malandro a prometer-lhes o Paraíso fora de portas, o qual, fazendo o verso a três ou quatro, podia passar a boa da vida de costas folgadas, pois por amor uma mulher vende até a alma, se dela houver quem uso faça? Por isso, quando o homem lhe deu prioridade a sentar-se, Cuménia Salles sentou-se e não fez especial caso da delicadeza. Também ela caíra na esparrela do amor tardio; do amor redentor dos pecados mil. Se ela, a quem a vida espancara do direito e do avesso, havia fraquejado, que dizer de uma das michelas novas a quem o coração ainda não empedernira por completo?!

E por falar em michelas:

— Michel Sagan, ao seu dispor! — apresentou-se o forasteiro.

— Ao seu dispor estamos nós, cavalheiro — retrucou num semi--sorriso a dona da casa. — Cuménia Salles — apresentou-se ela — a dona da casa.

Era francês, engenheiro naval, chegado a Porto Negro havia poucas semanas. Estava por tempo indeterminado. Contou à dona do Chalé ao que ia. De imediato Cuménia Salles pensou em Ducélia. Quem melhor? Ouvi-lo-ia com toda a certeza. Ou pelo menos assim lhe haveria de parecer. Pediu que a acompanhasse. Michel Sagan pegou na garrafa e nos copos. Pelo caminho Cuménia Salles foi-lhe explicando:

— ... tímida, de poucas falas...

O francês parecia intimidado. De facto não estava ali para andamentos maiores, mas foi andando. Ao fundo do corredor, Cuménia Salles indicou-lhe o aposento, despedindo-se, sorridente, deixando--se inteiramente à disposição. Michel Sagan bateu à porta, pediu licença para entrar. Do lado de dentro, Ducélia deu-a. Com o tempo fora começando a dar as boas-noites aos clientes. Ainda o engenheiro francês não estava bem dentro do quarto e já a rapariga desapertava o robe sob o qual não tinha senão a nudez do corpo vincado. O francês fez-lhe um gesto para parar. Que não queria; que já falara com a madame; vinha apenas por um pouco de companhia, repetindo-lhe a mesma história e, pousando a garrafa e os copos sobre a mesinha-de-cabeceira, explicou-lhe, numa expressão perfeita, não obstante a pronúncia, não saber muito bem porque entrara naquele lugar. Talvez pelo nome! Como se de algum modo estivesse mais próximo de casa. Pediu licença para se sentar na única cadeira do quarto, depois para acender um cigarro e, conforme calculara a moça que o atendera primeiro, pôs-se a falar da vida e dos desgostos. Viúvo havia pouco tempo, resolvera deixar o seu país, onde dirigia um estaleiro naval em Marselha, por não aguentar aquela cidade sem a mulher. Falou-lhe do seu amor e que sem ela não lhe fazia sentido a vida. Não tiveram filhos, um pouco dela em carne e osso para abraçar, para cheirar, para apertar desalmadamente contra o peito nas horas mais sós da vida. Não tivera, porém, coragem para se matar, que até para desistir de tudo é preciso ser forte. A quem o dizia ele! A coberto da pouca luz do quarto, e da solidão destemperada que o não fazia atentar em pormenores, Michel Sagan não se deteve no discurso, dizendo haver pensado que ali, entre os trópicos, longe de tudo, onde o clima não perdoa e os corações são mais brandos, a vida pudesse ser mais fácil... Mas não estava a ser! Serviu dois copos de vinho, estendeu um a Ducélia, que o recusou com a mão.

— Outra coisa, talvez?! Um sumo? — sugeriu o francês.

Ducélia declinou com a cabeça. O engenheiro naval levantou os ombros, abrindo as mãos, e apertando os lábios, em jeito de pouco jeito, sorriu. Parecia simpatizar com a pequena, em tudo contrária às mulheres que conhecera desde a sua chegada, alegres, gargalhantes, espevitadas. Já vinha perdendo a esperança de achar companhia consonante com o seu estado de alma. Afinal, homem enlutado e triste, sobrevivente na melancolia dos dias, não desejava para alívio do desconsolo um espírito alegre, mas antes febril e ferido. Eis, tão certo, a verdadeira razão da sua entrada ali. Pois quem melhor que uma mulher batida pela vida, conforme acreditava serem todas as profissionais do amor alugado, mesmo as mais gargalhantes, para compreender a gravidade da sua dor?

Em Ducélia, no entanto, nenhuma simpatia, nenhum aborrecimento, uma presença apenas, à laia de um animal de companhia que não ouve, não compreende, mas parece conter. Era-lhe igual o sofrimento alheio, como a alheia alegria. Eram-lhe iguais todos os homens, todas as horas do dia. O francês foi falando, amaciando as palavras no vinho, desabafando os seus males. Passada uma hora, a garrafa rendeu-se ao fundo e Michel Sagan à necessidade de prosseguir bebendo, que a sobriedade da tristeza é difícil de atordoar. Pediu-lhe para ficar por outra garrafa, por quantas mais precisasse de beber. Ducélia não se opôs. A vantagem dos clientes vulgares era que àquela hora já estaria despachada, silenciosa, à janela, na esperança de um milagre. Michel Sagan, saído para buscar outra garrafa, estava de volta. Sobre a cama, com a mesma indiferença com que todas as noites abria as pernas para os homens que pagavam caro para se rejuvenescerem nela, Ducélia deixou-se ficar. Afinal, tanto lhe dava. Vantagem apenas por não ter de se lavar depois da conversa. Mas nada lhe garantia que, finda esta e o vinho, não começasse o francês a ver nela a falecida e quisesse tomá-la também. Mas Michel Sagan não quis. Quando a madrugada chegou, despediu-se e partiu, não sem antes lhe estender a mão, única parte do corpo a tocar-lhe em toda a noite.

No dia seguinte estava de volta. Vinha interessado na companhia «da menina de ontem».

— Como é mesmo o seu nome?

— Ducélia — sorriu Cuménia Salles.

— Duceliá! — repetiu o francês, na pronúncia aberta dos bem-nascidos. — Duceliá! — feito um D. Quixote alto e magro pronunciando Dulcineia na febre das horas sós. E agradecendo à madame a gentileza da cedência, dirigiu-se ao balcão, donde, munido de garrafa e copos, subiu, no mais distinto dos passos, ao primeiro andar do Chalé l'Amour.

L

Em poucos dias Michel Sagan tornara-se o mais falado cliente da casa. Chegava sempre à mesma hora. Saudava os presentes, sorria às meninas que — conhecendo-lhe agora a fama — se derretiam na esperança de uma oportunidade; trocava duas palavras com a madame, uma mesura de cabeça com Chalila, e, munido de botelha e copos, subia ao primeiro andar de onde só descia de madrugada, na distinção imperturbável de quem não houvesse tragado uma gota. Uma dessas noites chegou mais cedo e, pedindo à madame um minuto por uma palavrinha que lhe queria dar, declarou cheio de certezas e erres:

— Gostaria de ter a menina Duceliá sempre ao dispor. Quer dizer, que não atendesse mais ninguém.

Cuménia Salles pôs o ar espantado de quem nunca houvesse ouvido tal coisa. Talvez apenas não a esperasse. E cabendo-lhe a deixa, tornou:

— Faz quase uma semana que não tem senão o cavalheiro!

— Mas gostaria de garantir essa exclusividade.

— Não é necessário — devolveu a marafona-mor. — Às horas que o senhor vem e até às horas que fica, ninguém a pode ter.

— Mas se a madame não se importa, eu prefiro assim. Por algum dia que não possa vir. Acertamos um preço e eu pago adiantado até ao final do mês.

Cuménia Salles, que vira naquele homem um ser tímido e sem coluna, sentia-se agora na presença da determinação em pessoa. Já tivera meninas por conta de fazendeiros, oficiais da marinha, homens de insondáveis misteres, mas nunca nenhum disposto a ter por conta uma pequena apenas para o ouvir. E era tal a estranheza que, mestra honrada daquele ofício, sentia estar a vender gato por lebre. No entanto, porque o negócio era bom e não havia porque não acertá-lo, deu-lhe um preço por noite e multiplicou-o pelo número de dias que faltavam até final do mês. O francês abriu a carteira, tirou cinco notas de cem mil *pudís* e, pondo-lhas nas mãos aneladas, disse:

— Bom, ficamos assim!

Cuménia Salles não soube o que dizer. Não pedira pouco, mas o francês fizera questão de arredondar generosamente a importância. Não sabia que diabo tinha a rapariga para se agradarem dela tantos homens. Em especial aquele que, pelo sabido, não a queria senão por companhia. Mas a ideia de poder o francês levá-la de sua casa gerou em si um sentimento contraditório, agora que lucrava com ela. Não por muito tempo, visto mais forte ter sido o de alívio e liberdade. Animada pelo pressentimento de estar para breve o fim dos seus constrangimentos, dirigiu-se ao balcão, pedindo a Chalila para lhe preparar uma boa *xandiega*. Pela primeira vez em muitas noites, sentiu a mulher de outros tempos inspirar fundo e sorrir.

Quando a notícia se espalhou entre as meninas, uma onda de inveja varreu a casa. Esmeravam-se elas para agradar à clientela, esperançosas, sempre, num cliente abastado que as quisesse manter por conta, um fazendeiro, velho que fosse; e a coitadinha, que nem aparecia no salão, nem um palminho de cara, um palminho de corpo… Caramba! E logo um estrangeiro. Quanto não dariam elas para partir para qualquer parte do mundo, imaginando já — como a patroa — dispor-se o francês a levá-la dali. Mas, enfim, é a vida! De todas a mais inconformada era aquela que o rejeitara na primeira noite. Podia lá adivinhar! São sortes que aparecem e não se repetem como os anos que a vida leva. Mas, à semelhança das outras, procurou desvalorizar, dar por desculpa já ter a coitada de castigo o quanto todas juntas não poderiam somar.

Quem se agradou da notícia foi Chalila Boé. Entusiasmado com as visitas do francês, bateu palmas e agradeceu à Virgem Santinha, que homens daqueles havia poucos e não apareciam senão por milagre. Desde a segunda visita que se derretia em atenções ao vê-lo chegar e não o deixava partir sem um salamaleque. Apenas este saía, corria ao quarto de Ducélia para saber como correra a noite, mas de todas as vezes a resposta chegava-lhe em jeito de encolher de ombros. À pergunta sobre o que haviam falado, não recebia troco mais revelador. Banalidades entrecortadas de que Ducélia se lembrava. Também nessa noite, mal Michel Sagan saiu, Chalila correu ao primeiro andar.

— Hem! Cheia de sorte! — Ducélia não respondeu. — É um cavalheiro, este francês! Olá! — E como a rapariga não manifestasse intenção de se manifestar, Chalila exclamou: — Olha que tu, também! O homem é um cavalheiro. E pelos vistos está disposto a pagar só para lhe fazeres companhia. Não achas que é bom? — Ducélia encolheu os ombros. — Ó, filha! Olha que as oportunidades não caem do céu de cada vez que chove! O homem parece que gostou de ti. E pelos vistos não quer em troca senão um par de orelhas. Que melhor poderias tu querer nestas circunstâncias? De vez em quando lá aparece um cliente com vontade fixa numa menina, mas olha que não vem só à procura de orelhas! Não te custa nada ser simpática. Fala com ele, mostra-te interessada. Olha que podes ter tudo a ganhar.

Desta vez Ducélia nem os ombros encolheu. Mas o mulato, empenhado em mudar-lhe o destino, fê-la prometer pelo menos pensar no assunto. A rapariga acenou com a cabeça, mais por reflexo que por concordância. Chalila, porém, sabendo não poder deixar o destino nas mãos do acaso, decidiu ele mesmo fazer alguma coisa.

No dia seguinte, quando Michel Sagan se dirigiu ao balcão para pedir a garrafa de vinho, ouviu da voz de uma «rainha egípcia» a indicação de já se achar esta no quarto, assim como «os dois copinhos do costume». Michel Sagan sentiu-se lisonjeado com a atenção do mulato e, ao jeito de um já antigo cliente da casa, subiu cheio de confiança no passo. No quarto, sobre a mesinha-de-cabeceira, um castiçal de cinco pontas substituía a vela mortiça dos serões anteriores e, sentado em cima da cama, um vestidinho azul fazia em Ducélia as vezes do robe de todas as noites.

Quando nessa tarde Chalila lhe aparecera com um vestido na mão, os olhos de Ducélia corresponderam ao baque do coração, misturando cor e forma numa humidade só. Mas porque não expressou a razão pela qual se emocionava, o mulato depreendeu ser por causa do traje. E era-o, na verdade, mas não pelos motivos supostos por Chalila. Tratava-se do vestido que Santiago lhe levara na noite em que a trouxera ao porto. Aquele onde a rodara por danças e danças. O mesmo que lhe despira e atirara para longe antes de a tomar nos braços e a fazer mulher até ao esquecimento, naquela que fora a noite mais feliz da sua vida e o último encontro de ambos antes de o mundo começar a ruir.

— Não é novo — ia Chalila dizendo —, mas está em muito bom estado.

E até podia ficar com ele, que a pequena Ágata — a quem o fora pedir, por de todas ser aquela cujo corpo mais se assemelhava ao seu — declarara não querê-lo mais. Não lhe pedira aquele em concreto, senão um que já não quisesse, de preferência discreto. A rapariga, sabendo para quem seria, ainda torceu o nariz em dar. Mas, quando o mulato lhe apelou ao coração, lembrando-lhe não ter a pequena nada de seu neste mundo, não teve coragem de negar um trapinho — com o qual não tinha intenções de se voltar a vestir —, até porque não conhecia o valor daquele para Ducélia.

Apesar da dor que lhe causavam tais recordações, o toque daquele tecido fê-la sentir na pele os dedos de Santiago. Longe de compreender a mudança, Chalila estava radiante. Pensara que fosse negar-se a vesti-lo. Não havia querido nenhum dos pertencentes à falecida. Talvez por serem demasiado reveladores das suas deformidades. Daí a túnica e o robe, apenas! Concluía brilhantemente Chalila Boé! E por lhe ser grande a felicidade, disse:

— Amanhã mando chamar a modista para fazermos um vestido por medida a teu gosto. Ofereço eu!

Por momentos Ducélia ficou parada, com o vestido na mão. Depois, como se um pensamento a beliscasse, os olhos reagiram às palavras do mulato. E sem que Chalila o esperasse, aceitou e agradeceu. Pela primeira vez em muito tempo, havia em Ducélia uma qualquer coisa de brilho.

Fora essa qualquer coisa que Michel Sagan notara mal entrara no aposento, e que nada tinha que ver com o vestir, nem com as cinco flamas do castiçal. Pela primeira vez via-lhe claras as feições e agradava-se delas. Mas, com a sensibilidade de quem não quer espantar um pássaro raro, absteve-se de reparos, tomando a palavra para lhe falar da vida como vinha fazendo havia cinco dias. Ducélia parecia corresponder às palavras do francês. Não com interjeições desinteressadas ou monossílabos vagos, mas acusando com gestos de cabeça estar a ouvi-lo. De cada vez que o engenheiro acendia um cigarro, fechava os olhos, aspirava o fumo — e, passando as mãos no tecido, sentia Santiago sussurrar-lhe ao ouvido: *franguinha!*

Assim, naquele quarto exíguo e mal arejado, rodeado de gemidos e gargalhadas postiças, Ducélia Trajero e Michel Sagan sentiram, pela primeira vez em muitos meses, a paz calma do contentamento. Ao contrário do costume, o distinto engenheiro naval falou mais do futuro que do passado: de alguns planos que tinha, sonhos de jovem e que agora sentia haver chegado a hora de realizar. Falou-lhe das suas saudades de Paris, cidade onde nascera, onde estudara... onde conhecera Antoinette, dois anos antes de se casarem e partirem para Marselha. Então, tomado por uma excitação juvenil, que por vezes se acende no sangue dos homens maduros, apresentou-lhe a cidade a que chamavam do amor e das luzes. Falou-lhe do céu, do Sena, dos artistas, dos *boulevards* fulgurantes de vida... E era tal a alegria com que descrevia tudo que Ducélia não tardou a ver naquele homem de pronúncia doce a velha Dioguina Luz Maria, sorrindo ao descrever-lhe de cor as ruas e praças das cidades do mundo onde nunca havia posto um pé.

De madrugada, quando abandonou o aposento no seu passo pleno de elegância, mau grado todo o vinho tomado, Michel Sagan ia leve, como havia muito tempo não se sentia. Mal pusera um pé fora do Chalé l'Amour quando uma voz descolada da sombra perguntou:

— O cavalheiro tem um minuto para uma palavrinha?

LI

Por detrás das gelosias do Chalé l'Amour, um grupo de meninas ria, excitado, com a figura de um rapazito que rondava a casa, na atitude envergonhada do entra-não-entra. Bem vestido, de mãos nos bolsos, cabelinho lambido, sapatinhos de verniz, havia vários domingos que por ali aparecia, sempre à mesma hora, sempre com a mesma sem-coragem de dar um último passo. Não o conheciam, mas desconfiavam não ser da cidade. De alguma povoaçãozita perto, talvez, visto não lhe conhecerem cavalgadura. Entre as meninas faziam-se apostas: se entraria naquele dia, qual delas o estrearia. Era virgem — não tinham dúvidas —, denunciava-o cada gesto, cada olhar enviesado, cada passo nervoso, que quem já provou o pecado e tem uns trocados na algibeira não ronda a porta de uma bodega se esganado com fome. Não era a primeira vez que um jovem hesitava à porta de uma casa de mulheres, para mais estando sozinho. Santiago Cardamomo só houvera um! Assim contavam as mais velhas, assim o confirmava Magénia Cútis, que fizera as honras da casa na tarde em que, ainda fedelho, entrara no Chalé determinado a fazer-se homem. Também nessa altura se abriam as portas aos domingos à tarde para as matinés do amor. Prática que a madame suspendera durante cinco anos e, com a mesma sem-explicação com que a havia suspendido, restabelecera agora.

Lá fora, do outro lado da rua, o rapazito dava voltas de pretendente indeciso. Entre as meninas crescia o entusiasmo. De todas, a pequena Ágata era a mais desassossegada. Parecia estar feito o luto por Santiago, pelo menos não lhe tocava no nome, e até quando o de Ducélia vinha à baila, já não dizia senão «coitada», entre encolheres de ombros. Bem lhe dissera uma colega mais velha, a quem o tempo encortiçara a alma, que o amor, como Deus, é uma questão de fé, e que esta, em mulheres da sorte delas, esvanece-se no passar das estações. Faltava ainda mais de uma hora para as portas se abrirem à clientela da tarde: a que as meninas mais gostavam, por se compor, quase toda, de rapazinhos novos que, em grupos, apareciam cheios de valentia e vontade de estrearem os castos e confirmarem a casta de que eram feitos ou julgavam ser. Não seria tão novo este que agora rondava a casa. Pelos seus vinte, palpitaram umas; mais coisa menos coisa, outras. Porém nunca a idade fora sinónimo de experiência, ao contrário do que muito se apregoava, e, contrariando a maioria das apostas, parecia não ser ainda naquele dia que se atreveria a entrar na casa mais afamada do Bairro Negro.

A notícia de que a filha do falecido açougueiro trabalhava no *Chalé da francesa* caiu como um raio sobre o balcão da Retrosaria dos Arcos. Rolindo Face, que se achava com uma caixa de botões na mão, semeou-os pela loja fora. Não podia ser! Ele mesmo vira a campa onde fora sepultada. Mas a freguesa que trouxera a notícia, modista de profissão, garantira estar ali precisamente a comprar tecido para as medidas que não havia duas horas lhe tirara.

— Foi até a moça quem me recomendou esta casa! — declarou a modista. E mais baixo, apenas para Rolindo ouvir: — Se calhar por trabalhar cá o moço que servira o pai dela, e talvez se agradasse de lhe fazer uma atençãozinha no preço! Rolindo pasmava, incrédulo ante as palavras da costureira. Não havia muitas semanas, ali mesmo, sofrera o choque pela sua morte, quando uma outra freguesa trouxera a notícia de se haver ela envenenado na casa das toleradas para onde o pai a arrastara. E foi de tal modo que o velho Curdisconte o dispensou pelo resto da tarde a fim de lhe acompanhar o corpo à sepultura. Correu, Rolindo, à mortuária do cemitério, para onde lhe disseram havê-la levado, mas quando chegou já os funcionários municipais arrumavam as tralhas de dar sumiço aos corpos. Perguntou, desatinado, onde estava a moça que se matara nesse dia no *Chalé da francesa*, e correu para o talhão do fundo, onde eram enterrados os indigentes e os desconhecidos. No local não encontrou dela senão um monte de terra revolvida, sem cruz, nem nome, apenas com uma placa de metal numerada 711. Não dormiu nessa noite e maldisse uma vez mais a vida bastarda. Desejara-lhe a morte dias a fio, era certo, mas não assim; não sem levar consigo a verdade toda; não sem antes lhe pedir perdão por tudo quanto o fizera sofrer, não sem lhe ver nos olhos o arrependimento, a dor de não ser sua. Desde esse dia sonhava com aquele número, vendo-o em todo o lado: no cabeçalho de uma notícia, numa caixa de alfinetes, nas medidas de uma fita, num bilhete de lotaria; desde esse dia andava doente e a vida parecia ter deixado de fazer sentido. Não se conformava, Rolindo Face, com a traição do destino que uma vez mais, e para sempre, o subtraíra àquela história que também era sua. Julgara-se vingado com a morte de Santiago, com o castigo que o pai lhe dera, e liberto de toda a culpa com a morte do açougueiro, mas no passar dos dias fora sentindo um vazio crescente, a frustrante impotência de não poder reverter o tempo. Não poucas vezes tivera vontade de a procurar no prostíbulo, como um amigo da família, para lhe dizer ao ouvido, no leito da convalescença, que fora ele quem lhe fizera a cama onde agora penava as amarguras do inferno. Mas foi adiando nos dias a visita pensada e, quando a notícia da sua morte chegou, foi como se o chão se lhe sumisse debaixo dos pés, como se lhe anunciassem o fim da própria vida. Por isso, ao garantir-lhe a modista estar viva e a trabalhar para a francesa do Chalé, alegria e raiva digladiaram-se-lhe no sangue: ressuscitavam a esperança de vingança e o ódio de sabê-la uma vez mais deitada na cama com outro homem.

— Pelos vistos, tinha mesmo inclinação para aquela vida! — atirara uma cliente que se achava na outra ponta do balcão quando a nova foi dada. E ante o silêncio gerado apressou-se a explicar: — Pois, se o pai já morreu e continua por lá, é porque quer. Ou não é?

Rolindo teve ganas de lhe cravar a tesoura da fazenda no peito. Se por um lado sentia dela nojo e raiva, por outro não tolerava ouvi-la comentada em boca alheia. Passou o episódio e a excitação da notícia não tardou a tomar conta dele. Havia pedido à modista para comprar o tecido na retrosaria onde ele trabalhava. Sabia onde ele trabalhava! Informara-se! Pensara nele! Era uma mensagem, um sinal de arrependimento, um semipedido de perdão, delirava Rolindo, envaidecido, ignorando a hipótese de haver sido manha da modista para levar desconto no pano e engrossar o lucro do serviço.

Nessa noite o pensamento palmilhou sem descanso passado e futuro. Iria procurá-la! Estava decidido. Não adiaria por mais tempo, que a sorte com que nascera tinha corpo de enguia. Iria como cliente, ouvi-la-ia explicar-se, pedir-lhe perdão, atirar-se-lhe aos pés, arrependida, suplicar que a aceitasse, que a tirasse daquela casa. No fim, sem lhe responder, dar-lhe-ia para a mão o dinheiro, servir-se-ia dela e, antes de sair, contar-lhe-ia a verdade, cuspindo-lhe em cima todo o rancor, todo o desprezo, todo o nojo que lhe tinha, deixando-a em lágrimas sobre a cama, vingado e cumprido, certo de nunca mais a tornar a ver, e de permanecer para sempre como um fantasma entre os seus pensamentos, um cardo no seu coração. Inteirando-se dos horários e rotinas do Chalé, escolheu o melhor dia e a melhor hora para fazer a visita. A primeira semana pareceu-lhe um interminável deserto de dias. Quando o domingo finalmente chegou, encheu-se de confiança e janotice e pôs-se a caminho da mais mal falada rua da cidade velha. Tudo lhe parecia tão fácil, tão certo, tão alcançável, até que à entrada do Bairro Negro os passos se lhe começaram a encurtar e um vendaval se lhe levantou nas tripas, obrigando-o a passar à margem do L'Amour e a deixar a visita para outro dia.

Por detrás das gelosias as meninas estavam em pulgas. O rapaz ainda lá estava. Parecia mais demorado naquele dia, mais determinado a contrariar a vergonha. Algum dia teria de ser. Porém, quando parecia certa a sua entrada, atravessou a rua num passo ligeiro e foi sentar-se no tasco do Fala Baixo, uma pequena esplanada de tábuas e caniços que ficava em frente e cujo ar, diziam, fedia mais que os humores de uma peixeira.

— E se o fôssemos lá buscar? — sugeriu a pequena Ágata no meio do grupo. As outras entreolharam-se, estranhando a espevitez. Mas, depois de um silêncio, estalaram num riso de adolescentes alvoroçadas.

Do outro lado da rua, Rolindo Face tomava lugar a uma das mesas, determinado a esperar até as portas do Chalé abrirem, até um rasgo de coragem o tomar por impulso. Ao pedido de uma limonada, ouviu uma gargalhada de três dentes roídos e uma frase animada de quem achara graça à metáfora:

— Então e quer uma limonada de branco ou de tinto?

Rolindo Face fez-se rubro. Sem fitar o tasqueiro, careca e ananicado, pediu de tinto, ele que nunca provara álcool na vida.

— Ora aqui está a limonada! — riu o taberneiro num piscar de olho.

Rolindo Face não respondeu e nas costas do tasqueiro deitou parte do vinho para o chão de terra negra, cobrindo-o com a ponta branca do sapato. Mas, porque o vinho que se entorna não encoraja a alma, permaneceu na mesma, incapaz de se levantar, atravessar a rua, entrar no prostíbulo e assentar na mão de Cuménia Salles o dinheiro preciso para uma hora a sós com a filha do ex-patrão que o Diabo haveria de ter algures no inferno.

Num poleiro, à entrada da tasca, um papagaio, mole como um penacho velho, rabeava contra o sono. Tinha as patas grossas, escamudas, faltava-lhe um dedo, era cinzento, e chegara à ilha com o último carregamento legal de negros, ia para bem mais de sessenta anos. O dono da tasca, ao ver os olhos de Rolindo postos no bicho, julgou-o interessado e, porque para quem gosta de conversa qualquer motivo é bom, veio à rua e disse:

— Este sacana, se fosse gente, chegava a Papa. Se reprovasse no exame era só por causa do asneiredo! — declarou numa gargalhada sonora. — Pertenceu a um pirata e já correu o mundo. Sabe mais da vida que nós os dois juntos. Não é, ó *Sinbad*?

— Uirap et euq atup! — atirou-lhe o bicho sem abrir os olhos.

— E fala uma porrada de línguas! A maior parte das vezes não o percebo. Mas fala tudo, e tem uma memória... alto lá com ela! Parece que uma vez...

Rolindo não prestava atenção à conversa, mas o tasqueiro, que visto de longe se assemelhava a uma criança calva com barba de seis dias, prosseguiu viagem, num velejar desvairado entre a costa de Mombaça e o golfo de Bengala. Não havia ainda cruzado a linha do equador quando as portas do Chalé l'Amour se abriram. O coração de Rolindo Face desequilibrou-se do poleiro, caindo-lhe em cheio na boca do estômago. À porta, o tasqueiro prosseguia viagem de porto em porto, num improviso digno de um dramaturgo grego. Quatro sombrinhas pintadas atravessavam a rua, coloridas como araras e como araras gritantes. Falavam alto, riam alto e gesticulavam alto, à laia de fantoches galhofeiros. Duas mais velhas, que lideravam a quadrilha, e duas mais novas, entre elas a pequena Ágata. Rolindo Face teve um acesso de paranóia. Temendo pressentirem-lhe as intenções, e imaginando-as unidas feitas sabugo e unha, julgou virem repreendê-lo, ameaçá-lo, levantar ali um pé-de-vento, que as mulheres da vida airada não se conhecem pela moderação. Limpou a testa, fingiu um ar indiferente, pegou no copo e, num gesto irreflectido de quem imita um homem seguro, levou-o à finura dos lábios e tomou-o de um trago, como a um veneno sem remédio. Nunca um amargo de boca havia sido tão grande.

As meninas chegaram, antecedidas pelos perfumes, unissonaram boas-tardes e tomaram lugar numa mesa ao lado da sua, encomendando vinho, branco, fresquinho, para comemorar. O tasqueiro, que não se havia apercebido da chegada, pôs-se em sentido, apresentando os três dentes que o tempo lhe poupara, e correu para dentro da tasca à cata do melhor vinho da casa. O papagaio abriu um olho, mole, deu dois passos lentos no poleiro, para se afastar do alarido e do cheiro, e, pondo um ar distante, fingiu-se empalhado. Debaixo das sombrinhas, as profissionais da sedução fixaram os olhos pintados na palidez de Rolindo, esperando que as bochechas do rapaz se incendiassem. Haviam apostado entre elas qual a primeira a levar o jovem forasteiro — conforme o julgavam — para a boa vida, pelo mau caminho. A pequena Ágata, já toda desenxovalhada, apostara meio salário em como haveria de ser ela a estreá-lo. As outras acharam-lhe graça e não se molestariam nem um pouco se perdessem a aposta. O taberneiro regressou com um jarro cheio e quatro copos pendurados nas unhas encardidas.

— Encha ali o copo ao jovem, que parece estar sequinho — disse a mais velha para o tasqueiro.

O homem compreendeu a graça e, aproximando-se de Rolindo, atirou:

— Este é oferta das madamas — piscando-lhe o olho guloso.

— E tu, de onde és? — perguntou outra no meio delas.

Rolindo Face atrapalhou-se. Levou o copo aos lábios. Era tão horrível quanto o anterior. Deu um gole breve e, tropeçando na língua, respondeu ser dali mesmo.

— Então como é que nós nunca o vimos por cá? — perguntaram-se entre si, como se fosse o homem mais sedutor que por ali houvesse passado nos últimos tempos.

Rolindo Face estava da cor do vinho que vertera para o chão. Não sabia onde se meter e fingir-se de empalhado não era para qualquer um. Respondeu viver à saída da cidade, a caminho de Guarnapiara.

— De Guarda-a-piada? — atirou uma das raparigas, rindo até aos malares, incendiando nas outras a risota atrevida.

Convidaram-no a fazer-lhes uma visitinha, depois das cinco, que era quando começava o «bailarico», afiançando não haver nada melhor para a alma que um entrançar de coxas ao cair da tarde.

— E damos garantia! Se não ficares satisfeito, não pagas! — atirou a pequena Ágata, numa afoiteza que lhe desconheciam.

Não se iria arrepender, garantiam-lhe de antemão. Ao fim da tarde o morninho dos quartos puxava ainda mais pela vontade. Riam, atrevidas, ante a timidez do rapaz. Se quisesse podia ficar com as quatro de uma vez por metade do preço. Hem?! Que lhe parecia? Não era para qualquer um! Tratá-lo-iam bem; mais do que bem! Engraçaram com ele, fazer o quê?! Por amarem de olhos fechados não eram cegas das vistas.

Quem já estava de humores em ponta era o tasqueiro. A ele não lhe faziam elas convites daqueles. Sabiam que daria prejuízo à casa. Chamem-lhes parvas! Mas o desgraçado do mancebo era mais cobarde que um galo capado e, apesar da insistência das raparigas, parecia não ter sangue no corpo. Em Rolindo a vontade de entrar era tudo, e a coberto do convite dispensaria mais pretextos, mas não se atreveu a aceitar, dizendo ficar para outra vez, que estava à espera de uma pessoa e por isso não podia retribuir a simpatia.

— Namorada? — perguntou a pequena Ágata, segura de que não. Não só porque aquele buraco não era lugar de encontros românticos, mas porque cheirava a mentira e a medo. Sabia estar deserto para entrar no Chalé, mas a coragem tolhia-o domingo trás domingo.

— E se beberes mais um copinho? — atirou a mais velha do grupo.

O rapaz ainda mal tocara no segundo.

— Beba, homem! — atreveu-se o taberneiro, como se uma comichão nas vísceras ante a moleza do palerma.

Rolindo, que não respondera, tornara a levar o copo azedo aos lábios. As meninas não podiam esticar mais o tempo. Daí a pouco começaria o Chalé a receber os corações carentes da cidade, e elas, matéria-prima do amor avulso, não podiam faltar. Disseram-lhe para pensar no assunto: um passinho de dança, dois dedinhos de conversa, três copinhos de licor...

— E quatro pares de mamocas boas, só para ti! — atirou a mais roliça, uma mulatinha de cabelos retintos, rindo alto e fazendo rir.

Cabrona!, pensou o taberneiro, cuja vontade era deitá-la abaixo e ferrar-lhe, ali mesmo, os três dentes no cachaço. As faces de Rolindo encheram-se de sangue e, baixando os olhos para as mãos suadas, sentiu que os joelhos o envergonhariam se se tentasse pôr de pé. As artistas levantaram-se em grupo, quais siamesas, e dirigiram-se ao tasqueiro, que ganhava baba nos cantos da boca. A despesa? Ora essa! Por conta da casa. Afinal não era todos os dias que aquele humilde negócio recebia tão ilustre clientela. Batonaram-lhe a calva com beijos, uma a uma. A mulatinha, a mais nova depois da pequena Ágata, sacou da malinha um pequeno frasco, borrifando de perfume o papagaio que cabeceava memórias no merdame do poleiro. O bicho sacudiu a cabeça, como se o houvessem borrifado com vinagre ou água benta e, em estalidos de língua, no equivalente, talvez, a espirros, soltou em fúria o navegante dos sete mares:

— Putas! — repetindo alto, em sacudidelas de bico: — Putas! Putas! — qual galo que canta três vezes anunciando desgraça.

O tasqueiro, ouvindo os impropérios do passarote, apressou-se a desculpar-se por ele:

— Peço perdão, senhoritas! É um malcriado este diabo penado. — E deitando-lhe a mão ao pescoço, ameaçou matá-lo.

As meninas riram. Não se tinham ofendido com o trato. Eram putas, pois que nome lhes chamar? Mulheres da vida? Meninas? Ora, cagar nas branduras! Cinismos, isso, sim. Estava certo o bicho e tinha razões para se queixar. Putas, e foi pouco o que lhe saiu! Mas ainda assim o dono do tasco queria dar um correctivo no bicho; uma de pavão para cima das pavoas do Chalé. Ora, era o que mais faltava, um sacana daqueles a ofender tão distinta clientela! E nisto pegou num saco de estopa, e, com o mareante pelo pescoço, meteu um dentro do outro. Mal se viu solto das unhas do tasqueiro e dentro do saco, gritou o mais alto que a voz lhe deu:

— Cabrão! Grande cabrão! Filho de um ninho de putas! Grande cabrão!

Se dúvidas havia quanto a ter sido ave de bordo, perdiam-se ali todas. Tornaram a rir as meninas. Estavam felizes, não dava para duvidar. E para quem não se importa de amar de urgência, pode dizer-se que é uma bela vida, que dizê-la santa é, talvez, exagerar no qualificativo. A pequena Ágata aproximou-se de Rolindo Face, miando-lhe, num sussurro morno:

— Fico à tua espera.

As outras envolveram-na e gargalharam e, como quatro moinhos que se afastam na miragem, deixaram a tasca num rodar de sombrinhas pintadas. No ar, um rasto a perfume deu a Rolindo Face vontade de aproveitar a briga do tasqueiro com *Sinbad* para sair no rasto delas, mas não foi capaz. Enfureceu-se consigo mesmo. Chamou-se nomes, pagou o vinho, que as regalias do taberneiro não eram para toda a gente, e meteu solas a casa, de rabo murcho, pontapeando pedras. De novo o domingo ficaria por cumprir. De novo a frustração tomando conta dele. Fraco! Cobarde! Enfurecia-se consigo pelo pouco nervo de que era feito. Pontapeava pedras, Rolindo Face. Pontapeava pedras com raiva de si. E porquanto a coragem lhe aumentava à medida que se afastava da cidade e os vapores a que não estava acostumado lhe subiam à fronte, jurou a si mesmo com a determinação com que tantas vezes jurara tantas coisas na vida:

— Domingo! Não passa de domingo!

LII

Às voltas na enxerga, Rolindo Face não conseguia pregar olho. A imagem da rapariga daquela tarde não lhe saía da cabeça: aquele corpo miudinho, insinuando-se, aqueles olhos verdes, era agora só quanto lhe ocupava os pensamentos. Sentia-lhe o hálito doce e, de cada vez que fechava os olhos, estava a pontos de a beijar. Domingo procurá-la-ia, ia dizendo para si mesmo. Mas, quando a noite já ia alta e o sossego longe de aparecer, levantou-se, vestiu-se e, a coberto dos roncos da mãe, saiu de casa para a procurar. Ia seguro. Tinha finalmente a desculpa perfeita para entrar na casa das toleradas sem se sentir denunciado. Tiraria as medidas ao teatro, veria como tudo se encenava. Queria ver a cara de Ducélia ao vê-lo entrar, ao vê-lo ignorá-la, ao vê-lo ir com outra sem sequer lhe dirigir o olhar. Prolongar-lhe-ia o sofrimento, agora que a sabia esperando-o a qualquer momento. A ideia de dois golpes num ainda o excitou mais. O cheiro da noite, a deserção que antecede a semana de trabalho provocavam-lhe calafrios de liberdade.

Chegou depressa à cidade velha e, quando se apercebeu, estava dentro do Chalé l'Amour. Uma aflição de rapazito apanhado de olhar atrevido num decote apoderou-se dele, como se todos os olhos do mundo postos em si de repente. A luz era pouca, o fumo abundante, o cheiro enjoativo, a música alta. Por todos os cantos havia homens agarrados a mulheres em roupas menores, a beberem, a rirem alto. Os músicos tocavam, indiferentes, num pequeno palco à esquerda da entrada. Mesas, cadeiras, sofás em redor, cortinas penduradas, e do tecto um grande lustre de doze chamas coroava um par que dançava no centro do salão. Ao fundo, virado para a porta, um balcão corrido, atrás do qual uma mulata enorme e feia vestida de odalisca servia um homem do qual já uma menina se aproximava. Nada era como imaginara: vermelho e negro, conforme a ideia do inferno, mas em dourados e azuis. Houvesse ele vindo dois meses antes e corresponderia a fantasia à realidade. Teve vontade de rodar sobre as solas, que a coragem dos fracos é uma cabeça de fósforo, mas uma voz de diamante fê-lo estacar onde estava:

— Boa noite, jovem cavalheiro! — Era Cuménia Salles, de boquilha entre os dedos.

Rolindo demorou a responder. A dona da casa apresentou-se, disse-lhe ser bem-vindo ao Chalé, para ficar à vontade, tomar um lugar, que uma das meninas já lhe iria fazer companhia. Rolindo Face acenou com a cabeça, balbuciou um obrigado, metendo-se para o canto menos iluminado, onde se sentou à espera de que alguma coisa acontecesse.

Não se lembrava do caminho, de ali ter chegado. Não se lembrava de quase nada naquele instante. Olhou em volta, assimilando o espaço. Atrás do balcão, Chalila Boé derretia-se em simpatias para um jovem moreno de braços tatuados. Era mesmo feia, a mulata!, constatava Rolindo Face. De súbito, um pensamento contrariou-lhe todos os desejos: Ducélia?! Não a vira. Procurou-a com o olhar, discreto. Estaria mesmo ao serviço, como a modista lhe dissera? Talvez em alguma mesa, encoberta por alguma coluna. Talvez num quarto, já, com algum cliente. Tal ideia apequenou-o, agigantando nele a vontade de correr porta fora, rumo aos confins da cidade, ao último casebre da estrada, à estopa velha que lhe servia de cama e de colo desde que fora parido para o mundo. Mas mal teve tempo de encetar um gesto e já um olá sorridente surgia de trás de uma coluna. Era a moça daquela tarde.

Ágata acabava de descer com um cliente, quando as duas colegas a chamaram:

— Sabes quem cá está?

A rapariga perguntou com a cabeça.

— O rapazito de hoje à tarde!

— O da tasca?

Duas cabeças acenaram sins empolgados.

— A sério? Onde?

As outras apontaram para o canto onde o rapaz não se via. A pequena teve um acesso de excitação:

— Vamos lá! — exclamou para as outras.

Mas as outras negaram-se. A rapariga acanhou-se, agora que era verdade, mas as companheiras, num repique de entusiasmo, que na vida de meretrício também há furores, meteram-na a caminho entre palmadas e beliscões.

— Vai lá, anda! Sabemos que é o que tu queres!

— Nós cá já estreámos cordeirinhos!

E a rapariga, hesitante, lá foi. Juravam as colegas nada haver de mais divertido naquela vida que «tirar o carapuço» a um rapazinho, mas desde que o Chalé abria portas aos domingos à tarde que não tivera ainda essa sorte, pois os rapazinhos novos, ao contrário dos velhos fazendeiros, vinham à procura de mulheres com carnes de mãe, e não de virgenzinhas com ares de irmã — no fundo, aquilo que a pequena Ágata lhes fazia lembrar. A presença solitária do rapaz nessa precisa noite, a par com a sua inexperiência flagrante, davam-lhe a certeza de ter ido por sua causa e a confiança para o abordar sozinha. Estava nervosa, era certo, mas sabia estar ele muito mais do que ela. Repetiu o olá — que não obtivera resposta — e Rolindo, que de certa forma ali estava por sua causa, e já a havia procurado pelo salão, atrapalhou-se entre balbucios e gestos, como se não estivesse à espera de a encontrar ali.

— Tenho estado a pensar em ti o dia todo, sabias? — declarou a pequena, mordendo a pontinha da unha pintada.

Rolindo forçou um sorriso. Nunca na vida lhe haviam dirigido tais palavras. Talvez fosse mentira, tão-só o papel dela, mas as palavras estavam lá. Podiam ter sido outras: um convite directo, reduzido à secura de um verbo. Afinal para que entra um homem numa casa daquelas? Uns há que querem apenas conversar, tomar vinho, falar do passado e do futuro, mas esses são uma raridade que Rolindo desconhecia. Por isso as palavras da rapariga ainda o assustaram mais e, ao invés de se sentir vaidoso, sentiu-se nu, pois quem não criou gavetas para os afectos não sabe depois onde arrumá-los. Afecto talvez seja um substantivo babilónico, mas havia sinceridade nas palavras da moça, nas suas intenções, que um homem virgem e tímido é uma fonte de entrega abundante, e para quem, como ela, não cheirava atenção senão de longe a longe, ali estava uma mina pejada. *Tenho estado a pensar em ti o dia todo, sabias?*, foram as suas palavras miadas. Podiam ter sido outras. Mas foram aquelas.

Era bonita! Achara-o já da primeira vez. Tinha corpo de adolescente. Era pequena e frágil, pouco experiente, por certo, de uma timidez disfarçada que o desinibia um pouco.

— Como é que te chamas?

— Rolindo.

A pequena Ágata sorriu: misto de simpatia e gozo.

— E vieste à promoção, ou queres subir só comigo? — atirou a rapariga mais por defesa que por ataque.

Rolindo gaguejou imprecisões. Não disse nada. O coração parecia um boneco articulado no limite da corda.

— Tomamos alguma coisa primeiro… para descontrair? — sorriu a pequena, pousando-lhe a mão atrevida na perna.

Rolindo estremeceu, acenou com a cabeça. A pequena pediu-lhe o dinheiro e não demorou a ir ao bar e voltar com duas bebidas caras e fortes. O ajudante de retroseiro levou o copo à boca. Apesar de os olhos acusarem o álcool, nada mais no seu corpo pareceu sentir o fogo que o queimava até aos ossos. Estava abafado o salão. Não o parecia sentir, ela. Talvez pela pouca roupa que lhe exigia a profissão, mas ele, de camisa e gravata e colete e casaco, suava como se línguas de Estio o lambessem dos pés à cabeça. Os dedos de Ágata deslizaram-lhe, suaves, pela coxa, estourando o termómetro. O coração de Rolindo era um ouriço em chamas. O corpo respondia por ele à mão da rapariga que, apesar da idade, o massajava com uma confiança de quem o conhecesse de cor.

— Anda, então! — miou-lhe ao ouvido, com o hálito que lhe despertava todas as fantasias, e por pouco o não fez derramar-se ali mesmo sob a ternura dos seus dedos. — Ou queres passar o resto da noite aqui? — provocou a rapariga, debruçando-se sobre ele ao colocar o copo bebericado na mesa.

Rolindo sentiu a vista enevoar-se quando a auréola do seio da pequena o mirou, discreto, do espartilho largo que o não conseguia esconder. Estava incapaz de pensar, de responder ao que fosse e, como quem segue um eflúvio, uma flauta, uma imagem sagrada, pôs-se de pé, deu-lhe o braço, seguindo-a num estado próximo da hipnose. Junto à escada, a pequena Ágata lançou um olhar às colegas que, de uma mesinha junto ao palco, lançaram figas e sorrisos na sua direcção. O coração acelerou-lhe de repente. Não tardaria a ser tão mulher quanto elas.

Nervoso, sobre a cama, Rolindo Face não sabia o que fazer. A pequena Ágata soprou duas velas do castiçal e, sem desfazer o feitio da boca, aproximou-se do rapaz que, se pudesse fugir naquele momento, fugiria. Do quarto ao lado chegavam gemidos de madeira e de gente, atemorizando-o; pela janela aberta acordes menores de concertina. A rapariga desfez a boquinha num sorriso e entre gestos meigos começou a desembrulhá-lo como ao mais aguardado dos presentes. Rolindo não estava ali. Havia muito deixara de ser ele, de se sentir, de se reconhecer. Da cintura para cima estava conforme viera ao mundo e os botões das calças pareciam haver-se desabotoado sozinhos. Quando a pequena Ágata se desfez da pouca roupa que a cobria, e encavalitando-se-lhe no colo lhe revelou toda a brancura do seu corpo jovem, Rolindo Face teve a visão da perdição diante dos olhos. Ágata sentia-o tremer, embebedar-se até à inconsciência com o cheiro que lhe emanava da pele: uma trança de perfume e tabaco, com um travozinho discreto a suor, próprio dos corpos jovens, como uma promessa de êxtase.

— Estás nervoso? — sorriu a moça, que aos poucos se ia enchendo de ousadia.

Rolindo abanou a cabeça; porém, tudo nele o desmentia. Percebendo que o seu cheiro o entontecia, a jovem michela passou-lhe os braços à volta do pescoço dando-se-lhe a cheirar sem reservas. O corpo de Rolindo dava sinais de impaciência, mas Ágata não queria apressar o bailado. Pretendia que aquela fosse a sua noite de glória, a sua passagem de menina tímida a mulher atrevida. Também para ela era uma noite importante: o seu baptismo de mestra cortesã.

— Não tenhas pressa. Temos a noite toda — disse, como se a tivessem realmente.

Rolindo sufocava. A mão da rapariga achou-lhe a febre-madre... mas foi carícia breve. Em menos de nada toda a ansiedade do mancebo lhe desmaiava na mão, deixando-o rubro de vergonha às portas do Paraíso. Desculpou-se, quis levantar-se, ir-se embora, mas Ágata, que não começara ainda a cumprir os seus desígnios, fê-lo deitar na cama e, pegando no pequeno turco que tinha na mesinha-de-cabeceira, apagou o destrambelho com toda a discrição, como se não se houvesse passado nada.

— Não estás a pensar deixar-me aqui sozinha, pois não?

Rolindo acenou com a cabeça, aflito. Mas a vontade era essa. Nunca sentira nada assim. Fora bom, doloroso, próximo da sensação conhecida de se procurar sozinho; diferente de tudo quanto havia já experimentado na vida: um ápice, uma vertigem. Ágata sorria. Sabia ter agora de lhe dar tempo. Coisa pouca, que era ainda um rapaz novo. Razão tinham as colegas ao afirmarem haver pouca coisa mais divertida naquela vida do que os olhos de um rapazinho assustado à hora do «vamos ver». E no tempo que lhe deu, desfê-lo da roupa restante. No tornozelo do rapaz uma marca chamou-lhe a atenção, e num gesto irreflectido de curiosidade levou-lhe os dedos ao estigma. Rolindo deu um salto da cama. Aquela marca era uma ferida aberta na memória. Procurou os interiores dentro das calças, vestindo-se à pressa. Nunca estivera tão nu desde que ali entrara quanto ao toque daqueles olhos, daqueles dedos na sua perna.

— Desculpa! Não sabia... — explicou-se a rapariga.

Mas Rolindo não a ouvia. Imagens avulsas de uma infância atormentada atropelavam-se dentro de si: a mesa da cozinha, a corda que o amarrava, a batina negra do homem que aparecia de vez em quando para arrancar suspiros e súplicas à mãe, a mão peluda e anelada que se lhe estendia a beijar... Às voltas com os botões da camisa, de costas para a mulher que o acabava de ver nu até ao coalho, Rolindo Face procurava afastar os fantasmas. As desculpas da rapariga insistiam: que não sabia, que o não queria ofender... Mas a dor da lembrança era tal que Rolindo passou do sonho ao pesadelo em segundos e em segundos à vigília mais desvelada, explodindo-lhe no pensamento o porquê de ali estar, a razão verdadeira de ter entrado naquela casa. Sem nunca se virar, perguntou, como se acabasse de chegar, como se nada tivesse acontecido:

— Não trabalha aqui a filha do açougueiro que matou um tal Santiago?

A tais palavras o coração da pequena Ágata doeu-se. Parecia que o rapaz lhe conhecia o ponto fraco e quisera vingar-se daquele incidente. Não lhe tocava no nome, não o chamava à conversa, havia até deixado de se enxofrar com a filha do matador, mas uma parte do seu coração continuava de negro pesado. Como a moça lhe não respondesse, Rolindo voltou a cara, repetindo a pergunta.

— Mais ou menos — tornou, por fim, a pequena Ágata.

— Mais ou menos?

— Trabalha, mas só atende um cliente.

Rolindo abriu os olhos.

— Como é isso?

E a rapariga, pegando na roupa, falou-lhe do engenheiro francês que a visitava todas as noites: um homem distinto, bem-parecido, muito alto, de cabelo claro, bem barbeado, sempre bem vestido, um cavalheiro, num enunciar de qualidades que contrastavam com a figura do rapaz que tinha à sua frente. Rolindo escutava, incrédulo.

— Quer dizer que não serve mais cliente nenhum?

— Quer dizer que não serve mais cliente nenhum — devolveu a rapariga palavra por palavra.

Rolindo perdeu a meada às ideias. Queria perguntar como poderia estar com ela, que outra forma haveria, quanto teria de pagar para ter prioridade, enfim, possibilidades, mas, não sendo capaz de melhor pergunta, indagou:

— E até quando é isso?

Ágata franziu a testa, pondo por baixo dos arcos louros uma expressão de «não sei». Por fim, disse:

— Pode ser até para a vida toda. Há cavalheiros assim! Há deles que até tiram as meninas daqui e lhes montam casa nos arredores da cidade. Não seria o primeiro a fazê-lo. E pelo jeito como a trata é bem capaz de o fazer! Sempre lhe ficaria mais barato. Eu cá, se tivesse a sorte de ter um homem que me quisesse por conta, também aceitaria. Mas homens desses há poucos! — atirou a pequena, numa mistura de provocação e castigo.

Rolindo não contestou. Tirou do bolso um emaranhado de notas desirmanadas, colocando-as em cima da mesinha ao lado da cama.

— Acha que chega?

A rapariga sorriu. E tentando quebrar o glaciar que entretanto se formara entre ambos, exclamou:

— Se não quiseres o troco é melhor não te vestires já!

Apesar de o ambiente ter arrefecido, não queria ver o episódio terminar daquela forma. Mas Rolindo não pretendia troco de nenhum género. A notícia de que mais uma vez Ducélia era de outro homem deixara-o enraivecido. Vestiu o casaco, agradeceu e despediu-se, deixando a rapariga a meio do quarto, a meio das intenções, de vestido murcho diante do corpo. A meio do corredor os gemidos cresciam de intensidade. Rolindo parou diante de uma porta. Seria ela? Teve vontade de a abrir à patada, de entrar e matá-la. Mas não era dessa fibra e, apertando dentes contra dentes, desceu a escada, cego, direito à rua.

No último quarto do corredor, Michel Sagan confessava a Ducélia sentir por ela uma ternura especial. No adiantado da hora, amparado pelo vinho e pela falta de prática em verbalizar sentimentos, propôs-lhe que fosse com ele para França. Viveriam em Paris, onde tinha casa e o resto da família que lhe restava. Ajudá-la-ia a aplacar a dor do passado, pois sabia bem o significado de perder alguém. Quando Michel Sagan tocou naquele assunto, Ducélia encheu-se de surpresa. Perguntou como sabia ele do seu passado, e o francês, que na emoção das palavras se esquecera da recomendação, não teve outro remédio senão contar-lhe que, num daqueles dias, quando saía do Chalé, uma voz o abordara:

— O cavalheiro tem um minuto para uma palavrinha?

— Pois não.

— Podemos combinar daqui a uma meia hora, noutro lugar? — perguntou meio na sombra a figura de uma rainha egípcia.

O francês assentiu e daí a meia hora Chalila Boé, vestido de homem e com toda a postura, encontrava-se com ele na praça do cais. Aí lhe contou a história da filha do açougueiro da Rua dos Tamarindos, órfã de mãe, e cujo pai a arrastara, nua, pelas ruas da cidade até ao Chalé l'Amour, por havê-la apanhado nos braços do homem que amava depois de o ter matado a golpes de faca à sua frente. Não conhecia muito mais do que isso, o mulato, mas porque a vida lhe dera a ouvir copiosas histórias de amor e de engano, acrescentou ao sabido aquilo que a imaginação lhe ditou, reforçando o não ter ela família nem quem a ajudasse e ter de continuar a vender o corpo para pagar o estar viva, coisa para a qual não tinha vocação. Vinha-lhe pedir, encarecidamente, que se apiedasse da moça e não lhe alimentasse fantasias ou ilusões, pois para sofrimento já lhe bastava o passado e temia não aguentar outro desgosto na vida. O francês, que andava triste e carente, ficou rendido. Jurou ter para com ela as melhores intenções, prometendo fazer quanto estivesse ao seu alcance para ajudar. Podiam contar com ele para quanto necessário fosse. De tudo isto fez Michel Sagan um resumo, pedindo-lhe apenas para não se arreliar com Chalila, que lhe queria como a uma filha, dava para ver.

Ducélia, não esperando ouvir tal história, acenou com a cabeça. Compreendia agora o interesse súbito daquele homem, o teor de certas conversas; da proposta que acabava de lhe fazer, bem como a insistência de Chalila, que todas as noites a inquiria sobre a visita, puxando por ela e pelo romance com o engenheiro. Dizia não esperar vir ela a nutrir por aquele homem maiores afeições, mas sabia tudo curar o tempo e ser uma oportunidade a não perder. A insistência de Chalila e a simpatia do francês haviam-na, aos poucos, levado a considerá-lo — coisa diferente de sentir-lhe afecto — e, aos poucos, substituindo nela os acenos de cabeça por respostas pronunciadas, ampliando assim os planos do mulato e os sentimentos do engenheiro. Mas partir com ele era outra coisa. O seu coração estava selado e tinha já outros planos para a vida.

Tão-pouco Michel Sagan poderia amar outra pessoa. Porém, via naquela pobre criatura a oportunidade de mitigar a solidão, acreditando, cada dia mais, ter sido preciso viajar meio mundo para fazer as pazes com a vida. Na verdade, não haviam sido apenas as palavras de Chalila a intercederem por Ducélia junto ao coração do francês, mas o havê-lo ela, sem saber, ajudado a aplacar a dor das suas horas sós. Michel Sagan reiterou a proposta deixando claras as suas intenções. Ela far-lhe-ia companhia, ele a ela, e aos poucos a vida haveria de se recompor, que era ainda uma menina e muito tinha de vida pela frente. Ducélia olhou a Lua pela janela. O francês pareceu compreender-lhe os pensamentos. E ciente de lhe não poder oferecer o impossível, pediu-lhe que ao menos considerasse, pensasse com carinho na sua proposta. Ducélia acenou com a cabeça. Mas tal gesto não era nela uma resposta.

Na rua, cosido com as sombras, Rolindo Face aguardava pela saída do tal engenheiro francês: *homem distinto, bem-parecido, mui-*

to alto, de cabelo claro, bem barbeado, sempre bem vestido, enfim, o *cavalheiro* que a moça lhe descrevera. Parecia haver sempre um homem no seu caminho. Seria preciso mandar para o inferno quantos mais para tê-la por completo à sua mercê? Durante todo aquele tempo ouviu Ducélia gemer dentro da sua cabeça. Desgraçada fosse pelo resto dos seus dias! Para que mandara, então, a modista à retrosaria onde trabalhava?! Para ter desconto na peça?! Depois de tudo continuava a humilhá-lo! Por momentos considerou não ter ela tido escolha. Mas depressa rejeitou o pensamento, pois desculpá-la, naquele instante, ser-lhe-ia impossível à raiva. Assim, contrariado, como se nada nunca corresse a seu favor, entrou numa birra raivosa contra a sorte, maldita, que parecia tê-lo tomado de ponta. Toda a sua vida fora uma rejeição; uma rejeição que se materializava em Ducélia Trajero, mas principiara na própria mãe, confirmando-se depois em todas as mulheres com quem se havia cruzado. A única que parecia ter tido para com ele algum género de afeição fora a pequena dessa noite. Nem sabia como se chamava. Não fosse o ódio que lhe ocupava o espaço todo do coração pequeno e talvez pudesse pensar nela de outra forma. Quanto mais tempo estaria esse tal «cavalheiro» disposto a sustentar o capricho com Ducélia? *Pode ser até para a vida toda. Há cavalheiros assim!* E se decidisse tirá-la do bordel, tomá-la por amante fora dali? *Há deles que até tiram as meninas daqui e lhes montam casa nos arredores da cidade. Não seria o primeiro a fazê-lo.* Que se diga de um certo Esconxavo Puyamante que pôs por conta uma tal Reverenciana Pio Face. Mas homens desses há poucos, para o bem e para o mal. A madrugada clareava quando Michel Sagan deixou o Chalé l'Amour. Um vulto destacou-se da sombra e foi atrás dele.

LIII

Na noite seguinte Michel Sagan não apareceu. Não foi grande a estranheza no Chalé l'Amour: há dias em que um homem tem compromissos maiores ou vontades mais modestas. Porém, Ducélia, ao contrário de tudo quanto seria de esperar, era o reflexo puro da ansiedade. Assim lho notou Chalila Boé, quando ao fim da noite a procurou. Mas à pergunta sobre se sabia o motivo daquela ausência, não obteve excepto um encolher os ombros por resposta. O mulato não fez grande caso, convencendo-se, no entanto, ser a falta de interesse revelada no gesto apenas uma carapaça e que, no fundo, sentia a falta do francês. Porém, a angústia de Ducélia nada tinha de paralelo com a ausência do engenheiro naval. Uma conversa ouvida entre as meninas deixara-a na nervosia em que se encontrava: a pequena Ágata contando às colegas a peripécia da última noite. Era hábito entre as raparigas partilharem o bom e o mau da véspera: as fantasias de um cliente; os predicados de outro; a atrapalhação de uma primeira vez; um segredo deixado cair por carência ou vaidade: pequenicoisas que os homens não revelam senão dentro de quatro paredes. Apesar do tom alto da cavaqueira, Ducélia não lhes prestava atenção. De súbito, porém, um pormenor fê-la encostar o ouvido à porta.

— Perguntou-me se não trabalhava aqui a filha do açougueiro que matou o Santiago — disse a voz da pequena Ágata.

— Estranho! — comentou uma das que ouviam. — E tu que lhe disseste?

— Disse-lhe que mais ou menos. Que trabalha, mas não trabalha.

— Que tem uma rica vida! — comentou uma segunda com inveja na entoação.

— E para que queria ele saber isso? — tornou a que perguntara primeiro.

— Não sei. Mas quando lhe disse estar por conta do tal francês, pagou e saiu como se o tivesse ofendido.

Uma pausa soou entre as meninas.

— Ou é um pretendente antigo, ou algum namorado que ela trocou pelo Santiago! — disse uma, por fim. As outras assentiram com a cabeça.

— Como é que se chama o interessado? — perguntou a primeira.

— Qualquer coisa «lindo» — declarou a pequena Ágata, provocando a risota entre as raparigas.

— E é lindo? — perguntou uma que o não havia visto.

— Para ratazana esfomeada até que não é feio! — atirou a primeira, ampliando a chacota entre o grupo.

Àquelas palavras, Ducélia sentiu o sangue fugir-lhe do corpo. Não precisava de ouvir mais nada. O ex-empregado do pai estivera ali e procurara por ela. Estava certa de que voltaria. Pressentia-o tal qual um animal pressente a morte. O resto do dia andou agitada e, à noite, não era na ausência de Michel Sagan que pensava. Adormecera já manhã alta, dormindo aos quartos de hora, aos vinte minutos, com sonhos recorrentes despertando-a a todo o instante. No dia seguinte acordou mais calma, mas, à medida que a noite se aproximava, uma febre tomava-lhe, um a um, cada nervo do corpo. Os minutos pesavam-lhe como pedras sobre o peito e, de cada vez que passos avançavam no corredor, o coração enchia-se-lhe de medo e as mãos de suores. Seria o cavalheiro francês? Seria o...? Com o farrapo da camisa de Santiago apertado nas mãos, Ducélia contava os minutos. Nunca as noites naquela casa haviam sido tão longas. Quando a música terminou, nenhum dos dois tinha aparecido. Sabia haver aquele encontro de dar-se mais cedo ou mais tarde. Porém, a ideia de enfrentar o ex-empregado do pai deixava-lhe o estômago à beira do vómito. Mas o que a matava era aquele impasse. Que viesse. Que viesse de uma vez, diabo!

No salão, a ausência do francês era o motivo de tricô entre as meninas. Livres dos clientes e dos sapatos, massajavam-se, fumando os restos da noite.

— Duas noites seguidas para quem aqui só faltava dormir, é de estranhar! — provocou uma das raparigas.

— Se calhar acabou-se-lhe a prosa! — exclamou outra por graça maldosa.

— E a ela a boa vida! — sentenciou uma terceira, conquistando gargalhadas e consenso.

Junto ao balcão, Chalila Boé perguntava para o ar o que se teria passado. Magénia Cútis, que lhe fazia companhia, arqueou as sobrancelhas pintadas. Começava a ficar preocupado, o mulato. Perguntou a Ducélia se havia sido desagradável com o cavalheiro, se alguma coisa se passara, e não descansou enquanto a rapariga lhe não repetiu a última conversa com o engenheiro e a proposta para abandonar o Chalé e ir com ele para França.

— E o que foi que tu disseste?

— Nada.

Chalila saltou da cama. Não podia acreditar. Desperdiçara a oportunidade da sua vida! Que futuro julgaria ela ter naquela casa, naquela cidade de corações condenados? Um homem disposto a dar-lhe a mão, a mudar-lhe o destino dos dias e ela... Oh, Virgem, mãe dos ingratos! Quantas dariam anos de vida por uma *chance* dessas! Casadas, até! Em voltas de gueixa pelo quarto, Chalila não cabia em si de incredulidade. Por fim, rendido, exclamou:

— Deus queira que o homem não se tenha ofendido e volte!

Ducélia não contestou. Talvez Michel Sagan voltasse pelo querer de Deus. Talvez por vontade própria. Talvez quisesse fazê-la sentir-lhe a falta. Talvez lhe estivesse a dar tempo para pensar na proposta feita. Tanto lhe dava que porquê ou talvez. Quem haveria de voltar, estava certa, nem que fosse para uma visitinha breve, seria o ex-empregado do pai. E isso, sim, enchia-a de uma *andrunédica* angústia.

Para os confins da cidade, Rolindo Face não andava menos angustiado. Havia dois dias que fazia o choradinho ao patrão por um adiantamento a descontar ao longo do ano: uma urgência da mãe, um remédio novo para o coração, que o curandeiro de Guarnapiara mandara vir da capital... Mas o cego Curdisconte, que desde que o aceitara de volta à retrosaria não lhe podia — dizia — pagar mais do que o auferido por este no açougue, muito abaixo da oferta feita em tempos, foi-lhe adiando o adiantamento, no primeiro dia por uma coisa, no segundo, por outra. Deixara à pequena dos olhos verdes todas as poupanças da vida, uma miséria consumida entre dois suspiros, à laia de uma recordação vulgar, e não tinha agora como pagar uma hora com a filha do ex-patrão. Arrependia-se de haver subido com a rapariga, e arrependia-se mais ainda de não haver roubado o francês que, decerto, deveria ter algum com ele. Mas a raiva que o cegara antes e o medo que o apressara depois de o espancar até à inconsciência não lhe deram clareza para o pormenor que tanto jeito lhe daria agora. Até ao fim da semana haveria o cego Curdisconte de lhe pagar o mês, visto o fim lhe estar por um dia. Mas... — pensava logo a seguir — de que lhe adiantava isso?! Com a pouca parte que lhe cabia do ordenado, nem daí a um ano juntaria o suficiente para voltar ao Chalé l'Amour.

O ressonar cansado da mãe intrometeu-se-lhe nos pensamentos. Estava ali a culpada de todos os seus infortúnios, a sanguessuga pesada e disforme que o comia desde o dia em que se conhecia por gente. Toda a sua vida fora em função daquele monstro que nunca o tratara por filho, nem sequer pelo nome — «ó rapaz» isto; «ó rapaz» aquilo — e cuja única função era engolir-lhe o ordenado quase por inteiro, fazendo-o sentir-se culpado de quanto levava à boca para se manter vivo. *Vais gastar dinheiro, não é, desgraçado?!*, dizia-lhe de cada vez que o via sair de casa para a voltinha de domingo. *E eu que me amole para aqui, nesta miséria, que nem para os remédios me chega! Qualquer dia já nem o caixeiro me pára à porta, de tanto que lhe devo!* Tinha-lhe um ódio crescente, Rolindo Face. Uma limonada por domingo — duas, de longe a longe —, uma latinha de brilhantina por ano, e um bilhete, dos mais baratos, para assistir, de lado, às matinés de cinema mudo. Coisas que, nos últimos tempos, nem lhe haviam passado pelos sentidos. Umas ervas para a bexiga, uma pomada para as assaduras, um pó para o estômago, umas pílulas para o coração, um óleo para as pernas, um elixir para o fígado, um xarope para a bronquite, um bálsamo para o Diabo que a não queria nem pintada de encarnado; e ele, escanzelado que nem um cão do porto, a matar a cabeça por dez mil *pudís*, que era quanto custava o amor à hora no renovado *Chalé da francesa*. Alcançar-lhe-ia o ordenado se não tivesse aquela bicha-solitária dentro de casa a absorver-lhe o suor dos dias. De cada vez que um ronco mais profundo se levantava da outra ponta do casebre, uma raiva gasosa enchia-lhe os ossos e uma almofada interpunha-se-lhe entre os pensamentos e o respirar asmático de dona Reverenciana Pio Face. E se a matasse?! Quem daria por ela? Uma mulher na sua idade e no seu estado morre de um momento para o outro! A ideia excitou-o. Até adormecer, Rolindo Face não pensou em mais nada.

Quando, no dia seguinte, à hora da despega, o cego Curdisconte lhe contou para as mãos as notas do ordenado, Rolindo sentiu pela primeira vez que aquele dinheiro lhe pertencia. A caminho de casa, a determinação ganhava firmeza e, ao contrário do que teria acontecido não havia muito tempo, o medo não crescia a cada passo dado em direcção aos confins da cidade. Passara já por tanta coisa e estava tão convicto da sua vingança que nada parecia capaz de o atemorizar. Mal entrou em casa, dona Reverenciana Pio Face, que sabia bem a quantas andava, perguntou-lhe pelo ordenado. Rolindo disse não lhe haver pago o patrão. Ouviu-a barafustar qualquer coisa, mas, por ser o primeiro dia, o assunto morreu por ali. Estava claro na sua cabeça não vir ela a comer uma só migalha daquele salário. Fez o jantar, serviu-a, comeu no canto mal alumiado da cozinha e, quando pelas nove da noite os roncos da progenitora encheram a casa, sentiu uma febre miudinha inflamar-lhe os intestinos.

Meia hora para as dez quando Rolindo Face saiu de casa. No estômago o peso de uma pedra, mas na consciência a leveza de um par de asas. No bolso do fato levava o ordenado por inteiro, na alma o prazer poderoso de quem sabe como poucos trapacear o mundo.

LIV

Havia uma semana exacta que todas as noites Rolindo Face ia ao Chalé l'Amour para estar com Ducélia. Entre as meninas não se falava de outra coisa. Umas insistiam tratar-se de um pretendente antigo, outras, de um noivo trocado por Santiago, vendo no episódio com a pequena Ágata uma espécie de vingança, que nem todos os homens se desforram a golpes de punhal.

Uma tempestade levantava-se sobre a baía, e as meninas, que se arranjavam para o serão, apostavam entre si se viria ou não naquela noite. De todas só a pequena Ágata se mantinha em silêncio. Não chegara a estreá-lo e tal representava para as companheiras motivo de gracejo. Haviam-lhe poupado o meio salário da aposta — afinal levara-o às palhas —, mas poupá-la da mofa já era parcimónia demais. Não tinha dele qualquer vontade — não mentiria se o dissesse —, apenas não o fazia para não parecer, o desdenhá-lo, despeito de uma vez mais se sentir preterida pela filha do matador. As colegas, que não perdiam oportunidade de a provocarem, perguntaram:

— E tu? Achas o quê?

A rapariga encolheu os ombros. E passando lápis nos olhos, respondeu:

— A mim tanto me dá! — Deserta, no fundo, de que não viesse.

Uma semana antes, senhor do seu ordenado, e certo de não ir encontrar o tal francês, Rolindo Face entrou no Chalé l'Amour cheio de uma confiança improvisada. Sem olhar em redor, dirigiu-se à escadaria, na qual vinha descendo a dona da casa.

— A menina Ducélia está disponível? — perguntou sem rodeios, mais por nervosismo do que por segurança.

Cuménia Salles, que o não vira entrar nem esperava aquela abordagem, demorou na resposta:

— Está acamada! — como se acamada não fosse uma condição natural do material da casa.

O rapaz, confundindo a resposta, sentiu uma punhada no estômago e o sangue subir-lhe ao rosto. Não conseguira desenvencilhar-se da mãe mais cedo e, mais uma vez, havia alguém à sua frente. Com os modos contrariados de um pretendente preterido, perguntou:

— E quando é que me pode atender?

— Quem?

— A Ducélia!

— Pois, isso não lhe sei responder. Quando estiver melhor, suponho!

— Mas está doente?!

— Então não lhe disse?!

Rolindo não havia percebido. Perguntou:

— E é sério?

— Não parece!

— Quando é que acha que está boa?

— Espero que o quanto antes! — respondeu a mestra das toleradas, que, desde que o francês deixara de aparecer, recebera já uma dúzia de pedidos no sentido «daquela mocinha». Não compreendia, também ela, com tantos anos de meretrícia, o fenómeno da pequena. Perguntara, por curiosidade, a um cavalheiro das suas relações o que mais apreciava na moça e a resposta não se fez pensar:

— *O cheiro! Ainda não o esqueci!*

Como Rolindo parecesse desiludido, Cuménia Salles sugeriu-lhe a companhia de outra menina, e que tomasse qualquer coisa por conta da casa. O rapaz agradeceu em tom grave: voltaria então outro dia, disse, e retirou-se. A pequena Ágata, que já havia relevado o episódio da visita anterior e julgava ter ido este à sua procura, foi esperá-lo à porta do Chalé:

— Olá!

— Boa noite — devolveu o rapaz, levando a mão ao puxador.

— Já te vais embora? Não vieste à minha procura?

— Não! — devolveu Rolindo com toda a acidez do estômago. E afastando a rapariga com o braço, abriu a porta, precipitando-se na noite do Bairro Negro.

A pequena Ágata sentiu-se corar de vergonha e despeito. Mas quem julgava ser aquele merdinha?! As colegas, adivinhando história, correram até ela. Pensando, como a rapariga, ter o mancebo aparecido por sua causa, espantaram-se ao vê-lo entrar e sair feito um moço de recados. Mais ainda se lhes aumentou o assombro — e o despeito da pequena Ágata — quando Cuménia Salles as informou haver sido pela filha do açougueiro que o rapaz aparecera. A notícia espalhou-se pela casa e não tardou a Ducélia, também ela, se inteirar por Chalila da visita. A ansiedade em que andava ante o vem, não vem, haviam-na feito desmaiar nessa tarde e matar de susto o pobre mulato, que correra a chamar o doutor Abel Santori. Recuperada já quando Chalila a informou, Ducélia pareceu nem se perturbar. Teria agora uns dias de repouso, conforme recomendara o doutor e depois... depois logo se veria.

A caminho de casa, uma raiva indiscriminada cozia nas entranhas de Rolindo Face. Começava a duvidar das intenções lidas nas palavras da modista. Fosse lá o que fosse! Haveria de lá ir todas as noites, até ao fim da vida, se tivesse de ser. No dia seguinte, mais cedo ainda, lá estava ele. Continuava acamada. Recomendações do médico. Desta vez a conversa foi mais curta. Voltou no dia seguinte, no seguinte ao seguinte, uma semana inteira de tentativas e malogros, incapazes, no entanto, de lhe quebrar o ânimo, pois estava certo de que, mais dia menos dia, chegaria a sua hora.

Naquela tarde de Novembro 6, à mesma hora que as pequenas do Chalé lhe apostavam a aparição, entrava Rolindo em casa. Dona Reverenciana Pio Face, que havia uma semana se insurgia contra a falta do ordenado, gritou-lhe da cama, mal este meteu os pés no sobrado:

— Trazes dinheiro?

Rolindo sentiu o mundo esmagá-lo. Com o pensamento no *Chalé da francesa*, nunca mais se lembrara das palavras que a mãe lhe ditara nessa manhã antes de sair para o trabalho:

— Não me apareças logo com o ordenado, que dormes na rua como os cães!

Toda a semana se furtara a entregar-lho, argumentando problemas de caixa: que não lhe havia ainda pago o patrão. Mas a paciência da mãe chegara ao limite e não lhe toleraria mais desculpas. Por isso, quando a voz de dona Reverenciana Pio Face lhe chapou, gelada, no fundo do estômago, Rolindo teve o impulso natural dos fracos e rendeu-se:

— Tenho.

— Cá com ele!

Quando se apercebeu da resposta, era já tarde para dar o dito por não dito. Como quem é arrastado para o cadafalso por uma força invisível, aproximou-se da cama, tirou do bolso as notas, que havia uma semana triangulavam entre os confins da cidade, a Praça dos Arcos e o Bairro Negro, estendendo-as à mãe, que lesta as escondeu dentro da roupa. Rolindo, à semelhança de uma criança a quem arrancassem um doce dos dedos, fixava os olhos na progenitora a meio instante do choro.

— Estás a olhar para onde? — atirou-lhe num grito a mulher que o parira para a estrumeira. O rapaz não respondeu. — Vai fazer o jantar, anda! Estou cheia de fome.

Frustrado, Rolindo encaminhou-se para a outra ponta do casebre. Porque não lhe chegava a coragem para a matar?! O dia escurecera mais cedo. Um negrume, vindo das bandas da baía, prometia estragos na cidade. Satisfeitas as exigências de dona Reverenciana Pio Face, Rolindo foi sentar-se à janela sem fome nem ânimo. Para lá da cortina que dividia em dois o casebre, ouvia, revoltado, a mãe mastigar-lhe o ordenado. De repente, um raio de luz dividiu o céu ao meio. O som do trovão não chegou. Algures começara a tempestade.

Nove e vinte da noite. Dona Reverenciana Pio Face não dormia ainda. Àquela hora deveria ele estar a preparar-se para ir ao Chalé. Por dentro um ódio fermentava. Nove e meia, dez para as dez. Quando por fim os roncos da matrona encheram a casa, Rolindo Face sentiu a febre da alforria encher-lhe as veias. Pegou na manta com que se tapava todas as noites, fez dela um travesseiro e, chegando-se à cama onde a mãe dormia, abafou-lhe o rosto com toda a raiva que lhe tinha. Dona Reverenciana Pio Face acordou para a morte que a tomava. No desespero dos estremunhados, a quem a cabrona apanha de surpresa, ferrou as unhas que pôde nos braços que a sufocavam.

Rolindo, não menos apavorado, esmagava-lhe o sopro como a um bicho repelente. Dois desesperos lutando pela sobrevivência. Vantagem para o que matava. Dona Reverenciana Pio Face era um monstro marinho debatendo-se contra linhas e anzóis; Rolindo um pescador aterrado pelo medo que só se salva se matar e depressa. Nem se lembrou, a pobre mulher, da santinha de Ávila, que ele há horas em que o ar enche os pensamentos todos. Estava de volta a cólica da qual, havia mais de vinte anos, a livrara. Mas desta vez dava a ideia de não haver divindade capaz de a salvar. Pareceu durar uma eternidade aquela luta e, quando por fim o corpo de dona Reverenciana Pio Face se rendeu ao destino, caiu cada um para seu lado, mas apenas Rolindo estava vivo.

A primeira emoção foi medo. Afastou-se do leito onde o cadáver da mãe jazia. Deambulou pelo casebre. E se não tivesse morrido? Julgou ouvi-la respirar. E se se fingisse morta para ele a soltar? Um misto de raiva e repulsa apoderou-se-lhe dos nervos, como quem sabe uma cobra dentro de casa e não se atreve a dar um passo. A ideia de se aproximar de novo do corpo repugnava-o. O dinheiro! Tinha de lhe tirar o dinheiro! Com o candeeiro a empurrar o medo, lá foi. Nunca as pernas tão fracas, o estômago tão fraco. Talvez quando Ducélia nua nos braços de Santiago. Não era a primeira vez que via um morto, mas a primeira que matava com as próprias mãos. Destapou-lhe o rosto, para se certificar. Parecia morta. A boca aberta, os olhos abertos, causaram-lhe uma impressão medonha. Não se atreveu a cobri-lo de novo, como se escondê-lo o fizesse menos seguro da sua morte. Não se lembrava de algum dia a haver visto de tão perto. De repente achou-se diante de uma estranha, de alguém visto pela primeira vez. Aproximou-lhe dos olhos a chama do candeeiro. A estar viva haveria de pestanejar, de lacrimejar, de qualquer reflexo. Nada. Estava morta! Respirou fundo, Rolindo Face. A boca seca. Faltava porém o não menos difícil. Encheu-se de coragem e de uma vez meteu-lhe as mãos por dentro da roupa. Uma sensação de repugnância arrepiou-o dos pés à cabeça. De súbito a impressão de estar de novo no açougue e de ter nas mãos a gordura quente de um animal acabado de abater. Nunca matara senão gado miúdo, mas desmanchara muita rês. A gordura de dona Reverenciana Pio Face era pesada. Os dedos de Rolindo aranhavam na senda das notas.

Havia mais refegos naquele corpo do que no bandulho de uma vaca. Mexeu, remexeu, entre sensações de repulsa e náusea. Onde teria aquela maldita escondido o dinheiro? Por fim lá se atreveu a levar as mãos às zonas pudendas, até que deu com o rolo do ordenado debaixo de uma mama, que melhor cofre não haveria de se achar em toda aquela casa.

As emoções ultrapassavam-se em Rolindo Face. Uma sensação de recompensa alegrava-o agora. Depois do medo e do nojo, regozijo e alívio. Correu a vestir-se. Já passava das dez e dali até à cidade velha distava meia hora a passo largo. Estendia as peças do fato sobre a enxerga quando um estrondo fez estremecer o casebre até aos caboucos. O coração deu um pulo e ficou-se. Petrificado, olhava para a outra ponta do casebre, onde duas cortinas se abriam sobre o palco da tragédia. Recurvada na cama, dona Reverenciana Pio Face fixava-o de olhos vagos. Durava ainda a atroada, quando o coração de Rolindo se mexeu. Por instantes pensou que... Estava morta. Estava morta, tinha a certeza, que toda a vida a apavoraram trovões! Um silêncio absoluto abafou o mundo, depois do quê o céu desabou em água.

O relógio de bolso marcava dez e vinte. Ainda era cedo, mas para ele já tardava. Alguém que chegasse antes de si poderia levar Ducélia primeiro! A chuva batia nas chapas do casebre em chicotadas cruas. Mal se ouvia a pensar. Haveria de haver uma aberta naquela noite. Dez e meia, vinte para as onze... Rolindo às voltas na cozinha. Por baixo da porta, a água começava a invadir a casa. Dez e cinquenta. Estava decidido a enfrentar aquela chuva mata-cavalos. Onze em ponto e Rolindo Face a enfiar num saco de lona uma muda de interiores, sapatos e o fato, camisa, gravata, toalha, pente e brilhantina. Dentro do peito uma certeza: a sua vida mudaria para sempre nessa noite. No dia seguinte, àquela hora, estaria a mãe enterrada e ele livre por todo o tempo e por todo o tempo dono de si e dos seus teres. Foi com tais pensamentos na ideia que meteu pés ao caminho, pleno de uma liberdade equiparável apenas à do dia em que o açougueiro se matou.

Curvado, vergastado pela chuva, Rolindo corria feito um cão desabrigado. O negrume da noite e a força da água não lhe permitiam ver a estrada. De cada vez que um raio desenhava raízes de luz no céu, e o cenário do fim do mundo se lhe acendia, gemado, diante dos olhos, o coração saltava-lhe dentro do peito. Era um quadro medonho aquele que os clarões iam acendendo e apagando na estrada que ligava Guarnapiara a Porto Negro; uma obra-prima concebível apenas pelo desespero de um homem na miséria dos afectos.

Alcançada a Praça dos Arcos, Rolindo fez uma pausa. Estava repassado até aos ossos. Dentro do saco de lona, a roupa continuava enxuta. Os garotos da rua, que por ali dormiam todas as noites, estavam acordados, encostados às paredes, que não havia um palmo de chão seco onde descansar a miséria. No meio deles um choro contido, algum mais pequeno que ainda houvesse visto pouco da vida. Rolindo olhou em volta. Não distinguiu uma face. Também a ele ninguém reconheceria. Dois minutos descansados e o ajudante de retroseiro a lançar-se de novo em corrida rumo ao coração do Bairro Negro.

Não havia memória de uma noite assim! Desalmadas todas as ruas. Nem os cães se atreviam nelas. À porta do Chalé l'Amour, debaixo do alpendre que abrigava a entrada da casa, o ex-aprendiz de matador levou as mãos aos joelhos, arquejando que nem um fugitivo. Entre as vidraças e as cortinas, luzes vermelhas indicavam estar a casa aberta, que a música, só à força de bem escutar, se distinguia sob a trabuzana. Para lá da cortina de chuva, Rolindo Face pousou o saco e, desfazendo-se da roupa, ficou nu e engelhado como no dia em que veio ao mundo.

LV

Frente ao palco do L'Amour, meninas dançavam umas com as outras, que pouca era a freguesia chegada antes da tempestade. A música, alta, mal podia com o ribombar dos trovões. Atrás do balcão, Chalila Boé benzia-se com a pontinha dos dedos de cada vez que um mais forte estrondava. Magénia Cútis andava pelo salão, de boquilha entre os dedos, fazendo as vezes de Cuménia Salles, a quem uma indisposição de última hora deixara de cama. Não fosse terem aparecido clientes antes da borrasca e talvez não se houvesse aberto as portas naquela noite invulgar, que pelo ror de água adivinhava-se não vir a aparecer mais ninguém. Esta era a ideia geral quando a porta da rua se abriu. Todos os olhos pousaram no rapaz bem posto que acabava de entrar como se à chegada de um forasteiro ou um príncipe a uma terra de ninguém. No meio do espanto, uma das raparigas perguntou na direcção da pequena Ágata:

— Aquele não é o teu amigo?!

A rapariga fez ar de admirada. Noutra altura teria sacudido os ombros, soltando um suspiro de enfado... mas naquela noite não resistiu à surpresa. As que haviam apostado na vinda do rapaz reclamaram a aposta; as outras admiravam-se com o que viam, em especial com a enxutez de palha, como se do céu não caísse toda a chuva dos tempos.

— Meter-se à chuva numa noite destas... — comentou uma das meninas. — Se não está caidinho, não sei o que esteja!

— Não sei lá o que vê naquela enjoada! — murmurou a pequena Ágata com despeito, sem se ouvir.

— E olhem que não deve ser pobre — acrescentou uma terceira. — Não traz um pingo de chuva no casaco!

— Deve ser filho de algum fazendeiro das redondezas — tornou a primeira. — Vai na volta está lá fora um *chauffeur* à espera dele!

As restantes pareceram concordar com a suposição. Seria?, perguntou-se a pequena Ágata, sem tirar os olhos da figura. À parte esse pormenor, nada o indicava: nem o fato de sempre, nem os sapatos de sempre, nem o ar de empregado de carvoaria engravatado, nem o rolo de notas desirmanadas que lhe estendera na outra noite. Poderia ser disfarce. Talvez não quisesse ser reconhecido. Afinal, ia com propósito singular e, excepção para aquela noite, o que não faltava por ali era a presença de fazendeiros ricos. Daí talvez o sentar-se à parte, afastado. Foram pensamentos breves, estes da pequena Ágata. No fundo, não o cria. Mas a sê-lo... Pois que fosse! Não estava ali por sua causa, nem ela disposta a receber outra recusa, que sendo mulher vendida era-o, ainda assim, de brioso orgulho. Desse lá à filha do matador boa vida, que ela preferia ser puta a manteúda sua. O cochicho das colegas prosseguiu. Ágata não ouvia já senão um rendilhado de vozes sobre a música.

Rolindo Face avançava salão afora com a impecabilidade digna de uma noite de luar. Em dez minutos mudara de roupa, secara-se, aperaltara-se de gravata e brilhantina, ocultara o saco de lona entre os vasos da entrada e entrara com um ar impossível de crer haver tomado sobre o lombo trabuzana de meia légua. Procurou com o olhar a dona da casa. Nada. Atrás do balcão umas costas descobertas ondulavam entre incensos e velas. Metidos nas notas da música, risinhos de chiste. Já se habituara à pilhéria; aos cochichos a seu respeito. Por dentro, o desconforto de ser mirado e comentado da graxa à brilhantina; por fora, a rigidez do nervosismo — passando por determinação — conferia-lhe ares de impavidez e serenidade. Tudo tão irreal naquela noite que os humores se lhe alternavam ao ritmo dos trovões.

— Boa noite — disse, chegado ao balcão.

A voz do rapaz fez rodar sobre os saltos uma dama espanhola dentro de um vestido preto.

— Boa noite — devolveu a voz grave de Chalila Boé.

Rolindo estremeceu. Afinal era um homem! Por momentos ficou feito uma pedra, sem saber das palavras. Ao cabo de uma eternidade lá lhe saiu:

— A dona da casa está?

— A madame está indisposta. É capaz que venha mais tarde. Mas se eu puder ajudar… — respondeu o mulato com simpatia de circunstância.

Rolindo estava incrédulo. Se naquele momento acordasse no canto escuro da cozinha, não estranharia. De olhos boquiabertos na bizarria daquela espanhola com ares de árabe andaluz, perguntou:

— Sabe dizer-me se a Ducélia está livre?

Chalila apresentou o sorriso mais natural que encontrou. A ideia de outro homem que não Michel Sagan ou o doutor Abel Santori subindo ao quarto de Ducélia causava-lhe estremeções. Mas tinha o seu papel a cumprir e, por isso, declarou:

— Creio que sim!

O coração de Rolindo pulsou-lhe nos olhos. De repente um peso no estômago, nos intestinos, na bexiga, no peito… De repente a agulha da vida a cambiar de cardeal. De algum modo, não estava preparado para a resposta. O mulato disse-lhe ir averiguar; entretanto, que tomasse alguma coisa. Rolindo sentiu obrigação e vontade.

— Então e o que vai ser? — perguntou Chalila.

— O que é que tem?

— De que é que gosta?

— Limonada… — hesitou o rapaz.

— Limonada não tenho. Mas vou preparar-lhe um néctar de que nunca mais se vai esquecer — atirou o mulato cheio de simpatia fingida.

O rapaz não contestou. Encostado ao balcão, fixava, sem ver, os gestos daquela criatura rara que o atendia. Não se atreveu a mexer, a olhar o salão. Sentia o estômago às voltas. Não estava menos nervoso do que da primeira vez. Onde já ia a confiança com que ali chegara…

— Ora aqui está! — exclamou Chalila, pousando um copo de *xandiega* em cima do balcão. — Está fresquinha. Uma delícia!

Rolindo agradeceu. Foi ao bolso para pagar. Chalila escusou-se com um gesto de mão.

— Esta é por conta da casa.

Rolindo tornou a agradecer. Levou o copo aos lábios. Era doce. Espesso. Um travo, algures, a álcool pareceu acalmá-lo.

— Gosta?

— É bom.

— Eu não lhe disse?! — E no mesmo fôlego: — Fique à vontade. Vou ver se a pequena está pronta para o receber.

Rolindo assentiu, procurou uma mesa, sentou-se. O pensamento a zeros. Os olhos deram uma volta pelo salão. Dali podia ver o palco, toda a ala debaixo do varandim, onde um grupo de raparigas parecia falar dele. Reconheceu entre elas a pequena dos olhos verdes. Ao segredo de uma colega, a rapariga encolheu os ombros. Rolindo sentiu-lhe contrariedade no olhar de desdém. Havia nela qualquer coisa de um orgulho ferido que o envaideceu. Uma mulher dos seus quarenta meados aproximou-se do grupo e, trocadas duas palavras, viu uma das meninas avançar na sua direcção. Nenhuma das raparigas se propusera ainda a ir prestar cerimónias ao mancebo. Sabiam bem ao que ia. Mas Magénia Cútis, que tinha obrigações, destacou a que achou melhor e deu-lhe ordem de andor, pois estavam ali para se deitarem às intenções, e não para se deitarem a adivinhá-las. Talvez que o rapaz não quisesse senão a filha do falecido açougueiro, mas era sua obrigação perguntar se estava servido ou se se queria servir. A rapariga que cruzara o salão na direcção de Rolindo depressa o atravessou de volta.

— Diz já estar servido!

— E por quem? — quis saber Magénia Cútis.

Um olhar admirado correu o grupo quando a rapariga revelou o nome de Ducélia. Depois estalaram risos e comentários. Só a pequena Ágata não disse nada. No seu canto, o ajudante de retroseiro sentiu-se importante. E desviando os olhos do grupo, bebeu e esperou. A tempestade parecia haver acalmado. Pelo menos não escutava trovões. Considerava o facto quando a voz de Chalila Boé o fez saltar da cadeira:

— A moça está a aprontar-se. Vinte minutinhos e recebe-o.

Rolindo sentiu estourar a bolha em que estava dentro. Olhou para o relógio de bolso. Depois para a dama espanhola. Faltavam cinco para a meia-noite. Agora, sim, estava nervoso.

— Entretanto, quer mais uma? — perguntou Chalila, apontando para o copo vazio.

Rolindo acenou com a cabeça. Não demorou o mulato a estar de volta com nova *xandiega*. O rapaz pagou e nas costas descobertas, que regressavam ao bar, levou o copo à boca, despejando-o de enfiada. *A moça está a aprontar-se. Vinte minutinhos e recebe-o.* Dominou-o uma vontade repentina da sua casa, do seu cantinho escuro, como sempre ao ver-se confrontado, mas a imagem da mãe, morta sobre a cama, acendeu-se-lhe no espírito. O estômago acusou apreensão. Estava morta, tinha a certeza! Lembrou-se do candeeiro, da revista feita, dos trovões… Afastava já o pensamento quando a porta da rua se abriu.

Um grupo de oito homens fardados acabava de entrar. Eram jovens, louros, altos, marinheiros, encharcados. Afinal chovia que Deus a dava! Despiram casacos, olharam em volta. O grupo de raparigas no qual a pequena dos olhos verdes se achava segredou e sorriu. Devolveram sorrisos e segredos os rapazes. Ao balcão, a dama espanhola não pareceu entusiasmar-se com a chegada. Meia-noite marcava, pontualmente, a impaciência do empregado da Retrosaria dos Arcos. Um levantar de copo na direcção do bar trouxe o mulato adamado à sua mesa com nova dose de *xandiega*.

— Vejo que o moço gostou da poção! — sorriu Chalila, ao pousar o pedido.

Rolindo teve um gesto confirmativo. Desejou dizer alguma coisa, mas era de poucos dizeres. Pagou, agradeceu. Chalila voltou para o balcão.

— A pequena sempre vai atendê-lo, é?! — perguntou Magénia Cútis, chegando-se ao bar.

Chalila acenou com a cabeça. Estava sério, apreensivo. A marafona compreendeu-lhe a preocupação: ao fim de tanto tempo, voltar a atender custaria por certo mais do que nunca haver parado.

— E sabes quem é o rapaz?

De novo foi a cabeça de Chalila a responder por ele. Magénia Cútis não puxou mais pelo assunto e foi o mulato adamado quem, aproveitando-lhe a presença, pediu para lhe dar um olhinho ao bar — agora que o movimento crescera —, a fim de ir saber se a pequena estava pronta.

Com a chegada dos rapazes, a música ganhara novo fôlego e a casa nova vida. Falavam e riam alto os marinheiros do Norte do mundo — numa língua de não entender —, internando-se no meio das raparigas, puxando-as para dançar. Galhofeiros, ridentes, em tudo antónimos de si, Rolindo achou-se menos cliente, menos considerado. Dois rodearam a pequena Ágata, segredando-lhe ao ouvido. Olhando para o canto solitário onde o empregado da retrosaria aguardava, a rapariga soltou um «oh» de falsa vergonha e, recebendo de cada um um braço tatuado, encaminhou-se entre ambos para a escada aos risinhos e bichanares. Dentro de Rolindo gerou-se uma moinha: tão grande a festa que lhe fizera no outro dia e afinal... Mas esperar o quê de mulheres daquela laia?! Pensou em Ducélia. Sentiu um arrepio nas tripas. Consultou o relógio. Meia-noite e cinco. À medida que a hora se aproximava, o coração agitava-se-lhe no peito feito um pássaro no meio da tempestade. Meia-noite e dez. A bebida começava aos poucos a fazer efeito e, por um prazer bom que desconhecia até àquele momento, sentiu-se grande, maior que tudo à sua volta. Pensou na sua liberdade, na sua vingança prestes a consumar-se. Perdia-se em vanglórias, Rolindo Face, quando uma voz o despertou:

— Se o moço quiser ir subindo... — Era Chalila Boé, acabado de descer.

As entranhas de Rolindo encheram-se de espuma. Contara cada minuto desde que ali entrara para acabar por ser apanhado desprevenido, como se não estivesse à espera, como se não estivesse preparado, como se de um momento para o outro não soubesse o porquê de ali estar. O respirar tornou-se agitado, os órgãos convulsos, tudo frio, de repente. Uma espera tão longa feita subitamente em nada. Chalila, notando-lhe a agitação, acrescentou:

— Está a acabar de se arranjar. Um minutinho. É o tempo de subir.

Rolindo acenou com a cabeça. Era ele quem precisava agora de se arranjar; de um minutinho para pôr tudo no sítio. O anúncio, assim, à queima-roupa, desconcertara-o todo por dentro. Tentou levantar-se, mas as pernas, numa fraqueza de jejum prolongado, não o atenderam. Respirou fundo. Tinha um novelo na goela para cima e para baixo. E se bebesse mais qualquer coisa? No copo, uma cama de gelo moído era tudo. Levou-o à boca, mastigou o granizado, limpou as palmas suadas aos joelhos do fato e, engendrando um ar de compostura, levantou-se, devagar, contra todas as cordas do corpo.

— É o último quarto do corredor, ao fundo — apontou o mulato com o queixo, grave, para o alto das escadas.

Em Rolindo só a cabeça exprimia intenções: que sim, que sim. Respirava a custo, conforme quem procura coragem diante de um penhasco para se lançar à água. Entre as notas da música ouvia os intestinos revolverem-se. Uma retrete! O canto escuro da cozinha de sua casa, com a mãe morta na outra ponta — não fazia mal! Um buraco qualquer onde se meter naquele instante! Tremiam-lhe os músculos por baixo da pele. A boca, seca, como se não tivesse bebido nada, como se instantes antes não lhe houvesse caído uma saraivada dentro. O ar não passava; os pulmões reduzidos à bexiga de um gato. Por fim, num desequilíbrio do corpo, deu um passo em frente, lançando-se ao abismo do salão, aos cornos da sorte em forma de corrimões, escada acima.

Quando deu por si estava rodeado de portas e lamparinas que, ao correr das paredes, alumiavam o caminho. *É o último quarto do corredor, ao fundo*. A cada passo as pernas mais pesadas, os pés mais presos ao atoleiro da galeria. À passagem por uma porta ouviu gargalhadas de vidro. Era a rapariga dos olhos verdes com os dois marinheiros do mundo. Uma fúria borbulhou-lhe nas veias. Lembrou-se de outras gargalhadas, de outra felicidade humilhante. Como por encanto, todas as emoções se lhe inverteram e, com o sangue num caldo, acelerou para o fundo do corredor.

Diante da última porta, o coração de Rolindo Face pulava-lhe no peito feito um bicho bravo acabado de enjaular. Várias vezes levantara a mão para bater e várias vezes a hesitação lha tomara. Coragem e quebra intervalavam-se, como em tempos junto à porta de grades. Talvez por não se tratar agora apenas de uma conversa, de um pedido. Chegara a hora, o instante sonhado e sofrido dias a fio, e, no entanto, ao cabo de todo aquele tempo, de todo o sofrimento, de todas as tentativas frustradas de a ter e vencer, parecia tão incapaz de se lhe dirigir como no primeiro dia em que a viu cruzar a porta da Retrosaria dos Arcos. Sabia que ela o esperava. Mas sabia também não esperar ela aquilo que a esperava. Tudo tão perto agora, tão ali, tão à distância de uns nós de dedos na madeira. Na rua a chuva caía crua sobre a cidade. Rolindo levantou a mão. Chegara, enfim, a hora.

LVI

Desde a hora em que Chalila lhe viera anunciar a chegada do rapaz que Ducélia não parava de tremer. A porta ainda não soara, mas sabia-o já do outro lado. Certa da inevitabilidade daquele encontro, imaginara-o de todas as formas e de todas as formas procurara estar preparada para ele. Compreendia agora não estar, nem haver de estar nunca. A gravidade da demora esmagava-lhe o peito. Quando a porta soou, sentiu o chão vibrar debaixo dos pés. Demorou a resposta. O tempo pesava dentro e fora do quarto. Tanto plano, tanto pensamento, tanta conjectura para nada. No corredor, a ansiedade sem limites voltou a bater.

— Sim — disse Ducélia, por fim.

Nesse instante, tudo em Rolindo vacilou. Era agora. Incapaz de pensar, levou a mão à maçaneta, rodou-a e entrou. A coragem que levava desvaneceu-se ao vê-la. De costas, junto à janela, Ducélia fazia tudo para não desfalecer.

— Olá — disse o rapaz da porta.

A rapariga não respondeu. Rolindo engoliu a secura, deu um passo dentro do aposento. Quando a porta bateu, Ducélia cerrou os olhos, os dentes, os dedos todos no tecido do robe que lhe cobria as formas e deformidades. No reflexo do vidro os seus olhos viram-no. Por um esforço do ânimo, emanado dos ossos, respirou fundo e, virando-se para o meio do quarto, encarou o passado engravatado dentro de um fato castanho. Rolindo não se mexeu. Também por ele trepava uma sensação de desmaio. Fazia muito que não a via. A lugubridade do aposento permitia olhá-la de frente sem maior constrangimento. Estava diferente. Pelo menos assim lhe parecia. Demorou a reconhecer nela as feições de menina. No entanto, e apesar do pardaço das cores e da dureza do rosto, cujo vinco sublinhava, havia nela mais beleza do que na sua memória soubera guardar. Como se nada se houvesse passado, como se a visse naquele instante pela primeira vez, experimentou a fraqueza da tarde em que a viu entrar na Retrosaria dos Arcos por um recado das nonas.

Nos olhos de Ducélia, uma expressão tremida — interpretada por Rolindo como um pedido — despertou nele ideias antigas. O ar abafado do quarto adensava o silêncio. Se fosse possível abrir uma nesguinha da janela! Também ele imaginara aquele encontro incontáveis vezes: palavra por palavra, gesto por gesto, cada entoação, cada pausa. E agora, que ali estava, e nunca tão próximo de a ter, não sabia por onde começar. Por fim, sem saber explicar porquê, senão sob a forma de uma desculpa, a voz tíbia soou-lhe:

— Lamento a perda da menina — referindo-se de uma forma geral a tudo quanto se lhe havia cambiado na vida, mas sem aludir a nada em concreto.

Ducélia não reagiu. Não sabia sequer como reagir.

— Quis vir visitá-la desde o princípio, mas... Depois correu o boato de que tinha morrido. Nem imagina como sofri! Entretanto, quando soube ser mentira, vim cá, mas disseram-me não receber ninguém porque estava por conta e...

As palavras baralhavam-se-lhe pelo tanto que queria dizer! Jurou-lhe não se ter esquecido dela um só instante; que teria dado tudo para nada daquilo haver acontecido... A humidade nos olhos de Ducélia indicava-lhe estar esta a quebrar diante dele, arrependida, aguardando o seu perdão; o milagre de este a aceitar; a bondade de a tirar daquele ninho de alegrias fingidas. Rolindo sentiu crescerem-lhe no peito sentimentos de liberdade e grandeza. Era livre, agora, dono de si e do seu destino. E talvez por um desejo irreflectido, talvez por um delírio de magnanimidade, vieram-lhe à boca palavras por pensar:

— Vim aqui para repetir a proposta que lhe tinha feito. Lembra-se? — Ducélia sentiu o coração na garganta. Como poderia esquecer-se?! — Na altura a menina aceitou a minha oferta. Mas entretanto...

Ducélia lutava contra as lágrimas. Todo o quarto se lhe desfocava diante dos olhos. De repente, a véspera da desgraça e os dois, de novo, frente a frente, na cozinha de sua casa, a um dia de distância do fim do mundo. Ao contrário do coração de Rolindo, que se enchia de alegria a cada expressão dolorosa da rapariga, antecipando-lhe o sim, o de Ducélia enchia-se de sangue em espuma. Cada palavra, cada entoação, cada trejeito do ex-empregado do açougue, misturava-se com os de outrora, acendendo nela imagens insuportáveis. Rolindo aproveitou-lhe a emoção para florear mais um pouco as suas intenções. Mas o movimento dos seus lábios tornara-se surdo e nos ouvidos de Ducélia repetiam-se, como badaladas, as palavras de Cuccécio Pipi:

— *Foi o Ratazana...*

— *... o Ratazana...*

— *... o Ratazana...*

Depois de lhe haver entregue o retalho da camisa de Santiago, Cuccécio Pipi lá desembuchara o verdadeiro motivo da sua visita, aquilo que não quisera revelar na presença de Chalila:

— *Foi o Ratazana que mandou dar o recado ao seu pai!* — sentenciou, cheio de revolta nos olhos.

Ducélia não compreendeu as palavras do garoto e o pretinho repetiu, de forma mais composta:

— *O Ratazana, que aviava no açougue, mandou o Barroca ir levar um recado ao seu pai a dizer que a menina estava em casa com o Santiago. E foi por causa disso que ele foi morto.*

Ducélia parecia não estar a acreditar no que a intuição lhe dizia. Pediu ao garoto para repetir o que acabara de dizer e Cuccécio Pipi recontou a história, uma, outra e outra vez, até não saber mais como contá-la. Fora um colega da rua quem lhe dissera haver levado um recado do empregado do açougue — a quem os garotos chamavam Ratazana — para avisar estar ela com um homem na cama.

A cabeça de Ducélia dava voltas, enjoava. Não queria acreditar na história que o pretinho lhe contava. Cuccécio Pipi jurava-lhe por tudo ser tudo verdade. Queria tê-lo contado antes, mas não sabia como nem a quem. Ainda procurara Rodrigo e Pascoal, disse, mas ninguém sabia deles.

— *Tudo por causa do venenoso do Ratazana! De cada vez que o vejo tenho vontade de lhe chamar assassino, de gritar para dentro da retrosaria do cego, onde trabalha agora, que foi ele quem matou o Santiago. Cheguei até a pensar esperá-lo, com uns quantos camaradas, a caminho de casa e dar-lhe uma surra mas...* — foi dizendo, emocionado, Cuccécio Pipi, com os punhos fechados, repetindo, com as lágrimas a ferverem-lhe nos olhos: — *Tudo por causa do Ratazana!*

— *...por causa do Ratazana!*

— *...do Ratazana!*

— *...do Ratazana!*

A voz de Cuccécio Pipi, feita um eco do além, repetindo-se, sem pausas, dentro da sua cabeça. O Ratazana! Esse ser miserável que agora, ali, diante dela, ia renovando argumentos e intenções com toda a desfaçatez do mundo, como se nada tivesse que ver com aquela história.

Rolindo Face continuava, entusiasmado, a apresentação das suas propostas. Os olhos de Ducélia não resistiram mais, exaltando nele a excitação mesquinha dos cobardes sobre os fracos. Havia-a emocionado com o seu discurso, com a bondade dos seus propósitos. De repente todo o rancor desaparecera no ex-empregado do açougue que, alheado como estava, seguia estendendo proposições: uma casa às ordens dela, um ordenado razoável, um emprego seguro — com perspectiva de um dia encabeçar o negócio — e, para rematar, um homem que a amaria como nenhum outro no mundo. Toda Ducélia tremia. Por fim, Rolindo perguntou:

— Que me diz?

A rapariga limpou as lágrimas e, enchendo-se de compostura, respondeu:

— Antes ser puta a vida toda do que tua mulher por um dia!

— Um balde de água fria despertou o ajudante de retroseiro do delírio da imaginação carente, que naquele momento não era já a vingança tomando-lhe a voz, mas o desejo falando por ele.

— O quê?

— Digo-te que prefiro ser puta a vida toda do que tua mulher por um dia! — reforçou Ducélia, acentuando «puta».

Rolindo ficou atónito. Não estava a compreender. Mas, ante o olhar espumoso que o fixava, pôs-se direito dentro de si, assoberbando-se. Quem cria ela ser e em que condições se julgava? De pronto se lhe reacendeu o ódio, mitigado havia instantes por um impulso primitivo, por uma birra maior que os sentimentos todos, por uma obsessão incontrolável de a ter, de querer que ela o quisesse, que o adorasse mais do que algum dia a Santiago, que revertesse o tempo, que o apagasse da memória e lhe apagasse da memória a ele cada dia sofrido por sua causa. Não o explicaria assim, Rolindo Face, se tivesse de, mas haver-lhe falado naqueles termos por ardil, por um desejo mais profundo de vingança, para convencê-la a ir consigo e poder fazer dela, enfim, a mais desgraçada das criaturas, agora que não havia ninguém já capaz de o impedir. Mas nem uma coisa nem outra lhe perpassaram o pensamento naquele instante. Apenas a acidez da afronta queimando-o por dentro, por uma vez mais esta o humilhar. Pois, não obstante as circunstâncias em que se encontrava, e desconhecendo nele quaisquer outras intenções, tivera a desfaçatez de lhe dizer na cara preferir ser puta a sua mulher! Não lho podia perdoar. E por uma cólera que cresce no sangue à laia de grama em chão fecundo, teve vontade de a matar, com as mãos com que tantas vezes se vira a matá-la. Convertido o orgulho ferido em soberba, atirou:

— Pois se é isso que preferes — tratando-a também por tu —, então despe-te e serve-me! — E levando a mão ao bolso, contou dez notas para o chão do quarto.

Com lágrimas de febre nos olhos, maxilares cerrados, Ducélia aproximou-se da cama. Enfrentando os olhos do ex-empregado do pai, abriu o robe, revelando toda a crueza da nudez marcada. Rolindo estremeceu. Não esperava a prontidão, nem aquela visão da tortura. A pouca luz que desenhava o aposento parecia acentuar ainda mais nela as marcas que o pai lhe deixara por herança, como uma história contada em traços gerais. Qualquer coisa entre repulsa e raiva estourou-lhe dentro. De repente, diante dos olhos, a realidade destruindo-lhe a última fantasia. Depois daquele instante, jamais poderia apagar tal imagem da sua cabeça; jamais poderia voltar a imaginá-la como até aí; jamais poderia estar com ela a sós; pois, por mais roupa que lhe arrancasse, jamais a poderia despir do maldito passado. Nada disto lhe era claro: emoções, apenas; cobras negras enleando-se dentro da sua cabeça. Ducélia, percebendo-lhe o incómodo, perguntou:

— Não gostas do que vês? — E sem que Rolindo tivesse tempo de responder, somou com ironia: — É obra tua!

As palavras da rapariga resgataram-no do assombro.

— Quê?!

— Sei que foste tu quem mandou dar o recado ao meu pai naquele dia.

Um estalo atirou-a para cima da cama e Rolindo para cima dela.

— Há muita coisa ainda que tu não sabes, puta de merda! — explodiu o ex-aprendiz de magarefe, segurando-lhe os pulsos, falando-lhe rente à respiração agitada. — Fui eu, sim, quem mandou dar o recado ao teu pai. E sabes que mais? Fui eu quem planeou tudo! — gabou-se, com azedada soberba.

Pensara não lho dizer senão na derradeira hora da vingança, mas naquele instante, ferido no orgulho e carente na vaidade, não conteve o fígado, cuspindo-lhe na cara o veneno destilado por meses.

Ducélia sentiu um calor encher-lhe as veias. Não sabia o que fazer. Pensou gritar, chamar por Chalila. *Qualquer coisa, tu grita, hem?*, dissera-lhe o mulato ao deixar o aposento antes de mandar subir o rapaz. Não gritou. Algo mais forte do que o medo a fazia demorar-se.

— Segui-vos dias a fio, assisti à vossa pouca-vergonha naquela casa assombrada, à hora em que o teu pai se ausentava a seguir ao almoço. E não foi o teu amante quem espalhou a notícia da vossa imundície. Fui eu quem o inventou para te separar dele. E quase consegui. Mas tu preferiste cometer o erro de voltar a deitar-te com aquele cabrão, depois de me teres dito aceitar casar-te comigo. Gozaste-me! Aqui tens o preço! Não quiseste ser minha a bem, serás minha a mal. Se é ser puta que queres, pois vais sê-lo até que me apeteça.

Ducélia ardia, gelava. Nunca fora tão forte. Nem quando viu Santiago morrer-lhe nos braços; nem quando entrou naquele lugar, arrastada pelos cabelos; nem quando acordou para descobrir que o sempre era para nunca mais; nem mesmo quando teve de abrir as pernas pela primeira vez ao capitão português. Agora tudo fazia sentido. Agora era clara a história de Cuccécio Pipi. Agora estavam respondidas todas as suas interrogações, mais até do que pudera imaginar. Quisera a verdade, mas não se preparara para tanto. Rolindo Face prosseguia apertando onde mais lhe doía:

— Podias ter evitado tudo isto se não fosses leviana e estúpida. Sabias que o teu pai não lhas perdoaria. Avisei-te a tempo. Mas preferiste arriscar a vida do estivadorzeco a acatar as minhas condições. Não querias ser minha mulher e acabaste por ser mulher de toda a gente. E minha sempre que eu queira. Não é engraçada a vida?! Foi a condição que escolheste. Pois foste tu quem te meteu aqui; tu quem matou o estivadorzeco; tu quem enforcou de vergonha o teu próprio pai. Toda a vida te há-de pesar na consciência que por vaidade e capricho perdeste tudo. Hás-de acabar os dias estropiada e sozinha! — Ducélia chorava de raiva, silenciosa, procurando conter-se com o resto das suas forças. *Há duas horas na vida*, dissera-lhe Chalila, *uma para a soberba, outra para a miséria*. Oxalá não se atrasasse o grande relógio do mundo. — E agora vais ser minha! — atirou Rolindo, triunfante, desfazendo-a do robe aos repelões.

Atrás do balcão, Chalila não parara ainda de acertar contas com as unhas. Como estariam a correr as coisas lá em cima? Demorava-se o tempo. Por várias vezes tivera ganas de subir ao primeiro andar, pôr-se de atalaia à porta do quarto. O salão voltara à misantropia das primeiras horas. À excepção de um velho fazendeiro, que conversava com Magénia Cútis, e de um grupo de meninas sobradas, bocejando a um canto, a casa estava vazia, tocando a banda para ninguém. Chalila angustiava, suspirava, devorava o verniz. A todo o instante deitava o olho à balaustrada do varandim. Nada de coisa nenhuma!

Despindo-se, Rolindo Face não dera ainda pelo abrandamento do corpo. Dentro de si, ainda falava, ainda ordenava que ela o servisse, que para isso lhe pagava, mas no ar do quarto tudo quanto dizia soava a um tartamudear incompreensível. Ducélia não reagia. Sentia a pressão nos pulsos aliviar aos poucos. De súbito, os olhos injuriantes do rapaz arregalaram-se-lhe de aflição e assombro ao perceber que nenhum músculo lhe obedecia. Viu então a rapariga soltar-se dele, tombá-lo na cama e, sem sequer cobrir a nudez, esbofeteá-lo até ao cansaço, gritando-lhe, em sussurros, todo o ódio que lhe tinha:

— Não fui eu quem matou o Santiago, porco! Foste tu! Foste tu, foste tu, foste tu! — Em pânico, Rolindo bradou por ajuda, mas nem um suspiro lhe perpassou os lábios. Ouvia tudo, via tudo, sentia tudo, mas estava incapaz de um gesto. Ducélia, perdendo o controlo que durante todo aquele tempo tinha conseguido dominar, repetia: — Foste tu, foste tu, foste tu! — dando-lhe lambadas na cara com toda a força da vida. Quanto mais o coração de Rolindo batia, mais o veneno se tornava activo. — Foste tu! Desgraçado! Nojento! Foste tu, foste tu! — gritassussurrava Ducélia, até cair de exausta na cama quase sem sentidos nem fôlego.

Os gemidos dos quartos contíguos, a música do rés-do-chão, a chuva da rua, que voltara a crescer, abafavam-lhe toda a ira gritada entre dentes. Rolindo Face permanecia imóvel. Tinha a cara arranhada; do nariz corria-lhe um fio de sangue. Ao seu lado, Ducélia arquejava: esgotamento e asco. Recuperado o fôlego, levantou-se, vestiu o robe e, sem dizer uma palavra, dirigiu-se em lágrimas para a janela.

Era culpa sua, sim. Era culpa sua, castigava-se, agora, Ducélia, mais do que nunca. Desde que acordara para a vida sem Santiago que se martirizava pela sua morte, culpando-se por não havê-lo expulsado de casa naquela tarde. E agora, sabendo haver um culpado maior, culpava-se ainda mais por ter acreditado nas palavras daquela víbora. O coração doía-lhe como naquela tarde, cujas memórias se acendiam agora umas nas outras. Quisera procurar Santiago, que ele a procurasse, que tudo fosse mentira, que o mundo acabasse... Era grande a bulha dentro de si quando Santiago saltou o muro do quintal e lhe apareceu diante dos olhos tristes. Quando o viu não soube o que pensar. Santiago perguntou-lhe pelo pai. Respondeu não estar. Perguntou-lhe depois porque não havia ela ido ao palacete. E ela mentiu: que o pai estivera sempre por casa, que só então acabava de sair. Santiago não perguntou mais nada e, tomando-a pela cintura, fê-la esquecer-se do mundo. O olhar do estivador pareceu-lhe tão sincero, tão desejoso de si, tão desesperado, que não ousou estragar o momento. E porque por vezes o coração pede para ser enganado, Ducélia fechou os olhos, entregando-se-lhe sem perguntas nem recriminações, porque queria ser dele nem que fosse pela última vez na vida.

Afinal não fora ao engano o coração. Porque não lhe perguntara nada? Porque lhe mentira ela? Porque o não expulsara, ao menos? Se o houvesse feito, Santiago estaria vivo. Mesmo que ela casada com aquele verme. Quanto não daria agora para saltar o muro; correr ao palacete; contar-lhe o que o empregado do pai lhe dissera; pedir-lhe perdão por haver, por instantes, duvidado dele?! Quanto não daria, ao menos, para lhe gritar: «Vai-te embora, Santiago! Vai-te embora! Por favor, vai-te embora!» Era culpa sua, sim! Era culpa sua.

No salão, Chalila Boé entremeava cigarrinhos doces com golinhos de *xandiega*, mas nem uma coisa nem outra parecia capaz de o acalmar. Seria que o veneno já havia começado a produzir efeito? Só esperava não ter exagerado na dose!

No dia seguinte ao desmaio, que obrigara a chamar o doutor Abel Santori, Ducélia confiou a Chalila a sua história com Santiago. Recostada na cama, de olhos postos no colo, começou por um dia em que, aos doze anos: — … *Santiago entrou no açougue para comprar miudezas*… O mulato, a quem as histórias de amor triste enchiam o coração de suspiros, ouviu-a, encantado, como Shariar a Sherazade. Quando a narrativa chegou à taberna do porto onde Santiago espalhara a história de ambos, Chalila defendeu-o, dizendo apostar o pescoço em como o seu *menino* jamais espalharia aos quatro ventos o que fazia ou deixava de fazer com uma mulher. Menos ainda naqueles termos. *Era um homem como já não nascem!* Mas foi aquando do relato de Cuccécio Pipi que o mulato adamado, enchendo-se do homem que era, jurou procurar Rolindo e acabar-lhe com a raça. Ducélia, que até acordar do desmaio tivera em mente outros planos, pediu-lhe para não fazer nada. Queria saber como soubera ele estar Santiago em sua casa naquela tarde. Chalila disse duvidar vir este a dizer-lho, mas que conhecia bons malandros capazes de lhe arrancar até os segredos mais negros da alma, apostando, de antemão, que tanto pormenor sobre ambos não resultava de Santiago os haver contado, senão da consulta de alguma vidente do porto: *Dessas que adivinham até os pensamentos de Deus!* Ducélia, todavia, voltou a recusar-lhe a intervenção. Tal como Chalila, também ela acreditava não vir Rolindo a assumir culpa alguma, mas bastar-lhe-ia ver-lhe nos olhos a expressão denunciante ao ser confrontado para estar certa da verdade. Tinha esse direito, e a certeza de que ele voltaria. Só não sabia ainda como recebê-lo. Os dias de repouso que o doutor Abel Santori lhe recomendara haveriam de ser bons conselheiros. Chalila, que lhe julgara o nervosismo pelo sumiço do francês e o desmaio pelo ter de voltar ao serviço, rendeu-se-lhe aos argumentos, admitindo haver mais história naquela história. Três dias depois, por razões que, se calhar em caminho, talvez se contem, o mulato adamado voltava a saltar o muro da antiga casa do açougueiro para ir apanhar *andrunédias*, com que haveria de preparar a bebida do rapaz no dia em que Ducélia o fosse receber: talvez macerando-as com folhas de hortelã num copinho de *xandiega*.

Sobre a cama, Rolindo Face era um insecto debatendo-se numa teia de aranha. O silêncio da rapariga torturava-o. Não a via. Apenas uma silhueta projectada na parede. Que se iria passar?, perguntava-se, aterrado, incapaz de se defender. Lágrimas corriam-lhe pelo rosto, um fio de baba por um dos cantos da boca. À janela, Ducélia olhava, como se sonhasse, a noite do porto. O temporal voltara a abrandar. Por entre as poucas luzes que dos bares vizinhos rompiam a escuridão, vislumbrou Santiago acender um cigarro na ombreira de uma porta. Passava das duas da manhã quando a porta do quarto soou. Era Chalila a rebentar de curiosidade.

— Então? — perguntou, ansioso, da entrada.

Ducélia apontou com a cabeça para cima da cama, onde Rolindo Face, nu até às meias, era a imagem ridícula de um animal empalhado.

Chalila benzeu-se.

— E confessou?

As lágrimas nos olhos de Ducélia responderam ao mulato, cujo impulso foi entrar pelo quarto adentro e matá-lo. Ducélia conteve-o. Chalila anuiu.

Pressentindo gente à porta, Rolindo gritou quanto pôde. Mais uma vez não lhe saiu senão um silêncio de morte.

— E tu, como estás? — perguntou Chalila, passando-lhe uma mão pelo rosto.

Ducélia encolheu os ombros. O mulato teve um gesto de «compreendo» e, visto não poder demorar-se — pois Magénia Cútis estava no salão —, estendeu-lhe um balde onde uma garrafa de vinho e dois copos estavam enterrados em gelo, reiterando apenas o que já lhe havia dito:

— Qualquer coisa, já sabes... Ducélia acenou com a cabeça.

Mal Chalila saiu, foi até à cama onde Rolindo Face se espremia dentro de um corpo surdo à sua vontade. Sem dizer uma palavra, deixou-se a olhá-lo, numa atenção de quem procurasse odiar nele cada centímetro de pele, cada borbulha, cada pêlo. Odiava-o agora mais do que nunca e mais do que nunca sentia por ele o nojo, a repulsa experimentada na presença do mais peçonhento dos bichos.

— És um homenzinho de nada. Despido ainda pareces mais ridículo.

Rolindo chorava. Manifestação única do seu interior apavorado. Ducélia sentou-se na beira da cama e com a serenidade de quem se prepara para fazer serão — que a noite tinha ainda para durar —, foi contando ao pormenor a sua intimidade com Santiago: como ele a enlaçava, como a beijava, como a envolvia e tomava e fazia mulher e feliz até à inconsciência. Ao cabo de três horas, a música tocava ainda, mas nos quartos vizinhos terminara havia muito a pouca agitação da noite. Os jovens marinheiros tinham partido. No salão consumiam-se os restos do serão, os restos das garrafas, os restos das forças, na esperança de que os últimos clientes, os mais difíceis, sempre — por bebedeira ou solidão —, decidissem ir-se embora. Atrás do balcão, Chalila Boé não havia ainda acalmado. Bebera mais que o recomendado. Magénia Cútis, livre do fazendeiro, chegou-se. Notava-lhe a inquietação.

— Que noite! — exclamou a marafona, puxando fogo à boquilha.

— Que noite! — devolveu a dama espanhola, chupando da sua.

— Já foste ver a Cuménia?

— Está a dormir — respondeu Chalila, sem levantar os olhos do balcão.

— E o rapaz, ainda está com a pequena?

Chalila hesitou. Depois respondeu com a cabeça.

— Não me digas que também vem para conversar toda a noite! O mulato encolheu os ombros.

— Tens de te conformar, filha! Estamos aqui para isso!

Chalila acenou com a cabeça. Levou o copo à boca. Não disse nada.

Entre as meninas nenhuma mais se havia lembrado do rapaz. Nem mesmo a pequena Ágata, cuja noite fora mais generosa do que podia ter imaginado.

No primeiro andar, Ducélia lavrava ainda, ponto por ponto, todos os momentos nos braços do homem que Deus pusera no mundo para amar e ser amado. Pelo rosto de Rolindo, rolava o desespero em estado líquido. Sem pressa, como se vivesse ainda cada instante, experimentasse cada sensação descrita, Ducélia prosseguia. A noite tornava-se aos poucos pardacenta, e com o aproximar da manhã chegava ao fim o lavor de Ducélia e Santiago. No rés-do-chão a música parara e, no corredor, as meninas faziam o barulho costumeiro antes de se deitarem. Restos ainda de conversas, risos sem força, restolhar de roupas e frascos, o chiar das camas, o tossicar consequente do beber e fumar, e o silêncio a não demorar a instalar-se no Chalé l'Amour; em todo o Bairro Negro. Em menos de nada toda a cidade se calara. Era o intervalo doloroso em que o mundo, silêncio e sombras, como no princípio dos tempos, muito antes do verbo. Só o coração de Rolindo Face se ouvia, qual corpo enterrado vivo, batendo, desesperado, no interior da terra.

— Sabes quantos golpes levou o Santiago? — perguntou Ducélia, tirando uma faca de baixo da almofada.

Rolindo viu a morte passar-lhe diante. A paralisação do rosto não acusava o pavor que sentia. Já mal tinha forças de tanto espernear por dentro. E no esforço feito, apenas as lágrimas surgiram na aflição invisível dos olhos. Estava vivo e não estava. Preso dentro de si mesmo, assistindo, conforme Isaac, impotente, à vontade do Pai.

— Quando o efeito do veneno passar, vou começar a gritar. Depois cravo esta faca em mim. E tu hás-de passar o resto da vida atrás das grades, comigo e com Santiago a fazer amor dentro da tua cabeça, que felizmente acabaram com a forca, que é sofrimento breve. — A tais palavras, Rolindo Face sentiu o coração desmaiar-lhe no peito.

Quando Cuccécio Pipi lhe contara haver sido o empregado do pai quem os denunciara, Ducélia entrou num tal estado de prostração, que nem forças nem pensamentos se levantaram nela para se revoltar contra a vida. Não dormiu nessa noite e só madrugada alta principiou a descongelar-lhe o ânimo; a destilar-lhe na alma um ódio tão puro, capaz de a manter viva à força até ao dia de se fazer pagar. O primeiro pensamento foi denunciá-lo. Mas depressa compreendeu a debilidade do intento. Seria a palavra de um garoto de rua contra a dele. E acusá-lo de quê? De mandar dar um recado ao patrão? Talvez alegasse havê-lo este incumbido da tarefa. Se o pai que matara não recebera castigo, o que faria quem lhe passara a palavra. Pensou marcar um encontro e matá-lo ela. Mas seria uma morte rápida, um castigo breve. E se se matasse a si diante dele, de modo a parecer um crime? A ideia agradou-lhe. Um golpe de dois ganhos: poria, por fim, fim à vida, e a ele, fim aos dias de liberdade. Mas porque as ideias mais brilhantes da noite se ofuscam com o dealbar do dia, não tardou Ducélia a ver inconsistências em cada cenário imaginado. Se marcasse encontro em lugar isolado, correria o risco de morrer em vão, pois por certo haveria este de fugir ou ocultar-lhe o corpo. E se deixasse recado, informando com quem se iria encontrar? A Chalila, por exemplo? Ainda assim, não seria certo. Pensou depois fazê-lo num lugar movimentado. Tão-pouco era seguro. Poderia alguém, no meio da confusão, ver ser ela a cravar em si a faca, e não ele? Dava voltas à cabeça, Ducélia Trajero. A solução estaria entre uma coisa e outra. E porquanto uma alma sedenta desencanta lentura até nas areias do deserto, achou enfim a menos falível das ideias tidas. Estava ali, naquela casa; na proposta feita pela dona do alcouce. Lembrando-se da conversa tida na tarde anterior, decidiu aceitar a oferta que Cuménia Salles, em verdade, não lhe fizera e ficar a trabalhar no Chalé. Ali estariam a sós no meio de muita gente, mas longe de todos os olhares. Faltava apenas atraí-lo àquele lugar e desencantar uma arma, que não podia pertencer àquela casa. Mal este lhe entrasse no quarto, cravaria a faca no peito, gritando por socorro. Local e ensejo perfeitos. Por essa razão não aceitou o dinheiro de Cuménia Salles, pois aquilo de que precisava era tempo e longe dali seria mais difícil encetar um plano.

Quis a sorte, ou o destino, aquando da mudança para o quarto da falecida, achar-lhe dentro da almofada um punhal, com o qual a rapariga talvez se houvesse matado, não fosse o veneno antecipar-se em efeito. Sentiu na coincidência a mão da Providência e uma espécie de contentamento. Era o desígnio de Deus e Este finalmente por si. Mais ainda o achou quando Chalila se propôs oferecer-lhe um vestido e achou na modista a isca ideal. Esperaria o tempo que fosse preciso. Afinal, não tinha senão a eternidade à sua espera. Haveria de aparecer. Tinha a certeza de que mais cedo ou mais tarde haveria de a procurar, nem que fosse para uma palavrinha.

Era esse o plano na tarde que anunciou a Cuménia Salles a sua decisão. Era esse o plano depois de servir o capitão lusitano. Era esse o plano ainda na manhã seguinte. Era esse o plano no fim de cada noite. Era esse o plano quando a madame lhe apresentou o cavalheiro francês que, ao contrário do que toda a casa pensava, não era um alívio, mas um eventual empecilho. Era esse o plano na noite em que o engenheiro naval não veio pela primeira vez. Era esse o plano na tarde em que ouviu ter o ex-empregado do pai ido à sua procura. Era esse o plano nos dias em suspenso nos quais não vinha nem deixava de vir. Era esse o plano na hora em que a ansiedade a desmaiou nos braços aflitos de Chalila. Era esse o plano até o doutor Abel Santori lhe anunciar o porquê do desmaio.

Chamado de urgência ao L'Amour, o doutor Abel Santori não demorou muito a desconfiar do mal. Com o cuidado de um afinador de pianos, encostou o ouvido ao ventre saliente de Ducélia que, por ser magra, ainda se notava mais. Depois examinou-lhe a língua, a vermelhidão dos olhos, mediu-lhe a pulsação, auscultou-lhe o peito, pesou-lhe os seios com as pontas dos dedos, apalpou o que tinha a apalpar e, ao cabo de um silêncio, perguntou:

— Há quanto tempo é que não te vêm as regras, filha?

Ducélia, sem hábito de contar tal coisa, disse não se lembrar. Chalila, que a cuidava desde o primeiro dia, referiu — agora que o doutor falava nisso — não se recordar de lhas ter notado alguma vez. O médico afirmou que nos primeiros tempos seria normal.

— Os traumatismos podem causar desregulação. Pode até acontecer desaparecerem por uns meses... Mas não foi o caso!

— Isso quer dizer o quê, doutor? — perguntou Chalila Boé, entrançando os dedos anelados.

— Está grávida!

— Ai, Virgem Santinha! — exclamou o mulato adamado, levando as mãos ao peito, num hábito complementar.

A tais palavras, Ducélia soltou um grito e, apertando o ventre, dobrou-se sobre si mesma, como se uma dor enorme a mordesse. No mesmo instante largou-se num pranto que nenhum dos dois se atreveu a conter. O doutor Abel Santori compreendia bem aquele drama. Quantas meninas da sua profissão, e de outras menos faladas, vira desesperar ante a notícia de uma gravidez indesejada? Também Chalila a compreendia. Assistira a não poucos dramas semelhantes. Mas também sabia não haver nada que não se arranjasse. Por isso, disse:

— Tudo se resolve, minha querida — quase por reflexo. — Tudo se resolve — pensando na experiência que tinha e nas habilidosas mãos da velha Ninon.

Não seria o fim do mundo. Assim se acalmasse ela, que logo mandaria vir a velha abortadeira para lhe limpar as entranhas daquela agonia. Não era a primeira nem haveria de ser a última, visto nem sempre as precauções serem de fiar. Mas Ducélia não estava a ponto de ouvir ninguém. O choro da rapariga doía aos dois homens, como se fossem eles a receber a notícia; como se fossem eles a ter a vida nas mãos e no ventre todas as dores do mundo, inclusive as do parto que, bem sabido, não haveria de acontecer, pois naquela casa não podiam andar fedelhos aos pinotes.

— Tudo se resolve, filha! Não é, doutor Abel? — voltou a tentar Chalila, dominado pelo mesmo pensamento.

Mas o médico, olhando o mulato com cepticismo, abanou com a cabeça. Chalila não estava a perceber. E foi Abel Santori, médico dos pobres e das toleradas, quem lhe disse ser uma gravidez irreversível. O rosto do mulato fez-se na máscara do espanto.

— O que quer isso dizer, doutor?

— Quer dizer que já não dá para tirar. Pelo menos sem arriscar a vida da mãe.

Chalila levou as mãos à cabeça.

— Ai, Virgem Santinha! De quantos meses, doutor?

Abel Santori encolheu o polegar, respondendo-lhe com o resto dos dedos.

— Ai, valha-me Nossa Senhora do bom parir! — exclamou o mulato adamado, levantando as mãos ao alto.

Só agora juntava as peças e compreendia o que Ducélia compreendera havia muito. Estava grávida de Santiago. Agora, sim, é que a coisa começava a complicar-se. Gerou-se um silêncio no quarto que ampliou ainda mais o desespero da rapariga. De tal modo que não tardou às meninas baterem à porta. Chalila saiu para explicar não ser nada e, por uma inspiração do momento, dizer ter a pequena sonhado com Santiago e tudo se lhe haver despertado de novo, mas para não se preocuparem, que o doutor Abel estava com ela, como se estas, além da curiosidade, pusessem nela ralações de maior. Nenhuma das presentes duvidou das palavras do mulato e, dado haver mais romantismo na desgraça que na fortuna, acendeu-se no grupo o prazer melancólico pela dor alheia. A seu modo achavam até bonita aquela história. Amor e morte! Não viviam disso os grandes romances?! Ah! Assim lhes reservasse Deus um destino. Mais bela ainda a achariam se conhecessem o real motivo do pranto. Até a pequena Ágata se mostrou sensível, não obstante o ciúme todo.

Quando voltou ao quarto, Chalila deu com o doutor Abel Santori estático, de olhos postos na cama onde Ducélia, agarrada à barriga, alternava agora o choro com uma espécie de riso. Os dois homens entreolharam-se, pasmos. Despidos de coragem, deixaram-se à espera que alguma coisa acontecesse. Ducélia estava prenhe de um sentimento misto de maldição e dádiva, confusa quanto ao estado de graça e à graça de Deus — prova de que Este, afinal, não a havia abandonado de todo, *Eli, Eli!* Grávida de Santiago! Prenhe do amor daquele homem que vivia ainda e lhe crescia no ventre contra todas as forças. Estava prenha! Prenha de coração e ventre. Também em Chalila principiavam a misturar-se sentimentos diversos. Não podia acreditar no que estava a acontecer. Estava vivo, Santiago! Vivo! E ao contrário do que havia uns minutos experimentara, exprimia agora felicidade por aquela criança ir nascer. Abel Santori acenava com a cabeça, mais por reflexo e incredulidade do que por compreensão. Mas, quando o mulato lhe disse tratar-se do filho de Santiago, o esculápio fungou um «compreendo», rendido, uma vez mais, à força daquele homem imorredouro. Chalila pateava entre sentimentos. Queria falar e tinha medo, queria abraçar o doutor Abel, Ducélia, Santiago em pessoa; queria correr a espalhar a notícia, gritar aos quatro ventos que o seu menino de ouro estava vivo e crescia dentro do ventre de Ducélia e, ao mesmo tempo, esconder do mundo o segredo, pois sabia jamais vir a madame a permitir o nascimento de uma criança naquela casa. Outras moças haviam escondido as gravidezes até ao ponto da irreversibilidade, sempre na esperança de que esta se apiedasse do seu estado ao vê-las de Lua cheia, mas Cuménia Salles nunca abrira excepções. Não era bom para o negócio virem os clientes a saber que mulheres daquela índole poderiam dar à luz filhos seus, capazes de um dia os envergonharem na rua pela parecença. Não era o caso, mas foi a pensar nisso que pediu ao médico da casa toda a discrição do mundo, pelo menos enquanto não arranjasse solução para o problema. E uma vez que sem tempo não se engendram desenlaces, o doutor Abel recomendou uns dias de repouso, informando Cuménia Salles do estado de fraqueza de ânimo da pequena. A mestra das marafonas não teve outro remédio senão aceitar. De qualquer dos modos, o pagamento do francês excedia o tempo de repouso estipulado pelo médico da casa.

Rolindo Face não aguentava mais. O coração que lhe havia desmaiado era agora um cavalo prestes a estourar. Suava, pedia perdão, gritava por clemência; que se arrependia, que se arrependia... Mas nem ele mesmo se ouvia.

— Só que entretanto as coisas mudaram — disse Ducélia, colocando-lhe a faca em cima do peito. — Descobri estar grávida. Estou à espera de um filho do Santiago! — E pegando de novo no punhal, disse: — Por isso vamos ter de chegar a um acordo! — Rolindo dizia que sim. Que sim, que sim! — O que é que podes dar em troca? — perguntou Ducélia. Tudo quanto ela quisesse. Trabalharia o resto da vida para ela, para o filho de que estava à espera... Mas além da aflição líquida dos olhos nada mais se exprimia nele. Num gesto lento, Ducélia passou-lhe a faca pela garganta, pelos lábios. — E se te cortasse a língua? Hum? Nunca mais mentirias! Nunca mais denunciarias ninguém! Que te parece? — Rolindo escorria água. Que tivesse piedade; que lhe queria bem... A faca baixou até ao peito, pelo tronco, até à boca do estômago...

— E que tal isto? — perguntou Ducélia, pegando-lhe nos testículos mirrados pelo medo. — Que dizes? Dois berloques em troca da liberdade? Afinal, não fazes grande uso deles, não é assim? — No fundo do poço Rolindo gritava por misericórdia, por Deus, que renegara toda a vida, implorando que não, por tudo, que não. Mas nem o Céu nem a Terra o ouviam. Estava entregue à vontade alheia, tão desvalido quanto no dia em que viera à luz. Ducélia olhou-o nos olhos vidrados e, chegando-lhe a lâmina gelada à natureza, sentenciou: — Ficamos assim — como se fosse o ajuste possível.

Uma dor lancinante percorreu todos os nervos do ex-aprendiz de magarefe. À semelhança de um pesadelo no qual o corpo não reage à voz do medo, Rolindo Face sentiu-se capar, como um porco, atado de pés e mãos, impotente, em silêncio.

Ducélia levantou-se, abriu a janela e, sem uma palavra, atirou para a rua os restos inúteis do ex-empregado do pai. Ao ver na sombra da parede o gesto, o rapaz soltou um urro medonho, como se naquele instante, sim, houvesse ficado amputado de vez. Eram de arrepiar, os nãos de Rolindo Face. Mas, uma vez mais, nada se ouviu. A aflição irreflectida da loucura espremia-se por ele, como se de alguma forma fosse possível levantar-se, correr à rua a tempo de apanhar o que lhe pertencia e remendar-se. Mas não era possível voltar atrás um minuto, dois meses, três anos, a vida toda; começar do início, desde o dia em que a mãe o parira para o meio dos dejectos e de onde não tinha ainda conseguido sair.

A manhã apresentava os primeiros laivos do dia. Um cão magro que andava por ali perto aproximou-se, desconfiado. Farejou o achado, pegou-lhe com a ponta dos dentes, desaparecendo por onde tinha aparecido, com o ar resignado dos que sabem nunca do céu cair grande petisco. Se Rolindo soubesse, por certo teria morrido. Ducélia lavou as mãos, tirou a garrafa e os copos do balde de gelo, despejando-lho sobre as partes mutiladas.

— É para não te esvaíres em sangue. Não quero que morras!

Tirou do armário o vestido azul, pôs-se nele, calçou-se, apanhou o cabelo, colocou pelos ombros uma capinha que Chalila lhe oferecera, de modo a disfarçar as marcas nos braços, e, pegando na pequena mala onde tinha agora tudo de seu, aproximou-se da cama.

— Quando te puderes mexer, já estarei longe daqui. Parto no primeiro barco da manhã. A essa hora ainda ninguém terá dado contigo. Levanta-se tarde a gente da casa. Sabes aquele cavalheiro que espancaste? Sei que foste tu! Já está bom. E sabes que mais? Vai levar-me com ele para a Europa e ajudar-me a criar o filho de Santiago. Como vês, não sou eu quem vai acabar os dias estropiada e sozinha! — E virando costas, saiu.

Quatro dias antes recebera Ducélia uma carta de Michel Sagan explicando-lhe o porquê da sua ausência e reiterando a oferta que lhe fizera. Chalila, que lha lera, dera saltos de alegria no quarto. Estava tudo resolvido, tudo salvo, esquecendo-se da condição em que ela se encontrava, suficiente para mudar as intenções do francês. Cheio de esperança, não se deixou desmoralizar pelo pormenor, procurando-o no Hospital da Misericórdia, de onde escrevera, e depois no Hotel Baía, onde se achava já a recuperar. Contou-lhe o estado de Ducélia, e o francês, ao contrário do que se poderia esperar, sentiu-se feliz, como se fosse dele o filho por nascer. Depois falaram da sova levada e da ameaça feita para que nunca mais se chegasse perto de Ducélia, ficando claro para o mulato haver sido obra do ex-empregado do açougue. Quis saber o francês se Ducélia se dispunha a partir com ele e Chalila, respondendo por ela, garantiu que sim. Tão pronto o cavalheiro quisesse! Falaram de detalhes e o engenheiro naval assegurou encarregar-se de tudo e para breve. Quando Chalila contou a Ducélia o plano engendrado, a rapariga não comentou.

— Não estás contente?

Ducélia encolheu os ombros.

No dia seguinte, Michel Sagan mandou informar que partiriam na próxima quarta, dia 7, num transatlântico sem escalas com destino a Calais. Estava tudo certo e acertado. Só para Ducélia continuava tudo na mesma. Contou então o seu plano a Chalila. O mulato, que também queria vingar Santiago, agradou-se dele, apesar do risco. Mas, porque estava determinado a mudar-lhe o destino, concordou ajudá-la, caso esta prometesse partir com o francês. Ducélia aceitou. Combinaram então que, na véspera de embarcar, receberia o ex-empregado do pai. Tinha vindo todos os dias; haveria de vir naquele também. Porém, naquela noite, quando a tempestade se abatera sobre a cidade, Ducélia perdeu todas as esperanças. Parecia mesmo não ter Deus com que se entreter senão em dar-lhas com uma mão e tirar-lhas com a outra. Desesperançava já quando Chalila lhe veio bater à porta do quarto anunciando a chegada do rapaz.

No rés-do-chão, Chalila Boé estava em pulgas. Só pedia que ela não houvesse matado o infeliz. Desmaquilhado e trocado, limpara já o que a pouca noite sujara. Era sempre ele quem menos dormia. Naquela manhã, decerto, não haveria de pregar olho. Enquanto esperava, preparou-se uma última *xandiega* e foi sentar-se num sofá a pensar em tudo aquilo. Quando Ducélia desceu, levantou-se de um pulo:

— Então? O rapaz?

— Está vivo — balbuciou a rapariga. Depois, como quem não aguentasse o peso de um segredo, contou tudo quanto também só soubera naquela noite.

— Filho de mil cães! — atirou Chalila, cerrando os punhos. Ducélia apertou os lábios para não chorar. — Abençoadas mãos! — sentenciou o mulato, apertando-lhas nas suas. — Vai demorar muito a acordar? — A rapariga encolheu os ombros. — Não te preocupes. Eu por aqui seguro as pontas. Já estarás longe quando isso acontecer, e eu tenho cá as minhas ideias para que saia tudo limpinho. — Ducélia não respondeu, baixando os olhos para o arredondar do vestido. — Não vamos chorar, não é? — perguntou o mulato adamado, com os olhos marejados. Ducélia acenou com a cabeça. Depois estendeu-lhe a mão, agradecendo-lhe por tudo. As lágrimas de Chalila correram prontas. E puxando-a para si, apertou-a, beijou-a muito, dizendo-lhe para ser forte e que nunca esquecesse aquele amigo que ali tinha. — Qualquer coisa, tu manda-me dizer, que eu vou a voar até ao fim do mundo. — Ducélia acenou que sim. E para não atrasar a partida nem a dificultar ainda mais, Chalila disse: — Vai, anda! E sê feliz — esmagando as lágrimas com as pontas grossas dos dedos. Antes de Ducélia transpor a porta, sentenciou: — Vai ser um menino! — apontando-lhe com a cabeça para o ventre, que por baixo do vestido já se notava bem. E num piscar de olho, sorriu: — Vi nas cartas!

Ao cabo de três meses de haver entrado naquela casa arrastada pelos cabelos, Ducélia voltava a pisar o chão real do mundo. Estavam desertas, as ruas; a cidade inteira a sobrar do silêncio... Talvez pelo porto as mulheres dos pescadores aguardassem já a boa hora. Respirou fundo a liberdade. E como se uma vida nova começasse, meteu-se, sem pressa, pelo labirinto do porto abaixo. A chuva lavara a cidade do pecado e a sua alma da negrura. Cheirava a terra molhada, a mar lavado. Só as varandas, as árvores, os telhados insistiam ainda no pingue-pingar modorrento das goteiras cansadas.

Soou a sereia do porto. No cais de embarque, Michel Sagan esperava, de malas feitas. Pouco passava das sete da manhã, quando Ducélia Trajero surgiu no horizonte.

LVII

Durante muitos anos, Ducélia sonhara partir num barco como aquele que agora cruzava o estreito da baía em direcção ao vasto oceano. Noutras circunstâncias; noutra companhia; noutra vida... Tanta coisa acontecera desde esse tempo em que, menina ainda, se sentava, sestas inteiras, naquela mesma cadeira, de olhos sonhadores postos no mar. À varanda do palacete, via agora apagar-se na baía o barco onde Michel Sagan regressava à sua pátria. Era um homem bom. Que Deus olhasse por ele. Mas cada um pertence onde pertence, e ela pertencia ali, àquele lugar; àquela colina; àquele refúgio longe da cidade e do mundo, onde fora sempre feliz, em sonhos e na realidade, e onde haveria de viver o resto da vida entre fantasias e recordações como a velha Dioguina Luz Maria, que é outra forma de andar por cá.

— Venho despedir-me de si — disse Ducélia, chegada à presença de Michel Sagan.

— Despedir?! — espantou-se o francês.

— Peço que me perdoe, mas não posso ir.

Michel Sagan parecia não estar a entender.

— Mas porquê?

— O meu lugar é aqui.

O engenheiro naval teve um gesto de cabeça. Compreendia o que lhe dizia. Também ele tentara enganar-se, afastando-se da sua pátria, como se a ilusão dos sentidos aplacasse a dor. Compreendia melhor ainda, agora que lhe conhecia a história e a esperança crescendo-lhe no ventre.

— Queria pedir-lhe um último favor.

O francês esboçou um sinal de permissão.

— Quando chegar escreva ao Chalila dizendo que estou bem… e daqui a cinco meses, se não se importar, a dizer que é um menino.

Michel Sagan prometeu.

— E tens para onde ir? — perguntou depois na sua pronúncia doce. Ducélia afiançou com a cabeça. — E com que criar essa criança? — O gesto da rapariga foi o mesmo, mas desta vez Michel Sagan não acreditou. Abrindo a carteira, estendeu-lhe quanto tinha. Ducélia recusou. O francês insistiu: — É a minha exigência! — Ducélia não teve alternativa senão aceitar. — Vou enviar todos os meses um vale em teu nome para a Companhia Naval. — A rapariga ainda esboçou um movimento de recusa, dizendo para não se preocupar ele, que de muita serventia já lhe tinha sido, mas Michel Sagan não atendeu. Levando a mão ao bolso do casaco, tirou uma folha dobrada em quatro, entregando-lha: — É o documento que mandei fazer para poderes embarcar. É falso. Mas vais precisar dele para levantar o dinheiro… ou para viajar, algum dia que mudes de ideias — sorriu o francês, piscando-lhe o olho, e, no mesmo gesto: — Tens aqui o meu cartão. Alguma coisa manda-me escrever. As portas da minha casa estarão sempre abertas. — Ducélia fechou tudo na mão, acenando que sim, com os olhos cheios de gratidão. Michel Sagan estendeu-lhe o braço, pedindo-lhe que o acompanhasse até à plataforma de embarque. A rapariga acedeu.

— Tens a certeza de que não queres mesmo vir?— tornou o francês, no limite da plataforma.

Ducélia acenou com a cabeça.

Michel Sagan inspirou fundo, recolhendo os lábios, num gesto de quem não pode fazer mais nada. E repetindo o que dissera sobre as portas de sua casa, estendeu-lhe a mão emocionada. Ali se despediram Ducélia Trajero e Michel Sagan. O francês subiu. Quando voltou a olhar o porto, já a rapariga tinha desaparecido entre a multidão que de repente enchera a praça do cais.

Pelo emaranhado do porto acima, Ducélia Trajero não era reparada nem reconhecida. Nunca fora. Menos o seria agora, vestida tal estava, cabelo apanhado, e esquecida havia muito. Diante do portão da quinta do palacete, a sensação de o tempo ter parado. Um nervosismo no ventre — como sempre que se ia encontrar com Santiago — fê-la correr entre as ervas altas, pelas escadas acima, pelo corredor afora, na esperança de o achar à sua espera. Nada. Procurou em todos os aposentos. Às vezes ainda acreditava que tudo não passara de um pesadelo. Resignada, deixou-se cair sobre o longo sofá, onde restos de amor feliz repousavam entre os relevos do veludo gasto. Levou as mãos ao vestido, alisou-o sobre o ventre. Quem moraria ali dentro? Que rosto traria? Seria um menino como Chalila vira nas cartas? Uma brisa fresca, soprada da baía, trouxe-lhe o reconfortante cheiro do mar. Inspirou fundo a manhã, levantou-se, foi à varanda. Acendido pelo Sol nascente, o navio de Michel Sagan era uma pincelada de nácar a caminho do nada.

No Chalé l'Amour, o doutor Abel Santori suturava Rolindo Face que, aparentemente anestesiado, recebia o curativo a frio. Não gritava menos agora que o remendavam, pois se o acto era animicamente mais brando, era-o fisicamente excruciante. Porém, como à hora da capa, nada da boca se lhe ouviu.

Mal Ducélia partiu, subiu Chalila ao primeiro andar, onde o rapaz jazia, qual morto, sobre a cama. O gelo ocultava a mutilação e pouco sangue se via. Tirando uma eventual hemorragia, não era caso de vida ou de morte. Tão depressa o viu, Rolindo implorou-lhe que o ajudasse. Mas, porque os lábios não se mexeram, foi o mulato quem disse:

— Vou chamar um médico para te tratar disso. Não é que mereças! Mas, antes que o Diabo as teça, quero avisar-te já: se contares a alguém o que se passou, mesmo a um padre em confissão, juro-te que espalho pela cidade o nome do culpado pela morte do Santiago. E podes ter a certeza de que, entre amantes e amigos, não te há-de sobrar um osso inteiro no corpo.

Não seria necessário o aviso. Pois mais vergonha que um homem ver-se castrado, é não se ver homem aos olhos dos outros. Se já era calado, Rolindo Face haveria de ser daí para diante um homem silencioso. Clientes e patrão não lhe haveriam de estranhar o acabrunhamento, pois a morte da mãe escudá-lo-ia de grandes perguntas. Sem mais família naquela terra de má fortuna, seria motivo de pena, mas por motivos alheios à verdade. Nada disto considerara Chalila, apenas dever avisá-lo antes de sair, não fosse o desgraçado descongelar e acordar a cidade inteira.

No caminho de regresso ao Chalé l'Amour, Chalila Boé inteirara o doutor Abel do sucedido, rogando-lhe, pelo bem daquela casa, que levasse o segredo para o túmulo. Abel Santori, não obstante a indignação, deixou-o descansado. Afinal, médico de pobres e desvalidos, era das casas de passe que tirava o sustento da família, em especial daquela, a maior, mais afamada e de melhores contas.

— Se os porcos não morrem quando capados, este cão também não há-de morrer, pois não, doutor? — perguntou Chalila, que pelo mesmo motivo de Ducélia o não queria morto.

— Infelizmente, não é coisa que mate! — devolveu Abel Santori.

— Mas, se se pode chamar vida ao andar um homem sobre a terra sem os ditos, isso é que eu já não sei!

Rendido ao sofrimento, Rolindo Face tinha dois riscos de sal traçados no rosto. Toda a vida lhe passara já pela inanidade dos olhos, mas uma imagem subsistia entre todas: a de Santiago morto, retalhado até à alma, e ainda assim mais inteiro do que ele. Ao fim de oito horas, sentiu a língua mexer e teve vontade de gritar até ficar rouco e surdo. Mas faltavam-lhe as forças, o ânimo e, mais do que tudo, um para quê.

— Foi uma maldade, isto! — suspirou o médico, lavando as mãos na baciazinha de esmalte.

— Uma maldade foi o que esse filho de mil cães fez, doutor! — atirou Chalila, que cada ângulo tem a sua perspectiva.

O médico não contestou. Rabiscou dois remédios numa receita e, despedindo-se, disse ao rapaz que o procurasse daí a dois dias, ou, não podendo, que o mandasse chamar. Mal o doutor Abel Santori saiu, Chalila arrumou e limpou o que era de limpar e arrumar. Mais tarde trocaria o colchão pelo seu e mudaria a roupa da cama. Quando a casa acordasse, tudo haveria de estar como se nada se houvesse passado. Quanto ao sumiço da rapariga, todas acreditariam ter partido com o rapaz, para satisfação daquelas que tinham apostado tratar-se este de um pretendente antigo. Só a pequena Ágata não se livraria de uma pontinha de ciúme. Cuménia Salles seria de todas a mais satisfeita. Não deixaria, todavia, de a apelidar de ingrata: depois de tudo, partir sem ao menos um agradecimento. Mas no íntimo, rejubilaria. Aquela boa notícia, depois da noite horrível que tivera, anulava o padecimento. A verdade haveria Chalila apenas de a contar a Magénia Cútis, amiga do coração, que bem compreenderia tudo e quanto mais se houvesse feito, pois poucas na vida tinham amado tanto Santiago quanto ela. Não lho dissera antes para não a comprometer, visto cumprir o lugar da madame, a quem um chazinho de *andrunédias* deixara de cama, sossegada e à margem de tudo. Afinal, não podiam correr o risco de mandar ela subir o rapaz antes de este beber qualquer coisinha!

Sentado na única cadeira do quarto, Chalila Boé esperava que o efeito da droga passasse. Quando o rapaz finalmente recuperou as forças no corpo, o mulato adamado ajudou-o a levantar, a vestir, a descer a escadaria até ao rés-do-chão... À porta voltou a lembrar-lhe o recado dado e, metendo-lhe um rolinho de notas no bolso do casaco, rematou com ironia e desprezo:

— Aqui, quem não fode não paga! — fechando-lhe a porta na cara.

Rolindo nunca abriu a boca. De entre os vasos da entrada tirou o saco de lona e, com mil dores no corpo e na alma outras mil, lá se foi arrastando, como pôde, pelo labirinto da cidade acima. Batiam as nove da manhã nos campanários da catedral, quando a figura mortificada de Rolindo Face entrou na Retrosaria dos Arcos. Ia comunicar ao patrão a morte da mãe e pedir-lhe, por bondade, três dias de luto.

O barco havia por fim desaparecido no horizonte. Pela primeira vez na vida Ducélia sentiu o arrepio da completa liberdade. Era uma nova vida a que agora começava ali, naquela casa onde ninguém haveria de dar com eles; naquele palacete apagado pelo tempo, pela vegetação e pela superstição dos homens, onde dentro de cinco meses daria à luz para as mãos de ninguém — que nunca uma criança ficou por nascer por falta de aparadeira — um menino de nome Santiago, com os olhos e o sorriso do pai, para desgraça de meio mundo de mulheres. Um menino que haveria de crescer amado e feliz, longe das cruezas do mundo. Um menino que talvez um dia arrepiasse homens e mulheres ao cruzar-se com eles na rua. Um menino que talvez um dia «matasse» do coração Chalila Boé e Magénia Cútis, futuros proprietários do L'Amour, ao vê-lo entrar no Chalé com a intenção de se fazer homem, e que talvez Ágata, mulher feita e dotada, viesse a estrear como nunca a rapazito nenhum. Um menino que talvez um dia conseguisse, com as suas visitas, resgatar por instantes dona Santiaga Cardamomo do seu alheamento, permitindo-lhe abraçar e beijar o sobrinho que afinal estava vivo e andava embarcado pelos sete mares do mundo. Um menino que talvez um dia o já velho Roleão Poppes aceitasse ao serviço, depois de lhe dizer ter tido em tempos um tal qual ele e avisá-lo, por isso, que trabalho é trabalho e putedo é putedo. Um menino que talvez um dia obrigasse a benzer três vezes o empregado da relocada Flor do Porto — um preto enorme, de nome Pipi — ao transpor as portas do bar na companhia de amigos para uma cerveja gelada e uma partidinha de bilhar. Um menino que talvez um dia visse correr com quantas pernas tinha, rumo aos confins da cidade, o novo proprietário da Retrosaria dos Arcos — a quem os garotos da rua chamavam o Ratazana — apenas por lhe haver deitado as boas-tardes ao passar. Um menino que talvez um dia fizesse chorar Pascoal e Rodrigo, regressados do mundo, vendo-o subir com duas negras para uma pensão barata do porto. Um menino que talvez um dia fosse espreitado, por uns olhos sonhadores, algures de uma barraquinha de quermesse, da sombra de um tamarindeiro ou de uma qualquer esquina da cidade... Um menino que haveria de levar a vida sem planos para o futuro nem preocupações de maior, de cabeça levantada, sorriso fácil, sem nunca se queixar, fazendo a mãe recordar, todos os dias, o homem que uma tarde entrara na sua vida pela porta do açougue e, passando-lhe dois dedos pelas sardas do rosto, a fizera sua para a vida toda. Vinham longe, porém, esses hipotéticos dias, e longe em Ducélia a primeira contracção do ventre.

O Sol dourava a baía de Porto Negro. O céu estava de um azul infinito. Ninguém diria o dilúvio que caíra de noite sobre a Cidade do Amor Vadio. A meia hora das nove acabava de soar nos sinos da catedral. Ducélia levantou-se da cadeira — onde haveria de morrer um dia, já velha, de mão estendida para o lado, como se segurasse uma mão. Deu uma volta pela sala, corda à caixa de música, e, quando a geringonça soltou as primeiras notas antigas, sentiu uma presença atrás de si.

— À minha espera, franguinha? — sussurrou uma voz, tomando-a pela cintura.

Ducélia fechou os olhos e, apertando contra o ventre os braços que a enlaçavam, inspirou o mundo e sorriu.

Agradeço...

ao meu querido amigo Mário Silva, que durante os cinco anos que levei a escrever-te me deu guarida, e sem o qual não terias sido tão possível;

ao Hugo e ao Kito, meus companheiros eternos, que um dia me disseram:

— Escreve e não te preocupes com o dinheiro.

Este livro foi composto em Times New Roman e
Minion Pro e impresso em maio de 2022